蔚小建◎著

JINCAN DE
BAOFU

金灿的报复

ARTTIME
时代出版
时代出版传媒股份有限公司
安徽文艺出版社

图书在版编目(CIP)数据

金灿的报复/蔚小建著. —合肥:安徽文艺出版社,2016.11
ISBN 978 - 7 - 5396 - 5842 - 1

Ⅰ.①金… Ⅱ.①蔚… Ⅲ.①长篇小说 – 中国 – 当代
Ⅳ.①I247.5

中国版本图书馆 CIP 数据核字(2016)第 193744 号

出 版 人:朱寒冬   策   划:朱寒冬
责任编辑:姜婧婧 刘 畅   装帧设计:徐 睿

出版发行:时代出版传媒股份有限公司 www.press-mart.com
        安徽文艺出版社 www.awpub.com
地   址:合肥市翡翠路 1118 号 邮政编码:230071
营 销 部:(0551) 63533889
印   制:合肥星光印务有限责任公司 (0551)64235059

开本:710×1010 1/16 印张:26.25 字数:420 千字
版次:2016 年 11 月第 1 版 2016 年 11 月第 1 次印刷
定价:39.80 元

(如发现印装质量问题,影响阅读,请与出版社联系调换)

目 录

第一章　相　见

　　现代化都市,散发着诱人的气息,那里有帅哥靓女、香车豪宅,看不够的灯红酒绿,数不尽的钢铁洪流,更有那斩不断的情丝……被欲望燃烧的人们,在亢奋中跌倒,落寞后又爬起,迷茫的目光巡视这熟悉又陌生的城市,不知什么属于自己,唯有让莹莹泪光洒在寂静的长夜并发出一声声叹息。回头吧,凝望走过的路,你会明白,一路上曾有过的辛酸只有坚强奋起后才有资格感怀;曾经的幸运只有淡定才能维系。珍爱生活、热爱生命,心灵的沙漠必定会绿树成荫。

第一节　面试风波

　　面试向来是强者的舞台,不知从何时起也变成"智者"的高地,这是因为面试问题既有奥数的难度,也有脑筋急转弯的不讲理,甚至还有黄段子里才有的桥段。往往一场面试下来,应聘者如同坐了一回过山车,有种大起大落的感觉。

　　金灿是走到面试最后一关的三个求职者之一,作为众多前来应聘天海公司总裁助理一职的女性,之所以能够脱颖而出,不仅取决于她敏捷的思路、优雅的气质,更因为她有一个美国康奈尔大学商学院研究生的金字招牌以及海归称谓。难怪人力资源总监说,她是唯一不用容貌就能征服他的女性。在职场上,这是男性对女性的最高褒奖。

　　坐在总裁办公室外,金灿神态笃定,与另一个应聘者等候着。时间已经过去五分钟,她估计快轮到自己,于是拿出镜子端详片刻,一种舍我其谁的感觉油然而生。她眉毛微微一扬,自信地笑了笑,镜子里的她也同时做出回应。

　　秘书正忙着打字,眼睛却不住望向等待面试的两个女生,她心中悄悄给金灿打了满分,坐在金灿旁边的这位是八十分。与人力资源总监不同,秘书是从女性角度来看待三位应聘者的容貌、气质。

　　里间门被打开,第一个进去面试的女生怏怏走出,紧抿着嘴,也不看众人,低头快步离开。不一会儿,门再次打开,一个高大魁梧、仪表堂堂、四十开外的男子从门里出现,问道:"哪位是艾芸?"

　　金灿旁边那位女生连忙站起,由于慌乱,她手里的资料袋掉落在地,里面的文件散落一地,有一页纸印着烫金的"奖状"二字。显然,资料袋里的东西代表这位女生曾经的荣誉。女生连忙蹲下去拾，金灿见状也弯腰去捡，并低声说了句"别紧张"，前者感激地说了声"谢谢"，随男子走进里间。

秘书放下手头工作，给金灿端来一杯水，如学生对老师一般毕恭毕敬地递给对方。女孩儿轻易不愿盛赞别人，即使心里惊羡对方，也要佯装不屑一顾。秘书之所以放下架子，是看到了金灿的简历，她惊叹金灿三十二岁却如同二十六七，并且在美国IT公司工作多年，仅凭这点，她更加钦佩金灿。

一会工夫，第二个应聘者也出来了，与第一个不同，她和金灿还有秘书打了个招呼，便匆匆离开。金灿估计这个叫艾芸的女生与第一位应聘者都没有过关，因为，对方表情不太自然，似乎掩饰着失落。

总裁的身影再次出现，他冲金灿微微颔首一笑，绅士地摆出一个请的姿势。

两人在沙发上坐好，总裁自我介绍道："你好，金小姐，我叫韩永刚。"说完，拿起金灿的简历迅速浏览起来。

"好一副洪亮的嗓音，若不是鼻梁上架着金丝眼镜，眉宇间透露着贵气，就这身材与美式橄榄球运动员倒是有的一拼。"金灿望着韩永刚，不禁又暗暗留意对方的装束，名牌T恤、牛仔裤、运动鞋，腕上一块名贵的瑞士表，配上板寸头型，十足的男人味儿。

"金小姐，人力资源部已经把你的情况向我汇报过，他们对你倒是推崇备至。从你的简历上看也的确不凡，只是有一个问题我很感兴趣，请告诉我。"说着，他微微笑了笑，问道，"刚才，你对艾芸说别紧张，你为什么要这样做?"面对金灿的诧异，他笑道，"就是之前进来那位，你们可是竞争对手。"后面这句话，他加重了语气。

金灿完全理解韩永刚问话的目的，这实际上是对她品质的一种质疑。在国外，她经常从网上看到国内发生的一些乱象，比如老人倒地没人敢扶，助人为乐者被人诬陷，人们纠结在热心与冷漠之间，互信成为人际交往的最大障碍。眼下，对方显然不认为她是出于好心，有暗讽的意思。

她浅浅一笑，解释道："如果您的手被烫，第一反应就是缩手，同理，当时安慰那位女生是我的第一反应。至于竞争，呵呵，我还真没想这么多。"

韩永刚似信非信地望着金灿，感觉这个女生果然能言善辩。当初人力资源

004

部强力推荐金灿时,他并不以为然,觉得沽名钓誉者大有人在,门口一幕,他更认为金灿是演戏给他看,这种靠脸蛋吃饭的女生他见多了,本事没有,作秀能力却一流。

韩永刚对金灿的第一印象不高,他决定把对方打回原形,以此告诉对方,本公司拒绝花瓶。他晃了晃手中的材料,又问道:"你回国后在瑞祥集团仅仅干了大半年就要调换工作,为什么? 按理说,瑞祥是我省企业中的航母,规模比我们大,何况你在那儿是担任董事长助理。"

金灿一脸轻松,微笑答道:"这个问题人力资源部的刘总也问过。其实我自己也很困惑,不知是因为刚回国时工作上不适应还是自己对前程感到迷茫,只是想换个地方重新开始。"

韩永刚笑了笑,不置可否,又继续看手上的简历。

坦白说,金灿来此应聘已经做好足够的心理准备,加上自身众多光环叠加形成的优势,自忖没有什么问题可以难倒她,唯独韩永刚提出的这个问题是她内心的痛。假如是闺中密友提出,她会毫不犹豫把前任老板的种种不端行为说出来,但这里是职场,而职场是绝不相信眼泪的,也拒绝那些寻找借口、表现孱弱的人。

金灿并非玩不起的女性,多年浸淫职场,人生百态尽收眼底,她知道,传统道德观在现实面前如细沙垒坝,根本经不住欲望的冲击。她曾经困惑过,是面对还是逃避,没有人给出答案,唯有黑格尔关于"对现实的抽象就是对现实的毁灭"给她带来启迪。按她的理解,人生在世,五味俱全,逃避现实就会被现实抛弃。后来,这句话成为她行动上的指南,在工作中遇到男性同事骚扰,她不再像原来那样如受惊的天鹅仓皇而逃,而是周旋其中。次贷危机爆发后,她所在公司破产,恰巧中国南方某城市来纽约举办人才招聘会,金灿有幸当场签约,这对于身在滴水贵如油的纽约,且几个月没有收入的她而言,无异于雪中送炭。所以,尽管工作地点不在家乡北京,但职位和薪酬早已令她将这个缺憾以及男友的挽留抛诸脑后。她并非不珍惜与男友的感情,只是好强的个性使她无法接受被人供养的滋味,再加上当地媒体对中国新发展的大篇幅报道,这一切使她义无反顾地踏上回国之路。

在国内,对于金灿一切都是新的开始。她惊喜地发现,原来她所担心的生活习惯和工作节奏不仅没有被打乱,反而更加充实,安全感和幸福指数远高于异国,这使得她有一种回来恨晚的感觉。

目标有价值,工作和生活才会充满意义。

短短几个月,金灿的努力不仅使她打开了自己的新天地,也使她获得瑞祥集团高层领导的关注,只是某些关注触动了她敏感的神经。她发现,她的老板集团董事长严向东注视自己的目光不同寻常,谈话时间不再简短,话题也由工作转向他自己的私生活,不是抱怨妻子没有品位,就是感叹自己六十岁也没有真正享受过人生。金灿不是呆瓜,严董的弦外之音以及各种亲昵动作使她明白,对方已经视自己为一道美味,何时摆上桌只是时间问题。开始金灿并没有惊慌,毕竟这种狼和羊的故事不是第一次发生,她自信有能力玩好这个游戏,何况这份工作来之不易,若凭意气用事,极有可能失去业已得到的一切。但这次她输了,她忽略了游戏规则是在权力的操控下制定,人性与道德根本不在规则中,她的小聪明在严董强烈的欲望面前简直不堪一击。终于,在她的底线将被践踏之际,她割舍了所有,毅然离开。

韩永刚把简历放在一边,再次注视着金灿,这次他的目光中没有一丝笑意,仿佛金灿所说“对前程感到迷茫”完全是一派胡言。他非常了解瑞祥集团,也认识董事长严向东。若论企业规模,天海公司也就是瑞祥的孙子辈;若论发展,对方已经在航母规格上打造超级航母。社会上每个人都想把自己的前程与瑞祥绑定,哪怕在瑞祥当一个保洁员也要烧香告慰祖宗。所以,作为董事长的助理,认为自己没有前程,鬼都不信。他用嘲讽的口吻说道:“金小姐,你在职场打拼多年,在瑞祥集团都感到迷惑,可能吗? 这里面恐怕还有其他原因吧?”他十指交叉,露出揶揄的表情。

金灿忽闪了下眼睛,苦笑道:“韩总,由于里面牵扯我的隐私,只能点到为止。虽然我的离职给公司包括我自己带来两败俱伤的结果,但是我敢保证我的动机恰恰是为了维护了双方的长久利益,这绝非意气用事,而是理性的选择。诚如你所说,我在职场打拼数年,深知职业道德对一个员工的重要性。请相信我,我是受过良好教育的人,不是马戏团里的狗熊,为了一块食物就会屈从欲望,丢弃做人的诚信。”她望着对方,一脸诚恳。

韩永刚把目光投向窗外，想了想，转向金灿，说道："金小姐，我对你之前曾经发生过什么没有兴趣，也不想知道。我只是想给自己一个答案，如果我聘用你，怎样才能避免同一情况再次出现。其实，我和严董是朋友，只要我愿意……"他笑了笑，打住话。那意思再明白不过，金灿离开的秘密根本不成为秘密。

金灿仿佛受到羞辱，脸腾地红起来，转瞬，她又镇定下来，平静地说道："今天我能有幸坐在这里。我相信，首先是我的工作经历得到你们认可，其次是我的学识，这说明贵公司需要我这样经验丰富的人。既然如此，韩总为什么不对我的能力进行考察，反而舍本逐末，对未来不可预见的事情无端猜测呢？这种做法就像是想知道一年后的天气情况，且不说可能性，这样有意义吗？我对你和严向东的关系没有兴趣。我来这里只是为了应聘并希望得到这份工作。假如你认为我是你朋友手下的逃兵，而你也害怕因此损伤友情而拒绝我，那么恭喜你，你的哥儿们义气绝对满分，但是，我也会为自己庆幸，我没有落到一个作坊式的企业里无端湮没自己的才华。"说完，她伸手拿起包准备起身。

"好厉害！"韩永刚从未见过如此硬气的求职者。他印象中来面试的男女无一不是恭谦地仰视着他，回答也基本都是一个程式，唯恐落下一个不好的印象被拒之门外，哪有像金灿这样，两句话不合，就开始发飙的。不过，他并非小肚鸡肠之人，相反，金灿有些话打动了他，忽然令他有了继续了解对方的想法，他连忙说误会，请金灿继续接受面试。

金灿换了个坐姿，静静看着对方。其实，当韩永刚说出和严向东是朋友，她心里就凉了半截。很明显，对方只要给严向东去一个电话就能了解事情的前因后果，只是韩永刚从严向东嘴里了解到的肯定不是真实版本，而她即使能留在韩永刚的公司，也会在韩永刚心里背上荡妇的骂名。当今世界，女人总是绯闻的牺牲品。

如金灿所想，韩永刚的确闪过给严向东打电话的念头，一方面是求证金灿离职的原因，另一方面也是想了解其能力。但他并没有打，因为，从金灿较激烈的反应上，他感觉金灿离职与严向东有关，这个严董有众多情人早已是公开的秘密，金灿是不是逃离"虎口"也未可知。想通这一节，他对金灿开始转变态度。

第一章 相见

007

"金小姐,请先不要把我的话贴上对你否定的标签。"韩永刚半玩笑道,"面试才刚刚开始,不是吗?我怎么感觉我们之间主客易位,我倒像是一个应聘者?"

金灿注意到韩永刚神态上的微妙变化,情绪稍缓,不卑不亢道:"这可不敢当。韩总若是认为我适才的言辞激烈或是曲解你的意思,我愿意向你道歉。"

韩永刚大度地摆摆手,认真说道:"我必须更正你刚才的说法,我的公司可不是一个作坊式企业。我起家虽然是通过倒腾电脑,但经过十几年的发展,逐步形成现在近二百多人、资产规模达到六千多万、年销售额上亿的中型企业。另外,我寻求答案并非你所认为的毫无意义,这里毕竟是企业,我可不希望我的员工刚熟悉业务就……"一阵悦耳的手机铃声突然打断了韩永刚,他礼貌地点点头,说声"对不起",起身去接电话。

金灿揣摩着对方的话,转念一想也有道理,心情开始平复。

韩永刚接完电话,坐回沙发,聊了几句后,话锋突然一转,说道:"金小姐,你的才干我已经大致了解,现在我想问你,如果我把天安门买下交给你打理,你会怎么做?"他表情严肃,目光直视金灿。如果不是这个提问荒诞无稽,看上去,韩永刚真像是已经买下天安门。

金灿估计到对方的问题会刁钻古怪,但没有想到会是这样,看韩永刚不似玩笑,于是,她略微思考一下,胸有成竹地答道:"假使让我管理,第一,我会去找潘基文谈判,告诉他,世界的未来在东方、在中国,北京将取代华盛顿,我可以把天安门租给他;第二,我会把天海公司所有产品冠以天安门商标,利用这个最具知名度的国家象征来包装产品;第三,把旅游产业纳入公司经营范围,充分利用天安门自身价值以及联合国总部这一新亮点,为公司带来另一笔巨大收入,还有其他一些诸如出租广告位等商业活动,我就不一一枚举了。"说着,她再也忍不住,扑哧一声笑起来,眨着眼说道,"对不起,这个问题让我实在是抓狂。"

韩永刚也笑起来,解释道:"没什么,这仅仅是一个假设,而只有假设的东西才能天马行空,凭借想象去发挥。"他用手指轻轻叩击着沙发,沉思片刻,又问道:"如果你和一群女人正在河边洗澡,忽然有一个男子走近并看着你们,这时你会采取什么反应?"

金灿不假思索答道:"我会把脸捂住。"

"哦,为什么?"韩永刚诧异对方这么快就做出回答。

"因为,"金灿顿了顿,心里暗骂韩永刚,表面一如正常,她低头看着地面,语速加快,说道,"因为就女性肢体而言,脸部以下没有太大区别,捂住脸实际上就是为了掩盖自己的真面目。"回答完这个问题,她心里不是很舒服,也就是为了面试,要在平时,她肯定要反唇相讥。她下意识地把原本交叉在腹部的双手搭到了膝上,不知道对方下面还会出什么样的问题,如果是牵扯到女性和面试无关的问题,她打算立刻放弃。

韩永刚没有在意对方的感受,而是饶有兴趣地看着她,继续问道:"你为什么会……"他再次被手机铃声打断,"对不起。"他拿着手机走到窗前,刚听了两句,就洪亮地笑起来,"哦,是刘部长,您好……嗯,您的消息真够灵通……对,我正招聘助理……什么? 艾芸是您外甥女? 她刚走……不行啊刘部长,她不适合做我的助理……哈哈哈,刘部长您别着急,先听我解释……"

金灿脑海里立刻映出那个叫艾芸的小女生模样,不禁暗暗好笑,心想,小姑娘可能受不了这个打击,去搬救兵了。这个刘部长看来来头不小,连韩永刚都要向他点头哈腰。由于事关自己,她把注意力放在韩永刚的通话上。

"刘部长您放心,凭咱们的关系,您交代的事情我就是有天大的困难也要办成……嗯……好,我同意,再见。"

韩永刚皱着眉头回到沙发上。

不用韩永刚再行解释,金灿完全明了,艾芸将要取代自己担任助理,而这一切变化的直接原因就是几分钟前那个刘部长的电话。"Kidding me(开什么玩笑)? 怎么都让我赶上了?"金灿愤愤不平地暗想。看到韩永刚高大的身躯坐下,一副若有所思的表情,她又想:"也许事情没有那么糟糕,这个男人不会随便屈服于别人的意志,我要镇定,要有自信。"想归想,她内心忽然感到一种局促,这是极少有的表现,对她来说只有遇到重大事情才会有这种感觉。

韩永刚抱歉地笑了笑,双手不自然地交叉在一起,目光回避着金灿,思忖如何开口。金灿打量着韩永刚,同时感觉到自己的心在怦怦乱跳,脸颊也渐渐发热,无须再说什么,答案已经出现在对方的表情中。仅一会儿,韩永刚开口低沉地说道:"金小姐,刚才的电话你也听到了,在这个企业里,有些事情我也不能全权做主,没办法,关系无法得罪。我非常欣赏你的才华,也信任你的工作能力,只是很抱歉,由于某种原因,我无法聘用你做我的助理。"说完,他摊开双手,表示无奈。

金灿抿着嘴,心态由紧张转化为失望,又由失望渐渐变成一种愤懑,联系适才的不快,她又感到非常委屈。本来,她心态淡定,成功与否不会左右她的情绪,但是,耳闻目睹韩永刚的电话,那感觉就像被人光天化日之下扒光衣服,令她羞愧难当。她想争辩,想为自己讨回尊严,但眼前这个高大魁梧的男人在她心目中像是被抽去血肉、灵魂的稻草人,不值得再去理论。尊严不是靠怜悯换来的,在此多停留一秒,羞辱就增加一分。她极力控制住情绪,镇静地拿起包说了声:"打扰了。"起身离去。拉开门,她忽地站住,回过头说道:"韩总,给你个建议,若再面试员工,不要再用这两个问题,尤其最后那个问题,源自三菱重工下属的一个企业,且不说拾人牙慧,也只有变态的日本人才会这么问。另外我还要告诉你,如果天安门真要出售,从比尔·盖茨往下数,最后一个也轮不到你。"说完,嘴角微微一撇,一丝嘲讽的神态迅速闪过,接着,她昂起头,全然不顾背后瞠目结舌的韩永刚,挺胸离开屋子。

第二节 人生两重泪

国庆六十周年将至，上班族们按捺不住喜悦的心情，或热议国庆大典盛况，或计划长假的去处。尽管南国秋季依然骄阳似火，但行走在街头巷尾的人们，无不在以自己对假期的渴望来增添这座城市的热度。只是，在城市的某一处，至少有一个人对此漠不关心，仿佛她已经被这座城市遗忘，这个人就是金灿。

金灿近来时运不佳，先是在天海公司应聘被拒，后来在超市购物，钱包被小偷窃走。赶上一个人才招聘会，几封应聘简历投出后如石沉大海。好不容易有一个给了回音，等她顶着炎炎烈日到对方公司应聘，差点没背过气去，对方负责人说着一口难懂的普通话，好不容易她才听明白这是一家养牛企业。更为可笑的是，当她问及对方是如何得到自己的简历，负责人说是在人才招聘会现场捡到的，并声称像她这样的人才，正是他和牛所需要的。金灿受到强烈刺激，自己的简历像垃圾一样被人丢弃又被人捡走，这比扇她一耳光还要令她羞愤。她像逃难一样离开那家企业，直接开车回了家。

一路上，她感到所有目光都在嘲讽自己，就连周边汽车的喇叭声也仿佛变成了恶毒的言语。她的自信第一次被自卑取代，她也第一次感受到在职场所蒙受的羞辱。她是一个好强自信的女人，毫不怀疑自己的简历投出后，招聘单位会趋之若鹜找上门，而去哪家企业，则是由她来抉择。没想到，现实无情地嘲弄了她，她视为金字招牌的学历被当作废纸，视为骄傲的工作经验被轻视，尤其是养牛老板一句无心的话更让她颜面扫地，他说："我虽然是个粗人，但我知道美国正在发生金融危机，很多人混不下去才跑回国求口饭吃，你就不要挑肥拣瘦了。现在不是你挑别人，而是别人挑你。留洋管啥用？简历还不是被人扔在地上踩来踩去？"老板不是文化人，所以说话也非常直白，留洋在外的人，并非个个成功，相反，大多数人都在生活线上挣扎，看似风光的外表，里面其实布满了辛酸。

联想到最近求职不成，金灿彷徨了，连一个养牛老板都知道她是混不下去才回国，那么别人更不会把她放在眼里。车窗外的世界依然喧嚣，只是这个城市她已不再熟悉，泪，不知不觉黯然滑落……

金灿的不幸并未就此止步，她没有想到，又一个厄运之门被她打开。

当她面试完回到家后，泪珠再也收止不住，索性扑在床上大哭一场。发泄过后，她拿起电话要打给男友，刚拨了几个键又怔怔停住，看了看墙上的挂钟，时间是下午3点20分，此刻正是纽约凌晨3点20分。她想了想，又继续拨下去。嘟嘟几声后，电话那头传来再熟悉不过的声音："Hello, It's Jack.（你好，我是杰克。）"金灿满肚子的委屈随着对方一句话化为乌有，她没有马上说话，而是静了静神，她不想在男友面前像一个小姑娘那样哭哭啼啼。电话里连续传来两声"Hello"，金灿正要开口，忽然怔住了，电话那端除了男友的声音，又传来一个女人带着困意的声音："谁啊？这么讨厌，半夜还打电话！"

金灿全身的血瞬间涌到头上，仿佛头朝下被人倒吊起来，一句温情的话刚到嘴边也被她生生憋回。她本来就已经麻木，再加上突如其来的打击，使她光张着嘴说不出话，直到对方挂掉电话，她才醒过神儿来。"混蛋，王八蛋！"她歇斯底里地叫喊着。她哆嗦着，再次按着手机上的按键，任由泪水滴落在手机上。电话再次接通，男友刚"Hello"一声，金灿一腔怒火顿时喷发："孟志远，你不是东西！你说，你旁边的女人是谁？你说呀！"

对方沉寂了几秒钟，开口道："哦，是金灿啊，没想到你这么晚还来电话。发那么大脾气干吗？什么乱七八糟的，我旁边哪来的什么女人，别胡说。"

金灿一听就气炸了，她喊道："姓孟的，别装糊涂，告诉你，刚才的电话也是我打的，如果你还是个男人，就敢作敢为，你既然玩得起，为什么就没有胆量承认呢？"

对方故作恍然道："哦，是这么回事，今天几个朋友来开Party，一直闹到一点多钟，有两个因为太晚就没走，你别误会。"

金灿骂道:"狗屁,到现在你还狡辩。好,既然你说我误会,那你把电话给刚才那个女人,我问她。"

男友不高兴道:"你这是何必呢?难道你还不相信我?无缘无故发这么大火,吃错药了?"

对方不仅不认错,反而倒打一耙,金灿的心被灼伤了,本来就一肚子委屈要找人发泄,现在男友不近人情的态度使她的心情降到冰点。她尽最大努力克制自己,降低声调道:"孟志远,如果你以为我面对这种侮辱我人格的事情还能若无其事,那你就把我看得太低贱了。你要明白,我们都是成年人,再玩儿童把戏会降低我们的身份。你心里非常清楚我是什么样的人,请你不要在我伤口上再撒盐了。"

男友沉默了一会儿,问道:"那你说怎么办?我原先就劝你别回去,你就是不听,难道这完全是我的错?你就没有一点责任?"他说得理直气壮,仿佛这件事情完全是金灿的错。

金灿的泪水又开始涌出,她浑身战栗起来,哭喊道:"姓孟的,既然你把这个当作放荡的理由,我也没什么可说的了,我是错了,错在当初没有认清你。从现在起,我们之间没有任何关系,凡是属于我的东西不许你们碰,我会让我朋友取走。"说完,金灿猛地把电话挂上,倒在床上痛哭起来。

"上帝啊,这是什么狗屁现实?我在人前受到羞辱,还未转身,又遭到肮脏的攻击,难道这就是对我的惩罚?我做错了什么?为什么要这样对我?你既然创造了女人,又为什么还要给她套上枷锁,让她听凭男人的欺凌?那些衣冠楚楚的男人违背你仁爱的宗旨,你为什么不去惩罚他们,反而把这一切苦难降临在我头上,为什么?"她哭喊着,不停地用拳头捶打着床。

事业上的不顺加上与男友感情破裂,使金灿一时间心灰意冷。随着国庆节临近,她决定离开这座城市,回北京谋求发展。恰巧母亲打来电话让她回家过节,于是她开始打理行装。金灿办理了手机停机,又专门跑了一趟二手车市场卖车,未承想,买方给出的价格偏低,离预期值相差一万多元。囊中羞涩的金灿舍不得贱卖,就找到一家中介公司,中介公司告诉金灿,十一假期是买车高峰,建议她等卖了车再回北京,金灿一想也只能如此,办理好手续后,把车留下。

周一上午是天海公司例行工作会,公司中层以上领导与会。总裁韩永刚坐在椭圆形会议桌首席,聚精会神听着政府事业部经理刘洪涛的发言。

刘洪涛年近三十,原本是技术部的一名售前支持,由于能说会道,被副总裁许可提拔当上部门经理。他心眼活,加上工作勤奋,他领导的事业部倒也成绩斐然。不过,最近在阳明市一卡通项目上,他似乎不太顺,先是阳明市科技局的仇处长私下透露:已经有多家省内外企业通过各种渠道向市领导打过招呼,看上去个个势在必得。后来又有传闻,说是外省一家叫希尼克的公司捷足先登,买通主管项目的单副市长,双方准备共同制定技术标准。刘洪涛急了,这个项目他跟踪了半年多,如果传闻属实,且不说花在仇处长身上的"感情投资"打了水漂,对公司领导也无法交代。尤其是韩永刚,对方已经把一卡通项目作为公司发展战略上最重要的一环,要钱给钱,要人给人,几乎让全公司都围着他刘洪涛转,例行工作会更是把他当作绝对的主角。这种待遇让刘洪涛感到荣光的同时,也承受着巨大压力。他不能输,也输不起。半年多来,庆义、阳明两点一线,他几乎每个周末都要和仇处长泡在一起,吃饭喝酒自不用说,K歌、洗浴、按摩更是必备的节目。赶上仇处长家有个什么需要,他不仅出钱还要出力,直搞得新婚不久的老婆怀疑他在阳明有小三。

老婆的质疑,他并没有放在心上,倒是近来仇处长透露的内部情报让他坐卧不安。就在前天,他专门跑了趟阳明,请仇处长一定要给自己开一服"灵丹妙药"。对方尽管是这个项目的副组长,尽管也很想促成天海公司拿到项目,无奈单副市长是"一支笔",别人说话都没有分量。仇处长只能建议刘洪涛去找更高的领导来对单副市长施压。

韩永刚听完刘洪涛的介绍,脸色阴沉下来,草草听完后续工作汇报便宣布散会。他把许可叫到办公室,两人继续讨论一卡通项目。

许可是韩永刚的得力助手,三十七岁,在外企工作多年,市场销售方面颇有一套,曾连续两年被德国老板授予销售钻石奖。天海公司是这家外企的产品代理商,韩永刚经常和许可打交道,对方的精明强干与敬业精神打动了他,于是高薪挖来做公司副总,主管市场和销售。许可不负众望,在韩永刚的全力支持下业绩突飞猛进,公司的产品不仅行销全省,也遍布全国。也许是牛人就会有牛脾气,许可在公司除韩永刚外谁都瞧不上,他既能像服务员那样给韩永刚倒水,也敢当着韩永刚的面和公司另两个副总吵架,工作中他甚至会和韩永刚争得面红耳赤,但韩永刚从不计较,反而认为这是敬业精神。老板如此,别人就更无话可说,另两位副总见到许可都客客气气,意见不同时索性闭嘴。

许可对一卡通项目不如韩永刚那么上心,他认为一卡通虽然是条大鱼,但天海公司的关系网不足以捞起它,与其去"陪绑",还不如踏踏实实做手到擒来的项目,毕竟公司靠项目才能生存。韩永刚深谙商场上的生意经,也理解许可关于公司生存与发展的考虑,可是阳明市一卡通项目牵扯到公司的上市计划,他必须放手一搏。两人曾为一卡通是否立项争得面红耳赤,最后韩永刚拧劲儿上来,许可只好妥协,大家制定了一个折中方案,让刘洪涛主攻一卡通。尽管韩永刚全力支持刘洪涛,但偌大一个项目,没有公司一级领导亲自主持,刘洪涛的确难堪重任。

在韩永刚办公室里,许可没等韩永刚发话,再次建议他放弃一卡通。他认为刘洪涛已经在仇处长那儿浪费了半年时间,再继续下去毫无意义,而且现在托关系为时已晚,希尼克公司和阳明市一旦共同制定技术标准,按行业潜规则,希尼克必然中标。韩永刚同意许可的说法,但他认为希尼克中标的前提条件是自己什么都不做。他问许可,如果现在找关系直接联系单副市长,胜算多大。许可认真想了想,回答只有百分之十。韩永刚笑了,连声"足够",直言只要有百分之一的可能,他就要把工作坚持下去。

多年共事,许可清楚韩永刚是那种不撞南墙不回头的人,他既然这么说,凭你再怎么劝阻也没用,只好无精打采地领受任务。按韩永刚的意思,公司马上成立阳明市一卡通项目组,许可亲自挂帅,等十一长假一过立刻去见单副市长。刘洪涛依然和仇处长保持联系,保证内部消息渠道畅通。

正当许可心里抱怨韩永刚时,对方像看穿其所想似的,说道:"你也别哭丧着脸,如果我们拿下项目,我会提请董事会给你百分之五的员工股,并在公司上市后再奖励你多申购公司原始股。"

这句话一出,许可如同被一缕清风吹走了眼前的雾霾,豁然开朗起来,他目不转睛地望着韩永刚,虔诚得就像在财神庙望着财神爷。当然,他并不满足韩永刚红口白牙这么一说,而是提出要签协议。韩永刚没有丝毫犹豫,马上打出协议书,双方分别签字画押。

许可小心翼翼把协议书折起放进笔记本,这才露出笑脸,像表决心,又像是宣誓,说道:"韩总,我保证把项目死马当作活马医,你就放心吧。"眼珠一转,又道,"但是,关系上,你必须帮我打通单副市长,这是至关重要的第一步。"也许获得足够的动力,许可没像往常那样再聊几句,而是像风一样刮出韩永刚的办公室,找刘洪涛开会去了。

望着许可的背影,韩永刚摇了摇头。他非常了解许可,这家伙绝对属于那种无利不起早的人。早在许可还是外企员工时,因负责公司产品渠道,没少收受代理商的好处,韩永刚自己就给许可打点过不少钱。后来他到天海公司,照样收取供货商的好处,韩永刚看在他劳苦功高的份上,就睁一眼闭一眼不去计较。在一卡通项目上,韩永刚为了激发许可的积极性,对症下药,将奖励机制与项目挂钩,果然取得成效。韩永刚想起那个叫金灿的女生应聘时说过的一句话,"我不是马戏团里的狗熊,为了一块食物就会屈从欲望",从这点,他认为许可绝对是狗熊,为了利益别说屈从欲望,人格都会出卖。

想到金灿,韩永刚把秘书叫进来,问联系上她没有,秘书说对方手机已经停机,发邮件也没有回复,韩永刚摇摇头,只好作罢。他非常后悔当初没有留下金灿,这个小女生别具一格的思维方式令他惊讶,虽然受到对方奚落,但他并不生气,毕竟是他屈从刘部长,让那个刚刚走出校门、没有工作经验、面试也不尽如人意的艾芸替代了金灿。可是话又说回来,如果他不买刘部长的账,又有谁能够帮助他打通阳明市单副市长的关系呢?

艾芸轻轻走了进来。

与面试不同,艾芸不再拘谨也不再青涩,上班时日虽不长,她却很快适应了工作,什么事情一说就通,一点就会。本来,韩永刚还打算让艾芸干两天,就安排她去其他岗位,谁想,艾芸用行动证明了自己,韩永刚遂打消换人念头。既然艾芸是刘部长的外甥女,又是刘部长亲自推荐给他的,请刘部长出面搞定单副市长的任务,责无旁贷地落在了艾芸肩上。艾芸知道阳明市一卡通项目对公司的重要性,原以为项目已经手拿把攥,例行工作会上,经刘洪涛一说她才知道这事有点悬,正想要不要让姨父刘部长帮忙,恰好这时刘洪涛说出仇处长的建议,她顿时高兴起来。关系资源是她的强项,别人或许望洋兴叹,她却是近水楼台。不过她没有马上说出,小姑娘不傻,认为只有当大家觉得山穷水尽,她的柳暗花明才能彰显实力。

"艾芸,一卡通项目现在有些麻烦,你有什么看法或者建议?"韩永刚故意问道。

艾芸一阵激动,知道机会来了。她镇静了一下情绪,说道:"从我了解的情况看,现在悲观为时尚早。第一,别人有关系,我们也有,现在被动是因为找错了人。第二,别人有技术,我们也有,而且还有现成案例可供参考。我认为,只要找对关系,直接找到阳明市一把手或者负责项目的单副市长,花落谁家还不一定。"

艾芸的话说到了韩永刚心坎里,他的确也是这么想,不由得点头赞许。艾芸受到鼓励,顿时心花怒放,主动请缨,要姨父跟单副市长打招呼。韩永刚自然同意,他清楚刘部长的分量,虽然在省委常委排名第七,他的能量却不次于一把手,刘部长若给单副市长打招呼,对方必定会听。艾芸又提出正好赶上国庆,不如买些画给姨父,这样更好说话。韩永刚也知道刘部长喜欢画,觉得这个主意好,于是和艾芸商定十一那天一起去美术馆看画。

国庆节到了,庆义市成了花的海洋,大街小巷随处可见摆放齐整的一排排花坛,五彩缤纷,空气中也弥漫着花的芳香。建筑物顶端包括居民小区都插着五星红旗,庆贺共和国六十华诞,不少商家打出节日酬宾横幅,为盛大的节日增添异彩。所有商店无不打开电视,不少游人被电视内主持人高亢激昂的解说吸引,或进店围在电视旁边,或在门口驻足观望。人们共同期待着大典的到来,原本熙攘的街道,此刻也不再喧哗。

美术馆不是韩永刚常来的地方,他对艺术的兴趣还不如一场乏味的电影,这或许是因为他从小生活在部队大院,感受到的都是军人的硬朗。他的父亲更是一个不喜花鸟鱼虫的军人,唯一的爱好就是象棋。每当韩永刚的母亲往家里添一盆花、挂一幅字画,他的父亲都会喋喋不休。直到去世,他也没有给花浇过一次水、没正眼看过一次画。他的母亲是从副省级领导岗位上退休的干部,常年忙碌使她顾不上对艺术的喜好，自然也无法对子女们言传身教。韩永刚的哥哥姐姐也都是军人出身，研究战术比研究艺术更能提起他们的兴趣。所以，他的精力在工作之余，是通过各种运动来释放，高尔夫、网球、游泳无一不是他的爱好。韩永刚不像某些人，明明不懂艺术却非要附庸风雅，在他的办公室没有一张字画，家里的墙上也只是用刀和盾牌来装饰。

韩永刚带着艾芸在美术馆转了一圈，选中几幅画后很快达成协议，等撤展后他们就可以把画拿走。之后，俩人说说笑笑向展厅大门走去。刚到大门口，韩永刚没提防和进来的人撞了个满怀，定睛一看，他忍不住笑了，说道："金小姐，这么巧，没想到我们会以这种方式再次见面，真有点火星撞地球的意思。"

对方正是金灿。

自从和男友分手后，金灿再也没有出过门，每天除了方便面还是方便面，有一天她甚至连饭都没吃。在这里她没有朋友，没有亲戚，连说话的人都没有，这使得她的情绪无法修复，还常会莫名其妙流下眼泪。情绪恶劣时，手边的东西都成为她的牺牲品。不到五天时间，她就消瘦了一圈。

今天若不是为了去中介公司，她依旧不会出来，她甚至后悔当初为了那一万多元钱没有把车卖掉，否则，她现在已经和妈妈在一起了。中介公司的工作人员告诉她，十一刚开门，不会这么快就有买主，让她回去等电话。可是她的电话已经停机，无奈之下，工作人员建议她下班前再来，她只好快快而回。马路上，出租车不像平日那样多，她等了一会儿没等着，决定步行回家，借以活动一下虚弱的身体。路过美术馆，她看到有画展，犹豫片刻，决定进去打发时间，没有想到，刚进大门就和人撞在一起，而撞她的人居然是曾经令她不快的韩永刚。

金灿揉着疼痛的肩膀，扫了眼艾芸，认出就是这个女孩取代了自己，她顿时气不打一处来。她没有回应艾芸的微笑，冷冷说道："我可不认为这是火星撞地球，你的块头和冲力完全可以和火车相提并论。"说着，她绕开韩永刚向里走去。

韩永刚一愣，对方的话很不友善。他以为金灿还为那次面试介怀，于是吩咐艾芸先走，自己赶到金灿身边，笑着说道："金小姐，我正要找你，我们是不是换个地方谈谈？"

金灿停住脚步，打量了一下韩永刚，依旧冰冷地说道："韩总，你是应该找我

谈,但也不用换地方,只要三个字就足够。好,你说吧。"

韩永刚糊涂了,金灿言辞的犀利他已经领教过,便试探问道:"你这是什么意思?"

金灿面露讥讽,说道:"韩总,你贵为公司老总,又是一个男人,自身修养应该不差吧?怎么撞了人连句'对不起'都不会说,还问什么意思?"她摇摇头。

韩永刚认定对方情绪不好是面试留下的后遗症,笑道:"金小姐,我承认上次的确对你不公平,不过,大前天我让秘书给你打电话,想请你再来公司谈谈,我的秘书说你的手机已经停机。今天这种巧合说明我们还是有缘分。"

金灿感觉被刺痛了,她抿了下嘴,极力控制自己的情绪,平静地说道:"韩总,职场本身就是残酷竞争的修罗场,我之前又不是没有经历过这种情况,你若以为我还在为那次不值一提的面试耿耿于怀,那你错了,我早就把它忘了。如果你把撞人作为一种缘分,我宁可一辈子也不要这种缘分。我想我的话已经够明白了吧?另外,过了节我就要回北京了,永远也不会再回来。对不起,请让开。"她的声音坚定,没有丝毫妥协。

金灿不是那种得理不饶人的女人,但短期内接踵而至的打击使她几近崩溃。尤其是她已经同居六年的男友,在她最需要依靠的时候,用背叛的方式离开她,这让金灿对整个世界的男人都厌恶、憎恨,韩永刚也不例外。

韩永刚尴尬地闪在一旁,看着金灿的背影随着人流走进展厅。他缓缓地摇摇头,不明白这个女人为什么这么倔强。他自我解嘲地想:"就算面试出题不当,也不至于这种态度吧!玩儿什么清高?"他哼了一声,转身走出美术馆。

韩永刚从未让人以如此态度拒绝过。从小高干子弟身份到现在身家数千万资产的老总,他人生的绝大部分时期都有着不同的辉煌,以至于韩永刚习惯别人对他的奉承,像金灿这样讽刺挖苦绝无仅有。不过,他也并非小肚鸡肠之人,受父亲和大哥影响,他只重原则不拘小节,金灿的话尽管让他窝火,但他觉得是自己不公在先,也只能作罢。正是他绅士般的恭谦和男人的伟岸,使得不少女性把他看作白马王子,而在外人眼里,都认为他择偶条件太高,高到只有天上的仙女才能与之匹配,因此,众多美女在他面前都铩羽而归,他四十二岁依旧孑然一身。

美术馆内游人如织，金灿已经来回绕了好几圈，她不是在欣赏艺术。以她此刻的心情，就算是面对达·芬奇的大作也会无动于衷。她只是在消磨时间，室内的凉爽较之户外的炎热使她不愿离开。

一个小时过去，金灿也不知道绕了多少圈，她腰酸脚疼，肚子也叫唤起来，她看了下手表，十二点多了，于是向外走去。来到门口，刚下台阶，她忽然愣住了，韩永刚坐在绿化带边缘的石围上，一手拿着报纸，一手拿着冰棍，正低头看报。金灿非常纳闷儿："这家伙现在还没走，到底想干什么？莫非他另有企图？"想到这，男友孟志远的形象在她脑中忽闪一下，她感觉就像吃进去一只苍蝇那样恶心，紧张的心情登时转化成一种愤怒。想了片刻，她昂首挺胸，目不斜视她迈步走下台阶，向大门外走去。韩永刚看见从他旁边经过的金灿，连忙叫道："金小姐，请等一下。"他赶紧站起，大步追上。

金灿转回头，一脸怒容，正想挖苦对方几句，但看见快步走过来的韩永刚满头是汗，上衣领口前还汗湿一片，顿时心一软，怒气稍减了几分，她冰冷地说道："韩总，你这又是何苦？"

韩永刚抹了一把脸上的汗，严肃说道："请不要误会，我非常后悔当初干了一件傻事，你的态度我完全明白，请放心，我等你并不是为了再挽留你，只是想对你说一句，对不起！"说完，他冲金灿点点头，又道，"祝你好运！"然后不等金灿回答，就先迈步向停车场走去。

韩记刚的确想再度挽留金灿，但并非金灿所想的那样有所企图。他新制定了一个宏伟蓝图，而金灿是这个计划的不二人选，基于此，他才让秘书联系金灿，当得知对方失去联系，他怅然若失，后悔当初没有留下对方。美术馆邂逅，使他欣喜若狂，原本以为金灿听到邀请会大喜过望，没想到被这个女人一口拒绝。开始他对金灿仅是求贤若渴，遭拒后，出于性格使然便和金灿较上了劲儿。他本想回身再去向对方解释，后转念一想，认为金灿此刻情绪无法正常沟通，但就此离开，恐怕以后再也见不到，思前想后，他决定仿效当年萧何月下追韩信，在外等候，不同的是，萧何是在夜里，而他却是在烈日下。当再次见到金灿时，对方不近人情的态度使他彻底明白，这个女人心意已决。韩永刚自然不知道金灿这段时间遭受的挫折，以为这个女人依然记恨自己，这种情况下，任何措辞都无济于事，于是打消了邀请念头。

先哲曾经说过，"男人活着靠健忘，女人活着靠牢记"。但是，金灿此刻却把自己刚才的想法一股脑全忘掉了，她的心再次受到猛烈撞击，只是这次不是悲伤，而是感激。

自卑的影子是傲慢，尤其对于好强的人来讲，越是穷困潦倒就越会摆出一副高傲的模样。金灿需要工作，更需要挣钱，她之所以一而再，再而三拒绝韩永刚，愤世嫉俗不是全部理由，真正原因是自卑。然而，在自卑的坚冰下，获得尊重是唯一可以化解的办法，韩永刚一句诚挚的话惊醒梦中人，让金灿感到冰雪消融，找回了理智。

"他绝对是真诚的。"她想，"能在炎热中等我这么长时间，就为说声对不起，况且他也承认那次他干了一件傻事。能人眼中知能人，庸人眼中见庸人，这证明我不是垃圾，我还是原来的我。那些乱扔我简历的人有眼无珠，岂能和他相比？我怎么这么想不开，非要拿别人的错误来对待他并惩罚自己？纠缠过去就等于失去未来，这话我怎么会忘了？"她感激地看着韩永刚离去的背影，抬手擦了一下流在脸上的汗，没擦干净，又擦，还是没擦干净，她全然不知，她擦的不是汗，而是泪……

第三节　心计

欢乐的时光总是显得短暂,尤其对于上班族来说,酒还没有喝够,大自然没有完全亲近,身体更没有来得及放松,假日就过去了。

节后第一天上班,天海公司的员工们还在回味节日的喜庆,直到韩永刚露面,大家这才打住话题,意识到假日真的结束了,偌大的办公区顿时安静下来。

不久,员工们惊奇地发现,韩总带着一个女人开始到各个部门做介绍。他们之所以惊奇,是因为新员工一般都是由人力资源部经理带着去认识大家,这也仅局限于部门副经理以上职别,韩总这是破天荒头一次亲自带人挨部门介绍。

没等韩永刚一一介绍,他那洪亮的声音就让大家都知道了,这个女人叫金灿,分配在总裁办公室工作。

大家纷纷小声议论,远处的更是伸长脖子打量,女员工则用羡慕的目光看着金灿:且不说其高挑身材与靓丽容貌,仅气质一项便令人赞叹,加上白色真丝长袖衬衣、浅棕色职业裙装,果然是花中魁首、人中龙凤。

金灿没有回北京。韩永刚那日的举动彻底颠覆了她原有的想法。她先是从韩永刚的目光中看到他发自内心的道歉,继而又从韩永刚的汗水中读懂了什么叫真诚。瞬间,金灿被感动了。女人的情感是丰富的,哪怕是一潭死水,只要投进真诚,也会掀起波澜。金灿在原地站了几秒后,忽然鼓起勇气向韩永刚跑去。就是这短短的几秒钟,她改变了自己一生的命运。

金灿态度的转变令韩永刚欣喜异常,虽然惋惜没有看到国庆盛典实况,但是,为天海公司得到一个优秀人才也足以令他开怀。俩人去了一家餐厅,韩永刚

把公司现状和未来蓝图向金灿详细介绍,并请金灿先在总裁办公室工作。一是熟悉公司所有业务,二是为融资做好书面准备工作。

那天,俩人谈了很久,临分手时,金灿突发奇想,问韩永刚为什么会这么锲而不舍地邀请自己加盟天海公司。韩永刚玩笑道,都是因为她挖苦自己没有买天安门的实力,他很受刺激,所以必须让她加入自己的公司,见证他到底有没有这个能力。

告别韩永刚后,金灿赶到中介公司,软磨硬泡取消了卖车协议,又开车找到一家美容中心,美美地做了个SPA。

韩永刚带金灿在公司转了一圈后,才把金灿带到许可办公室。

许可一早就到了公司。按照节前布置,他一会儿就要去阳明市出差,秘书已经为他准备好相关资料。他正等着向韩永刚请示完就出发,可是韩永刚一上班就带着一个新员工到处介绍,根本没时间容他插话,不禁让他有些恼火。许可也是急性子,说干就要马上行动,容不得拖延。

韩永刚为他们相互介绍后,许可没有像别人那样和金灿热情握手,只是简单地打了个招呼,便和韩永刚谈起工作。金灿有些不自在,以她对许可的直觉,对方不仅仅是冷漠,更有一种潜在的敌意。她很奇怪,自己从未与之谋面,对方毫无理由如此对她,就算工作着急,也不能没有最起码的礼貌。韩永刚看出金灿心情上的变化,等许可走后,解释道:"他是一个雷厉风行的人,重大事,不拘小节。你别和他一般见识。"金灿却不这么想,她隐约感觉许可是个难以合作的人,而且不易揣摩。

漂亮女人向来是花边新闻的炒作材料。金灿刚来公司不久,有关她的来历就出现了两个版本。第一个版本说她是韩永刚的女朋友。这种说法获得公司大部分员工认可,毕竟金灿第一天来报到,就是韩永刚亲自介绍,大家有目共睹。另外在总裁办公室上班却不归办公室主任领导,而是直接由韩总负责,这说明俩人关系非同一般。更重要的是,人力资源部的小张给出有力证明:金灿未婚。第二个版本说她是官二代,国外混不下去,就回来发展。这种说法的可信度不高,许多人认为,既然是官二代,即使混不下去,回国也应该去类似电信、石油等巨型企业工作。天海公司虽然也算是效益不错的中型企业,但是和那些企业比还相差甚远。

金灿并不知晓大家给自己安排的角色。从同事们尊敬的目光、热情的态度看来,她还以为这是企业文化教育出的素养,因此也报以微笑回应。

一段时间过后,传闻失去新鲜感,大家对金灿不再议论,但有一个人却为此着急起来,她不愿意相信这是真的,更不爱听别人有鼻子有眼地判断,若此类话题进入耳内,还会产生醋意,她不是别人,正是艾芸。

艾芸何时暗恋上韩永刚,她自己也不清楚。按理说艾芸刚来公司一个月,年龄又和韩永刚悬殊,没有理由将情窦对"老男人"开放。况且以她的相貌、身材、学历和家庭背景,找一个年龄相仿、条件优秀的男人绰绰有余。然而,完美的条件未必得到美满的结果,虽说女生都有自己的公主梦,可一旦误入情感灰色地带,就如同大病一场,即使治愈,有人也会背离初衷,做出惊世骇俗的举动。艾芸大学时代的初恋没有迎来收获,而是留下了伤痕,受此刺激,加上父亲的影响,她修正自己人生的航标,决定以奋斗来证明自己的存在。毕业后,她没有像其他同学那样,蜂拥去当公务员,或去收入不菲的巨型企业,而是让天海公司成为自己人生起飞的平台。面试,是她走向社会所经历的第一个"滑铁卢",尽管有些难堪,但是通过姨父刘部长,她感受到关系和权力在事业中的重要性。上班后,她如勤奋的工蜂般忘我工作,这使得韩永刚对她赞赏有加,凡是外出开会,或者宴请客户领导,都会叫上她。一来二去,她与韩永刚在一起的时间越来越多,直到某一天,对方一句风趣幽默的话使她开怀大笑,她突然发现,这个男人身上拥有的气质和魄力是他人不具备的,在得知韩永刚依旧孑然一身,爱慕油然而生并渐渐充满心扉。

女生的情感不像男人那样来得沛然猛烈,却细致入微,比如,她会比原来上班时间提早几分钟,为韩永刚沏茶,赶上加班,她会为韩永刚叫来一份便当,遇到下雨天,她会将伞悄悄放进韩永刚的办公室。

艾芸不在乎对方是否知道自己的良苦用心,也不在乎她所设计的人生舞台上只有自己在唱独角戏,她坚信,只要锲而不舍,金石可镂。只是最近,她发现了来自别人的威胁,这个人就是金灿。且不说公司内部传言,就连艾芸自己都发现韩永刚对待金灿与她的差别。从眼神到态度,金灿得到的都是朋友待遇,而她仅仅是下属。作为女生,她完全清楚金灿的优势,金灿虽然比自己大好几岁,但依然属于黄金年龄,无论长相和气质都不输于自己,甚至在某些方面还要高过自己。不过,不能低估女人对待感情方面的智慧,再平庸、再低俗的女人,如果涉及自身的终身大事,都能激发出令人吃惊的睿智。艾芸不是低俗的女人,她的智商和情商也不低于他人,为了捍卫可能丢失的爱,她绞尽脑汁也要去争取。

金灿上班十来天,心境完全恢复,只是这次比以往更加努力。她知道自己之所以走出困境,完全归功于韩永刚,为了投桃报李,也为了证明自己的确值得韩永刚那么去做,她加班加点,不仅短时间内熟知公司产品、运作流程,还把过去一些主要项目烂熟于心。同时她还上网查询公司上游合作企业的基本情况,同类竞争对手的近期状况等等,并开始按照韩永刚计划二〇一二年公司上市的蓝图,对公司架构、财务、产品研发、市场营销策略等融资计划书中原有内容重新设计、修改。

她喜欢自己的工作,也喜欢同事,尤其是总裁助理艾芸。认识不到十天,双方只要一见面,艾芸就会"金姐,金姐"亲热地同她打招呼,工作餐时间,艾芸也会端着饭盒到她办公室,凑到她跟前,有说有笑的一起吃饭。

金灿知道,艾芸就是抢走自己总裁助理职位的人,也正是这个艾芸,让她尝到了自卑的苦果。但金灿并不记恨她,因为艾芸是局外人,自己只是在错误的时间、错误的地点成为她的牺牲品,至于后面的遭遇,也是命运安排,和艾芸无关。

又是一个周五,艾芸捧着饭盒,带着笑声走进金灿的办公室,径直来到金灿旁边坐下,几句闲聊后,便邀请金灿去她家里做客。金灿有些为难,答应吧,自己需要休息,不答应吧,驳了好友的面子。艾芸看出金灿犹豫,连忙解释明天是她老爸生日,他的几个博士学生要来庆贺,所以想一起热闹一下。对方既然抬出父亲生日为理由,金灿若再拒绝,显然不近人情,也会影响同事之间的关系,金灿只好同意。艾芸满意地笑了,她边吃边和金灿东拉西扯,显得兴致很高。

第二天,金灿买了一个大花篮来到艾芸家所在地南湖小区。南湖小区是高档别墅群,里面绿树成荫,芳草遍地,人造假山、喷泉随处可见,还有一个足球场大小的人工湖。偌大的小区基本看不见行人,显得非常宁静,这和围墙外的世界天差地别,宛如世外桃源。

客厅已经坐着十来个人,当金灿随艾芸进门后,她顿时感觉所有目光都投向自己,尤其是那些学生,表情像是被魔法棒定住一般呆若木鸡。艾芸的父母笑呵呵迎上前,几句寒暄过后,艾教授连声感谢,接过花篮,说道:"其实我对过生日不像你们年轻人那样看重,一碗长寿面足矣,都是学生们想借这个机会来聚聚,盛情难却啊。来,请坐,大家一起聊聊。"他把花篮递给夫人,要金灿和他坐在一起。艾芸在旁边拦住,要先带金灿去参观房间,金灿巴不得离开,她微笑着和众人打个招呼,便尾随艾芸上楼。

参观完后,艾芸拿着两罐饮料和金灿坐在二楼露台的遮阳篷下聊起天来。金灿感叹道:"原来没回国之前,总觉得国内生活与国外还有较大差距,现在看来这种差距几乎为零。"

艾芸得意道:"也不是所有人都能买得起这样的房子,即使是像我爸他们学校的其他教授,如果名望不够,就不可能揽到国家重点项目和企业合作项目,凭那点儿工资根本不可能买下这样大的别墅。这也是我的奋斗目标。"

金灿"哦"了一声,又奇怪问道:"你不是已经有了这些,还奋斗什么?"

艾芸笑道:"这不是我的,是我爸的,我要通过自己打拼来得到。人生一世,草木一秋,如果我坐享其成,就永远也体会不到自己生命的价值。除非事实证明,我是一个庸人,否则我可不想把生命当成一块朽木,毫无意义地腐烂。我爸就是一个典型例子,'文革'时,他插过队,但他从未放弃自己的梦想,后来考上大学,一直读完博士才结婚。他常说,奋斗是人生最灿烂的一页,是给自己阅读的,而享福是最平淡的一页,是给别人看的,只有自己看的才有价值,别人看的都是虚的,没有意义。"

金灿点点头,由衷说道:"你爸不愧是教授,对人生分析得那么透彻,有时间我要向他请教。艾芸,真没想到你还有这样的抱负,我对你要刮目相看了。"

艾芸兴奋地说道:"其实,我们每个人从学校踏入社会都有自己的梦想,只是很多人并没有准备好,总以为这个社会必有自己的一席之地,一旦现实将美梦惊醒就会惊慌失措、怨天尤人。我和他们不一样,我是有备而来,我会把每一个困难当作书写我奋斗的素材,去迎接而不回避,像我爸那样,用能力而不是财富证明自己的价值。对不对,金姐?"她眼里放射出自豪的光芒,仿佛已经走到了成功的巅峰。

金灿点点头,淡淡说道:"你有这种想法,一定会成功。"

金灿对艾芸的话只同意一半,她认为坚定的信念固然重要,但不是每一个人都能走向成功之路。像艾芸这样有背景的人,自然在奋斗中会有强大的外力助推,她的前程是一马平川,而那些仅凭自己独闯天下的人,他们面对的是沟壑和高不可攀的悬崖陡壁。以自己第一次应聘为例,她的能力还不如艾芸关系的一个电话。金灿受过伤,深谙其中的道理,她不想和对方争论这些,所以没有接话。

艾芸又问道:"金姐,你猜咱们公司的人,我最佩服谁?"

"当然是韩总了。"

艾芸摇摇头,说道:"除韩总之外。"

金灿想了想,迟疑道:"是许总?"

艾芸哈哈笑起来,说道:"是你。"

金灿拿起饮料,轻啜一口,说道:"这话言不由衷,我自己都没有觉得有什么可佩服的地方,你怎么会佩服我?"

艾芸看着对方,没有马上回答,也端起饮料喝了一口,然后慢悠悠地说道:"没有骗你,是真的。在我印象里,女人若是三十岁还没有结婚,基本上就迈入了剩女行列,而你长得这么漂亮,追你的男人肯定不少,到现在还没有嫁人,说明你的事业心很强,我自认为自己也有很强的事业心,但我肯定不会以此耽误婚姻,这就是我佩服你的原因。"

金灿先是一笑,说道:"谢谢你的夸奖。"接着用认真的态度说道,"艾芸,我对你使用'剩女'这个字眼有看法,什么是'剩'? 换到商品上,意思就是没有卖出去的东西,把没有出嫁的女性等同于卖不掉的物品,本身就是歧视。我不是在说你,中国文化博大精深,可现在让某些人滥用了。"

艾芸一想也是,不好意思地笑道:"对不起,金姐,我也是看网上大量流传这些用语,还从没有想过它内在的含义。"她喝了一口饮料,又问道,"金姐,难道你真不想结婚?"

金灿呵呵笑道:"我连男朋友都没有,和谁结婚? 艾芸,如果有合适的,你给我介绍一个。"

艾芸心中一阵狂跳,她假装若无其事道:"不会吧,公司里的人都说你是韩总的女朋友。"说完双眸紧盯对方。

"什么?"金灿吃惊地问道,"谁说我是韩总女朋友?哪有的事儿。"

"所有人都这么认为,难道不是吗?"

金灿吃惊地望着艾芸,脸上呈现不快,说道:"艾芸,你想想,我刚到公司才十多天,和韩总见面不过几次,我连他是否成家都不知道,怎么可能会是他女朋友。再说,我来公司是为了工作,不是来找对象,这种捕风捉影的说法过于夸张,对韩总影响也不好。"

艾芸心思一转,认真道:"你不认为韩总这个人不错吗?"

金灿苦笑地摇摇头,说道:"韩总是很不错,但这和我没关系,我在爱情上曾经受创伤,已经麻木了。好了,我们换个话题,不谈这些。"

艾芸高兴地笑起来,几天来压在她心头的郁闷瞬间消失,她忽然感到自己设计的这个局实属多余。本来她父亲并不想请学生来家里,而是在饭店吃顿晚餐意思一下,她坚决反对,还叮嘱父亲,要请一些没有结过婚、长相不错的博士生来。父母错误理解女儿的意思,以为她想为自己找男朋友,就痛快答应,可是没结过婚的毕竟是少数,于是母亲把她的未婚学生也叫来了。

艾芸终于达到自己想要的结果,而且"兵不血刃"。她把金灿请来,本是打算让对方感到自己家境殷实富裕,使对方在经济实力方面气馁,并直接告诉金灿,韩永刚是自己的那道"菜",再是将那些博士介绍给金灿作为弥补。未承想,金灿对韩永刚兴趣索然,根本不是外界所传的那样,所以,艾芸也避而不谈自己的"菜"。可怜那些博士,自金灿进入艾芸家开始,他们的心就扑腾扑腾地跳,跳到最后也仅是白跳。

自许可从阳明市出差回来后,韩永刚心情一直不佳。按许可的说法,好消息是一卡通项目将在明年春节后招投标,目前市政所属的公交、医疗、商业销售网点、加油站等单位都已经开始加班加点,为联网统一财务数据格式。由于阳明市在城市一卡通项目起步晚,所以这次要一步到位,把大部分服务性行业纳入到一卡通使用系统中,这使得项目投资额至少再追加几个亿。坏消息是,希尼克公司已经与阳明市科技局携手。更坏的消息是,希尼克公司背后有瑞祥集团的影子,换句话说,金灿的前老板、瑞祥集团董事长严向东是希尼克的后台。

许可对这个项目彻底失去了信心,尽管他垂涎项目成功后的好处,但一想到单副市长如同拨浪鼓似的摇头,想到严向东插手一卡通项目,不由得万分沮丧。单副市长说,并不是他不想帮忙,凭刘部长的面子,只要有可能,他都会尽力去帮,可这不是他一个人说了算,里面关系很复杂,谁也得罪不起,并要许可体谅。对方还一再强调,由于投资额增加,项目资金有缺口,项目是否能如期招投标还很难说。这当然是一种推辞,用意是浇灭许可对项目的期望。

韩永刚满心的希望破灭,他感到非常烦躁。阳明市一卡通是他宏伟蓝图中最重要的一块拼图。如果拿下这个项目,他就可以再成立一个部门,在公司的板块上增加新的营业模式,不仅为融资增添砝码,而且为公司上市打下坚实的基础。若是拿不下,同时会影响到融资与公司产品链的发展。毕竟,仅以系统集成做主流项目,步伐太慢,产品销售也面临强有力的竞争。况且,在股东会议上,他也立下军令状,如果拿不下这个项目,他就辞职,虽然是玩笑话,但是韩永刚不愿眼睁睁看着自己的计划成为泡影。

许可在这个问题上与韩永刚想法相左,他认为,事情已经明摆,关系做到这个的上,若是没有成功,只能说明别人的实力更为强大。单副市长已经说得很明确,连他都无能为力,现在也只能放弃。如果还在这个项目上纠结,不仅浪费人力财力,连其他项目都会受到影响。

韩永刚不是轻易言败的人,他把希望放在母亲身上,想请母亲出面,找省委副书记帮忙,给阳明市领导再打招呼。这是他第一次为公司的事情求母亲,没想到被一贯疼爱自己的母亲一口拒绝,理由很简单,就是不能害了别人。

韩永刚这次是真的气馁了,加上许可一直打退堂鼓。他最后一次召开一卡通项目组会,宣布放弃项目并解散项目组。

金灿被叫到韩永刚办公室,韩永刚让她重新修改融资计划书,将综合一卡通项目从中删除,只保留校园一卡通。金灿吃惊地看着韩永刚,觉得不可思议。之前,当写到综合一卡通项目在公司发展战略中所起的作用时,她还为韩永刚的设想拍案叫绝,毫不怀疑投资方同样会对此抱有浓厚兴趣,如此亮点为什么要去掉呢？短暂的沉默被韩永刚打破，他艰难解释着不做的原因，尽力掩饰着极度的失落，当说到"我们的关系不够硬，再继续下去就是浪费时间"时，金灿明白了，对方的话简而言之就是关系不如人，所以主动放弃。金灿有些莫名其妙，不知道这个项目和"关系"有什么关系，在她心目中，一卡通无非就是一个系统集成项目，公司的技术、解决方案、产品、资质、团队、案例样样具备，何况现在连招投标都没开始，怎么会有浪费时间之说？她把疑问抛向韩永刚，要对方给出一个教科书里所没有的答案。韩永刚不想给金灿上课，此刻也没有这个心情，未承想，金灿却不依不饶，反而给他来了一节普法教育课。韩永刚啼笑皆非，想拂袖而去，又觉得对方一片好意，只好强忍郁闷，干瞪眼望着金灿，心里盼她赶紧走。

听着听着，韩永刚的注意力集中起来，金灿把话题从法律转到了一卡通项目上。她认为，天海公司在阳明一卡通项目上有三大优势：第一是售后服务优势。因为对于庞大的一卡通联网系统，出现软、硬件错误非常正常，故障若不能及时排除，将影响到客户端用户的正常工作。庆义距阳明走高速不超过三小时，公司完全可以承诺八个小时内解决问题，这个时间，外省公司的维护人员说不定还在路上。第二是产品优势。天海公司本来就是靠 POS 机发家的，针对一卡通项目中所用到的大量 POS 机，甲方可以节省一大笔硬件成本费。第三是信贷优势。天海公司在金融系统口碑相当不错，可以选择阳明市某家银行贷款，解决阳明一卡通启动资金不足的问题。

韩永刚听得心花怒放。金灿的分析不仅到位，也切实可行。即使拿不下一卡通项目，也可以竞争售后这一块儿，就算拿不下售后，还可以争取产品这一块儿，总之，现在放弃项目真的是大脑进水了。他马上把许可叫来，打算重新商讨一卡通项目。

许可拿着纸笔来到韩永刚的办公室，见韩永刚与金灿坐在沙发上，便走过去坐下，对韩永刚开玩笑道："韩总，这几天一直见你板着脸，今天有什么喜事？气色不错啊。"

韩永刚笑道："等你听了金灿对阳明市一卡通的高见，也会和我一样。"

许可惊讶地看了看金灿，又看了看韩永刚，不解地问道："不是说好那个项目停止了吗？怎么还纠缠不放。"他随手把笔记本往沙发上一扔，绷着脸看着

金灿。

金灿笑了笑,说道:"许总,我不认为我们在这个项目上已经没有希望,起码还有百分之五十的可能。"

韩永刚接过话,说道:"别说百分之五十,哪怕只有百分之一的希望,我们都要去争取。金灿,把你的思路详细说出来。"

金灿说道:"从刚才韩总讲的情况上,我认为,我们至少可以打出三张牌。第一张牌是给对方做出售后服务的承诺,里面包含三年内周期技术培训,产品保修多增加一年……"

许可瞪大眼睛,神态不悦地插话道:"你说的这些,我和单副市长都谈过,现在根本不是这个问题,别人已经把这个项目抢走了,你就是把产品白送人家,也不可能。"他又转对韩永刚道,"韩总,我觉得现在还讨论这件事没有任何意义,完全不可能,没有必要再浪费时间。"

金灿毫不退让道:"许总,事情的成败不到最后一秒,是不会知道结果的。如果我们什么工作都没做,就这样退出,那说明我们不是被别人打败,而是自己把自己打败。"

许可的自尊心被金灿刺伤,眼珠立时瞪起,面部也涨成了酱紫色,不顾韩永刚在旁边,大声喊道:"金灿,什么叫'我们什么工作都没做'?我前些日子出差是旅游度假去了?你说话积点德,别以为在国外工作几年,就比别人懂得多!"他本不是容不下话的人,之所以生那么大气,一是这个项目是自己亲自挂帅,被自己否定后,又让别人旧话重提,而且这个人在他心里还有一道解不开的结。再就是当着韩永刚的面,对方说话不留一点情面。

韩永刚见许可真急了,便接过金灿的话把思路说完。

许可苦着个脸,似乎根本就没听见韩永刚说话,既不回应,也没有看韩永刚,而是用手指拨弄签字笔,如玩杂耍般让它飞快旋转,神态专注不亚于魔术师在表演。

韩永刚有些不高兴,他最反感将个人感情带入工作中。许可的态度显然超越了他容忍的底线,于是,他提高音量问许可,金灿的建议如何。许可头也不抬,闷声闷气说了句:"有道理,可以试试。"

韩永刚奇怪地望着许可,站起身,走到许可身旁,猛拍了下他的肩膀,豪放地说道:"不是试试,而是要全力以赴。项目组立刻恢复,你还是组长,金灿也加入,任副组长,她的头衔暂定市场副总监。另外,项目组人员要扩充,你们马上讨论工作计划,然后向我汇报。"他一扫低落情绪,目光炯炯地看着许可,又道,"你不要顾虑什么,如果再不成,我来承担责任。"

金灿被韩永刚的情绪感染,心想,韩总这个人,果敢坚毅,知耻而后勇,不愧是真男人,而许总较之,则小气许多。

许可揉了揉有些发麻的肩膀,瞟了眼金灿,对方正低头沉思,便又将目光转向韩永刚,欲言又止。他的心情空前糟糕,对面这个曾经让他想入非非的女人并非只有一张漂亮的脸蛋和魔鬼身材,短短数十日,她就厉兵秣马,把一卡通项目研熟,挥拳站在公司权力的擂台上和他玩了一出权力游戏。尽管他许可在公司的地位和权力根深蒂固,但是,从韩永刚的态度上看,她刚才那一番长篇大论分明就是一记粉拳击在了自己的要害上并得分。更可怕的是,如果公司流传的有关这俩人的关系属实,那么权力的转移只是时间问题。至于韩永刚提议让他当项目组组长,他心如明镜,如果这个项目翻盘,则功劳是金灿的,因为这个项目本来是被他许可毙掉又被金灿捡回的,假如失败,屎盆子就会扣在他脑袋上,因为他领导无方。总之,他许可已经如同是周幽王手下的诸侯,只要褒姒高兴,烽火戏诸侯的游戏随时都可以上演。许可越想越伤心,他基本断定,金灿已经开始蚕食他在天海公司的权力和地位,最终目的是把他挤走,而摆在他面前的只有两条路,一是委曲求全,另一条路就是等着卷铺盖走人。"不行,无论谁为刀俎,我都不能成为鱼肉。"他想,"走着瞧,我就算是一只蛤蟆也有四两力呢,逼急了,我蹬死你!"

第四节　情伤

金灿收到前男友的一封电子邮件,这是自他们分手后近两个月内,孟志远第一次给她的道歉信:

金灿:

我非常抱歉上次极不理智的行为,我的确对你撒了谎,并用荒唐的理由为自己开脱,对不起!你说得对,我是一个懦夫,我承认我的欲望和勇气不成正比,由此伤害了你。这些日子,每逢礼拜日,我都要去教堂做忏悔,祈求上帝宽恕我当时的冲动。

你还在记恨我吗?如果时间不足以洗刷你对我的愤怒,我希望你回过头,看看我们曾经拥有的幸福时光。此刻,在我周边摆放着我们在黄石公园、迪士尼、尼亚加拉瀑布相拥的合影,你的笑是那么开心、动人,我多么期待能够再次与你实践我们当初彼此的誓言。

你是一个心地善良的女孩,请不要把我的一次错误看成是十恶不赦的罪过,并勾销我以往对你的爱。人都会犯错,这是生活的代价,我不是为自己开脱,只是想告诉你,我知道自己错了,上天也以你的名义对我进行了精神上的惩罚。我决定重新开始,用对你的爱来弥补我的过失,为了表示我的真诚,我可以放弃这里的生活,回国与你厮守,请相信我。

爱你的孟志远

金灿看完信,到卫生间洗了把脸,对着镜子考虑良久,又回到电脑旁,给孟志远回信,她写道:

孟志远:

感谢你的道歉,我也相信这是你真心所为,作为你曾经的女友,我为此感到欣慰,只是这一切与你所想已然不同。世间万般事物均在变化中,人也不例外,之所以这么说,并非我金灿是一个感情飘忽不定的女人,相反,我是一个非常传统的女性,对感情看的比什么都重要。这些天我终于悟出一个道理:再珍贵的东西总有贬值的一天;再爱的人也会有陌生的一天。常听人说,婚姻需要打理,否则会生锈,如果没有"变",为什么还要苦心去经营?我太累了! 当婚姻成为一种负担,成为一种欺骗,我宁愿不要。所以,我不会再介怀你对我的伤害,它已经是翻过去的一页,而我也不会对任何男人再有兴趣。很抱歉,我不认同你把这种错误认为是生活的代价,对你或许是,对我则是世界末日,除非有一天,这个世界上,感情不会再像婴儿的脸那样善变,否则我绝不容许感情再次伤害我。

如果你不介意,我们可以作回朋友,只是请你不要再有其他想法,谢谢。

金灿

金灿自从那次遭受打击后,百思不得其解。自己对孟志远那么好,生活中无微不至照顾他,每天下班回家给他沏茶、泡咖啡,临睡前还要替他洗袜子,这样都不能让他安分,自己到底做错了什么?

苦思冥想后,她找到了自认为满意的答案:对方是否出轨,不在于俩人之间感情的深浅,而在于外界对他的诱惑有多大,正如黑格尔所说那样,"人性的选择不完全出自理性,而是出于偶然的动机,以及对外界的依赖"。如果这个男人的意志不被物欲操控,其本色必定表里如一,否则,只要给他一滴雨,他都能泛滥成洪水。孟志远对自己的背叛,并非是因为他对自己没有感情,根源是他本身就存在猎奇的欲望。如果自己在他身边,或许能起到防火墙的作用,但这仅仅是形式上的约束,没有任何意义,因此,对这种男人,分手是唯一的选择,不然,欲望依然会驱使他一而再,再而三的犯错,而自己的余生则会在痛苦中度过。

金灿想通了,她摆脱了笼罩在心里的阴霾,甚至还庆幸养牛老板带给她的强烈刺激,否则她也不会在孟志远睡觉时间打电话。尽管找到答案,但是她又迷惑了,在这个物欲横流的世界里,还能找到不被欲望控制的男人吗?如果找不到,是否只有形影相吊,孤独走完此生?还是继续等待,直到有一天幸运上门?

人一生的问题似乎总比得到的答案要多,有些答案需要付出代价,有些则需要时间给出。她不再去想,也不再去纠结,她知道,爱情可遇而不可求,如果老天爷非要她独身到老,她也只有顺从天意。

许可和金灿按照韩永刚的指示,发挥各自的优势,取长补短,很快便完成一份详细的工作计划,并上报韩永刚。两人虽然第一次配合,却妙至毫巅,比如说金灿认为项目组技术需要补强,许可二话不说,马上让技术开发部派出精兵强将,部门经理但凡微词就会被许可臭骂一顿。许可想要一个工作流程图,没等他发话,金灿就已经完成。这类事情不胜枚举,许可惊叹之余,终于对金灿收起小觑之心,不得不承认这个女人的工作能力与其外表一样值得夸赞。

许可服软了?当然不是,金灿越是能干,他的戒惧与妒忌就越加深一分。他不是伯乐,也不想当伯乐,更不希望自己在公司一枝独大的现状被人打破。在他的意识中,公司能走到今天全靠自己,除韩永刚,他是当仁不让的老大,他绝不容许任何人威胁到自己的地位。

人性中自我矛盾的解决往往遵从利益的最大化,许可对待金灿亦是如此。若按她以往的习惯,即使不辞退金灿也会将其打入冷宫,根本谈不上什么密切配合,终归是利益让他第一次违背自己的意志,因为躺在保险柜里的那张股份协议不仅仅是张纸,它代表的是财富。再有一点,金灿是韩永刚亲自找来的,要动她还得先过韩永刚这一关,他想,既然胳膊拧不过大腿,那又何必去拧呢?只要金灿听话,又何必跟她置气?如果发现其有野心,难道他就不会在地上撒一把钉子或者弄个绊马索?

项目组成立会议在许可主持下召开,除了几个部门人员参加外,还多了一个艾芸。她是主动要求加入到项目组的。这些天来,每当看到韩永刚紧锁眉头,闷闷不乐的样子,艾芸心里就跟着着急。她知道韩永刚是为了一卡通项目烦恼,私下她也曾向韩永刚主动请缨,再去做做刘部长的工作,但被韩永刚制止。他认为刘部长的能量在这个项目上已经不够,明知不可为而为之,不仅徒劳无功,反而会给对方带来不好的印象。艾芸无奈,她恨自己没有扭转乾坤的能力,不能在关键时刻为韩永刚分忧解难。后来金灿的建议让韩永刚看到曙光,情绪恢复,这使艾芸异常高兴,同时她也想,与其临渊羡鱼不如退而结网,若在这个实战项目中锻炼自己,不仅水平能够提高,还能博得韩永刚另眼相看,因此她提出加入项目组。韩永刚对她的想法很高兴,于是和许可打了招呼,吸收艾芸加入。

许可先把项目组再次成立的原因向大家说明,然后让大家相互做自我介绍,金灿被安排在最后一个,这里面固然有重视成分,也不排除许可有拉拢之意。大家基本上都是第一次和金灿打交道,对她的工作能力、风格全然不知,个别人甚至认为她是凭脸蛋上位,刘洪涛更是和旁边的同事挤眉弄眼。

"洪涛,现在是开会。"许可严肃道,"金总虽然来公司时间不长,但是水平绝不比你们差,我警告你们不要卖老资格,如果有谁认为自己牛,那你来当这个项目组长,我还巴不得回家洗洗睡了。"

许可的话给了金灿很大鼓舞,她本来也不会在意同事们的议论,毕竟新来的人都会面临这一挑战,但没想到,许可在场面上给足她面子,而且为了树立她的威信,连称呼也升级了,这使金灿对许可又有了新的认识。

许可强调一番团队精神后,又说道:"我的名字叫许可,但对于违反工作原则的事情决不许可。我明天出差,估计三天后回来,这期间你们听从金总安排,下面请金总布置工作。"布置工作本来是许可的事情,他却临时改变主意,让金灿代劳。金灿知道许可是在扶她"上马",就没有推脱,开始按事先定好的计划,对各个部门的人进行工作安排。

项目组如同一架精密的仪器迅速转动,每个人都发挥出最大效率。下班前,金灿获得消息,阳明市的一家银行已经联系妥当,并约好第二天下午见面,刘洪涛也和仇处长约好中午一起吃饭。她马上向许可请示,要带相关人员晚上就前往阳明市,为第二天的工作做好准备。许可同意后,金灿让艾芸通知刘洪涛等相关人员,自己则开始准备材料。

世事难料,金灿没有想到,自己的计划会在银行这一关搁浅,当第二天她满

怀希望与阳明某银行一位副行长见面后,对方客气的外交辞令使她大失所望。副行长的意思非常明确,他们银行对大宗贷款有严格手续,仅审核一项少则一个月,多则数个月,七七八八的程序走完,最快也得半年以后,但是如果天海公司能拿下一卡通项目,并解决资金问题,他们很乐意与阳明政府合作。金灿心想,若是这些问题都解决,还找你们干什么。她又给对方做工作,副行长除了摇头,便是乐见其成之类的话,最后以开会名义将金灿他们打发走。

刘洪涛、艾芸等人长吁短叹,万分沮丧,尤其是刘洪涛在背后抱怨金灿,说她是为了表现自己,放着关系不用非要逞能。他们临来时,许可交代金灿找一个人,说此人能够摆平行长,不料此人恰好有事,让金灿等两三天。金灿没有等,她认为这种事情对银行来讲,高兴还来不及,没道理拒绝,于是不理会刘洪涛的苦劝,执意登门,结果不幸被刘洪涛言中。

金灿不是轻易言败之人,短暂的焦虑并没有使她恐慌,多年的职场生涯中,挫折数不胜数,她始终信奉这样一句话,"无论你从什么时候开始,重要是,开始后就不要停止,无论你从什么时候结束,重要是,结束后就不要悔恨"。她坚信自己的信念,不想等,决定从其他银行入手。她和许可通了电话,汇报了自己的想法。许可没有责怪她,他理解金灿。在外企工作时,那些老外也同样不明白为什么要搞"关系",后来才发现,产品质量差别不是关键,"关系"才是关键,多年下来,他们也学会了走"关系"。

面对金灿的疑惑,许可颇有耐心解释道:"'关系'不仅仅是'走后门'的代名词,其实,它也为买卖双方担负诚信的桥梁,社会上骗子太多,有了'关系'就可以把风险值降到最低,这也是我经常说的国情。"至于金灿还想去其他银行尝试,许可没有反对,既然是等,碰碰钉子也能让她理解"关系"的重要性。

金灿把与许可商量的结果告诉大家,并动员大家第二天去城市开发银行试试。众人沉默,显然都认为金灿没有必要这样做,最后,还是艾芸打破僵局,愿意和金灿同往。

第二天上午,城市开发银行大门外站着两个年轻女子,靓丽的容貌、端庄典雅的职业裙装,无论从打扮和气质都脱俗超凡,引得来银行上班的人纷纷侧目,只是门口保安没有怜香惜玉之心,面无表情,任对方磨破嘴皮也不让进去。

她们就是金灿和艾芸。

两人来了有一会儿，传达室的保安见对方说不出行长的姓名，人又长得俊俏，生怕是来找麻烦的，也不听解释，拒绝给进门条。她们无奈之下只好央求另一个保安，这个保安是小伙子，何曾被这样的美女求过，若非考虑到饭碗早就让她们进了，此刻正值上班高峰，小伙也不好偷偷放她们进，只好硬下心肠视而不见。艾芸的耐心渐渐退去，心中后悔不该听金灿的话站在这里丢人现眼，气呼呼掏出电话，也不管金灿同意不同意，开始找关系。

正在这时，一辆黑色轿车开了过来，金灿犹豫了一下，还是马上迎上去挡住通道，举手示意停车。车窗打开，司机摘下墨镜，想发作又忍了回去，惊奇地看着金灿。金灿一边微笑一边迅速扫了眼车内，后排坐着一位五十来岁，戴着眼镜的男子。她立刻向对方介绍自己，接着睁大眼睛一副害羞模样，像迷路的小姑娘需要警察叔叔帮助那样，请求男子带她进去见行长。男子打量了一眼金灿，问明来意后称自己姓梁，就是行长，吩咐保安放行。

艾芸电话还没有拨通，金灿拦车一幕被她看得清清楚楚，心里一阵紧张，心想，这又不是上访，随便拦车多丢人。没想到，那边居然放行，她大感惊讶，兴奋地来到金灿身边，也不管金灿是否喜欢这种方式，嚷嚷道："金姐，我太佩服你了，要是我，还真放不下这个面子。"

金灿感叹道："不要忘记我们是女人，上帝既然把人分出性别，我们为什么不好好利用这个身份呢？我的美国同事常说，同样的错误出在男人身上，是不可饶恕的，但在女人身上则可以原谅，因为她们是女人。"

行长办公室里，金灿对梁行长半开玩笑道："我对刚才的冒失向您道歉，希望这件事不会影响您对我个人的看法。"

梁行长把两人的名片放在茶几上，说道："在我印象里，以这种方式见面绝无仅有，我倒是佩服你们的勇气，不过下次再来，就不要采取这种方式了。"

"我同意，这样的确有点拦轿喊冤的味道，但愿您的部下不会因为我的莽撞误解了您。"

俩人哈哈一笑，消除了略微紧张的气氛。

良好的开端预示着喜人的结果。行长听完金灿的介绍，表现出浓厚的兴趣，

他坦言项目若真能成功,每年将为银行吸储至少几个亿,于是当即决定上会讨论,并让金灿她们先回去等候消息。临别,艾芸趁和行长握手之际提请共进晚餐,行长笑言,饭要吃,但不是现在,等合作成功,饭由他请,不过,金灿要为今天的过错自罚三杯,当然,他也要为差点错过"财神爷"自罚三杯。

晚饭后,行长亲自给金灿打电话,让她通知单位领导,明天下午两点带上公司资质以及近三年的财务报表来银行,末了,还打趣她这次进门就不用拦车了。

金灿的闯劲不仅令艾芸心悦诚服,连刘洪涛也刮目相看。之前,项目组再次成立时,刘洪涛对许可任命金灿为副组长非常不满,认为自己好歹是部门经理,又一直跟踪一卡通项目,无论从哪说起,副组长一职也非己莫属。他私下找到许可,不提副组长一事,拐弯抹角说项目组的人事安排会让仇处长迷惑。许可何等精明,对方要官的把戏被他一眼看穿,训斥道:"项目组对内不对外,副组长也就是传令兵的角色,争这有啥意思。"

许可的话让刘洪涛不再纠结,只是金灿在他心里留下一道阴影。职场是个奇特的圈子,员工能赢得上司的青睐有时比工作能力更为重要。对刘洪涛而言,金灿刚来便担任项目组副组长,显然是有"关系"的,倘若事不关己,他也无所谓,怎奈金灿太漂亮,而许可又是一肚子花花肠子,刘洪涛不得不对金灿保持警惕。

金灿已经给许可拨了几次电话,怎奈对方始终不接电话,这让她万分焦虑。刘洪涛笑言,说许总现在要么在喝酒,要么就在泡妞,估计是没有听见,建议金灿直接向韩永刚汇报。金灿颇为犹豫,隐约认为越级汇报将导致误会,但经不住刘洪涛劝说,还是直接把电话打给韩永刚。

韩永刚这两天没有闲着。头一天金灿银行公关的失利没有让他沮丧,相反,他认为要是成功倒是一件奇怪的事情。他没有等许可的关系,巧得很,他也想到阳明城市开发银行,在金灿来电前,他刚刚找到关系,对方承诺第二天给行长打招呼。谁料,金灿的来电让他的工作变得毫无意义,他的惊奇大于惊喜,他正想知道金灿如何说服行长,刘部长的一个召见电话让他将疑问暂时闷在心里。

刘部长是韩永刚母亲一手提拔起来的干部,两家关系很好,逢年过节经常相互走动,所以,韩永刚在刘部长家,没有那些繁文缛节,甚是随便。

见韩永刚到来,刘部长甚为高兴,几句话过后,便直奔主题。韩永刚没有一点思想准备,听完顿时瞠目结舌,"这、这、这"半天也没说出个所以然。刘部长误会韩永刚是高兴得结巴,也是,他说的事情摊在谁头上都会欣喜若狂,何况韩永刚一直单身,这种反应理所当然。

刘部长是要把外甥女艾芸介绍给韩永刚。

说起艾芸,是男人都不会拒绝,韩永刚的确应该激动,再夸张点,幸福到眩晕也不为过。可实际情况并非如此,尽管他惊讶地瞪起眼,但那不是喜,而仅是惊,就像是一道闪电后面紧跟的雷声,却没有半滴雨。难道他没有听明白刘部长的意思?不,刘部长不仅重复一遍,还恭喜他即将结束单身,难道他嫌艾芸年龄太小,害怕两人十几岁的差距成为代沟?不,年龄在他眼中不过是数字的排列顺序,感情永远是第一。

究竟是什么原因让韩永刚谈艾芸如谈虎?

人人有本难念的经,韩永刚也不例外。二十年前的一次轻率,使他的心灵产生了无法愈合的创伤,随着年龄的增长,他的感情被彻底封闭。那是1988年的春天,他在北京一所大学上大四,他出色的身材、容貌吸引了不少女生。他看上一个被公认为"系花"的同班女生,俩人很快坠入情网,实习期间,他们偷食了禁果,当女友发现自己怀孕时,他们惊慌失措,惶恐之下,他把女友带到北京郊区的一家民宅,花五十块钱请来一位号称专家的中年男人为女友堕胎。那天所发生的一切,他一辈子也忘不掉,房间成了屠宰场,女友凄厉的哭喊加上血流如注的场面,使他顾不上战栗的心和哆嗦的四肢,推开那个所谓的专家,抱起女友不要命地冲出房间,当他赶到医院时,女友已经在他怀中咽气。巨大的打击使他几乎轻生,若不是上铺同学赶来苦苦相劝,他没有勇气活到现在,同学帮助他处理一切善后,并给他母亲打电话,他自己则回学校交代。后来,母亲瞒着父亲赶到北京,解决了女友家人的赔偿问题,并与学校商量能否不开除儿子,校方领导认为,该学生表现一贯良好,这次虽然犯下严重错误,但还能主动坦白,同意保留学籍一年以观后效,而他万念俱灰,坚决不愿继续上学。母亲对儿子酿成的大错已无力挽回,只好带他回家,这段历史只有他和母亲以及他的那位同学知道。

心灵上的创痛使韩永刚许多年不敢面对女性,母亲尽管着急,但也无法说服

儿子，只能任由他在事业上一路高歌猛进，在婚姻上却停步不前。直到最近母亲身体欠佳，孝顺的韩永刚这才听从母亲劝告，打算正视自己的人生，开始正常人的生活。不过，二十多年感情的闸门一直被紧锁，加之教训过于残酷，爱情已经像是受损的弹簧，韧性消失殆尽，这种状态下，他一方面渴望得到爱情，另一方面又背负着沉重的感情十字架，矛盾的心理让他谨小慎微，迟迟不敢迈出感情的第一步。他是聪明人，知道自己症结所在，就在前两天，他通过介绍联系了一家心理诊所，决定等一卡通项目忙过就去咨询心理医生。谁想，提亲在没有任何征兆的情况下突然上演，且不说突兀，单就女方是艾芸就让他吃惊，所以，他脑海里本能闪现出的是紧张，而不是高兴。

刘部长很快发现韩永刚不是因为高兴而木讷，而是在犹豫，不禁有些奇怪。其实，刘部长并不赞同这门亲事，认为双方年龄过于悬殊，以艾芸的条件找一个比韩永刚强的人并不困难。早在艾芸大学毕业时，刘部长就和艾教授说过，艾芸的男友必须经他同意，艾教授满口答应，他知道连襟视艾芸如同己出。前天，艾芸特地来找刘部长，说是看中韩永刚，要姨父提亲。刘部长糊涂了，尽管他也是看着韩永刚长大，他的人品、家庭和经济条件无可挑剔，但是年龄差距无法改变，他不能接受。开始他还抱怨韩永刚，以为是对方勾引艾芸，后来见艾芸非此人不嫁的决心，知道这个外甥女"走火入魔"了，好在他有多年思想工作经验，认为只要晓之以理，动之以情就能挽救艾芸。没想到，艾芸心意已决，早就说服她父母和大姨，这才来做他的思想工作。最终，搞了几十年人事工作的刘部长说不过艾芸，只好答应帮忙提亲，而且还被要求快，因为他被告知有一个叫什么金灿的女孩儿在一旁虎视眈眈。

韩永刚哪里知道围绕自己会有这样一个故事，犹豫了片刻便拒绝刘部长，理由是现在不想考虑。这下轮到刘部长吃惊，心想，这到底是怎么回事，艾芸自降标准已经不可思议，你韩永刚老大不小还端什么架子，放眼望去，哪个女孩儿比艾芸强，如果连这点自知之明都没有，活该打光棍。他心里这么想，嘴上却不住劝韩永刚，"我哥的孙子给我讲了一个笑话，他们小学开家长会，一个同学的父亲被老师误认为是孩子的爷爷，结果闹出大笑话，这个学生的自尊心受到很大影响。你岁数不小了，必须想到这点。十年树木，百年树人，别等到七老八十才考虑,否则,给我们社会增添多大负担。"刘部长的夫人也一旁解释,说是若非对韩永刚知根知底,他们才不会把艾芸介绍给他。

韩永刚非常感动。刘部长夫人说得没错,以他们这样的家庭能够看上他韩永刚的确是对自己各方面的肯定,再者,艾芸如花似玉,又受过良好教育,能娶她绝对是一种福分,也不会辱没自己的名声。但他还是不太情愿。难道他真是因为感情还被良心囚禁,所以非要看完心理医生才会考虑?当然不,在他心中其实已经有了一个女人的影子,尽管这个影子还很朦胧,但毕竟已经存在心中,如同正待萌芽的种子,她就是金灿。

韩永刚喜欢上金灿了。

感情这东西很奇怪,也很无厘头。韩永刚喜欢金灿的由来竟然源于面试时被金灿讽刺挖苦,换个人即使不记恨也会反唇相讥,而他相反,对方的锋芒没有刺痛他的自尊,倒是被对方一身凛然正气以及犀利的言辞震撼。后来工作中,金灿用行动再次证明自己不是绣花枕头,不仅不是,她还用一套漂亮的组合拳重新打开了阳明一卡通项目,此时,他心里不光是佩服,一种说不清道不明的东西开始在他心中发酵,总想多看金灿几眼,多听她说几句话。命运似乎和他开起玩笑,刚刚播撒完对金灿的情种,又把艾芸推到他跟前,两个女生的靓丽不分伯仲,能力各有千秋,一个在商场上拥有舍我其谁的勇气,一个在官场上具备呼风唤雨的实力,选谁不选谁都将是一个缺憾。

不过,韩永刚心中已经倾向金灿,以他的认知,金灿不仅可以做妻子,也可以是无话不谈的好朋友,而艾芸做妻子有些牵强,他觉得自己和艾芸更像是老师和学生。尽管他心意已定,但是他不能也不敢拒绝刘部长,因为在阳明一卡通项目上,刘部长的分量还在,万一得罪他,后面的事情就很难让对方帮忙。怎么办?一方面是自己心仪的女生,另一方面又是无法拒绝的关系,他彷徨了。

第五节　小肚鸡肠

灯光幽幽,乐声靡靡,夜总会一个包间里,许可和几个男人坐在沙发上,电视墙一侧站着一排七八个高矮不等、袒胸露背的年轻女子。一个三十多岁、浓妆艳抹的"妈咪"媚笑着,一口一个"许哥",向他们介绍每个人。男人们像是在挑选货架上的商品,目光来回扫视对面的小姐。许可没有挑,只是笑眯眯地看着同伴,只要有人不满意,便叫换人,"妈咪"总能像变戏法一样,又领进七八个来……

许可很惬意,这次出差不仅和客户达成项目合作意向,而且还让客户心甘情愿追加投资。他就是有这个本事,几句话过后便知道客户的想法,然后站在对方的立场提出解决方案,让客户觉得他许可真是"奸商"中的好人。一旦称兄道弟,项目自然到手,这时他会不失时机拿出另一套方案说服对方,最后,客户发现自己本来只是想买件T恤,结果抱在手里的除了T恤还有棉袄,但这也无所谓,反正不是自己的钱,况且还有好处可拿,何乐而不为。

男人们挑选完小姐,许可把几张票子塞进"妈咪"的内衣,对方讲了几句客气话便带着其余的女子退出房间。许可左手紧紧搂着一个小姐,右手和另一客户赌骰子,还不忘与其他人交杯换盏。他喝高了,吃饭时的白酒加上啤酒、红酒一起招呼,他完全处在一种亢奋状态。这就是他的生活,白天工作,晚上饮酒作乐,日复一日,如钟表指针规律而又单调地进行着。家,大多时候成了一个抽象符号,只有节假日才能还原本来面目。

午夜,许可打发走小姐,洗完澡,感觉轻松许多,上床后,他习惯性地拿起手机一看,未接电话还真不少,仅金灿就有四五个,再查,还有韩永刚等人。他没有怠慢,赶紧先给韩永刚回复,聊着聊着,他的心情由好变坏,放下电话后,他一骨碌爬起,瞪着通红的眼睛狠狠望着窗外。他怒了,确切地说,他对金灿发怒了。

许可向来认为,职场遵循丛林法则,员工之间的竞争实际上就是微笑残杀,每个人的心愿就是排挤竞争对手,使自己的位置更加稳固。他还认为,员工与老板的关系就是鼠与猫的关系,老鼠永远不能把猫的笑当成是友好表示,更不能与猫称兄道弟,猫就是猫,一旦误判,伤心的只有老鼠。许可算是职场的佼佼者,他一路走来不光靠业绩,还有心术,对任何威胁到自身利益的人,不管是谁,他都敢撕破脸皮。

韩永刚的电话引起他的警觉,因为与阳明城市发展银行开会的事情理应让他先知道,现在从韩永刚嘴里吐出,不用说,是金灿绕过自己向韩永刚邀功。他思索片刻,目光从窗外收回,拨通金灿的电话,借着酒劲,他愤怒地吼道:"金灿,我还是不是这个项目组的组长?为什么明天开会这么重大的事情先不和我打招呼,还要韩总通知我,你什么意思?"金灿不解释还好,一解释反而招来他更大的愤怒,他认定金灿是在抢功,所谓自己不接电话的理由,是为了掩盖其野心。他酒醒了大半,恼羞成怒地对金灿说道:"别以为你出了点子就可以不把人放在眼里,也别以为和一个小银行合作就多了不起,告诉你,这是一个团队,我是负责人。想靠脸蛋子,或者以抱大腿的方式来达到个人野心,你可是打错算盘了。"说完,不容分说,便把电话挂断。说来奇怪,他从来不排斥美女,唯独对金灿从开始就抱有敌意,仿佛这个女人是三千年前的妲己,穿越而来是为了蛊惑韩永刚。假如单纯针对韩永刚倒也无所谓,但许可骨子里认为,金灿是想取代他,即使现在不是,将来也是。他对金灿表达过怀柔,寄希望于和平共处,怎奈他的利益敏感度太高,金灿工作中任何积极的表现都被他视为争权夺利,尤其是金灿越级汇报,更被他理解为赤裸裸地争宠。此刻,他意识到,这个女人是自己真正的威胁,对她的拉拢最后只能演变成东郭先生和狼的故事。

艾芸是心里藏不住话的人,许可训斥金灿,她听得真真切切,本以为金灿会还击,谁想对方除了解释便是沉默。她听不下去了,以为金灿低声说话是怕惊醒自己,也不顾睡意蒙眬,索性起床坐到金灿旁边,轻轻握住金灿的手以示声援。她惊讶地发现,金灿不仅手在哆嗦,连身子也在微微颤动,心知对方一定气极。也是,许可的话超出了同事之间的争吵,已经演变为人身攻击,她气不过,伸手去抢电话,要为金灿打抱不平。自从知道金灿不是韩永刚的女朋友,她对金灿便另眼看待,女生就是这样,只要不在爱情的道路上撞车,只要不发生与己相关的矛盾,大多会以菩萨心肠待人。

艾芸拿到电话,恰巧许可这时挂机,她气得把电话往床上一扔,便埋怨起金灿:"金姐,你对他干吗那么客气? 又不是没通知他,是他自己不接电话,怪谁? 再说,给韩总打电话是刘洪涛的主意,就算是你的意思也不能这样训人。摆什么臭架子,你就不应该忍着……"

金灿是在忍,而且一忍再忍。许可的话句句刺耳、字字戳心,不仅蛮不讲理,同时也构成对她人格上的侮辱。几次,她差点愤怒地回击对方,话到嘴边又生生咽了回去。她不是不想回击,只因心里发出的一个声音压制了冲动,使她咬碎玉齿强忍许可狂喷的垃圾话。她很感谢艾芸在道义上的支持,但她不能向艾芸解释自己沉默的原因,因为这里面牵扯到一个男人,一个在她心目中已经留有一席之地的男人,他就是韩永刚。

正如韩永刚对金灿有感觉,金灿在不知不觉中也喜欢上韩永刚。爱,有时非常简单,一份真情便能打开彼此的心扉;一种感动就足以让心跳加剧;一个回眸便可让想象插上爱情的翅膀。上个周六上午,小雨淅沥沥地下,金灿来到公司加班,在楼道里迎面碰上前来取物的韩永刚,打过招呼,她掏出面巾纸递给被雨水打湿的韩永刚,走出几步,她被韩永刚叫住,对方道声谢谢,她回眸一笑算是作答,又走了几步,她觉得身后没有动静了,好奇回头,韩永刚正望着她,于是又是一笑。都说秋香三笑迷倒唐伯虎,金灿两笑也使韩永刚情愫暗生。就在这一刻,韩永刚忽然觉得自己心跳加速,而金灿在回眸的瞬间,已经感觉到一个男人在守望着她……

不是所有女人的回眸一笑都能让男人发痴,金灿与韩永刚早已惺惺相惜,金灿欣赏韩永刚是因为他有男人的大度以及对事业的追求,韩永刚暗赞金灿是因为她靓丽不失质朴、恃才却不傲物。若非两人都曾有过黯然的往事,以他们的性

第一章 相见

格肯定会将情感放任自流。

如果把男人的情感比作礁，那么女人的情感便是附着其上的苔，二者相依。礁任凭风吹浪打岿然不动，苔更是舍弃自我牢牢维护着礁。不可小看女性的这种情感，它是生命中至真至纯的力量、是哺育爱的乳汁，其内涵便是大自然赋予女性的伟大天性。金灿与韩永刚虽无关系，但情感中已悄然注入爱意，当许可尽情羞辱、诋毁她时，她考虑的不是自己而是韩永刚，她意识到，一旦反击，这个团队将不复存在，一卡通项目也将因她再次夭折。她忘不了韩永刚对未来眉飞色舞的构想，更忘不了韩永刚目视她流露的真情，所以，尽管她被许可气得浑身发抖，但还是忍住了。不好说这是爱情使然，还是理智的胜利，有一点可以肯定，金灿一夜没有睡好觉。

第二天临近中午，韩永刚带着天海公司的财务人员与金灿她们会合，令金灿惊讶的是，许可居然也在其中，按说他应该第二天才到，这时出现说明他还是非常重视与银行的谈判，从其带血丝的眼球推断，他也没有休息好。不过，金灿并没有为许可的敬业感动，相反，她感到许可望向自己的目光后面的怨毒，在和大家打招呼时，许可有说有笑，唯独到她，许可立刻面如寒霜。金灿气不打一处来，也拉下脸不再理许可。回到房间，金灿冷静下来，心想下午要和银行谈判，以这种状态很容易让银行方面产生误判，个人颜面事小，耽误工作可能会影响全局，尤其韩永刚亲自出马，她更要全力以赴争取开门红。一想到韩永刚，她心里咯噔一下，一幅画面浮现脑海。就在刚才，当韩永刚与大伙寒暄时，她分明看到艾芸如醉如痴的模样，那表情不应该是职员望着老板，倒像是新婚妻子望着老公。女生的心是敏感的，尤其怀揣春梦的女生更是敏感，艾芸短时间的爱意涌动被金灿捕捉到，并感诧异。

金灿没有时间再琢磨艾芸，犹豫再三，她决定还是主动登门找许可解释一下，哪怕简单的检讨她也认了，她不想，也不能让矛盾影响到工作。

许可一边听着金灿的道歉，一边在盘算。

这个女人的出现多少给他促狭的心带来些许安慰，说实在，他彻夜未眠，一大早便赶到机场，就是因为金灿。这一夜他想了许多，金灿越级汇报触发了他连接权力的神经，他相信，这是金灿抢班夺权发出的第一个信号，因为这种小儿科式的把戏他也曾玩过。那时他刚到外企，立足未稳，部门经理上来就把他视为威胁，训起他就和训三孙子一样毫不客气。他忍受人格上的侮辱，咬牙度过了艰难的头三个月，之后，他暗自发誓要踢走部门经理取而代之。他开始留心德国老板的嗜好以及生活习惯，投其所好，比方说，老板是足球迷，他便通过关系找到某俱乐部二队，利用其训练机会安排老板去一展身手，再比如老板家人来华探亲，他会鞍前马后，照顾得无微不至。虽然德国文化与中国文化存在差异，但是，许可的殷勤让严谨的德国老板体会到中国式的人情味，加上许可的业绩相当突出，便对许可另眼看待。在一次部门会议上，许可与部门经理发生严重争执，对方气急败坏，要开除许可，殊不知这是许可精心策划的小圈套。当部门经理找德国老板告状时，反而遭到老板训斥。原来，许可之前就把事情的来龙去脉告诉了老板，部门经理糊里糊涂上了当，结果，乌纱帽丢了，人也被扫地出门。所以，在许可心目中，越级上报必有叵测之心，自己的事例便是活生生的教材。对付那些有野心的人只有一种办法，就是让其滚蛋。刘洪涛等老员工深谙这位上司的忌讳，事无巨细都要先向许可汇报方可行事。

金灿哪里懂得这些，她原本欢快的心情，在许可不近情理的态度下变得沮丧，就像一首被篡改的歌词所描述那样：由来只有旧人笑，有谁听到新人哭，"职场"两个字好辛苦。是要问一个明白，还是要装糊涂，你知他知我难知。看这个冷漠无情不应该的年代，可谁又能用真情改变人世间的悲哀。物欲世界，利益是爹，为了财，人皆疯癫。人生苦短终上青天，何苦恶语相加不留情面。

她感到失望，许可不吭不哈的态度表明他根本没听进去，无奈之下，她玩笑道："如果你认为我不适合留在项目组，我可以走。"

许可皱着眉头说道："金灿，你把我看成什么人了，难道在你心目中，我就是一个小心眼、没有本事的人？我承认你工作干得不错，但你也不能目空一切，以为自己做什么都对。你也用不着解释什么，把自己工作干好足矣。"

金灿黯然离去。路过韩永刚房间时，她忽然想，矛盾既然不可调和，还不如尽早捅开，省得像脓包那样感染、发炎，干脆把这事提交韩永刚，交由其处理。正要敲响虚掩的门，里面传来艾芸阵阵笑声，她一愣，缩回手，转身回屋。

金灿没有随大家一起去吃午饭，身体上的不适加上睡眠不足令她没有胃口。

本想趁午餐时间小憩一会儿,养足精神,可惜,事与愿违,躺在床上的她思绪万千,一会儿想到与银行的谈判细节,一会儿想到与许可的矛盾,一会儿又想到艾芸看韩永刚的眼神以及韩永刚屋里传出的艾芸的笑声……正所谓树欲静而风不止,越是想清静,烦心事就越像苍蝇那样转个不停。她一赌气拿枕头盖住脸,开始数数。

艾芸像一阵风刮进屋里,掀掉金灿蒙在脸上的枕头,气愤地说道:"他不能这么欺负人,变更计划也不事先通知,把我们当什么人了。走,赶紧找韩总评理去,晚了就来不及了。"说完,伸手就去拉金灿。

金灿从没见过艾芸这么生气,说话又没头没脑,只得连忙让她消气并把话说完。艾芸瞪着大眼睛,满脸怒容,后句赶着前句,三下五除二把事情的来龙去脉告诉金灿。金灿不听还好,听着听着,如同被人猛地扇了一记耳光,气得满脸通红,艾芸最后一句话刚一落地,她再也无法克制,怒冲冲朝门外走去。

韩永刚不在屋里,金灿、艾芸又来到许可的房间,屋内除了许可还有韩永刚。

金灿紧绷着脸,瞪着许可质问道:"听说下午不去城市发展银行,这是你决定的?"

许可、韩永刚从两个女生一进屋就发现她们来势汹汹,一副兴师问罪的模样,韩永刚还在糊涂,许可却心如明镜,微微一笑,点头称是。他笑得很开心,也很正常,看不出他与金灿有任何矛盾。

金灿爆发了,她就等着这句话。当艾芸告诉她,许可推翻下午去城市发展银行的计划,安排再去原先那家银行谈判,她顿时明白许可这样做的目的。她不解,她愤怒,她委屈,许可显然已经容不得她,要以这种近似侮辱人格的手段打击、报复她。

"你现在是不是非常得意你的杰作? 不管你怎么想,我认为你成功了。"金灿面如寒霜,以最不屑的语调继续说道,"真是太棒了,从昨晚到早上,这么短时间内能设计出如此把戏并让人措手不及。我佩服你的精明、能干,但是,你用损害公司名誉为代价打压我,不觉得做人水准与你的身份不符吗? 给你一个忠告,以后别再动辄找关系,还是找找你做人的良心吧……"

韩永刚强行打断金灿,皱眉询问这是怎么回事,金灿赌气不答,许可刚要开

口,一边的艾芸连说带嚷,抢先把她们之前所做的工作说了一遍,接着指责许可不事先通知就改变下午的计划安排,眼下都快到约定时间,可是城市发展银行还不知道这边已经取消谈判计划。许可惊讶地望着艾芸,连说不可能,并发誓说上午接到电话后就让刘洪涛通知金灿,这里面不存在隐瞒消息或是打击报复。

刘洪涛被韩永刚一通电话叫来,他一进屋就感觉气氛不对,韩永刚虎着脸,金灿、艾芸一副气鼓鼓模样,许可则一副笑脸,却不自然。没等他开口,许可先发问道:"我上午让你转告金灿取消去城市发展银行,你到底说了没有?"

刘洪涛一拍脑袋,哎呀一声,说一上午都和仇处长在一起谈工作,把通知的事给忘了。许可顿时拉下脸训斥刘洪涛,然后向韩永刚双手一摊,摆出无奈的姿势。韩永刚瞪了眼刘洪涛,接着让金灿赶紧给城市发展银行打电话另约时间。韩永刚以为误会已经解除,谁知金灿并不买账,她认为许可与刘洪涛演了一出双簧,其用心就是为了让她出丑,以报复她昨晚越级汇报。脸皮既然撕破,金灿就不再留有余地,话锋犀利直戳许可。许可开始尚能忍让,一副好男不跟女斗的姿态,但是,金灿的话有时滚烫如油,有时寒冷如冰,让许可脸红一阵、白一阵,最后实在忍不住,急赤白脸和金灿争吵起来。

韩永刚被满屋子"火药味"震惊,短时间无法分辨孰是孰非,又着急一会儿就要出发,便每人各打五十大板,心想等过后再行调解。许可被韩永刚震住,尽管怒容满面,却如被绑上嘴的公鸡,一言不发瞪着金灿。金灿却被韩永刚的无端指责伤了心,尤其是那句"不要把个人恩怨带到工作中"让她非常委屈。她没有吵也没有闹,秀目中忽闪一丝酸楚与惊讶,抿着嘴,低头沉思片刻,她扬起头,眸中已是一片空寂,说道:"如果你认为他这种做法也是工作的一部分,怪我来错了地方,我不知道在这里工作还要降低人格,还要用卑微的笑去讨好别人的冷眼,体现所谓的团队精神。对不起,我没上过这堂课,今后也不想去学,现在我正式提出辞职。"说完谁也没瞧,扭头就走。她伤心了,尽管她也知道韩永刚此刻不可能完全站在她的立场上批评许可,但她还是伤心了。也是,她向来对感情和工作泾渭分明,唯独这次她没有。若把两者分开,以她的睿智展现的绝对是一个强者面貌,但现在,她夹杂进感情,把自己变成柔软的小女生,幻想韩永刚能像王子那样痛斥许可为她解恨,偏偏韩永刚一句"不要把个人恩怨带到工作中"让她理解为两个字"没门",她顿时失望了,涌起强烈的逆反心理。

韩永刚追进金灿房间,不容置疑地对正在收拾行李的金灿说道:"你不能辞职。"话说得坚决没有商量,但语气不像是上司更像是男友。

金灿头也不抬,硬邦邦回了一句:"我就是要辞,你管不着。"话说得同样不留余地,像是负气的情侣,又像是任性的小姑娘。

韩永刚领教过金灿的脾气,知道对方说到做到,生怕这一走再也见不到她,一急,强行将行李箱盖上。这并非他的风格,他对待女员工从不动粗,而女员工眼里的他更像一个谦谦君子。只是这次,他全然失去应有风度,连他自己也立刻意识到不对,忐忑起来,心想,我这算什么,总不能把她绑起来吧。自打刘部长为艾芸提亲,如一语惊醒梦中人,韩永刚开始认真规划自己的人生,金灿、艾芸一时瑜亮,反复权衡后,他认为金灿更适合自己,为此决定不惜冒犯刘部长,想等一卡通项目有了眉目就向金灿求婚。

金灿无法继续装箱,扭头坐在床沿生气。这也不是她的风格,对她而言,一旦决定做出,别说是盖住箱子,就是真把她绑上,她也会反抗到底。恰恰是韩永刚的粗鲁让她在气愤中感到一丝欣慰,因为老板不会用这种方式挽留女职员,唯有男友才可能。倘若韩永刚不采用这种方式,金灿在被许可几近羞辱的情况下几乎没有留下的可能。有情人心意相通,韩永刚不是以自己的人格魅力留下金灿,而是以金灿能够读懂的动作表达对其真诚的爱意。

尾随韩永刚进屋的艾芸目睹了俩人的一举一动,本来还想劝金灿别辞职的她突然心慌意乱,不仅是金灿,她也同样读懂了韩永刚动作的真实含义。爱,有时真的不需要注解,一个动作、一道目光、一句话都能表达。艾芸不傻,她看出了韩永刚"你不能辞职"的潜台词,也听出了金灿"你管不着"后面的话外音。艾芸困惑了,也伤心了,因为姨父刘部长刚告诉她韩永刚已经同意这门亲事,可眼下情景分明是猴吃麻花——满拧。她想斥责韩永刚,话到嘴边又咽了回去,她想骂金灿,又找不到合适的词,妒火烧得她快要爆炸,泪水挤得眼眶开始发红,本来一场工作中的矛盾瞬间演变成第三者的情感纠葛,她再也待不下去,快速出屋。

韩、金二人谁也没有留意艾芸的离去,依然沉默,也不知他们是在为工作争执,还是在进行感情对峙,总之,两人把各自的角色搞乱了,谁也不愿示弱,谁也

不先开口。时间一分一秒过去,最后还是韩永刚实在耗不下去,低声说道:"别生气了,我这样做也是迫不得已,再怎么说,咱俩也是、是……是那个,不看僧面看佛面,好不好?"显然他服软了,当然这不是公司老总认错,而是一个男人对自己女友低头。金灿自然明白其中含义,心里美滋滋的,气也消了大半,掏出一张面巾纸递到韩永刚面前,同样低声道:"擦擦汗吧。"韩永刚没有去接面巾纸,而是就势握住金灿纤细的手……

　　许可被韩永刚拽来了,一脸的笑容加上客气的道歉终于让金灿不再纠结。韩永刚松了一口气,赶紧吩咐众人启程。上车前,谁也没有注意到许可望着金灿背影的神态:那是瞬间闪现的冷若冰霜的面孔,目光直如一把被燃烧的利刃……他在想什么?没有人知道。我们只知道,不道德的起点,其终点往往是离经叛道的犯罪。

第六节　痴狂的爱

　　许可的关系论再次得到证明,拒绝金灿的那家银行在关系的铺垫下,又和天海公司坐回到谈判桌。双方在友好的氛围中达成协议,那个副行长也一改原先傲慢的态度,盛赞天海公司将会把阳明市开辟成一个数字化城市。至于城市发展银行,韩永刚认为已无必要合作,但为了照顾金灿情绪,还是做了一次礼节性拜访。金灿羞于见到行长,托故未去。

　　人一生会有很多伤痛,若把感情也算在其中,会发现它的创口总在心间。艾芸受伤了,而且是情伤,当她看到韩永刚与金灿的那一幕,她的心被刺痛并开始流血。冲出房间后,她马上给姨父打电话,问其究竟,刘部长说不出所以然,为了安慰她,答应要对韩永刚兴师问罪。按说,艾芸和韩永刚目前状况,仅仅是她先驶进了爱情的单行线,但她不这样认为,她有相当自信认为韩永刚喜欢自己,理由简单得可怜。她把韩永刚对她的笑以及友善视为别有深意,殊不知韩永刚只是看在刘部长面上才这样,并非她所想象那样,要不了多久便会开足马力来追她。青春期的小女生对爱总是充满幻想,单相思有时会让她们在甜蜜中痛苦,又在痛苦中寻找甜蜜。

　　艾芸没有消沉,短暂的痛苦反而激发了她对爱情的渴求。她重新考虑金灿与韩永刚的关系,认定金灿是一个狡猾的阴谋者,理由源自那次邀请金灿参加爸爸的生日派对。当时金灿坚定地否认对韩永刚有想法这一说,现在她明白了,金灿显然为了麻痹她,玩了一个瞒天过海的把戏,让她彻底失去主动。

　　阴谋者总是喜欢穿着华丽的道德外衣掩饰最肮脏的灵魂,艾芸就是这样看待金灿。她想，既然金灿已经不按规则出牌，那么，她也没有必要找对方理论，最佳的报复方式莫过于直接将韩永刚夺过来。她决定先忍住，等待时机再向金灿发难。

机会当天就出现了。

许可万万没有料到，曾经熟络的单副市长，接到他求见的电话，态度竟异常冷淡，借口工作繁忙，拒绝了见面请求。许可无异于挨了一闷棍，感觉对方像是变了一个人，他连忙让刘洪涛找仇处长了解情况。仇处长告诉刘洪涛，希尼克公司与单副市长走得非常近，这两天该公司老总虢新庭特地来阳明，已经为单副市长摆下两次饭局，估计俩人有了某种"默契"。

韩永刚急了，假如连单副市长的面都见不上，所有前期工作都成了白忙活。他再也顾不上面子，一个电话打给刘部长，请对方无论如何也要帮忙向单副市长打招呼。刘部长正要找他算账，不仅没有答应，反而批评他阳奉阴违，让自己在外甥女面前食言。韩永刚此刻哪有心思和对方理论，好话说了一箩筐，怎奈刘部长根本不为所动，非要韩永刚马上表态。韩永刚哭笑不得，连忙借口工作时间，不谈私事。撂下电话，他把艾芸找来，用怪异的目光看着对方，问道："听你姨父说，你希望和我交往？"艾芸没想到韩永刚如此直白，且态度没有想象中那样温存，一紧张，她慌乱地点点头。韩永刚苦笑了一下，摇摇头又问道："你知道我多大吗？"不等艾芸回话，他做了一个夸张的表情，两手一摊继续道："我们相差一代，若不是同事，在外面你应该叫我大叔，难道你真甘心用自己的青春去陪伴、照顾一个大叔？冷静，艾芸。"

几句话一过，艾芸立刻明白韩永刚是在拒绝她，不仅拒绝，还把她当成涉世未深的小女孩，她再也顾不上羞涩，拉下脸，愤愤不平反驳道："韩总，你这样真的很没劲。我是成年人，不是高中生，凭什么叫你大叔？想当大叔，你找别人去。另外，不要把我的感情当成是傍大款，我不是那种人。"

韩永刚见艾芸生气，顿时有些慌。说实在话，一个金灿已经让他狼狈不堪，再来一个艾芸，他可承受不了，更要命的是，艾芸是开启一卡通项目的钥匙，不但不能得罪，还必须好言相劝。

"你误会了，我没别的意思，只是担心你一时冲动，忘了我们之间的年龄差距。坦白说,你是非常优秀的女生。"

"张爱玲说过,'女人一旦爱上一个男人,如赐予女人的一杯毒酒,心甘情愿的以一种最美姿势一饮而尽,一切的心都交了出去'。我把心都可以毫无保留给你,你认为我还会在乎年龄吗?"由于心情起伏,她的脸上泛出淡淡的红晕。

韩永刚吃惊地望着艾芸,显然,他不太适应这种表白,也不理解女人爱一个男人为什么要喝毒酒,不仅喝,还以最美姿势一饮而尽,这不是胡扯吗。尽管他知道这是作家在形容感情,但是,就这么把心交出去太过儿戏,现实中绝无可能。

他清了清嗓子,说道:"艾芸,别听张爱玲瞎说,这类作家由于本身缺乏幸福感,所以书中尽是愤世嫉俗的话,现实中根本不可能有,否则哪来那么高的离婚率。"

艾芸激动了,她不能容忍别人对心目中的偶像有半点亵渎,更不能容忍韩永刚怀疑她对爱的理解,叫道:"我说的是真爱,而不是世俗的爱,你不能把婚姻破裂的账都算在女人头上。"

"艾芸,谢谢你对我的……嗯,那个,不过我还是难以接受。不知道张爱玲有没有说过'世间的很多事物,追求时候的兴致总要比享用时候的兴致浓厚',这是莎士比亚的话。我就是这么一个事物,短时间看,是一个有趣的家伙,时间长了你就会索然无味,更别说一辈子生活在一起。"

艾芸的眼眶开始聚积泪珠,她紧咬嘴唇,沉默了一会儿,最后像是下定决心,说道:"我可以问你一句话吗?"在得到韩永刚首肯后,她艰难地问道,"我哪点比不上金灿?"

韩永刚一愣,心想她怎么知道这件事,难道是金灿透露的? 这不可能,金灿不是那种大嘴女人。他连忙给予否认。

艾芸再也忍不住,一双水灵灵的大眼像受惊的小鹿忽闪着,脸色由红渐渐变白,双眸失去了灵光,身体和表情也僵硬、木讷。她尽力克制着失望,并让自己的举止变得正常,但是,她的努力没有奏效,说话带着哭腔,泪珠掉落,哽咽道:"张爱玲说过,'一个人最大的缺点不是自私、多情、任性,而是偏执地爱一个不爱自己的人'。我知道自己的这个缺点,但我无法改正,我也无法正视你和金灿走在一起,所以,我只有走。"

韩永刚一听,傻了。明摆着,艾芸若是一走,搬动刘部长的可能性就更低了。他心里抱怨着张爱玲,嘴上却不住开导艾芸。这是他第一次做思想工作,这并非他的擅长,二十年前难忘的一幕早已令他在爱的路上望而却步,男女间的情感如同生锈的枪栓很难拉开,尽管如此,他还是要强迫自己做艾芸的工作。他非常清楚,一卡通项目的成败在此一举。

　　一个是非君不嫁的小女生,一个是心有所属的大老爷们,韩永刚把思想工作演绎成了父子式的说教,虽然带有温情,但大多数话硬邦邦。这让从小就在柔情与温存的环境中成长的艾芸难以接受。韩永刚不劝还好,这一劝反而惹得她泪水涟涟。韩永刚傻眼了,马上就到晚饭时间,万一许可他们进来,这种场面很难说清。就在他手足无措之际,不知艾芸是深明大义还是另有想法,她止住悲哀,同意韩永刚的请求,作为交换,她要求韩永刚一个月内不要和金灿发展关系,说是自己受不了这种刺激。韩永刚大喜过望,只要艾芸能帮忙,别说一个月,就是两个月又有何妨。他哪里知道,艾芸并没有彻底死心,这个小女生在被劝过程中依然想通过姨父来压制他,如果他想要一卡通项目,如果他想实现天海公司的蓝图,就必须拿感情交换。艾芸知道这桩交易会让韩永刚恨她,但她不在乎,只要韩永刚成为她锅里的那道菜,怎么炒就是她的事。

　　单副市长同意了天海公司的请求,答应见面。就在韩永刚他们与银行达成协议后的第二天下午两点,韩永刚率许可、金灿等人来到阳明市政府,在三楼会议室与单副市长以及仇处长等一卡通项目组成员会谈。

　　单副市长先说了开场白:"韩总,我代表阳明市欢迎你们。大家知道,一个城市的现代化,是离不开高科技企业的支持,尤其我市在信息化方面起步较晚,和其他城市相比,还处在成长阶段,所以,我们城市信息化建设,需要你们这样的企业献计献策,大力支持。我们市委领导班子也衷心希望,有更多的企业加入到我们的城市建设中,把阳明市快速纳入到信息化轨道上,造福百姓。"一席话让来客如沐春风。韩永刚代表天海公司讲了几句客套话后,金灿、艾芸将事先准备好的资料袋分发到对方每个人桌前,许可打开投影仪,开始介绍一卡通项目的设计方案。

　　单副市长专注听着,时不时记着笔记,当许可介绍完毕,他放下笔,带头鼓掌，然后说了些赞扬的话。正当来宾们欢欣鼓舞，他话锋一转对韩永刚说道："韩总，你们是刘部长亲自介绍来的，冲着刘部长面子，我也想帮助你们，只是这个项目是我市信息化建设的标杆，多少双眼睛都盯着它，所以我不能给你任何承诺，毕竟还有那么多家企业都想跻身其中，给你们而不给他们，那非乱套不可，我这个副市长也就别干了，请你能够理解我的苦衷，我想你们还是等招投标吧，最后结果由专家评委裁定，如果你们的方案的确不错，自然会获得通过。今天就先到此为止，好不好？"

韩永刚和许可用目光彼此沟通了一下，这个结果已在预料之中。来之前，他们就认为这种汇报不会有任何结果，之所以还是要来，就如同去医院就诊，先挂个号排上队，剩下的事情只有单独碰面才能"敞开心扉"。所以，当单副市长打官腔说出招投标云云，韩永刚并没有着急，而是用场面话附和单副市长，最后提出晚上宴请主人。

单副市长微微一笑，说道："咱们之间就别来这套了吧，现在多少企业都在看着我，吃你的请会给我太大压力，你的心意我领了，还是那句话，欢迎你们到时来投标。"

韩永刚傻了，许可也听出单副市长的弦外之音，对方压根儿就没有打算和他们合作，所谓欢迎前来招投标等同于欢迎来看热闹。显然，刘部长的面子只够他们在这间会议室坐上一个小时。

韩、许二人没有完全沮丧，这个结果他们也同样料到了，毕竟对方能够和希尼克公司的老总吃两顿饭，关系自不用说，不过，按照金灿的设想，除了最高目标还有最低目标，当务之急，是保证得到售后服务以及产品销售这一块儿。

许可立刻接上单副市长的话，说道："我再强调一下，在一卡通整体项目上，系统维护是重中之重，尤其阳明市系统网络要比其他城市庞大，牵扯的行业众多，这里面从银行、通讯到终端客户，每个节点都有可能带来隐患，这还没有考虑系统运行的稳定性，所以，建立一个正规、本地化、快速反应的维护队伍十分有必要，请单副市长和各位领导考虑我的观点……"

单副市长点点头，打断许可说道："许总，你们的建议非常好，这点我们也考虑过了，只是目前正在忙着准备招标文件，关于维护工作还没有详细讨论，不过，

这肯定会写在标书中。我基本了解你们的思路,谢谢你们的提议。"他看着韩永刚,又微笑道:"怎么样,就到这儿?"

韩永刚有些糊涂,许可的话对单副市长没有起到多大作用,从对方的态度看,也没有任何迹象表明会合作,看来,希尼克公司打算把一卡通项目大小通吃。想到这,韩永刚顿感失望,心情也开始变糟。他麻木地点点头,想说点什么,见单副市长正忙着把笔和本放进皮夹内,话又咽了回去,望向许可,许可面无表情,可见对方也无计可施。

众人开始收拾手头东西准备散会,金灿忽然说道:"单副市长,我可以提个问题吗?"

单副市长已经把桌上东西收拾完,正要和韩永刚道别,见对方女同志开口,这才注意到她。若是别人搭话,他不想多浪费一分钟,毕竟他已经坐在这里一个多小时,对刘部长完全可以有个交代,可对面这位女性似乎有着某种不可抗拒的力量,使他自愿放下手里的东西,笑道:"当然可以,请讲。"

大家放下手里东西,一起看向金灿。

"刚才听您介绍,系统维护还未写入标书,我想问,这一块儿内容是由制订标准化企业完成,还是由您这块儿单独完成?"

单副市长还了一个微笑,说道:"我们打算和他们共同完成,怎么?"

"既然如此,我有一个建议,再耽搁各位领导几分钟。"金灿看到副市长点头许诺,继续道,"一般来讲,制订标准化的企业都会按照自己的技术优势来提高投标入围门槛,有时候这种提高不切合实际,因此往往需要在工程中做变更,造成客户单位损失,我之所以这样说并不是贬低他人,只是想提醒各位领导,在标书中严格把关。另外,系统维护这一块儿的重要性,刚才我们许总已经强调,我就不再多说。有一点我还要提醒各位领导,一个项目完成后,作为项目实施者也已经获得最大利润,而维护是需要成本,尽管有相应的维护费用支持,但是,如何减少维护成本是企业所关心的,这就形成一个矛盾,所以,作为标书制订者若是站在自己利益角度考虑,势必以这种心态诱导用户,以便利益最大化。"

单副市长笑道:"你说得也许对,可是我们也是协助制订方之一,对于你分析的结果,我们能答应吗?"他微笑着环顾一下左右,像是在展示自己的水平,又像是揶揄对方,众人附和着笑了起来。

金灿盯着对方,坚持道:"您当然不答应,但是,您怎么保证在维护方面您就是专家呢？许多问题出现,就连维护人员也未必能百分百知道,这需要不断摸索和专业人员的总结,才能找到最佳解决办法,尤其阳明市在系统建设方面涵盖行业众多,出现的问题也将是五花八门,如果还按照原有案例模式进行维护,恐怕难以解决新增问题,一旦系统运行失常,不仅给大众带来不便,也会影响到市政府的声誉。"她娓娓道来,把道理掰开揉碎了讲给对方听,既不生硬也不柔弱,单副市长若有所思,点点头,收敛笑容,说道:"请继续。"

"所以,一个好的系统维护才是一卡通项目运行的最大保障,我们公司在一卡通项目的维护上,总结出不少相关经验,这不是拍脑门就能得到的,完全是通过实践得来的。我举个最简单例子,一个客户打电话给我们公司客服部门,说是读卡器出现故障,要我们马上派人去维护,客服人员从对方描述的现象,分析出这是数据线松动造成的故障,他要是亲临现场排查,至少也需要两个小时,实际上,他两分钟就解决了这个问题,而造成故障的原因,是对方工作人员打扫卫生时碰到了数据线。由此说明,故障的产生除了软硬件,也存在人为因素,阳明市马上就将面临众多这样没有经验的操作人员,即使通过培训,也不一定能达到专业水平,因此必须建立一支稳定的专业维护队伍。"

单副市长听着听着,兴趣浓厚起来,他重新打开笔记本,又对旁边人认真说道:"这件事情我们倒是没有考虑这么详细,确实是个问题。"接着,他从兜里掏出名片,看了看,对金灿笑道,"你是艾芸还是金灿？"

"金灿。"

"嗯,金小姐,如果按照你的说法,既然连专家都不好确定,那么标书中系统维护这一块儿,你有什么好的建议？"

"其实,刚才我们许总已经谈到维护方面的工作,我认为,仅凭几句话是很难概括具体解决方案。我倒是有一个建议,您可以让我们公司配合您的工作人员,把系统维护这块工作共同完成,或者,您也可以拿我们的解决方案与别家的做对比,您看如何？"

"那当然好。不过丑话说前头,前期费用我们是不会出的。当然,你们的建

议如果被采纳,并延续后面的工作,我们可以适当给你们一些补偿,还有一点,在系统维护费上,你们必须做到明码标价,具体细化到每个人的工时费上,怎么样?"

韩永刚接过话道:"完全可以,作为一个企业,追求利润是理所当然,但这并不妨碍我们前期的合作,我们做事先做人,而且合作成功,我们也会把钱挣在明面上,您只管放心。"

单副市长想了想,和周边人商量了一下,对韩永刚说道:"韩总,金小姐的建议非常合理,我们需要重新评估原来的想法,也不排除单独请一家维护公司,如果你们愿意,我们可以在这方面继续深入探讨。"

韩永刚如释重负,笑道:"没有问题,您尽管吩咐,我们全力配合。"

"好,就这么定,下面工作你们就和仇处长联系。"他说完,特意看了眼金灿。

金灿力挽狂澜,使本来功亏一篑的结果变成了皆大欢喜的结局,尽管这仅仅是最基本的入门,但是谁都知道,只要对方敞开一扇窗户,哪怕只露一条缝,但如果工作到位,说不定连大门都会为他们打开。韩永刚高兴自不用说,就连许可也领教了金灿的能力,心中暗暗对她产生敬佩。晚上,韩永刚设宴招待单副市长等人,对方本来推脱不来,无奈架不住韩永刚连说带劝,只好推掉另一拨应酬,带上刘处长等人赴宴。席间,单副市长说道:"韩总,和你商量件事,你看把金小姐调到我们市,怎么样?"

"这可不行,您还是换别人吧。"

说者无心,听者有意。在众人的笑声中有两个人表情极不自然,尽管他们知道这是玩笑,尽管他们也在笑,但若是把笑声分别择出,会感觉一个像是夜枭在叫,另一个如同脚心被挠发出的哼哼。这俩人一个是许可,一个是艾芸,显然,他们被韩永刚的话刺激了。望着面若桃花的金灿,许可没有被秀色打动,他心里涌起的是一股怨毒,而艾芸则被妒忌包围,一种既生瑜何生亮的感叹油然而生。

酒过三巡,韩永刚已然不胜酒力,脸色如生猪肝一般,眼珠也充满血丝。金灿比韩永刚幸运许多,也许是女生的缘故,大家基本点到为止,饶是如此,她仍然头疼欲裂。

单副市长兴致勃勃,借酒道出赴约的原因,他感叹道:"现在很多公司来头很大,目的却只盯着你口袋里的钱,什么职业道德都抛在脑后,就拿维护这件事情来讲,他们上来就狮子大张口,被我限制住后,又采取其他手段弥补,不瞒你们说,开始我也以为你们是和他们一样的目的,真要是这样,那对不起,只有请你们走人。金小姐分析得头头是道,韩总又那么痛快,所以我们愿意和你们先尝试性合作。"他把目光转向金灿,笑道,"你回去可以向韩总申请加薪,他若不干,我就不合作。"

"对诚心实意的人,上帝自然会给予照顾,我给大家讲个笑话。"金灿忍着头痛,慢条斯理说道,"有三个人,一个是音乐家,一个是商人,一个是野心家,他们相约去找上帝,历尽艰险,终于来到上帝面前,音乐家先说道:'上帝啊,我想站在音乐的制高点上。'上帝说道:'没问题,你的愿望马上就会实现。'果然,音乐家和贝多芬、肖邦齐名。商人看到上帝如此万能,也壮起胆说道:'上帝啊,我想站在财富的制高点上。'上帝点点头,用手一指,商人回头一看,全是金银财宝。野心家乐不可支,也模仿前面两人,说道:'上帝啊,我想站在人类的制高点上。'上帝严肃地问道:'你真的这么想?'野心家笑道:'做梦都在想。'上帝又点点头,拍了下对方头,说道:'你的愿望马上就会实现。'说完,野心家变成了大猩猩,他委屈地喊道:'上帝,你搞错了,我是要统治全人类,为什么把我变成大猩猩?'上帝说道:'你们人类不是把猿人当作自己的祖先? 按你的要求,我把人类历史竖起来,把你放在制高点上,就是这样。'"

众人听完都笑起来,金灿补充道:"这个笑话至少说明一点,人若是心术不正,连上帝都不会原谅。"

"金小姐信奉上帝?"单副市长问道。

"是,我在纽约工作的时候经常去教堂。"

"原来金小姐是海归啊。纽约我去考察过,对时代广场、华尔街印象深刻,那里不愧是世界第一的现代化都市。没想到,如此繁华的金融帝国会倒在次贷危机上,而且还波及全球,金小姐,你是怎么看的?"

金灿想了想,说道:"我认为,美国经济之所以坍塌,并非偶然因素,因为,在美国整个经济构架中,资本市场起到顶梁柱作用,如果资本处于良性循环,那么金融体系从低端到高端,每个环节都能够紧紧相扣。但是,一旦某个环节出现问题，立刻就会影响到上下链的衔接。"

"看来，美国式的经济神话也会变成笑话，再强大的国家也经不住一点风吹草动。"单副市长感慨道。

"的确如此。按理，美国人把资本衍生出的附加值、风险值考虑得非常完备，对金融体系的管理和运作也绝对是世界顶级，然而恰恰是金融界的精英们为了追求更大的利润，鼓励大众用明天的钱来消费今天，事实上美国人生活也一向如此……"

仇处长插话道："听说很多美国人到死都无法还清房贷。"

"是啊。很多信誉不良，或者靠投机挣钱的美国人，把银行看作自己的金库，大量贷款购买不动产，很多人买房还不止一套，都希望通过地产升值或租或卖，达到挣钱的目的，无形中造成地产泡沫。开发商从银行贷款大量盖房，老百姓从银行贷款大量买房，结果当房市过剩，老百姓无法用租金还贷，危机自然就形成了。"

单副市长频频点头，说道："我看我们国家地产开发也有些冒进，百姓对房产投资过热。"

金灿表示赞同，继续道："危机最大的替罪羊是金融保险，本来他们可以坐享其成，但是风险率超过他们的承受能力，只好倒闭，那些被打包的金融产品纷纷烂在很多中小银行手中，也只有倒闭，而整个美国又是在花全世界的钱，不仅花还在不断透支。这样，灾难被转移到了全球，产生世界性经济危机。"

单副市长看着金灿，很明显，他被金灿的见解征服了。

单副市长年轻有为，并非靠拍马屁、耍嘴皮子上位。他年仅四十四岁就由科技局局长被提拔到副市长这个岗位，属于组织培养对象，干了两年后，他的业绩可圈可点，前程一片光明。他不是绝对的清官，也不是绝对的贪官，多年官场经验使他深谙一条规律：不是任何人的钱都能装进自己的口袋，取财必须有"道"。他看不起那些因经济问题被双规的官员，觉得这帮人简直就是弱智，无数双眼睛都在盯着，发达的网络传媒，官员手里的香烟、腕上的名牌手表、身上的名牌服装都可能成为被大众诟病的题材，更别说汽车和房产这些大件了，收受这些财物有什么用，在家里过瘾？那不是有病吗?! 在大庭广众下使用这些？不是典型的缺心眼儿吗！何况，别人的阿谀奉承是冲着他的官位而并非名牌来的，那些表面风光不仅不能给自己的政绩加分，相反只能授人以柄，给自己的未来挖下深坑。所以对他而言，走仕途既然是一片光明，那又何必让荤腥上身呢。终于，那些令人眼红的奢侈品要么被他锁进箱底，要么照单奉还。他戴的手表是廉价的国产货，衣服是地摊上随处可见的大众货，在别人眼里，他永远是朴实无华的领导干部。有时他也为此得意，百姓的赞誉、媒体的歌颂让他真心想成为一个有口皆碑的好领导。在他的办公室，挂着一幅大字，"凡德者，以无为集，以无欲成，以不思安，以不用固"，由此可以看出他对自己的警醒。

但是，理想是丰满的，现实是骨感的，真要两袖清风实在是不容易。他最头疼的是，儿子去美国读书，生活费便成为老大难，尤其妻子也去陪读，他的家底已经无法负担，若真按德者自律，他的妻儿非住到贫民窟不可。几经斗争，他再也无法自诩德者，开始在他负责的项目上打主意，好在他每年经手的项目费用都在数十亿以上，他轻而易举便能从中获利，仅儿子出国这几年，他在美国便已经置办了三处房产。他想得很明白，一旦仕途不顺利就抬脚走人。谁料，近几个月美国的房地产因金融危机产生严重泡沫，老婆来电，所投资的两处房产全砸在手里，急需现金度日。恰好一卡通项目正式上马，他的心眼开始活动起来，并暗自算了笔账，如果项目工程按六亿计，自己至少要提取五个点的回扣，加上五百万张IC卡（他特意多加出一百万做备用），每张提取三元，就是一千五百万元，还有系统维护这一块，虽然量不大，但苍蝇腿也是肉，多一分钱，远方的妻儿就能多一分快乐，这个项目怎么也要得到五千万的好处。确定好既得利益后，他开始不慌不忙等待鱼儿上钩，事情如他所料，项目调研工作刚一开始，不断有领导或领导秘书来电话。领导的口吻比较含蓄，让他对所介绍的企业酌情考虑，秘书则直截了当，让他尽量照顾，接着，各企业的老总开始登场，纷纷对他暗示。他笑了，这是他期待的结果，但是，他没有对任何人进行承诺，相反，几经思考，决定把所有企业想表达的意思写成报告上交市长和市委书记。他可不是想吐掉到嘴的肉，也不是为了展示清白，而是以退为进，秀一场两袖清风的，为后面的内幕交易铲除任何不利的因素，同时在政府招标网进行公示：凡有行贿者将被打入黑名单不得参加招投标工作。企业的老总们蒙了，他们猜不透副市长到底是何用意，无论是官场还是商场都没有这种玩法。有些企业老总不信邪，仍然对他发起公关攻势，有一家外地公司在他去考察期间，把一张存有二百万元的银行卡悄悄送到他的房间，还有一家直接拿着北京三环内的房产证要过户给他，价值上千万的房子只收他二十万。果然，副市长言出必行，精心挑选出这两家打入黑名单。

刘部长的电话是最晚一个打来的。刚过完十一假日，他先接到刘部长秘书的电话，对方要他接待天海公司的代表，他没有犹豫，马上答应。对于刘部长，他不是很熟，但也不陌生。从局长升至副市长，正是刘部长代表组织找他谈的话，两次面谈，对方给他留下很深的印象，在他心中，刘部长是恩人，所以，他破例招待许可，同时也婉转表达天海公司在一卡通项目上没有希望，因为一家外省公司已经被他暗自圈定。

天海公司并没有气馁，因为这次由刘部长亲自打电话给他，使他感到万分无奈，尽管刘部长只是让他听听对方的建议，久经官场的他完全明白这里的玄机。坦白说，他也想借此机会报答刘部长，但为时已晚，与那家企业的默契已经形成，加上自己并不了解天海公司，一旦利益得不到保证，就白忙活了。为了不得罪刘部长，他决定亲自接待天海公司，然后找个借口让对方知难而退。没想到，金灿最后的发言真正触动了他，他想："这女人说得还真对，像这样一个庞大的系统如果没有良好的维护队伍，若三天两头出问题，我这钱还能拿得踏实吗？万一再让老百姓扯上闲话，媒体跟着一通报道，别说这钱是否烫手，恐怕纪检还会成为常客，这里面若是再出现什么差错，我的政治生命和仕途就别打算要了。"他又联想到那家企业在系统维护方面的态度，果然和金灿所说别无二致，不由得冷汗淋漓。当场，他决定把系统维护从整体项目中分割出来，一方面可以摆脱对乙方的依赖，另一方面也可减少自己的责任。当然，这又是一个雁过拔毛的机会，按潜规则，从维护费中他仍然能够再提取一笔回扣。单副市长暗暗感激金灿，并重新审视她。也奇怪，直到饭桌上他才发现，金灿不仅人长得靓丽，而且还有一副好口才和一个具有极强逻辑性的大脑。美女他见过很多，可是如金灿这样的却是第一个，他不由得突发奇想，这样的女孩儿要是能做自己的儿媳该多好，儿子单奇已经二十五岁，也到了适婚年龄，如果就此配对倒也了却他的一桩心事。

酒足饭饱，许可提议大家去歌厅唱歌，此时单副市长有些过量，舌头仿佛也比平时大了一倍，但听到许可的建议顿时来了兴趣，吩咐所有人都不许走，一起去唱歌。在歌厅，单副市长唱得非常卖力，尽管有时像受惊的鸭子在叫，有时像发情的公驴在嚎，但是大家还是报以一阵阵热烈掌声为其叫好，尤其是许可，恨不能把他和帕瓦罗蒂相提并论。

许可从进歌厅开始，就把注意力集中在单副市长身上。受到金灿的成功鼓舞，他认为得到一卡通项目的契机已经出现，只要运作得当，整个系统集成便有可能易主，当务之急，是要将利益明白无误地告诉对方，也就是说，希尼克公司能给其多少好处，天海公司只多不少。他本想让韩永刚对单副市长单独谈，谁想韩永刚喝高了，正拉着仇处长大谈中东形势，根本没有理会他打的手势，无奈之下，他决定亲自代表韩永刚和单副市长谈。他来到单副市长身旁，对方正和金灿聊得正欢，什么儿子在芝加哥大学读研究生，妻子在美国陪读，尽是些家长里短。听了几句，他见插不上话，便坐到沙发另一端，悄悄打量着单副市长和金灿。瞧着瞧着，他忽然发现端倪并来了兴趣，结合适才单副市长把自己描绘成一个准单身，他断定此二人有"猫腻"，因为，单副市长紧挨着金灿还用耳语，而金灿听完的反应是笑着摆手和摇头，显然里面包含着男女之间的关系，殊不知，对方是在探听金灿的岁数，并为儿子考虑。他想，"男人再结实的皮带也会在女人的美貌下折断，这是实实在在的真理，同样，多美的女人在男人的钱或权下，贞操也要打折扣。别看金灿平常傲得像公主，但是在副市长面前表现得也如娼妓。"又想，自己已经彻底得罪了金灿，虽迫于韩永刚的高压向其道歉，可女人如蛇蝎，这笔账金灿迟早要算，而韩永刚显而易见会和她走到一起，自己在天海公司终归就是竹篮打水。想到这，许可紧咬牙关，大脑快速运转。渐渐，一个计策形成。他看看韩永刚，再看看单副市长，最后目光落在金灿身上，他越想越美，心里不由得暗道："既然你不让我好，那就别怪我往你头上泼屎盆子。"他拿出手机选择不同角度对单副市长和金灿悄悄按下按键，然后吩咐刘洪涛要像拍三级片那样继续偷拍她。

这一天无疑属于金灿，不过，她得到的并非都是掌声，除许可外，还有一个人对她充满妒忌。从饭店到歌厅，这个人几乎默默无语，每当和人说话，她的伤心与愤怒都会掩盖在微笑后面，一旦沉静，她俏丽的脸就会冷若冰霜，金灿在其眼中就是莎士比亚笔下那个狡诈的麦克白夫人。艾芸不平衡,如果不是她给姨父打电话,哪有现在的结果,她认为自己无端给金灿做了嫁衣。在一个角落,她望着金灿如众星捧月般被包围,以及韩永刚春风得意的模样,艾芸想起张爱玲的话,"如果一个人的感情得到了解脱,那么另一个人将走向可怕的地狱"。谁会走向地狱呢,是她,还是金灿?没有答案,她唯有借酒浇愁,以此麻木被妒火燃烧的大脑。

　　酒,是权贵们的狂,酒,是有情人的泪。不过,别以为女生只会哭泣,一旦爱情被他人染指,眼泪也能变成汽油,要么烧死自己,要么毁灭对手。

第七节　男人的妒忌

　　都说嫉妒是女人的专利，实际上，男人的嫉妒心丝毫不亚于女人，只是女人的嫉妒是写在脸上，而男人是写在心里。

　　许可嫉妒了。金灿几次公开亮相，在韩永刚眼中已经成为红人，尤其是和单副市长吃饭、唱歌的那晚，金灿如同明星一般成为众人的焦点，这本是他最活跃的"舞台"。可是，任他使尽浑身解数，韩永刚都没有多望他一眼，似乎那顿晚餐他是多余的人。他还专门留心韩永刚的目光，金灿成为当仁不让的主角，就连艾芸得到的关注都比他多。他忽然有种被边缘化的感觉，甚至认为韩永刚和他签署的股份期权协议书也岌岌可危。

　　不过，许可就是许可，嫉妒并没有妨碍他的思考，相反，还激发了他捍卫利益的决心。反复权衡后，他认为，一卡通项目并未稳操胜券，不仅没有，而且难度极大，这个难度不在技术层面，也不在于公司的资质，完全取决于甲、乙双方的某种默契。根据得到的情报，单副市长与希尼克公司肯定有了私下交易，所以不会再和其他公司通盘合作，天海公司就算挤进门槛，也不过就是得到系统维护这块儿，换句话说，金灿的作为不过是黎明的曙光，若论如日中天，可差远了。

　　韩永刚自然知道一卡通项目上面临的问题，从阳明回来后，一上班就把许可找来。许可按照事先的想法，不断给韩永刚泼凉水，他的意思很明确，说白了就是金灿目前所做的工作不过是刚入门，要想得到总集成还远着呢，他的一席话让韩永刚直皱眉。不过，韩永刚并不是让许可来说丧气话的，多年共事使他知道，许可是反话正说，其实对方早有主意。果不出其然，在韩永刚的要求下，许可不再强调难度,而是提出马上向单副市长挑明利益。韩永刚非常失望,这招他在那次饭局中已经悄悄对单副市长表达过,被对方一口拒绝,不但拒绝,而且他还很不愉快。

"你给他多少点?"许可问道。

"五个点。"

韩永刚把身子往椅背一靠,双手抱胸,闭目沉思,片刻,他张开眼,说道:"单这个人很圆滑,到现在我也猜不透他的想法。"

许可一脸不屑,哼了一声,道:"别看单表面滴水不漏,实际上是作秀。廉政与腐败的关系就好比是一件外套,正穿是廉政,反穿就是腐败,你白天看他,当然是正穿衣服,可是晚上呢?不要被假象迷惑,必要时,我们要用重金来砸晕他。"

"话是这么说,可我已经被拒绝过一次,怎么再张口?"

"现在送东西也讲究学问,亲朋好友可以,一张床上滚过的也可以……"他歪着头,冲着韩永刚坏笑着。

韩永刚很奇怪,心想这家伙怎么了,平常也没见他这样,不由得笑骂道:"你他妈痛快点,什么时候也学得扭捏起来了。"

"你难道真没看出单副市长看上金灿了?"

韩永刚愣住了,这话让他犹如喝汤发现了老鼠屎,说实话,他和金灿已经心意相通,谈婚论嫁是迟早的事,所以,任何对金灿负面的消息他都非常反感。"简直是胡扯。"他绷着脸斥道,"单副市长那是佩服金灿,开几句玩笑,你怎么就往歪处想?"

许可叹道:"韩总,我这辈子命犯桃花,男女这点事我一眼就能看穿。不是我往歪处想,单副市长看金灿的眼神绝对暧昧,就像猫闻见腥味,你当时喝晕了,没看见,看看这个。"他拿出手机,几下便调出照片。

照片不是很清楚,但是人物模样和动作依稀能够辨别,其中有几张看起来单副市长是在吻金灿,而金灿正愉快笑着。韩永刚只看两眼,便将手机扔到桌上,呼哧呼哧喘着粗气。许可连忙把手机揣起,笑道:"英雄难过美人关啊。在这个社会,女人漂亮的脸蛋就是无形的资本,我想,如果让金灿单独去阳明市,给单副市长创造这样一个机会,那样可就省事多了。"说完,他拿起韩永刚的水杯走到饮水机前替韩永刚倒水。

韩永刚脸涨得通红,瞪起眼,冲着许可的后背吼道:"许可,你给我记住,我们是开公司,不是开妓院,这种念头你赶紧给我烂在肚子里,否则无论你命犯几朵桃花,我都饶不了你。"

许可把水杯放在韩永刚面前,回到座位,调侃道:"我只是说说而已,其实,你也没必要认真,男女之间就是那么回事,什么道德、伦理,统统都是金钱和权力的奴隶。"

"你可以在公司以外风花雪月,这些我都不管,在这里,你绝不能把这种观念掺杂在工作中。"

许可争辩道:"言重了吧?我不是流氓更不是拉皮条的教唆犯,无非就好个一夜情什么的。金灿是成年人不是小学生,就算我让她认单副市长为干爹,她能听我的?以她的性格说不定拿着菜刀来找我算账。再说了,现在的女人除了还在上幼儿园的,剩下的哪个没有主见,别说他人的话,就是自己父母的话也未必肯听。"

韩永刚哼了一声,不想再谈金灿,这个话题让他很不舒服。他带着揶揄的语气问道:"这就是你所谓的主意?"

许可眼珠滴溜一转,说道:"当然不是。我刚说过除了一张床上滚过的,亲朋好友也是我们工作的重点。"

韩永刚皱眉道:"我们对他的家庭情况一无所知,你这不是白说吗?"

"我知道,他儿子在美国上学,孩儿他妈陪读。"

"你怎么知道?"

"偶然飘进耳朵里。"

韩永刚哈哈笑起来,指着许可说道:"你这家伙,真是无孔不入,什么样的信息一到你那儿都能被利用。"

俩人坐到沙发上,就可行性问题开始讨论。

许可说道:"以单副市长的工资是供不起他儿子上学的,就算有奖学金或勤工俭学,他媳妇在美国日子过得绝不会宽裕,如果我们悄悄把钱塞给他媳妇,然后再让他知道,这时生米已成熟饭,别说拒绝,他就是感谢还来不及呢,何况纪检

的手再长也伸不到美国去。他完全可以心安理得，不用顾忌，这样一来他肯定会投桃报李，我们还愁拿不到项目？所以，在歌厅分手时，我私下了解到他儿子叫单奇，在芝加哥大学念研究生。"接着他就具体细节说出自己的看法。他考虑得很细致也很实际，显然是经过深思熟虑。

　　许可的话给韩永刚很大触动，对方的话虽然偏颇却也不失为一个办法，这年头谁不爱钱，谁不愿过得更舒服？领导干部又怎么样，他们也是人，也有七情六欲啊。他站起身，走到窗前望着远处又思考了一会儿，这才来到许可身边，拍着对方肩膀笑道："都说人有几个心眼，你许可说不定有百八十个。你的主意很好，这件事不要外传，就你我知道，马上开始运作。另外，这边的工作还要继续抓紧，我们双管齐下。"

　　许可一直提着的心稳稳落地，他知道，只要韩永刚同意，单副市长将成为天海公司的傀儡，一卡通项目必然到手，自己的职位与股份也不可动摇，毕竟，韩永刚绝不敢为金灿和他翻脸，以他所掌握的行贿、受贿事实足以让纪委感兴趣。

　　尽管许可的最高目标已经实现，但是还有一个金灿仍如骨鲠在喉，他心里非常清楚，自己已经开罪这个女人，以金灿目前和韩永刚的关系想将其扳倒完全不可能，但必须将她赶出项目组。将单副市长定位成色狼，他的目的就是让韩永刚心悸，主动把金灿调出。他试探问道："我这里肯定要跟进，接下来的工作基本就是技术层面的事，是不是可以把金灿暂时调出项目组，让她主抓产品方面的推广工作？"

　　韩永刚摇头，说道："不行，项目刚刚出现转机，现在还不是放松的时候，说实话，在这个项目上，我们俩加起来都不如她，你还别不服。"

　　"你难道真想再让羊入虎口？我这个人就是爱咸吃萝卜淡操心，金灿对我那种态度，我还得替她考虑。"他瞪着眼睛真像那么回事说道。

　　"单副市长也许醉了，你偏往那方面想，再说，比金灿漂亮的女人多得是，也就是你见了女人走不动道。"

　　"嗬，韩总，就别装了，像金灿那样的美女是个男人都会有想法，你能不动心？我就不相信。"

　　"我真纳闷，你是有老婆的人，怎么荷尔蒙还那么旺盛，一谈女人就眉飞色舞,难道你是西门庆转世?"他嘴上嘲讽着许可,心里却美滋滋,毕竟听别人夸赞金灿是一件高兴的事情。

"西门庆怎么了?若和现在比,他差远了,现在的人别说是武大郎的老婆,就是武松的老婆也照上不误。"

"扯淡,武松有老婆吗?"韩永刚经许可这一点拨还真有些心虚,他可舍不得拿金灿去冒险。他想了想说道,"既然阳明是狼窝,金灿和艾芸就别去了,但是她们要留在项目组。"说到艾芸,韩永刚忽然想起一件重要事情,又问道:"对了,和单副市长吃饭那晚,是谁把我送回房间?"

"不是金灿就是艾芸,哦,应该是艾芸,金灿说头疼,一下车就先回屋了,是艾芸扶你回去。怎么?"

韩永刚如同猛遭一击,顿时呆住,努了努嘴,话又咽了回去,机械地摇摇头。许可不知对方为何突然变脸,沉默片刻便知趣告退。许可走后,韩永刚从兜里摸出一个耳环,看了看,长叹一声,接着来到沙发前颓然坐下,望着耳环又发起呆来。耳环很精致,也没有什么特别,可就是这么一个小玩意儿却让韩永刚感觉自己像是做了一个噩梦,若真是梦也就罢了,偏偏这只耳环又明白无误地告诉他这不是梦,非但不是梦,而且是一个足以令他崩溃的血淋淋现实。

他不记得请单副市长唱歌那晚究竟发生了什么,第二天早晨酒醒后,这只耳环就在他的床头柜上放着。仅仅是一只耳环也没什么,可怕的是,洁白的床单上居然出现一片血迹。他蒙了,似曾相识的景象把他瞬间带回到二十年前……他认得这只耳环,它的主人是艾芸。耳环不会说话,可它的出现却昭示出床单上的血迹以及那一夜曾经发生的经过。他悔恨交加,二十年来清教徒式的生活让他一直对性有种敬畏,这种敬畏是对生命的忏悔,是自愿戴上道德的枷锁自我流放在爱的沙漠。金灿的出现宣布这一切即将结束,他如同被提前释放的囚徒开始蠢蠢欲动,并憧憬未来。谁知,好不容易迎来绽放的爱情之花,可果实却是一个"转基因"产品,这不能不让他懊恼。他也曾抱有一线希望,那夜的"新娘"是金灿而不是艾芸,耳环只是某种巧合。但是,许可的话彻底推翻了他的幻想,加上床单上血迹的启示,他知道自己又铸下一个大错。

错并不可怕,可怕的是,有些错永远无法更改。

韩总办公室的门虚掩,似乎专为某人而留。艾芸悄然而至,一进门,她没有如往常那样打招呼,而是心领神会地把门关上,径直来到韩永刚面前。她看上去没有委屈,也没有愤怒,相反,她平静的外表下在极力掩饰着兴奋与躁动。那一夜,确切说也就是前天晚上,她把她的初夜献给了眼前这个男人,尽管当时男人烂醉如泥,尽管她没有得到这个男人的温存与承诺。但是,爱的呼唤,加上不甘沦为金灿配角的嫉妒心理,让她心甘情愿接受了像山一样压向她的男人身躯以及令她作呕的酒气,在幽暗的灯光中,以这种毫无喜悦、毫无浪漫的方式完成了姑娘向女人的转换。

她哭了,这不是她想要的,对方简直像头野兽那样对待她,根本没有传说中的感觉,她唯一能做的就是用张爱玲的话宽慰自己,"在人生的路上,有一条路每个人都非走不可,那就是年轻的弯路。不摔跟头,不碰个头破血流,又怎能长大呢"。张爱玲是她人生价值观的导师,既然导师都说会碰个头破血流,她只能强忍。榜样的力量是无穷的,张爱玲的话还真让她减轻了疼痛并克服了战栗和恐惧,到后来,她干脆停止抵抗,像一只温顺的羔羊任对方宰割。完事后,床上一片狼藉,洁白的床单染上斑斑血迹,更令她难过的是,对方没有一句安慰的话,而是用雷鸣般的鼾声向她说"晚安"。正当她准备穿衣时,门铃响起,是金灿。瞬间,她觉得这是天赐良机,赶紧打开一道门缝,将头伸出,还未开口,金灿已然大吃一惊,不用发问,艾芸那凌乱的头发、未干的泪痕已经成为她在韩永刚屋里的备注,金灿只得怅然而去。这是意想不到的收获,俗话说,眼见为实,她不用再为金灿发愁,任谁看到这一幕都会与韩永刚作感情上的切割。临走,她特意摘下一只耳环放在床头柜,以此告诉对方这一夜曾经发生的故事。

从阳明回来,艾芸没有上门兴师问罪,她知道泼妇的举动只能招致对方的反感,唯一可做的就是等。此刻,她站在韩永刚面前,看到对方手里拿着她的耳环,便知道好戏要开场了。

"前天晚上,我是不是干了一件极其恶劣的事情?"韩永刚头也不抬,低沉问道。

她淡然一笑,说道:"见酒忘命,见色忘义。我现在知道什么是男人了。"

韩永刚长叹一声,抬起头望着对方,悔恨道:"对不起,艾芸,真的对不起。事已至此,现在再说什么都没用,我不想借酒说事,我愿意接受最严厉的处罚。这样,你说个数,我绝不讨价还价……"他忽然停住,因为他看到艾芸的脸开始阴沉,想了想,小心翼翼说道:"当然,你还可以有其他要求,我会尽力满足……"他又说不下去了,因为,艾芸的眼眶开始发红,紧咬嘴唇,身子也微微颤抖起来,慌忙改口道:"艾芸,我知道这样很俗,也无法弥补我的过错,不然,你说出你的想法?"

艾芸伤心了,泪珠冲出眼眶,一滴一滴掉落,委屈道:"不带你这样的,你把我当什么人了,补偿?你以为钱能交易一个女生的清白,你以为有钱就能玩弄别人的感情?"

韩永刚怔住了,一想也是,对方要钱有钱,要房有房,怎么会贪图这些,自己的说法的确降低了她的人格。韩永刚紧皱眉头想了一会儿,咬咬牙,说道:"行,你要认为这样便宜了我,我可以投案自首,法院若判我强奸罪我认了。"说着便要去打电话。

艾芸再也忍不住,一抹眼泪,喊道:"够了,别再演戏。告诉你,你可以羞辱我,你也可以说话不算数,但是,你不能不尊重我,懂吗?我是一个堂堂正正的人,不是风尘女子,就算是,我也有做人的尊严,你要拒绝用不着玩这种猫哭老鼠的把戏。"她误会了,韩永刚的自责被她理解成推诿,一想到自己那一夜所受的磨难依然挡不住韩永刚奔向金灿的怀抱,她的心情坏到极点。她也够有骨气,硬生生止住眼泪,什么也不再说,扭头就走。

韩永刚急了,几步抢在艾芸前面挡住门,非要对方说明他怎么说话不算数。艾芸不说还罢,一说又开始泪水涟涟,当说到对方粗暴地将她推到床上,并发誓要娶她时,韩永刚犹如冰水灌顶,从头冷到脚,这才知道艾芸为什么如此伤心与愤怒。不过,艾芸隐瞒了一个真相,那晚韩永刚自始至终呼唤的都是金灿,她其实只是替代品,这也是她愤怒并感到被羞辱的主要原因。

蓦然,韩永刚耳边响起哀泣,接着一个声音像是从遥远的地方传来,"救救我,我不想死,快,快救救我"。他大惊,这声音不是来自艾芸,而是二十年前女友临死前的哀求。他本能地环顾四周,什么也没有,面前只有可怜楚楚的艾芸,

他的血开始往上涌，二十年前那一幕在时空的交错中越来越清晰，越来越揪心。他痛苦地闭上眼，任凭被封闭二十多年的往事如火山一样喷发……"坚持住，你一定会没事的，我说话算数"。二十年来，这句话总是像鞭子一样抽打着他，因为女友就是在他这句话说完之后离开了他，离开了这个世界。自此，他不敢随便滥用"说话算数"，即使玩笑也会触动他敏感的神经。眼下，此话经艾芸说出，他那包裹严密的灵魂被扒开了。汗，顺着他的额头往下滴，下颚神经质地抽动……

艾芸停止说话，泪眼蒙眬中她感觉对方脸色煞白、大汗淋漓，像是得了一场大病，不由得放下自己的事情，关心询问韩永刚。韩永刚没有出声，就这样静静默立了两分钟，睁开眼，他已经是另一副表情，显然，他刚刚做了一场天人交战，现在决心已定。他再次看着耳环，坚定地说道："我可以不知道那晚的事情，但我知道下一步该怎么办。"他把耳环递到艾芸跟前，说道，"艾芸，如果你还能原谅我，并如从前那样喜欢我，我愿意娶你。"

艾芸似乎不相信自己的耳朵，只是呆呆地望着韩永刚，直到韩永刚认真地重复一遍，她才确信这是真的。也许是之前消耗了太多情绪，听到这一喜讯她没有欣喜若狂，而是在接过耳环后趁势将头埋进韩永刚胸前，轻轻说了句"你真坏"。

"为什么不是金灿而是艾芸？"韩永刚不禁扼腕叹息。在内心深处，他渴望和金灿走到一起厮守一生。这个女人从第一次见面就展示了她与众不同的才华，直到现在，其睿智的思想以及永不言败的工作精神无一不令他佩服，尤其是金灿挽回项目败局那天，便已经当仁不让地成为他心目中真正的英雄。

"怎么向她解释？"韩永刚为难起来。这可不是一件简单的事情，亲密的感情赛过蜂浆，苦涩的感情赛过黄连，何况金灿是无辜者，她能接受这个强加给她的结局吗？韩永刚犹豫许久，决定以短信方式通知对方，这样做的好处是不用见面，再大的矛盾也能有个缓冲。他写道："金灿，由于出现无法抗拒的情况，很抱歉我不能继续发展我们的关系，这完全是我的错，在此我只有说声对不起。如果有时间，我希望能当面解释。"很快，金灿给了回复，只有两个字，"不必"。

金灿这两日并不好受，睁眼想着韩永刚，闭眼脑子里尽是头发蓬乱、神态亢奋的艾芸。她不理解，也非常愤懑，艾芸是知道自己与韩永刚的秘密的，她居然趁韩永刚醉酒行不端之事，简直是一种赤裸裸的"强盗"行径，这还是一个具有高学历、高知家庭、高颜值女生所干的事情，论其操守甚至不如普通女生。金灿忘不了艾芸在韩永刚房间门口说的话："金姐，不要惊讶，只要你没有结婚，我就不是小三，和你一样都是爱情的竞争者。你可以恨我，也可以骂我，但是我告诉你，这个男人我要定了。"

回到房间，金灿走上了崎岖、蜿蜒的心路，艾芸的话给她以强烈的刺激，她想："你艾芸有什么了不起，我要是跟你争，就算你和韩永刚有夫妻之名也未必守得住，只是我不是你，我没有那么下贱。"反过来又想，韩永刚是一个不可多见的男人，好不容易心意相通却又要失之交臂，再晃几年，别说不一定找到意中人，就是自身相貌也会如明日黄花失去艳丽，女人的优势一旦消失，幸福就将大打折扣，要是因为顾念道德廉耻而放弃自己一生的幸福，这样做会不会太傻呢？

金灿彷徨了，在爱情的价值观上，她遇到了前所未有的困惑，她可以在职场上尽显强人本色，也能够凭睿智化解客户的刁难，更能以坦荡之心对待与同事的矛盾，但触及人性良知和本能方面，她无从抉择，一方面，她非常传统，另一方面，她又是女人，靓丽的外表仅能人前风光，并不能排解人后的孤独，她同样希望得到爱情，也同样希望自己拥有一个幸福的家庭。

运气有时又像是在赶火车，错过时间，它就开走了，假如她对韩永刚尽早释放善意；假如她尽快忘记伤痛；假如她不再矜持；假如……那么，她还是能够赶上这趟幸福快车。可惜，"假如"只是现实的虚幻，人生没有"假如"，只有"假如"后留下的反思或痛苦。

韩永刚决定去一趟美国，亲自把钱交到单副市长的老婆手里。

许可的建议提醒了他，他的签证有效期正好到明年一月中旬截止，他也想借此机会去美国游玩。做出决定后，他特地上网查询芝加哥旅游景点概况，意外发现，北美地区有一个网络通信技术与安全展览在圣诞节前夕举办，地点恰好在芝加哥，他顿时有种股票中签的感觉。众所周知，自互联网诞生后，其商业化应用造就了无数奇迹以及不可计数的亿万富豪，人们只要找到网络商机，念几句"芝麻开门吧"，财富就像雪片一样飘来。韩永刚一直关注网络技术，总想为公司开辟一条新的出路，所以，这条消息令他无比兴奋，还有，单副市长聊天时也说过对

金
灿
的
报
复

JINCAN DE BAOFU

网络技术的兴趣,假如借此机会邀请单副市长赴美考察,一来可以拉近关系,二来又能考察国外网络技术状况,可谓一箭双雕。他马上给单副市长打电话,说出自己的想法,单副市长很高兴,他也想去看看展览,只是时间太紧,像他这样的领导干部出国,头年就要报出国计划,如此短时间申请,肯定不会被批准。遗憾之余,单副市长请韩永刚帮忙带点东西给老婆、儿子,并把联系方式告诉韩永刚。

万事俱备,韩永刚开始为翻译发愁。他的英语水平不高,简单两句还能应付,可参观网络技术展览就勉为其难了。公司员工中的英语高人比比皆是,连艾芸都有英语六级资质,可惜他们都没有签证,现在办已经来不及,还是许可给出了个主意,让金灿去。

许可心机颇深,他提议让金灿去并非真为韩永刚着想,而是实实在在为自己考虑。美国之行说白了就是去行贿,无论谁去都将背上黑锅,就算金灿不知情也难辞其咎,将来若与她发生纠纷,仅凭这个证据就足以让她闭嘴。

韩永刚不是没有想到金灿,按说她的条件最好,有绿卡,口语也没问题,但是,韩永刚没有勇气开口,倒是艾芸知道这件事后鼓励韩永刚放下私心杂念,以工作为重。艾芸何以如此大方,难道她不怕韩永刚与金灿在异国他乡死灰复燃?她还真不怕。自那一夜后,韩永刚对金灿彻底死心,开始心无旁骛地认真对待艾芸。爱的火苗一旦燃起,势必越烧越旺。看电影、户外运动、品尝美食……他的投入把艾芸快乐得像一只小鸟,忘乎所以。在一个风和日丽的周末,他俩来到远郊,登上一座海拔六百多米的小山。两人极目远眺,广阔的地平线上,农民的大棚星罗棋布,蓝天白云下的村庄宁静、祥和,真是一幅生动的立体画。韩永刚趁艾芸高兴,解开了她多日的疑惑,原来,二十年前的惨况已经让他杯弓蛇影,那一夜床单上的血迹无时无刻不在提醒他不能重蹈覆辙,艾芸若是怀孕,就不能再劳累。艾芸被韩永刚的真诚感动,沉吟一会儿决定隐瞒真相,看看对方是什么态度。她故作惊喜,告诉对方,自己已经有了身孕,事实上,事后她做的第一件事情就是服了避孕药。韩永刚没有说话,而是抱起她在原地转了三圈,然后给了她一个长吻……再后来,韩永刚把艾芸带回家,正式把她介绍给家人。

金灿被叫到韩永刚的办公室。如同一句歇后语:徐庶进曹营——一言不发,她同样以一种高傲、一种冷漠、一种无声面对韩永刚。她不是徐庶,天海公司也不是曹营,她之所以这样,并非较劲儿,而是为了掩饰心中失落的情感,当然,她还带着恨,那是一个女人被另一个女人横刀夺爱产生的恨。她恨艾芸,连韩永刚也捎带恨上,尽管这里面没有韩永刚的主观错误,但她依然恨,谁让韩永刚那晚喝那么多酒,使她脆弱的感情再度被刺伤。

"神啊,我迷茫了,为什么现在女人的贞操会像蜡一样低熔点可化,为什么深情拥抱这世界换回的却是孤独与苍凉?我潜心凝听您的声音,可是满耳充斥的却是来自地狱的狂喊以及市侩浮华的嘴脸。看看这个世界,现在,我终于明白您惩治人类的用意。神啊,请不要抛弃我,人生曲折,我已经彻底迷失,我不会随波逐流,更不会纵容自己的私欲,请您指点迷津,并把我记忆中所有的情感统统抹去。"短时间内的连续打击,让金灿来不及舔舐再度被撕裂的感情伤口,她决定辞职。不过,她不打算马上走,她必须等所有求职信得到回复再做最后定夺。

面对金灿,韩永刚显得有些尴尬,毕竟,感情变更不是无理由退货,也无法说出理由,结局总是痛苦和无奈,绝不是歌里唱的那样可以无所谓的随便放手。他嗽了嗽嗓子,话还是没有讲出。他有愧,若非艾芸支持,无论如何他不敢单独面对金灿。他向来自诩君子,而君子之道就是"贫则见廉,富则见义,生则见爱,死则见哀",他偏偏对金灿没有做到"生则见爱",所以,他觉得亏欠金灿。

僵局终被打开。韩永刚虽是性情中人,但也是个痛快人,他没有绕弯子,直截了当把去美国想请金灿当翻译的事说出,他本以为金灿会拒绝,没想到金灿竟然只是犹豫片刻便答应,这不禁让他喜出望外,心中感叹金灿真是女中豪杰。他错了,金灿不是什么豪杰,她和普通女生一样有自己的爱恨情仇,同意去美国实际是为她自己考虑,自和前男友分开后,她的东西都寄存在朋友家,公费去美国顺带处理自己的事务,傻子才不去,至于韩永刚吞吞吐吐说出只有他们两个人出差,她并不在乎,反正她已经决定过了年就辞职,别人爱怎么说就怎么说,她完全可以用背影去面对流言蜚语。

艾芸来了。这个小女生自打获得韩永刚爱的承诺,便对金灿不再仇视,有事无事都金姐长、金姐短亲热叫着。不过,女人对爱有种与生俱来的敏感,尽管艾芸认为金灿不会再纠缠韩永刚,尽管是她自己主动向韩永刚提议让金灿陪同,但一听金灿同意去美国,高兴过后,她的心里又开始不安。说实话,她并不相信爱情的忠贞，认为背叛与否不完全取决于感情的深度，而是个人的欲望，而欲望不在心中，总是藏在灵魂深处，在晚上，欲望会走出灵魂，在灯红酒绿中寻求法律与道德严禁的刺激。眼下，她来找金灿的目的是传达两个信息，一是自己已经怀孕，另一则是姨父同意在厅局以上干部中为金灿物色男友。

金灿非常清楚艾芸的用意，心中冷笑，暗道："你把我当什么人了，我金灿再不屑，岂能吃别人的残羹剩汤！感情也不是能拿来交换的，何况你眼中的权贵在我这儿不过是粪土。"她没有发作，表面上客客气气。

女人一旦在爱的博彩中输掉全部感情，身心会如同从炼狱中爬出，就算重新积攒筹码再去一搏，也无法回到初恋时的感觉。金灿和前男友的决裂等于让她输掉了过去，而随着韩永刚被艾芸"抢走"，她又输掉了现在，那么将来呢？可怜的金灿，难道真如俗话所说，天妒红颜？

第二章　曾经沧海难为水

　　成功,是付出的回报,幸福,是磨难后的惊喜,付出越多回报越大,同样,磨难越深,感受到的幸福就越强。

第一节　奇遇芝加哥

芝加哥是美国第三大城市，地处北美大陆中心位置，是美国最重要的交通枢纽。由于城市紧临密歇根湖建造，风景独特秀丽，加之建筑群来自世界各地不同大师手笔，风格迥异，故而初来乍到的人们都会为这座城市惊叹。

韩永刚、金灿下榻在一家豪华酒店，金灿之所以选择这家酒店，有自己的一点私心，因为，从酒店出门不远就是芝加哥著名的 Magnificent Mile（壮丽一英里），而这条不到三公里的临湖大道，构成了密集的商业建筑群，世界著名品牌、奢侈品随处可见，所以，到了芝加哥若没有走一趟"壮丽一英里"，就等于白来。金灿是个时装控，工作闲暇之余，逛街、购物是她最大的乐趣。

韩永刚是第一次到芝加哥，这座美丽且建筑风格独具的城市让他一路目不暇接。尽管舟车劳顿，但他兴致丝毫不减。刚安顿好住处，也不顾天色已黑，一人拿着相机跑到大街上拍照。他没有叫金灿，两人自打艾芸横插一杠后关系便极为生分，一个是心中有愧，另一个则是心中有气，虽然工作中他们依然有接触，却再也没有情感的碰撞。旅途若干小时，两人几乎没有怎么说话。他本想借机解释、检讨自己的过错，无奈金灿似冰公主，对他不理不睬，他心知误会已深，不禁怅然。在进客房之前，他又邀金灿共进晚餐，被她一口拒绝，对方说了声明天见，便将门关上，不再理他，金灿这种无礼的行为严重刺伤了他的自尊，如若不是把金灿视为在美国的拐棍，凭他的脾气真有可能把对方轰走。

金灿也许意识到自己的态度不好，没过几分钟，就打来电话，说是可以帮韩永刚叫餐，韩永刚没有领情，以更冰冷的两个字"谢谢"挂断电话。

　　夜晚的芝加哥别有一番景色，高大的建筑群内灯火辉煌，街面火树银花，霓虹灯以及提前挂出的圣诞彩灯与白雪相互映衬，高耸入云的大厦穹顶在白练似的灯光点缀下，尤为光彩夺目，好一幅美不胜收的景致。韩永刚被现代都市的美景吸引，信马由缰，顺着一条大街边走边拍，全然不顾手冻得僵硬。过了好一会儿，他感觉肚子咕咕叫起来，环顾四周，还真有餐厅，便朝最近的一家走去。

　　餐厅规模不算太大，也就摆放着十来张餐桌，韩永刚由装扮成圣诞老人的男侍者引领，在一靠窗位置就座。这是一家纯西人餐厅，格局非常考究，从进门开始，幽暗的烛光、柔和的音乐、火热的壁炉火焰，无一不营造出舒缓而又浪漫的意境。几张餐桌坐着的都是成双成对的男女，像是情侣，也像是夫妻，倒是韩永刚这样一个单身男子有点鹤立鸡群。邻座一对老夫妻正安静地用餐，偶尔，老妇人会看向韩永刚并报以微笑，韩永刚还以微笑，忽感芒刺在背，这可能是一家情侣餐厅，自己一人破坏了餐厅应有的氛围。当侍者拿着纸笔站在他面前准备下单时，他决定离开，并用半生不熟的英语解释，侍者皱起眉头，一脸不屑地望着他，那模样像是对待一个乞丐。

　　回到客房，韩永刚才发现相机落在那家餐厅，犹豫片刻，他决定请金灿帮忙。金灿听完韩永刚的要求，没有二话，拿上外套就走。俩人一路无话，很快就到了那家餐厅。事情并没像韩永刚想象中那样复杂，当金灿用流利的英语说出目的，那个侍者认出韩永刚，马上将相机拿出。韩永刚很高兴，同时也感到后悔，早知如此，就没必要麻烦金灿来取相机，对他而言，颜面值千金。

　　他礼节性地再次邀请金灿吃饭，没想到，这次金灿没有反对。俩人坐下，各自点了餐。邻座那两位老人正好结完账，老太太微笑着对韩、金二人说了晚安，然后对老先生说了几句，显然是因为韩永刚他们。老先生望了望韩永刚，点点头。等两位老人出去，韩永刚忍不住好奇问金灿，这两位老人是不是在说他，金灿摇摇头算是回答。其实，老太太是对老先生说："我猜对了，这个年轻人是回去叫他的妻子，你输了。"金灿懒得将实话译出，故而随便打发韩永刚。

　　韩永刚看出金灿不耐烦的模样，刚积累起的一点好感又变成不快。男人被女人藐视本来就是件丢脸的事情，一个小有成就的男人被女人藐视就更加窝心。

韩永刚从未被女人如此对待,他的自尊心经不起一连串的打击,他强压愤怒低声道:"金灿,我知道我对不起你,也真心向你道歉,可你不能总是不依不饶,难道在你心里,做不成夫妻连做朋友也不行,你的格局就不能大一些?"

金灿把盘子往前一推,柳叶眉弯起,低声斥道:"我一直以为你很绅士,没想到会这么虚伪。"

韩永刚愕然道:"我怎么虚伪?"

"你所谓的道歉无非就是求得我的原谅,然后可以心安理得地去当孩子的父亲,去做别人的老公,这不是虚伪是什么?你还敢说做朋友?韩总,你不觉得你拿刀捅了别人,还拍拍对方肩膀说'我们做朋友吧'是虚伪吗?"

韩永刚瞠目结舌,脸臊得通红,反驳道:"胡说八道,什么孩子、老公,你把我当什么人了,你以为就你难过?"他怒目圆睁。金灿也毫不示弱。几秒钟后,韩永刚从俩人目光的交锋中败下阵。他不是主动休战,而是金灿的眼眶里忽然闪出的泪光让他无法正视。这种表情他很熟悉,前女友有过,艾芸也有过,好像是女人都会有,而他恰恰害怕女性这种杀伤力极强的"软兵器"。泪水很普通,但对他而言,则比强酸更能融化他钢铁一般的心。

韩永刚神色黯然,长叹一声,向金灿讲述二十年前那凄惨的一幕。烛光变得昏暗,音乐也近乎哀婉,仿佛都在配合着这个男人伤感的故事。

金灿聚精会神,不知不觉进入到韩永刚的故事中,既为男主人公的感情伤怀,又为那个死去的姑娘悲戚。她想:"神啊,为什么女人的命运总是用泪点缀,为什么女人总如鱼缸里的鱼,供男人欣赏的同时流泪却不为男人所知?是女人的要求过高,还是您对男人过于宠惯?难道女人必须向地狱呐喊,才能求得魔鬼不对她们蹂躏……"她把目光瞟向窗外,又想,"罪过,我怎么能亵渎神,人人各有造化,我岂能将不如意记恨于天?神啊,请原谅我的胡思乱想。"

韩永刚双手插入头发,过了一会儿,怅然道:"我曾经伤害过一个女孩儿,从那以后我发誓为她独身,而你的出现让我再也无法淡定。我知道,如果这辈子爱可以重来,也只有你值得我放弃恪守的诺言。可惜,阴差阳错……"他盯着手里转动的餐具刀,无比懊丧道,"我已经铸下大错,不能再让另一个姑娘受伤,我没有选择的余地。我理解你恨我,我也不企望做你的朋友。我真是想得到你的原谅,但绝不是你想的那样,为了安心去做别人的父亲和老公。"

金灿摇摇头,不知该怎么说才好。尽管韩永刚的背叛不是出于他的本意,可是第一任男友打击的余波未尽,第二波的冲击再次撕开情感伤疤,她无法大度到一笑置之。考虑片刻,她说道:"不要指望我为你的错误埋单,我并非圣贤。你的故事的确很悲怆,而我的经历同样滴滴见血……算了,不提这些。"她抿了抿嘴唇,继续说道,"我在这里,是为了你付给我的薪水,仅此而已。我决定春节后辞职,这期间,我会做好我的本职工作,希望你不要再和我谈工作以外的事。"说完,低头用餐。

金灿真能了断与韩永刚的一切?当然不,如果感情能够这么简单结束,就不会造成那么大的痛苦。她在约束,更是在逃避,就像一位哲人所说:"如果你买不起糖果,就离柜台远点"。

俩人草草吃完饭,韩永刚掏出钱包,按账单金额付完账,又拿出一百美元放在托盘上。侍者困惑地看了看韩永刚,问金灿小费要不要找零。韩永刚听后,往后一靠,头一昂,说道:"兄弟,都是你的,以后再见到中国人客气点。"

他们这顿饭不到七十美元。韩永刚的出手大方让侍者感觉像见到自己的祖爷爷,嘴再也合不拢,冲韩永刚伸出大拇指,不停晃动,说道:"Chinese,Great!"

俩人走出门,一阵刺骨寒风迎面刮过。金灿打了一个冷战,接着又是两个喷嚏,连忙紧紧拽住大衣领口低头顶风前行。韩永刚望了望金灿单薄的后背,伸手解开自己的羽绒服,二话没说,赶上去给金灿披上。金灿察觉,赌气似的一把拉下。韩永刚捡起,再次披在金灿身上。金灿毫不领情,使劲挣脱,叫道:"你少管闲事,我不需要这样的慈悲。"边说边小跑起来。

韩永刚几个箭步赶上,拦住金灿,他怒了:"听着,你可以讨厌我,可以讨厌这件衣服,但犯不着和自己的身体赌气。今天这个闲事我管定了,你他妈的就是现在辞职,也要把衣服给我穿到饭店!也不用还我,找个垃圾箱扔了完事。咱们从现在起各不相干,明天你走你的,别管我。"说完,强行把衣服塞在金灿手里,扭头大步流星离去。韩永刚的粗暴并未招致金灿的愤怒与反感,相反,望着韩永刚宽厚的背影,金灿呆呆伫立几秒钟后,情不自禁将羽绒服披上。也不知是衣服作用还是心情作用,她周身的寒气居然瞬间消失。

男人对女人的粗野就像是饭里的沙子,但不是所有沙子都硌牙,有的沙子是女人的开胃良药。

金灿没有辞职,不仅没有,第二天她对待韩永刚的态度还有所改观。一大早,她客客气气约韩永刚一起用早餐,然后又带着韩永刚来到会展中心。虽然俩人话不多,但已没有了火药味,韩永刚颇为诧异,不知一夜之间对方何以转变态度。女人就是这样奇怪,一个小小的感动也能化干戈为玉帛。

参观者络绎不绝,韩永刚随着金灿,一个个展台挨个走过,碰到有兴趣的,韩永刚便走近,向工作人员询问。金灿此时真正成了韩永刚的翻译,两人不断互动,似乎忘了隔阂,有时还互有笑脸。转了三个多小时,他们连一小半都没看完,肚子却开始咕咕叫起来。韩永刚提议先去吃饭,金灿自然没有异议,俩人随即向D出口走去。

正走着,忽然,他们同时听见有人大喊"金灿"。金灿回过头,见到来人万分惊讶,不由得叫道:"孟志远!"

一个身材高挑,面皮白净,三十出头的男人从边上的一个展厅内跑出,来到金灿面前,高兴道:"哎呀,果然是你,刚才你从我旁边经过的时候,我还以为是做梦呢。我想,长得再像的人也不可能连声音和动作都一模一样,所以叫一声试试,还真巧。你是什么时候来的? 住哪儿?"

金灿没有回答他,惊讶之后便是冷漠。很明显,她的态度与孟志远形成反差,连韩永刚都看出,这哪是他乡遇故知,分明是冤家路窄。她没有回答对方的问题,仅是将两个男人相互做了简单介绍,有关她和孟志远的关系只字未提。

孟志远似乎并不介意金灿的态度,与韩永刚相互交换名片后,简单介绍了公司的产品与技术,然后,他邀请韩永刚到公司展厅参观。韩永刚正有此想法,马上同意。孟志远四处环顾一下,问道:"贵公司其他人呢? 请一起来坐坐。"

韩永刚连忙道:"没有别人,只有我和金灿。"

孟志远狐疑地看了眼金灿,又看了看韩永刚,把俩人带进展厅。待韩永刚、金灿坐下,孟志远端来两杯咖啡,说道:"韩总,如果不介意,我想和金灿单独说几句话。"

韩永刚没有立刻同意，金灿对孟志远的态度让他警觉，于是他望向金灿，见对方并不排斥，便起身走向邻近展厅。

目送韩永刚走远，孟志远抱怨道："金灿，我给你发了那么多邮件，你为什么不回复我，难道你就这样绝情？"

金灿冷冷说道："孟志远，我在第一次回复中就告诉过你，我们之间做普通朋友可以，若你还想旧话重提，对不起，我没有任何兴趣，请你尊重我的想法。另外，现在不是谈这个话题的时候，你有你的工作要做，我们也还要继续参观。"

孟志远连忙道："现在或许不是时候，晚上怎么样？你住在哪儿？我去找你。"

金灿摇摇头，说道："不要这样，难道还要我再次提醒你，我们之间已经没有任何关系？"

让金灿这么一说，孟志远心里酸不溜秋的，他迟疑了一下，问道："为什么你们公司来参观，只有你们俩人？"

金灿明白对方意思，也懒得解释，望着对方满是醋意的脸，灵机一动，说道："忘了告诉你，韩总不仅是我的老板，也是我的男朋友，现在你明白了吧？"

"No，金灿，No，这不可能，你说过你不会再找男人，你是在骗我，对吧？"

金灿轻松笑道："你的记性不错，我是说过这话，但是，我也同样说过这个世界都在变，包括我自己。对不起，如果你没有别的事，就到此为止。"说完，她朝韩永刚的方向走去。

孟志远和同事交代一句，连忙追到金灿身边，近似哀求道："金灿，我可以承受你对我的惩罚，但千万不要离开我。"

金灿停下脚步，不高兴道："孟志远，你这是何苦？我已经再三告诉你没有可能，你若还是坚持，我只能视你为陌生人。请你自重，别让我男朋友看见产生误会。"

孟志远看了眼不远处的韩永刚，说实话，他不太相信这是真的，因为金灿之前与韩永刚交谈时一口一个韩总恰好被他听见，这不是恋人之间的称呼。他灵机一动，说道："好吧，如果你真有男朋友，我孟志远就此死了这条心，但我必须证明这到底是不是真的。"说完，他丢下金灿，向韩永刚走去。

金灿一把拉住他,低声斥道:"你疯了,这种事情哪有当面问的,你要是胡来,我发誓以后再也不理你。"

金灿的话有点不打自招,孟志远更加相信对方是在演戏骗他,他笑了笑,挣脱金灿,快步走向韩永刚。自打金灿提出分手,孟志远一直追悔莫及,检讨邮件写了一堆,可对方就是不肯原谅他。他有心回国当面解释,却因工作繁忙未能成行,未承想在这儿会遇上她,真有点"天上掉下个林妹妹"的感觉。他边走边想:"祈祷灵验了,圣诞节最好的礼物莫过于她。"

来到韩永刚跟前,孟志远刚要打招呼,突然,他的笑容僵住,那表情仿佛看到一件非常诡异的事情。原来金灿居然抢先一步挽住韩永刚的胳膊,并以他最熟悉的娇态对韩永刚说要先去吃饭,那模样、那语调像极曾经热恋的他们,可惜,时过境迁,眼下这个"他"已经不是自己,而是另一个男人。孟志远流泪了,当然,他是流在心里。如果说金灿的冰冷拒绝曾经令他伤心,那么,此刻金灿挽着另一个男人,不仅让他伤心,还令他产生浓浓的醋意……

有一个人比孟志远更加不知所措,更加惊愕,这人就是韩永刚。对他而言,金灿伸过来的不是胳膊,而是带刺的蔷薇,包括金灿那双如一池秋水、晶莹流转的眸子,都让他有种被电到的感觉。他想缩回手臂,但没有成功,金灿的另一只手也圈了上来。他蒙了,不知金灿何以忽然变得如此,而孟志远仿佛误食了一块儿橡皮泥,脸色青灰。

瞬间,两个男人无言以对,唯有金灿晃动着韩永刚的胳膊,重复着刚才的话。韩永刚首先清醒,当然,他并非意识到什么,而是感到胳膊被金灿掐得生疼。顷刻间,他从金、孟二人的表情上猜出大概,结合金灿的表现,估计里面必有一段情缘。于是,他装模作样皱起眉头,煞有介事道:"我让你早上多吃点,你就是不听,减肥也不能这样。"他又对孟志远说了句客气话,便和金灿向大门走去。快到门口,韩永刚实在忍不住,压低嗓子问金灿原委,当得知事情的来龙去脉,他玩笑道:"你也甭发愁,假如这家伙对你不敬,我会先踢他屁股,然后把他团起来塞进下水道,我可不容许外人欺负我的同事。"

说者无心,听者有意。韩永刚的玩笑话激起了金灿情感上的涟漪,她心里感叹道:"上帝啊,为什么您非要拿这个男人来考验我的意志?昨晚,他解衣为我御寒,男人的柔肠几乎征服了我,这是不是您的安排？如果是,为什么您把他又赐给了艾芸？如果不是,请再也不要让我得到这种无望的关怀……"

孟志远站在原地目送韩、金二人走出大门,迷惑的目光渐渐透露出怨恨。

第二节　杨过恋错小龙女

单副市长的夫人来了。在接到韩永刚电话后,她马上从家赶来。韩永刚没有叫上金灿,单独把对方约在饭店大堂酒吧区。他不想让金灿在场,毕竟,这事需要保密,知道的人越少越好。

单夫人很优雅,岁月似乎并没有在她脸上留下太多痕迹,纵然几十年过去,依然能够看出少女时代的风华。韩永刚暗忖,就凭这份素养,对方职业不是教师便是医生。果然,单夫人坦承自己出国前是阳明市医院内科主任。韩永刚把单副市长的包裹交给单夫人,又从钱包拿出一张卡递到对方面前,说是单副市长让他带的。单夫人疑惑地看着韩永刚,说道:"老单没有说银行卡啊。"她没有接,而是拿出手机。电话接通,单夫人不久便从电话里得到答案,她微微笑了笑,把手机递给韩永刚。

听筒里传来单副市长的埋怨:"韩总,你把我当成什么人了?怎么也跟我搞这种东西?你让我下面怎么做工作嘛。"

"单哥,千万别这么说,今天第一次和嫂子见面,这点小意思就算见面礼吧。"

几句话过后,韩永刚把手机递给单夫人,微笑望着对方,像是欣赏着自己导演的小品。他心里非常清楚,适才单副市长的话已经向他传递某种信号,仅凭那句"这钱算是暂借",足能够说明,对方认可了他的做法。

果然,单夫人讲完电话,态度不似开始淡漠,她一脸笑容的邀请韩永刚和他的同伴去家里坐坐。韩永刚心里别提多高兴,叫上金灿,不到一个小时,便来到单夫人家。

这是一幢三层高的别墅,前院很大,差不多有四五个篮球场的面积,十来棵高耸的针叶松零散地矗立在被白雪覆盖的空旷处,给银色世界带来绿色生机,几个老外工人正架着梯子,把圣诞彩灯挂在松枝上。单夫人带着韩永刚和金灿来到门口,一个浓眉大眼的小伙子推开门迎上前,对韩永刚道:"韩总,你们辛苦了。"

小伙子是单副市长的儿子,叫单奇。年纪二十四五,身材高大。尽管看上去稚气未脱,骨子里却已经散发出成熟男人那种大大咧咧、执着的豪气。他眼珠一转,目光转向后面的金灿,说道:"这位美女是韩夫人?"

金灿本来笑眯眯打量着单奇,一听这话,脸顿时绯红,连忙道:"单奇,别瞎叫,我和韩总仅是同事关系。"众人哈哈笑起来。

韩永刚边走边玩笑道:"单奇,没想到初次见面,你就安排下我们的名分,我倒是深感荣幸,但金灿还是单身,'韩夫人'的称呼与她无关。"

这是一个堪称豪华的别墅,典型的洛可可装饰风格,柔软的淡绿色墙面在视觉中像是被风惊起的雾霭,蜿蜒飘浮至毫无棱角的天花板,最后被吸纳在晶莹剔透的水晶吊灯周围,象牙白扶手的旋涡式楼梯以及每个独立空间对应的油画都令人有种时空的变化,仿佛来到了两百年前的凡尔赛宫,或是法国某个贵族的家庭。单夫人见韩永刚和金灿以一种惊奇的目光打量着房子,索性当起导游,带着他们从一楼到三楼游览一遍。据单夫人介绍,之所以选择这里,一是因为紧邻芝加哥大学,二是房价非常便宜。这栋别墅的前主人是一对法裔老夫妇,男人几年前去世,女主人触景生情患了轻微的抑郁症,在儿女的劝说和医生建议下,只好搬到西海岸和亲人住在一起,所以很多壁画包括一些生活设施都留给了单夫人。韩永刚好奇问道:"这房子多少钱?"单夫人犹豫了一下,没有直接答复,只是说恰好金融危机,所以,房主很便宜就处理了。金灿找了个机会告诉韩永刚,这个地段、这样的别墅,没有五百万美元以上根本不可能买到。

众人聊得很开心,尤其是单奇,似乎认准了金灿。当得知金灿曾在康奈尔大学读过研,毕业后又在纽约工作过几年,便一口一个前辈叫开。单夫人几次想制止儿子,却被单奇一个白眼回应也只好不语,但她很敏感,隐隐感觉儿子对这个金灿表现得过于热情,难道儿子看上这个女孩啦?仔细观察后,她觉得单奇的态度的确前所未见,像是年轻的雄孔雀极力向雌性展示自己华丽的羽毛,单夫人不由得心里暗暗好笑。

知子莫若母,单夫人从儿子的言语和动作、表情,看出儿子对金灿的倾慕。"他俩倒是挺般配。"单夫人暗想,"若是年龄合适,不妨交个朋友。"她有意无意将话题转向金灿,言谈中套出对方的年纪,不禁暗自摇头。金灿长得倒是很年轻、靓丽,但毕竟比单奇大七岁,仅凭这点就不可能。单夫人自己就是公认的美女,作为女人,深谙青春韶华是女人一生的无价之宝,虽然后期可以通过其他手段来维持形象,只是少女时代的那份纯真绝不是半老徐娘所能装出。她望向儿子,奇怪地发现,儿子并没有停止对金灿大献殷勤,就连金灿说出自己的岁数,其反应也就是眨了下眼。一瞬间,单夫人的神经被儿子挑起,不再说话。她忽然觉得儿子长大了,不仅有着一身强健的肌肉,还是一个懂得如何去追逐异性的男人,其感情尽管还很青涩或者说还显稚嫩,但是,他生命的另一个起点已经出现了。单夫人内心非常快乐,也很矛盾,快乐是因为儿子的情感之门被金灿打开,将有一段新的人生旅程,矛盾是她不知该不该马上就去制止儿子不可能有结果的求爱行动,这棵萌芽刚刚破土,任何风雨都会惊吓住它,可如果不去制止任其发展,到头来自然是竹篮打水一场空,儿子能否经受住打击还是未知数。感情是把双刃剑,一旦儿子被伤害,作为母亲,她的心同样会跟着流血。

众人没聊多久,门铃响了,一个工人站在门口,说是要去吃午饭,下午再接着干活。单奇问还要多长时间完工,对方坚定地说,再有半个小时就 OK 了。单夫人苦笑着对韩永刚他们说道:"美国人真是有意思,这要是在国内,多干半个小时就完工了,他们不,一到点丢下工具就走。好吧,他们吃饭,我们也去吃饭。"

众人走出大门,金灿和单奇走在最后,俩人边说边下台阶。忽然,金灿脚下打滑,身子先是往前一倾,接着又向后仰去,单奇一把没有拉住,金灿哎哟一声顺着五层台阶一直跌到雪地上。大伙吓了一跳,倒是金灿坐在地上哈哈笑起来。单奇和韩永刚一边一个把金灿扶起,单奇吐下舌头,惊叹道:"哇,你真厉害,滑雪带过山车全玩了。"

几个人又重新回到屋里。单夫人简单给金灿检查了一遍,见对方只是右脚面处有些红肿,并无大碍,便拿来膏药给金灿贴上。单奇不满意老妈的处理,坚持要带金灿去医院,母子俩由此发生小小的争执。韩永刚和金灿不明白其中奥妙,以为单奇仅仅是出于关心,唯有单夫人知道,儿子的态度有其深意。最后,还是金灿替单夫人解围,说自己并无大碍,单奇这才作罢。

吃完饭,母子俩把韩永刚他们送回饭店。单奇本来要把金灿送回房间,被金灿坚决制止,只好在饭店门口与金灿告别。金灿没走几步,忽然感觉右脚一阵钻心的疼,再想尝试着走已经办不到。于是,韩永刚搀扶着金灿,慢慢走向电梯,走着、走着,韩永刚哈哈大笑起来,面对金灿莫名其妙的目光,他得意道:"昨天在孟先生那儿,是你挽着我,今天我搀着你,好像老天故意这样安排,让我们俩相互扯平了。"

"胡说,你昨天崴脚了吗?如果扯平,你应该也崴了脚才对。"

"笑话,我要是也崴了脚,谁来扶你,总不能我们俩互相扶着一蹦一跳地走路吧?"

"岂有此理,我可不是蛤蟆。"

俩人哈哈大笑起来。

说也奇怪,两天前,他们还视彼此若陌生人,而今,他们却像是老友,可以为一个话题争得面红耳赤,也可以因意见相左而剑拔弩张,但谁也不会去较真、谁也不会为此生气。金灿褪去锐气,还原成温柔、倔强的女孩,韩永刚干脆把自己当成是邻家大哥哥,以调侃或者是揶揄金灿取乐。双方朝夕相处的短短两天,各自原有的屏障不再阻隔心灵的沟通,他们仿佛多年的老朋友,有时也像兄妹,有时也像一对恋人。尽管他们不是刻意这样去做,可是不知不觉中,当一方扮演某个角色,另一方就会很自然地配合,像是一出小品或是一段肥皂剧,大家都在本色演出,没有矫揉造作,甚至感到非常有趣。

第二天早晨,金灿的脚伤似乎更加严重了,脚踝处如半个馒头扣在上面,不动还没事儿,稍微一碰立刻疼得龇牙咧嘴。韩永刚犯愁了,金灿的伤势别说去参观,就是从床上去洗手间都费劲。韩永刚想给单夫人打电话,请她帮忙。见韩永刚焦急,金灿反而一脸轻松,笑道:"得了,现在可别去麻烦她了,这要是让单奇知道,天知道他要干出什么来。"

金灿不同意自有道理。

昨晚,单奇也不知动了哪根筋,来饭店看金灿。金灿本想叫韩永刚过来陪同,被他制止,说是有事情想和她单独商量,金灿不明就里,看着对方期期艾艾的模样,还真以为有什么重要事情。没想到,这个毛头小伙子也不知是从哪个电影里学的,双手捧着带来的一大束鲜花,鼓足勇气请金灿做他的女朋友。金灿先是一惊,但见单奇一脸认真,内心差点笑翻。她听说过姐弟恋,只是从未认真思考其可行性,坦白说,她不赞成姐弟恋,认为这类男孩子都有某种恋母的情节,以心态而论还不成熟。她好言相劝,说道:"单奇,我真的很感动,像你这样优秀的小伙子应该找一个比我条件好数几的女孩子做朋友,可是你却选择了我,谢谢。但是,有一点你必须清楚,我们之间根本没有可能。"

"我知道,你肯定认为我们的年龄差异是个障碍,但那又怎么样呢?反正我不在乎。"他昂着头,瞪大眼睛,摆出一副坚决的模样。

"可我在乎。你先回答我,你认为你长大了吗?"

"我当然长大了,我已经二十五了。"

"不,我不是问你的实际年龄。我是问,从一个男孩蜕变成男人的条件你具备了吗?"她见单奇一脸迷茫,继续解释道,"简单说就是当你爱上一个人,你是否为她做好了负起家庭责任与社会责任的准备。要知道,男孩与男人的区别在于男孩是用感性加幻想来描写爱,男人是用理性加责任来描写爱,二者是截然不同的。"

"我明白你的意思,但是罗马也不是一天建成的,这种蜕变不过需要些时间而已。请相信我,我现在已经是真正的男人,我不缺乏责任和理性,如果你能给我时间,我会向你证明这些。"

两人僵持了好一会儿,单奇甚至搬出《神雕侠侣》中杨过和小龙女的故事来说服金灿,若不是韩永刚过来看金灿的伤势,单奇还真会一根筋地坐下去。等单奇走后,金灿把这件事告诉了韩永刚,让他给拿个主意。韩永刚没想到单奇还有这种"壮举"。虽然和他只有一面之交,但是印象里他还是在母亲羽翼下需要呵护的大男孩,无论从哪方面看都羽毛未丰。想了想,韩永刚认为这是小事一桩,照他理解，单奇不过是得了青春期综合征。现在他看到金灿按捺不住，等他们回国后，这小子就会慢慢忘掉他的这个"小龙女"了。金灿也没有更好的办法，只好以不变应万变。然而事情并没有完，没过多久，单夫人悄悄给金灿打来电话，在证实了儿子来找金灿后，忙拜托金灿一定不要过于直接地拒绝单奇，最好能够以理服人，让单奇知难而退。到了午夜，金灿又接到单副市长从国内打来的长途，他先对她的伤表示慰问，跟着，让金灿不要顾忌单奇的面子，要用最严厉的态度拒绝他，哪怕采用粗暴的方式。这让金灿啼笑皆非。单奇的冒失把自己卷进是非的旋涡。显然，做母亲的护犊心切，希望儿子从感情的高空软着陆，做父亲的却不管，要一棍子将其击落，摔他个半死也无所谓。所以，当韩永刚提出让单夫人来给金灿看伤，她自然不敢惊动那个小祖宗。

韩永刚紧锁眉头，发愁地望着金灿受伤的脚，心里盘算着："让她当翻译参观展览是不可能了，还得找个人。单奇？不行，这小子不能沾。孟志远？嗯，也只有和他谈了。唉，这金灿偏偏在美国受伤，够背的。"也是，这点小伤若发生在国内，连医院都不用去，随便找个药房就可以买到药酒敷上就好，在异国他乡，小事情却成了挠头的问题。

金灿见韩永刚焦虑，忍不住打趣道："不就是崴了脚吗？看你那模样，不知道的人还以为我病入膏肓。"

"说得轻松。"韩永刚瞪着眼说道，"你这一躺，我的计划也趴窝了。"想到自己还有多家公司没有参观，忍不住又抱怨道，"美国人也够懒，学点中文怎么啦？就算难，准备些翻译总可以吧。"见金灿要下床，他连忙说道："你给我乖乖躺在床上，一会儿我给单夫人打电话，看看哪里能买到药。别乱跑，否则别指望我扛着你上飞机。"

"哈，你以为我是麻袋？"金灿不依不饶道，"小题大做！给我一副拐棍，我可以漫游全世界。"

"得了吧，你以为你的拐棍是哈利·波特的扫把呢。"

俩人斗了几句嘴，金灿道："如果不介意，你就从饭店借个轮椅把我带上，只是辛苦你，要推着我走。"韩永刚不同意，只让金灿写下会展中心的名字以及饭店名称、总机电话号码，独自去看展览。

会展中心不像第一天那么多人，韩永刚很快找到孟志远所在展厅。孟志远先是惊奇，后又若有所悟，淡然道："韩总，非常高兴再次见面，您前天下午怎么没来？"

　　"对不起，本来是想过来，结果两个眼皮老打架，所以吃完饭我就回去睡觉了。"

　　"嗯，那是时差还没倒过来。咦，您女朋友怎么没来啊？大好机会不来看看，多可惜。"他不无揶揄地说道。

　　"她本来是要来，但是签证太难办，只有等以后有机会再说了。"韩永刚一不留神把艾芸顺嘴说出，忘记了替金灿保密的事情。

　　孟志远心里一动，故意不解释让对方误会，说道："是啊，美国签证是所有国家最难办的，下次你们再来美国，一定要去纽约找我。"

　　"谢谢，我们若是去纽约一定会去看你。孟先生，你看现在是不是介绍一下你们公司的技术和产品？"

　　孟志远冷冷看了眼对方，说道："没问题，您先坐，我给您倒杯咖啡。"他心里迅速活动开，心想："金灿之前所言全是骗人，她根本不是这个男人的女朋友。道理说得冠冕堂皇，自己却私下傍大款，什么传统，什么专一，统统都是废话。这个韩永刚也是混蛋一个，显然，今天他来是故意向我示威，让我不要再纠缠金灿。哼，你金灿现在就是跪在我面前，我也不会再要你。"想到这，金灿的形象在他心中轰然坍塌。

　　他端着咖啡来到高台桌前，和同事说了几句，把咖啡放在韩永刚面前，然后坐下，故意问道："韩总，今天怎么不见金灿过来？"

　　"别提了，她昨天把脚给崴了，现在还在饭店休息呢。"

　　"哈，严重吗？"他嘴上说着，心里却想："骗鬼去吧，你明明是怕我见到她，编出这事来糊弄我，把我当傻瓜了。"

　　"还好，我上午买到药，已经敷上。"韩永刚察觉对方的表情与之前相比有点不对，不自己知哪句话得罪了他，便又道，"孟先生，我坐在这儿会不会影响你的工作？"

　　孟志远望着别处，说道："怎么会？你是顾客，介绍公司的技术和产品，这本身就是我的工作。"他语气生硬起来,如同应付差事般,把公司的技术和产品向对方大致介绍一遍。韩永刚饶有兴致,边听边写,碰到一些感兴趣的地方,就打断对方,认真询问。

时间不知不觉过去,直到孟志远的同事招呼他吃饭,韩永刚这才停止发问,不好意思地笑道:"对不住,耽误你吃饭了,谢谢你的介绍。"他站起身,伸出手要和对方告别。

孟志远没有和他握手,表情显得不太自然,且目光带有敌意,问道:"韩总,有件事情我要冒昧问一下,金灿是你的女朋友吗?"

韩永刚听到这句话,忽然醒悟过来,联系孟志远之前的表情,心里暗道:"糟糕,这小子刚才把我绕进去了,既然如此,只能实话实说。"他想了想,说道:"孟先生,实话告诉你,金灿不是我的女朋友。我们第一次见面时,我确实不知道你们原来之间的关系,后来才知道,金灿之所以要我配合演戏让你看,是她对你成见很深。"

孟志远嘲笑道:"得了吧,韩总,我不是傻瓜,这事情就和掰开包子看见馅一样简单,你皮再厚,也包不住真相。"

韩永刚愣住,不解地问道:"你这是什么意思?"

孟志远拉下脸,奚落道:"韩总,别装了。我们都是男人,用不着拿金灿来骗我,你身为公司老总,公司内的女员工哪个敢得罪你,她们还不是你一句话的事?我说金灿对我一直态度那么强硬,原来根由就在这。其实,我第一眼就看出你和金灿的暧昧关系。我尊你一声韩总,既然你也承认你还另有女友,就别吃着碗里还占着锅里,给别人一个机会吧。"

韩永刚没想到对方会这样无中生有地诽谤他,心中顿时怒火升腾。他强力克制自己的情绪,目光炯炯地看着对方,说道:"孟先生,我们都是男人不假,但是,男人和男人也不尽相同,你若是把我想象成欺男霸女的恶棍,那你就错了,告诉你,我和金灿仅是同事关系,仅此而已。"

孟志远哼了一声,道:"真是义正词严,可是,你也别把话说满了下不来台,你们公司既然来这里参观,为什么只有你和金灿?韩总,这个问题背后的答案连高中生都会回答。我想,金灿此刻一定在你们的房间里等你回去,她不是脚有病,而是心有病,而且病得还不轻。"

韩永刚恨不得上去给对方一个耳光。他不屑地看着对方,冷冷道:"我不知道你和金灿为什么分手,但我现在知道她为什么要离开你,像你这样一个心胸狭窄的人根本不配做一个男人,更不值得她去爱!告辞。"他转身就朝展厅外走去。

孟志远不依不饶在背后说道:"你回去告诉她,像她这样的 Bitch(婊子),纽约街头到处都是,我孟志远虽然是一个打工仔,但绝不会像某些人那样,抱着她不放。"

他的话彻底激怒了韩永刚。他虽然不懂 Bitch 为何意,但上下文一联系,他马上明白了对方意思。他猛地转过身,大步走到孟志远身边,目光燃烧起来,低声喝道:"你骂谁呢?"

孟志远惊恐地退后一步,嘟囔道:"你别乱来啊,这里可是美国。"

两人的举动引起孟志远同事的注意,其中一个问道:"Man,What happened?(伙计,怎么了?)""It's ok.(没事)"同事的搭话使他更加壮起胆,目光直逼韩永刚,说道,"你敢不敢告诉我你们住的饭店?我只要一个电话就知道你们是不是住在一起。"

韩永刚冷笑道:"没有什么敢不敢,对你这种人,我根本不值得和你置气,更没必要让你来核实,但是,你必须要为刚才的话向我道歉。"

"哈,心虚了吧?"孟志远得意道,"其实,我们大家心知肚明。韩总,你也别装正人君子,天下乌鸦一般黑。至于道歉,对不起,我不会这样做,既然你们都住在一起,凭什么我要道歉?"

韩永刚牙关咬得紧紧,忍了又忍,最后掏出金灿给的纸条,说道:"好,你现在马上打电话,今天你如果不道歉,我不管这是在哪里,就是在月球上,你也休想走出这个大厅。"他眼中燃起怒火,蓄势待发。

第三节　蒙骗过关

孟志远轻蔑一笑,拿过纸条看了一眼,掏出手机就开始拨上面的号码。他和服务台的工作人员说了大概一分多钟,表情从开始的认真变成惊讶,又从惊讶变成了羞愧。他放下电话,不可思议地望着韩永刚,结结巴巴说道:"韩总,真是对不起,是我错了。我为刚才的话向您道歉,请原谅我,也请您千万不要把我刚才说的告诉金灿,好吗?"

韩永刚一把拿过纸条,瞪着孟志远,说道:"你呀,我真不知该说你什么好。"说完,不顾孟志远的解释,转身走了。他真生气了,如果孟志远只是侮辱他,或许他还不会发那么大火。在他心目中,金灿不仅是自己的同事,还像是自己的亲人,伤害她比伤害自己更让他不能忍受,若不是在美国,或者孟志远坚持不道歉,后果将会非常可怕。

晚上七点刚过,韩永刚房间的门铃叮咚响了一声,他打开一看,愣住了,竟是孟志远,他冷冷问道:"你来干什么?"

孟志远左手提着一个大纸袋,右手抱着一束鲜花,满脸笑容,全然没有中午那种嚣张跋扈的态度,不仅没有,他的表情还极其谦恭。他不好意思地说道:"韩总,今天中午发生的事情,我越想越不是滋味,如果不来道歉,我会瞧不起自己。还是您的涵养好,没和我一般见识。"

韩永刚摇摇头,说道:"你别夸我,说实话,当时我揍你的心都有。"

孟志远尴尬地笑了笑,忙将话题引向天海公司,然后俩人又聊起当今世界网络技术与安全。孟志远不愧是网络方面的专家,水准与见地都让韩永刚佩服得

五体投地,尤其对未来网络的发展以及企业现在必须做足的功课,都给出恰如其分的分析,让韩永刚心痒难耐。韩永刚非常清楚,网络技术、安全、应用是一座又一座金矿,谁的技术储备到位,谁的研发力度更大,在下一个网络高潮就可能成为弄潮儿,这也是他来看展览的原因。

随着问答逐步深入,韩永刚忘了与孟志远的不愉快,交谈甚欢,张口闭口叫着孟老师,搞得孟志远不好意思,说道:"韩总,您还是叫我小孟,以后如果有用得着的地方请尽管吩咐。"

韩永刚呵呵笑着,很满意孟志远谦逊的态度。聊完专业话题,他主动问起孟志远与金灿到底发生了什么,让金灿与之形同陌路。孟志远没有直接回答,而是把自己与金灿怎么认识,怎么一起生活六年,金灿为什么要回国等娓娓道来。说到关键地方,他停顿一下,面露愧色,低下头道:"后来,我一时糊涂,和另一个女人好上,结果被金灿发现,从此和我断绝关系。韩总,您也知道,现在这个世界,男女之间不像过去那样守旧,是男人都会犯这种错误,只要我还爱她,就不算什么大的错误,我可以改嘛……"

韩永刚打断对方,笑道:"你这观点我不赞成,什么叫'是男人都会犯这种错误'? 我声明,我肯定不会犯这样的错误。"

"对、对,我说错了,今天的事实也证明了这一点。"他犹豫了一下,又鼓起勇气说道,"韩总,金灿是我生命的全部,请您帮我劝劝她,就说我知错认错。她是您的部下,她一定会听您的。韩总,我明天就回纽约了,帮帮我。"

韩永刚心道:"我还真以为他是来道歉的,原来是这么回事。"不过他对孟志远已经没有反感,加上刚刚听完对方精彩的评述,对其极有好感,决定帮他这个忙,但怎么帮心里却没谱,毕竟说服金灿可不是件容易的事情。他的目光落在孟志远带来的花上,于是笑道:"看来我不是这花的主人,干脆这样,我们一起过去,我说是我请你来的,然后我找个借口出来,你留下继续和她聊,成功与否只能凭天意。小孟,不是我不帮你,金灿的秉性你应该比我了解。"其实他也不敢去,何况他与金灿本身就有瓜葛,若去添乱,对方肯定不会给他好脸。

孟志远万分感激,忽然问道:"韩总,如果有一天我想回国工作,您的公司会要我吗?"

"当然，为什么不呢？"

两人来到金灿门口，韩永刚按下门铃。

门打开了，探出的头不是金灿，却是单奇。韩永刚一惊，心里这个气，暗骂："孟志远还没打发走，这屁大的小子又黏糊上金灿了。这俩人怎么那么像难兄难弟，明知不可为而为之，连买的花儿都一样。"韩永刚一眼发现茶几上放着一大把鲜红的玫瑰，比昨天那束几乎大一倍，显然是单奇带来的，不由得好笑，又想："照这样送下去，金灿完全可以在这里开花店了！唉，全世界又不是只剩下金灿一个女人，你们何苦委屈自己呢。"由于金灿态度淡漠，他只好充当主持人，把单奇和孟志远相互做了介绍。对孟志远，韩永刚只是简单地说是金灿原来在美国的朋友，对单奇，只说是金灿朋友的儿子。

单奇打量着孟志远，表情冷峻。也许是对方手中的玫瑰刺激了他，加上韩永刚的介绍，他的眼中开始带着些许敌意，神态像是一只非洲草原上年轻的雄狮瞪视着外来的入侵者。他也是刚来一会儿，屁股还没坐热，韩永刚他们就过来了，打断了他预设的求爱程序，着实令他郁闷，尤其看到孟志远也拿着玫瑰，他顿时警觉起来，同时也产生了醋意。

孟志远随韩永刚进屋后，没有开腔，当金灿目光扫来，他也仅仅是报以微笑，举止不像是熟稔的旧相识，倒像是前来洽谈业务的合作伙伴。面对单奇，他很惊讶，因为金灿在美国的朋友他都认识，从未见过这个小伙子。更让他感到奇怪是这家伙居然给金灿这么大一束玫瑰，自己手中的和他的一比简直像一小捆葱了。还有，这家伙显然对自己抱有成见，目光中颇有挑衅的意思。"难道他是金灿的新男友？不可能啊！这家伙虽然人高马大，明显还是个小孩，金灿绝不可能看上他，但若不是，哪有这么送花的？"孟志远瞟了几眼单奇，见对方态度不友好，索性把目光转向韩永刚和金灿。

金灿是四人中最郁闷的，一个单奇已经让她哭笑不得，又来了个孟志远，俩人把这里变成了电视相亲栏目。"都怨韩永刚，"她想，"说好了不见孟志远，他倒好，把人还带来了。孟志远好打发，对他严词厉色即可，但是这个单奇真是让人头疼，动不动就是什么杨过、小龙女，哪跟哪儿啊。"

四个人各怀心事，出现了短暂沉默。

一会儿，韩永刚打破僵局，对金灿说道："我特地把孟先生请来，想让你也了解当前网络技术与安全方面的新知识，回去后规划这块业务，怎么样，你能坚持吗？"

"那就说吧。"金灿不冷不热地回答道。接着，她面带愠色对单奇说道："谢谢你的花，不过这是最后一次，下次我是绝不会收下。希望你把时间用在学习上，不要胡思乱想，小说和现实是两条平行线，也永远不会有交会点。回去吧，别让你妈妈为你担心。"中午，韩永刚告诉她，孟志远已经知道他们之间不是恋人关系，至于怎么看出来的，他也不知道。金灿猜测，可能孟志远第一次就看穿韩永刚的演技，不过这也无所谓，反正展会就要结束，她和孟志远也不会再见面，就没多想。未承想，孟志远还是来了，至于目的，肯定不是如韩永刚所说那样是为了网络技术和安全，无非妄想重归于好。她有些生韩永刚的气，对方已经明白她对孟志远的立场，还想充好人，给她带来没必要的烦恼。

韩永刚看出金灿不悦，心想怎么这么倒霉，来美国碰到个孟志远也就罢了，谁想节外生枝又蹦出个单奇。这小子简直不可理喻，金灿已经把话说到明面上了，他却不动窝，也不说话，好像屁股被胶水粘在了沙发上。韩永刚真想揪住单奇的脖领，把他拽出门外。

单奇的拧劲儿一上来，连父母说话都不管用。他不想这样就走，他要认真、庄重地告诉金灿：他不是大男孩，他是一个男人，他爱她。

还是金灿有主意，让韩永刚把单奇先带回他房间，这次单奇没有违拗，乖乖地和韩永刚离去。

俩人刚一走开，孟志远马上关切地问道："听韩总说，你的脚踝扭伤了，严重吗？"

"还好，谢谢。现在开始吧。"

"开始什么？"

"韩总不是说请你讲讲网络技术和网络安全吗？"

"金灿，请不要这样，如果我所做的忏悔或是道歉依然不能让你原谅我，我愿意接受你对我的审判。难道你真的一点儿都不留恋我们曾经的幸福，真的要把你那颗善良的心包裹起来，不再对我敞开？上帝啊，如果我的罪孽唯有把我扔进地狱才能安抚，好吧，那就让我下地狱吧。"说完他抱头垂下。

　　金灿一声不响倚靠在床头，对方的话或多或少把她带回到那个时候。的确，往日幸福的时光曾驻留下生命的足印。如果找寻，那一幕幕欢笑、那一场场风花雪月、那一次次青春无忌都能串联起回忆的项链，如珍珠一般美丽、洁白。她想到，曾几何时，自己对他是那样的体贴、关怀，若是他闷闷不乐，她就会像小鸟一样依偎在他身旁，给他讲笑话，为他唱歌，若是他疲惫，她就会用烛光营造出家一般的氛围，给他缓解压力。有一次，他出差返回，因飞机晚点，凌晨五点才进家门，她和衣斜靠在沙发上等着他。当他责备她不应该等他时，她依然还记得当时说的那句话：他是她的太阳，如果阳光没有照到她，她会六神无主无法入眠……可是，后来呢？当她最为失意、最需要帮助，用颤抖的手拿起电话，如同卖火柴的小女孩擦亮第一根火柴时，没有看到火炉，没有看到圣诞树，也没有看到奶奶，听到的却是可耻的欺骗和无情的背叛。自那一刻，她便像是冻死在圣诞树下的那个小女孩，心也死了。

　　孟志远不知何时开始絮絮叨叨，翻来覆去还是那些话。他的话不可谓不动情，态度不可谓不谦卑，但是，他依然徒劳无功。望着一言不发的金灿，孟志远蓦然鼻子发酸，嗓子眼像是被什么东西堵住，内心空荡荡的没有着落。这一刻，他忽然感到自己像是被抽去灵魂的空壳，无依无靠，想哭，无泪，想说话，道不出，只有内心备受煎熬。朦胧中，金灿仿佛冉冉升起，如当空横舞的霓裳仙子。他的目光随之上升，饱含了眷恋与渴望，也就是在这一刻，他才真正意识到自己所犯下的错误是多么愚蠢，几分钟的喜悦换来的是无比的痛苦……

　　韩永刚和单奇也在为金灿交谈着。韩永刚原本想劝单奇放弃对金灿的追求，没想到，单奇上来就开门见山，要韩永刚帮忙说服金灿。把韩永刚气得暗暗咬牙，不明白这小子到底哪来的邪火，非要对金灿来劲儿。他很无奈，若这件事情发生在别人身上，他或许早就破口大骂了，再不行就去喝酒，躲开是非之地。但是，对单奇他不能这样做，他老子单副市长对宝贝儿子的态度远远超过万能的钱，万一这小子为情出现意外，不但他们这次白来，而且项目永远也不会有机会。

　　如何解决感情的困惑，韩永刚其实也并不比单奇高明，毕竟他有二十来年的感情空白期，所以，他劝单奇的方法不仅不奏效，反而让对方更添信心。他说：

金灿的报复 JINCAN DE BAOFU

"金灿比你大,等你三十多,她就四十多了,女人一过五十就翻倍显老还特别爱唠叨,难道有一个妈不够,还要再找一个?"

"只要我爱她,就是奶奶又怎么样呢?更能说明我现在不是头脑发热,是真心爱她。"

"瞎扯,现在唱颂歌,到那时后悔都来不及。"

"干吗要后悔?如果后悔我现在就不干了。韩总,拜托,帮我多多美言,我会报答你的。"

韩永刚哭笑不得,他费半天口舌显然是对牛弹琴。他真想摔门就走,离得越远越好,管他们是好是坏。他站起身,说是去看看金灿那边完事没有。单奇也等得不耐烦,想一起过去,被韩永刚拦住,说道:"他们在谈工作,你就别掺和了。"

门没锁,韩永刚敲了下门,听到请进便推门而入。孟志远不在,屋里只有金灿一人。韩永刚奇怪道:"孟先生这么快就走了?"

"什么意思,不走还住在这儿?"金灿愤愤说道,"他让我转告你,说不和你打招呼了。"

"对不起,我也没想到他会突然跑来,我是被逼无奈啊。对了,你现在还不能消停,赶紧把我屋里那个打发走,这小子快把我逼疯了。"

"啊,他还没走?这孩子怎么这样?别说你疯,我也要崩溃了。帮帮忙吧,就说我不舒服,让他先回去。"

"你以为他听我劝?刚才,我把你都快说成是长舌妇、美女蛇,他倒好,对你的热情反而更高了,信心更坚定了。我还真没有见过这种人,不知道是应该赞扬他的韧性还是骂他不知天高地厚。"

一想到单奇那副死缠烂打的模样,金灿不由得心烦意乱,早知道美国之行会是这种结果,说什么她也不会来。孟志远临走前哭了一场,似乎伤心到了极点,说可以尊重她的选择,但是只要她还单身,就不会停止追求,还说不会在乎男人的颜面,也不会在乎她的态度,除非上帝非要拆散他们,那他只有抛弃所有感情为她独守一生。这个独白让金灿既有些感动又有些愤慨。孟志远摆出一副死磕的架势与其说是真情所至,还不如说他是利用打感情牌来绑架她的良知,说得不好听,这种做法太霸道了。她正考虑对策,韩永刚又开始登场,把焦点转向单奇,说这小子还在隔壁做着黄粱美梦,完全找不着北了。金灿真生气了,孟志远让她的心情已经很坏,这个单奇更是异想天开。这俩人都是有文化的人,却同样做着不可理喻的事情。他们只顾一己之私不顾别人的感受,别说做老公,他们就是做朋友都不够格。她让韩永刚把单奇叫过来,决定不再给对方留情面,彻底让他死心。韩永刚见金灿一脸怒容,知道这位大小姐急了,她的脾气他可是领教过,句句话比刀子还锋利,承受力但凡低一点的人都可能被她当场说晕过去。他先是劝金灿消气,接着把不能得罪单奇的重要性解释一遍。这话不说还好,一出口便引来金灿的呛声,她愤愤道:"亏你还是领导,难道你的觉悟就是以牺牲员工的个人利益来换取公司的绝对利益?假如这仅是大脑一时进水的想法,那么我劝你打住,因为这俩人已经影响到我的正常生活,至于怎么处理那是我的权利。如果这就是你为人处世的风格,那我就需要重新评估这个企业文化是否符合我的价值理念。"一赌气,她扭过头不再看韩永刚。她本来也没有那么大气,见韩永刚不仅不帮她,反而要她注意态度,避免产生对项目不利的后果,她当然不答应。韩永刚有点傻了,没想到对方会产生如此大的情绪,稍镇定后,他也对金灿开始不满,心想:"至于吗?我又没有逼你同意,只是告诉你注意一下态度,单奇毕竟还是大男孩,用不着凶巴巴地吓唬他,这不也是为了大家能够体面地顺台阶下嘛,怎么就是牺牲你的个人利益了?"

俩人谁也不说话,屋内空气像是被凝结住了。韩永刚几次想回屋,可是又不知道该如何应对单奇。那小子放下话,如果金灿不答应,他准备在她门口过夜直到答应为止。韩永刚没招了,屋漏偏遇连夜雨,船迟又逢打头风。金灿这一生气,他劝也不是不劝也不是,真有些进退维谷。金灿忽然开口道:"好吧,为了公司的利益,我妥协。你去叫他过来。"韩永刚小心翼翼证实了金灿不是气话,连忙去招呼单奇,出了门口,一个念头闪出,他停下脚步,越想越觉得主意不错,于是掉头回到金灿房间。金灿看着满面笑容的韩永刚,后面没有跟着单奇,奇怪地问道:"他走了?"

"哪有那好事儿。我想了个主意,可以轻松地把这小子打发走,大家还不伤和气。"

"是吗?"

"我不用去叫，过会儿他等急了，自然会过来。我把门大开，他一进门就看见咱俩……嗯，明白我意思吧？他肯定不会再提那件事儿，乖乖离开。"

"你这个意思我好像明白，不就是上次对付孟志远那招吗？请再详细一些，他进门看见你我什么了，以至于会自动离开？"

韩永刚回避着金灿的目光，说道："如果你觉得不好，可以再想些其他办法。"金灿的发问使他感到有些窘迫，指着窗户道，"用不用把窗帘拉上？"

"我没说不好啊，只要能让他识趣不再骚扰，再装回情侣也无所谓啊，但是第一次见面的时候，我对他说过我们之间没有任何关系。不过这倒也好解释，关键是你上次在孟志远面前的表演太失败，破绽百出，这孩子虽然没有孟志远聪明，但是神雕大侠、小龙女这方面的书看多了，多少也有点鉴别能力。好了，别不好意思，咱们可以点到为止。"

"那次失败不能怪我，如果你事先和我打招呼，我保证比专业演员演得还要逼真，不信你试试。"

"真的？告诉你，我可曾经是学校话剧社的戏骨。"

韩永刚只想到了唱"空城计"，却没想到过程应该怎样，是接吻？拥抱？还是手拉手？一系列技术问题让韩永刚不知该如何选择。金灿倒是大方，既然是装，就要装得像模像样，别再像之前那次失败的表演。接吻肯定不可能，剩下的视情况而定。两人都不是演员，彼此却不服输，想一较长短。不过金灿对韩永刚还是不放心，她告诉韩永刚，这戏必须要有亲昵的成分在内。如果两人手拉着手都一本正经，那就不是情侣，倒像是抓小偷。金灿把台词反复推敲几遍后让韩永刚背下，其他就临场发挥，把单奇蒙走完事。

门被打开，演出正式开始，虽然观众还没有过来，演员已经各就各位。韩永刚紧挨着金灿旁边坐下，竖起耳朵听着门外的动静；金灿斜靠在床头，侧身朝向韩永刚，也注意着外面的动静。两人都在用眼神交流着，金灿尤其顽皮，一会儿冲着韩永刚眨眨眼，一会儿努努嘴，似乎这个游戏勾起了她的兴致，原来的不快已经无影无踪。

五分钟过去，两人同时听到屋外传来的动静，韩永刚连忙把金灿的手握在掌心，另一只手轻拍着，大声说道："你不用着急，我会向孟先生说明我们的关系，我保证他不会再来找你。"这是他的台词。

"可是他很倔,只要我没结婚就会锲而不舍地追我。"这是金灿的台词。

"那好办,我们现在就订婚,明天我就打电话告诉他,你看怎么样?"

按照原来设计的台词,金灿回答一个字"好"就足矣,可是她忽然心血来潮,觉得这戏也忒简单,加上刚才韩永刚自夸有无师自通的表演才能,童心大发,心想反正是演戏,让台词彻底走样,看他怎么应对。她笑眯眯地望着韩永刚问道:"你爱我吗?"韩永刚顿时蒙住了,不是这句台词啊!想指责她已经不可能了,他感觉到单奇正悄悄站在门口听着他们的对话,可是真要说出"爱"字对他而言绝对不比登上珠穆朗玛峰轻松,尤其是像他这样的男人。别说是金灿了,就是像艾芸这样名正言顺的女朋友,要想听一句"我爱你"也是不能够。男人,尤其是走过浪漫岁月的男人,对女人最吝啬的就是这句话。他望着金灿狡黠的目光,勉强从嘴里挤出两个字"当然",但是音量比先前小了许多。谁知道金灿不依不饶,继续说道:"好吧,既然是订婚,我希望有一个仪式。按照西方人的习惯,你应该给我一枚订婚戒指,不过相信你没有准备,这样吧,你就用屈膝礼代替吧。"韩永刚心里这个气啊,他明白金灿是故意为难他,也明白她是在为刚才的争论较真,心说既然你要较量,那就比下去吧。韩永刚望着金灿,俨然一副深思熟虑的模样,认真道:"没问题,不过我还有一个比戒指更重要的礼物要送给你,你一定会欣然接受,那就是我的吻。"他得意地站起身,面对金灿弯下腰。金灿没想到韩永刚还有这一手,心突突直跳,瞪着他连连摆手。韩永刚微微一笑,嘴一撇,意思是你休想难为我。金灿忽然柔声道:"你先把门关上。"韩永刚一转念,马上明白金灿的用意:她知道这个游戏不能再往下演了。

未等韩永刚去关门,单奇先打了个招呼,声音苦涩且生硬,他似乎还没有反应过来,机械地走了两步就呆呆站在原地。看得出他听见了韩永刚和金灿的对话后,心态产生了变化,而且很受伤。

单奇走了。这一晚被韩永刚戏称为金灿的"上甘岭"之夜,两个男人轮番冲击她的高地,都被打退。当然,他这个盟友也功不可没,最后关键时刻成功地实施了战术欺骗,让单奇悻悻而归。

单奇刚走,金灿马上给单夫人打电话,通报了结果,单夫人松了口气,千恩万

谢。韩永刚又让金灿告诉单夫人，为了避免和单奇再见面，他们不再去她家做客。一个看似圆满的结局令韩永刚、单夫人皆大欢喜，只是他们没有想到，单奇并非只懂得杨过、小龙女，一个简单的逻辑让他后来察觉到那晚所谓的订婚不过是一个骗局，由此引发后来一段险象环生的故事。

第二章　曾经沧海难为水

第四节　心怀鬼胎

都说夜长梦多，日久情生。韩永刚与金灿的美国之行朝夕相处，双方竟然再次相互产生好感。金灿原谅韩永刚的背信弃义，韩永刚也不再视金灿为怨妇，俩人不知不觉在心灵中搭起一座互通的桥梁，无论哪方一颦一笑，另一方立刻心领神会。

玄乎吗？其实也很正常，俩人除了睡觉，基本形影不离。任何事情都随意、随性，生活里不为人知的一面不再刻意伪装。比如，韩永刚会耍赖，会暴露大男孩的天性，金灿则会撒娇，尽显小女生的妩媚。

本来，金灿打算展会结束就直奔纽约处理私事，但韩永刚几句话便让她打消了这个念头。第一她的脚伤未愈，第二有可能碰上孟志远。其实，金灿清楚，韩永刚的话并非他的真意，而是不想让她离开。金灿也有些舍不得走，多日相聚让她非常开心，虽然韩永刚已是别人的男人，却不妨碍他们作为普通朋友一起游玩。

芝加哥寒冷的冬天没有降低俩人的雅兴，大雪纷飞的天气，俩人来到海军码头观赏漫天飞雪下的密歇根湖，又在银白的世界里来到"云豆"跟前，领略其折射出的景物。此时此刻，韩永刚快乐的像是一个顽童，做出各种鬼脸和滑稽动作让金灿拍照。而金灿则张开双臂，如白兰鸽翱翔天空。

在威利斯大厦一百零三层的观景间，韩永刚听完这个地标建筑的概况，便拉着对方非要在悬空玻璃平台上合影。当服务人员按下快门后，韩永刚突然从兜里掏出一个不知什么时候买的钻戒，打开，单膝跪地，仰头说道："金灿，坦白说，我已经舍不得离开这里。短短几天,我真正体会到未曾有的幸福快乐。别误会,我不是喜欢美国,而是喜欢你。今天在芝加哥的最高点,我也找到我人生的最高点,那就是要娶你。答应我。"

金灿被韩永刚突如其来的举动搞蒙了,还未有所反应,周围传来热烈的掌声。那些排队等待照相的游客们虽然不知道韩永刚在说什么,但是,从韩永刚捧着的钻戒,以及他单膝跪地说话的表情,都知道这是在干什么。爱,不需要说明,人类对爱的表达都是一致的。

决定男女情感的因素有时仅是来自某个瞬间的感动,如果这种感动积蓄的能量漫过爱情堤坝,双方自然就会携手走进婚姻的殿堂。韩永刚和金灿没有想到,他们导演、演出的肥皂剧骗过了孟志远,蒙蔽了单奇,但同时也把他们自己绕了进去。

金灿的脸通红,此情此景唯有童话故事才能展现,也是她遥不可及的梦想。她的心狂跳,秀目闪烁着晶莹的泪花,目光透过韩永刚的头顶穿出玻璃墙,散漫在遥远的地平线上。她在想什么,是人生的不如意还是感谢上帝给予的恩赐,是艾芸对她的先见之明还是少女时代的梦想?

一个低沉浑厚的声音响起:"金灿,相信我,只有失去过才会珍惜,只有悲痛过才会快乐。你是我迄今为止最喜欢读的书,我想成为书签,让你把我放在你喜欢的章节里,答应我。"

金灿紧紧咬住嘴唇,目光又回到韩永刚的脸上,对方一片赤诚,绝非儿戏,毫不华丽的语言却如洗练过的珍珠般放光。她想,韩永刚本来就是我的,艾芸不过是中途打劫,现在韩永刚求婚也仅是物归原主,道义上我并不理亏。但是,这个念头一转即逝,临出国前,艾芸上门说的话又重现耳边,结合韩永刚曾经的悲伤故事,金灿知道这注定是镜花水月。以韩永刚的为人,就算嫁给他,也将让他永久背上道义的十字架。金灿终于硬下心,凄然一笑,说道:"韩总,难道你想让艾芸重蹈覆辙?"说完,拉起韩永刚,在众游客一片惋惜声中匆忙离去。

韩永刚求婚被拒并没有给俩人关系带来明显伤害,他的情绪很快得到恢复,由于双方都知道此路不通,反而没有了猜忌,大家又嘻嘻哈哈在一起。临回国前,金灿建议韩永刚给艾芸买点礼物,韩永刚欣然答应。在一家服装店,金灿给自己挑了两件,韩永刚在金灿指导下挑了三件。结账时,韩永刚坚持要把金灿买的两件一起付账,金灿不同意,俩人在收银台前争执起来。收银员看着他们呵呵笑起来,叽里咕噜说了几句话。金灿羞得满脸通红,韩永刚不明就里连忙问金灿,金灿翻译道,这个收银员意思是,她非常羡慕,如果她的男朋友能像韩永刚这样,她绝不会再看别的男人一眼。韩永刚也呵呵笑起来,伸出"OK"手势朝对方比画了一下,说中国男人都和他差不多,建议她换个中国男人做朋友。他又劝金灿,说这次她的脚伤应属于工伤,这两套衣服就算是他代表公司对她的慰劳。金灿拗不过韩永刚,只好不再反对。

结完账,俩人刚要走,一个金发碧眼的年轻女售货员叫住他们,手里拿着一条翡翠项链一边向韩永刚比画,一边说着什么。韩永刚望向金灿,等待解释,金灿则冲售货员摇着头说了几句,便要走,韩永刚将她拦住,非让她翻译,金灿无奈,只好告诉他,那个售货员是在推销项链。韩永刚饶有兴致地接过项链看了看,旁边的售货员似乎认准了韩永刚,也不管他是否能听懂,连比带画地说,大有不达目的不罢休的意思。韩永刚从对方表情和动作上基本明白她的意思,她是要自己买下这条项链给金灿。看着售货员渴望的表情,韩永刚对金灿说,既然售货员都认为金灿是他韩永刚的妻子,他也乐意在美国当一回老公,找找感觉,何况那次假订婚还欠她一个礼物。韩永刚不顾金灿的坚决反对,花了一千多美元买下项链,那个售货员乐得嘴都合不拢,把项链塞进韩永刚手里,让他亲手把项链戴在金灿脖子上。

经历了美国之行,金灿似乎想开许多,韩永刚的求爱表白让她开启了新的心路,她认为之前的生活既累也不现实,尤其在处理各种矛盾时,几乎把自己变成一只刺猬,扎了别人也伤了自己。"为什么会这样?"她开始还苦闷地想,"难道我赖以骄傲的灵魂经不起一点蒙尘?难道我一辈子都要包裹着圣洁的外套与世人打交道?"

快乐是解决一切苦闷的良药。当金灿经历了与单奇、孟志远两人的感情纠葛,后由韩永刚别出心裁导演的求爱戏得到的喜剧效果。她忽然觉得生活中的悲剧与烦恼其实也可以用喜剧和快乐来诠释。她甚至想,既然人生苦短,何不用快乐来对待每一天呢。尤其是韩永刚在威利斯大厦顶楼上演凰求凤的那天,她的理智终于回归。

回国后,金灿不再提辞职的事情,对艾芸也不再记恨,虽然两人达不到闺蜜的程度,却也能够视对方朋友。而艾芸从韩永刚的态度上察觉其感情不仅没变反而更加贴心,尤其是从美国带回的时装既得体也时髦,不用猜就知道这是金灿推荐的,不由得对金灿心存感激。为了弥补,她暗暗催促姨父刘部长加紧给金灿物色对象。

庆义市城北有一处庭院,传说是民国时期国民党一位高级将领的住宅,新中国成立后被充公成了街道加工厂。几经易手后,直到前两年被一位富商买下,重新装修,改造成庆义市最豪华的会所,并有了一个好听的名字,叫"听涛雅苑"。据内部员工透露,会所装饰古色古香,布局全是模仿苏州园林,格调十分高雅。

1月2日,韩永刚把单副市长带到听涛雅苑,名义上是单副市长要给他洗尘,实际上他心里非常清楚,单副市长大老远从阳明跑来并非只是为了取他老婆带来的包裹,更不是真的为他接风,而是为了一卡通项目。这是意料之中的事,毕竟美元已经顺利出手,双方的利益链已经形成,接下来就是大家共同寻找最大利益的平衡点,在项目上形成默契。这是交易的潜规则,所以即使单副市长不来,韩永刚也会以送包裹为由去阳明见他。

不过,从两人进入听涛雅苑后,韩永刚发现单副市长的气色不像之前那样好,表情严肃,话也不多,和他说话带搭不理,可两眼却滴溜乱转打量着四周,那模样真有点像初次来到荣国府的刘姥姥。韩永刚觉得有些好笑,也是,这里来的宾客哪个不是开着豪车、一身名牌,虽然单副市长修饰得干净整洁,但极为普通的外套加上磨出毛边的皮鞋,别说与韩永刚比,就连服务员都不如,坐在名贵的沙发里还真显得有点寒酸,不知情者会误以为他是一位乡村干部。坐下不到两分钟,单副市长的脸越拉越长,突然,他站起身,也不理韩永刚,向外走去。韩永刚莫名其妙,连忙大步追上去,叫道:"单哥,别走啊。"单副市长边走边没好气地抱怨道:"你这不是寒碜我吗? 这种地方是我来的吗?"韩永刚一头雾水,不知道对方为什么忽然翻脸,紧随着对方走出去,搞得服务员莫名其妙。俩人来到汽车旁,单副市长没有坐在副驾驶位置,而是坐在后排。韩永刚打着火,扭头望着依然铁青着脸的单副市长,小心翼翼地问道:"单哥,咱们去哪儿?""找一个安静点的茶馆。"单副市长的语气略微缓和了一些。韩永刚开着车,心里打着小鼓,琢磨着单副市长反常的举动,正胡思乱想,忽听单副市长问道:"知道我刚才为什么发脾气吗?""不知道。"韩永刚从后视镜看了眼单副市长,对方的情绪已经完全缓和。"韩总啊,看你人挺精明的,怎么会这么糊涂呢?"他叹了口气,又道,"你肯定知道我是来找你谈项目的,这种事情虽然说不上是机密,但也差不了太多,需要谨慎对待。"韩永刚插话道:"这个我知道,其实听涛雅苑绝对安全,像我们会员的车都有自己独立的车库,会员之间不经同意是见不上面的,而且服务员被要求不许问来宾的任何情况。"单副市长又生气了,大声道:"你怎么还不明白,他们还需要问吗?只要看看你们这帮老板的装束,再看看我,难道我不就是异类吗?随便哪天他们打开电视,只要看到省新闻联播里有阳明市新闻,傻子都会知道,那天坐在沙发上喝茶的那个人就是阳明市副市长。实话告诉你韩总,我非常清楚你做梦都想拿到这个项目,不光你,别人也一样,这节骨眼儿任何瑕疵都会被竞争对手拿来作为攻击的靶子,别以为你给了钱就可以高枕无忧,你的对手无论背景还是实力都要超过你,如果你掉以轻心,不在细节上多动脑子,就算我想帮你,恐怕也只是心有余而力不足。"单副市长的一席话说得韩永刚直冒冷汗,同时也恍然大悟,不禁暗暗佩服单副市长的老谋深算。

单副市长并非吓唬韩永刚,圣诞节这天,原先内定的希尼克公司不知从哪儿得到自己将被淘汰的消息,开始动用各种资源对阳明市领导班子施加压力,他本人也接到个别领导打来的电话,让他酌情处理。尽管磨破嘴皮,可是没有一个人相信他所说的话,这年头也的确奇怪,越是说照章办事,越没有人相信,倒是说得越邪乎就越有人当真。他有些后悔,觉得还不如让希尼克公司当总集成商,回扣少点也就算了(那家公司答应给他两个点,韩永刚能给五个点,算下来多出好几百万),却省去许多麻烦事。更要命的是,这家企业如果因为没有评上而闹事,捅出他们暗箱操作的秘密,他的命运就要彻底改变了。就在他犹豫不决之际,元旦前一天的一个电话使他不再彷徨,决定采用天海公司作为总集成商。电话是他老婆打来的,说是另两处房产已经跌得一塌糊涂,市值仅为原来的四分之一,这还不算完,尽管房价猛降,可是物业费反而逆流而长,加上租不出去房屋,韩永刚带来的钱维持不了太长时间。她还说,许多美国人现在看不到希望,她也不想继续耗下去，干脆把房子交给朋友打理，打算回国重操旧业。单副市长听后心情很沉重，他知道走到今天这一步，老婆是不可能再回来上班了，自己所做的事情她有的也曾经手，一旦暴露，俩人都得不到善终。电话里，他极力安慰对方，并承诺很快就会有一大笔钱给她寄过去。放下电话，他的决心随之而定，韩永刚是这个项目的不二人选，至于先前那家公司，他也想好了对策，反正空口白牙无凭无据，只要在开标前后那段时间住几天医院，别人也说不出什么。另外，他还想出一个万全之策，即一旦东窗事发，他就把责任推给刘部长，他可以说自己是按照刘部长的指示把项目交给天海公司。如同下棋，单副市长花了两天时间把所有可能出现的不利因素都考虑进去，直到确信无误，这才给韩永刚打电话说来庆义取包裹。之所以不让韩永刚去阳明，是因为现在是敏感时期，任何与项目相关的人若是看到他和韩永刚在一起，闲话喷出的唾沫星子都能把他淹死，此时就算是一个影帝，有再高超的演技也无济于事。所以，当韩永刚带他去听涛雅苑时，单副市长从服务员的眼神中看出自己与其他人的装束格格不入，一转念便想到能去那种地方的人都是有头有脸的，自己的装束反而成为异类更容易被人注意，若是再碰上熟人那就更糟了，他不禁大为光火，也顾不上礼貌，拔腿就走。这就是他的做事风格，宁可谨慎一世，不能侥幸一时。也正是这一原则，使他在官场上一路顺风顺水。

在一家僻静的茶楼，满怀心事的韩永刚和单副市长坐在二楼的包间里。由于是元旦假期，偌大的茶楼只有他们两人。服务员是一个小姑娘，似乎没有睡醒，尽管已是艳阳高照，但是她却梦游似的沏茶倒水，问她话也爱答不理，把韩永刚气得直拍桌子。单副市长倒是不在乎，反过来劝韩永刚不要和一个小姑娘一般见识，还安慰了小姑娘几句话。等她出去把门带上后，他的目光才转向韩永刚，说道："你何必和她耍态度呢，就算是她的不对，也应该包容嘛。你今天对她不客气地呼来唤去，殊不知若有一天你站在法庭的被告席上，说不定这个小姑娘正一边嗑着瓜子，一边指着电视说，'活该，谁让你欺负我呢。'"

"您是对的。我这不是一直惦念着项目的事儿嘛。"韩永刚对这个话题没有兴趣，简单地附和了一下。本来他还挺高兴，但单副市长先前的行为让他对项目的前景产生了一丝恐慌，他相信对方的话并非耸人听闻，一是级别摆在那儿，二是钱也拿了,对方没必要再玩儿虚的,这里面也许真的出现了问题。他是急脾气,恨不能马上就知道项目的进展情况,更想听到对方给自己一个承诺,所以当看见小姑娘一副半死不活的表情,加上磨磨蹭蹭的动作,他不免心里直冒火,忍不住呵斥了她,至于单副市长说的话,他也根本不相信自己会站在法庭的被告席上被小姑娘指指点点。

单副市长看出了韩永刚的心事,似乎有意逗逗这个急性子,也不说什么,只端起茶杯,儒雅地吹了吹浮在上面的零星茶梗,轻啜一口,品味了一下,说道:"这个茶绝对不是新茶,起码隔了好几年了。"放下茶杯,他滔滔不绝地讲起茶叶经,从福建的铁观音、大红袍到云南的普洱,又从杭州的龙井扯到信阳的毛尖,听得韩永刚恨不能跳起身来,抓起案子上的抹布塞进他的嘴里。

韩永刚没有闲情逸致去品茶、听说教,他的心一直处于忐忑中,现在哪怕有人喊茶楼着火了,他也丝毫不会分心。他不明白单副市长为什么放着重要的话题不说,却闲聊不相干的事情,想打断他,又怕影响对方的兴致,只好就这么干忍着。扯着、扯着,单副市长忽然话锋一转,说道:"韩总,知道我为什么选择你吗?"韩永刚的心思完全不在对方的话题上,被对方猛地一问,不禁有些茫然,但很快明白他的意思,想了想,说道:"是不是因为系统维护方面,我们有很强的实力?"他其实还有一个答案,但是这个答案是无法放在桌面上的,那就是钱。单副市长轻哼一声,显然对韩永刚这个答案不屑一顾,接着他笑了笑,像是老师启发说错答案的学生,又说道:"韩总,你是聪明人,你应该知道系统维护虽然重要,但不足以成为拿下系统总承的绝对理由,你再想想。"韩永刚望着单副市长,觉得他的笑有些高深莫测,尤其那双眼睛后面似乎隐藏着什么。他不善猜谜,也不愿为这个浪费时间,老老实实地说道:"我还真猜不出来,您还是说了吧。"

单副市长目光如鹰隼般直视韩永刚,好像要看穿对方的五脏六腑。短暂的沉默后,他忽然笑了,指着韩永刚说道:"我以为你是在装呢,看来你真不知道。"韩永刚心里一震,稍加思考,似乎明白了一点,认真说道:"单哥,您放心,如果我们拿下项目总包,我给您五个点。"他伸出巴掌比画了一下。单副市长瞪大眼睛,目光中已经没有了笑意,他轻拍桌子,严肃地说道:"怎么,你认为我让你们来做总集成是因为钱?你也太小看人了。"他再次哼了声,不悦道,"我可以实话告诉你,有几家公司老总开口就是八个点,如果我单纯为了钱干吗还找你,不是有病吗?韩总啊,你真让我生气,说别的都可以,唯独说钱的事情是在侮辱我的人格。我是需要钱,关于这点我不避讳,你去美国也看到了我老婆孩子需要靠我来维持生计,但是,这和工作是两回事。"

韩永刚糊涂了,自己一句随意的话让对方这么不高兴,要知道这种环节在公关中是必不可少的。即使自己不说,甲方也会主动提出,否则项目谈判根本无法继续下去。他苦笑道:"您别生气,其实回扣的事情早已是家常便饭,我只不过是……"单副市长打断韩永刚的话,说道:"打住,这件事暂且不谈。"喝了口茶,缓和了下情绪,他又说道:"通过这段时间的接触,你给我留下比较好的印象,尤其是在关键时刻帮了我一把,够朋友,但你必须知道,你给我老婆的钱算是我借的,到时候我会还给你。韩总,我还要告诉你,我之所以让你们公司上马,并非在玩投桃报李的游戏,何况你那点钱根本不值得我这样做。我的选择是另有原因,我希望你能够想到,这很重要,否则项目归属还是很难说。"他表情凝重不似玩笑,韩永刚不由得紧张起来,苦苦思索。单副市长似乎并不急于让韩永刚给出答案,在一旁自斟自饮起来。

男人的快乐莫过于被多个女人喜欢,女人的幸福来源于有一个心仪的男人能够去爱。

艾芸是幸福的,她没有借助姨父的力量就轻而易举将韩永刚揽入怀中,加上韩永刚母亲的首肯,一颗心不受任何羁绊,如鸟飞蓝天,只是苦于韩永刚之前的约定,还不能在公司表露出俩人的关系,尽管如此,爱的浪花开始湿润了她的梦,点滴中都透着快乐。她本来约好与韩永刚下午一起去看电影,单副市长一条短信把韩永刚从身边叫走,这使她略感不快,但遗憾并没有阻碍她的兴致,回到家,打开电脑,调出照片文档,再次欣赏起韩永刚在美国的留影。看着看着,一张韩永刚和金灿的合影忽地使她别扭起来,照片上,韩永刚扶着金灿,俩人一脸灿烂,宛若一对情侣。尽管韩永刚解释过这是他们在美国唯一的合影,之所以扶着金灿是因为她崴了脚,但艾芸依然觉得不快。她看看韩永刚,再看看金灿,笑容渐渐凝住,心想,一男一女、异国他乡、干柴烈火、郎才女貌……诸多的关键词让她心绪难平,"他会不会骗我呢?"正在胡思乱想,电话响了,是姨父的秘书打来的。挂断后,她立刻拨通金灿的手机,也不管对方是否愿意,说自己马上过去。

金灿有点纳闷。上午艾芸刚把她从机场接回,也知道她要打扫卫生,还不到三个小时,对方又要过来。她本想推辞,可架不住艾芸的热情,只好同意。时间一分一秒过去,金灿等了半个多小时还不见艾芸,心里觉得奇怪,照理这点车程二十分钟就该到了。金灿不免为艾芸担心,拿起电话拨通对方手机,还未开口,电话里先传来艾芸的声音:"金姐,我就在你们小区,真倒霉,我和别人撞车了。"金灿急忙换了件衣服,刚出公寓门口,就看到小区停车场围着一群人,一辆警车停在旁边。她一路小跑来到跟前,一个年轻的交警正对艾芸说道:"……我是没什么了不起,既然你牛,就把我们领导叫来,只要他下命令,我立刻放你走,否则,我这个小警察可不在乎你是谁。"艾芸怒目瞪视着交警,冷冷地说道:"像你这样不知天高地厚的人还真少见。"说完掏出电话就往外走,发现金灿已到跟前,她气呼呼道:"金姐,你稍等我几分钟,我先打个电话。"然后分开人群走到一边。金灿对交警道:"警官,有话好好说嘛,干吗要态度?"交警打量了下金灿,没好气地说道:"那位女士倒车撞了别人的车,又没有带行驶证,按法规应做暂扣车辆处理,但她拒不配合,还拿领导压人。如果你觉得我是在耍态度,那她妨碍我的工作又怎么说?"

交警抬腕看了下表,说道:"大姐,我这是在执行任务,你们已经耽误我十分钟了,既然她不配合我工作,我只好让拖车把车拖走,明天上午让她带着行驶证到交通队接受处罚。"围观人群发出一阵叫好声。金灿刚要继续说情,被从外面进来的艾芸一把扯住,她气呼呼地说道:"金姐,别和他废话了,这种人多余搭理他。"说着拉着金灿就走,背后传来交警的声音:"这位女士,既然你不给我车钥匙,如果在拖车过程中造成车辆损坏,你自己负全责。"金灿一听,紧张起来,赶忙对艾芸道:"这事儿你也不占理,就别置气了,跟他赔个不是。"艾芸轻蔑地朝交警方向看了眼,哼了一声,说道:"他不配。"紧接着,她换了一副表情,亲热地说道,"别管他了,我有一件非常重要的喜事告诉你,你肯定会非常吃惊。"她兴高采烈,也不在乎附近正在看着她俩的人群,似乎刚才发生的不愉快和她没有一点关系。

“你订婚了?”金灿呵呵笑了起来,说道,“祝贺你。”伸手抓住艾芸的手轻轻摇晃着。自从美国之行后,金灿对韩永刚的好感与日俱增,韩永刚解衣为她御寒的那一幕,韩永刚真情向她表白的那场景总让她心跳不已。她感叹过,也惋惜过,但是理智最终还是牢牢锁住了感情的闸门,让这种无望的爱渐行渐远。

艾芸旁若无人地大笑起来,附近人群包括交警都感到莫名其妙,同时望向这边。艾芸笑了一阵,这才说道:“这次你可猜错了,告诉你吧,我说的重要喜事是关于你,和我一点关系也没有。”金灿看艾芸并非玩笑,正要问个明白,见交警向她们走来,便一拉艾芸,俩人止住说笑。

交警铁青着脸,先打开艾芸的驾驶证看了一眼,又打量了一下艾芸,生硬地说道:“艾老师,今天您给我上了堂真实版的关系课,把我在警校学的那些知识彻底颠覆了,我服了。不过,我还是想提醒你,交法是为了大家安全制定的,交警也不是和你过不去,而是维护法规。今天你倒车撞了别人的小车,大家都没事,这是万幸,若是撞了大型车辆,人受了伤,你找关系还管什么用,倒霉的还不是自己? 好吧,驾驶证你拿走,再签个字。”接着,他又把被撞的司机叫过来,出具了事故通知单。艾芸一言不发,接过驾驶证,在告知单上签上自己的名字。完成所有手续后,金灿对交警笑道:“警官,辛苦了,谢谢你给我的忠告。”

交警依然一脸严肃,点点头,瞥了眼艾芸道:“这位大姐能够理解我们,就是再辛苦也值了,再见。” 等交警走远,艾芸埋怨道:“金姐,你看他连挖苦带讽刺的,给他道什么辛苦。” “他说得有道理啊。”金灿又感叹道,“你这也就是在国内,如果在美国,就是州长开车违章,也照样被罚。”艾芸噘起嘴,不满道:“你这不是在骂我吗?”金灿哈哈笑起来,戏谑道:“连警官都惹不起你,我哪敢骂你。好了,赶紧先把车停好,我还等着你说我有什么重要喜事呢。”

坐在金灿家里,艾芸把对方胃口吊足,这才得意地说道:“我姨父刚给我打电话,说省卫生厅一位副厅长现在还是单身,这个人四十左右,年富力强,我已经让我姨父的秘书给你们撮合,方便的时候就安排你们见面。”金灿听后并不像艾芸所料的那样高兴,只是淡淡说了声谢谢。艾芸有点糊涂,心想:“你也太牛了,男方虽然结过婚,可是身份和地位在那儿摆着呢,能够傍住这种男人是多少女人的梦想,要不是姨父帮忙,别说是和他结婚了,就是想见他都不可能。”她急于想知道金灿的态度,忍不住好奇道:"金姐,怎么看你对这事情有点无动于衷啊,难道这样的条件你都看不上?"金灿看出艾芸的不满,解释道:"你希望我应该怎么表达? 是来一段街舞,还是推开窗户高呼'我要约会'? 我可不是你这个年龄了,倒退十年我或许会。"艾芸一想也是,不由得笑起来,一边聊着一边情不自禁又拿自己和对方做比较,她想通过比较找到自己比对方占优的地方,可是很遗憾,除了年纪差异,还真找不到别的。她自我安慰地想:"其实,我比她年轻就是最大优势,再过五年,或者再过十年呢,她不可能总这样吧,我干吗要气馁呢,时间会帮助我超过她。"

两人正说笑着,金灿的手机响了,她拿出电话一看,惊讶地说道:"咦,是单副市长。"

第五节　老谋深算

　　韩永刚被单副市长逼到了墙角,终于想起了一件事情,他微笑道:"单哥,我知道了,您是不是说单奇和金灿的事情?"他认定单副市长是要金灿做儿媳,而金灿不同意,故而要自己说服金灿,以此为交换条件。单副市长端着茶杯正在喝水,听到这句话扑哧一下,一口茶水喷在桌子上,茶杯还未放下,他便捧腹大笑起来。他好不容易止住笑,指着韩永刚说道:"你可真会扯,怎么想到他们俩了?我现在唯恐单奇患上单相思,躲还躲不开呢,看来你对项目的准备工作还不到家。"韩永刚顿觉一盆凉水浇头,同时心里产生一丝警惕,怀疑对方是不是玩什么阴谋,既把钱吞了,又找借口不给他项目。这次,单副市长没有再为难他,认真地说道:"算了,你也别猜了,告诉你吧,决定让你们做总集成的关键人物是刘部长。"

　　韩永刚似信非信,问道:"刘部长?"他也曾想到刘部长,后来觉得不可能,一是那家公司来头比刘部长大,单副市长未必会买刘部长的账,二是刘部长在这个项目上只是走了个形式,按官场上的规则,单副市长不会当真,三是刘部长并非单副市长的主管领导,在其仕途上起不到太大作用,所以他排除了刘部长。听了对方的答案,韩永刚有些疑惑,但不想去深究,只要项目到手,是谁的作用已经无伤大雅。倒是对单副市长必须伺候好,毕竟现在还没有拿下项目,就算拿下,后面有求对方的事情还多着呢,比如甲方的预付款,再比如甲方的项目验收,哪一条若是碰到对方不高兴,项目不仅可能白干,还可能血本无归。

　　单副市长看出韩永刚在敷衍了事,笑了笑,耐心地解释道:"刘部长一共有过两次电话,一次是他秘书打来的,第二次是他本人,我想你应该知道。"韩永刚点点头,心里却不知道单副市长提这些干什么。"老领导了,马上就快退休了,在这时候我若是不帮忙岂不让他寒心?所以,这次让你们上实际是给刘部长一个面子,但是,我这么做却得罪了一批人,难啊。"韩永刚点点头,说道:"是啊,您是主管领导,方方面面都要照顾到,的确不容易。"单副市长马上接话道:"你说对了,就拿这次选你们入围,消息当天晚上就走漏出去了,不用说,是我们内部人干的,我也知道是谁,但这种事情你就是没法管。龙有龙路,虾有虾道,你要拿钱就拿,百十来万,我睁一眼闭一眼。要知道,挡人财路是会遭报应的。"韩永刚琢磨着对方话中的意思,心里开始打鼓,看来对方的胃口可不小啊,那些"虾米"都百十来万,单副市长这条"龙"怎么也得上千万了,又想,难怪刚才他说几家企业给他八个点呢,原来是嫌五个点少啊,看来他最低要求是八个点,还不如我先说出口给他一个好感,反正水涨船高,羊毛出在羊身上。他清了清嗓子,说道:"单哥,我清楚您在这个项目上对我们的关照,这样吧,为了表达我对您的谢意,原先所说的五个点再加三个,一共给您八个点,您看怎么样?"

单副市长笑眯眯地看着韩永刚,说道:"老弟,你真不愧是一个商人,听我前面说别人给我八个点,你也来八个点,说不定你心里在想,羊毛出在羊身上,多出的钱从总价里出。"韩永刚被说破心事,连忙摆手道:"单哥,我哪能这么干呢,我当然是从利润里拿了。不过,您要知道,一个集成项目的毛利基本占项目总额的百分之二十左右,大型项目一般也只有百分之十到十五,利润要分配给项目维护、企业发展、工资、福利等,如果利润太少,项目的质量就得不到保证,效率也会大打折扣。当然,这并不是说我会这样去做,我的原则是,要干就要干得最好。"

"嗯,应该这样。"单副市长又问道,"你实话告诉我,有人说给我八个点,这里面会不会有水分或是真像你说的那样偷工减料?"

"这个不好说,因为在没有进行成本核算前,我无法给出准确的答案,不过,一般企业按常理是无法拿出八个点。请您相信我,我答应给您八个点,那肯定是在保质保量的前提下,您就放心吧。"

单副市长满意地笑了,继续问道:"既然一般企业难以拿出八个点,你为什么可以做到?"

"因为我们企业曾经生产过一批 POS 机,现在仍有很大库存,一卡通项目正好需要大批 POS 机,只要对它稍加改造就可以物尽其用了,所以,硬件成本的差价,基本可以顶替那三个点。单哥,假如没有这批 POS 机,我无论如何也不可能给您八个点。"

单副市长明白了韩永刚所言非虚,说道:"老弟,你是我见过最实诚的老板,和你打交道,我踏实,祝我们合作成功。现在,有件事情你必须马上去办。"他话锋一转,说道,"刘部长既然推荐你们,我们领导班子自然都很重视,只是打招呼的领导太多,让谁上不让谁上都会产生矛盾,所以,你去找趟刘部长,让他给我写张纸条,这样,我就不会为难了。"

"这个恐怕够呛,别说写纸条了,就是上次给您的两个电话他也是很勉强的。"

单副市长点点头,说道:"也是,这样做的确不符合组织原则,我倒是没有考虑到。"他手指轻点着桌子,沉思了一会儿,摇摇头,万般艰难地说道,"难啊,如果刘部长不发话,说出天大的理,我也无权把项目交给你们,这点你应该比我还清楚。"他有些愧疚地望着韩永刚,犹豫片刻,说道,"我还需要重新考虑下下。"韩永刚顿时着急起来,对方的表情使他有种煮熟的鸭子要飞了的感觉,他急忙道:"您再想想,难道没有其他办法了?"单副市长缓缓说道:"我只能等开会的时候尽力为你们争取了,但你不能抱太大希望。"韩永刚瞪大眼睛,茫然地望着对方,两手无意识地相互使劲儿握着,仿佛在跟谁较劲。他清楚单副市长的意思,对方说别抱太大希望那是客气,实际上是根本没有可能了。"单哥,我想尝试一下,也许刘部长会给这个面子。"他想起艾芸,认为这事情假如所有人都办不成,唯一有可能的也只有她了。单副市长将信将疑地看着韩永刚,微微摇头,说道:"老弟,我知道你很想干这个工程,但这里面非常复杂,我不是说技术层面的复杂,而是人际关系的复杂,你如果强求刘部长,弄不好会有麻烦。我不希望你、我包括刘部长在这方面犯错误。"韩永刚听对方的话越说越远,也不顾其他了,说道:"单哥,您没有必要顾虑我这边,实话告诉您,刘部长是我母亲的老部下,跟我家不是一般关系,还有,您见过的艾芸,她就是刘部长夫人的亲外甥女,凭这种关系让他写个纸条还是有可能的。"单副市长呵呵笑起来,说道:"哦,你们还有这样的背景,难怪刘部长会亲自打电话。其实也不一定非要领导的亲笔,他秘书的也可以。"韩永刚眼睛一亮,长吁口气,说道:"要是秘书那就没问题了,正好他托我找人买房。"为了彻底打消单副市长的顾虑,他对如何提现、如何把钱打到美国、公司财务如何平账等一一向对方做了介绍。

单副市长非常畅快,自己来庆义的目的已经基本达到,或者说还有一个巨大的惊喜。其实没有人给他八个点,前面那家公司云山雾罩,他甚至都不知道最高应该拿多少,要少了觉得吃亏,要多了也担心会给自己埋下陷阱,他清楚那些豆腐渣工程很多都是甲方太贪造成的,自己的命还是最重要。他对韩永刚有个大概认识,觉得对方为人坦率,做事直来直去,和这种人打交道不累。果不出其然,他还没有完全使出计谋,韩永刚就主动把五个点提到八个点,大概算一下,自己可比原先多得近二千万,而这四千多万的好处费足以使老婆、儿子生活得无忧无虑。另外,韩永刚如果拿到刘部长秘书的纸条,就等于是拿到了挡箭牌,如果出事,纸条就是最后一根救命稻草。单副市长也非常得意,他想,韩永刚的承诺无疑把好处费翻了近一倍,相当于干了两个一卡通项目,而且对方把如何洗钱,如何把钱汇到美国说得头头是道,这使他非常放心,毕竟,现在谈多少个点意义并不大,重中之重是安全拿到钱,否则一切都是空谈。

俩人聊了会儿工作后,单副市长忽然问道:"许总这人怎么样?"韩永刚不解对方用意,便大概介绍了一下,言辞中不乏对许可的褒奖。单副市长若有所思地听着,期间还专门打断韩永刚,让其对许可的人品做一番评述,听完后,他沉吟一会儿,郑重其事地对韩永刚说道:"我觉得这个人有点问题,具体是什么我现在还说不上来,你要提防他,不要把所有事情都告诉他,尤其是牵扯到我的事情绝不能让他知道。记住我的话,这对你没有坏处。"韩永刚笑了笑,点头允诺。他觉得奇怪,单副市长和许可总共也没见过几面,即使在一起的时候,许可也是毕恭毕敬、礼貌有加,根本谈不上得罪单副市长,再就拿这次美国之行来说,若不是许可出主意,真不好说此刻能够和单副市长坐在这里,更别说在项目上达成一致了。当然,许可并非没有缺点,钱与色是他此生无法逾越的障碍,但人非圣贤,孰能无过?只要不出现原则问题,像许可这样的人才,企业还是非常需要的。韩永刚心里隐隐感觉有些别扭,他比较忌讳甲方对自己员工的猜疑,尤其是针对项目负责人,这种状况往往预示着后面的合作会出现裂痕。他不由得犯愁,项目还没有开始,危机却从意想不到的地方先开始萌芽了。

利益是一种奇怪的东西,它能使权力低头,也能出卖人的灵魂,还能够像毒品那样控制人的大脑,驱使人们永无止境地去追求更大、更多的利益。两个人一秒钟前也许是朋友,后一秒钟却反目成仇,为了什么?利益!当然,也可能上一秒钟是死敌,下一秒钟却化干戈为玉帛,谁的魔力?还是利益!单副市长对利益有自己独到的见解,他把利益看作是盛开的罂粟花,既美丽又有强大的毒性,如果只看到美丽的一面而忘乎所以,那么生命将被毫不容情地吞噬掉,如果只看到毒性而忽视美丽,那么生命将失去光泽没有任何精彩。在这种信念指引下,他不像别人那样对所管辖的项目大小通吃,而是有选择对待,有时候就是到了嘴边的"肉"他,也会视而不见。超常的克制力使得他左右逢源,还被媒体宣传为廉政干部的榜样,这次若不是夫人告急,他根本不会那么着急蹿到前台,仍会稳坐钓鱼台将那些企业老总们玩弄于股掌之中。韩永刚的底牌他已经基本了解清楚,认为与之合作风险值可以降到最低,他可不想做完一卡通项目就住进监狱,那是没有韬略的笨蛋做法。眼下,利益已经把双方赤裸裸地暴露在彼此的眼皮下,此刻他所需要的就是指导肠子不会拐弯的韩永刚如何规避风险,顺利地把"戏"唱好。

许可的问题在单副市长脑中由来已久,他凭经验认为许可是那种趋炎附势的小人,随时可以为利益出卖自己的灵魂,他之所以点醒韩永刚注意许可,并非真为韩永刚着想,而是担心许可一旦为蝇头小利所困,势必如疯狗一样四处咬人,自己虽然不惧,却也不愿成为八卦新闻的主角。单副市长不是特别在意许可,毕竟一只小虾米掀不起多大浪头,可是前两天一个新冒出的人物却让他寝食不安,许可若和此人相比,就是虾米和鲸鱼的区别。毫不夸张地说,假如这个人愿意,完全可以在阳明市制造一起八级以上的政治地震。单副市长忌惮的这个人不是别人,正是金灿的前任老板、省政协委员、瑞祥集团的董事长严向东。

说起严向东,稍有来历的人恐怕都耳熟能详,即使普通百姓也经常能够在电视新闻中看到这位了不起的企业家。很多人知道,瑞祥集团前身是省外贸进出口公司下属的一家分公司。改革开放后由于经营不善出现严重亏损,濒临破产,后来严向东出任公司负责人，请来一位风水先生把公司更名为瑞祥商贸进出口有限公司，并把出口种类压缩为单一的纺织品，而诸如瓷器、工艺美术等原有出口类别统统砍掉，重新开辟针对阿拉伯国家的海外新兴市场。没想到，此举获得巨大成功，每年订单超出了本省企业的生产能力，即使开足马力也只能完成任务的百分之七十。于是，严向东把眼光瞄向邻省，低价收购了几家纺织品工厂，逐渐形成了以瑞祥为骨干，生产、销售一条龙的营销模式。并通过严格的制度管理、质量管理、渠道管理、销售管理等牢牢建立起上、中、下游的产业链，使企业越做越大，最终形成集团规模。进入 21 世纪后，严向东开始把目光投向资本市场，先后成立了瑞祥基金、瑞祥投资股份有限公司、瑞祥高科技孵化器等金融公司，其触角涉及金融、能源、环保、电子等行业，成为巨无霸企业。而他本人在不断的运作中也获得了瑞祥集团的绝对控股权，资产已经是天文数字。仅从他头顶散发的光环就能让人眩晕：省政协委员、省环保协会副会长、联合国亚太科学发展基金理事、第三世界人口研究会副会长、《健康与长寿》杂志社名誉主编……

单副市长不认识严向东，对其事迹更多的是从电视、报纸、网络等媒体获得，从未想到自己和对方会发生什么直接关系。直到年末的倒数第二天，他接到省委某领导的电话，说是严向东要见他，想商讨一卡通项目事宜。当晚，严向东在阳明市一家饭店宴请了他，席间，严向东明确说出瑞祥集团有希尼克公司的股份，希望单副市长能够让希尼克公司中标，并暗示这样做的好处。单副市长耐心听完，依旧采用老套路来搪塞对方，说是现在无法定夺，必须等到开标后才能知道结果。没想到严向东根本不吃这一套，说有传闻天海公司已经被内定中标，希尼克公司不过是陪绑而已，他还说出两家陪绑公司的名字，单副市长这才知道，自己内部出现了"内奸"。虽然他发誓并无此事，但是严向东根本不信，话里话外含有威胁成分，搞得他哭笑不得，最后不欢而散。严向东的出现给单副市长敲了一记警钟，他认为对方没有吓唬他，仅从对方嘴里吐出的一串领导名字，至少证明这是实实在在的威胁，因为每个领导的权力都足以令他被打入冷宫或丢掉官帽。不过，这次他豁出去了，为了远方的妻儿能够渡过难关、为了后半生的安稳生活，他也只能铤而走险。

在评估完最大风险值后，他的心情稍微放松。他认为，虽然严向东和许多领导熟稔，但是官场中最忌讳的就是以权谋私，且不说打招呼的那位领导不是自己的主管领导，就算是主管领导也不敢直接下命令，毕竟这里面牵扯到责任问题，一旦出事，谁也担待不起。另外，天海公司是打着刘部长旗号来的，背景不是很硬但也不软，加上他选择天海公司的理由也很充分，说到哪儿都站得住脚，这使他也多了一顶保护伞。在利益的驱使下，单副市长第一次迫不及待地想见乙方代表，第一次在没有完全考证乙方实力的情况下，为了八个点的好处先行把回扣敲定。看来利益不仅能让人出卖灵魂，也能让人铤而走险。

单副市长和韩永刚聊到了中午，韩永刚的肚子开始咕咕叫起来，他看了眼表，惊讶道："都12点了，难怪饿了呢。单哥，找个地方先吃饭吧。"单副市长笑了笑，摇摇头，说道："饭就别吃了，再说会儿就散了。"这一发话，韩永刚不敢再坚持，这一上午他可算领教了对方的脾气。单副市长问道："你认识严向东吗？"

"认识，我们经常一起打高尔夫。说来挺巧，金灿原来还是他的助理。"

单副市长顿时来了兴趣，事无巨细地打听起严向东的个人情况，弄得韩永刚莫名其妙。了解完，单副市长这才把严向东找他的经过告诉了韩永刚，再三强调要提防严向东，不能给对方抓住任何把柄。接着，单副市长把话题转向金灿，言谈中流露出对金灿的赞赏，他笑言，如果他是天海公司的老板，是绝不会让金灿只当一个市场总监，最少也得是公司副总裁，否则，像金灿这样的人才根本留不住，说不定她从瑞祥集团辞职就是因为在那儿埋没了自己。说者无心，听者有意，韩永刚觉得单副市长目光如炬，心想，像金灿这样的人可遇而不可求，如果她真的走了对天海公司绝对是一个巨大损失。他恨不得马上就任命金灿为公司副总裁。至于严向东，韩永刚本来对他并无恶感，但听了单副市长所言，觉得他不够意思，同时也真正明白了单副市长为什么要如此小题大做。他想，严向东这人亦正亦邪，不少人说其心狠手辣，圈子里的人也是褒少贬多，风传严向东的财富是走私、偷税漏税得来的，这也许是事实，也许是妒忌，不过严向东在这个项目上如果真的和自己较上劲，那自己也只能陪着玩到底。

想归想，实际上韩永刚非常清楚，天海公司的实力连瑞祥集团的一根汗毛也比不上，如果严向东真玩狠的，一百个韩永刚也不是他的对手。

金灿对单副市长的来电颇感意外,寒暄几句后,对方提出见面,金灿不明就里,几次问什么事情,都被他一笑带过,只是说见面便知,还专门强调只见她一人。放下电话,金灿很是纳闷,隐约觉得单副市长是为了单奇的事情而来。艾芸也稀里糊涂,只知道单副市长单独约见韩永刚,还专门交代不要把这事情告诉任何人,一转念,她猜测单副市长可能对金灿有想法,便话里有话提醒金灿注意。又闲聊几分钟后,艾芸便告辞,出了电梯,她拨通韩永刚的手机,把单副市长给金灿打电话的事情说了一遍,同时也说了自己的猜测。韩永刚笑言已知道此事,要艾芸不用猜疑。艾芸对单副市长和金灿将发生什么不是特别关心,此刻她唯一的想法就是尽快见到韩永刚。两人约好见面地点后,艾芸像一只快乐的雨燕,驾车离开金灿的小区。

单副市长此次来庆义为了不被人捕风捉影,真是煞费苦心:用私密电话约韩永刚,并在空无一人的茶楼与韩永刚悄悄见面,之后,用自己的公开电话打给金灿,将其约在所下榻酒店的咖啡店里。这种行为很古怪,却符合他谨慎的性格,因为他考虑到一旦事情败露,自己完全可以否认节日期间来过庆义,万一在庆义被熟人发现,则可以改口是为了自己儿子的事情来找金灿,有电话记录为证。这样就大可以把公众所有注意力引向无关紧要的情节。

金灿一身休闲打扮,长发在脑后盘成一个发髻,眼帘涂上一层淡淡的眼影,显得格外妩媚。她边慢悠悠地喝着咖啡,边听单副市长说单奇的事情,暗自觉得好笑。从上初中开始,她就被学校那些刚刚进入青春期的男生评为校花,就是走在大街上,她的回头率都不次于那些选美比赛的佳丽们,因此,她对那些被自己迷倒的男人们的种种表现早已习以为常。只是这次她感到非常意外,单奇居然也看上了她,不仅看上,而且还这么执着地追求她。按单副市长的话说,单奇打算春节期间请假回国,专门来找她,单夫人好话说了几箩筐,单奇还是坚持己念,做父亲的亲自出马相劝,效果也好不到哪去。金灿有些纳闷,自己和韩永刚演了一出求婚剧,单奇是亲眼所见,而且也乖乖地走了,怎么又提起这件事,是不是单夫人说漏了嘴?单副市长否定了金灿的猜测,他说是单奇把那天的整个过程推理了一遍,通过一个叫孟志远的人判断出韩永刚和金灿是在演戏。金灿想了想,没明白孟志远和这出戏有什么联系。单副市长一扫愁眉苦脸,骄傲地说道:"单奇遗传了我的智商,不仅记忆超强,而且数理化非常好,逻辑分析也是他的一大强项。据他说,那个男人拿着一大把玫瑰,显然是来向你示爱的,可是在韩总的屋里并没有受到韩总的阻拦,这不符合逻辑;还有,当那个男人留在你屋里时,他被韩总带到另一间屋里,韩总也仅仅是劝他,并没有强调是你的男朋友,这也不符合逻辑;再有,他等不及从韩总的屋里出来后,看到你的房门好像是特地为他打开的,再听到你们的对话,他觉得太假,像是在开玩笑,所以,他认为你们根本不是订婚,而是在演戏骗他。"

金灿略显惊讶,接着抿嘴轻轻一笑,显然要不是单副市长专门指出,她根本考虑不到这里面存在的破绽,不由得佩服起单奇的聪明。

两人接着探讨了如何斩断单奇单相思的几种做法,按单副市长的意见,金灿不要给单奇留面子,骂得越狠越好,如果再被骚扰就去告他。金灿认为这样行不通,鉴于单奇已经进入到感情的死胡同,用强硬方式只会导致他对爱情失去信心,严重的话还会影响今后交友,只能用事实和道理来说服他。单副市长也没有更好的办法,只好同意试试。

聊完单奇,俩人的谈话轻松许多,当单副市长说到感谢金灿把钱交给他爱人时,金灿愣了一下,连忙声明自己不知道,并肯定对方记错了。单副市长锁眉想了会儿,终于想起是托他人所带,连声自责。

单副市长真如他自己所说是忙晕头才张冠李戴?非也,此乃子虚乌有之事,他是以此来证明韩永刚是否真正守口如瓶。如果金灿说出韩永刚给钱的事情,那么他将重新评估与韩永刚的合作,他一贯认为,只有不烫手的钱才能称为钱。

第六节　升迁与嫉恨

元旦后上班的第一天,韩永刚和许可爆发了一场激烈的争吵,双方差点动手。消息像是长了翅膀很快传遍公司,一些坐在韩永刚办公室附近的员工甚至听到巨大的摔门声以及看到许可因愤怒而扭曲变形的脸。

事情发生得很突然,韩永刚一上班就通知许可还有蒋总、张总开会,主要就公司阶段性工作听取汇报,并布置下一阶段任务。会议进展得很顺利,许可是最后一个发言的,他重点讲了阳明一卡通项目。直到此时一切还很正常,真正爆发的节点是在韩永刚布置完任务后决定任命金灿为天海公司副总裁的那一刻。当时,许可等三人面面相觑,感觉非常突然,许可首先提出反对意见,说金灿刚来公司几个月,对很多业务还不熟悉,如果仓促任命不仅影响公司形象,也不利于业务部门开展工作,如果公司需要增强领导力量,刘洪涛倒是一个不错人选。蒋总、张总虽然知道金灿是何许人,但是由于业务上与她没有交集,对其业务能力和管理水平不是很了解,认为许可说得有道理,也纷纷表示反对。

韩永刚原以为这项提议会顺利通过,没想到三位副总全都反对,心里有些不快。他清楚许可反对是存有私心,而蒋总、张总属于不了解情况。尽管韩永刚被孤立,但他的决心一下是很难改变的,所以他也不理会反对意见,说道:"你们说的或许都有道理,但是,金灿的能力也是有目共睹的,就拿阳明一卡通项目来讲,若不是她,你许可早就把项目扔进垃圾堆了。你还别不高兴,事实胜于雄辩。至于刘洪涛,他和金灿根本不在一个层面上,没有可比性。"这句话把许可噎得够呛,冲韩永刚直翻白眼,对方旧话重提让他很不舒服,若是别人他早就骂过去了,但对韩永刚他只好忍着。没承想韩永刚根本没有理会他的情绪,继续揭着他的伤疤,指着许可略带嘲讽道:"他们两个不了解金灿,难道你也不了解?你敢说这个项目不是她拿下的?"许可最忌讳别人提这个,尤其还当着蒋总、张总,因为私下里,他曾在蒋总、张总面前吹嘘自己是如何费尽心机才拿下这个项目,韩永刚的话如同十二级风暴一下子把他的衣服统统刮跑,使他赤裸裸地暴露在蒋总、张总面前。假如韩永刚用别的例子来说明,甚至骂他,他还不会生那么大的气,偏偏韩永刚不顾情面,让他情何以堪,当然这些还不是最重要,最重要的是,一旦金灿和他平起平坐,别说找茬把她赶走,就是自己的地位也岌岌可危。许可的脸涨得通红,在内心忧患意识作用下,面部接着渐渐开始变紫,他紧咬牙关,心情坏到了极点。韩永刚看出许可的变化,但还是没有在意,接下来宣布金灿作为副总裁将负责公司将要成立的网络事业部和产品研发与生产中心。许可一听,心里更来气了,产品研发与生产中心本来是归属他负责,现在随着金灿的高升竟也划到她的名下。他感觉怒火在全身游荡,一口恶气憋得他几乎快要窒息,心想:"最担心的事情终于发生了,美国之行等于度蜜月,枕头风一吹,我就被当成一个傻瓜给卖了,说不定股份也不再是我的了,他妈的,这不是逼着活人上吊嘛。"妒忌到了一定境界,人的某些思维和脑残就没有什么区别,女人仅仅伤心也就罢了,男人不仅伤心而且还重度伤脑,此时,原本正常的事情就像插在河里的电线杆,怎么看下半段都是歪的。许可根本没有再听韩永刚说什么,满脑子充斥着被排挤的想法,他看不到自己在天海公司的希望,甚至连一根救命稻草也找不到。

韩永刚不再说话,奇怪地看着许可,对方的脸已经不是紫色,而是变得苍白,就像是刚从棺材里爬出的僵尸。蒋总有些害怕,问道:"许总这是怎么了?脸色这么吓人。"韩永刚走到许可旁边,用力拍着他的肩膀,大声道:"喂,你怎么啦,不至于吧?"

许可似乎被拍醒,瞪着韩永刚,喃喃地说道:"我他妈的活该,出什么馊主意让你们去美国,现在倒好,兔死狗烹……"

韩永刚皱起眉头,打断对方,呵斥道:"你是不是有病,什么乱七八糟的,怎么一提金灿你小子就不对劲,要是不舒服先回家歇着去。"他还以为许可是身体出了问题。

许可眨巴几下眼,微微点头,惨笑道:"这么快就让我走了？是不是那女人出的主意？"

许可的话把韩永刚激怒了,他完全明白对方根本不是什么身体问题,而是思想有问题。毫无疑问,许可的话已经完全冲破了韩永刚所能忍受的底线,就如孟志远当初一样,这种话令他怒不可遏。在美国他还有所忌讳,在办公室可就不管那么多了,他一把揪住许可的脖领往起拽,挥拳要打,旁边的蒋总和张总慌忙拦住。许可也彻底失去理智,所有的积怨瞬间爆发出来,一边大声咆哮,一边拼命挣扎,若不是蒋总和张总奋力拦着,后果不堪设想。

许可怒气冲冲摔门而去,回到办公室便开始写辞职申请,正写到一半儿,蒋总推门进来,许可有了发泄对象,把笔记本电脑一推,开始骂韩永刚。蒋总先是听着,等对方骂累了,这才慢慢劝他。一个多小时后,许可彻底冷静下来,对自己的所作所为感到后悔,他想,如果现在提出辞职,正好中了他们的诡计,即使去告发韩永刚,自己利益上也得不到什么,何况韩永刚有许多人脉,能不能告倒他还不好说,不如忍一忍,等阳明一卡通项目完成后,拿到钱再说。许可就是这样的人,为了利益他可以不当爷爷当孙子,即使颜面扫地也在所不惜,有人说这是涵养,但韩永刚不这么认为,他把许可的这种性格定义为标准的小人。

午饭期间,也就是发生吵架后的两个多小时,许可又推开了韩永刚的门。他先探进半个头,然后像什么事情都没发生那样,笑了笑,问道:"韩总,我能进来吗？"韩永刚此时还未完全消气,他恼怒许可把个人私怨扯到工作中,更不能容忍他把自己和金灿扯到一块儿,这事情如果传出去,不仅影响自己和艾芸的关系,也会影响到金灿在公司的威信,至于许可当时的恶劣态度,他倒是不怎么在意。一上午,他的情绪很不好,本来应该通知全公司对金灿的任命,由于许可这一闹腾,也就无法进行,加上公司还有许多其他事务,他决定把任命延期。

韩永刚瞪着许可,一副不怒自威的表情。许可也不等对方同意,推开门走了进来,双手一拱,如影视中的江湖人物一般,笑嘻嘻地打着哈哈,嘴里说着道歉之类的话,搞得韩永刚哭笑不得。许可的表演虽然没有让韩永刚完全恢复常态,但至少韩永刚不再有对立情绪。他冷冷道:"你还有脸来？"许可收起笑脸,平和地说道:"我想和你谈谈,如果谈完你还是记恨我,放心,我拍屁股就走。"他在韩永刚对面坐下，凝重地看着韩永刚，说道："韩总，这些年来，你认为我的为人包括工作怎么样？"不等韩永刚回答，又继续道，"你把我从外企挖来，到今年差不多六年了，这些年里，我把天海公司当成自己的家，把事业和公司的发展捆绑在一起，工作上兢兢业业，从未有半点私心，公司发展到现在，我自认是有贡献的。"

韩永刚皱着眉头，一言不发地望着他。许可苦笑了一下，说道："我承认当初在阳明市一卡通项目上我的判断过于草率，也不否认金灿起的作用，但后面的工作我绝没有半点马虎，也算是知耻而后勇吧。眼下形势已经一片大好，可我怎么感觉自己开始被公司边缘化了。"他摇摇头，目光渐渐暗淡，愤愤不平地说道，"我真的不理解，难道我为天海公司鞍前马后辛辛苦苦地工作，竟然不如一个刚从国外回来的女人？我承认刚才的情绪是因为心态不平衡导致，但是我并没有针对你的意思，我郑重向你道歉。假如你认为我许可是一个浑蛋，不可原谅，那么我马上就走。"韩永刚哼了一声，说道："这么多年第一次领教你的脾气，真是跟疯狗一样，实话告诉你，不管你走不走，我现在就想揍你小子一顿。今天你算走运，要不是他们拉架，不让你爬着出公司，我都不姓韩。"许可一颗心稳稳落地。他非常了解韩永刚的秉性，越是骂得凶就越没事，一旦他客气起来，那什么都别商量了。

"我早就提醒过你，你那套男女关系的谬论不要在公司滥用，我最恨的就是这个。最后警告你一次，这种行为没有第二次了，你要再乱咬人，也别来道歉，直接给我走人。另外，你也少拿辛苦来说事，公司哪个员工不辛苦，你无非就是怕金灿占了你的一亩三分地嘛。金灿将要负责的两个部门，一个还没有成立，另一个是你早就嚷嚷要交给别人的产品部，我怎么就把你边缘化了？莫名其妙。"韩永刚瞪着许可，又道，"提拔金灿是为了应对公司未来的发展，未雨绸缪，不是因为你心里的龌龊想法。"许可点点头，一副虔诚的模样，他起身给韩永刚的杯子续上水，心中却在想，别把我当傻子，今天算你狠，以后的路还长着呢，等着瞧吧。

韩永刚对金灿的任命一直拖到公司的年终总结会上，但对金灿而言，一切过于突然。当韩永刚郑重宣布这项公司人事任命时，她的思绪还停留在准备回家过年上，看到韩永刚一脸认真以及大家向她热烈鼓掌并表示祝贺的时候她才如梦方醒。一向波澜不惊的她，说话居然磕磕巴巴，挂着红晕的脸庞格外亮丽动人，就连和她一向不对付的许可也暗自感叹："这娘们原来并非冰山美人，还挺有女人味，难怪韩永刚要带她去美国，换我也一样。"

公司给金灿单独配置了一间办公室，全套办公家具都是刚从家具市场买来的，散发着浓郁的油漆味。艾芸忙前跑后帮着金灿搬家，高兴得就像自己被提升。她还专门跑到外面，买回"福"字，不顾金灿反对，硬是给贴在文件柜上，然后嚷嚷着要金灿请客。当天晚上，金灿请艾芸、刘洪涛等人吃饭，席间，金灿悄悄埋怨艾芸，说这么大事也不透露一下，搞得自己在会上一副狼狈相。艾芸发誓自己事先绝不知情，韩永刚从未和她提起。金灿这才领悟，一定是韩永刚想给自己一个惊喜。虽然这种方式有点儿戏，但经过美国之行，金灿对韩永刚的个性基本了解，这个大男人身上还保留着某些小男孩的顽皮特性。他在芝加哥曾说过"生活中若没有喜剧元素，我们的面孔就是一张会动的大理石；若没有悲剧，我们的眼珠就是会转动的玻璃球"。

在韩永刚办公室，韩永刚向金灿布置了三项任务，第一，继续留在一卡通项目组，配合许可完成项目竞标工作；第二，根据公司发展战略，负责组建网络事业部，并在春节放假前拿出规划；第三，接手产品研发与生产中心，并在春节前完成与许可的交接工作。领受完任务，金灿没有马上走，她关切地询问韩永刚，前些日子和许可争吵是否因她而起。韩永刚暗暗吃惊，以为有人泄露此事，事情发生后他曾下了封口令，要许可、蒋总、张总严守秘密。他反问金灿怎么会有这种想法，金灿说仅仅是猜疑，他不禁奇怪，便追问金灿是不是听到了什么风言风语，金灿笑而不答，只说如果不是就算了。韩永刚越发好奇，非要金灿说出答案，金灿被逼无奈，只好告诉韩永刚，那天她正好和许可走了个照面，对方没有回应她的招呼，而是用目光中的怒火烧灼她，所以，她想搞清楚这件事情是否和自己有关。韩永刚让金灿不要多心，说那天与许可争吵完全是为了工作，不存在任何个人恩怨。金灿半信半疑，不过升迁的喜悦暂时盖住了她的疑惑，她感激地说道："借用阿姆斯特朗的一句话，今天公司走出一小步，却是我人生迈出的一大步，谢谢韩总，谢谢天海公司，我肯定今天这个日子会在将来的某个时候载入到公司的史册中。"韩永刚的知遇之恩，公司对她的重用，加上往事已如云烟飘过，金灿非但不再有跳槽的念头，而且准备在事业上大展宏图。

　　金灿又一次接到单夫人从美国打来的电话，对方恳请她让单奇悬崖勒马，因为单奇已经不好好学习，一天到晚想回国找小龙女，若和他谈现实，他就拿虚拟应对，若和他谈虚拟，他又拿现实解围，整个混杂不清。说到伤心处，单夫人已然泣不成声。金灿理解一个做母亲的心情，她本来不想为一个毛孩子耽误自己过多的时间，但现在已经无法置身事外，与韩永刚商量后，金灿决定替对方解围。考虑了几个晚上，金灿决定对单奇重病下猛药，先蔑视他，再以难听的语言刺穿他的自尊心，然后把自己伪装成一个贪慕荣华的女人使其感到失望，最后让他彻底清醒过来，忘掉这件事。为了能够了解单奇的心思，金灿专门买了一套《神雕侠侣》，利用周末的休息时间大概浏览了一遍，记住几个要点后，她拨通了单奇在芝加哥的电话。电话里，金灿把单奇比喻成万圣节初次去邻居家要糖的孩子，腼腆又幼稚，劝他应该找邻家的女孩而不是她这个大姐姐。单奇根本不在乎对方的嘲笑，而是用很多现实例子佐证自己的观点，金灿毫不客气地给予反驳，她说："你所说这些都有一个前提，那就是两相情愿。我问你，你懂得爱情吗？你懂得责任吗？你懂得浪漫吗？说好听的，你现在是一个成年人，说不好听的，你不过是刚刚改掉用袖子擦鼻涕习惯的大男孩，我怎么可能和一个连生活都没有独立的人好呢？"单奇完全不同意金灿的说法，认为人不是天生就懂得那些，都需要一个过程，说着说着便又开始拿杨过和小龙女说事，说到动情处，他恳请金灿给他一个机会，他会像杨过对待小龙女那样来呵护金灿。金灿哈哈大笑起来，讥讽道："你既然张口闭口杨过、小龙女，我问你，你有杨过的本事吗？人家杨过独臂在海潮中练就了玄铁剑，十六年来痴心不改，为了与小龙女阴间相会，纵身跳下悬崖，多么荡气回肠。"单奇插话说他也能够做到，只要为了她，生命根本不算什么。金灿不高兴了，说这样还算是人吗？父母养育你这么大，理应知恩图报，如果仅凭自己一时痛快，一了百了，上对不起天地，下对不起父母。金灿又道："杨过是孤儿，他对小龙女的爱惊天地泣鬼神。再说了，杨过跳下去并没死，人家武功高强，你要是跳下去那就彻底完了，连骨头渣都找不到，还说什么小龙女、老龙女的。真的，我劝你别再拿杨过说事，这只是小说再有，我不喜欢小龙女灰色的性格，你也别把我比成小龙女。"单奇被金灿的一番抢白弄得哑口无言，半晌才说道:"那些都是小说里的情节,另外,我认为,只要你还没结婚,我就有追求的权利,哪怕只是一厢情愿。"金灿立刻不客气地说道:"你当然有权利,不过我可以明确告诉你,向我求婚的人很多,我肯定要选择条件最好的,如果你具备年薪五十万,听清楚啊,是美元,还有,在曼哈顿有一套豪宅以及名车,那我可能会考虑,否则,别打我的主意。"说完挂掉了电话。直到一个星期后,金灿接到单夫人打来的电话,对方一改原先忧虑的语调,高兴地表达了感谢之情。金灿这才知道,单奇自那次通话后,连续三四天情绪低落,放学回到家就把自己反锁在屋里,和母亲也不说话,没想到有一天单奇自己走出房间,找母亲谈了一次,说是不再考虑金灿了。单夫人担心儿子的大脑受到刺激,找机会偷看了他的电脑,结果发现儿子刚写的一篇短文,这篇短文似乎和金灿有关,便偷偷复制下来,请金灿帮忙看看到底什么意思。

挂断电话,金灿立刻上网,开始她也没有看出所以然,又读一遍,才发现里面的玄机,搞得她哭笑不得。单奇写的是:

真叫人伤心,今天才终于知道山寨与正版的差别,很受伤!不过这算不了什么,坚信全世界不止那一个大姐有小龙女的范儿,也不会都像大姐那样金玉其外,即白白丢掉那么多感情点数,以后千万不能再当傻子。赶紧向老妈投降吧,她好像瘦了。

尽管金灿遭受了不白之冤,可这没有影响她的情绪,在为单奇高兴之余她也为自己摆脱了纠缠而兴奋。说实在的,她真的不喜欢"小龙女"这一称谓,因为她不喜欢这个角色。单副市长是后来打的电话,也说了一大堆感激的话,让金灿感到欣慰的是,单奇自悬崖勒马后,奋发图强,学习劲头也比原来更加高昂。

自从金灿走马上任,许可对她的态度完全改变,最明显一点:原先商量事情都是许可给金灿打电话或者让金灿到自己的办公室,现在但凡有事情他都主动到金灿办公室,而且总是面带微笑。他们的配合使工作效率开始提高:在许可的安排下,阳明市一卡通项目组在元旦后不久便顺利完成对天海公司的考察。原本一周的工作交接,只用了三天时间就完成。金灿利用节省的时间写完了网络事业部的发展规划,并着手让人力资源部发出招聘信息。韩永刚把这一切都看在眼里,也喜在心上,他想,许可虽然有缺点,但并非茅坑里的石头,只要改掉就没有人能代替他。金灿缜密且富有创意,许可快节奏且具有拼劲,两人组合真可谓是珠联璧合。

　　韩永刚想得不错,只是这次他看走眼了,许可不再是原来那个许可,扭曲的利益观已经改变了他的人格,同时摧毁了他价值观中积极向上的一面,他在尽力伪装,因为他知道自己没有足够的资本向金灿发起挑战,他的一切忍耐只为了韩永刚承诺的利益。他非常现实,韩永刚答应的股份不过是墙上的画饼,能否兑现还不好说,关键要看金灿,如果金灿取悦韩永刚取代了自己,那么他许可在天海公司的所有利益将归零。每当这种念头袭来,许可都会情不自禁咬牙切齿。

　　离春节还有十来天时间,韩永刚把许可、金灿叫到自己办公室,听取年前最后一次关于一卡通项目的工作汇报。韩永刚非常满意,若按照许可的说法,项目已经锁进了公司的保险柜,因为前一天许可带着艾芸、刘洪涛去了一趟阳明,专门宴请了项目组的人员,并奉上年货。单副市长因开会没有参加,仇处长代表单副市长坐在领导席位上,酒酣之际,仇处长拍着许可耳语道,现在他们已经不再讨论要谁来干的问题了,而是要天海公司拿出最好的设计方案,共同研究怎么干才能更好。按照金灿的想法,项目现在只能算有八成把握,除非签了合同才算保险。韩永刚可不像金灿那样谨慎,其实,他比许可还要乐观,因为,他有一个除了单副市长谁也不知道的秘密。他现在考虑最多的不是技术方案,而是中标后如何通过地下钱庄,将巨款打入单夫人的账号。不过,韩永刚表面虽然乐观,内心却有一块儿无法消除的阴影,那就是单副市长提到的严向东。严格说来,韩永刚和严向东算不上是好朋友,仅是球友,两人的交往也仅局限于高尔夫。严向东欣赏韩永刚的直爽和球技,闲暇之余经常约他去全国各地打球,而韩永刚也从来不拒绝。尽管他对严向东的劣迹早有耳闻,但他所见到的严向东是一个温文尔雅,气质、风度俱佳的男人,所以他对某些传闻半信半疑。加上严向东在企业界是大鳄级人物,多少人只能仰其鼻息,能成为他的座上宾实属荣光,故韩永刚不愿相信那些传闻。只是这次不同,单副市长话的分量相当重,他的警告让韩永刚宁可信其有。韩永刚清楚，单副市长一旦决定和自己合作，那么他们双方的利益就绑到了一起，对任何一方的威胁同样会影响到另一方。

许可、金灿汇报完工作，金灿提出一个建议，她说道："鉴于目前的情况，我认为我在一卡通项目组的使命该结束了，我和许总谈了此事，他不反对，你看呢？"韩永刚清楚金灿手头还有许多工作，眼下正值年关，公司的一些产品供货商天天围着金灿转，不是请客吃饭就是去唱歌，每次去她办公室，总是见到有人在。韩永刚以为金灿应付不过来了，沉吟一下，同意了对方要求，不过，他附加一个条件，暂不对外宣布退出，投标时她也一定要参加。其实，金灿退出项目组并非因为忙不过来，而是因为许可。几次交谈中，许可都有意无意地表达金灿和艾芸没必要留在项目组，金灿是明白人，为了搞好工作关系，这才主动提出。

会议开完，许可、金灿正要走，门被推开，秘书站在门口，又是紧张又是兴奋地说道："韩总，有位财神爷想见您。"韩永刚愣了一下，见她不似玩笑，便纳闷地问道："哪个神经病跑到这儿开玩笑？"话音刚落，一个中等身材、胖瘦适中、年近六十、前顶略秃的男人与一个瘦高男人同时从接待员身后出现，前者哈哈笑道："韩总，这世上你可以什么都不敬，但唯独对财神不能得罪啊，没想到吧？我是来给你拜早年的。"屋内三个人同时惊呼，韩永刚叫"严哥"，许可和金灿叫"严董"。

来人正是严向东，金灿的前任老板、省政协委员、瑞祥集团的董事长，单副市长所忌惮的人。

第七节　严向东其人

　　严向东绝对是一个人物,但算不算杰出人物众说纷纭。他从一个返乡知青,历经公交车售票员、纺织厂司机、轻工局科长、外贸公司经理一直到瑞祥集团董事长,完全是靠自己打拼出来的。用他的话说,就是每当事业山穷水尽准备跳楼时,他的韧劲儿都让他在最后一秒收回了迈空的那一步,奇迹就此发生。熟知他的人无不用"疯"或"狂"来形容这位传奇人物。尽管褒贬不一,却丝毫没有影响他在政界与商业帝国中的地位。他经常说:"我的成功是因为我一直踏着失败的边缘前进,即使踩上狗屎也不在乎。我也从不理睬那些人身攻击,在中国,会狗叫的人多,懂人话的少,我是人,干吗要去学狗叫? 所以我能成功,你们不行。"

　　在社会上,他成为大众眼中的"神",许多人津津乐道他的辉煌,甚至抱着他的自传亦步亦趋,在字里行间寻找获得财富的捷径,试图复制他的成功。只是,这种巨星效应并没有带来更多的严向东,反而使大家心态更加浮躁,因为人们对主人公的理解仅仅是一种片面并被放大的急功近利的想法,没人愿意让丰收的季节在自己年迈的时候到来。由于无法超越,渐渐地,人们把严向东越抬越高,在人们眼里,他基本成为日常生活中的一个符号或是某个专有名词,身份与财富的光环使他走到哪儿都会吸引公众艳羡的目光。

　　此刻,在天海公司也不例外,即使熟识他的韩永刚和金灿见他突然现身,也同样感到愕然,面部表情无异于在北京的王府井大街上倏然看到一个史前的北京猿人。尤其是许可,张着嘴半天才合拢。不过,吃惊很快便转为疑惑,韩永刚马上想起了单副市长的警告,金灿则揣摩着对方的来意,许可除了诧异更多的是兴奋。仨人想法各异,有一点却是共识:严向东肯定不是来拜年的。

"世界真小啊!"尽管严向东把韩永刚他们惊着,但当他猛然看到金灿就站在不远处时,瞬间愣了一下,接着他不禁喜上眉梢,连眼角的鱼尾纹也挤在一起,一边毫无顾忌地上下打量着她,一边呵呵笑着由衷感叹。除了金灿没有人知道这句话的真实含义,也没有人反感他近似放肆的笑声。这年头,只要是成功人士,就算是最廉价的笑,在大众眼里都充满着特权和威严,人们会搜刮肚肠来感知这笑的非凡意义,就像那些花钱与股神巴菲特共进午餐的企业家们,对方一个喷嚏都要仔细琢磨其中是否具有深刻的经济原理。

金灿对严向东的人品相当反感,早在纽约应聘时,她就隐约感觉到对方的目光中隐藏着某种暧昧。在瑞祥集团的半年时间里,她担心的事情终于发生了。严向东经常利用出差或应酬机会,由开始的语言挑逗逐渐变成动手动脚,她终于知道了什么叫人道灾难。当然,她并没有让对方得逞,每当遇到性骚扰,她都会用最坚决的态度和愤怒来表达自己的决心。可是偏偏这个严向东跟她较上了劲儿,他说就喜欢她这种性格的女人,男人对女人的征服感打娘胎里就形成了,如果轻而易举得手,则只有优越感却无法体现男人的征服感。尤其是像他这种成功人士,那些漂亮的播音员、主持人、歌唱家、影视演员分分钟都能搞定,但是索然无味,所以只要她同意,瑞祥集团包括下属公司所有职位任选。俩人几次交锋,金灿第一次在口才上辩不过对方,同时她也感到害怕,她不是怕不讲理的,而是怕不要脸的。面对严向东咄咄逼人的要求,她知道,是离开的时候了,这里虽好却不属于她。临别,他霸气十足地说了这样一番话:睁开眼看看吧,活在当下,财富早就终结了道德,性也已经成为漂亮女人通往幸福的桥梁。今天你肯定会把我当成南霸天之类的恶棍,但我敢打赌,明天你就会后悔错过了一趟财富快车。不信吗?那我们就拭目以待,这个世界很小,我们还会见面的。

眼下,俩人忽然再次相遇,使得金灿有种恍如隔世的感觉,严向东看见她的第一句话既有调侃也有揶揄,配合表情,其中揶揄成分更大。金灿心里很不舒服,她极力让自己镇定下来,表面波澜不惊,微笑地回答道:"是啊,只要您愿意,这个世界可大可小,不过幸好它还能够容纳我们每一个人。"意思很明确,就是说即使他再有钱,也控制不了整个世界。旁人自然不知道他们对话的机锋,韩永刚还以为俩人在叙旧,忙把严向东和随行人员让到沙发上。严向东不以为忤,大度地笑着,又对韩永刚说道:"韩总,你做事很不地道啊,认识这么多年,我们即使算不上好朋友,你也不能在暗地和我玩猫腻拆我的台啊。"韩永刚心里一紧,知道单副市长的话应验了,只是没想到对方居然登门兴师问罪。观其态度,与平常截然不同,加上他屁股还未坐稳,上来就给予谴责,说明来者不善。韩永刚便用早已准备好的方法应对,说道:"严哥,阳明一卡通项目是通过政府招标网发布的,谁都可以去投标,怎么是我拆您的台呢?"严向东一愣,旋即哈哈大笑起来,说道:"谁跟你说什么一卡通、二卡通,今天要不是到你这儿来,我恐怕永远也不会知道金灿是被你悄悄挖来的。"韩永刚这才明白对方是在开玩笑,心一松,也呵呵笑起来,然后把许可介绍给两位来宾。

严向东也把随同介绍给韩永刚三人,当韩永刚接过瘦高男人的名片,一看,眉头微微一皱,心想,还真是黄鼠狼给鸡拜年来了。瘦高男人的名片写着:希尼克科技有限公司总裁,虢新庭。希尼克就是最初与单副市长打交道的那家外省公司。

韩永刚在和虢新庭交换名片时,严向东坐在沙发上和金灿已经聊了几句,见韩永刚等人坐回沙发,便对韩永刚半认真半玩笑地说道:"金灿从我那儿走的时候,我正忙,没想让你捡了便宜,我肠子都悔青了。听说一卡通项目若非她插手,你连门都进不去。韩总,商量一下,让金灿还是回到我那儿吧?不是我挤对你,你的庙太小,根本无法让金灿施展她的本领,白白浪费一个人才。"能让严向东这类人后悔并表达出恳求的态度,韩永刚从心里感到满足,虽然这仅是一个玩笑,却使他深深感慨,他开心地笑了,活像在高尔夫大赛中打出一记双鹰的大男孩。

没有人注意许可,更没有人去揣摩他的心态,就算有,也无法看出他瞟向金灿的目光中那稍纵即逝的怨毒和极度的妒忌。人啊,当利益变为生命中至高无上的唯一,亲情、友情就微不足道了,人性也和垃圾一样臭不可闻……他的脸色苍白,心跳越发加快,旁人的话充耳不闻,只是把目光投向严向东,内心急速思考着,在一阵笑声中,他趁机走到严向东身边,像一个恭谦的饭店服务生那样低声请求对方的名片。严向东扭过头看了下许可,摇摇头,说道:"抱歉,我已经很多年不用那玩意儿了,"一指脸,说道,"现在这张脸就是名片。真不骗你,刚才进你们公司大门,前台那个小姑娘一看见,马上就认出了我,包括那位秘书,但秘书一紧张忘了我的名字,我想这次来你们这儿是送财富,临时起名财神爷,哈,差点被韩总当成神经病。"看得出他心情的确不错,说话时手舞足蹈,见许可遗憾离去还说了声对不起。

等许可和金灿出去,严向东这才将望向金灿背影的目光转向韩永刚,颇有感悟地说道:"漂亮的女人的确能养眼,漂亮加聪明的女人,既能养眼又能养心,只是这种合二为一的女人,世间难找。漂亮的往往把心思用在容貌、装扮上,不愿涉猎自我以外的事物,聪明的索性把事业作为自己追求的目标,缺乏审美和自我包装,所以,大多数女人,要么妖艳绝顶,却一肚子草包,要么就是聪明过头,失去了女人味儿,像金灿这样的,绝无仅有,也难怪你不愿放手呢。"韩永刚笑了笑没有搭腔。他肯定严向东不是来和他讨论女人的,也不是来给他拜年的,既然是来交锋,就没有必要浪费时间东拉西扯。他神经开始紧绷,等待对方的发难。

果然,严向东不是爱讲废话的人,话锋一转,直奔主题,说道:"你很聪明,既然知道我的来意,我就不费口舌了。本来我现在应该和家人在夏威夷的海滩上晒太阳,坐在这里完全是为了虢总,没办法,这也是生活的一部分。"他简单地向韩永刚介绍了瑞祥集团和希尼克公司的关系,又让虢总把希尼克公司在阳明的所有工作叙述一遍,然后说道:"啰唆半天就是想请你放弃这个项目,我也不跟你兜圈子,五百万作为你们公司前期费用的补偿,再一百万是给你个人的补偿。如果你同意,虢总现在就给你开支票。"他双手交叉在一起,神态轻松,那模样不像是在做交易,倒像是一位大哥在告诫小弟,抑或老板对下属交代工作。一旁坐着的虢新庭从包里拿出支票簿看着韩永刚,等待对方答复。

韩永刚脸上一直挂着微笑,听对方说完,沉吟片刻,说道:"严哥,先别着急,您也应该了解一下我们公司的情况。"他把天海公司的现状以及未来发展的蓝图简明扼要地叙述了一遍,然后又把公司在阳明一卡通项目上所做的技术储备和努力较为详细地告知对方。韩永刚并不指望对方能够理解,因为严向东既然屈尊来到天海公司,就是为了要拿走项目,几句话若让他改变初衷,那他也就不是严向东了。韩永刚不愿意和对方撕破脸面,毕竟严向东不是谁都可以得罪的,所以他一番话的目的实际上是婉转地向对方表明自己捍卫项目的决心,任何交易都是徒劳的,他相信严向东能够听懂他的意思。

严向东完全明白韩永刚的软拒绝,笑了笑,不置可否,扭头对虢新庭说道:"虢总,听到了吧?不是我不帮忙,而是我的面子根本不够。"这句话的弦外之音不仅虢新庭明白,就连韩永刚也听出责怪之意,他不愿也不想因此得罪严向东,便小心翼翼地赔着笑脸,拣一些好听的话恭维对方。虢新庭没有严向东那么有涵养,他语气较为生硬地打断韩永刚,说道:"韩总,我这个人比较直,有些话若是不入耳,请海涵。"尽管韩永刚是第一次见到虢新庭,但是对方那副有恃无恐、目中无人的嘴脸着实令他不快,心道:"你是什么东西,上秤也秤不出几两肉,还假模假样地装什么孙子。"嘴上却说:"客气,我不至于准备一对耳塞吧?"虢新庭的脸本来就长,这一不高兴就更长了。他瞪着眼,将天海公司在阳明市一卡通项目上的所作所为一一枚举,时而指责韩永刚违反了职业道德,时而鞭挞天海公司的员工在甲方那里攻击他们,更离谱是,居然说天海公司用美色诱惑单副市长,数次爆出粗口。韩永刚也拉下脸,强忍着,一言不发,根本不睬虢新庭,只是看着严向东,等待他的说法。待虢新庭说完,严向东嘿嘿笑着,对韩永刚说道:"你也别怨他,到手的项目被人抢走,实不亚于老婆被人睡了,换你也一样。你别老盯着我,今天我不当裁判,说白了就是要你卖我个面子,把项目交给虢总。韩总,算我求你,如果你给了我这个人情,以后你会得到十倍、百倍的回报,姓严的说话算话,否则,你也清楚,我肯定会直接插手这件事。"他态度和蔼,语调平缓,即使说到最后一句也没有吹胡子瞪眼,不似韩、虢二人的斗鸡模样,猛一看会误认为他在布置一场友谊第一、比赛第二的球赛,说完后他还伸出手好整以暇地看了看修饰洁净的指甲。

人类社会,利益是永恒的。曾几何时,当资本改变了封建社会的经济模式,人性中的贪婪与邪恶便找到了迅猛生长的温床,逐步发挥到极致。严向东对利益的把握已然登峰造极,当他完成资本的原始积累,便以其特有的敏锐,总结出利益再分配法则,说白了就是以利益为核心,编制一整套社会关系网,随着时间推移,他屡试不爽,由此形成的关系网层层叠加,最终成为一个庞大的利益集团。与他的瑞祥集团相比,他压根儿就看不起天海公司的实力,说不好听的,瑞祥随便拿出一个子公司,规模也比天海公司大,若非韩永刚的背景,他正眼都不会看一下对方,更不要说上门当说客,一个电话就找人摆平一卡通项目了。之所以没有这样做,之所以屈尊来到天海公司,是因为韩永刚的母亲。严向东虽然身为商人,却也在官场浸淫已久,多年与高层的交往使他深谙官场奥秘,什么时候需要动用关系,什么时候不该动用,动用什么样的级别,他都拿捏得恰到好处,从未让帮助过他的领导为难,使得那些与他合作过的人知道严向东讲义气,也顾大局、识大体,从他那儿拿钱不会引火上身。其实他心里非常清楚,保护好这些领导,就等于保护好了自己的摇钱树,等于为自己支撑起一个强大的保护伞,说白了,就是可以肆无忌惮。他和韩永刚有那么一点交情,并非真如韩永刚认为的是自己球技好,完全是因为韩永刚的母亲是一位副省级领导。尽管早已退休,可她是从副省级领导岗位下来的,在官场,不同职位下来的人,分量是截然不同的,对于那些退休的高级领导干部,一句话虽然不能左右利益的归属,却能引发政治海啸,何况天知道她的亲朋好友中是否有人身居高位。严向东非常清楚里面的利害关系,否则以他的实力完全可以去找老虎伍兹做朋友,而不是偶尔才能打出一记"小鸟"的韩永刚。

当阳明市一卡通项目还处于襁褓时,严向东便把它纳入到了自己的规划中。巧的是,他和韩永刚都要借此为起飞的平台,略微不同是,严向东要打造 IT 领域里全新的科技帝国,借该项目将集团部分资源重新整合,然后划出若干高科技板块儿,分别在中国内地、中国香港,还有美国上市。尽管严向东和韩永刚的蓝图规模不可同日而语,但实质相同,可以说是殊途同归。

然而,煮熟的鸭子飞了。开始,严向东对虢新庭的汇报不以为然,认为单副市长胆子再大也不可能做出背叛的举动,但后来种种迹象表明,单副市长果然另有想法,于是他破例亲自去找单副市长施压,结果又碰上了软钉子。严向东怒了,他的火气可不是普通人那种摔个杯子、踢下椅子的宣泄,在他的一贯做法中,但凡有人影响到自己的重大利益,要么动用关系网把对方撤职查办,要么让对方离奇死亡。听起来很恐怖,好像这一切应该发生在新中国成立前的上海滩,何况他也不是流氓大亨，相反，更多时候他给人感觉就像庙里的弥勒佛，贴着有求必应的标签。这一点也不奇怪，现在社会，有些权力被赋予了灵性：给权力戴上领带，它就是绅士；给权力加根棒子，它就是打手；给权力松绑，它就是腐败；给权力无限的权力，它就是祸害。就在他准备派人收集单副市长的材料时，虢新庭带来的竞争对手资料让他诧异，对手居然是韩永刚，他的球友。严向东有些纠结，因为一旦启动报复计划，韩永刚和他的天海公司也将玉石俱焚。

　　韩永刚是敌是友呢？其实这个问题对严向东而言并不重要，因为只要利益受阻，无论敌友皆可消灭，曹操那句"宁教我负天下人，休叫天下人负我"的名言在他年轻时就被严向东植入了骨髓，并奉为人生哲学。他之所以没有霸王硬上弓还是有所顾忌，尽管他完全有能力拿下阳明市一卡通项目，但是这里面的水到底有多深他并不知道，韩永刚如果穷途末路，其母很可能出来为儿子抱打不平，万一出现权力掣肘，即使赢得项目也变成杀敌一千自损八百的局面，这不符合他的利益，也会给他背后的利益集团带来麻烦。所以，他决定利用自己的身份和地位到天海公司拜访韩永刚，晓之以理动之以情，他相信，凭自己的声望加上现金补偿，韩永刚怎么也会给他这个面子。

　　韩永刚很享受严向东的话，的确，不是所有人都能够让严向东登门恳求，何况对方的补偿也说得过去，但是，终究还是公司的前景让韩永刚迅速清醒。毋庸置疑，一卡通项目承载着他的事业、天海公司的未来，此刻别说是严向东，就是联合国秘书长坐在这里也休想让他放弃。他开始搜肠刮肚，想用最合适的理由拒绝对方。斟酌再三，他开口了，但不久后发现自己是在白费口舌，严向东根本不听任何解释，他仿佛是前来受降的八路军长官，而他韩永刚不过是万恶不赦的日本鬼子，除了投降别无选择。

　　这是一场鸡同鸭讲的谈判，气氛不再随和，俩人也逐渐擦出火花。严向东一直微笑着，不过瞳孔里却没有一丝笑意，他的耐心如同放水捕鱼的池塘快要见底。他愤怒，也有些迷惘，记忆中敢于当面拒绝他的人除了位高权重的领导，还没有谁像面前这个韩永刚，要说对方的态度不可谓不恭谦，或许用诚惶诚恐来形容更贴切，但只要一提退出一卡通项目，他的脑袋就像上了发条一样来回摇个不停。

"如果你认为补偿的金额少，可以开价，要是没有商量余地，那也只能由你，不过，我要告诉你，真要和我对着干，你会输得很惨。"严向东笑得极不自然，语调也较为生硬，应该说这是他权威与财富急剧膨胀后很少见到的表情。韩永刚强笑着，佯作轻松道："别这样，严哥，我一向尊您为大哥，绝没有不敬的意思，请您考虑我的难处……"严向东一挥手，忽地问道："你知道什么路最难走吗？""是不是广场路？"严向东哼了一声，逼视着韩永刚，慢条斯理地说道："这世上最难走的路是黄泉路！"他看出韩永刚在一卡通项目上不妥协的态度，也看出对方依然慑于自己的威严而谨小慎微，于是认为应该打蛇随棍上，不再软化谈话的氛围，放出极端威胁的话。

但是他失算了，韩永刚最容不得的就是被恐吓。你可以求他，也可以藐视他，但就是不能要挟他，对手一旦越过底线，他骨子里的倔强与傲气就会被彻底激发出来，并毫不犹豫地进行反击，哪怕这种反击会以生命为代价。韩永刚严肃起来，如果说，他原来还敬重严向东，那么听了适才的话，这种想法已经荡然无存，甚至嗤之以鼻。他双目圆睁，一副桀骜不驯的模样，说道："严哥，你要这么说就没劲了。我无法同意您的要求，原因有三点：一、现在还没有招投标，谁也不敢保证自己肯定能够胜出，如果您买断了天海公司的投标权利，我的员工会怎么看我？二、公司是靠项目来维持生存、靠创新谋求发展的，如果我为了这六百万就退出，员工们谁还愿意留在这里？天海公司可能就此沉沦下去。三、……"

"好了，别说了。"严向东看出对方表情上的变化，不客气地打断他，冷冷道，"我没工夫听你的长篇大论，最后问一遍，你是不同意了？"他瞪着眼逼视着韩永刚，右手下意识地攥紧，看得出是动了真怒，顿时，屋内鸦雀无声。

"不同意。"

严向东先是微微侧了一下耳，像是没有听清，接着眉头皱起，眼睛眯缝起来，紧盯着韩永刚，看对方是否在开玩笑。渐渐地，他失望了，对方的目光虽然还是那样恭谦却没有一丝妥协；还是那般笑模笑样却感觉硬如磐石。严向东有些糊涂也有些诧异，糊涂是搞不清对方是在装孙子呢还是在装大爷，诧异的是韩永刚居然当面拒绝他。他原以为自己只要在天海公司一露面，对方怎么都会给他这个面子，就算不情愿，最终也可以通过讨价还价找到解决办法，毕竟他严向东的权威没有人敢轻易挑战。未承想,对方一点商量余地都没有,似乎他严向东不过是农贸市场卖西红柿的菜农,买家不屑与他争执。他的心被刺痛了,脑海瞬间闪过几个方案,又过了好一会儿,他努力让自己平静下来,哼了声,道:"看来你是真不知道我的为人啊。"

韩永刚也不回答,满不在乎地注视着严向东,俩人的目光如同刀剑,在空中较量起来。严向东的目光中带有凌厉的霸气,似乎在说:"小子,别不识好歹,和我作对绝没有好下场。"韩永刚的目光则坚韧不拔,仿佛回答:"别欺人太甚,兔子急了还咬人呢。"俩人毫不相让,连空气似乎都被这种紧张冻结了。虢新庭看出这里面不对劲,清了清嗓子,说道:"严董,既然韩总不同意,那就算了,咱们回去吧。"严向东似乎没听见,过了一会儿,冷冰冰地对韩永刚道:"你真让我失望。不过我要告诉你,别把我们当傻瓜,你们干的那点事儿我全清楚。我可以负责任地告诉你,那个姓单的胆敢假公济私,他以后的美梦就要在监狱里做了。还有你,恐怕也只能落个竹篮打水一场空,下场比他好不到哪儿去。好好想想吧,韩总。"他站起身。

韩永刚惊讶地看着严向东,这几句话似曾相识,好像是哪个影视作品中黑社会老大说过的话,根本不像一个受人尊敬的政协委员应该说的。他忽然觉得对方变了一个人,既陌生又可憎。不过,韩永刚可不是被吓大的,越是被威逼,他的反叛心理就越强。严向东的话激怒了他,想起别人对严向东的评价,他不再客气,拉下脸,说道:"这话我应该当成威胁还是忠告?哈,我就纳闷,一个政协委员不去关心国家大事、不去献计献策,跑到这儿指手画脚,不是吃饱撑的就是登错门了。"

严向东皱起眉头,收住已经迈出的腿,回头说道:"你是什么意思?"韩永刚一言不发,给他来了个不屑的表情。严向东勃然大怒,韩永刚的态度已变为公然挑衅,而且不留丝毫情面,这对于习惯被奉承的他而言无异于抽了一记响亮的耳光。此刻,严向东掐死韩永刚的心都有,他瞪着韩永刚不客气道:"你这话若是出自小报记者的嘴里,我根本不屑一顾,但你要是这么想,不是无知就是放屁。我当政协委员以来,给希望工程、红十字会、灾区捐赠多少钱物,你知道吗?每次政协会议我递交多少建设性提案,你又了解吗?我昨天刚资助了残疾人协会,你看到了吗？现在是个人就爱唱高调，读了点《道德经》就以为自己是老子，看了点《论语》就自诩是孔圣人的弟子，什么治国安邦一套套的理论，狗屁，你有本事你来解决失业率、物价、通货膨胀。你还别瞪眼，嚷嚷最凶的，就是最爱国的？去你大爷的，你们这种人不是为名就是为利，你见过几个你这种人能够主动捐助社会？不要告诉我你们没钱，即使你满世界去打高尔夫也绝不会拿出一分一毫给那些灾民，就算拿出一点也是为了获取更多回报。所以，你别和我谈爱国，你们没有资格。"

"扯淡。"面子既然撕破，韩永刚再也无所顾忌，用带着鼻音的腔调斥道，"严总别再往自己脸上贴金，你怎么不说说偷税漏税、欺行霸市？别以为只有权贵才是政治的玩家，一旦普通人买得起入场券，你所谓的政治注定是一场零和游戏，我倒想看看你那时的嘴脸。"

……

严向东二人走了。

韩永刚站在窗前，给单副市长发了一条短信，没多久，对方仅仅回复了三个字，"知道了"。他思绪非常混乱，显然，严向东临出门时几句沉甸甸的话让他方寸大乱。严向东第一句是"不要把刘部长当成万能膏药，他也许是这个项目的敲门砖，但绝不是你的救命稻草，关键时候他也就是个泥菩萨"，第二句是"单这个人是伪君子，他能卖了虢总选择你，也同样可以卖了你选择别人"，第三句是"我能走到今天，不是坐着轿子从坦途来的，而是从荆棘中爬来的，什么苦难我没见过，想和我玩儿？我能玩死你"。韩永刚并不惧怕严向东的威胁，他最担心的是严向东对他和天海公司到底了解多少，如果对方真的掌握了自己所有的底牌，那么诸如刘部长、单副市长等领导就脱不了干系，尤其是刘部长，他本来就是局外人，在这个项目中没有丝毫好处，要是被牵扯进去，不仅自己对不起他，也对不起艾芸，若让母亲知道真相，非骂死自己不可。

韩永刚彷徨了。他渴望得到一卡通项目，渴望天海公司在自己手中发展壮大，渴望上市的美梦尽早实现，如果说在两个小时前他还自信满满，对公司的前程充满乐观，那么现在他的情绪已经跌至谷底。严向东的威逼如同一记闷棍，打得他一佛出世，二佛升天。怎么办？是放弃项目成就安稳还是为了利益去承担风险？若在以往,安稳和风险的选择,他更看重安稳,但是,这次他面临的挑战却不一般,一卡通项目所带来的利益可不是以往那种蝇头小利所能比拟,至少可以这样形容:在天平的两端,风险和利益势均力敌,如何选择,可谓两难。

第八节　野心

　　许可不知什么时候进的屋子,他静坐在沙发上打量着韩永刚,心事重重。严向东的到来使他经历了短暂的惊喜后又陷入不安,继而开始烦躁。他很聪明,上下一验证已然猜测出严向东和虢新庭来公司的目的,心里苦辣酸甜极不是滋味。尽管与金灿的关系让他闹心,可是韩永刚给他画下的天海公司股权这张大饼始终令他亢奋,加上一卡通项目基本板上钉钉,掰着手指头数钱的快乐时光已经指日可待,如果这时一卡通项目被严向东他们拿走,他连墙上看画饼的机会都没了。

　　机会永远都是单行线,过了这个村就再没那个店。一卡通项目不仅是天海公司的宏伟蓝图,也是许可自己的如意小算盘。他还指望着完成一卡通项目后,用所获得的奖金与股权购置郊区的一套别墅,所以,他不能输,也输不起,他要放下与韩永刚的恩怨,帮助天海公司赢得一卡通项目。

　　望着站在窗前一动不动的韩永刚,许可忽然产生一丝快意,对方如被剪断了绳子的木偶一样呆在那里,全然没有曾经呵斥自己时的八面威风。"你不是牛吗,怎么也认屎了?"他得意地想,"你也找找当孙子的感觉吧。"不过马上他就高兴不起来了,因为对方若是一旦认屎,自己的别墅、股权、奖金统统都要泡汤,现在必须让对方坚持住。他又想,金灿也真奇怪,守着严向东这样的大老板不干,居然跑到天海公司给韩永刚当助理,要是换成自己,整天给严向东拎包也高兴。

　　"他们想怎么样?"沉默了一会儿,许可实在憋不住了,没头没脑甩出一句话。韩永刚被屋里突然多出的一个人吓了一跳,见是许可,而对方也是一副愁眉苦脸的模样,一转念,估计许可看出一些端倪。若在往常,许可的情绪必然招致韩永刚的笑骂,但此刻他自己心情也不好,皱着眉,他走回办公桌,一屁股坐下,皮椅在他的重压下发出咯吱声。

"看来你当初是对的。"韩永刚一声叹息,紧咬了一下双唇,颓然道,"我不该蹚这摊浑水。"

许可一惊,接着又是一急,脱口道:"你不是要放弃吧?"

"那你说怎么办? 姓严的把口袋都张开了,我总不能愣往里钻吧。"

许可最担心的事情终于发生了。一想到已经到手的一卡通项目就要白白丢失,他就像看见别墅长了翅膀,此刻,他宁可韩永刚一千遍、一万遍说自己当初是错误的,也不想看到对方打退堂鼓。他阴晴不定,一边听韩永刚讲述严向东来公司的目的,一边用最肮脏的字眼痛骂严向东。等韩永刚说完,他的眉毛已经拧成一团疙瘩。"这老浑蛋,这王八蛋,不得好死……"他来回骂着严向东,诅咒着严向东,似乎全世界的恶棍绑一块儿也不如严向东坏。他彻底绝望了,毕竟以严向东的实力,就算他许可殚精竭虑也不过是螳臂当车,若论玩下三烂的阴谋,人家严向东更是祖师爷的级别,除非……

忽然,他眼睛一亮,眉头舒展,兴奋地叫道:"有了。"他一骨碌从沙发上爬起来,几步来到韩永刚跟前,耳语起来。最后,愤愤道:"这老小子不是狂嘛,我来陪他玩儿。"

韩永刚张大嘴,惊愕地瞪着许可,看模样是被许可的计划惊住了。"行不行你倒是说句话啊。"见韩永刚不吱声,许可反倒着急起来。

"行个屁,你是不是掉进泔水桶里了? 什么馊主意。"

"你放心,我自己去干,出了事我一人担。"

"扯淡,我是法人代表,这种事就算我不露面,能没有责任?"

许可的主意是够馊的,他给韩永刚的建议是:答应严向东的条件,天海公司以陪绑方式参加一卡通项目的投标。等开标的前一天,由他混进阳明市一卡通项目办保密室,将希尼克公司的标书档案袋扯破一个角,正式开标时,希尼克公司的标书自然按废标论处,这样,天海公司顺理成章中标,严向东即使怀疑也没有真凭实据,只能吃哑巴亏。至于如何混进保密室,许可笑言保密室的管理员是一个寂寞的女人,为了公司的利益,他愿意献身。

"听着,我们不是在演好莱坞的《偷天陷阱》,你也不是什么肖恩·康纳利。那个女人再寂寞,和公司没丁点儿关系,你愿意抚慰她,那是你个人事情,别和公司扯一起。亏你想得出。"

"我要急了,管他是严向东还是严向西,我变疯狗咬他。"

一阵电话铃声打断了两人的谈话,是秘书打来的,她说有一个从美国来的孟志远先生要求见韩总。韩永刚拿着电话半天没吱声,他烦透了。严向东已经让他无所适从,这个孟志远偏偏此时也赶来凑热闹,不用说他是为了金灿,不见还不行,人都堵到门口了。可是,他现在思绪如麻,哪有心情和对方闲聊,不由得看着电话发呆,直到秘书"韩总、韩总"地叫了几声,韩永刚这才勉强回答要孟志远进来。

严向东和虢新庭从天海公司出来后,一路默默无语。虢新庭苦着个脸,望着车窗外,思绪还停留在与韩永刚的对话上。他不理解,也非常失望,原以为只要严向东拿着几百万出场,姓韩的就会乖乖听话,谁想结果大相径庭。韩永刚的态度使他和严向东俩人看上去更像是来上访的,看够了对方的脸色,领教了对方的傲慢,最后无功而返。要知道,这可是严向东,这年头除了他亲生的孩子可以与他斗几句嘴,还有准敢和他作对。严向东的心狠手辣在圈里是出了名的,他不仅能够垄断区域经济、行业经济,也能在政治上终结对手,和他对抗就等于是拿着棉花打狼——找死。虢新庭一点儿也不为一卡通项目担心,他深知严向东的秉性,对方可不是那种碰壁就会躺下的人,一旦被惹怒,他不仅敢把挡在自己面前的墙拆了,还可能上房把瓦也揭了。那句"我能玩死你"可不是开玩笑,但凡得到这句话的人不是倾家荡产就是一辈子都要在医院度过。他猜测严向东将以何种手段报复韩永刚,甚至希望马上看见韩永刚在严向东面前痛哭流涕的表现。

虢新庭本不是这样的人,早年若遇上欺行霸市的恶人,他也许还会仗义执言,真可谓近朱者赤近墨者黑。他投靠严向东可说是巧合,当年,他创办的希尼克公司在科技研发中出现资金瓶颈,眼看快要维持不下去,碰巧找到了严向东并成功融资,不仅解决了公司生存问题,也为后来的发展壮大打下基础。尽管他的希尼克公司被瑞祥集团控股,他自己的股份由原来的百分之六十被缩水至后来的百分之十,但他一点也不后悔,因为一杯水再多也多不过桶底的那一层。在追随严向东的日子里,虢新庭从开始的如履薄冰,到意识转变,最后推崇备至,整个过程历经了灵魂的蜕变,以至于后来每当目睹竞争对手在严向东面前哀求、哭号,他竟然会莫名兴奋。权力与财富带来的快乐使他把严向东视为商界教父,顶礼膜拜的程度丝毫不亚于长跪在佛祖前的信徒。受其熏陶,他不再致力于科研,而是潜心名利场,并以严向东为楷模,醉心于权力与资本的结合。

虢新庭本来对天海公司就没有好印象,这固然是因为许可在阳明说了希尼克大量的坏话,还有一点却由金灿引起。恐怕金灿做梦也想不到,虢新庭买通的线人把她描绘成天仙,说单副市长极有可能是因为金灿才将项目易手。虢新庭深以为然,这年月,漂亮的女人就如同是开瓶器,男人多严实的嘴都会被撬开。

"你怎么看韩永刚?"严向东突然冒出一句。

"说实话,我不大喜欢姓韩的,一副小人得志的嘴脸。也就是您的涵养好,若换我,大耳刮子早就上去了。"

"哈,你脾气比我还大。韩永刚可不是小人,你可以讨厌他、憎恶他,但你不能不尊敬他。其实你也知道,只要我一瞪眼,很多人都成了一堆狗屎,像他这样敢回击我的绝无仅有,就胆量来讲,我佩服他。"

虢新庭的自尊被刺了一下,自忖自己的胆量也只能位列狗屎中,严向东别说瞪眼,就是皱下眉,也会使自己心惊肉跳不已。"那是您有肚量,我认为他不知天高地厚。"听着严向东称赞韩永刚,虢新庭心里一百个不乐意。

"有些人可爱而不可敬,有些可敬而不可爱,还有些可爱又可敬。我属于可敬而不可爱,韩永刚算是可敬又可爱这种。"严向东继续感叹道。

虢新庭有些犯蒙,如果说韩永刚有胆量值得尊敬,勉强可以接受,但是挨了骂却夸他可爱,这不是贱坯子又是什么呢? 他侧过脸惊讶地望着严向东,看看对方是被气晕了还是另有想法。

严向东明白虢新庭满脸的疑问,忍不住笑起来,说道:"我可没疯。他肯定要付出对我无礼的代价,但这是两码事。他的可爱之处,就像猫护食那样对待一卡通项目,若是动了他的食物,管你是谁,又是嗷嗷叫又是乍毛,这么大一个男人和小动物一样,难道不可爱?"

　　虢新庭一想到刚才韩永刚的态度,忍不住也笑起来。"可这家伙软硬不吃,我们还怎么玩儿下去?"笑过,他不无忧虑道。

　　"既然玩儿不下去就别玩儿了,让韩永刚自己玩儿去。"

　　"什么,不做了?"虢新庭差点没喊出来。

　　车,平稳地开着,虢新庭却感觉一股离心力要将他甩出,忙抓住扶手,凝神望着严向东,寻找开玩笑的痕迹。他不信严向东真会放弃一卡通项目,就如同让老虎戒掉吃肉改为食草,有违天性。严向东不是老虎,却有着比老虎垂涎血腥更为渴望财富的习性,他似乎就是为了钱才来到这个世界,他甚至可以抛弃女人、情感、友谊等一切东西,除了财富。所以,虢新庭宁可相信严向东会吃狗屎也不相信他会放弃一卡通项目。

　　虢新庭现在对任何话题都没有兴趣,他唯一想知道的就是严向东为什么打算放弃一卡通项目。

第三章　得与德

　　"得"是外部行为,"德"是内在修养,一外一内,看似无关,却此消彼长。当利益或淫欲成为"得"的首要,"德"的砝码就很难压住"得"的奢欲,良知和文明仅仅成为华丽的遮羞布。

第一节　金灿的报复

孟志远来了,他第一句话就是:"韩总,您还生我气吗?"

韩永刚惊奇地打量着对方,越看越不舒服。短短数十天,孟志远似乎变了一个人,颧骨外凸,眼眶凹陷,皮肤松弛,就像久旱地里蔫耷的茄子。尽管孟志远上身一件瘦小的棕色皮夹克、下身牛仔裤,一套紧身打扮,可依然感觉他只是披了件麻袋片子,若非那双坚定、有神的眼睛,韩永刚怎么看都无法把眼前这个人和原来那个西装革履、神采飞扬的孟志远相提并论。"这些日子到底发生了什么?怎么把他弄成这个鬼样子?"他暗忖。不过韩永刚知道,一个人若非重病缠身,或心态巨变,是不可能短时间内形销骨立,毋庸多问,他很快就猜出里面的答案。孟志远是"为伊消得人憔悴"啊,而那个"伊"除了金灿别无他人。他摇了摇头,思绪闪回到二十年前的那一瞬间,一个花季女孩在他怀中香消玉殒,随后的日子,他跟现在的孟志远差不多,一米八多的壮小伙子几乎成了电线杆子,熟识他的人无不为其消沉的惨样扼腕叹息。韩永刚痛过这种痛,也苦过这种苦,因此他非常理解孟志远。

孟志远的模样使韩永刚暂时忘记了烦恼,当时就要带他去找金灿。孟志远拦住他,说是有事情商量。

"小孟,你怎么瘦成这样?"坐下后,韩永刚明知故问道。

孟志远目光中闪过一丝痛苦,想说,话到嘴边又咽了回去。韩永刚看出对方的尴尬,同情地说道:"为情所困、为情所伤、为情所痴,看来都在你身上体现了。我不理解,金灿难道真的有那么大的魔力,把你变成了这副模样? 不要忘记,你是男人啊。"孟志远眨巴了几下眼睛,没有理会韩永刚的话,他本来就不是来听课的,更不是来寻求韩永刚的同情,他的目的只有一个,也是唯一的一个,就是追求金灿。他平静地说道:"韩总,我已经辞职了。不知您记不记得,我曾说过要加盟贵公司的事?您答应过我,现在我来了。"说完,还是那么平淡地望着韩永刚,等待回答。

韩永刚早就把这件事情丢到爪哇国去了,经孟志远这一提醒,他想起是有这么一档子事,不由得心想:"我那是说着玩儿的,没想到这家伙当真了。若收下他,万一不好好工作,整天泡着金灿,天海公司就乱套了,可是不收下他,这家伙连后路都没了,看这副惨样,杨白劳都比他幸运。"正在犹豫,孟志远又发话了,他看出韩永刚对他不抱欢迎态度,便说道:"韩总,您也别为难,当时说这话大家都没有当真,没关系,我再找其他公司。我这次来还有一个目的,就是给您拜年。"他站起身,双手一拱,拿起包要走。韩永刚连忙把他喊住,说道:"你别急,我没说不行啊。"他开始时只考虑到金灿和孟志远的关系,听了对方说要另找公司,这才想起孟志远是网络方面的人才,而自己正在筹建网络事业部,孟志远是上佳的人选,如果把他的技术应用在天海公司,公司未来的蓝图将更加完美,即使一卡通项目被严向东搅黄,网络技术也将成为支撑企业发展的又一个支柱,何乐而不为呢?

想到这,韩永刚开怀大笑,拍着孟志远的肩膀亲热地说道:"我性子急,想不到你比我还急。实话告诉你,我们正筹建网络事业部,现在最需要的就是你这样的人才,刚才之所以犹豫,怕你是开玩笑。小孟,我代表公司欢迎你的加盟。"他一百八十度的转变令孟志远略感吃惊,但他很快就被韩永刚的热情打动,终于露出微笑,说了些感激的话。

尽管韩永刚像捡到了一个宝贝,但他心里却忐忑不安。几天前艾芸向他透露一条消息,说是给金灿介绍了一个对象,并打算节前安排男女方见一面。他当时还夸艾芸,称世界需要她这样的热心肠,现在韩永刚可不这么想了,甚至觉得艾芸纯属吃饱撑的,人家金灿结不结婚关你什么事?现在倒好,孟志远假如看到金灿和别人好上,情感一旦转不过弯,天知道会不会干出蠢事。

"小孟,我真佩服你对感情的执着,同样身为男人,我就无法做到,这太疯狂了。以你目前的状况，就算把她追到手，你认为值吗？"经过短暂的考虑，韩永刚决定将事情挑明，虽然他非常想留住孟志远，但他知道这事情如果处理不好，孟志远非但成不了领头羊，反而可能变成一个烫手的山芋。

孟志远吃惊地看着韩永刚，仿佛对方说了一句大逆不道的话。其实，在他的情感世界里，也曾经有过类似疑问，但一想到金灿，疑虑便如初春里的冰雪，在骄阳下消融了。自打芝加哥邂逅，他更加坚信这是上帝的安排，尽管其中出现小插曲，但是他把这些都当作是来自上帝的惩罚，确切地说，金灿已经成为他生存的唯一理由。这是极其复杂的情感，也许从他摘抄歌德《少年维特的烦恼》中的一段话，更能看出他当时的心态："当初我情感充沛，四处游荡，所到之处全都是天堂，我的心里可以深情地容纳整个世界，现在的我难道已不是最初的我了？这颗心现在已经消亡，从中再也流不出欢乐，我的眼睛已经干枯，再也不能以清凉的泪水来滋润我的感官，我胆怯地把额头紧锁，我很痛苦，我失去了生命中的唯一快乐，失去了我用以创造四周世界的神圣而生机盎然的力量。"正是为了追求生命中的唯一快乐，经过两周茶饭不思的痛苦思考，他放弃了在美国的一切，拖着疲惫的身躯回到祖国。

所以，当韩永刚说出值不值这种话，他难以接受，毕竟这不是一场交易，若非要以价值来衡量，那么其标准只能是生命。他想了想，反问道："你认为祝英台为梁山伯殉葬值不值？"

"那也只是一个传说，而你孟志远却是实实在在的。"

"韩总，既然有人这样做过，何必在意他们姓祝还是姓孟呢？我不在乎他们是否为传说，若真能永不分离，就算化蝶又有什么了不起？"他把目光投向远处，双眸呈现出无限的温柔，仿佛空虚中金灿亭亭玉立，在倾听他的话语。过了一小会儿，他才回过神，继续道："如果非要给情感贴上价签，我会把 8 标注上，然后用一生的精力将它放倒。"韩永刚一愕，但很快明白躺下的 8 的含义是数学符号无穷大的意思，不禁又好气又好笑。

韩、孟俩人的话题倘若围绕着军事、政治、历史，那么韩永刚会是聊天的主宰者，可惜他也是刚刚从二十年的感情泥沼中逃出，东西南北还未分清，实在无法给孟志远上感情课。尤其此时的孟志远既有成年人的情感，又有学龄前儿童的天真,既有易水悲歌的悲壮,也有沙场秋点兵的豪迈,这样一个矛盾的混合体令韩永刚着实无奈。"今天是什么日子?"韩永刚郁闷地想,"两个黄世仁都来讨债,一个要项目,另一个要感情。一卡通大不了不做了,可是这个讨感情债的怎么办?"

"有件事儿你必须知道,就在上周有人给金灿介绍相亲,据说对方还是一位副厅。小孟,无论发生什么,你一定要面对现实。"

出乎意料,孟志远仅淡然一笑,似乎这件事情发生在另一个也叫孟志远的倒霉蛋身上,与他无关。韩永刚不禁有些糊涂,就是一只苍蝇飞过也应该眨下眼,像这种杀伤力十足的重磅消息,即使让孟志远捶胸顿足、寻死觅活也再正常不过,这家伙是不是疯了?韩永刚又担心起来。以孟志远目前的精神状况若是被一句话击倒也不足为奇,果真如此,那么他就走错了门,只有精神病医院才是他最该去的地方。

就在韩永刚胡思乱想之际,孟志远发话了:"我明白您的意思,您不用担心。我虽然把金灿一直挂在嘴上,并非就等于忽视工作,这点职业道德我还是有的。韩总,我能在国外 IT 行业工作这么长时间,不是靠耍嘴皮子混下来的,具体我的能力,不多说,等上班后您就可以看到。"

"这就对了。人生不如意的事情十有八九,可生活还是要继续。不过,你真能面对金灿交友的现实?"

"肯定不能,不过我不担心,我比谁都了解她。不是所有优秀的男人都能被她看上,很多有钱有势的人在她眼里不过是种马而已,这是她亲口所说。所以,我不夸张地说,只有我适合她……"

"等下,什么是种马?"

"就是只会做爱,没有情调的男人。"

这是人话吗?锯木头的声音都比这好听。韩永刚像是被马蜂蜇了一下,不自然地将脸转向一边。坦白说他的确没有情调,军人家庭出身的他,外表展现最多的是赳赳武夫气质。他打小就不喜欢女里女气的男生,为此没少和长相"温和"、说话发嗲的男同学打架,每每对方家长找上门投诉,父亲就会痛揍他一顿,可是一扭脸工夫,他就像耗子撩下爪,忘了挨揍,又去嘲笑别人。长大后,本性依旧,若电视中男主持人是娘娘腔,再好看的娱乐节目他都要换台,按他的说法是,那种男人和中国足球队一样,雄性荷尔蒙都在梦中遗失了。孟志远转述的金灿的话让韩永刚很不舒服,尽管内容不是针对他,却也无法不对号入座。"幸亏和艾芸好上了,否则被人嘲笑还帮着鼓掌。"他愤愤地想,"这俩人真是一丘之貉,什么狗屁情调,你孟志远就算不是种马也是一头发情的公牛。"出于对种马言论的强烈不满,韩永刚连金灿也怪上了。

"韩总,你怎么啦?"

韩永刚醒过神来,不情愿道:"没什么。你的话太新颖,我现在才知道人与马的区别就在情调上。"他不想再说这个话题,拿起电话要给金灿打,想了想,又放下,说道,"你先坐着,我过去打声招呼。"

金灿当上副总裁的兴奋劲儿还没完全过去,工作压力便随之而来。连续几天,除了和许可交接工作,筹划网络事业部的组建,考察公司上游产品供应商,听取产品部门生产计划,还要了解全国市场状况……此时,全公司就属她最忙,出入她办公室的人员就像走马灯一样来回不停,连吃饭的工夫也在谈工作。她母亲几次来电话问她何时回家,没一次得到准信;艾芸几次找她,安排约会,都被拒绝,气得艾芸直抱怨,称再这样下去,她的婚姻将被上帝遗忘。

她不是工作狂,也不喜欢加班加点工作,她最惬意的休息莫过于拿着一袋零食倚靠在沙发上,看着明知道结局,却还为主人公担心的影视剧。她之所以忘我地工作,并非因为得到提升,而是为了感恩。韩永刚和许可打架那天,她正好碰上怒气冲冲的许可,她永远忘不了许可怒视她的眼神,那是仇恨、是妒忌,令她不寒而栗。她立刻意识到,自己被卷入两个男人的矛盾中,尽管后来她向韩永刚求证,得到的是相反的答案,但她很聪明,知道韩永刚不想让她背上思想包袱,用他自己的肩膀担起了责任。她感动了,暗自下定决心,一定要在工作上干出成绩,让事实说话,让那些把她当作花瓶的人把眼珠子摘下来,放到水里好好冲洗。

金灿是幸运的,金灿也是快乐的。之所以幸运是遇上一个好老板,至少能事业有成;之所以快乐是逃出了感情的羁绊,有一种"采菊东篱下,悠然见南山"的心境。可惜,生活就像微软的视窗系统,时常需要打上补丁。金灿的快乐没有维系多长时间,孟志远便如影随形而至。她还会快乐吗?俩人还能重修秦晋之好吗?没人知道,感情方面的答案恐怕永远握在时间的手里。

金灿与韩永刚再一次爆发了冲突,起因是孟志远。

韩永刚料到金灿会拒绝孟志远,也料到为了孟志远将有一场唇枪舌剑的较量,但此时他求贤若渴,纵有一万个理由妥协,也架不住还有一万零一个诱惑,谁让他请金灿来组建、管理新部门,所以,尽管他心里发忱,也只能硬着头皮到金灿的办公室协商。

金灿开始并没有生气,认为这不过是奥特曼打小怪兽之类粗浅的游戏,只要把孟志远说成是小怪兽来祸害地球,韩永刚就会乖乖放弃。谁想,这次的韩永刚似乎是小怪兽请来的后援,什么高科技竞争就是人才的竞争,什么千军易得一将难求,什么高屋建瓴、纲举目张,大道理他全说了。金灿开始只是嘲讽,后来表情渐渐严肃起来,两眼溜圆地瞪着韩永刚。韩永刚被看得心里发毛,但心里的怒火也被一点点地点燃,可以肯定,严向东带来的余波非但没有消失,而且还继续冲击着他的情绪。他认为,金灿完全是以个人恩怨将公司利益弃之不顾,而且目无领导、恃才傲物,耍小姑娘脾气。若是换作别的谈话对象,韩永刚早就拍桌子、瞪眼睛了,对金灿他却没有,不是不敢,而是对方身上特有的一种气质震慑了他。硬的不行,韩永刚强压怒火,态度又软了下来,添油加醋,把孟志远说得如同非洲难民一般,希望博得金灿的同情,什么抛弃个人恩怨以大局为重,什么宰相肚里能撑船,什么有多少爱可以重来……

金灿再也忍不住了,韩永刚越是可怜孟志远,她越是生气,仿佛孟志远所有不幸都是她金灿造成的,而且在对方的口中,她似乎就是一个母夜叉,孟志远是一只可怜的小羊羔。她不客气地打断对方道:"你真以为孟志远是为了我才回国的?"

"当然有你的因素。"

"醒醒吧,韩总!为什么众人皆醒唯你独醉?孟志远明明是司马昭之心,说严重点就是中山狼,你怎么就看不出来?天海公司不是废品收购站,什么人渣都可以收容。"

"孟志远不是人渣,他是人才,就算他在人品方面有些瑕疵,你也不能把他

打入冷宫。圣贤说过,'泰山不立好恶,故能成其高;江海不择小助,故能成其富'。"

"哼,我当然听过,"她一撇嘴,不屑道,"但我还知道墨子说的'志不强者智不达,言不信者行不果'。孟志远来天海公司并不是什么穷途末路,而是有极强的个人动机,不说你也知道,一旦梦幻破灭,他会由宏伟的建筑变为一摊烂泥,你愿意把自己和股东的钱押在这场必输的赌博中?"

"可是……"

"没有可是,若你还是想不通,我真怀疑你的智商是否出现了问题。"

金灿的话充满了讽刺与挖苦,把韩永刚激怒了。

本来他还不至于为这话发火,但是严向东的威胁加上一卡通项目的功败垂成,令他方寸大乱,孟志远的到来无疑使山穷水尽变成了柳暗花明。毕竟在网络时代,网络技术代表着一座座金矿,只要拔得头筹,通过资本运作就能带来巨大财富。在和孟志远谈话的过程中,他暗自勾画出了公司新的发展道路,决定从头再来。他也曾顾虑到孟志远的动机,毕竟这与从天上掉肉包子不同,这可是金砖啊!肉包子接不住顶多弄一脑袋馅儿,金砖要是接不住,恐怕连脑袋都要砸扁。但他顾不了许多,只要孟志远不在公司裸奔,管他那么多干吗呢?可惜,金灿似乎是他无法逾越的高山,要想说服她难上加难,一想到孟志远还在自己办公室坐等,他的心情更觉焦躁,加上金灿的言辞已经超出他所能承受的底线,他失去了克制。

他瞪起眼,激动得几乎是吼道:"你少用这种腔调和我说话,天海公司由我说了算,就算这是跳井,我也没有拉着你,你无权侮辱我的人格。平常看你一套一套,关键时刻就暴露出自私狭隘的本性。告诉你,这里是公司,不要把个人情绪带到工作中,更不要公报私仇!"

金灿吃惊地看着韩永刚,忽然有些害怕,这个男人的举动与原来那个温文尔雅的韩永刚简直天差地别,尤其咆哮的表情直如没有教养的莽汉。她愤怒,她委屈,更想不通这个她信赖的男人为什么会以这种态度对她。

同样伤人的话越是来自亲近的人就越加伤人。如果韩永刚的那些话来自许可,金灿仅仅会嗤之以鼻,而不会委屈,而此刻金灿感觉到自己的心跳急剧加速,鼻子发酸,她的忍耐也到了极限,她要用更加严厉的回答,来捍卫自己的尊严。

"韩总,"她的语调出奇平静,如微风拂面,泪花也只在眼眶中打了个圈就消失不见,"如果我在语言上冒犯了你,我道歉。不过,你的话我不认同。我和孟志远早就没有关系,根本谈不上有什么个人恩怨,他是否来天海公司和我没有一点关联,恰恰是我站在公司立场上考虑,孟志远虽然是公司所需的那种人才,但绝无可能长久。你把我当成公报私仇,你错了。你不用强调你的权威性,我金灿有自知之明,请给我两分钟,我马上打出辞职报告。"说完,她不再搭理韩永刚,在电脑上打起字来。

人啊,当把别人推向绝路时,往往也给自己掘下陷阱。韩永刚彻底傻眼了,准备了一堆训斥的话半句也说不出口,非但说不出,反而像斗败的公鸡,耷拉下高傲的头。他绝没想到金灿会以辞职来表达抗议。对方就像一个武林高手,在他连续进攻的缝隙,砍来温柔的一刀,这一刀看似平平却能直击死穴,令他再无招架之功。明摆着,她若一走,你就是用十头牛也拉不回孟志远。

盯着金灿敲击键盘的纤细手指,韩永刚大脑一片空白,他想说软话挽留,却碍于面子开不了口,想离开这间屋子又担心金灿不辞而别,只好尴尬呆立。汗,渐渐沁出额头并成滴滑落,眉头也紧锁成一道疙瘩。

金灿从打印机取下辞职报告递到韩永刚面前,他纹丝不动,也不说话,眼睛望向别处。"请您签字。"金灿抖了抖辞职报告,客客气气地说道。韩永刚将目光移向那张纸,心抽搐了一下。忽然,他一把从金灿手中拿过辞职报告,几下撕碎,然后捏成一团扔在地上。金灿二话没说,也不看韩永刚,又走到电脑前按下打印命令。这次韩永刚反应敏捷,打印机刚工作一半儿,他一把拽下电源线,然后回到原地,示威似的瞪着金灿。金灿没有理他,而是在键盘上敲了几下,冷冷道:"辞职报告已经发给你和人力资源部,我现在可以走了,什么时候你签了字就请人力资源部通知我来办手续。"说完她开始低头收拾东西。看得出她的心情很凌乱,抽屉里的东西被统统倒在桌子上,没有一点次序地往袋子里装。

"你这是何苦?"

"你管不着。"她赌气似的把杯子扔进塑料袋。此时她的手机忽然响了,接后一愣,说了句"严董"便神情专注起来。几句话过后,她笑了,点头答应对方的

请求。

韩永刚估计是严向东打来,神经立刻绷紧,竖起耳朵想听个明白,可惜距离远听不清楚,他隐约觉得严向东在邀请金灿吃饭。等金灿放下电话,他像大哥哥对不谙世事的小妹妹那样命令道:"你别去。"

"你管得太宽了吧?"她又拉下脸。

"他是狼。"

"是狼是狗和你有什么关系?"

"别这样,金灿。我刚才是有些过火,但一码归一码,严向东对你可能有所企图,作为同事,我有责任提醒你。"

"谢了。那是我个人的事儿,再说,我已经辞职了,你所谓的同事已是过去时。"

韩永刚被噎住了,好半天才开口,语调低沉而又缓慢,听得出是内心经过激烈挣扎后的结果:"你别走,我让孟志远走。"他目光迟滞,表情凝重,张了张嘴,又闭上,也不等金灿回答,他长叹一声,摇摇头,转过身向门口走去,步履犹如刚从矿井下班的矿工,疲惫不堪。

"等会儿。"

他站住,回过头,茫然地看着金灿。

金灿语调依然冰冷,但脸上没有了寒意:"不知道你是怎么理解我刚才的话,我并没有肯定不要孟志远,我的意思是,凡应聘人员必须经过面试,经我认可才能进入这个团队,这样做不仅是对公司负责,也是对我自己负责。"

金灿对韩永刚妥协了。

是什么原因让这位意志坚定的女人放弃了自己的立场? 又是什么原因让她同意接受孟志远? 答案恐怕只有一个,那就是感情。如果说男人为"义"可以两肋插刀,那么女人则可以为"情"牺牲自己。说来不可思议,就在韩永刚踏着沉重的脚步走向门口,他宽厚的背影让她瞬间崩溃了。这道背影太难忘了,不仅包含了真实的友情,也为她带来了无数次的感动,她忘不了芝加哥冰天雪地的夜晚,韩永刚主动解衣为她御寒,并大步离去留下的背影,她也忘不了脚扭伤后,韩永刚忙里忙外的古道热肠。很多时候,她不敢盯着对方,唯有等其转过身去,她才会像欣赏雕塑那样观赏着这个男人宽厚的背影。

　　刚才,就在刚才,韩永刚转身后的一声叹息忽然使她感到恍惚,她仿佛看到一个踯躅在古道西风里的凄凉背影,背影无限远的前方是点着一盏油灯的小木屋,而屋里坐着一位孤独的姑娘在守候着那道背影。金灿心酸了,她分明看见那位姑娘就是自己……心潮涌动,人间至善至美的爱如常青藤爬满了她的思绪。

　　她知道这是一种无望的爱,是一个"拣尽寒枝不肯栖,寂寞沙洲冷"的无奈结局,她也知道韩永刚对孟志远的极高期待终将成为竹篮打水,然而,她还是妥协了,明知这是在饮鸩止渴,明知这只是在哄着韩永刚,唯一的目的仅仅为了实践内心深处的感动,为了了却梦中的呼唤。

　　金灿违背了自己的意志,心甘情愿地做出了让步。这一刻,她也知道,无数的恼人纠缠即将开始,快乐再一次沦为漫长的等待与奢望。

第二节 刁难

金灿的妥协令韩永刚如释重负,他不知道是自己的背影在关键时候感动了金灿,还以为真是自己理解错她的意思。男人若天真起来,五岁与五十岁没有区别。

他笑逐颜开,连忙顺竿爬道:"那是当然,我们毕竟是有严格制度的公司,不能只注重关系而忽视能力。你看安排什么时间面试?"他心里有底,以孟志远的能力,金灿在业务上根本挑不出什么毛病。

"他人不是在这儿吗? 那就现在谈呗。"

韩永刚连声说好,走到门口,迟疑了一下,又回过头问道:"对了,我能不能列席?"金灿马上从对方目光中读懂了这句话的含义,他是不放心,怕自己给孟志远出难题,三言两语把孟志远打发走,于是调侃道:"为什么不? 你就是自备沙发过来,我也不反对。"望着韩永刚离去的背影,她不禁有些感慨,这个男人的心胸和为人处世的方式无一不是自己喜欢的,孟志远若是有他的十分之一自己都不会如此绝情。人啊,同样吸纳着宇宙的精华,为什么有的能像太阳般光芒四射,有的却如萤火虫那样幽暗!

孟志远如朝圣般走进金灿办公室。刚一进门,他就拱起双手,说道:"金灿,给你拜年了。"他的声音竟然有些哽咽。即使心里有准备,金灿还是大吃一惊,疑惑地问道:"你、你怎么瘦成这样?"孟志远没有回答,坐下后,笑了笑。金灿这句普通的问话被孟志远当成了天籁,自从分手后,他还是第一次听到金灿这样关心自己,时光仿佛瞬间回到从前。他想,如果她能理解自己,哪怕就是瘦得皮包骨也值得,心里不由得暖洋洋。金灿的确理解,六年的共同生活使他俩在某些方面形成默契,孟志远无奈的笑给出了答案,她心中极不是滋味。尽管她不再爱他,甚至厌恶他,但对方因她而憔悴的模样还是让她难过。

"到底是谁的错?"她苦苦思索着。

韩永刚坐在金灿旁边,他的心情比谁都紧张,既担心孟志远失控,又害怕金灿发飙赶走孟志远,他看看这个,又看看那个。他越看越觉得奇怪,金灿哪像是主考官啊,她手支腮帮,也不看对方,自顾自沉思,而孟志远望着金灿目不转视,一脸阳春三月的明媚。过了好一会儿,金灿似乎清醒过来,伸手拿了一张名片递给孟志远,说道:"孟先生,欢迎你来天海公司面试。你准备好了吗?"

"没问题,金灿。"

"现在是面试,请注意你的称呼。"

"是,金总。"

"你既然已经和韩总谈过,对我们公司的业务以及将要组建的网络事业部应该有所了解,我就不再介绍。孟先生,我想知道,你为什么要离职加入本公司?"

"我,我……"孟志远结巴了两声再也说不下去了,这个问题让他的心开始流泪。"还问为什么?"他的心在呐喊,"我放弃了年薪二十万美元的工作,我割舍了在美国的优越生活,我千里迢迢回到国内,难道你还不清楚这是为什么?"他痛苦地闭上眼,呼吸急促起来。

金灿读出了对方的心声,微微摇头,心道:"你以为就你痛苦,我那时的苦难又有谁知道?尤其你让一个爱你的女人饱受那么大的创痛,现在却用这副模样来拷问我的良知,难道你给我吞下的就不是苦果?"她的心也在呐喊。

韩永刚如坐针毡,他也在想,这两人如果以这种方式面试,非得猴年马月才能结束不可。金灿这个问题简直就是废话,孟志远明摆着就是冲你来的,这不是让他为难吗?他对金灿说道:"这个问题小孟刚才已经告诉我了,你可以问下一个。"没想到金灿并不同意,在与孟志远的眼神交流过程中,她完全明白了对方内心的挣扎,孟志远把责任归咎于她,这是她无论如何不能接受的。女人在情感方面就是这样,一旦被彻底伤害,心就如同被打碎的凸透镜,再强大的光线也无法凝聚成一个焦点。她不再怜悯对方,同时一个促狭的想法忽然冒出,她心想,韩永刚铁定要留下他,我也无权更改,何不趁此机会好好羞辱他,让他颜面扫地?又想,你孟志远总是自诩才高八斗,今天既然自投罗网,我若不把你打回原形,一对不起你赐给我的痛苦,二让旁边这个嘴都合不拢的韩永刚不要自以为捡到一个宝贝。

金灿恢复平静,也不理会韩永刚,用手中的笔轻轻点击着桌子,淡淡地说道:"孟先生,如果这个问题你回答不上来,我可以进入下一个问题。"孟志远紧紧盯着金灿,仿佛面前是一个陌生的女人,其实他也看出对方的心思,只是心里不愿承认,总希望金灿能够明白他的良苦用心,但事实上,他的心渐渐凉了,金灿的态度已经说明一切。他想,看来这段破碎的感情需要时间来修补,他既然来了,干脆就踏踏实实在她身边工作,反正天天都能见上面,不必在乎这一时半刻,时间是最好的黏合剂。想到这,他决心先过了面试关,然后在长期的工作中寻找契机。他收起情感,开始像一名真正的求职者那样认真对待面试。

他回答道:"是这样,去年韩总和你到芝加哥看展,我有幸聆听了韩总对天海公司的介绍,自那时起,我对贵公司就留下深刻印象。我虽然在原公司干得也不错,但晋升的机会不太大,换句话说就是个人发展空间受到当地文化制约,即使干到退休也就是个项目经理,而天海公司是即将上市的公司,空间足以容纳我的事业。所以,我不想挑着两桶水,却只能喝一碗水,这就是我辞职来天海公司的原因。"

韩永刚一直为孟志远捏了一把汗,听了对方的回答,他频频点头,不禁暗暗竖起大拇指,这种避重就轻的回答如蜻蜓点水,把孟志远来公司的目的不露痕迹地交代清楚。

金灿略微侧着头,看着孟志远不置可否,但是目光中明显带着嘲弄。孟志远被对方盯得有点发毛,知道对方不满意自己的答案,问道:"怎么,有什么不对吗?"金灿板着个脸,说道:"孟先生,为人要诚实,这是任何公司对员工的最基本要求。很遗憾,你连这点都做不到,我怎么能录用你?"孟志远吃惊地张大嘴,愕然道:"我怎么不诚实了?"金灿冷笑道:"咱们来算一笔账,你在美国的年薪是二十万,按每年百分之五的增长幅度,十年后,你最少也是三十多万的年薪,并享受所有福利和医疗保险,这在美国是幸福的白领阶层。如果在天海公司,你十年后可能达到五十多万的年薪,但是,别忘了,你这点钱可能连庆义市中心稍好一些的房子都买不起,更别说像你在纽约的豪宅了。我问你,放着实实在在的一碗水你不要,却跑到天海公司捧着空碗做春秋大梦,你糊弄谁呢?"孟志远瞠口结舌,一脸窘相。韩永刚这个气啊,金灿分明是拿话噎孟志远,让对方下不来台,忙替他解围道:"金灿,话不能这么说,小孟如果为天海公司做出重大贡献,按规定,我不仅可以提升他,也可以将公司的股份给他,五十万算什么,十年后公司若是发展起来五百万都不算多。"孟志远本来有些灰头土脸,让韩永刚这一说,顿时精神一振,得意之情溢于言表。金灿生气地瞪了眼韩永刚,本来她想点到为止,借题羞辱一下孟志远也就完了。韩永刚的加入激起她的好胜之心,她哼了一声,说道:"既然你为他保驾护航,那算我白问。"又对孟志远说道:"你说到什么两桶水、一碗水,那么我借题发挥一下,如果你在天海公司也挑着两桶水,却只能喝半碗水,有时连一口水都没有,你会怎么办?"孟志远闪动几下眼,说道:"不可能吧,你在开玩笑?"金灿绷着脸,像是老师训学生,说道:"你甭管可能或是不可能,你就说你会怎么办?"孟志远心里极别扭,认为她完全是在打击报复,但问话又与面试相关,无法反驳,于是,求助似的看着韩永刚。

韩永刚知道金灿会为难孟志远,却没想到她能迅速抓住对方话中的破绽以其人之道还治其人之身,心里既佩服又好笑,见孟志远望着自己,赶紧解围道:"金总的意思是,现在公司正进入冲刺阶段,每个人都要加倍努力,或许酬劳与工作量不成正比,对吧?金总。"

问答双方似乎变成了金灿和韩永刚,孟志远更像是一名观众。金灿倒无所谓,她的目的就是要孟志远出丑,让韩永刚看看他所捡到的宝贝。

金灿继续问道:"如果在工作中,你正在干一件正确的事,却被你的上司误解,尽管你耐心地解释,但没有任何作用,你是按照上司的错误意图执行,还是坚持自己的原则?"孟志远一听,觉得这倒还像个问题,他马上不假思索地说道:"我会坚持自己的原则,等干完再做解释。"

"如果你的上司不理解,因此而解雇你,你将如何对待?"

孟志远惊讶地反问道:"不会吧,难道现在还有这样的Boss(老板)?"说完,他摇摇头,又望向韩永刚。韩永刚这次没有说话,只是微微一笑,他也想听听孟志远是怎么想的。金灿说道:"孟先生,我们现在是面试,请不要纠缠问题的真实性,如果你回答不了,就说不知道。"若只是面对金灿一人,孟志远自然服软,可韩永刚坐在一旁,他无论如何也不愿意给对方一种无知或懦弱的感觉,何况,金灿的咄咄逼人已经激起他一决雌雄的决心。他说道:"如果我的老板真要这么做,我别无选择,只能找老板的老板,把情况如实反映。"

"如果你老板的老板对此表示沉默,你又该如何?"金灿不等对方话音落地,立刻追问。孟志远想了想,赌气道:"那我还能如何,只好走人。"

俩人对答几乎都是脱口而出,一个快过一个,空气中似乎布上一层淡淡的火药味,韩永刚在一旁紧张着,生怕俩人控制不住呛起来。此刻,他觉得金灿不像是在面试,倒像是检察官在盘问嫌疑犯,而孟志远明知对方有意为难他,也只能老老实实被金灿牵着走。韩永刚心里不禁感叹:"男人若是混到这份上,就算把女方追到手,还有什么幸福?乞讨换来怜悯却丢失了尊严。"

艾芸焦急地徘徊在金灿办公室门口,门缝中,见韩永刚和一个陌生男人一直在和金灿说话,已经半天了。她有非常重要的事情需要马上得到金灿的答复,可是,几次扒着门缝,看不出他们有走的意思,好像他们的屁股被粘了椅子上,她心里这叫一个气啊,不由得抱怨起韩永刚,又抱怨那个男子,最后连金灿也埋怨开来,心道:"什么事情值得你们这样嚼舌头,这么长时间就是王母娘娘的蟠桃宴也开完了。金姐你向来办事利落爽快,今天怎么也和口香糖一样黏了吧唧,急死我了。"艾芸着急啊,半个小时前她接到省卫生厅副厅长李忠国的电话(这个李忠国就是刘部长给金灿介绍的男朋友)。他告诉艾芸,快要过年了,希望年前能够和金灿见上一面,随便聊聊天,如果双方认为还可以就继续交往,否则就算是一个普通朋友。艾芸一听这是好事儿,便马上来找金灿,没想到韩永刚已经带人坐在金灿的办公室,她只好回去等待,十分钟左右,艾芸再次接到李忠国的电话,他说最好快点给出答复,因为自己除周六下午,其他时间都安排满了,如果女方没有时间,他就另行安排。艾芸一下子就急了,对方显然流露出对金灿的不满,话里话外表示着是看刘部长的面子才打电话。也是,他约了几次都被金灿以忙为借口推掉,换谁都不会高兴。艾芸想,金姐到底是一介平民百姓,别看人长得漂亮,可是对官场上的事情一窍不通。人家可是堂堂的副厅级干部,钻石王老五,多少人想高攀连门都找不到,你倒端起架子,若非姨父的面子,人家会想认识你?做梦去吧。尽管艾芸对金灿也感到不满,但是,她担心如果这次金灿与李忠国失之交臂,她的一片苦心就付之东流,再找像李忠国这样条件的男人无异于大海捞针。想到种种结果,她心一横,也不顾忌韩永刚就在里面,直接推门探进头,把金灿叫了出来。

她把金灿拉到一边,连珠炮似的把李忠国要见面的事情一气说完。金灿有些为难,说是一大堆事情还没有处理,有些东西必须在节前赶完,周六、日加班已成定局,哪有什么时间去约会。艾芸本来就为这件事上火,见金灿这种态度她顿时生气了,也不顾是什么场合,瞪眼噘嘴说道:"金姐,你让我说你什么好?人家好心好意为你,就算清高也别清在我姨父那里,高在我头上吧?男方主动约你几次,你总是推三阻四,你要不愿意直接说个痛快话儿,干吗让我像一个说话没谱的小孩儿两头为难?"金灿见艾芸真生气了,心里也感到内疚,的确,艾芸说的全是事实,这事情谁都不赖,就赖她自己。她低头看着地毯,思考着该如何处理这件事情,直到此时,她才第一次认认真真把约会和自己的人生大事联系到了一起。

金灿未承想,当初与艾芸的一句戏言会被当真,更没有料到艾芸会立刻为她介绍男朋友。她的爱情大门曾因孟志远而锁死,又因韩永刚的适时出现而打开,尽管韩永刚已有所属,但其人品让她放弃了天下乌鸦一般黑的想法,在感情上完成了又一次升华。从芝加哥回到北京后,她约见了旧时的几个女友,话题自然离不开家庭和老公,看到她们一个个相夫教子的幸福模样,她的心里也暗暗涌动春潮。

她对恋爱的理解非常浪漫,这与上中学时所接触的中外书籍有很大关系,也正是这些书把她带进丰富的情感世界,感悟到人生的真谛。她喜欢古希腊的神话爱情故事尤胜于中国古代的爱情故事,她认为,中国式的爱情受到封建礼教的束缚,青年男女谈情说爱过于含蓄,缺乏人性中最浪漫的一面。她陶醉于宙斯和美丽的腓尼基公主之间的爱情,经常幻想有一个英俊的男子像宙斯把腓尼基公主带到克里特岛那样，把自己带到仙境。和孟志远确立关系后，她精心编排自己的浪漫爱情故事：在山花烂漫的季节，他们携手来到落基山；盛夏，他们又双双站在科罗拉多大峡谷的巅峰，一边领略着摄人心魄的壮丽景观，他们一边任心情像奔腾不息的科罗拉多河水汹涌澎湃。此时，她不再矜持、不再理性，还原的本性使她像一个小女生，搂着孟志远又跳又叫。也就是在这个时刻，她已经完全分辨不出自己是在现实中还是在童话故事里。伴随着秋日金黄的景色，她拉上孟志远来到纽约和新泽西州交界的一个小镇，在茂密的树林中，一边观赏着缤纷的落叶，一边聆听着脚下厚厚一层树叶发出的吱吱声响。在一片树林环抱、宁静的池塘边，俩人肩并肩坐在岸旁，看着如镜面般的湖水倒映出的一簇簇五彩斑斓的画面，此刻她心如止水，甜蜜地倚靠在孟志远怀里，感受着幸福时光，在两个人的世界中欣赏着大自然的写意。

命运对金灿虽然有些刻薄，但并未就此将她抛弃，艾芸带来的消息尽管比不上鸽子衔来的橄榄枝，至少能在金灿感情的荒芜地带投下一粒爱情的种子，这也是金灿暗暗感激的原因。只是，她还没有为爱情做好准备，不想像一个士兵冲出战壕后，才发现刺刀忘在自家的炕头上。刚开始，面对艾芸的指责，她还想找理由搪塞她，但是，她忽然感觉，兴许艾芸是上帝派来的使者，是秉承上帝的旨意将另一个男人带到她身边的。因为艾芸早不来晚不来，偏偏是孟志远坐在她的办公室才火急火燎地出现，这种巧合不是人为，肯定是上帝的杰作，而上帝也一样对孟志远失望，想让别人取代孟志远。想到这可能是上帝对孟志远的惩罚，她的心又是一疼，曾经，她与孟志远爱得是那么轰轰烈烈、缠缠绵绵，可以说，她把自己所有的一切连同少女时代的梦都交给了孟志远，可是这个男人承载不了，把她的一颗心赤裸裸丢下，半途溜号了。即使他这次回国是为了表明心迹，也无法抚平自己内心的创痛，金灿的这颗心再也伤不起。

艾芸见金灿低头不语，有些不耐烦了，大小姐的脾气一上来，谁也挡不住，她气呼呼地说道："好吧，我现在就去回绝对方。听着，你别再指望我以后会帮你。"说完扭头就走。金灿连忙喊住她，玩笑道："我看过电影里无数的媒婆，没有一个像你这样急脾气，也没有一个像你这样和事主吊脸子的。请你转告他，周六下午两点在上海路那家红房子咖啡店见。"

　　回到办公室,金灿发现孟志远的表情不像适才那样紧张,坐姿也不那么挺了,他跷起二郎腿,金灿心知韩永刚给他吃了定心丸。她不喜欢求职者在面试时表现得吊儿郎当,即使是熟人也不可以,因为职业经理人不仅代表了个人的素养,同时也代表了公司的形象,如果连面试这么重要的场合也不能够保持自己的形象与操守,工作中谁能保证你能给客户展示公司的品牌和信心? 她心道,你别高兴得太早,下面就让你知道你能够吃几碗饭。她不再玩笑,用正规的面试题目问道:"孟先生,假如你在大街上,不慎将一百元掉在地上,刚要捡,有一个小孩儿跑过来,非说这一百元是他的,此时四周无人,有四个答案可选,请听好:A.揍他。B.向他解释。C.抢了钱就走。D.去找警察。你只能从中选择一个答案,并说明为什么。"孟志远想了想,说道:"我选 D,因为对小孩我不能使用暴力,对他解释也无济于事,找警察是最好的办法。"不等金灿说话,韩永刚抢先道:"嗯,有道理。"他怕金灿又穷追不舍,问出警察若偏袒小孩之类的话让孟志远难堪。

　　金灿侧过头,对韩永刚说道:"韩总,别忘了你是列席身份,有没有道理是我说了算。"接着,她对孟志远说道:"这个问题不存在什么道理,我只是想知道你在工作中对你的下属会是一个什么态度。你选择 D,说明你领导和管理的能力不强,一旦出了问题只会找你的上司解决。"孟志远瞠口结舌。他想,自己的每次回答,在金灿面前似乎不值一哂,如果连这关都过不去,就算韩永刚帮忙也会让对方瞧不起,反过来,自己辞职的壮举也微不足道了。他又开始紧张,神经不自觉紧绷起来。韩永刚也发现孟志远表情上的变化,觉得金灿再这样问下去,非把孟志远问跑了不可。他说道:"金总,时间不早了,我看面试就到这吧。"金灿把笔往桌上一扔,瞟了眼孟志远,傲慢地说道:"也只能这样了。"她没有直接说出孟志远不行,但是神态与动作让人分明感觉到这个孟志远简直就是一个垃圾。

　　"等等,韩总。"孟志远忽然说道,"既然是面试,我认为还是把所有问题都问出来,这有助于你们了解我。"韩永刚望着孟志远有些糊涂,对方被金灿已经逼得像一只烤鸭,外焦里嫩,再考下去连里面都得焦了,自己出来打个圆场,让他就坡下驴,面试走个过场也就完了,怎么他不知死活还要往上冲?

　　金灿了解孟志远的性格,他不是真要被了解,而是把面试当成了比面子的擂台,心想:"韩永刚既然要留你,我也懒得和你废话,以后走着瞧。"她看了看韩永刚,见对方若有所思,忽然灵机一动,说道:"看来孟先生的热情还挺高,行,我再问最后一个问题。听好了,如果天海公司把美国总统府白宫买下,并交给你打理,你会怎么做?"

孟志远注意力高度集中,决心在最后一个提问上挽回面子,听金灿说完,他不禁皱眉暗想:"这是哪个疯子设计的荒诞提问,这不是没影的事情嘛,就算你有钱,美国人能答应吗? 看来,今天你是非要和我过意不去了。"他看看韩永刚,又望着金灿,对面两人正低声耳语,金灿不再严肃,面带微笑,而韩永刚则用手背在鼻子和嘴上来回蹭,似乎在掩盖笑容。这个提问其实就是当初韩永刚面试金灿时用过的,只不过金灿把天安门改成了白宫。孟志远哪里知道其中因由,绞尽脑汁,一心想找出满意的答案。

韩永刚和金灿悄声说完话,便望向窗外,不敢再看孟志远,他已经憋到极限,生怕对方一个动作或一个眼神都会让自己控制不住,爆笑出声,毕竟这是在面试。他心想:"金灿真是够顽皮的,这种时候还不忘和我斗气,也就是她,换别人不会想到这些。"

孟志远低头沉思了一会儿,终于有了想法,煞有介事地说道:"金总,我是这么认为,白宫是美国的政治心脏,如果被我们中国人买下,肯定所有美国人从感情上无法接受,所以,在接管白宫前,我必须先安抚美国大众,然后妥善安置总统的办公地点,当然,椭圆办公室是不会让他……"

韩永刚和金灿对视后再也绷不住了,哈哈大笑并连连摆手,金灿也忍俊不禁地笑起来,俩人之前的一场干戈被孟志远的独白化于无形。

孟志远停住口,莫名其妙地看着他们,不明就里,不过,从考官的表情上他知道自己通过了。他非常激动,暗暗感谢上帝给了他一个向金灿赎罪的机会,并发誓用旧锅炒出全新的"饭菜"赢得金灿的胃口。本来按他的想法,第二天他就要来公司上班,被金灿阻止,对方让他先安顿好,倒好时差,与家人团圆过节,长假结束后再来。孟志远听出金灿是出于真心,心里顿时暖洋洋,便不再坚持。

韩永刚此时才觉得一颗心落地,但另一个担忧也同时升起。严向东邀请金灿吃饭的事儿始终让他如鲠在喉,他认为,严向东向金灿套近乎无非两种可能,一是在他长长的情妇名单中再添加一位,另一则是将金灿从天海公司挖走。无论何种可能,他都不忍心金灿羊落狼口,可又不便深说,这女人似乎永远有讲不完的道理,自己受到奚落事小,万一再翻脸,等于把她推向火坑。自打美国回来后,韩永刚怕自己对金灿旧情复发,便强迫自己把金灿视为亲妹妹,目的就是不让自己产生非分之想。谁想这一来在他潜意识中还当真了,严向东给金灿的一个电话立刻引起他的担心,他像个哥哥那样开始为金灿着想。

第三节　怒发冲冠为红颜

金灿对严向东有种模糊的感觉,在她任其助理期间,这个男人就像歌里唱的那样,"像雨、像雾又像风"。她始终摸不透对方究竟是一个什么样的人物,政治家?企业家?社会慈善家?抑或是黑社会老大?赞他的人奉其为企业家的楷模,骂他的人把他贴上南霸天的标签,媒体更是莫衷一是,她记得有一家报纸甚至用"是雾里看花还是雾里看鬼"来揭露严向东的劣迹。开始,金灿有些困惑,严向东的解释是,"我们的社会就像一个杂乱无章的乐队,主旋律下出现杂音再正常不过,只要我们自己演奏好,那些刺耳的噪音算个屁。"她一想也是,诽谤是人类幻想的另类分支,不仅是国人,美国人也善于此道,于是对严向东这种超然的思想由衷钦佩。不久,她在电视上看到记者对严向东的采访,严向东漂亮的回答让她瞠目结舌,因为严向东在撒谎。私下,她不解地向其请教,严向东哈哈大笑,说这个问题只有不食人间烟火的人才会提问,他回答道:"社会舞台,不光只有政治家是演技高超的戏子,一个成功的企业家也必须是合格的演员,你不会演戏就无法获得你想得到的结果。"为了佐证这一观点,他还特别举例美国前任总统克林顿,大赞其演技堪称好莱坞巨星水准,就在全世界都以为他铁定会因白宫那个小女生丢掉乌纱帽时,他却凭借动情的表演让大部分美国人原谅了他曾经的谎言。

金灿糊涂了,这个被自己视为楷模的杰出企业家,脑子里流出的不再是智慧,还有许多杂质。她开始思考究竟,是什么让严向东在亦正亦邪中游走。最后,根据种种见闻,她得出这样一个结论:严向东患有严重的人格分裂症。她想起亚里士多德的一句话:"没有一个杰出的人物不是一个疯狂的混合体。"她认为应该再补充一句,权力与财富是产生混合体的诱因。

在一家餐厅的豪华包间里,严向东和金灿面对面坐在专门为他们改换的小圆桌旁。严向东心情很好,没有因金灿不辞而别而怪罪,也避而不谈一卡通项目。席间,他大谈几笔交易成功的并购案,说到得意之处,笑声朗朗。金灿心知严向东请她吃饭并非为了叙旧,也不是为了他的业绩来炫耀,其中必有缘故。果然,几近酒足饭饱,严向东对金灿发出加盟瑞祥集团的邀请。金灿从未见过对方态度如此诚恳,直如敦厚的长者,句句语重心长。金灿几乎有些感动,要知道这可是严向东啊,她一个小女子获此殊荣当属不易。不过,感动归感动,严向东曾经的非礼之举令她仍然记忆犹新并心有余悸。严向东似乎看出她的担心,坦言集团在硅谷收购了一家 IT 公司,金灿可以作为公司 CEO 去美国工作。言外之意是要金灿放心,他严向东这次扮演的不是狼外婆,而是和蔼可亲的蓝精灵爸爸。

条件优厚,前景诱人,严向东铺下的金光大道让金灿怦然心动,这正是她梦寐以求的未来,只要答应对方,现实与梦想就此重叠。还有更重要的一点:她已经没有勇气校正错位的感情,离开韩永刚、离开庆义正是最好的解决办法。

严向东微笑不语。他毫不怀疑金灿会欣然接受邀请,就像没有人会拒绝圣诞老人的礼物那样,更何况这不是一件普通礼物,他自信地伸出手,等待金灿的回应。

金灿笑了,笑得很灿烂。严向东伸过的手就像上帝的手,在指引她前进的方向。她不再犹豫,也抬起了手……

蓦然,金灿怔住了,秀目瞪得溜圆,目光越过严向东,骇然直视其身后的女服务员,表情就像见到了女鬼,伸出的手也僵住不动。她清清楚楚记得,就在几分钟前,这个女服务员左鼻梁上有一粒绿豆大小的痦子,而此刻,这粒痦子像是长了腿,自己跑到了眉毛上方。

金灿刚进屋就对这个女服务员感到别扭。首先是她的工作服不合身,其次是工作帽戴得太低,几乎罩住整个额头,第三是一副大眼镜把她的半张脸护得严严实实,只剩一双眼忽闪忽闪。这还不算,端茶倒水,她两次都踩到金灿的脚,更

匪夷所思的是,一盘被她端上的菜居然洒了近一小半儿在餐桌上,连严向东都直皱眉头。

"见鬼。"一件更吊诡的情景让金灿骇然,那个女服务员居然冲她又是摆手,又是挤眼,似乎在阻止她与严向东握手。金灿感到茫然,不过她不再恐惧,她看出女服务员脸上的痦子是粘上去的,当对方挤眉弄眼时,痦子被帽檐蹭掉了。

严向东察觉到金灿的变化,缩回手,转过头寻找答案,但是身后除了站着的女服务员,没有他人。"怎么啦,金灿?你的表情够吓人的。"他不解问道。

"没什么,突然有点不舒服。对不起,严董,请您给我几分钟时间考虑。"

"哦,你不会是在上演范进中举吧?"

金灿勉强笑了笑,女服务员的举动让她谨慎起来,她本想去握手的动作改成端起杯子。她假作思考,不再直视女服务员,内心却揣摸着对方的动机。片刻,她手机发出短信声响,一看,是韩永刚:"别答应!这是一个陷阱,对他来讲,世界很小。"寥寥数语,却一语惊醒梦中人。金灿明白韩永刚的意思,说白了就是,她一旦加入瑞祥集团,就算人在美国,距离根本阻挡不了严向东的色心。

"他怎么会知道这些?"金灿的疑惑马上被随之而来的答案取代,"不用说这个女服务员肯定是他的线人,但他们是怎么联络的呢?"她佯装望向别处,余光却扫视着女服务员,这一细看还真让她看出名堂,对方的左手呈钩状,显然是将手机藏在袖口内。

一股暖流瞬间冲进金灿的大脑,毋庸置疑,韩永刚担心严向东对她非礼,采用监听方式来保护她。冷静下来,她对严向东的邀请重新进行评估,感觉自己的确过于天真:第一,严向东对她的欣赏显然是好色多于爱才;第二,严向东对奴才的需求大于人才,而以她的性格绝无可能当奴才;第三,诚如韩永刚的短信,一旦加入瑞祥集团,别说她在美国,只要在地球上,严向东都能让她随叫随到。

"严董,谢谢您对我的赏识,可是我无法接受您的邀请,真是对不起。"

严向东正要喝茶,听到这句话他顿时停住,紧紧盯住金灿。对方的答案和两分钟前给他的感觉大相径庭,似乎就在这短短的时间内,金灿受到某种力量的控制,由此改变了答案。他再次回过头,仔细打量着女服务员,见她眼神有些慌张,除此之外也没有什么特殊地方,便让她出去,等需要再叫她。

女服务员低头快速离开房间,三绕两绕,走进另一个包间,刚一进门,她就嚷嚷道:"坏了、坏了,他怀疑我了。"扯下帽子,摘下眼镜,双手捂胸,坐在沙发上。看得出,她非常紧张。这位女服务员不是别人,正是艾芸,而一旁坐着的就是韩永刚。

如金灿所料,韩永刚怕其吃亏,带着艾芸尾随金灿来到饭店,他让服务员将处于通话状态的手机放在严向东包间的角落。孰料服务员心虚,无意中关机,于是艾芸自告奋勇,装扮成服务员,这才有了适才那一幕。

严向东再厉害,哪里想到这些枝节,只是感觉这顿饭吃得很蹊跷,不过他并没有强迫金灿,不仅没有,甚至连丁点儿不愉快都没有表现出。对他来讲,金灿接受也好,不接受也好,迟早都是自己的人,因为他有一个秘密能够实现这一目标。

离放假还有十来天,天海公司上上下下凡与客户有关的部门,都冲刺似的张罗着给客户拜年。这是一年中难见的壮观景象:办公室、会议室堆积着小山般的礼品,人来人往喧嚣着兴奋的情绪。停车场上,无论是公车还是私车,从高处望下仿佛一个个爬动的甲壳虫,向四面八方涌去。金灿对这种现象并不陌生,在美国工作时每到圣诞节临近,她所在公司也会有这种赠送礼品的做法,不过那里对包装很讲究,不像这里套个塑料袋就敢拿出手。她没想到,她居然也收到了公司产品供应商的礼物,更没想到是,这些巴掌大的礼物价值不菲,有的是某商场面额一万元的购物卡,有的是美容院一年的美容卡或是健身卡,还有的干脆直接塞进八千八百八十八元人民币。她是第一次碰到这种情况,有些不知所措,而那些已经签了合同的供应商却坦然地劝她,说原来也是这样给许总的。金灿这才明白,原来在产品链中,买卖双方也存在着利益链,她没有犹豫,把这些东西一股脑给了韩永刚。

许可来到她的办公室,东拉西扯之后,聊起了产品研发的某些注意事项,进而又提到了一个产品供应商。金灿了解这家供应商,他们连续多年一直为天海公司供货,直到她接管这项工作后,发现这家企业生产的产品合格率很低,但是价格却高于别的企业,于是就终止了合同不再续约。这家公司老总提着十万现金找到她希望通融,被她拒绝。所以当许可提到这家企业并为其说情时,她为难了,毕竟这将影响到公司的利益。许可又说了那家企业许多好话,比如,在公司资金周转困难时期,他们可以赊账,或是赶上销售旺季,他们也会优先供应。她清楚许可说情的动机,并打心眼里瞧不起对方,但是,她又不好意思拒绝,觉得许可好不容易有个笑脸,若因此事被驳了面子,关系又要闹僵。思前想后,她考虑出一个折中方案,说道:"你看这样行不行,让他们先把产品的质量提高,然后价位下调十个百分点,这样就没有问题。"

"没这必要,他们现在处在困难时期,相互帮个忙也是应该的。"

"这样不行,我不能拿公司的利益去做交易。"

许可不高兴了,他非常敏感,对方的话分明是指桑骂槐。他压住火,瞪起眼珠子,语气生硬地说道:"你的意思是我拿着公司的利益在交易?你这人怎么说话,难道就你金灿懂原则,别人都吃里爬外?"

"我没这么说,如果你非要这么想,那是你的事儿。"金灿生气了,对方一副不讲理的态度让她选择了对抗。

"算了吧。我干这么长时间,韩总都没说什么,你以为你是什么鸟,才来几天就容不下人。"

金灿吃惊地瞪着对方,没想到许可把工作上的辩论转化为对自己的人身攻击。她尽力克制自己,冷冷地打量着许可,回击道:"谁知道这一大早什么鸟跑到我的办公室发神经,请你出去。"

许可腾地站起身往外就走,背后传来金灿的话:"我一会儿就找韩总,这工作还是还给你,我干不了。"他猛地站住,立刻嗅出了对方话中深藏的寓意,他如同被对方重重地掴了一耳光,一张脸逐渐涨成了猪肝色。他转回身,瞪着眼睛狠狠地望着她,嘴唇也有些哆嗦,看得出他愤怒到了极点。金灿看出对方表情的变化,但不知道自己这句话为什么又得罪他了,刚叫了声"许总",对方爆发了,吼道:"你少来这套,你他妈的干吗老和我过不去?你不就是说我拿了回扣吗?为什么不直说,去你舅的,装什么玩意。"他青筋鼓胀,一脸凶恶,目光如同刀斧,那架势恨不能把对手一劈两段。

金灿被对方不分青红皂白,劈头盖脸的辱骂激怒了,她的脸瞬间变得苍白,

179

第三章 得与德

一双大眼像是被点燃的汽油，迅速燃烧起来，她腾地站起身，严厉地大声说道："许可，如果你还是个人，就把嘴巴擦干净点，这里不是你撒野的场所，不要以为你这种混账模样会吓倒我，你马上给我滚出去。"

由于过分激动，许可的眼睛充满了血丝，额头上的青筋凸显出来，喉结也在上下移动着，宛如野兽般低沉咆哮着："你他妈的给我听好了，别以为和韩永刚滚到一起就可以目中无人，你以为你是什么好东西，不就是一个烂货，和单副市长睡了几次，对方给你点甜头就自以为智商超群了，扯淡，别以为所有人都是傻子！"

金灿惊愕地怒视着许可，她已经认不出对方，想骂他，却搜罗不出恶心的脏话，想踢他，浑身气得直哆嗦，两腿似乎也没有了知觉，她唯一感觉到的就是鼻子发酸，泪珠在眼眶里打转。从小到大，没有一个人敢这样对她，也没有一个人敢在她面前爆粗口，她曾经蔑视过电影中的女主角，认为如果换成她受到羞辱，自己绝不会只站在那里哭泣，而是勇敢地回击。当现实把她变成受辱的女主角，她也一样被惊呆了，被气疯了，被震慑了。她所能做的就是用尽全力克制自己的眼泪不掉下来，这也是她维护尊严的最后一道防线。

两人的音量惊动了外面，刘洪涛第一个冲进屋，拉住许可就往外推，接二连三进来的人把俩人隔开，并将许可前拉后推地拽出金灿办公室。艾芸把一些看热闹的人轰出去，关上门，轻声细语地安慰着金灿，并询问事情的来龙去脉。金灿伏在桌子上，把头埋在胳膊里，双肩急剧起伏着，极度的委屈冲破了克制力，泪水大滴大滴地流下。

韩永刚是最后一个来到金灿屋里的。许可与金灿爆发冲突时他正和来宾谈话，还是他的秘书悄悄进来告诉他发生的事情。他马上停止谈话，大步流星地朝金灿办公室走去，半道经过许可办公室，他稍作停顿，又迈步走向金灿办公室。员工鸦雀无声，悄悄打量着他，只见他紧绷着铁青的脸，紧咬牙关，大家都知道，一场风暴将在公司上演。

在金灿办公室，望着泪人一样的她，韩永刚皱起眉头。他把目光转向艾芸，问道："怎么回事？"艾芸也是一脸莫名其妙，望了望伤心欲绝的金灿，说道："谁知道，我进来的时候，她就是这样。"韩永刚眉头锁得更紧，大声道："到底是怎么

回事,金灿？你倒是说话啊,他打你了?"说到这,他的两眼喷出了怒火,脸部肌肉也扭曲起来。金灿急速耸着双肩,呜咽中只迸出两个字:"流氓。"韩永刚阴沉着脸看了看她,又望了艾芸一眼,蓦然,大步朝外走去。艾芸慌了,对方的表情已经告诉她下面将会发生的事,她几个箭步上去死死拉住韩永刚,叫道:"你疯了,别忘了你是公司老总,要注意影响。"

韩永刚被愤怒烤焦了理智,虽然他不知道事情的前因,但是从结果上逆推出了许可对金灿可能的举动。他不能容忍,因为他已经警告过对方,如果金灿为此辞职,他所有的梦都将破裂,他要为她讨回公道,他也要许可知道,男人的承诺就是言出必践的。他瞪视着艾芸,用不容置疑的语气命令道:"让开。"艾芸不但没有让,反而更加用力地抱住他,喊道:"你要是不听我的话,我就再也不理你了。"金灿尽管眼前一片模糊,可是从艾芸焦急的叫喊声中她明白了韩永刚的想法,晃晃悠悠站起来也想跟着他去找许可理论。韩永刚焦躁起来,两臂稍一用力就把艾芸挣开,跟着右臂一推,艾芸如同风筝一样飘向一边,踉跄地撞在墙上。他来到许可办公室,一把推开门。许可正在低头收拾东西,桌上还摆着一个纸箱。他抬头看见韩永刚怒气冲冲的模样,马上明白对方的意思,冷笑一声,说道:"你也别说什么了,我现在马上走人。"

"你倒是蛮识趣。"韩永刚的瞳孔在缩小,心跳在加速,浑身肌肉不知不觉绷得如铁一般硬,话一出口,便如冰一般寒冷,"不过你忘了,你好像还欠我一样东西。"许可不知对方的意思,哼了一声,说道:"我欠你?我辛辛苦苦干了这么多年,到头来竟然是这么个下场,还成为女人的牺牲品。"韩永刚根本没有听对方说什么,他也不想听,他的目的就是要痛揍许可。当许可话音未落,他便已经一把揪住对方,把他从椅子上拎了起来。对着许可惊恐的脸,他瞪眼说道:"告诉你,你欠我一顿揍。"说完,一拳狠狠地打在许可脸上,当他的拳头又要挥出时,艾芸已经冲到他的身边并把他牢牢抱住。许可一屁股跌坐在椅子上,双手捂着被打的侧脸,龇牙咧嘴,半天没有吭气。俩人如同斗鸡,怒目相视,好半天,许可才一个字、一个字地对韩永刚说道:"你要为这一拳付出代价。"

许可走了,他没有和任何人打招呼,全公司只有刘洪涛一个人帮他抱着大纸箱来到停车场。面对默默不语的刘洪涛,他一手捂着高肿的脸,一手拍着刘洪涛的肩膀,艰难地说道:"这就是我的下场。"他的腮帮子抽搐一下,又恨恨道,"记住了,洪涛,老鼠永远是老鼠,千万不要把猫的微笑当真。"随即长叹一声,摇了摇头,开车离去。

刘洪涛望着汽车远去,也是一声长叹。

听涛雅苑会所披上了节日的盛装,宫灯、灯笼、年画随处可见,彩带、彩旗四处飞舞。服务员们也更换了工作服,男服务员红色的唐装,女服务员则一身红色的旗袍,个个精神饱满。若有客人出入,男服务员就会作揖行礼,女服务员则是鞠躬行礼,节日的气氛洋溢在会所的每一个空间里。

此时,会所的潇湘厅坐着三个男人,严向东、许可以及刚从外地赶来的虢新庭。仨人当然不是在聊家常,而是听许可汇报天海公司的有关情况。

许可自屈辱地离开公司后,整个思绪都停留在惶恐与愤怒中,不过很快他就恢复过来,并给虢新庭打了电话。他知道,自己与天海公司、与韩永刚已经完全决裂,再也没有回头路,他的财富、他的梦想被韩永刚那一拳彻底捣飞。他要复仇,他要发财,他要跟着严向东夺回属于自己的一切,即使贱卖自己的人格也在所不惜。

虢新庭已经知道严向东放弃一卡通项目的计划,所以对许可承诺帮助希尼克拿下一卡通并无兴趣,出于保密,他没有明说,只是婉言谢绝许可的建议。许可真晕了,在他的印象里,严向东和虢新庭对一卡通项目的重视程度不亚于韩永刚,关于这点可以从他们去天海公司得出结论,怎么短短几天虢新庭的热情就降到了冰点? 许可着急,事情明摆着,没有一卡通项目,他在严向东眼里就一钱不值,更谈不上鲤鱼跳龙门了。他几近哀求,请虢新庭帮忙引见严向东,说自己手里掌握着天海公司许多秘密,就凭这些秘密可以将天海公司置于死地。虢新庭虽然对一卡通项目不感兴趣,但对天海公司管理层发生的变故却颇为关注,因此同意帮许可引见严向东。

严向东斜靠着沙发,眯缝着眼睛,似睡非睡地听着许可说话,偶尔,他的眼神会射出一缕精光直逼对方,很快又会敛起,还是一副懒洋洋的模样。严向东听取汇报的表情一贯如此,熟悉他的下属都习以为常,不常打交道的人还以为他不重视谈话,有时就偷工减料,却不知严向东能够立刻指出对方的毛病,这就是他的过人之处。许可是第一次和严向东面对面坐着说话,刚开始他又兴奋又紧张,说话也略显结结巴巴,时间稍长便慢慢适应。不过,严向东的模样让他扫兴,他有些奇怪,心想:"这么重要的事情他怎么不感兴趣,难道他真不想做一卡通项目了?"

许可猜对了。

严向东虽然没有直截了当说出不做一卡通项目,但是话里话外流露出这一意思。许可蒙了,严向东的话比韩永刚打他一拳还要令他疼痛,他不相信这是真的。他滴溜转着眼珠盯着严向东、虢新庭,想从对方脸上找到真实答案,毕竟一卡通项目是他发财的途径,也是他投靠严向东的唯一本钱。

第四节　船长与大副

　　严向东真会放弃一卡通项目？当然不是,如同狼面对一头肥羊和一只兔子,狼永远不会放弃对肥羊的选择。在严向东眼中,天海公司就是一头肥羊,一卡通项目不过是一只兔子。

　　就在他们从天海公司回来的路上,严向东已经将目光转向天海公司,他认为,天海公司现有的架构和未来上市的计划比希尼克公司更具吸引力。希尼克虽然规模比天海公司大,但它只是单纯的系统集成公司,不像天海公司不仅做集成,还有自己研发产品和生产的能力。如果把天海公司收购,二者联合将成为全国一卡通的大型企业,通过这个平台,继续并购外省一些同类企业,经过不断拆分、重组,可以打造成为巨无霸式的集团,垄断全国一卡通市场。另外,联合与再联合的过程中,还可以继续采用资本运作模式,把瑞祥集团的一些不良资产打包进去,衍变成一种蛋生鸡,鸡再下蛋的良性循环。资本将以滚雪球的方式迅速放大,这远远比强行拿到阳明市一卡通项目更为划算。况且,让天海公司来完成一卡通项目可以说是顺水推舟,有百利而无一害。首先,刘部长不是省油的灯,若采用高压固然能够拿到项目,但是却会挑起上层矛盾,犯了官场大忌;其次,单副市长显然已经收受韩永刚的贿赂,铁心要和天海公司合作,自己若是霸王硬上弓,利润势必大大缩水,搞不好这个项目最后变成鸡肋,交给天海公司则会去除单副市长的戒心,也是皆大欢喜的结局。

　　他又想到最近一些媒体对瑞祥集团的一些下属上市公司的负面报道,更加强了收购天海公司的决心,毕竟光强调利润而忽视上市企业的业绩会给自己脸上抹黑。他想，必要时也要做适当投入，省得被媒体、证监会盯上。至于韩永刚同不同意被收购，他一点也不担心，因为他相信没有一个人面对重金会不心动，假如韩永刚不识趣，那么他将采取极端措施令其就范，这年头要想和他耍横，出娘胎前就要做好准备……

许可的汇报已接近尾声，反观听众们却昏昏欲睡，仿佛这是一场乏味的单口相声。他惴惴不安，知道自己的话缺乏吸引对方注意的亮点，他联想到虢新庭之前对一卡通项目的冷淡，他彻底糊涂了，难道他们已经有了制胜的把握，他许可不过是迟来的凉菜？他的心在滴血，也在变冷。

不过许可还有最后一张王牌没出，那就是韩永刚去美国献金的事儿。他向来认为一场精彩的报告就如同是文艺演出，高潮伴随着谢幕才能够达到最佳效果。果然，就在他说出韩永刚和金灿俩人去美国后，严向东的眼睛终于睁大，兴致骤然浓厚起来。

许可窃喜，打起十二分精神把韩永刚告诉他的一切都说了，这里面也包括金灿的前男友孟志远以及单副市长的儿子单奇。严向东听得津津有味，尤其当许可说到单奇对金灿穷追不舍时他忍不住哈哈大笑。

严向东终于开口讲话，但是他所关心的话题都是围绕着天海公司的股权结构、公司框架、股东情况等，对一卡通项目还是只字不提。许可小心翼翼回答着，目光渐渐黯淡。事已至此，再笨的人也会知道，严向东不会再做一卡通项目，而许可的心愿也如同狗咬尿泡——空欢喜一场。他艰难地挤出一丝媚笑，问道："严董，根据我刚才的陈述，拿到一卡通项目不过是举手之劳，但看您的意思好像是没有兴趣，是吗？"

望着许可那副着急模样，严向东笑了，笑得很惬意，像一个慈祥的父亲对望着玻璃柜里各色糖果的孩子，说道："许总，好吃的东西固然可以解馋，但是它未必能够填饱我的肚子。谢谢你刚才的介绍，你先回去吧，有事儿我再给你打电话。"

"我今后还能为您效劳吗？"

"这个以后再说。"

许可悻悻地走了。

某些人一旦走入穷途末路就很难再保持完整的人格,看谁都像是救苦救难的观世音菩萨,殊不知求佛心切亦会使自己拜错山门。无端滑向魔鬼的世界,有时即使知道菩萨乃是邪魔变化,也甘愿供其驱使。可悲!可叹!

许可走后,虢新庭不解地问严向东,许可此来显然是为了谋求一份工作,既然打算收购天海公司,何不留下他?严向东没有回答,只是意味深长地笑了笑。其实,在他心里已经摆下一盘棋,许可是其中一枚棋子,之所以没有马上与对方谈,是没到时候,只要拿起这枚棋子,许可就会变为一个奇兵,起到胜负手的作用。

金灿约会了,男方就是艾芸强力推荐的省卫生厅副厅长李忠国。

说到李忠国,艾芸其实并不认识,她是软磨硬泡说服了姨父的秘书,让其在全省副厅以上未婚的领导干部中把李忠国筛选出来的。更为荒唐的是,艾芸直接把电话打到李忠国办公室,以刘部长的名义给李忠国介绍女朋友。李忠国莫名其妙,不知道组织为什么突然关心起自己的私事,左思右想,得出一个较牵强的理由:厅里一把手即将退休,组织可能有意栽培,特派一位思想过硬的女同志来帮助自己。

坐在红房子咖啡厅,李忠国就像是在做梦,金灿的靓丽消除了他心中的许多顾虑,一时间,他从心底感谢组织,感谢领导。俩人都有些局促,尤其是李忠国。来之前,他就为谈话设计好纲要,比如,孝敬长辈、勤做家务、任劳任怨、顾全大局……现在,这些话他一句都说不出口,女方的形象令他改变了之前的想法。

"坦白说,若不是刘部长亲自介绍,我肯定不会来。从目前看,我要是不来会后悔一辈子。"他不愧是领导,对任何场面都能够驾驭得游刃有余。

金灿笑了笑,没有说话,这种赞美她听多了。

也许感觉自己的话过于露骨,李忠国又解释道:"我从不随便夸人,实事求是。"

"对于真心赞美,我也从不拒绝。"

话匣子打开后,李忠国恢复了自信,开始有板有眼地介绍自己的情况。这个话题是他最拿手也是最得意的,毕竟说到工作就要谈到职务,谈到职务就要说到

自己的重要性。这是他傲人的资本,也是抬高自己压倒对方的手段。每当说到自己职务重要性时,他都能够从女人的目光中看到羡慕与崇拜,不过,这次他失望了,这两样他一个也没看到。

金灿并非不懂得羡慕与崇拜,只是李忠国过于炫耀,使她有些反感。她一贯认为,喜欢炫耀的人往往具有极强的控制欲,而且不管自己做得对不对,总爱把真理强行拉在自己这一边。这种人除非依顺他,否则就会像饭馆里的菜——天天炒着。她可不想做别人的附属品。

李忠国很聪明,从金灿的态度上便看出她没把职位放在眼里。他脑瓜一转,想出两种可能,一是金灿的背景极硬,再就是她并非趋炎附势的女人。联想到这次约会是组织安排,他忍不住向金灿求证心中的疑团。金灿听了李忠国的询问,呵呵笑了起来,终于知道艾芸为什么发急,原来里面还有这样一段故事,不由得暗暗感谢艾芸。

李忠国听完金灿的解释,内心顿时大失所望,怅然若失。

这些天来,他一直把组织介绍对象当作升职的前奏,整个人发生了根本性变化。细心的同事发现,李副厅不仅在工作中乐呵呵,就是去食堂买饭也哼着小曲。他当然有理由高兴,四十不到就当了副厅,两年不到,组织又来考察,照这速度,厅长办公室刚买的办公家具都不用换,等他升迁进去后还基本是新的。他是个急脾气,八字还没一撇,就把自己的事业规划了一遍又一遍,连什么时间进入部一级,什么时间进入部常委,都有了详细步骤和安排。

所以,当他得知金灿并非组织介绍,打击可想而知。巨大的失落让他忘记自己是来相亲的这一现实,也不顾金灿在场,自顾自陷入苦闷中。

金灿看出李忠国表情的阴晴变化,也就不再说话,用汤匙轻轻搅动着咖啡,然后将目光投向窗外。话聊到现在,已经过了十几分钟,金灿对李忠国依然没有感觉,只是觉得他有些怪,自己也不知哪句话得罪了他,让他丢了魂似的耷拉着头,内心对这门婚事也不再抱有希望,等着对方清醒过来,然后礼貌退场。

李忠国难受了一会儿,思想又展开激烈的活动,他想,介绍人既然是刘部长的外甥女,如果攀上她再打通与刘部长的关系,拿下正厅职务也并非不可能。而攀上她的最佳途径可以从金灿下手,从金灿对艾芸的态度上可以看出俩人是好姐妹、好同事，金灿又是一位可遇不可求的漂亮姑娘，和她结婚不仅结束了单身生活，也可以在亲朋好友中大大露脸，更重要是由此打开自己仕途上的通道，一举多得……

他越想越美，但脸上依然眉头紧锁。

"李先生，您看今天是不是先到这儿，我们改日再聊。"金灿实在是忍不住了，李忠国如老僧入定的状态让她不仅感到无聊，而且受到了羞辱。

李忠国一惊，这才想起自己是来约会的，他之前的胡思乱想显然冷落了女方，他惶恐地看了眼金灿，果然，金灿已没有笑意，他一急，脑门沁出了许多汗珠。不过，男人对付女人生气的方法向来简单而又实用，要么以悲情动人，要么甜言蜜语。李忠国对女人另有独到的经验，他认为女人的心是豆腐制成的，越热心越软，越冷心越硬，所以，在一瞬间他决定示弱，用同情激起她的热心，挽回尴尬的局面。

"金小姐，你误会了，我一直想把我为什么离婚告诉你，只是……只是一想起这段经历我就感到痛苦，对不起，我失礼了，请原谅。"他的表情呈现出沧桑，音调也变得嘶哑。

金灿本来不想再坐下去，但是李忠国的表情引起她的好奇。一个男人、一个身居要职的男人若无坎坷的经历是不会如此压抑的，于是她想听听这个男人曾经发生了什么，让他到现在还不能释怀。

"我和我前妻是大学同学，客观讲，我们之间的感情还是不错的，之所以分手，主要是婆媳关系如同水火。"

金灿听到这不禁暗自点头，婆媳矛盾是千古话题，夫妻双方因此而分道扬镳情有可原。受孟志远影响，她最讨厌男人因婚外恋导致感情破碎，若李忠国也是如此，那她连坐在这里的兴趣都没有了。

"冰冻三尺非一日之寒，其实，我早就知道她们之间的矛盾很大，但没想到会爆发到决裂的地步，我被夹在中间很难受。"尽管事情已经过去很长时间，但是李忠国依然心有余悸，一副苦不堪言的表情。这并非杜撰，而是确有其事，生活中，他曾经在两个女人的夹击下痛苦地活着。他非常理解老鼠进风箱后两头受气的感觉。

"那段时间,每当下班回家,我看到单元门洞就像看到了地狱入口,每走一步,心都要颤一下,这种心情除了我,别人难以理解。当恐惧凌驾在感情之上时,幸福也就失去应有的空间,不怕你笑话,我当时的心就像案板上的肉,被两把飞舞的菜刀来回给剁碎了,一把菜刀是我妈,另一把是我前妻,她们丝毫不顾忌我的感受,年年吵、月月吵、天天吵。我受不了了,离婚是我唯一的选择。"他低下头,痛苦地说道。

好一会儿,他抬起头又说道:"我不怪我前妻,她是很优秀的女人,我也不怪我妈,她为了把爱都给我,守寡了几十年。错就错在我没有本事调解她们的矛盾,导致爱我的两个人积怨越来越深,一个幸福的家庭终于分崩离析。"他重重叹了口气,满脸自责。不知不觉中,他完全进入到过去的感情世界里,自怨自艾。

"我自信在工作中没有任何困难能够难倒我,但是生活中我承认自己是一个胆小鬼。"

金灿同情地望着他,忽然觉得他不像想象中那样是个怪人,从某种程度上看,甚至与自己所受的感情折磨一样。她开始把他和自己划归为"同是天涯沦落人"的行列,并且认为,一个遵循孝道的人,爱心一定不差,何况对前妻还这么大度,人品应该不错。

她小心地问道:"你们现在有往来吗?"

"原来比较多,后来她又组建了家庭,现在基本没有来往,也仅仅为儿子上学的事情,偶尔见个面。对了,孩子判给了她。我们彼此都很忙,当然,主要是她已经再婚,我没有必要再去关心。"

对于约会男女来讲,前几分钟的感觉决定了后续的发展。李忠国尽管浪费了前几分钟的表现,但是,由于出色地抓住了女人的特点,他不仅博得对方的好感,同时也挽救了差点失败的约会。

"李先生,既然你第一段婚姻是因为婆媳矛盾导致失败,如果重新开始后又重蹈覆辙,你是不是依然要采取离婚来获得解脱?"

"你这个问题我想过,我母亲和我前妻的矛盾有很大责任在我,小矛盾出现没有引起我的重视,发展到大矛盾,我又选择逃避,致使关系恶化。现在不会了,就像一个摆渡者,如果在一个地方触过礁,就绝不会在同一个地方犯同样的错误。"

"你是一个聪明的船长,相信你今后在生活的风浪中会如闲庭信步一般自如。"

"谢谢。不过,要做到这一点,还必须有一个聪明的领航员,时刻为我指明方向。"

金灿嫣然一笑,她明白李忠国的一语双关。此时,她对李忠国不再反感,甚至觉得对方说话挺有趣,幽默的本性随之而出,开起玩笑。

"这样的人比比皆是,以李先生的地位与才华,只要亮起桅杆,必然应者云集,恐怕是你条件过高,才曲高和寡。"

"你的说法我只认同一半。我要找的是我人生中的大副,可是来的全是大力水手,纵然我放低条件,可是再优秀的水手也不能和大副相提并论。"

"在没有大副情况下,你可以先找一个升级版的水手呀。"

"不,我宁愿把船停在港湾去等,也不会贸然带着一个升级版的水手出航。要知道生命的航程越驶越短,我可不想处处碰礁,最后又跟落汤鸡一样在无人处瑟瑟发抖,真到那时,就算真正的大副到来,我也已经心力交瘁。"

"说得好。"金灿由衷地赞道。联系到自己与孟志远的一段残情,酸甜苦辣顿时涌上心头,她不由得想起一首词,"林花谢了春红,太匆匆,无奈朝来寒雨晚来风。胭脂泪,留人醉,几时重?自是人生长恨水长东"。她感叹与孟志远共同生活的六年幸福时光正如词中所说那样走得太快,连七年之痒都等不到,人生的缺憾就像滚滚长江水永远无法改变方向。

李忠国不知道金灿所想,只是觉得她眉宇间忽然被罩上一股悲戚,长长的睫毛不断抖动着伤感,眸中更是流露着令人心疼的忧愁,那模样就像在凛冽的寒风中迷失方向的小羊。他从来就不是会护花的人,也不懂怜香惜玉,但是在这一刻他被感动了,第一次在无任何前提条件下他想充当这个女人的守护神。

他动情地抓住金灿的手,目光坚定而又灼热,说道:"我用我的生命起誓,你就是我的大副。我不在乎你原来发生过什么,只要你愿意,我都会带你启航,去追寻你我失落的梦想。"

金灿羞涩地抽回手,李忠国的表现无疑让她开心。金灿不是初恋的小女孩,

李忠国的话尽管感人也没使她找不着北。她把自己的恋爱史以及与孟志远的分手经过详细告诉了李忠国，只是有一个人她没有提到，这个人就是在她生命中曾经占有一席之地的韩永刚。

"你是不是对前男友过于严厉了？"

"不。生活的弯道数不胜数，他既然出轨一次，难免在下一个急转弯处还会翻车，我不想当一个随时都会受到感情威胁的乘客。"

李忠国笑了笑，没有说话，他对金灿的极端做法持否定态度。他认为若按金灿的说法，只要出轨一次都要一棍子打死，这所产生的影响只会给社会带来更多的问题。

想归想，针对金灿的个例，他举双手赞成，甚至还感谢金灿有这种想法，若非如此，他哪有机会和金灿坐在这里喝咖啡，更谈不上攀龙附凤认识刘部长。他很机灵，即使在与金灿热络的交流中也没忘记自己另一项重大使命，短短时间内便勾勒出一幅升迁路线图，而金灿就是始发点的第一座桥梁。他的计划有些疯狂，但很现实。他也不得不疯狂，因为严格地说，他已经错过了升职的时间表，若想将竞争对手拉下马，他必须得到一个像刘部长这样职位领导的帮助。

金灿并不知道李忠国的想法，其实她心中也藏有一个秘密。与李忠国不同，她这个秘密在约会前就已经做出，并决定不计后果地实施。这同样是一个疯狂的计划，因为她将挥起的是一把三棱刀，一旦有误，不仅会伤了艾芸、韩永刚，连她自己都要遍体鳞伤。这个秘密是，一旦没看上李忠国，她将过头与艾芸争夺韩永刚。

是什么让这个清高的姑娘一反常态，又是什么让这位一向洁身自好的姑娘不惜与艾芸翻脸，决意横刀夺爱？另外，既然她有此想法，为什么还要答应艾芸来和李忠国约会？

女人就是这样奇特，一旦走入感情误区，理智连一个角落都无法驻留。

第五节　心已成灰

要解释金灿情感上的蜕变,必须把时光倒退回韩永刚怒打许可的那天。

许可前脚刚走,公司的员工们第一时间就把事件传得沸沸扬扬,各种臆测也随之而出。有的说许可是因为主管业务被金灿夺走心怀不满,有的荒腔走板地说韩永刚是怒发冲冠为红颜,还有的更离谱,说这是两个男人为一个女人的战争。议论传到韩永刚那里,他哭笑不得,不过他已经意识到自己的莽撞给公司带来的负面影响,也为自己一时的脑热感到后悔,慎重考虑后,他在公司局域网给所有员工发了一封道歉邮件,保证下不为例,并敦请所有员工监督。风波随着许可的离开而消除,加上大家一心都在过节上,这事不再有人去关心。

但是,作为事主之一的金灿不仅没有从痛苦中解脱,相反,她陷入了一场更大的感情危机。她的价值观、她的理智、她的孤傲都在这场危机中被颠覆了。

许可把金灿痛斥为娼妓的辱骂已经超出女人所能忍受的范围,以她一贯的洁身自好,这种恶毒的语言事实上已经构成了对她精神上的绝对强奸,与肉体被玷污毫无二致。她悲痛欲绝,短时间内甚至出现幻听,感觉所有人都在耻笑她、指责她,她失去所有斗志,取而代之的是瑟瑟发抖的身躯和泪水涟涟的悲泣,她被彻底击垮了!正当她感觉自己的灵魂已经坠落黑暗时,一只强有力的手抓住了她。那天,韩永刚的仗义出手让她得以苟延残喘,避免一出人间悲剧的发生,也就是那天,她领教了一个男人原始的野性和霸气,尤其是当她听说许可是捂着肿胀的脸离开公司时,她那遭受屈辱的心顿时得到慰藉,有生以来第一次那么的酣畅淋漓。

当晚，韩永刚和艾芸到金灿家探望她，她的创伤还未愈合，言语迟钝，目光涣散，因没有装扮而显得憔悴、凌乱，整个人直如大病一场。客人们为了不影响她休息，聊了不长时间便提出告辞，被她阻止，她几近哀求，请他们多坐一会儿。韩永刚考虑到自己一个大男人不方便久留，便说自己还有事情，要艾芸留下。金灿眼中闪过一丝不为人知的极度失望，改口让他们都走，并坚持送他们下楼。出了门洞，韩永刚停步，伸出手，说道："金灿，黑夜就要过去，明天，你还是原来的你，振作起来。"

她还未伸出手，鼻子就先开始发酸，眼睛随之晶莹，在对方的手掌里，她顿时感到温暖、坚定，若不是因为一旁的艾芸，她几乎要倒在韩永刚的怀里。

习习的冷风中，艾芸挽着韩永刚的胳膊向停车场走去，俩人卿卿我我，全然没有意识到黑暗中有一道孤独的身影被路灯越拉越长。

汽车发动，亮灯，驶离。

金灿再也控制不住，任凭发梢在冷风中飞扬，泪珠大滴滑下。她哭了，哭得同泪人一样，剧烈耸动的双肩像一片单薄的小舟在风浪里上下颤抖。

> 昏鸦尽，
> 小立恨因谁？
> 急雪乍翻春阁絮，
> 清风吹到胆瓶梅。
> 心字已成灰。

纳兰性德在写《梦江南》时，绝没有想到三百多年后会有一位叫金灿的姑娘重蹈他当时的心境，倘若他天上有知，必当感叹古往今来，一个"心"字让多少才子佳人肝肠寸断。

金灿妒忌了，伤心了。

金灿回到家，打开抽屉，小心翼翼拿出一个相框和一串项链，坐在沙发上细细端详着。相片是她和韩永刚在芝加哥威利斯大厦的合影，且不说两人一脸灿烂，仅相框材质，便可看出主人对合影的重视程度。她用手摩挲着照片中韩永刚

第三章 得与德

193

的脸,又抚摸韩永刚送她的那串项链,思绪如潮涌。

相片中,韩永刚笑得那么开心,眼神那么清澈,显然是要把这张合影当成求婚纪念照。一想到韩永刚在大庭广众跪下,金灿不由得脸庞发热,心道,这老兄其实不缺乏浪漫,也勇气十足,当时只要自己点头,现在挽着韩永刚胳膊的人就不是艾芸,而是自己。

"我是不是把道德标准设置得太高了呢?"她把相框往床上一扔,又想,"不,不是我高,而是艾芸太低。艾芸为了达到目的,不顾道德与廉耻,不惜用自己的身体完成了一桩廉价的交易,她就是用肉体绑架了韩永刚。"她摇摇头,开始替韩永刚抱屈。她不认为韩永刚会喜欢艾芸,他们的结合对韩永刚来说,是一种无奈,因为艾芸误打误撞,成为其近二十年来感情祭坛上的贡品,韩永刚无法拒绝。

"他还是爱我。"金灿接着想,"如果我释放爱意,相信他会拿下贡品,挪走祭坛,并走出阴影。可是,艾芸怎么办? 这小女生张罗给我介绍男朋友,自然是为了补偿愧疚,但感情不是商品,全世界也只有一个韩永刚。"

站在爱情的十字路口,金灿彷徨起来,向左是不计后果与艾芸争夺韩永刚,向前是接受艾芸的安排,与他人约会,向右则再次关闭爱情的大门,作壁上观。何去何从,她没有了主意。

金灿正是带着这些念头去与李忠国约会,那么她看上李忠国了吗? 显然没有,因为艾芸已经感受到了来自金灿的威胁。

女人对感情的敏感程度有时就像章鱼,每条触手都能把外界的刺激与神经元相连,尤其热恋期的女性,对来自同性的威胁更具备充分的想象力,一旦察觉爱情被别人染指,就会不惜动用一切手段来保卫自己的利益。从金灿重新上班后的这几天,艾芸隐约感觉她有些乖张,开始她没在意,以为这还是和许可那场风波的后遗症。但是,几次有韩永刚的场合,艾芸发现金灿目光中有些暧昧,凭直觉,她认为这里面出问题了。不过,艾芸可不是那种息事宁人的女孩儿,无论谁也休想动她的爱情奶酪。她买通韩永刚的秘书小姜,只要赶上韩永刚在会议室开会,艾芸就会溜进他的办公室,查找电脑上企业邮箱里金灿的邮件,不仅如此,她又找各种借口查看韩永刚的手机短信。别说,这种手段还真让她发现了一些秘密。她先是从韩永刚的企业邮箱看到金灿感叹芝加哥的那段经历,然后在手机短信中又看到金灿感谢韩永刚在芝加哥对她的帮助。尽管这些言词中通篇没有"爱"或者是"想念",但是艾芸还是能够悟出金灿的真实想法。

艾芸生气了,也紧张了。

她明白这里面的含义是什么,她本想找金灿理论,又一想没有确凿证据,蛮干不仅是自取其辱,还有可能把韩永刚推向金灿。何况现在还没到摊牌的时候,如撕破脸面肯定会影响工作,甚至打乱韩永刚在一卡通项目上的计划。她找到韩永刚的秘书小姜,凭私交给其布置一道任务:只要金灿单独找韩永刚,立刻给自己打电话。她又分别找人力资源、财务等部门的领导聊天,有意或无意,把自己和韩永刚的关系透露出来。尽管韩永刚规定天海公司员工之间不能谈恋爱,艾芸此刻也顾不上许多,两害相权取其轻,只要这样做能对金灿起警示作用,就算韩永刚责骂,她认了。

这天下班,艾芸把韩永刚拉出去吃饭,俩人先是聊了过节期间的安排,然后艾芸把话题转向金灿,她询问韩永刚,金灿这几天是否反常。韩永刚莫名其妙,反问艾芸何出此问,艾芸不答,只是坚持让韩永刚认真回答。韩永刚看艾芸不似玩笑,想了想,并没发现有什么,只好据实说出。艾芸又好气又好笑,不过她知道韩永刚是粗线条的男人,在感情方面更是大大咧咧,让他察觉这方面的蛛丝马迹显然勉为其难。于是,艾芸把自己这段时间对金灿的判断添油加醋地说出来,韩永刚听了个大眼瞪小眼,仔细一想,果然让艾芸说中几点,顿时皱起眉头。他想,难道自己痛打许可给金灿带来什么误会?不管怎么说,金灿的目光中偶尔真能看到燎出的火焰,就像在芝加哥的那个晚上。可是这又怎么可能呢?他与艾芸的关系现在已经发展到谈婚论嫁的地步,俩人也分别见了各自的家长并都获得认可,若是反悔,他韩永刚便如路上的狗屎必将遭人唾骂,他的良心也将永远抬不起头。

"你怎么看?"韩永刚胸有成竹,想逗逗艾芸。

"哼,真不要脸,我算是瞎了眼。"

"别这么说,她或许不是这个意思,你误解了。"

"我误解?你也别宽慰我。老韩,你一定要知道,女人在别的方面可以马虎,唯有爱情是揉不得半点沙子。就像你,一提到南海主权就撸胳膊挽袖子,恨不得找人打一架。所以,你可以怀疑我这、怀疑我那,但千万不要怀疑我在这方面的判断,拜托。"

"哈,你是卖瓦盆出身的,一套一套的。"

"那是当然。不要低估女人捍卫爱情的决心,她绝不亚于你保卫领土的勇气。老韩,知道我为什么死乞白赖地要嫁给你?"

"嗯,大概是我能吃能睡。"

"什么呀。我需要的是你的肩膀,千万不要以为是你兜里的钱,肩膀可以依靠,钱却是靠不住的。"她的睫毛抖动几下,跟着长叹一口气。

"小小年纪哪来的那么多感叹。"

"我后悔啊。后悔当初不该建议金灿和你去美国。"

韩永刚马上紧张起来,瞪着眼说道:"瞎扯,我们去美国是为了工作,你怎么又来了。"

"直觉,完全是直觉。老韩,这几天女人的直觉告诉我,你们在芝加哥有过一个不平常的故事。"

"扯淡,你不是没事找事吗? 美国的事情都说了无数遍,没完没了了?"韩永刚有些恼怒,脸红脖子粗冲艾芸嚷嚷起来。他不善于说谎,也不会随机应变,把戏若被揭穿,他除了色厉内荏地拍桌子、瞪眼睛,别无他法。

艾芸这次倒是出奇温顺,既没有不依不饶,也没有冷嘲热讽,只是望着韩永刚凄然一笑,幽幽说道:"老韩,我不是无聊的女人,更不会没事找事。从决定嫁给你的那天起,我就发誓不再看别的男人一眼,并把所有爱都给你一个人。那天,你为了替金灿出气,不惜把我推向墙壁,我忽然好害怕……"她眼圈有些发红,声音也开始哽咽,停顿了一会儿又继续道,"我从小到大都是父母的宝贝,没有被人推搡过,别误会,这不是我害怕的原因,我害怕的是,因为金灿,你总有一天会离开我……"说到这,她再也忍不住了,低声啜泣起来。

韩永刚见对方一副楚楚可怜的模样,心一软,握住艾芸的手,轻轻拍打着她的手背,眉宇间拧成一堆疙瘩,如雕塑般凝固。

他知错了。

艾芸的眼泪和表白强烈震撼了他,迫使他第一次严肃、认真地思考自己与这

两个女人的关系。"是啊，自己和艾芸在一起时，从没有把她当成未婚妻，干什么都在敷衍了事，总认为存在代沟，根本没有情感的交流。"他回忆和艾芸相处的时间里，自己对待艾芸就像长官与士兵的关系，除了命令，赞美的话都非常吝啬，但对金灿，不仅像兄妹……

"原来根由在我这里……"

过了好半天，他终于开口："艾芸，你尽管放心，我用我的人格保证，我绝不会离开你，说话算话。相信我，只要我答应的事情纵然天塌下也不会改变。关于金灿的事情就此打住，我会在必要的时候向她挑明，假如她真的不能摆正自己，我只能劝她自行离开。真对不起，让你受委屈了。另外，你也不要对她那种态度，若不是咱们阻拦，说不定她已经答应严向东去了美国，现在大家毕竟还是同事，低头不见抬头见，任何问题都要以和平的方式解决。"

"谢谢。其实我已经是你的人了，别的我也不多说，希望你能顾及我的感受，不要做对不起我的事情。"听了韩永刚的话，艾芸解开了心中的疙瘩，虽然她还有一些疑虑，但是根据韩永刚的性格只能见好就收。不过，她还有后招，她心里已经盘算，等过节的时候，让双方家长提出把婚期提前到五一，这样即使韩永刚和金灿有想法也来不及了。

韩永刚也是一个急脾气，艾芸的话一语惊醒梦中人，让他立刻重新审视金灿的言行举止，他果然从中发现端倪，意识到事态的严重性，恨不得马上把金灿找来当面锣、对面鼓地说清楚。不过他不是猛张飞，深知割裂感情必须讲究方式，上来就得"快、准、狠"斩断情丝，就像古龙笔下的"小李飞刀"李寻欢，出手就要见血封喉，一旦形成钝刀切肉，感情就会变成巨兽吞噬他和金灿，艾芸也会成为感情的祭品。

如何挥起这把刀呢？韩永刚心里实在是没谱。他不是感情高手，也不是心硬如铁，若用人在江湖来比喻，他就是一个侠骨柔肠的刀客，莫说对金灿，就是对一个普通女孩，他都不忍伤了对方。可是，他又无从选择，因为另一个女孩已然受伤，而且开始滴血。他忘不了艾芸那凄然一笑，那比给他两记耳光更让他难受，那是一个女孩无力的抗争，也是未婚妻对他的无奈谴责……

回到家，韩永刚辗转反侧，渐渐有了主意。他一骨碌从床上爬起，给金灿发了一封邮件并抄送艾芸。他写道：

> 金灿，这几天一直想和你聊但总没有时间，不知道许可那家伙给你造成的伤害过去没有，甚念。也许你会奇怪，天天见面为什么要发邮件询问，这正是我难言之处，如果这种问话造成对你的第二次伤害，请见谅，我绝不是故意的。
>
> 从许可走后，我感觉你对我的态度有些变化，如果没猜错可能是因为我教训了许可，无意间给了你感动。金灿，不要以为我是专门为你打了他，更不要把这件事情复杂化，我当时的动机其实很简单，就是不允许任何人破坏公司的规章制度、影响团结。他是撞在枪口上了，所以，你没有必要对我感恩。这件事情其实我做得也不漂亮，身为总裁，我不该打人，我给员工们写的检讨书想必你也看了，我保证下不为例。金灿，你很聪明也很有能力，应该能够干出事业，我会全力支持你干好工作，听艾芸说你和李副厅第一面感觉不错，祝贺你们，真诚希望你们能喜结连理。
>
> 韩永刚

邮件发出后，韩永刚有些忐忑。尽管他相信以金灿的情商必能理解他的苦衷，也相信金灿能顾全大局。不过他还是有些担心，女人就是女人，一旦陷入感情的泥沼，纵使她有一身的智慧也无法脱逃。古往今来，感情这把双刃剑男女通杀，不仅美丽佳人难以躲避，便是英雄好汉也难逃厄运。

第二天一上班，韩永刚就开始提心吊胆。别看他自信满满，可面对金灿还是底气不足，毕竟这件事情由他而起。

直到快下班，金灿终于露面。她面容憔悴，不知是没有休息好还是那封邮件起了作用，总之，给韩永刚的感觉，她就像即将去哭长城的孟姜女，神态既有伤感又有决绝。她出奇地平静，上来就告诉韩永刚她已经看了他的邮件，只是心中有几个疑团需要当面请教。尽管她没有哭，但是却有着无限的哀婉，宛如黛玉葬花那般如泣如诉。

韩永刚慌了。之前，艾芸已然让他愧疚，金灿的表情更让他感到自己罪大恶

极,不过他已无路可退,必须斩断金灿的任何幻想,哪怕金灿离开天海公司也在所不惜,因为任何模糊的表示都会把两个女人拖向感情的地狱。他硬起心肠,没有劝慰,也没有让座,只是默默地点点头。

"你爱过我没有?"

他目光迟疑了一下,又点了点头。

"在芝加哥,你对我表白是玩笑还是认真?"

他刚想说是认真,话到嘴边又咽了回去:"对不起,是玩笑。"

金灿不再发问,只是低低说了声"谢谢",便离去。

同样是这间办公室,同样是这两个人,金灿是第二次失意地走出这个门,与第一次应聘不同,这次她的心彻底碎了。韩永刚在她转身的瞬间,清楚看见一滴晶莹的泪珠轻轻滑下。人一生要进出无数的命运之门,没有人能够保证自己每推开一扇门都笑容满面,也可能会泪湿衣襟,这并不可怕,因为泪水终将被时间风干。

金灿刚走,艾芸便像松鼠一样蹦了进来,听完韩永刚的叙述,她捧着他的脸深情地吻了一下。

第二天上午,严向东带着虢新庭再一次来到天海公司。与上次不同,这次严向东的态度极其友善,全然不念旧恶,仿佛上次的争吵不过是戏中的对白,与现实无关。韩永刚固然惊讶对方态度的转变,但是更让他吃惊的在后面。当严向东说出希尼克公司将退出阳明市一卡通项目时,韩永刚几乎怀疑自己的耳朵出了问题,刚确认自己听力无误,对方紧跟着抛出并购设想,搞得他如看悬念片一样,不知是惊是喜。

严向东所说的并购,韩永刚非常清楚,在全球经济一体化的今天,企业之间的联合、重组已经是一种常态化的现象,像早期的惠普收购康柏,以及近期传得沸沸扬扬的微软打算收购雅虎等,都是资本对技术和商业市场的重新洗牌,目的就是打造巨无霸企业,提升企业在全球市场的最佳份额。按严向东的说法,瑞祥集团可以采用现金或证券方式入股天海公司,再由天海公司对其下属的三级上市公司完成并购重组,实际上也就是买壳上市,然后希尼克公司同样采用反向收购的模式把业务注入重组后的公司,接着如法炮制。反正瑞祥集团旗下有十几个上市公司,尽可能复制整个资本运作流程,将国内具有一卡通技术的企业通过不断并购最后组成集团,并在以资本为链条的拉动下,形成一个庞大的集技术、市场、销售、产品为一体的巨型跨国公司。

韩永刚怦然心动,对方描绘的前景实在是诱人,这倒不是他不懂对方所说的道理,而是自己实力有限,要知道,真要实现这个目标,没有强大的资本支撑,没有数量众多的上市企业,无异于痴人说梦。他也知道,这件事只有严向东这类人能做到,别人皆无可能。

"难怪他不做一卡通项目,原来还有这么一手。"韩永刚心里一块石头落地,顿时轻松许多。

严向东走后,韩永刚又反复想了半天,越来越感觉这是天上掉馅饼,越想越是兴奋,因为无论从可行性还是必要性这都符合天海公司和他本人包括公司股东们的利益,换句话说,严向东的方案能够让他在短时间内到达这辈子都无法企及的目标。

他拿起电话,想让秘书通知所有股东开会,讨论严向东带来的喜讯,电话举到耳边又被放下,他忽然想起一件事,心里产生一丝不安。韩永刚清楚记得俩人不久前不欢而散的情景,严向东恼羞成怒的模样让他有些担心,尽管他嘴上说不怕对方报复,实际上哪个企业能够真正做到屁股干净,万一让工商、税务查出账务漏洞,他可就没有好日子过了。再说,关于严向东的传闻不少,尤其那些和他作对的人都得不到善终,由此可以看出严向东并非君子,而像一个心狠手辣的黑社会老大。

韩永刚的思想激烈斗争着,既担心落入陷阱,又害怕失去一个绝佳机会。想来想去,他始终想不明白,毕竟他和严向东仅仅是球友,没有共事过,但如此巨大的商业利益若失之交臂,他愧对公司员工和股东。

正负面都被韩永刚想到了,唯独还是下不了决心,忽然,他灵机一动,想起金灿。他知道金灿在做严向东助理时接触过并购案,对此类事情并不陌生,何况她的专业和这个沾边,请她指点再合适不过。他马上又拿起电话,刚要拨分机号,犹豫起来,再次放下。他想起自己对金灿的伤害,觉得手中的电话重若千斤。

叫不叫金灿,韩永刚现在连这点主意都没了。

还是艾芸给韩永刚出了主意，让他以开会为名义召集公司主要领导讨论收购案，这样就可以不显山露水地让金灿拿个主意。韩永刚认为这个方法不错，既可以堂而皇之向金灿请教，又可以回避俩人在情感上的纠葛。艾芸也甚是得意，这一上午她没干别的，全副精力都放在了韩永刚这边，她也怕金灿想不开，会有过激反应。

公司会议室里，参加会议的除金灿外还有张总、蒋总。韩永刚简明扼要地把严向东提出的并购介绍了一下，开始征求大家意见。张、蒋二人对并购持赞成态度，一致认为天海公司若能攀上瑞祥集团实乃大家的福分，至于风险他们则认为是零，理由是：瑞祥集团年产值过千亿，而天海公司不过区区过亿，就算严向东人品再不好也没必要拿天海公司开涮，何况并购乃国际潮流，严向东也不是心血来潮，他肯定看中了天海公司的软、硬实力，若是普通公司还未必能入其法眼。韩永刚对张、蒋二人的言论不置可否，他在等待金灿的分析。

金灿听得很认真，似乎一夜过后，她的感情伤疤已经愈合，尽管她依然憔悴，但这丝毫不影响她的思维。她说道："记得在康奈尔读硕时，导师曾经讲到过美国安然公司破产的案例，感觉你刚才所说的资本运作流程与安然非常相似，都是以母公司为主体，纵向向下发展关联企业。当然，安然的破产并非因为这种模式，还牵扯到其他复杂因素。我的意思是，这种模式如果在良性循环下，的确可以打造一个巨型集团公司，因为资本本金可以通过接二连三的上市公司源源不断注入母体，说白了，也就是母体公司经控股下属的子、孙上市公司，从股民那里获得取之不尽的现金，像万川归海一样。"

韩永刚频频点头，这正是虢新庭对他阐述的观点，也是他之所以为之心动的重要原因。他忘记和金灿的纠结，兴致勃勃地与金灿讨论并购后的风险。

"但是，事物有正必有反，"金灿继续道，"你不能保证所有上市子公司都能盈利。安然破产原因之一，好像是某些企业利用安然的不动产做抵押，向市场发行债券，由此激活现金流，可没想到市场以及国家政策的变化导致经营亏损，安然只能按协议拆东墙补西墙，替那些亏损公司偿付，最后因窟窿太大，以安然这样的巨型能源公司也无法支撑，只能申请破产，这是风险之一。"

韩永刚与张、蒋二人相互对视，点头表示同意。

金灿继续道:"你说的瑞祥集团我正好了解,它的实力毋庸置疑,但是合作讲究诚信,既然你担心严向东的为人,就必须谨慎,因为在上述环节中,如果出现问题,他完全可以牺牲你,利用控股权转移优良资产,把你变成空壳,或是修改账面欺骗你,还有诸如增加股权融资来稀释你的股权,这是风险之二。第一种风险属于看天吃饭,凭经验可以预测,第二种可就难办了,根本无法预测,人要是使坏,天都拦不住。不是我背后说人坏话,在瑞祥集团的半年时间里,我亲眼看见一家企业老总跪在严向东面前哀求,不要抛售他们公司的股票。"

蒋总插话道:"严向东口碑的确不好,社会上有关他的负面传闻不少。"

金灿赞成,说道:"所以,我不赞成你和他的合作。于其临渊羡鱼,不如退而结网,反正你规划两年后达到上市目标,又何必在乎这点时间呢?拥有现实目标的十分之一比拥有梦中的百分之百更实际。还有,网络技术与安全、一卡通技术、产品基本形成公司未来发展的三驾马车,只要按照正确方向跑下去,谁敢说前景一定会次于被并购呢?谁又敢说天海公司不能复制瑞祥集团的成功之路呢?这是我的观点,不一定正确,仅供你参考。"

韩永刚哈哈笑起来,金灿的话说到了点子上,他茅塞顿开。

金灿难道真的已经逃出感情旋涡?当然不可能,从她接到韩永刚的邮件那一刻起,她整个人便被感情的旋涡吞噬了。阳光不再明媚,世界不再多彩,目光所到之处都是被扭曲的影像……

她知道韩永刚的秉性,一旦决定就绝无更改,她不想被韩永刚瞧不起,也不想被别人视为荡妇,她的泪已经流干,现在所能做的就是舔舐滴血的伤口让自己活下去。在她开会之前,已经悄悄为自己订了一张当晚回家的机票。她会上本不想发言,但深知收购案的风险,万一韩永刚堕入彀中,自己的罪过便如最后晚餐里的犹大。

可怜的金灿,她不再是那个高傲的公主,更像是感情的囚徒,为了挣脱牢笼,她没有别的办法,只有逃,逃离天海公司、逃离庆义……

第六节　大黑鱼的启示

　　韩永刚收到金灿的辞职报告已经临近下班。他并不意外,事实上这几天一上班,他就查看是否有金灿的辞呈邮件。这倒不是他希望金灿走,他反而是希望金灿晚走,最好等到网络事业部成立后再走。他不幻想金灿会留下,以对方的秉性若是不走,他反而会非常奇怪。尽管已经是预料中的事情,但韩永刚的心情还是非常沉重。许可走了,金灿又要离开,很难想象在没有他们的日子里公司将如何运作。尤其当他回绝严向东的并购提案后,他知道,对方绝不会再把一卡通项目拱手让给自己,而随着金灿离开,孟志远一分钟也不会多留,网络事业部便成了空架子,金灿分析的三驾马车实际上仅剩下产品一项,天海将成为名副其实的瘸腿鸭。他和他的天海公司将失去自己的造血机能,所有的理想、所有的宏伟蓝图都将被现实打回原形。这还不算完,许可一走,势必带走许多老客户,公司连最起码赖以生存的项目也将从此萎缩,结局很可能是在亏损中倒闭。

　　要不要接受严向东伸出的橄榄枝?韩永刚无奈地再次捡起这个想法。很快,他就放弃了,原因很简单,他宁愿在狼窝里取暖,也不能在严向东的屋里过冬,换句话说,若都是死,他也要选择最有尊严的那种。

　　说服孟志远留下?韩永刚又燃起希望。尽管这种可能性极小,但是并非一点希望没有,毕竟孟志远也是人,若以公司股份加上副总裁的职务,或许可以抵消金灿对他的影响。只是这里面也存在风险,如果孟志远因利益留下却心有他属,岂不成了出工不出力,自己最终还是竹篮打水。

　　干脆,打一场一卡通项目保卫战,与严向东死磕。韩永刚精神一振,觉得在目前的形势下,只有通过背水一战才能摆脱公司将发生的困境,也只有在一卡通项目上自己能和严向东较量。但这里面也存在极大风险,万一严向东采用高压策略将事态扩大化,极有可能牵连刘部长和单副市长,造成玉石俱焚的局面。

怎么办?韩永刚彷徨了。

金灿来了,她是来找韩永刚告别的,三个小时后她将登上飞往北京的航班。韩永刚没有挽留,也不打算送行,自给她邮件那天起他就知道这是必然的结局。眼前这位姑娘和二十年前的那位一样,只是他生命中的一段辛酸记忆,他无力摆脱这个魔咒,他唯有让自己的微笑在这一刻为俩人的感情画上句号。他想笑,可办不到,脸部肌肉像是中了风,僵硬又酸胀,别说是笑,连哭恐怕都勉为其难。

金灿默默望着韩永刚,对方五味杂陈的心态尽收眼底,她没有安慰,更没有鼓励,甚至连一句告别之类的话都没说,任凭黯然的目光流连在对方脸上。

此刻,她在想什么?难道她的心依旧徘徊在那个无谓的痴想;难道她要将离别镌刻成生命的一段乐章;难道她从此不知生命将何处飘零;难道她也要把感情钉上十字架?没有人知道她此时的想法,她的脸色依然那么苍白,眼神充满了忧郁,像是一幅没有色调的素描。

她走了,走得是那样悄然,恰似秋叶被风带走。

尽管叶是那样的留恋着树,树也眷恋着叶,可惜风永远不解树与叶的感情,秋天也就注定成为它们分离的季节。

她像是来过,或许根本就没来过……

尽管人一辈子都在努力记忆,但是,有时学会"忘记"却不啻为开启幸福之门的另一把钥匙。

大年初四下午,金灿和妈妈在通州的爷爷家串门,父亲打来电话,说是家里来人找她。男人似乎有一通病,对自己不关心的事情多一句也不问,金灿急切想知道来人的身份,可是父亲只知道客人来自外地,是男的。金灿急了,刚要让父亲把电话交给来客,里面传来一阵搓麻将牌的声音,随之电话挂断。金灿知道父亲一玩麻将,天塌下也不顾,于是只好自己先往家赶。

来人是谁呢?她既紧张又好奇。

马上,韩永刚蹦进她的脑海,她一怔,气得狠狠掐了一下自己的手,疼得差点喊出声来。她发过誓,只要再想韩永刚就掐一下自己的手,直至彻底从记忆中删除他。她是认真的,否则左手手背也不会青一块儿、紫一块儿。

　　有道是"哀莫大于心死",对金灿而言,却是"哀莫大于挣扎"。从庆义回来,她把与韩永刚的合影以及韩永刚送的项链统统放进盒子,并在盒上插上象征墓碑的卡片,写下墓志铭:"自古红颜多薄命,泪水东流梦难成"。表面看她似乎埋葬了自己的爱,实际上她是在发泄对命运的不满。一个孟志远已经让她肝肠寸断,好不容易等来韩永刚,他却将和别人走进婚姻的殿堂,更令她纠结的是,直到现在她也无法捋顺自己的思路,越是怕想到他,大脑越是念到他,尤其在梦中,韩永刚几乎成为常客,一觉醒来,枕头经常被泪打湿。

　　大年三十那天晚上,她内心的挣扎到了顶点。她第一次捧着手机,像大多数人那样不停地收发着拜年短信,随着时间向零点逼近,一种期盼变得越来越强烈,每当有新的短信闪烁,她马上兴奋地打开,一看不是自己所期待的人发来的,便失望地对着手机发呆,惆怅渐渐掩盖了节日的欢笑。

　　期待是美好的,只是成为不可能时,期待就变成了一种苦涩。

　　直到零点,金灿没有等来韩永刚的拜年短信,她狠狠地掐了自己,那情绪就像是在掐韩永刚。不知是疼还是委屈,她的眼泪再次滑落。自此,只要脑海中冒出韩永刚,她就掐一下自己,这招是否管用恐怕只有她自己知道,反正她是屡想屡掐,屡掐屡想。可是韩永刚比电视剧中的插播广告还要执着,只要夜深人静或是独处闺房时,他就会出现在她的脑海中。

　　可怜的金灿现在终于知道,爱一个人很难,忘记一个人更难,如果让爱和忘记同时进行,那就是难上加难。难并不可怕,可怕的是在体验难的过程中,她的心也要跟着流血。

　　所以,不难理解她父亲的电话就像微弱的星光,照进她感情中最黑暗的那部分。

　　"真会是他?"她抚摸着疼痛的手暗想,"为什么不,如果他也和我一样,说不定就会来找我。"忽然,她心中激动起来,眼睛随之明亮,仿佛看见韩永刚向自己走来,并轻轻呼唤着:"金灿,我来了。"她鼻子一酸,差点掉下眼泪,如果真有此

第三章　得与德

景,她宁愿付出更多的思念。可惜,这种温馨的臆想很快化为沮丧,她想,真要是韩永刚,他肯定会亲自打给自己。

"可能是孟志远。"她眉头迅速皱了起来。她记得孟志远在年三十发来的拜年短信中提到想来北京。不过这个想法马上被否定,因为父亲认识孟志远。一想到孟志远,她微微产生歉意,同时也替韩永刚遗憾,这两个男人曾经都是自己的至爱,又都是因自己走到一起,最终却还是因自己的离开而分道扬镳。想起韩永刚对孟志远的求贤若渴,她不由得苦笑了一下,其实她已经警告过韩永刚不要把孟志远当作救世主,男人啊,为什么宁可相信幻想也不愿意尊重现实,非等撞上南墙才回头。

"难道是李忠国?"她忽闪着眼睛,想了想,觉得也不可能。她已经明确告诉对方俩人不合适,并且拒绝第二次见面,这次离开庆义也没有打招呼,更何况他不知道自己北京的住址。对李忠国,金灿并无恶感,可以说,若不是韩永刚,她兴许会谈下去。李忠国完全是在错误的时间,错误的地点,谈了一场错误的恋爱,连被拒绝都不知道为什么。"他不算一个差男人,只是没有缘分。"她忽然闪过一丝念头,"既然与韩永刚已经没有可能,为什么不和李忠国继续呢,他的拜年短信不是也提到这点?"马上,她又排除了这种假想,因为她不想再回到那座令她伤感的城市。

三个最有可能的人都被排除,金灿真有些摸不着头脑了。她的好奇心越来越大,连严向东这种绝无可能的人也被她拿来揣摩。之所以把他入列,是因为他年三十那天打来电话,让她解释拒绝去瑞祥集团的真实原因,并怀疑她受到某种力量的控制。他火气很大,连韩永刚也捎上一起骂,说天海公司的人都爱出尔反尔,韩永刚将为拒绝并购付出代价。尽管金灿坚称自己是因为离不开父母才拒绝,严向东还是将信将疑,并再度劝金灿加盟,这次金灿没有拒绝,说是需要时间考虑。严向东是个急脾气,家又在北京,若说他来并非不可能。

金灿想了半天不得要领,不禁埋怨父亲,因为除了韩永刚她不想见其他任何人。在下出租车那一瞬间,她心里开始默默祈祷:"神啊,让我喜欢的那个男人出现吧。"

许可被严向东一个电话叫到北京,他知道自己的出头之日到了。

说来也奇怪,就在接到严向东秘书电话的前夜,他梦见一个狭长的河道里有一条硕大的黑鱼,黑鱼之大几乎与河道同宽,鱼脊高耸出水面如小山,它缓缓游动,尾部荡出层层浪花。醒来后他惊魂不定,不知该梦主吉还是主凶。他媳妇闻知大喜,说鱼和水在梦中皆为财,如此大鱼象征巨财,况且此梦在新年伊始,乃大大的好兆。

许可听后虽然高兴,但是也只是三分钟热气儿,他不认为目前的状态他能有多大作为,因为他新落脚的公司还不如天海公司的规模,也没有上市计划,自己的职务与薪酬和天海公司无太大差别,若真要实现媳妇所说的巨财,在这里根本没戏,除非能攀上严向东这棵大树,或者回到天海公司。

就在他差不多忘掉美梦之际,严向东秘书的一个电话让他的心态发生巨大变化,他不由得想起媳妇的解梦之说,深信自己时来运转。"原来这个梦应在了严向东身上,难怪又黑又大。"他搂着媳妇又是说又是笑。

严向东的秘书告诉许可,严董有重要事情要和他商量,请他务必去北京一趟。何谓重要事情,何谓务必? 许可尽管不知道此行目的,但是却非常清楚这里面的含义:当一个大人物对一个小人物采用这种措辞时,至少说明一点,你在他心中的分量已经非同一般。

许可兴冲冲告别家人,当天便到了北京严向东的家中。

严向东的别墅坐落在北京海淀区毗邻昌平的一处环境优雅、景致宜人之地。小区里每幢别墅风格迥异,各个花园也标新立异。这里既能看到中式园林结构的庭院、回廊,也能看到欧美古典派的雕塑、喷泉,仅从别墅外观便能彰显这里主人的显赫地位与财富。

坐在严向东豪华的会客室,许可领教了什么才是富豪的生活。一块看上去做工精美的波斯挂毯,他壮起胆子猜了三遍都没有猜中价格,猜得最高那遍是一百万美元。严向东笑了,像是在讨论一棵大白菜的价钱那样,轻松地告诉他,这个挂毯是他在迪拜花一千二百万美元买的,仅里面镶嵌的红、蓝宝石就有数百颗之多,更别说差不多用了几公斤黄金。

许可不敢再东张西望,这间屋里散发出的珠光宝气让他觉得自己真是土得不能再土,如果再问只能自取其辱。他虔诚地坐在沙发上,双手搭膝,像对待圣人那样看着严向东,他心里已经打定主意,无论如何要跟着严向东走。

"许总,知道为什么大过节把你请来吗?"

"不知道。但能得到您的召唤,那是我极大的荣耀。"

"嗯,你可以这样认为。你现在有工作吗?"

"没有。"许可说完,有些紧张,两眼紧盯着对方。

"上次你问能不能为我工作,我没明确回答,这次把你叫来,就是要给你一个说法。"

许可一阵激动,眼珠子转了几下,脑海里出现了梦中的那条大黑鱼。

严向东看着许可那急不可待的表情,呵呵笑了起来,继续道:"我就没有必要浪费时间介绍瑞祥集团了,说说你想在我这干什么?"

许可早已料到严向东会有此一问,但此刻亲耳听对方说出口,他的脑海里立刻呈现出大黑鱼尾部荡起的浪花,媳妇那句"水也是财"充满脑海,竟使他一时语塞,只得结结巴巴道:"我都可以,一切听您安排。"

"呵呵,很好,那就这样,你还是回天海公司。"

许可一惊,不知是自己听错还是对方开玩笑,瞠目结舌,光"这、这……",没有了下文。

"许总,我没有开玩笑。"严向东敛起笑容,认真道,"我打算收购天海公司,让你去做 CEO,怎么样?"

"谢谢严董,谢谢。"巨大的惊喜让许可差点没跳起来,他根本不去考虑收购的可行性以及韩永刚会不会同意公司被严向东收购,而仅凭这是严向东的话就足够了。因为以严向东的权威性、实际能力以及大过节的把他从庆义叫来,都说明了他许可将是天海公司执行总裁的不二人选。

坐在豪华别墅里,品味着上等法国红酒,陪着严向东说话,许可忽然觉得自己的身价急剧攀升,俨然也是一个富商巨贾。他得意啊,职场多年的打拼,他向来都是转磨的驴——听喝的角色,在外企如此,天海公司更是如此,然而从今以后,他是老太太碰电门——抖起来了,没有人敢小觑他,他也将享受那种一呼万应的快感。最重要一点,他的别墅不再是遥不可及,真是太爽了。

"严董,请您放心,良禽择木而栖,贤臣选主而侍。您既然这么看得起我,我一定鞍前马后尽我所能报答您的知遇之恩。"这话既是发誓又是效忠,许可知道,仅凭严向东的提携还远远不够,若真想发大财必须成为严向东的心腹。

严向东笑了笑,赞许地点点头。他并不了解许可,照理不应该这样草率开出空头支票,但由于一卡通项目不等人,加上他已经决定强行收购天海公司,如何维持天海公司的正常运转便成为大事,考虑再三,他认为最佳人选莫过于许可。首先,许可离职前就是天海公司的副总裁,熟悉公司的各项业务,其次,他与韩永刚是死对头,这样就不用担心他的胳膊肘往外拐,第三,一卡通项目一直是他分工主管,与甲方有良好的沟通渠道,这样即使公司归属改变也不影响项目的招投标。另外还有最重要的一点,就是通过许可联系天海公司除韩永刚外的所有股东,让他们投票赞成并购案,那么哪怕韩永刚反对也无济于事了。

严向东城府极深,他并没有把这次叫许可来到目的和盘端出,只是大概介绍了韩永刚拒绝被并购,问许可有什么办法。

许可开始有些心凉,觉得这件事情不容易,明摆着,韩永刚有自己的小九九,他要是不干,任谁说都没用。后又一想,自己未立尺寸之功便被委以重任,肯定自有道理,说不定严向东就是考验自己有没有这个能耐,若不能帮助严向东完成并购,自己这个 CEO 恐怕不过是黄粱美梦。另外,如果借这个机会把韩永刚打下去,正好可以显示自己的本事,让严向东刮目相看。他急了,蹙着眉头陷入深思。严向东也不催他,在一旁优哉地慢慢饮酒。

过了差不多一支烟的时间,许可蓦然舒展眉头,叫道:"有了。"一仰脖喝干杯中酒,然后就像是做了一件痛快的事情,一抹嘴,一五一十地向严向东说出自己的想法。

严向东听了个大眼瞪小眼,心想:"看不出这小子倒是一个狠角色,就为了韩永刚的一拳,处心积虑要把他送进监狱。也亏他想出这么个主意,只是这个办法能用吗?"想了一小会儿,他有了主意,问了句不相干的话。

"许总,你和韩永刚除了那一拳外,还有其他过节没有?"

许可非常聪明,严向东一句问话让他立刻知道对方分明是怪他心狠手辣,顿时惊出冷汗,他暗骂自己糊涂,因为无论哪个老板都不喜欢热衷于收集公司秘密的员工。适才，他为了加大能把韩永刚送进监狱的可信度，专门提到自己保留了一些天海公司偷税漏税以及贿赂客户的材料。

"严董，我和他之间其实并没有多大的过节，之所以要整理他的材料完全是因为女人。您想，他都四十多了还没有女朋友，这金灿一露面算是解放他了，毫不夸张，韩永刚对金灿言听计从，尤其俩人从美国回来后，那个女人根本不把我当回事，一副有恃无恐的样子，我不得不留一手。"许可急中生智，将自己前面犯了大忌的话巧妙和金灿联系在一起，蒙混过关。他听过外界关于严向东有无数女人的传说，因此，男人与女人的关系是最好的挡箭牌，也能够引起严向东的共鸣。

"嘿，女人，又是女人，为什么我们社会的矛盾除了钱就是女人，难道玩不出新鲜玩意儿？"

许可没敢接话，只是尴尬笑着，不过，他知道自己的解释奏效了，严向东不再关心他收集材料的用意。

"你认为金灿的能力怎样？"

许可心里打开小鼓，迅速揣摩严向东这句话的含义。他早就知道严向东是金灿的第一个东家，而且也亲眼看见严向东对金灿的好感，如果一味贬损，肯定不符合严向东问话的意思，但若让金灿盖过自己，岂不是给自己挖坑？必须找个两全其美的办法。仅是一瞬间，许可便有了主意，说道："金灿是我所见最聪明的女人，不愧是美国名牌大学毕业，人又靓丽，也难怪韩永刚和单副市长对她都有想法。不过，也许是她在国外工作时间太久，难免不了解国情，工作中缺乏一些人际关系的处理能力和应变能力。"

"哈哈哈，真是人不为己天诛地灭。许总，你若说金灿别的我还相信，要是说金灿不懂人际关系或没有随机应变能力，纯属瞎扯淡。你放心，她不会抢你天海公司 CEO 的位置，前几天她告诉我已经决定辞职。"

许可惊讶地张大嘴，心里立刻埋怨起刘洪涛，这么大的事情也不告诉他一声。他有些糊涂，不理解金灿为什么辞职，他坚信韩永刚之所以打自己完全是为金灿做铺垫，眼下自己已经离开，这个女人在公司的晋职障碍被彻底扫平，没有道理要辞职啊，难道这俩人又掰了，还是说韩永刚没有满足她的条件？他想了一阵，一个念头忽然闪过，终于明白金灿为什么要辞职。他笑道："严董，您知道她辞职的原因吗？"

"她说是为了照顾父母。"

"这不是真话。真实的原因是她前男友从美国跑回来找她，我估计她夹在韩永刚和前男友之间无法摆平关系，这才辞职。"说完，他心里大喊冤枉，这娘们若早几天辞职，自己也不会挨韩永刚那一拳。

"甭管她什么原因了，天海公司若没有金灿，你能不能玩得转？"

"严董，我不否认金灿有本事，但她来之前，天海公司的销售、市场以及产品链都是我主抓的。近几年公司业绩每年以十几个百分点上涨，这里面不能说都是我的功劳，但起码也有一大半。不是吹牛，若不是我的努力，韩永刚想都不敢想公司上市。"

"很好。不过许总，未来天海公司的发展不能仅仅满足于上市，我看重网络技术，也就是你所说的孟志远带来的技术。这个姓孟的既然是为金灿而来，现在就很难说他的去留，我要求你无论花费多大代价也要把孟志远留在天海公司，并在一年内就要见到成果。"

"这恐怕有些困难，听韩永刚说孟志远为了金灿，放弃在美国的一切，金灿若不在，估计孟志远也不会留下。"

严向东打量着许可，哼了一声，有些不耐烦地说道："许总，不要和我说难度，就说你能不能做到。你要记住，在我玩儿的游戏里，只有我才是规则的制定者，想要讨价还价就乖乖地回家去，明白？"

"呵呵，那是肯定，那是肯定，我只是说说而已。其实，我喜欢具有挑战的工作，在外企……"

"好了，你清楚就行。"严向东不客气地打断许可，开始把自己的计划告诉对方……

晚上，严向东破例单独一人请许可吃饭，这让许可又激动了半天。他骄傲地想，能够成为严向东的座上客已然不容易，能在其北京家中见面，说明严东向没把自己当外人，现在单独宴请，再次说明他对自己的重视，看来，出人头地的日子终于到来了。那个梦太神奇了，大黑鱼无疑就是严向东，可是为什么是黑的呢，难道他真是黑社会？嘿嘿，管他呢，不管黑鱼、白鱼，能带来财富的就是好鱼。

　　结完账，许可恭恭敬敬地紧跟严向东走出，全神贯注地聆听严向东最后对工作的补充。在一个拐弯处，由于他光顾着看严向东，以至于没有发现迎面过来的人，差点撞上。他忙不迭道歉，正要避让对方时，突然，他像是得了癔症，一动不动地僵在那里，两眼死死盯住对方，想说话，不知说什么，想让开却动弹不得，只听耳旁传来严向东哈哈的笑声："金灿，这么巧啊。"

第七节 绑架爱情

　　节日期间的北京,交通比以往都要顺畅,金灿只用了一个多小时就到了位于北三环的某个小区,她站在自家门口,侧耳听了听里面的动静,除了麻将声,并无她所期待的爽朗笑声。她掏出钥匙,但没有马上开门,此刻,除了祷告,她害怕喜悦被现实击碎,尽管这只是一个假设的喜悦。

　　然而,是门就要被打开,无论它背后是希望还是失望。

　　她再次失望了,期待的面孔被另一张脸所取代,他是李忠国。

　　"金灿,给你拜年。"

　　她机械地点点头,应付差事似的给对方拜了年。

　　李忠国很执着,在多次联系金灿未果后,便打电话给艾芸,希望她能帮助说些好话让金灿回心转意。谁想艾芸并不如当初那样热情,只说感情是双方的事儿,劝解也没用。艾芸不肯帮忙,这使李忠国倍感纠结,毕竟在这场恋爱中,他另一目的是要借艾芸之力打通自己仕途之路,可艾芸前后判若两人,他不由得迷惑了。左思右想,他觉得唯有将恋爱进行到底才有可能改变自己的命运。于是,他调整好过节期间的值班,并从艾芸那里要来金灿的住址,也不通知金灿,贸然登门拜访。

　　也算是歪打正着,李忠国没有跑空,金灿的父亲正在家中"码长城",这多少给了他一些灵感。之前,他已经知道金灿父母都是医生,说起来也算是一个系统,见金灿父亲玩性如此浓厚,他心想若能投其所好,说不定能够为自己拉上一票。他开始充当军师,在背后指指点点。谁想,情场不得意,牌场却走运,借金灿父亲上厕所之际,他又是自摸七小对,又是一条龙,金灿父亲本来输得有些恼火,见李忠国如此之旺,十分高兴,干脆让他替自己。这下一发不可收,在金灿父亲的指导下,他居然玩出"素豪华捉五魁七小对",点炮那位仁兄脸都绿了,看着李忠国直犯愣怔,不知他是何方神圣。金灿父亲嘴都合不拢了,对李忠国的态度完全改变,这才问起李忠国与女儿的关系,俩人就像老朋友那样边玩边聊起来。

金灿非常、非常失望,但她没有责怪李忠国,也尽量不让这种情绪表现出来,只是淡淡地告诉对方,她不喜欢突然袭击的方式。李忠国没有为自己辩护,他自始至终都在微笑,甚至当金灿说她已经辞职,将来不会再去庆义,他们之间根本没有可能,他还是微笑,仿佛金灿说的是别人,与己无关。金灿感到奇怪,数次劝告如泥牛入海,搞得她心烦意乱,只好拉下脸,对他不理不睬。李忠国看出金灿生气,于是不愠不火地说道:"不管怎样我们也算相识一场,即使没有结果也可以交个朋友吧。我想请你们全家一起吃个饭,没别的意思,节日期间大家乐和乐和,吃完饭我马上走人,绝不再打扰你,好不好?"

他说得合情合理,金灿纵然有无数个理由也不得不同意。

李忠国并非要赖,他在和金灿斗智。

从金灿一进门的态度上,他就知道自己无论怎么恳求都无济于事,这个女人与大多数女性不同,自己那顶令众人羡慕的官帽,在金灿眼中只不过是一个普通道具,说得再惨点儿,和老农头上戴的破草帽没什么区别。若想让金灿回心转意,唯一的突破口就是其父母,而她的父亲现在基本被搞定,刚才自摸一把清一色时,其父兴高采烈地说晚上要请他吃烤鸭,当然,烤鸭要吃,但是得他来请。

他不相信金灿的父母对副厅长会不屑一顾,这也就是和金灿,在其他地方,任何人见到他都是一口一个李副厅,连三甲医院那些头发花白的老院长们见到他,皱纹里挤出的都是笑。他更不相信金灿的父母会瞧不起他,自己年富力强,外表堂堂,加上大家同属卫生系统,虽然他们都已退休,依然会应了那句"和尚不亲帽儿亲"的老话,他完全有自信让金灿的父母对自己刮目相看。

麻将散场了,金灿的母亲也回来了。金灿父亲把媳妇拉到无人处悄悄把李忠国的身份以及来家目的说了一遍,金灿的母亲听后立马高兴起来。自金灿和孟志远分手后,她就为女儿的婚事着急,她的医院有很多女大夫都独身,不是不想结婚,而是实在过于挑剔,渐渐岁数变大,成了嫁不出去的姑娘。她担心女儿也走这条老路,所以几乎每个星期都要打电话催金灿。只是,金灿被感情折腾得七荤八素,和母亲无法实话实说,俩人往往说不到三分钟就闹个不欢而散。李忠国的到来如一缕阳光驱散了金灿母亲心中的阴霾,副厅长的身份更使她对李忠国青睐有加,她高兴啊。在医院里,如果哪个大夫嫁给一个副厅级以上干部,全院立刻就会传得沸沸扬扬,就算这个副厅已经五六十岁也不影响大家的羡慕程度。

金灿母亲越看李忠国越是喜欢,这个李忠国不仅年轻,长得也相当不错,女儿如果嫁给他,且不说他们以后的幸福生活,就连自己这个做母亲的也可以放下思想包袱,扬眉吐气。她清楚记得上两周去医院离退办领取过节福利,麻醉科退休的刘大夫告诉她,院办的张秘书嫁给了另一家医院的副院长,嫁人不算新鲜,只是老夫少妻相差二十七岁倒是新闻。现在看来,女儿金灿与李忠国不仅年岁相仿,连模样都很般配,若和张秘书的婚姻相比,简直是不可同日而语。

金灿父母与李忠国谈得不亦乐乎,金灿却在自己屋里生闷气,她终于明白李忠国之前不回应自己的原因,原来是专等特定的听众。显然,他的目的达到了,他的称呼由"小李"变成"忠国",谈话的氛围也从主客变成了翁婿或丈母娘与金龟婿。

她无法埋怨自己的父母,这么多年不在一起,父母双鬓皆白,记忆中他们曾经的意气风发,已经变成了一件小事就能引来喋喋不休的争吵。他们不再年轻,也没有追求,时间在不经意间带走了他们最宝贵的朝气,剩下的只有油盐酱醋的琐事以及在电视前消磨时光。她还能苛求什么呢? 如果他们现在的聊天不牵扯自己的感情,那么无论对李忠国怎样反感,她都会走出去,让父母开心。

"可恨的李忠国,居然采用绑架手段来达到目的。"金灿愤愤地想。尽管对李忠国的动机不满,但父母的笑声让她不得不重新审视现实。说实在的,她已经很久没有听到他们如此开怀地笑了,她忽然感觉那是他们对生命的诉求,是平淡里滋生的一种渴望,是舐犊中荡漾着爱的回响。她眼睛湿润了,脑海中不断闪现着在母亲的怀抱里、在父亲的肩膀上、雨中的那一把伞、四季变换的新衣……他们老了,的确是老了,生命曾有过的辉煌被刻在了额头和眼角,被渲染在两鬓与发梢，连他们的腰背都承受不起岁月的压迫而不再挺拔。她忘不了年三十晚上，她母亲还像过去那样替她嗑瓜子，结果用力不当把牙弄疼。她心痛了，不断埋怨母亲，这种指责几乎不尽情理，连亲戚们都觉得过分。她母亲没有在意，因为爱是相通的，女儿的抗议只是在传递爱的信息。结果，她最终控制不住，倒在母亲怀里啜泣起来。

如果说我们的地球是宇宙中最美的星球，那么爱就是这个星球上最动人的一幅画卷，也正是这幅画卷才有了生命的繁衍、才有了对生命的眷念。

金灿抛弃了所有杂念，加入到父母与李忠国的聊天中。四人谈笑甚欢，宛如家人一般……直到金灿父亲喊饿，大家才注意到不知不觉中已聊了两个多小时。于是在李忠国的张罗下，众人打了辆出租车来到一家著名的烤鸭店。

在烤鸭店二楼的拐弯处，金灿差点与人撞个满怀，而这人不是别人，却是让她千百遍诅咒，恨得咬牙切齿的许可。咦，天下竟有这般巧事，两个互不来往的仇人会在距庆义数千里地远的北京相遇，是造化弄人还是人躲不过命运的安排？我们无从知晓，但有一点可以确定，他们之间的故事还没有完，不但没完，还会愈加惨烈。

严向东率先打破了尴尬的气氛。他知道金灿与许可之间的过节，又见金灿一行四人刚来吃饭，便礼貌地和众人打了招呼，带许可离开。

严向东他们走后，金灿渐生疑窦，总觉得这两人在一起不太正常，毕竟以许可的身份想得到严向东这种礼遇似乎还不够格。再加上这是春节期间，又是在北京，他们离开亲朋好友聚在一起，说明这与某种阴谋有关。是什么呢？她眉头一皱，答案便已经知晓，这两人的话题肯定离不开天海公司，也肯定离不开韩永刚，说不定还牵扯到自己，那个卑鄙的许可肯定为了一块骨头，不仅丢弃职业道德，同时还出卖了自己的灵魂，把天海公司在一卡通项目上的秘密都透露给了严向东。金灿这次没有猜准，她小看了严向东，一卡通项目虽大，但也不过是他盘中的一碟小菜，他要的是整个天海公司。

金灿犹豫起来，显然，许可掌握着天海公司在一卡通项目上的所有商业和技术秘密，底牌一旦被严向东了解，希尼克公司就可以有针对性地改变一卡通项目的解决方案，从而压倒天海公司。应该马上通知韩永刚，让他早做准备，只是，这会不会被对方看作是感情上的纠缠呢？对方连拜年的短信都回避,说明他决心对过去做彻底的切割,可若听凭严向东与许可联合打败天海公司,于情于理也说不过去,尤其是许可那副嘴脸,更是人渣中的人渣,自己要是不管就是助纣为虐。

"干脆让刘洪涛转达。"她有了主意。自她成为一卡通项目组组长后,便任命刘洪涛为副组长,自己这一辞职,韩永刚也只能让刘洪涛任组长,正是"蜀中无大将,廖化做先锋"。她拿出手机,把严向东与许可在一起的消息发给刘洪涛,然后便心安理得地和大家聊了起来。

金灿哪里知道,没过十分钟,许可的手机响起短信彩铃,他看了一眼便递给严向东。短信上写着:"许总,刚刚接到金灿的短信,转发给您。"严向东并没有动怒,只是意味深长地笑了笑,自言自语道:"女人啊,女人。"自此,他对金灿与韩永刚的关系深信不疑,也明白了金灿是一个什么样的女人。

金灿没有被许可扰乱情绪,她只有一个念头,就是让父母快快乐乐过好节,哪怕这种快乐只有短短几个小时。她有说有笑,就像风雨中归巢的倦鸟在梳理完湿漉的羽毛后,重新焕发出新的活力。她不再抱怨李忠国,也不再给以冷脸,甚至还有点感谢他,正是这个男人无意间的闯入,歪打正着地解开了她感情上的镣铐,激发出人性中至真至善的那一面。"生命的意义不就是在于不停地感知这个世界嘛。"望着笑声不断的父母、李忠国,她感慨地想,"生命的凄凉不过是岁月的一声叹息,生命的悠然也不过是回眸南山那一片刻。无论是喜是悲,我都要老去;无论是富是穷,我终将死去,我为什么要一根筋儿地想着韩永刚,拒绝上帝赐予的礼物呢?"

李忠国简直开心到了极点。且不说饭桌上,金灿母亲又是给他夹菜、又是给他卷烤鸭,连金灿也一口一个老李叫开了,前后态度大相径庭。他无从知道这里面的变故,只是隐约感觉金灿受到来自父母的压力,强硬的态度有所软化。他知道策略奏效,于是打起十二分的精神,干脆把金灿母亲当成是老佛爷来伺候,张口阿姨,闭口阿姨,哄得金灿的母亲真不知道北在哪儿了,就连金灿的父亲也乐呵呵地改变对李忠国称呼,按老北京习惯,在小李后面加上一个"子"的昵称,变成"小李子"。尽管北京话里名字后带个"子"表示亲切,但金大夫喝高了,叫小李子时尾音拉得较长,李忠国回得又殷勤,不亚于慈禧面前的李莲英,让金灿几次捧腹大笑。

感情坚冰既被打破,金灿开始毫无羁绊地考虑与李忠国的感情。也许受父母态度影响,加上原来对李忠国就没有什么恶感,她对这门亲事有了信心,唯一的技术问题是庆义离北京太远,她想起古人的训示:父母在,不远游。

在李忠国下榻的宾馆茶座,她主动谈起这个问题。李忠国沉吟了一会儿,说道:"你说得有道理,这一年一年过得飞快,将来无论他们健康怎样,身边必须有人照顾。我虽然有弟妹可以照顾我妈,只是我调到北京的可能性不大,不过我可以争取。"

李忠国的话让金灿颇感欣慰,她当然不会自私到让李忠国放下一切来北京,这句话实际看出他的态度,说明这个男人不是大男子主义。俩人想了半天,还是李忠国想出一个折中办法。

"我们可以在庆义买一套大房子,冬天他们来我们这住个、半年,夏天再回去。现在庆义也有很多人在青岛买房,夏天去度假。"

金灿虽然不再为情感所困,但也不想再回庆义,李忠国的办法倒是解决了与父母的距离,却违背了自己的心愿,她不禁为难起来。李忠国看出金灿内心的挣扎,知道她有些事情不好说,联想到第一次约会后,她没有任何理由突然断绝关系,猜想这里面一定有故事,于是小心翼翼地问道:"你是不是在庆义有什么麻烦? 告诉我,说不定我能帮你。"

金灿的睫毛轻微抖动了一下,眼帘下垂,正琢磨着怎么回答,电话响了,传来韩永刚浑厚的男中音:"给你们全家拜年,金灿。非常感谢你的警示,看来是树欲静而风不止,你能不能等一卡通项目招投标结束后再走?"他不愧是军人子弟,说话向来干脆。金灿想都不想,立刻答应,只是要求晚两天上班。挂上电话后,她用汤匙轻轻在咖啡杯里画着圆,速度由慢变快,到后来越来越急,直到深深的旋涡呈现杯中才把汤匙提起,她的目光落在杯中,沉思了一会儿,抬起头说道:"老李,如果我要是说实话,你会生气吗?"

"你要不说实话我会生气。"李忠国笑了笑,但心里感到有些紧张,他断定这个话题将是一部情感小说,内容将挑战他的价值底线。

如果男人对于女人是一本武打加科幻的连环画,那么女人对于男人就是一本言情小说。连环画过于直白,故女人翻几页便能够一叶知秋。言情小说九转曲折充满悲欢离合,男人却不耐烦翻到最后一页才知晓答案。因此,男女双方对彼此的阅读只有可怜的前几页。

金灿的故事是从去天海公司应聘讲起,之所以如此细致讲述,应该说,她已经完全放下包袱。开始,她尚能平静,但是随着情节发展,她彻底融入自己的故事中,表情随着情节的变化而变化。当讲到被许可欺辱时,她的脸顿时阴沉下来,目光不再柔和,俊俏的面庞也被愤怒笼罩,她说道:"其实,我内心很脆弱,根本抵挡不住恶毒的言语,那一刻,我彻底崩溃了,甚至想到了死。"她轻轻抚摸着胸口,舒缓情绪造成的不适,过了会儿,她轻叹了口气,说道:"人在绝望时,总会自己把自己逼向悬崖,理性先坠落,接着就是身躯。不过,他来了,没有给我任何安慰,甚至都没有认真看我一眼就走了,他是用男人的方式慰藉我受创的心灵。"望着李忠国一脸不解的神态,她补充道:"他教训了那个混蛋。"

她目光中渐渐转化成一种渴望、一种羡慕,最后归于平淡,又说道:"老李,请不要怪我,女人和女人不尽相同,我所追求的不仅是幸福和浪漫,还要有博大的胸怀和安全感,不怕你笑话,我一直认为我还是一个任性的小女生。那个男人不仅仅为我带来安全感,他还曾经在太阳下晒了一个多小时等我,就是想为他的过错说声'对不起',这也满足了一位小女生的虚荣。这三个字虽然简单,却不是所有人能够做到的。"

"这个故事听起来的确荡气回肠。既然如此,你为什么没有选择他,他和艾芸毕竟还没有结婚,在法律上讲,你有权追求自己的幸福。"

"老李,你也不用紧张,两个人的结合不仅需要感情做基础,有时候还需要缘分,我和他注定只是普通朋友关系。"

李忠国还是紧张了,甚至还有浓浓的妒忌。从金灿的表情上,他看到了一个令这个女人倾心的男人,而这个男人似乎对这个女人还有些意思,更重要的是,这个男人所具备的优势一点不比自己少,甚至超过自己。他想,这个男人毫无疑问就是金灿对男人的评判标准,以金灿如此条件没有和对方走到一起必有原因,但是,近水楼台先得月,只要这个男人愿意,随时都可以重新俘获女人的芳心,只怕自己这场梦最终还是会破灭。他忽然产生了一种感觉,金灿就像是自己放飞的风筝,表面上,风筝和手里的线相连,但实际上她随时都会脱离,因为这条线太细、太软,经不起任何风雨。

"你在想什么?"金灿见李忠国皱眉深思,不由得好奇问道。

"呵呵,我在想那个叫什么许可的人,如果他刚才敢对你放肆,我要不揍他个满地找牙都不姓李。"他半玩笑半认真说道,接着,他略微提高嗓门,又道,"我明白你的想法,也为你过去的痛苦遗憾,不过,请相信我,你的世界我已经来了,不仅仅是来,而且会带着真诚和爱的行囊永远驻留,所以,我不是你生命中的匆匆过客,我绝不允许任何人、任何事来恐吓你,不,绝不,哪怕一丁点都不行。我无法满足你所需要的全部,但我发誓可以给你我所拥有的一切。金灿,请记住,这个世界不只是一个韩永刚能够帮你揍那个家伙,还有一个人甚至能为你献出生命。"他目光坚定,像是一位即将出征的武士。

这一席话对于金灿不啻天降福音,她感动了。是啊,当爱已成为往事,谁都奢望它的重来,无奈滚滚红尘中总是唱响那催人泪下的《离歌》,岁月的流转不过是杯中那一抹残红留下的余醉,令人迷茫,无怪乎那句"红了樱桃绿了芭蕉"令后来人感慨万千。而今,一个男人的表白让她陶醉,尤其那句"你的世界我来了"仿佛是在庄严地宣誓,寓意未来的她将有一个幸福的安乐窝、一片属于她的蓝天……她含情脉脉地望着李忠国,忍不住伸出手,轻轻摸了摸对方的脸。

第八节　卷土重来

　　节后上班的第一天，一则惊人的消息在天海公司不胫而走，消息大意是：韩永刚与金灿根本不是去美国考察，俩人不过是公款旅游。作为交易，韩永刚设套将许可开除，由金灿取而代之，许可仅仅是这个阴谋的牺牲品。个别股东深感忧虑，认为韩永刚任人唯亲，滥用职权，严重影响到股东们的利益，已经提请召开股东会议，讨论罢免韩永刚公司总裁职务并请回许可。

　　消息有鼻子有眼，可信度也非常高。正当员工们津津乐道时，又一则传闻接踵而至，说是金灿已经递交辞呈，天海公司将被瑞祥集团收购，公司将成立董事会，董事长是严向东，许可是执行董事兼天海公司 CEO，公司预计半年后上市。对绝大多数人来讲，后一条消息足以让人振奋。显然，老板是谁并不重要，领导层的变更也不重要，唯有工资、奖金、股份才是值得人们去关心的话题。

　　公司的正常工作秩序被打乱。人人都在谈论，人人都在盼望，每双眼睛都分别瞟向公司领导的办公室，所有问话就是一句"怎么样，你那儿有什么动静"，好像马上就有一场热闹要看。只有两个人没有参与其中，一个是孟志远，另一个是艾芸。孟志远就不用说了，一上午除了和韩永刚谈话，剩下时间就是办理入职手续，领取办公设备，忙得也就是午饭时间坐下喘口气。

　　艾芸上班后没多久便听到了第一个传闻，开始她没往心里去，认为肯定是哪个吃饱撑的在假日里无所事事编排出的故事。但是，午饭时，第二个传闻让她再也无法淡定，传闻内容已经不是一般人所能够编造的，如此指名道姓可以看出编造者的险恶用心。她慌忙去找韩永刚，对方却正在孟志远的办公室聊天，艾芸把他叫出来，悄悄告诉他公司流传的谣言。韩永刚听完后哼了一声，骂道："无耻。"

显然，谣言的始作俑者是许可，只是韩永刚有些困惑，严、许二人既被金灿撞个正着，可说是东窗事发，再抛出这种没凭没据的谎言意义何在？他想不出里面有何玄机，便嘱咐艾芸秘密打探一下谣言的出处。艾芸自打春节期间与父母、韩永刚的母亲商定五一婚期后，便俨然以天海公司老板娘自居。今天，她第一个来到公司，并一如往常和见到的人打招呼，尽管波澜不惊，但她的内心却洋溢着骄傲和自豪。未承想，她的瘾还没过足便谣言四起，气得她牙根直痒。其实不用韩永刚吩咐，她已经开始打听谣言的传播者，好在天海公司没有多大，很快，几条线索便指向同一个人，他就是刘洪涛。

第二天上班，韩永刚便把刘洪涛还有几个一卡通项目组的成员叫到办公室开会。散会后，韩永刚把刘洪涛单独留下，也不让坐，只瞪着他一言不发。刘洪涛知事情已败露，但又不甘示弱，干脆保持沉默，只是一双眼滴溜溜转看着韩永刚，猜测对方将做何举动。猛然，韩永刚一拍桌子站起来，大喝道："好你个兔崽子，许可到底给你什么好处，你这样传播谣言又想干什么？"

刘洪涛一颤，不由自主倒退两步，惊恐地望着韩永刚，哆哆嗦嗦道："你不要乱来啊，打人犯法。"他身材瘦小，许可那么壮实都被韩永刚打成了猪八戒，他害怕自己根本承受不起。

"你也算个男人吗？"韩永刚叹口气，重新坐下，又道，"说吧，你造谣的目的是什么？"

"我没什么目的。韩总，我觉得你做事情不公平，许总对天海公司可以说是忠心耿耿，凭良心说若不是他，公司也不可能走到今天。可是金灿一来，所有功劳都成她的了，好像我们前期的工作都白做了。这件事别说是许总，就是我们部门的几个兄弟都替他抱屈。"

"扯淡，你少拿许可说事，就你那点把戏还敢在我面前卖弄，告诉你刘洪涛，你不就是因为自己没当上公司副总裁犯混吗？"

"是又怎么样？难道天海公司副总裁必须长着漂亮的脸蛋？"

"哈，看不出你就这几把刷子还是个官迷呢。"

"得了吧韩总，就算我是个官迷，"他回头看了眼开着的门，转回头壮起胆子继续说道，"那也比出差和女同事睡在一起强。"说完他紧紧盯着对方，摆出一副随时要跑的架势。

韩永刚双手按在桌上，怒目圆睁，冷冷说道："我向公司员工保证不再打人，回去烧高香吧。你可以走了，带上你所有的东西马上离开公司。顺便告诉许可，别拿严向东或者股东来吓唬人，别人或许会当回事，对我来讲，他们狗屁不是，只要我还是公司 CEO，这里就是我说了算！"

话音刚落，门口传来说话声："韩总，别这么损好不好？我这个被打的还没说什么，你打人的倒有理了。消消气，说不定今后我们还会是同事呢。"话到人到，许可从门外走了进来，尾随在他后面的还有天海公司的四位股东。韩永刚惊愕地望着股东们，瞬间想起金灿的警告，心知这场风暴终于来了。四位股东加上韩永刚自己，天海公司的五位股东全部到齐，在法律上已经可以形成对公司决议的任何表决。

"韩总，请原谅，要不是事情急迫，我们也不会贸然打扰。刚过完节大家都有一大堆事情要干，凑在一起不容易，趁大家都在，我们马上讨论几项决议。你看，我们去会议室吧。"股东中一位年纪稍长的马姓中年人对韩永刚说道。

韩永刚看出对方神情不太自然，估计自己刚才那番话被他们听见，正想解释，又一想，对方上门连招呼都不打显然是要兴师问罪，越解释倒越显得自己心虚，于是点点头就要走。另一个程姓股东拦住大家，说道："韩总，我们几个先前商定，许可是公司不可多得的人才，你对他的处理过于草率，请你先收回成命，恢复许可公司副总裁的职位，别影响工作。"

"什么？"韩永刚瞪起眼，愤愤地说道，"程总，有没有搞错，我是总裁，你无权干涉我的决定。"

马姓股东温柔地笑了起来，说道："韩总，程总没有搞错，公司章程里有一条，'当公司股东确认公司管理者违背股东们的权益，全体股东可以投票方式表决罢免管理者或改变其决定'。也就是说，即使你反对，但是我们四人百分之七十的股权足以让你的反对无效。"他非常耐心，就像幼儿园老师对待不听话的小朋友那样和韩永刚说话。

"去你舅的。"韩永刚心里暗暗骂道，他知道公司章程中的确有这么一条，马姓股东说得没错。他只好走回电脑前，坐下准备打字，他下意识抬头看了眼许可，对方恰好也正看着他，神态似笑非笑，嘲弄中尽显得意。

韩永刚强压怒火，很快完成向全公司发布对许可的任命。他站起，对许可不无揶揄道："欢迎你再次回公司。很抱歉，上次怪我下手太狠，也幸亏你脸部肌肤厚实，否则现在恐怕都得在医院里躺着。怎么样，你没事吧？"

"谢了。我正考虑写信给民政部，应该把挨打列为工伤范畴，省得到时候没地儿说理去。对了韩总，刚才进门前好像听你说要刘洪涛走？我不赞成。一卡通项目总共就这几个老人儿，都走了对客户也不好交代……"

马姓股东打断他们，说道："公司具体事务等我们走后你们再商量不迟，现在，我们开会，许总尽快工作去。"

韩永刚边走边纳闷，不知许可是怎么把这四位股东召集在一起的。那位马姓股东是地产开发商，程姓股东是服装厂老板，平常单独见面还有可能，四人同时凑在一块儿，几乎办不到。不过，韩永刚马上想到严向东，想到并购案，想到那副傲慢嘴脸后面隐形的权杖。他想，如果那句"一切皆有可能"的广告词是真理，那么这条真理就是严向东的专利。

韩永刚只想对一半，四个股东同时现身固然有严向东的因素，但许可也发挥至关重要的作用。他向股东们阐述了四点，一是韩永刚沉迷女色，唯金灿马首是瞻，在一卡通项目上与单副市长争风吃醋，若不是他中流砥柱，韩永刚差点毁了整个项目，他被开除就是因为和金灿发生争执被打击报复。二是韩永刚假公济私，拿着公款在美国和金灿度蜜月，被单副市长儿子发现，造成极坏影响。三是明知金灿前男友是来追金灿，却令金灿辞职，以达到金屋藏娇目的，全然不顾对方发现真相便会离去这一现实，哪怕公司遭受更大损失也在所不惜。四是严向东提出的并购方案能够给天海公司带来巨大好处，但韩永刚因一己之私而拒绝。

股东们震惊了，当时便开了一个碰头会，然后由马姓股东给韩永刚打电话，套问金灿与并购案的来龙去脉。韩永刚一听便知是许可与严向东在背后的小动作，气顿时不打一处来，火爆脾气开始发作，也不详细解释，上来先把许可骂了个狗血喷头，连股东们也捎带上。结果，四个股东对许可的话深信不疑，电话里就

金灿的报复 JINCAN DE BAOFU

224

和严向东商讨起并购事宜。

　　许可对自己的计划相当满意,事态的发展已经进入他所掌控的步调中。刘洪涛前一天散播的消息显然起了作用,当他带着股东们走向韩永刚的办公室时,一路上员工们居然纷纷起立对他鼓掌,犹如对待凯旋的英雄。股东们的表情虽然各异,但他心里笑开了花,他知道自己的目的达到了。在韩永刚的办公室门外,他和股东们恰好听到刘洪涛反驳韩永刚的对话,他心里有说不出的畅快,因为他看见股东们的脸色都变了。他再次想起梦中的那条大黑鱼,以及被鱼尾荡起的浪花,他笑了。

　　眼下,对许可来讲还有一件重大工作要完成,这就是严向东要求保证孟志远能够留在天海公司。许可只见过孟志远一面,对方的信息基本都是从韩永刚那里得到,其人品、秉性、工作能力许可都不了解。但他没有选择余地,必须想尽一切办法留住孟志远,因为严向东的意思很明确,如果孟志远留不下来,他许可也得走人,那条大黑鱼终究是一场美梦。

　　在刘洪涛的指引下,许可自信满满,向孟志远的办公室走去。他能改变孟志远对金灿的痴心吗?他能说服孟志远留在天海公司吗?其实他心里也没底……

　　孟志远已经正式入职,成为天海公司网络事业部的总经理。

　　第一天上班,孟志远可以用激动来形容,只是这种激动很快被总裁办发出的通知冲淡,通知说金灿请假五天。他略感遗憾,好在五天后就能见面,他便收起思念,全身心投入到招聘工作中。过节期间,孟志远曾想去北京看金灿,之所以没成行,一来是金灿母亲电话里对他冷淡,二来亲朋好友纷纷请他吃饭叙旧,三来他也想和父母一起过节,便打消了去北京的念头,但他的一颗心已飞向天海公司,期待与金灿在公司相见。

　　韩永刚没有把金灿辞职的消息告诉孟志远,他毫不怀疑孟志远一旦得知实情,节后连面都未必能见上,这也是他恳请金灿晚走一个月的原因之一。当然,纸包不住火,他只是想利用这一个月时间晓之以理动之以情,让孟志远心甘情愿留下。而金灿也心知肚明,索性不告诉孟志远,将这烫手的山芋甩给韩永刚,自己落个清静。

　　许可来的时候,孟志远恰好面试完一个技术人员,交代好上班时间后,他把许可请到了沙发旁。

许可不是爱笑的人,可是在孟志远面前,他每一分每一秒都充满笑意,他也不是话痨,但从进门开始,他的嘴就没有歇过,他既像一位兄长,也像一位老朋友,张口"志远"闭口"志远",叫得孟志远浑身不自在。不过孟志远心里还是非常舒坦,毕竟一个新人能得到公司领导如此青睐,足以说明自己的重要性,他开始对许可有了好感,话也逐渐多了起来。

几句话过后,许可心里盘算开:"看来,他还不知道我曾经被开除,包括金灿辞职的消息,否则他也不会这么安稳地坐在这里。哼,这说明韩永刚千方百计要隐瞒真相,劝他留下。这招真傻呀,孟志远又不是弱智,一旦见不到金灿还不找你玩命?就算不玩命他也会拍屁股立马走人。"

许可不再笑了,实际上僵硬的肌肉使他笑不起来了,他已经想好一套挽留方案,现在要做的就是让自己进入角色,等待孟志远上钩。

果然,孟志远注意到他欲言又止的表情,不禁好奇地问道:"许总,你怎么了?"

"志远呐,今天能认识你这样一个兄弟我真高兴,若在昨天,我还没资格坐在这里和你说话呢。"他感慨地说道。

"许总,你是在开玩笑吧?"

"玩笑?哈哈,我倒希望这是一场玩笑,不过你要是马上看看邮箱就知道这不是玩笑,而是一场残酷的斗争。"

孟志远愣怔地望着许可,对方神态严肃且悲愤,显然不是开玩笑,便在对方示意下,走到电脑旁,打开邮箱,赫然看见一封韩永刚几分钟前发出的邮件,主题词写着"任命"二字。

全体员工,经公司股东会表决,特任命许可为公司副总裁,立刻生效。

韩永刚

"这是怎么回事?你原来不就是副总吗?"孟志远把目光转向许可,疑惑问道。他清楚记得刚到公司时,韩永刚把许可介绍给自己,其职务就是副总裁,而

现在才隔没几天便冒出这种荒唐事,不用说这里面出了问题,再联想到金灿请了五天的假,他不由得疑惑更深。

"阴谋,完全是阴谋。包括你,我们都是这个阴谋的牺牲品。"

"怎么这里面还有我的事情?"

"志远啊,听说过'匹夫无罪怀璧其罪'的典故吗?你是没问题,但是,错就错在你与金灿的关系上,而我他妈的也是因为和金灿在工作上的分歧,被韩永刚打了一拳,并被赶出公司。"他愤愤不平地把韩永刚如何维护金灿,如何打人的情景描述一遍,又把股东们如何决定撤销韩永刚的决定、如何让自己官复原职的过程,以及严向东想收购天海公司的想法统统告诉了孟志远,只是事情的是非黑白已被他颠倒。孟志远半信半疑,但许可接下来的话让他大为震惊。

"你或许还被蒙在鼓里,金灿其实已经辞职,当然,她的离开和你有关。韩永刚做得很漂亮,既让你替他成立网络事业部,又让金灿吊你的胃口,你却连她的影子都见不到,一箭双雕啊。我没有必要去扯谎骗你。志远,你这两天刚上班,公司内对韩永刚和金灿关系的传闻已经沸沸扬扬,所以,你敢说你不是这起阴谋的受害者?我要是你,我就现在马上提出辞职。"他义愤填膺地说道,同时又紧张地望着对方。

许可在赌,赌孟志远不会走,但他为什么还要建议孟志远辞职呢,难道他不怕孟志远受到刺激真的离开?这就是许可的过人之处,他知道如果正面劝孟志远留下,根本不可能办到,这小子连自己的后路都断了,怎么会在乎升官发财,怎么会放下感情的包袱?只有重病下猛药,只能以强烈的刺激让其改变想法才有可能使他推翻心里的壁垒。

孟志远疑惑地看着许可,暗暗揣摩对方动机何在。他不大相信许可的话,毕竟他们相识连一个小时都不到,对方上来就把事情说得神乎其神,有悖做人的常理。再说,人力资源发布的通知并没提到金灿辞职,只是请五天假,何况上班第一天,韩永刚也没有提到金灿要走。还有一点,他听出对方分明是想挑拨他和韩永刚的关系,试图孤立打击韩永刚,这种以下犯上的做法说明许可的野心,从另一方面也说明了公司领导层处于分裂状态。他无意卷入公司的内部斗争,对并购他同样没有太大兴趣,他来的目的就是为了求得金灿的谅解并重归于好。所以,当许可说到金灿辞职,他惊讶之后的第一反应的确是想到了走,但是,许可最后那句话却让他糊涂,他不明白许可为什么要让自己走。如果说金灿是韩永刚与许可矛盾的牺牲品,她的离开情有可原,自己刚来,尚且两眼一抹黑,与许可既无交情也无冲突,对方说这话简直是匪夷所思,难道这是许可故意施放烟幕劝退自己,他才真正是金灿的幕后追随者?抑或是许可纯粹要拆韩永刚的台,打着金灿的幌子想把自己骗走?

他笑了,那一脸得意仿佛是看穿了魔术师小把戏的观众,颇有起哄的架势,戏谑道:"许总,既然韩总那么多不是,你又何必再回来?另外,你也许还不知道,金灿并没有辞职,昨天人力资源刚发通知,说是她请假五天。"

许可不知道自己已经被孟志远贴上阴谋者的标签,只是感觉孟志远根本没把自己当回事儿,加上那副表情,孟志远肯定还在对韩永刚感恩戴德。又一想,这家伙似乎不屑自己的说法,即使留下也未必与自己一条心,万一在工作中处处掣肘,岂不是走了阎王又来了小鬼。他皱起眉,摇摇头,说道:"看来你把韩永刚当成了正人君子。"

他开始拿一卡通项目说事,从为什么放弃项目到最后拿下项目,有枝有叶、有根有梢地叙述了一遍。不过,真实过程被他篡改得面目皆非,韩永刚成了皮条客,金灿为了公司献身,单副市长则是个淫棍。

孟志远惊讶地望着许可,他打心眼儿里不相信许可的话,甚至产生了逆反。若说韩永刚是个小人那也罢了,但金灿是什么人,他比谁都清楚,尽管他们还没有重归于好,可是对方把金灿说成荡妇,他无论如何也无法接受。

"许总,没有根据的话请不要随便讲,这可不是正人君子的行为。"

"你可以把我当作小人。"许可继续道,"我不在乎,因为这个世界根本就没有君子。竞争年代注定人与人之间是一场殊死的暗斗,君子不适合这个时代。"

"许总要这么说,我孟志远岂不也成了小人?"

"志远啊,你没理解我的意思,如果没有君子,何来小人?信息化时代拉近了所有人的距离,但同时也拉远了彼此心灵的距离。我知道你和金灿在美国生活了六年,你敢说你了解金灿?"

"我当然了解,可以说没有谁比我更了解她。"孟志远骄傲地昂起头。

"可悲啊，志远，我真的为你感到可悲，我说句大实话请你不要见怪。"

"请讲。"

"如果一个人品尝了一杯仇人酿制的苦酒，还伸出大拇指夸赞，你认为是缺心眼呢还是个弱智呢？"

孟志远涨红了脸，不愉快地说道："许总，这话有点伤人吧。韩总的为人我还是知道的，他是少有的真君子，胸怀坦荡，光明磊落，在这个充满诱惑的年代，他能做到洁身自好实属不易，这种人我佩服。"

"哈，还真有人给他捧臭脚。"许可揶揄道。他有点焦躁，又有点气愤，还有点想破口大骂，他不明白孟志远为什么这么一根筋，为什么这么极力维护韩永刚。按说，韩永刚给他的不过是网络事业部的总经理职位，工资也不会太高，这些条件不足以令其效忠，而金灿也肯定会在一卡通项目后走人，这家伙到时候就是竹篮打水一场空，为什么他就是不信呢？

第九节　拉拢中伤

　　孟志远对韩永刚的态度让许可吃惊,许可现在已经顾不上孟志远的去留,他必须要给对方洗脑并确立自己的威信,否则,即使对方留下也将成为后患。从严向东口中不难听出,这家伙将会得到重用,确切说,孟志远将是他成为天海公司总裁的强有力竞争者,真要到那一地步,他现在说服其留下,岂不是成了给别人做嫁衣。不,这种情况绝不能发生。

　　他瞟了眼孟志远,对方表情出现愠色,显然对他的讽刺挖苦介怀于胸。于是,许可换了副表情,微笑着继续说道:"韩永刚是君子也好,是伪君子也好,暂且不论。你知道他们去美国的真实目的吗?"

　　"知道,他们是参观网络技术展览。"

　　"我猜你也会这么说。不过这不怪你,因为这件事情涉及公司秘密。"他一五一十地把韩永刚俩人去美国的用意告诉了孟志远。

　　听完,孟志远脑海中顿时闪现出那个叫单奇的毛头小伙子,哼了一声。他感到不快,自己原来被人家蒙在鼓里,什么考察,什么站在高科技前沿都是幌子,自己只是误打误撞碰到他们而已,并在这幕丑剧中客串了一把,也难怪那个副市长的儿子会买那么大一束花给金灿。他不禁想起单奇那挑衅的目光,以及金灿那冷冰冰的态度,又想起韩永刚对自己的规劝,越琢磨越觉得许可是对的,他开始对韩永刚产生疑问,脸色也略显阴沉。

　　许可察言观色,孟志远的细微变化让他窃喜,这家伙显然已经悟透其中道理。于是他趁热打铁,又说道:"我钦佩你的肚量,做人嘛,理应大度,只是如果自己的挚爱被人所夺，那就是另一回事了。其实，他们能够走到今天，我也有无法推卸的责任，不过那时我哪儿知道还有你呀。"

孟志远疑惑地望着许可，生涩地问道："什么意思？"

"不瞒你说，去美国这个主意是我出的，金灿也是我建议让去的。因为韩永刚曾经私下告诉我，他喜欢金灿。你想，成人之美也算是积德，加上韩永刚英语不行，我就顺水推舟，让金灿陪同，只当连工作带度蜜月一举两得。"

"你没有开玩笑吧？我在芝加哥去拜访过他们，韩永刚和金灿各有房间，并没有住在一起，而且我还为此事特地问过韩永刚。"孟志远的脸色越来越难看，许可的话已经颠覆他对韩永刚的好感，他差不多已经相信韩永刚是在骗他，但他还依然抱着希望问道。

"呵呵，我说志远啊，你怎么这么天真。什么是男人？男人就是没有女人便找不到北的动物。别说是金灿这样一个漂亮姑娘，就是一个普通女人把头一捂，还有什么好看不好看。我不知道你怎么想，要是换我，别说是各住各的，她就是在洞里我也要钻进去。"

孟志远赞成许可的观点，他也认为是男人都会干这种事情，要不，他也不会在金灿回国后与另一个女人上床。他逐渐感到自己快要崩溃，但是还有最后一个信念在支撑他，他瞪着眼睛，鼓足勇气问道："韩永刚说已经有了女朋友，怎么可能再和金灿……"

"狗屁！"许可几乎是喊道，"他有什么女朋友，这人也不知道有什么毛病，四十好几从没交过女朋友。你别心存幻想，我所说的一切都敢跟他当面对质。"

孟志远呼呼喘着粗气，干瞪着许可。

许可看出自己对韩永刚泼出的污水已经奏效，想了想，他来到办公桌旁，按下人力资源部的电话号码，然后放在免提上。

"吴总，我是许可，给你拜个晚年。"

"哦，是许总啊，谢谢，我刚看了韩总对您的任命，恭喜。"

"谢谢。对了吴总，金灿是不是提出了辞职？"

"是，我节前收到的辞呈，韩总的意思是让她把一卡通项目完成以后再走。您找她有事？"

"不,随便问问。"

"许总,韩总说,这件事情暂且不要对外宣布。"

"为什么?"

"好像说是怕影响新来的网络部孟志远的工作,具体宣布时间由他定。"

"知道了,谢谢,再见。"

他转过身,刚要说话,发现孟志远的脸色要多难看就有多难看,而且目光呆滞,便关切地问道:"志远,你怎么了,是不是不舒服?"

孟志远依然呆坐,一言不发。

许可紧张起来,不知道后面会发生什么情况。他感到不妙,甚至后悔自己冒出的这条激将法,因为,从孟志远阴郁的表情上看,他随时随地都会突然站起来,然后大踏步离开公司,最后人间蒸发。要命的是,到了这步田地,他已经无法相劝,感情这玩意儿就像煎鸡蛋,火候若掌握不好,要么煳了,要么夹生,甚至有可能引火上身,他只能紧盯着对方,走哪儿算哪儿了。

足足五分钟后,孟志远猛地站起,大步向外走去,被许可赶上拦住。

"志远,你干吗去?"

孟志远真急了,许可与人力资源总监的对话让他像是见到红布的公牛,顿时愤怒起来。在他心目中,韩永刚已经由一个心胸坦荡的挚诚君子变成了虚伪阴暗的卑鄙小人。

"我要去找韩永刚,他不能这样骗我!"

"何必呢,事实上他已经骗了你,找他理论管用吗? 再说了,金灿也不是你的老婆,这件事情你除了站在道德的角度去谴责,法律上你无能为力。而你也清楚,如今这个世道谁还在乎道德,说不好听的,连炒作道德还得看主人公是否有名,否则媒体都懒得去理。"

"那你说怎么办?"

许可刚要回答,传来敲门声,接着,刘洪涛急匆匆走进来,对许可说道:"许总,阳明那边来电话,说是和金灿联系不上,单副市长都急了,问我们还想不想做一卡通项目。"

"这事情你应该去问韩永刚,谁知道他怎么想。"

"韩总不是在开股东会吗？再说他已经把我开除了，我脸皮再厚也无法见他。"

许可把刘洪涛介绍给孟志远后，也不顾孟志远心气未平，饶有兴趣地问起刘洪涛被开除的经过，似乎刘洪涛的故事更能引起他的好奇心。

"我不过说他和金灿去美国度蜜月，他就恼羞成怒。"

"你也是，这种事情怎么好当面说，要是真被打，你不就成了冤大头。"

"他要敢动手，我就把他和金灿串通，色诱单副市长的阴谋昭示天下，让所有人看看天海公司的总裁让漂亮女副总如何献身副市长，最后夺取项目……"

"住嘴。"许可厉声喝道，他瞟了眼孟志远继续严肃道，"你什么时候变得那么缺德，没谱的事情你也敢瞎造谣。"

"怎么没谱？我当然有证据。"

"你有完没完……"

孟志远拦住许可，要刘洪涛拿出证据。刘洪涛迟疑了一下，望向许可，在对方暗示下拿出手机，打开页面后一边递给孟志远一边说道："这些照片都是那次在阳明唱歌时照的，金灿旁边那个就是单副市长。"

孟志远头炸裂了，里面的图片的确是金灿和一个陌生男子，男子的手要么在金灿的腿上搭着，要么搂其腰身……

许可叹口气，说道："志远，我本不想让你看这些，毕竟这会影响你和金灿的关系，但是，我又不能骗你，唉，你好自为之吧。"说完，目光望向别处，但余光始终盯在孟志远脸上。他发现孟志远满脸通红，额头上的青筋鼓凸显露，犹如数条蚯蚓蜿蜒爬行……

天海公司的股东会几乎变成了吵架会，尽管韩永刚一再解释自己与金灿是清白的，开除许可是为了维护公司的稳定，去美国也是因为项目，但股东们根本没兴趣听他的解释，唯一的焦点就是在收购案上。韩永刚渐渐失望了，他发现股东们并非为公司着想，也不愿正视公司未来的发展宏图，更不想听许可与严向东串通图谋天海公司，他们的唯一目的就是要韩永刚同意被瑞祥集团并购重组，这样他们就可以同时持有瑞祥集团下属某上市公司的股份以及未来新组建公司的股份。显然，巨大的利益让他们动心，他的劝解不过是在灼热的油锅里浇上凉水,不仅不能降温,反而引来激烈的反应。

他累了,累得连嘴也懒得张;他也烦了,烦得恨不能捂上耳朵马上逃离会议室。但是,他不能任性,更不能离开,因为,他与这些股东们不同,股东们都有自己的事业,即使出现风险也能承受,他则把所有"鸡蛋"都集于天海公司这一筐,所以,当大家对他冷嘲热讽时,他引以为豪的气节黯然失色,眸中不再充满往昔的激情,一心想着对策。

其实他心里非常清楚,当股东们同时出现在公司,胜负就已经没有悬念,尤其当他试图说服马姓股东被拒后,便打算放弃坚持,同意并购,不想,会议室门被悄悄推开一道缝,一张熟悉的面孔映入眼帘,是艾芸。尽管门很快被关上,艾芸一脸紧张与焦急的表情还是让他尽收眼底,他心里一阵温暖,但马上化为伤感,他想到了五一的婚礼,想到了对艾芸的承诺,想到了天海公司的前途,想到了得罪严向东的后果⋯⋯他不得不又重新打起精神,试图用风险打动股东们,挽回不利局面。

可怜的是,他并无金灿的急智,加上情绪受到影响,说出的话枯燥乏味。尤其当他说严向东所谓的并购重组就是通过高手把账务做得天衣无缝,最后发行配股,再由瑞祥集团旗下的几十家公司买进,抬高股价,使股价和交易量迅速增,造成假象,等散户和其他公司操盘手跟进后,便突然大量抛出时,马姓股东居然无视违法带来的风险,大声夸赞,理由竟然是严向东想挣钱谁也挡不住。受其影响,其他股东跟着一唱一和,似乎严向东握有免死牌,法律在他面前不过是一纸空文。

股东们也累了,他们不明白韩永刚为什么坚决反对并购。作为股东之一,并购重组对韩永刚的利益没有一点损失,不仅没有损失,甚至还有巨大的利益,唯一变化就是公司职务由原来的总裁变成了无实权的副董事长。因为重组后的公司要成立董事会,按照严向东提出的条件,瑞祥集团必须占股权百分之五十一,他任董事长,韩永刚为副董事长,许可是执行董事兼总裁,瑞祥集团的投入以证券方式进行。就韩永刚而言,副董事长虽然是个空架子,可话又说回来,开公司不就是为了多挣钱吗?人家严向东已经高姿态地把一卡通项目让出来,无形中给天海公司增加了百分之四十左右的资产,而你韩永刚也因此获益,何必非要在乎严向东养了多少股评家和网络股评枪手，何必管他如何操纵股市，何必在乎那些被糊弄的股民呢。程姓股东的话颇具代表性，他说："韩总，我是做服装生意的，生意人只管赚钱，谁买并不重要，如果你把良心和法律也捆绑销售，那就完了。讲良心和法律是有代价的，无形中你的成本就高于别的公司，谁买你的？你所谓的风险在严向东面前就不叫风险，我们应该承认每个人的能力是不同的。"

韩永刚愤愤道："你还往他脸上贴金？严向东这样操纵股票挣钱，不仅缺乏道德，缺乏人性，还触犯法律，像这样的人你还敢跟他玩吗？"

"韩总，严向东有没有道德和我们无关，你没必要杞人忧天，即使他违法，检察院在那儿，你又怕什么？"

韩永刚知道再说无望，他呆呆地望着天花板，一言不发。他不知道严向东给出多大承诺，让股东们的耳朵如灌进水泥。他知道天海公司将从此姓严，自己辛苦打拼的事业以及梦想也将付诸东流。他懊恼，他辛酸，感觉此刻讨论的并非公司的前途，而是自己骨肉的买卖，周围坐的也不是股东，而是一群人贩子。

他将又一次面临着艰难的抉择，不过这次不是感情而是事业，去与留是他现在唯一能够自主的决定。难啊，尽管走只有一个字，但是在他心中将永远留下一个断裂层，连续的生命与辉煌的事业同时被未来隔开，这是生命的悲哀，也是生命的无奈。退一步，如果留，自己不过是在一个名存实亡的天海公司当一名有职无权的副董事长，而且许可竟然是执行董事兼总裁。看来，严向东的报复名不虚传，不仅剥夺了他的实权，还要让许可羞辱他。

"韩总，你倒是给句话啊，我们不能老这样坐着。"马姓股东有些不耐烦了。没有人知道他和严向东还有一笔秘密交易，严向东允诺在南方某省会城市给他一块便宜的地皮，条件是帮助他完成并购。

"就是，我那儿还有一堆事呢，这么干耗着我陪不起。"

"干脆投票表决吧。"

"韩总，你要是实在害怕风险，干脆由我们哥儿几个买下你的股份，你另起炉灶，怎么样？"

众人七嘴八舌地说着，一起看向韩永刚。

韩永刚面无表情，缓缓说道："诸位，好歹我们也有近十年的交情，请让我先说几句话。"他扫视了一眼众人，继续道，"当时你们入股天海公司，是相信我韩永刚，而天海公司能走到今天与你们的信任也是分不开的，在此，我先向各位表示感谢。"

他站起，鞠了一躬。股东们面面相觑，不知道韩永刚是何意思。马姓股东勉强笑道："韩总，大家都是朋友，你也别这么客气，其实公司并购并不是你想象那样糟。在座的都是商人，在商言商是我们的本分，追求利润是我们经商的唯一目的。"

韩永刚的心被刺痛。"朋友"这个词他一直看得很重，只是现在由马姓股东嘴里说出，忽然有种不伦不类的感觉。十几年前，马姓股东经人介绍认识了韩永刚，当时，他濒临破产，多亏韩永刚帮忙解决了他的银行贷款，并在韩永刚参与下完成了庆义一块地皮的超低价收购，由此赚得个盆满钵盈。从那以后，他便视韩永刚为靠山，千禧年那年，当韩永刚的天海公司需要扩大规模，他毫不犹豫拉上一个朋友一起投资，成为天海公司股东。韩永刚自认对马姓股东不薄，虽然谈不上是亲密无间的朋友，但私下也称兄道弟，惺惺相惜。谁想，正是这个朋友在严向东的收购案中表现的最积极，其他股东唯其马首是瞻，一副打蛇随棍上的态度。

韩永刚鼻孔里哼了声，道："谢了，你还把我当朋友。"

"别这么说，老弟。我认为，你在并购案上过于情绪化，对严向东存在负面看法。"

韩永刚差点爆出粗口，忍了又忍，终于坐下，说道："诸位既然坚持，我也不再反对，但是，有句丑话我必须说在头里。"他紧咬腮帮，俩手紧紧握在一起，像是跟谁较劲儿，骨骼发出咯吱咯吱的响声。

"马哥说我情绪化，并非如此。我和严向东之前曾是球友，只因一卡通项目我们结下梁子，严向东的为人我不想多说，只是提醒各位真要是遇到风险，别怪我事先没有强调。"他把金灿关于严向东套用美国安然公司做法可能带来的风险阐述一遍。

股东们先是相互看了看，接着把目光投向马姓股东。马姓股东想了想，说道："这的确是个风险，不过话说回来，投资就有风险，连安然这种大公司都难以

236

规避风险,谁又能保证能够完全抵御这种风险?"他把目光投向每个人,最后又落回韩永刚,说道,"至于你说的公司两年后肯定能上市,我举双手赞成,但是,我却不能等。为什么?因为我们都不是搞投机生意的,我宁可用现金高价买下现在的地皮,也不愿低价买下两年后的地皮,道理很简单,两年后若出台新的调控政策,我就赔到姥姥家去了。"

他这一说,众人频频点头,纷纷发表自己看法。

"韩总,感谢你的解释,请放心,大家都不是小孩,真要到那一步也是周瑜打黄盖,没有人怪你。"

"是啊,做生意都有风险。"

"有赚就有赔嘛。"

韩永刚脸色铁青,仰身靠在椅背上,默默闭上眼睛。他在想什么?是感叹曾经奋斗过的岁月,还是心痛世态炎凉的今天;是遗憾自己壮志未酬的事业,还是抱怨命运对自己的不公?没人知道,也没有人想知道。

股东们兴高采烈,开始就如何与严向东商讨,如何请财务公司清算,如何请律师做法律文件等达成一致。最后,马姓股东略感内疚地对韩永刚说道:"韩总,今天来得突然事出有因,请相信我们并无恶意。我希望在被并购前,你能站好最后一班岗,算是为了大家吧,一定要搞好团结,一定要拿下一卡通项目。"说完,他把手伸向韩永刚。

程姓股东也说道:"许可和金灿的矛盾有可能干扰一卡通项目,如何解决还请你多费心思。"

韩永刚无言以对,只是伸出手懒洋洋地和马姓股东握了握算是回答。

股东们说得轻巧。金、许二人势同水火,何况金灿已经提出辞职,来上班纯属是看韩永刚的面子,如果知道许可官复原职,她肯定不会露面,而孟志远一旦知道真相必定不依不饶。还有,单副市长已经得知许可辞职,现在许可回来而金灿又走,乙方的瞎折腾肯定会影响到甲方的判断,单副市长就算收受了韩永刚的好处,对天海公司也将失去信心,一卡通项目搞不好就会鸡飞蛋打……乱了,天海公司彻底乱了……

第十节　扭曲的灵魂

"韩总,我能进来吗？哦,艾芸也在。"

办公室的门被推开,许可站在门口,微笑地问道。他一脸灿烂,笑容可掬,没事人似的望着韩永刚。那表情、那语气既像是一个经常见面的老朋友,又像是前来汇报工作的员工,还是那样恭敬,还是那样谦卑,让人无法想象这与不久前带着怨毒、带着仇恨离开公司的是同一个人。

韩永刚冷冷打量着许可,一言不发,瞳孔却不断冒出一丝丝令人生畏的寒气,右手不知不觉中攥成了拳头,看架势颇有风雷激荡、杀气肆虐的味道。连许可都觉得自己仿佛置身狮笼中被一只雄狮瞪视着,一颗心顿时怦怦乱跳起来。不过,他没有退却,不仅没有退,反而笑吟吟走进屋内,在韩永刚、艾芸二人愕然注视下拿起桌上的水杯,一如往常走到饮水机旁,边接水边昐咐艾芸回避一下。

"许可!"倏然,一声断喝如雷声炸响,惊得许可身形一晃,杯中水溅出少许,他回过头看了眼韩永刚又把目光投向艾芸。说话的人不是韩永刚而是艾芸。

"你还要不要脸,你算是什么东西!"艾芸秀目圆瞪,怒容满面。她委屈大了,这一上午她没干别的,除了和刘洪涛因许可吵了一架,一颗心全都悬在韩永刚身上,每当看到韩永刚阴沉的脸,她便心如刀绞,直想把门踢开,与股东们理论,好不容易盼走股东,正在安慰韩永刚,谁想许可又来了,她顿感气不打一处来,也不管这是什么场合,大小姐脾气发作起来。"韩总辛辛苦苦创建的公司你凭什么暗地拆台？卑鄙小人!"她义愤填膺斥道。

许可并不知道韩永刚与艾芸的关系,所以一进屋便全神贯注盯着韩永刚,没

有留意艾芸的表情，直到此刻他才发现艾芸的态度比韩永刚不遑多让。如果说韩永刚是千古寒冰，艾芸就是喷发的火山，冷的已经冷到极致，热的正在发作，大有把他打翻在地的气势。他不禁担心，也不由得困惑，担心的是韩永刚那碗口大的拳头捶在自己身上，困惑的是艾芸为什么也这么激动，那模样分明像是自己拐卖了她家的孩子，这可不是一个总裁助理应有的表现。不过许可现在非昔日吴下之阿蒙，可以说是携着尚方宝剑而来，别说是区区一个艾芸，便是韩永刚他也不再惧怕，只是他善于审时度势，不到掌握绝对权力的时候绝不会轻易翻脸，所以，尽管艾芸的话使他恼羞成怒，但他仅是哼了一声，紧皱眉头，把水杯往桌上一放，对艾芸说道："你说话怎么这么难听，别忘了自己的身份。"

"我说话难听？"她一撇嘴，嘲笑道，"你没有资格说这话，一个出卖人格，出卖灵魂的人连癞皮狗都不如，也只配听这些。你别瞪眼，你敢说你不是严向东手下的一条狗？有胆量就把你和严向东的交易说出来！"她对许可的印象本来就不好，在得知他与严向东走到一起图谋并购天海公司，心里更是有气，加上与刘洪涛口角后余怒未消，这才出口不逊。

许可的脸挂不住了，脸色被气得红一阵、白一阵，有心想回骂，可旁边还有一个虎视眈眈的韩永刚，前车之鉴后事之师，他非常清楚，男人之所以拳脚相向，第一是为了女人，第二还是为了女人。他已经因为金灿挨了一拳，不想再因艾芸挨一顿老拳。也真难为他，艾芸一堆极难听的话竟然被他充耳不闻，他双手抱胸，鼻孔微微上扬，甚至连看都不愿再看对方一眼，仿佛屋里除了韩永刚，根本不存在另一个人，同时嘴里像是自言自语嘟囔着："女人啊女人，为什么为了男人连脸都可以不要。"艾芸被激怒了，许可的态度让她觉得自己若再骂下去与泼妇无异，只好愤然住嘴，她求助似的望向韩永刚，希望对方接过话茬，像保护金灿那样保护自己。

韩永刚没有理会艾芸，不仅没有理会，反而如泥菩萨般呆坐着，适才凌厉的目光不知什么时候化于无形，既没有看艾芸也没有看许可，平静且柔和地盯住屋内某一点，嘴角似乎还带有淡淡的微笑。显然，艾芸痛斥许可的话他根本就没有听进去。艾芸生气了，她不惜放下大小姐的身份猛喷垃圾话就是给韩永刚解气，可他连最起码的声援也没有，这让挨骂的人会怎么想，她又如何下台。望着韩永刚一副温暾水的模样,艾芸迷惑了,就在许可进屋前,韩永刚还暴跳如雷,要痛揍许可,要不是她苦劝,以韩永刚当时的情绪真有可能闹出人命。她之所以留下也是担心局面失控,谁想韩永刚倒是不玩命了,改成老僧入定,却把她撂在当地。

差不多整整一分钟,屋里没有一点动静,连许可都忘记艾芸刚才的痛骂,目不转睛地盯着韩永刚。他同样不理解,刚进屋时韩永刚怒视他的目光足以把他撕碎,而现在他却像是中了魔,呆若木鸡,反差之大令人费解。

"韩总,我们之间存在一些误会,请给我点儿时间听我解释。"他的语调极其柔和与诚恳,即使韩永刚非要把他许可当成一条蛇,那么他也是一条无害,且没有毒牙的普通蛇。

韩永刚笑了,先是微笑,后来越笑越畅快,不过这个笑不是对许可,也不是对艾芸,而是目光着落的那个点,仿佛看到一桩令人发笑的东西。许可和艾芸都莫名其妙,没觉得哪句话有什么可笑之处,不约而同顺着韩永刚的目光望去,同样没有看到任何能够使人发笑的事情,这使得两人都认为韩永刚的笑显得更加诡异。

"他是不是疯了?"许可暗自想。瞬间,他忽然闪过一个奇怪想法:如果韩永刚真的疯了,他毫无疑问将成为总裁的不二人选,而一旦被任命为总裁,他就将立刻对公司领导层展开清洗,让刘洪涛、孟志远等人当副总裁,韩永刚的亲信一个不留,统统扫地出门。等并购完成,公司从上到下都是自己的嫡系,就算这个时候严向东想抛弃他也为时已晚,只要他愿意,就可以另起炉灶,掏空公司的技术骨干和主打产品,将公司变为空壳。

他兴奋得有些忘乎所以,两眼放着光,紧紧盯着韩永刚,幻想着对方渐渐倒下,接着满地打滚。他心里不停地念叨着:"我的大黑鱼啊大黑鱼。"也是,从梦到大黑鱼后,他好运连连,人生的转折似乎从此开始。

艾芸也紧紧盯着韩永刚,却是一脸惊慌。她曾听闺蜜说过,一个人若受到惊吓或是情绪上受到强烈刺激,就可能精神错乱,严重者最后会成为精神病。韩永刚这副模样太吓人了,感觉像是金庸笔下倒练九阴神功最后疯掉的西毒欧阳锋。艾芸由诡异变为不安,由不安又变成惊恐,眼见他无端地笑个不停,再也顾不上其他,连忙冲过去,一边呼喊着,一边摇晃着他。

韩永刚疯了？当然不是。二十年前的那场变故已经让他有了非同寻常的耐力，现在就算把他独自扔在月亮上半年他也不会疯掉，哪怕那里根本就没有嫦娥。更何况并购又不是世界末日，他没有疯的理由。难道他有笑的理由？有，还真有。当许可刚进门那一刻，他的确打算挥舞铁拳把对方揍个稀巴烂，未曾料艾芸抢先发威。别看艾芸平时活泼高雅，但骂起人来还真厉害，许可几次想张嘴回击，都插不进话，气得脸色铁青。韩永刚也是第一次领教艾芸的骂人，开始还洋洋得意，颇有解气的感觉，但是几句过后他便暗自心惊，心想女人的嘴怎么都跟鸭子的嘴一样硬邦邦，艾芸如此，金灿如此，想必别的女人也如此，这要是结婚后闹别扭，他怎么活啊。忽然，他觉得许可挺可怜，老大一个男人被小姑娘骂得脸红一块、紫一块，和五花肉一样，两眼还不断翻着白眼球。他正决定终止艾芸的辱骂。士可杀而不可辱。许可的一句话忽地如电流一般穿过他的大脑，他敏感地捕捉住了这句话，渐渐地，一线光明照亮了他，他仿佛找到一个制服严向东的办法。他不再听周边的争吵，只是一心追逐着刚刚诞生的想法，越想越美，越想越高兴，忍不住，他笑了，笑得是那样酣畅，那样忘我，尤其看到许可莫名其妙的目光，他笑得越加开心，以至于让许可、艾芸以为他疯了。

有人说，感情上的痛苦一旦成为无法治愈的顽疾，由此产生的仇恨势必如癌细胞那样迅速扩散。此时，扭曲的心理要么将感情拖入坟墓，要么让自己彻底疯狂。

孟志远没有疯，不过却已经陷入可怕的沉默，他的目光时而呆滞，时而焦躁，时而无缘无故突然地爆出愤怒。尽管看上去他还有理智，许可却清楚他已经踏在疯与不疯的临界点上，只是在等待，等待金灿的出现，等待着沉默中的爆发或消亡……

孟志远原本是有主见的人，别人的看法很难左右他的想法，就算事实确凿他也会根据前因后果来判断事情的正确性，尤其和金灿的感情，绝不可能仅凭许可、刘洪涛一番话就天崩地裂。遗憾的是，他碰上了一个更有心机、更富智谋的人，许可虽然与他第一次见面，但是作为一个潜心钻研心理学的爱好者，许可完全懂得如何见风使舵，如何麻痹人的理性，继而让人崩溃的路数，仅凭金灿被其羞辱的毫无招架之功便可见一斑。

在对待孟志远的去留策略上,许可开始还有些投鼠忌器,毕竟他梦中的"大黑鱼"和孟志远的去留息息相关。但是,几句话过后,他发现孟志远对韩永刚明显存在着好感,也就是说,就算把韩永刚和金灿抹黑,这家伙也未必相信,搞不好还会遭其鄙视。他惶恐了,毕竟在高科技时代,人才是企业创新能力的资源,也是企业赖以生存的法宝。严向东与韩永刚都考虑到了未来公司的发展、考虑到了网络技术将成为公司新的金矿,因此,谁掌握了孟志远谁就掌握了企业的主动权,这是最粗浅的道理。假使孟志远站在韩永刚的阵营里,就算韩永刚不是公司总裁,他许可的日子同样不会好过,甚至还不如原来,严向东给他的说法已经表达出这个意思。

他没有退路,他必须为自己的生存杀开一条血路,哪怕这条路注定崎岖坎坷。他决定改变策略,从诋毁韩永刚入手,让孟志远自己得出韩永刚是一个大骗子的结论。然而,谁都不是傻子,要想空口白牙地信口雌黄,没有人会轻易相信。好在他的故事与金灿有关,而孟志远除了金灿别的什么也听不进,这让他有了足够的素材。从一卡通项目开始,一直到他挨了韩永刚一拳离开公司,金灿、韩永刚在他嘴里居然成了潘金莲与西门庆。

他做到了,从孟志远紧锁的双眉中,他看到对方开始积蓄的怒火。不过,他还不打算结束中伤韩永刚,因为他知道,对方仅凭这点火气还不足以与韩永刚翻脸。正当他搜刮肚肠,刘洪涛恰逢其时来到,他立刻以诱导的方法让刘洪涛来玷污金灿。之所以这样做,一是刘洪涛乃局外人,其话可信度较高,二是怕孟志远听了关于金灿的谎言与己翻脸。事实证明,他的担心多虑了,当孟志远听完刘洪涛关于金灿与单副市长的事情,其模样如同咬破苦胆,整个脸都绿了,目光中喷出熊熊烈火。他暗暗得意,知道自己与刘洪涛巧舌如簧的表演如同二鬼拍门,让孟志远心中圣洁的女人变成下流无耻的荡妇,并颠覆其原有的信念。

都说重病下猛药,响鼓重锤擂,许可做事够狠。孟志远已然痛苦万分,他还不想就此收场,假如这间屋子有个炸药包,他希望孟志远能义无反顾抱起它,冲进韩永刚的办公室,这才是他最终想达到的目的。

孟志远蒙了。

毋庸置疑，这不是梦。如果说前面他还心存侥幸，那么看到手机里真实的画面，他什么念头都没了。经过短暂可怕的寂静，孟志远爆发了，他像一只发了疯的公牛，蹦起来愤然就走，不用说，许可已然从对方喷火的眼神中知道他这是要去找韩永刚干架，赶紧上去拽住，忙不迭劝慰。直到此时，他才坚信，孟志远若是有枪在手，也会毫不迟疑向韩永刚扣动扳机。他让刘洪涛回避，拉着孟志远坐下，破口大骂韩永刚。

"兄弟，别以为只有你才痛苦。"许可激动地说道，"我他妈挨了韩永刚的一拳可以说是受尽了侮辱，被赶出公司的时候，所有人除了刘洪涛，没有一个人理我，真的，当时我觉得自己就是条狗。"他情不自禁摸了摸脸，咬牙切齿，那表情仿佛在告诉孟志远，他的屈辱没有人能比。

"我长这么大除了我爸，没有人动过我，更何况我辛辛苦苦给他韩永刚干了那么多年，到头来却落得这样一个下场。最令我寒心的是，我居然是因为一个女人而倒下。"他爆出一句粗口，脸部肌肉随着抽搐了一下。

许可颇有心机，他知道若要取得别人的信任，必须把自己最落魄或是最糗的事情抖出，而且越惨越能得到别人的同情。他这招果然起到了效果，孟志远的表情虽然阴晴不定，但是目光中却有一种同仇敌忾的感觉。

难道许可这样做不怕把孟志远激走？他当然怕，但是两害相权取其轻，一个走了的孟志远与站在韩永刚一边的孟志远，他宁可选择前者，道理很简单，孟志远已经卷入是非中，没有中立可言，要么站在韩永刚一边，要么站在他这一边，若孟志远与韩永刚结盟，他等于让韩永刚扇了一耳光。至于严向东要他留下孟志远作为交换条件，他只能尽力而为。从另一个角度讲，他自认自己掌握公司内部许多机密，即使是严向东对他也无可奈何，换句话说，他成事或许不足，但是，败事却绰绰有余。

许可很满意对孟志远的分化瓦解，至少现在已经不用考虑孟志远与韩永刚是否结盟，他想，是劝孟志远留下的时候了。

他说道："前些天我看了这么一段话，'人的生命就是一团欲望，若不能满足欲望便会痛苦，满足了便会无聊，人的一生就是在痛苦与无聊中摇摆'，这话是德国哲学家叔本华说的，你现在的状况就像是在验证这个哲理。可是志远，叔本华的话看似充满哲理,但在我这儿不过是狗屁。叔本华忘了人还有反抗精神,也忘了欲望是没有止境的。"他停顿下来,似乎遇到什么难题,犹豫再三,才继续说道:"有件事儿本来我不该说,但话说到这分上,索性告诉你。"

孟志远已经被许可折腾的七荤八素,一听,以为又有什么重要情况,立刻强打精神看着许可。

"我已经被韩永刚扫地出门,不夸张地说,他看我就像看垃圾,可是我为什么又站在这里?"冷笑数声后,他忽地提高嗓门,自负道,"因为痛苦这玩意儿不应该属于我,它是韩永刚硬塞给我并强迫我接受的狗屁东西。那天,我老婆看到我,还以为是猪八戒下凡,几乎没有认出我来。我没让她报案,干吗要警察介入,是男人哪儿跌倒就从哪儿站起来。我去找严向东,去找股东,告诉他们韩永刚为了女人把天海公司变为他的私人王国,股东们一听就炸了,玩女人都玩到公司来了。这不,今天就过来找韩永刚开股东会,实际就是找韩永刚算账。哼,现在他老实了,说不定正趴在桌子上痛哭流涕呢。"

孟志远阴郁的脸上闪过一丝不易察觉的笑意。

"志远,金灿对你是很重要,但时过境迁,女人的眼睛一旦被别的男人用钻石挡上,你在她心中是否值钱已经不好说了……"

"金灿不是那种女人。"孟志远违心地说道。事实上他已经把金灿划归那一堆女人中,只是从感情上他不想让外人说金灿的坏话。

"是不是暂且不论,但有一点可以肯定,是韩永刚把金灿从你身边夺走,又是韩永刚把金灿变成一个不知廉耻的女人。"

孟志远心里如翻江倒海般躁动起来。是啊,在芝加哥,韩永刚装得是多么道貌岸然,义正词严地训斥他时比正人君子还要正人君子,让他感到自己连鸡鸣狗盗之辈都不如。再有,那个副市长的儿子说不定是在韩永刚安排下去找金灿,动机不言而喻,俩人鱼水之欢后,换来其老子给出的项目。"韩永刚啊韩永刚,你不仅毁了金灿,连我孟志远也栽在你手里,因为你,我不仅失去我一生的挚爱,也失去了我最宝贵的情感。今天要不是许可揭穿,我还蒙在鼓里,你真是缺了八辈子德,此仇不报枉为人也。"孟志远凄苦地想着。

许可看出孟志远思想活动,趁热打铁道:"志远,叔本华把人生定义为痛苦

和无聊,这是极端错误的,人干吗要痛苦呢? 就算别人给你伤害,你不会还击吗? 就是死,怎么也得拉个垫背的吧? 所以,你应该留下,让那些强加给你痛苦的人去痛苦吧,而你要当着他们的面放声大笑,这才是聪明人所为。实际上,我的回归已经让某些人发抖了,这种快意恩仇的好戏不看多可惜。还有,等到并购后,你肯定就是公司的执行董事兼副总裁,咱哥俩团结一致去打江山,有什么办不成的,你说呢?”

孟志远紧闭双眼,一言不发。连续的打击将他蹂躏得快要窒息,他的手使劲抓着衬衣领口向外抻,试图让呼吸顺畅,忽然又感觉脚下变得松软,接着自己的身躯急剧坠落。他慌了,想伸手抓住周边一切可以抓住的东西,但是,办不到,他的灵魂似乎已经离开了他。他想喊,喊不出声,只能听凭着眼泪从眼角中流出。

男人的眼泪是忏悔,是仇恨,女人的眼泪是抱怨,是伤心。孟志远在想什么? 是感叹岁月的无情,还是痛恨自己的一片痴心付之东流,他的眼泪又为谁而流,是金灿,抑或是他自己……

第十一节　杀机

金灿上班了。

从进门那一刻,她忽然有种走错地方的感觉,所有见到她的人无一例外都用好奇、悲悯的目光偷偷看着她。她有些紧张,也有些好奇,还有些好笑,觉得自己仿佛是鲁迅先生笔下《狂人日记》里的那个"狂人",被赵家的狗看两眼,被遇到的路人看两眼,就连亲大哥也不放过,所有的人都想吃人肉。她糊涂,不知道多休息的这几天出了什么变故,何以所有人都这样看她,当然,有一点她可以肯定,这些人并不会吃她。

她还是那样高傲,似乎上帝赋予她美丽的同时,也把高傲植入她的灵魂,即使脱胎换骨也会如影随形。这是她的招牌或者可以说是她的气质,正是这副气质让她即使面如寒冬也能冷出梅花的俏丽,颜若春秋也能炫出夏花的奔放。难怪全公司的女员工无不羡慕她,更有甚者亦步亦趋地模仿她,不让当年东施效颦。

在办公区的过道上,一个女员工借打招呼悄悄告诉她,许可回来了。她顿时恍然,暗自好笑。诚然,许可曾经给她带来巨大的屈辱,但她并不记恨,这倒不是说她的胸怀有多宽广,能够一笑泯恩仇,她是根本不屑去恨。在她眼里,许可不过是一个市侩小人,满脑子的男盗女娼,开口粗俗闭口下流,所谓的经营理念不过是对"厚黑学"的照本宣科,这样的人还真不比孟志远更有资格让她恨起来。她甚至认为,宁与君子斗气,也不与许可这样的小人斗嘴,否则对方嘴里喷出的垃圾话真能杀了她,对他最好的回答就是一记响亮的耳光,就像韩永刚做的那样。她分析，或许是因为自己要走，所以韩永刚才把许可重新请回，毕竟韩永刚对许可还是非常信赖的，她刚来之际，就听韩永刚多次背后夸奖许可，后来赶走也不是因为他们之间出现问题，而是为了她。关于这点她心知肚明，所以，当听说许可归来，她并没有抵触。

金灿走进办公室，包还没放下，一个人跟着走了进来。若在平常，第一个来到她办公室的肯定是艾芸，不过今天变成了孟志远。

对于孟志远，金灿除了恨其感情缺乏专一，别的还真挑不出什么毛病，论才学，他聪颖过人，论相貌，他可与宋玉、潘安一较高低，论谈吐，他风趣幽默。若与韩永刚相比，孟志远更是智貌俱佳，之所以没有把李忠国拿出来相比，是因为金灿并没有将他放在与孟志远、韩永刚同一层面上。也是，以金灿如此性格、如此条件，一般人是很难入其法眼。李忠国只是在特定时间、特定环境、特定的心情下让金灿接纳了他。

孟志远进屋后顺手把门关上。

"不用关门，我想，你的话不至于怕别人听吧?"金灿以玩笑的口吻说道。自打和李忠国确定关系，她的心情大好，连许可回公司这样的事情都不在乎，对孟志远也开起玩笑。当然，仅凭与李忠国的事还谈不上让她心情"大好"，顶多为"中好"，还有一件事情让她将自己人生的拼图严丝合缝地完成，变成了真正的大好。

她节前收到一封从美国发来的邮件，发件人是她在美国公司的前任老板霍华德。信中简要介绍了公司破产后他又投资医疗器械行业，近一年多时间，由于公司业务依然受到美国经济的低迷影响，产品销售低于预期值，董事会决定在亚太地区开辟新的市场以促进公司发展，而工作重心打算放在北京。作为公司首席执行官，他将亲临北京考察，希望金灿能全程陪同，一方面是想让她当翻译，另一方面也想请她担当公司驻华首席代表。

霍华德对金灿的赏识由来已久，这个中国姑娘的聪慧改变了他对华人的看法，并赢得他的尊重。说起原因，这里面还有一段小故事。霍华德的父亲参加过朝鲜战争，骨子里仇视中国，受其父影响他也"疾恶如仇"，金灿刚去公司上班便遭到歧视，薪酬最少，工作量最大。然而，金灿没有气馁，她早知道这帮大鼻子或多或少带有种族和意识形态歧视,她暗自积蓄力量,等待着爆发。一年很快过去,金灿由工作中的新手变成了足以傲视公司所有人的老手,她签约的订单如雪片一样铺满霍华德的办公室。展览会上,她也是一枝独放,为公司也为她自己赢来了声誉。这一切霍华德看在眼里,若金灿是白人,他早就主动给她加薪,对金灿他却在拖,假如对方不提,他就装糊涂,这倒不是他抠门,而是骨子里存在的傲慢。这天,金灿来到霍华德办公室,提出加薪要求。霍华德眯缝着眼看着金灿,傲慢地把腿跷在办公桌上,开始鸡蛋里挑骨头。

金灿开始尚能安静听着,但是几句过后再也无法容忍,对方从工作上挑不出毛病,却从她的英语发音上找茬,一会儿说她的口语连德克萨斯的农场主都不如,一会儿又抱怨中国人的口语就像铁锤砸钢板一样刺耳。她不客气地打断对方,以嘲笑的口吻说道:"先生,我真的佩服你,身为当代的美国人,你还能举着唐吉诃德的长矛刺向美国式的民主,又想把自己扮作可爱的艾摩(美剧芝麻街的主角)让别人喜欢你。可惜,我不会为你喝彩,因为你手里的长矛不属于这个时代,我也无需用你们的民主来当盾牌捍卫自己。其实,你非常清楚,凭我的能力在任何一家公司都能拿到更多的薪酬,而不用说一口该死的标准美语。够了,让这一切结束吧,我现在就辞职。"说完她转身就走。

霍华德在转椅上足足愣了一分钟,突然像弹簧一样蹦起,百米冲刺般跑到金灿的座位旁,赔着笑脸,不仅承认适才的话都是狗屁,而且当场的将金灿提升为项目经理,并承诺来年提拔她为部门经理。美国人很有意思,一旦认错就绝不找后账,游戏规则也将重新制定,霍华德在后来的日子里对金灿比对白人还要好,这倒是金灿始料未及的。直到金融危机开始,霍华德宣布公司破产,金灿这才考虑跳槽。两人在分别时,霍华德给金灿留下几句话,他说:"金小姐,你是我见过为数不多的优秀人才,若不是这次该死的危机,我们的合作不止于此。很遗憾,也许这是上帝的旨意,我已经无能为力了,不过我会修复好自己的羽翼,到时候我将铺下红地毯来迎接你,请相信我。"

他没有食言,就在金灿回国生根落户时,他和几个合伙人重建公司,这次他们把目光瞄向了医疗器械。霍华德招兵买马的第一件事就是给金灿发出了邀请,希望她加盟。那时的金灿还不在天海公司,也没有遭遇到后来的坎坷,对霍

华德的盛情除了感激没有其他想法。霍华德只好作罢,但他没有忘记这个中国女孩,当董事会做出决定在海外拓展市场,他又是第一个想到金灿。

金灿是知恩图报的人,就算霍华德不开出优厚条件也会鼎力相助,何况她已经决定离开天海公司。霍华德关于请她担任办事处首席代表一事,她毫不犹豫就答应了。本来霍华德年前就想来北京,被金灿劝阻,她让对方过完节再来,也是考虑到国内的工作习惯,这也是她推迟五天来庆义的原因。

孟志远自然不知道金灿的种种经过,满脑子除了许可的话,就是金灿那些"不雅"的照片。人的思维方式多种多样,唯有一种相当可怕,这里权且称作"悬崖思维",就是说,当一个人一旦把自己的情绪置于悬崖绝顶,此时的思维就如同崖顶呼啸的罡风,再也不会柔和,再也没有回旋的余地,毁灭是唯一的想法。孟志远已经忍了三天,这三天他完全被复仇的怒火燃烧着,金灿所有的照片包括俩人的合影统统被他付之一炬,绝命书也放在他居所的床头柜上,他最大的愿望不再是求得金灿的谅解,而是看到她流着血,痛苦倒下。

他的脸色是那样阴郁、那样苍白,眼球布满血丝,表情麻木、呆滞,右手似乎还有些痉挛性颤抖,喉结也无意识地上下移动,看上去既像是一位重病患者又像是一具行尸走肉。

"我的话当然不怕别人听,但你做的事儿我却羞于让人知道。"他冷冷回应着金灿,语气充满了挑衅。

对方的态度让金灿有些吃惊,摘包的手不由得停住,上下打量着他。孟志远并没有呈现极端的愤怒,但是却阴沉到了极点,尤其目光中瘆人的冷漠和苍白的脸颊,让金灿无法相信这人就是孟志远。

"你怎么了,是不是不舒服?"她关切地问道。

听到这句话,孟志远眸中瞬间闪过一丝愤怒,一句普通的关心被他解读为恶意的嘲讽,他不由得咬紧牙关,右手悄悄插进裤兜。可惜,他表情变化得太快,金灿根本就没看出。不过,即使慢,金灿也不会感知危险的到来,她绝不相信一个与她生活六年,曾经情同夫妻的男人会残忍地对她挥起屠刀。

"谢了,我从没像今天这么好,这么痛快。你知道吗?我有很长时间没有这样笑了。"他笑了起来,虽然看上去是皮笑肉不笑,但他起码还是笑了,尽管这笑比哭还难听。望着金灿吃惊的模样，他忽然有些得意，觉得自己终于在最后的关键时刻占了上风，他不想立刻就结束，既然要告别这个世界，那就让死亡游戏来得更刺激一些。

"金灿，请实话告诉我，假如下一分钟就是世界末日，你此刻会对我说什么？"

"得了孟志远，不管是不是世界末日，我此刻都建议你赶紧去医院检查一下，你不觉得你有些不正常？"

"哈、哈、哈……"又一阵如同乌鸦惊叫的笑声突然从孟志远嘴里发出，好像金灿的话非常有趣，使他无法抑制自己的神经。只是他的笑声殊无欢愉，音调也极其生硬，与其说是笑，还不如说是连续念了三声"哈"，结合他冰冷的面孔，令人真有点夜过坟场毛骨悚然感的。

金灿秀眉微蹙，隐约意识到这里面有问题，具体是什么不知道。她的目光在孟志远身上转了一圈又回到对方脸上，揣摩着他与以往的不同之处。这不是她所认识的孟志远，倒像是恐怖电影里常见的那种面目狰狞，青面獠牙的僵尸恶鬼。她暗想："这家伙怎么了？还从没见过他这副德行。"

"既然不想说，那我再问你第二个问题，你辞职是因为我还是韩永刚？"

"别瞎想，那是我个人原因。"

"哼。"孟志远激动起来，"为了你，我割舍了一切，就是祈盼你的谅解，你倒好，为了你的新欢居然还要在我的伤疤上撒盐，甚至用这种下三烂的把戏蒙骗我！金灿啊金灿，你的心怎么那么毒啊？"

"我早说过我们之间已经没有可能，你无权再用过去的标准来要求我，我也没有义务按你的想法去做。现实一点吧，不要想入非非，至于我辞职没有知会你，我可以向你解释，不过不是现在。"面对孟志远的指责，她没有急躁，而是平静地回复。

孟志远从鼻孔里哼了一声，他当然不是来讨要说法，也无所谓什么答案，几天里他的全部心思只是想把自己当作一名法官兼刽子手，在道义上对金灿进行终极审判，尽管之前他已经判处金灿死刑，但是那毕竟是缺席审判，现在真正的时刻已经到来："罪人"站在被告席上，而他则以上帝的名义罗列对方的罪孽，最后让她用自己的鲜血洗刷罪恶。

"我向来认为你是人中龙凤,上帝的天使,纯洁的代名词,没想到,回国才一年你就原形毕露。你不过就是有着高学历,一副漂亮脸蛋的风尘女子。可惜啊,人家董小宛虽然没有学历,但至少还有一个秦淮八艳的雅号流芳百世,你呢?金灿?哈,又是企业老板又是什么副市长,真够你忙乎的,也难怪你嫌弃我,和他们比,我孟志远的确自愧不如。不过,"望着对方惊诧的表情,孟志远眼珠滴溜一转,尖着嗓子笑道,"我要批评你,在芝加哥,你上演一女侍二主,韩永刚和那个毛头小子可是精力旺盛,你身体受得了吗?还有,你一向自诩清雅高贵,却又一身事父子,你的伦理与禽兽无异,这又怎么解释?"

金灿简直不相信自己的耳朵,她的心态由愤怒转为耻辱,又由耻辱转为愤怒,最后变为委屈。她觉得头皮发麻,整个人头重脚轻地晃动起来,赶紧用手扶住桌子,心里不断念叨着:"千万别哭,坚强,他骂不倒我,也吓不倒我。"尽管她在自我激励,但是鼻子,眼睛却不听指挥,越来越酸,她索性闭上眼睛,也不开口回击,生怕一张口就再也控制不住。

她被无端的诽谤与邪恶的笑声撕裂了。"上帝啊,为什么会这样,难道真是因为女人仅是男人的一根肋骨,所以永远低男人一等?既然如此,您为什么不把女人的肋骨变成男人,让他们也尝尝受歧视的感觉。"金灿曾经感叹,却无能为力,世俗的遗风比地球上所有的大山都要重,想推翻它无异于痴人说梦。

孟志远得意起来,眼前金灿已经失魂落魄,这正是他所期盼的效果。几天来的邪火令他疯狂,做梦都想审判日的到来,他不仅要让金灿的肉体下地狱,连她的灵魂也要下地狱,唯有这样才能抚平他那畸形的伤痕。见金灿痛苦得说不出话,他拿出一副痛打落水狗的姿态又继续说道:"问你第三个问题。韩永刚、那个副市长以及他儿子还有我这四个男人,论床上功夫你最喜欢哪一个?"他的脸部在笑声中扭曲着,虽然表情依然扭曲,但是他的目光中却是无尽的快意,如一只残暴的狼瞪视着奄奄一息的猎物。

金灿再也忍不下去,一边哆嗦地喊着:"人渣,垃圾!"一边向外跟跟跄跄跑去。

"急什么,我还没说完呢。"孟志远如一堵墙挡住金灿,接着偏身躲过她抢起的包,一把拽住她并疯狂推向办公桌,由于用劲过大,桌子的一角重重顶在金灿的腹部,她一口气没上来,身子便如面口袋软软倒下,晕厥过去,包也飞向一边。

孟志远兴奋得有些语无伦次,絮絮叨叨也不知在说什么,既像是埋怨金灿不应该离开他,又像是祈求上帝原谅他。很快,他的神志开始恍惚,感觉四周一片皆白,地上趴的不是金灿而是一只绵羊,时空不复存在,只有一个声音在不断催促着:是时候了。他下意识地抽出刀子,费了好大劲儿才控制住抖动的右手,用左手轻抚着刀锋,紧紧盯着金灿,握刀的手越攥越紧,瞳孔也越缩越小。汗,浸湿了他的领口,一步、两步……死亡向金灿逼近。

善与恶是人性中一根藤上的两颗果:善,汲取爱和包容,恶,吸纳仇恨与邪欲,二者此消彼长,只是某些罪恶尚可悔过,某些罪恶则将永坠地狱。

第四章 人生蹉跎

　　总有一段辛酸裹在泪里,总有一段故事隐藏在泪后,女人的泪水为什么总如无言的江水,默默冲刷着伤心的堤岸?是生活践踏了她的美好意愿,还是男人虚耗了她的青春而忘记付账?不要无视那张被泪打湿的面庞,不要以为她坚强的外表下藏有一样坚强的心脏,男人要懂得她的脆弱,而抚慰仅需一碗心灵的鸡汤。

第一节　丑陋人性

孟志远完全变了一个人,他从小所受的教育以及法律常识在这一刻统统化为乌有。虽然他的手在颤抖,心也在颤抖,但是,他居然还在笑,笑得那样邪恶,那样吓人。

他来到金灿身边蹲下,用左手一边轻轻抚摸着金灿散乱的头发,一边说道:"金灿,不要怪我心狠,这个世界已经堕落了。什么人性、良知、道德,统统成了狗屎,权力、财富、欲望倒是他妈的主流,我只睡了一个女人就被你视为垃圾,那些拥有十个八个情妇的人渣又是什么?何况你不也伺候着几个男人吗?上帝说过,一旦人类大乱,他就会来到人世进行末日审判,快了,上帝马上就要降临。"他长叹一声,"我们的命运就像是变戏法,明知不是真实,却非要理直气壮地去装。为了钱,我们不再友爱,也不再彼此信任。你可以做公共情人,但我不能让这个世界的腐臭继续熏染你,我要带你走,即使堕入地狱也要带你走,你是我的,永远属于我。"

他的手柔和地从金灿的头顶滑过她的脸颊,在下颌处停住,接着托住她的下巴向上抬起,一咬牙,另一只手挥刀朝金灿脖颈刺去。

突然,孟志远感觉自己的臂膀被人牢牢抱住,握刀的手动弹不得,这一惊非同小可,他猛回头,是许可。

许可来得可谓再及时不过,晚几秒钟就是一幕惨剧,只是这并非巧合,而是他预料之中的进程。他的确聪明,早在煽动孟志远与韩永刚反目时他就预感孟志远极有可能走向极端,便私下嘱咐刘洪涛关注对方。他不想把事情闹大,哪怕孟志远和金灿在公司里大吵大闹都不符合他的利益,因为天海公司只有平稳过渡才能延续一卡通项目,才能让严向东无任何顾虑收购,才能保证他顺利坐上总裁宝座。所以,几天来他严密监视孟志远的举动,通过数次闲聊,他越来越感到来自对方冷漠的面孔后面隐藏的无限杀机,这不禁让他害怕和恐慌。事情明摆着,一旦孟志远行凶,他许可所有的心思就白费了,搞不好还有连带刑事责任。他慌了,忙授意刘洪涛给金灿打电话,了解对方到达庆义的准确时间,让刘洪涛一定要亲自接机,若非金灿说出李忠国,刘洪涛肯定死乞白赖去接。金灿走进公司大门的那一刻,暗中窥视的他就开始提心吊胆,可又不好让别人看出他在盯梢孟志远,就让刘洪涛监视,只要发现孟志远走进金灿办公室就赶紧告诉他。不到一分钟,刘洪涛就打来电话,说是孟志远进了金灿办公室。他急了,连忙让刘洪涛以汇报一卡通项目为名义闯进金灿办公室,无奈,孟志远一进屋就把门反锁。许可这下真怕了,他的第一想法就是撞门,转念一想不行,里面真若发生凶杀,他这样做分明是此地无银三百两。于是他百米冲刺般跑到总裁办,也不解释,从总裁办主任那儿抓起金灿办公室的钥匙就跑。万幸,当他打开门时,孟志远手里那柄锋利的刀子正要向金灿刺去,他什么也不顾,一手扳住孟志远的肩膀向后拽,一手迅速抢刀子。他的敏捷救了金灿的命,但是锋利的刀子还是划破了他握住刀的手,他没有感到疼痛,连抢带夺把刀子抓在自己手里并随手塞进裤兜。

尾随在许可身后的刘洪涛被眼前这一幕吓得满脸煞白,哆哆嗦嗦帮助许可把孟志远从地上拖起,然后按照许可的吩咐救助金灿,而许可死命拉住孟志远,将其拖回自己办公室。

许可狂怒至极,毫不留情破口大骂,要不是他还心有余悸,恨不能扇孟志远几个耳光。短短几分钟,他经历了有生以来最惊心动魄的事件,韩永刚打他与此相比,不过是小儿科。

坐在沙发上,他的心脏急促跳动着,大口大口喘着气,脸色不比孟志远更好看,一只手下意识紧攥,另一只手仍牢牢抓住孟志远的小臂,仿佛一松开,这家伙就会像兔子一样跑了。过了片刻,他回过神,忽觉得手掌钻心地疼,一看,被刀划破的掌心渗出一排整齐的小血珠,他连忙放在嘴边一边吸吮着,一边皱眉道:"这女人真是扫把星,为她不光挨了一拳,还被划了一刀。"

"为什么拦我?"孟志远阴沉地问道。

"为什么拦你? 我……"许可由心惊变为一肚子怒火,脏话正要脱口,又硬生生憋了回去,望着对方毫不在乎且凶狠的表情,他知道连死都不怕的人已经将灵魂与肉体分割,强烈的复仇意识也熔断了理智与生命的连接,无论何种话语不过是油入水中,根本不会被吸纳。这种人所等待的是如同烛火熄灭前那最后一跳所带来的瞬间光芒,之后,即便走入永恒的黑暗也在所不惜。许可不是因道义阻止孟志远杀人,说实话,他对金灿的仇恨丝毫不亚于孟志远,如果不是等着坐上天海公司总裁的位子,他会像啦啦队那样替孟志远喊加油。当然,这些想法不能告诉对方,现在唯一要做的就是给孟志远降温。

"老弟,你知道这样做的后果吗?"

孟志远眨巴几下眼睛,冰冷道:"你以为我是头脑发热?请你放手,除非你打算报警,否则那婊子一定要下地狱。"

许可一听,抓着孟志远的手不由得握得更紧,同时,犯起愁来。"我总不能一辈子这样抓着他。"许可想,这家伙虽然暂时被拦下,但保不齐随时还会去杀人,那时候别说什么大黑鱼,就连虾米都没了。"去报警?"孟志远的话提醒了他,马上他又否决了这个想法。明摆着,仅凭一把刀就把孟志远判个杀人未遂很难,就算可以,自己也将成为证人随时听候法庭召唤,搞不好还要惹上一身腥。更重要的是这样将彻底与孟志远为敌,万一对方因证据不足而免于起诉,难保对方不会怀恨在心而处处掣肘自己……空气似乎凝固了,俩人也像被某种力量施以魔法,如雕塑般一动不动,唯有孟志远粗重的喘息声证明屋里还有生命的存在。

许可到底是聪明人,短暂的慌乱不仅没有令他束手无策,相反,他嗅出了一条一箭双雕的计策,反复思考后,他如同冬眠后复苏的熊,先是缓慢松开了握着孟志远的手,活动了一下双肩,然后冷笑数声,接着迅速换成一副愤怒的面孔转向孟志远,说道:"你呀,差点坏了我的大事。"

孟志远诧异地抬起头,望着许可,不知所以然。

"你以为就你想杀了那个女人?"许可冷哼一声,"坦白说,若不是那样太便宜她,她早就不在了,根本轮不到你动手。"站起身,走到衣架旁取下一条毛巾,将伤口扎好后,回来继续说道,"兄弟,金灿带来的灾难,我们可以说是同病相怜,或者是同仇敌忾,我理解你,但我不赞成你的做法。"坐回沙发,他像大哥对小弟那样教导起孟去远来,说道,"有人赢得了现在却失去了未来,有人赢得未来却遗失了过去。我认为没有人能一辈子都赢,如果让我选择,我宁可失去现在而赢得未来。其实道理很简单,就像打麻将,先赢的钱不叫钱,那是纸,只有最后放进口袋里的才真正是钱。刚才,就算你报了仇,那又怎么样,你不也完蛋了吗?你不仅丢了过去,输了现在,还毁灭了未来。兄弟,你也属于高智商群体,怎么情商连一个农民工都不如,如果人人都和你一样,那也没有忍辱胯下、卧薪尝胆这一说了。"

孟志远没有吱声,只是紧紧咬着牙关,情绪还没有从刚才的事件中走出。许可的话并没有打动他,人到这个时候,大脑基本算是填满了糨糊,即使把他的列祖列宗从棺材里请出来劝他,也无法使他清醒,唯有复仇才是他愿意去想、愿意去听的话题。此刻之所以还能稳坐,完全是因为急于想知道对方那句"坏了我的大事"的潜台词。他隐约觉得这句话是话里有话,对方似乎有狠招要对付金灿,若果然如此,他倒是乐见其成。他目不转睛地盯着许可,情绪稍微稳定一些,喘息声也较之前略小。

许可笑了,当然是笑在心里,他对自己的计策感到满意,也为自己的智商骄傲。多年前他看过一本书,有一句话铭刻在心,"若不想被流氓欺负,就把自己变成混蛋"。此刻这句话被演绎为:你若是恐怖分子,我就是本·拉登;你若是杀人狂,我就是魔鬼撒旦。他不是演员,但比演员入戏更深,尽管之前他已经把金灿和韩永刚抹黑,为了充实效果,他依然舌绽莲花,让人感觉他比窦娥还要冤、比黑奴还要惨、比牛马还不如。孟志远觉得自己这点事情简直无法与之相提并论,若真要论动刀子,对方的确比自己有更多的理由。

孟志远终于冷静下来,原先焦躁不安、杀气腾腾的目光也随之平和,不过,他没有放弃报复的想法,许可的一番话令他开始认真评估这件事情,同时也暗暗猜测对方将以何种手段对付那对"奸夫淫妇"。他完全相信许可和自己一样恨透那俩人,毕竟若非同仇敌忾,许可根本没有必要阻拦自己并浪费时间去悲怆地诉说着"巴山夜雨"的故事。果然,当谈到报仇方式时,许可神态一变,脸上呈现一股骇人的杀气,尤其是过度的咬牙切齿造成面部肌肉的扭曲,让孟志远感觉到这不是个人的仇恨,而是天下义士对暴秦诛之而后快的决心。他想,许可说的有道理,杀人固然解气却代价昂贵,属于玉石俱焚的败招,对那婊子犯不着用自己的血去洗涤她那肮脏的灵魂,胜利者理应踩着失败者的头颅在香槟、花环与掌声中被赞美,而不是躺在棺材里被人唾骂。他精神大振,骨子里敬佩面前这个人,不仅是对方把他从悬崖边拉住,而且,他还将要把那个贱人扔进大牢,使其在狱中日日夜夜凄凉地忏悔曾经犯下的罪恶。

　　许可的想法是什么呢,能够让孟志远的杀机这么快就隐去?其实,他并非有什么急智,只是把打算对付韩永刚的那一套想法临时又添加了金灿。反正韩永刚在孟志远心中已经不是什么好鸟,金灿又是潘金莲的化身,越是糟践这俩人越能得到孟志远的认同。早在北京和严向东密谋时他就暗下决心,只要重返天海公司就必须将韩永刚送进监狱。他深谙一个道理,瘦死的骆驼比马大。尽管严向东眼前恨透韩永刚,那也只是因为韩永刚不赞成并购,如果并购木已成舟,严向东就不会再去在意韩永刚过去的冒犯。而事实是,这个社会到处充斥着政治与利益的平衡,一旦韩永刚被严向东认为是平衡点,他许可就可能狗屁不是。为了防患未然,韩永刚必须彻底消失。要做到这一点的确很难,别忘记韩永刚可不是阿斗,他背后的人脉同样不可小觑。不过许可还真是够阴,不仅思路缜密,而且损招连连,他固然懂得自己什么都不是,但他同样知道,如果拉住严向东打压韩永刚,韩永刚只能就范。许可在外企时就养成一个癖好,喜欢进入别人的企业邮箱偷窥,尤其是领导的邮箱他更是频频光顾,来到天海公司后这个癖好有增无减,韩永刚的邮箱便是他拜访的重点。还别说,时间一长他真复制了不少韩永刚在项目中与甲方负责人私下交易的内容,尽管当时他并无想告发韩永刚之心,但是他留有一手,只要自己利益受损,这些信息就是可以用来交换的砝码。如今,这些信息终于将派上用场,它们会是检察院乐于见到的东西,许可打算等一卡通项目中标后发出三封匿名信,一封给纪检部门,一封给检察院,一封给媒体。之所以给媒体是考虑到如果严向东不给力,检举信极有可能在纪检和检察院石沉大海,而媒体则不同,记者若一通死缠烂打,任凭官官相护也无济于事。他准备一旦来人调查,就将自己多年收集的证据和盘托出,誓将韩永刚送进监狱。如果此计不通,他就会在互联网上散播,用舆论压垮韩永刚,总之不达目的绝不罢休。

孟志远听得血脉贲张,大眼瞪小眼,并对许可的老谋深算佩服得五体投地。他虽然学富五车,那也仅限专业技术知识,若论阴谋,他的智力或许还不如一个普通高中生,否则他也不会将同归于尽视为自己报复金灿的唯一手段。许可的话使他重燃生命的火焰,不死而快慰平生当然是最好的选择。他感激地望了眼许可,说道:"你是我的救命恩人,你的做法让我茅塞顿开,谢谢。如果有用得着我的地方,我当效犬马之劳。"

许可知道一场横祸已经消弭,不由得松了口气,笑道:"我最喜欢的一本书叫《基度山伯爵》,这还是我初中时看的。埃德蒙受陷害后,遭遇比你我悲惨何止千倍,但是他的复仇又是怎样?"他摇摇头,嘴里啧啧地感叹道,"要是我们,可能一出狱就立马到小摊上买把刀,找仇人拼命去了。真要那样,这大狱就白蹲了,罪也白受了。"他拍了拍孟志远,敛起笑容,接着说道,"老弟,我也谢谢你的信任,我们可以来个约定,如果我没做到,你尽管干你的,我绝不拦你,不仅不拦还要帮你望风。不过眼下你要去找金灿道歉,记住,小不忍则乱大谋,相信你更愿意在监狱而不是地狱里见到她。"

孟志远脸上终于露出笑容。

许可如释重负,趁孟志远情绪好转,又透露两个秘密:一个是金灿的男友并非韩永刚,而是卫生厅的一个副厅长,第二个秘密是,韩永刚的女友也不是金灿,而是艾芸。

对于金灿和李忠国的关系,许可过节期间在北京巧遇金灿一家以及李忠国就知道了。但他是怎么知道艾芸和韩永刚的关系呢?要说这个秘密应该是艾芸泄露的。当许可去韩永刚办公室那天,韩永刚一时的走神被艾芸误以为其疯了,在扑上去摇晃对方时,艾芸嘴里喊出老韩,这个称呼本应是他们私下的昵称,但当时艾芸什么也顾不上了,别说旁边站着一个许可,就算全公司员工都在,艾芸照样无所顾忌。许可何等聪明,不仅从称呼上,也从动作上猜出俩人的关系。他没有大惊小怪,毕竟这个年代最不值得惊奇的就是男女关系,不过他也没忽视这条信息,因为这个年代传播速度最快的同样是男女关系。

"许总,那个女人已经和我没有任何关系,我期待的就是她穿着特制的服装

在高墙内度过余生。再次谢谢你。"

"自家兄弟,干吗这么客气。对,那首歌是怎么唱的?'我们都是一家人,相亲相爱一家人'。哈哈。"许可瞟了孟志远一眼,有意无意地说道,"那个艾芸也是个年轻漂亮的姑娘,可惜又被韩永刚占先了。唉,女人对权贵总是朝思暮想,而男人对女人却是朝秦暮楚。当然,你是例外。算了,大丈夫何患无妻,你还是赶紧去向金灿道歉,先过了这关再说,幸好她没看见你动刀。记住,态度一定要诚恳,无论她怎么发脾气都要忍耐,反正以后你可以在探监时找回来。"他非常得意,一场意外风波不仅没有酿成巨祸反而换来孟志远的效忠,孟志远已经成为他在天海公司不可多得的王牌。

金灿醒来时已经躺在沙发上,旁边站着刘洪涛和他部门的两个女员工。

她揉着隐隐作痛的腹部,记忆迅速恢复,不由得愤然坐起,怒目环顾四周,没有孟志远。屋内井然有序,看不出打斗迹象,印象中脱手飞出的坤包也静静立在办公桌上,包括失去意识前被抓落在地的资料也整齐摆放在文件盒中,似乎什么都没有发生,一切只是一场噩梦,一个是人都会做的噩梦,仅此而已。但是,她非常清楚,这绝不是梦,一个男人,确切说是她的前男友不仅使用语言暴力,而且还使用肢体暴力对她实行了侵害,这是她有生以来第一次被男人如此对待,是可忍孰不可忍。她的脸逐渐涨红,不顾刘洪涛的絮絮叨叨,站起来向外走去,要找孟志远为自己讨回尊严,讨回公道。

刘洪涛抢在头里拦住金灿,说是许可又回公司并官复原职,一会儿要来找她谈工作。其实他撒了个谎,几分钟前许可打来电话要他稳住金灿,千万不能让其闹得满城风雨,一切事情先等稳住孟志远再说。

金灿瞪视着刘洪涛,欲言又止。很奇怪,如同刚进公司大门那一刻起,所有她熟悉的一切忽然变得陌生,人们的脸上呈现出古怪的表情,对她的态度既有下级对上级的恭敬,又有看到一个绝症患者所产生的怜悯,她不知道症结所在。尽管有人告诉她许可回来了,但是她不认为区区一个许可就能把人们变得这般神经兮兮。眼下这个刘洪涛也与那些人一般模样,稍有区别之处,就是他似乎还有一种跃跃欲试的感觉,镜片后的眼神中是得意、是兴奋。若在平常她早就发问,不过现在她没有心情,一个孟志远已经让她倒胃口,此刻她唯一想做的就是抽孟志远几个耳光。

刘洪涛的情绪已经从紧张中恢复,脸上也有了血色。这小子自打被韩永刚开除又被许可保住,心中的天平已完全倒向许可。当今能够绑架人性、绑架道德、绑架信仰的工具唯有利益,而让人能够出卖灵魂、出卖身体、出卖感情的动因也只有利益,利益已经成为这个社会一些人头脑中无法化疗的恶性肿瘤。刘洪涛正是受利益驱使,投向许可,把韩永刚和金灿视为对立面。他坚信,若想干出一番事业必须站在巨人的肩膀上,许可虽然不是巨人但他身后有一个巨人,只要攀住许可借势其身后的巨人,何愁人生不得意。

人就是这样奇怪,刘洪涛原来还视金灿为天仙,这一追随许可,金灿在他眼里似乎就像是满脸疥疮的丑女不值一看,此刻面对金灿的瞪视他更是一副满不在乎的模样,心中还哼道:"有什么了不起,不就是靠着脸蛋漂亮才混到今天嘛。从现在起,韩永刚都要臣服许可,你也是挑水的回头——过井(景)了。"不过虎瘦雄威在,金灿的气质逼使他无法过于放肆,对视几眼后他便不敢正眼对方,心里也略感忐忑。

金灿没有坚持出去,与刘洪涛短短的对视中,她的愤怒像是抽丝剥茧般地渐渐变淡直至消失。她长叹一声,缓缓摇摇头,转身回到自己的座位上坐下整理东西,平和的眸中带有淡淡的苦笑。刘洪涛心中别提多得意,眼珠子登时活跃起来,以为金灿终于明白落坡的凤凰不如鸡的道理,胜利者的喜悦油然而生。他哪里知道金灿止步不前是突然对孟志远产生了怜悯。

爱需要勇气,恨离不开伤心;可怜之人必有可恨之处,可恨之人亦有可怜之隐。两句话虽不搭界,却是金灿对孟志远的心情写照。就在一瞬间,金灿忽然感到恍惚,继而一阵伤感。恍惚是因为孟志远的恶言使她不再对他熟识,伤感是她六年与对方的感情到头来竟以这种方式结束。回肠九转后,她又想,孟志远的那些话实际就是许可对她诽谤的翻版,这家伙无非被人当枪使了,看看他那骨瘦如柴的身躯,再想想自己和李忠国即将联姻,不禁唏嘘。她决定不去向孟志远讨回公道,原因除了怜悯,许可也是其中之一,她毫不怀疑许可正在看笑话,刘洪涛所说的许可来找她谈工作纯属戏弄她,这种人若有良知她宁可两天不吃饭。她甚至有些埋怨韩永刚不事先知会一声,也恨自己不问明情况稀里糊涂就来上班,毕竟许可与严向东在北京见面本身就有蹊跷，搞不好里面还有阴谋。尽管她一直自怨自艾，但一想到阴谋她不由得替韩永刚担心，一个严向东已经够韩永刚喝一壶的了，再加上许可，韩永刚只有缴枪的份。要不要帮助韩永刚？她问自己。马上，她给出否定的答案，理由有三点，第一是不想再看到孟志远。第二是担心艾芸吃醋。这个小女生因为韩永刚的缘故与她生分许多。第三是她不想和许可说一句话。

金灿整理着自己的东西，思绪混乱，来时的好心情已经荡然无存，她不想见任何人，包括韩永刚，此刻她唯一的想法就是离开天海公司，远走高飞。

韩永刚来了。

如同孟志远急于见到金灿，韩永刚也格外盼望金灿的到来，有一首歌的歌词能够形容他的心情，"我在遥望，月亮之上……"他遥望什么？自然是金灿，月亮之上有什么？当然是嫦娥，他在内心早已把金灿比喻为智珠在握的仙女。这倒不是旧情复燃。面对严向东步步紧逼，股东们的"逼宫"以及许可"还乡团"似的回归，他感到了空前压力，急需一个可靠的同盟在道义和工作上给予强有力的支持。艾芸不行，别人同样不行，唯有金灿是他心目中可以起到中流砥柱作用的最佳人选。作为军人的后代，韩永刚秉承了父亲和大哥刚硬和不屈的性格，压力越大，反弹越强。与严向东的第一个回合，他被逼到墙角，换作别人或许会忍气吞声，苟且偷安，他不，骨子里激发出的反抗意识让他坚定一个信念，那就是坚持，再坚持。信念是人类超越一切物质并赖以生存的绝对力量，它如同鸟儿有蓝天，鱼儿有大海。

韩永刚开始绝地反击。他把严向东的所作所为拉成一条逻辑链：控制许可，利诱股东，对己逼宫，许可上位，完成并购。在这条链中，韩永刚清楚地意识到只要扯断链中的任何一环，严向东的阴谋就会破产。从源头上讲，许可是关键，因为他不仅掌握公司核心的技术、商业秘密，也和股东们熟识。严向东只要控制住许可就能抓住整个天海公司，这也是严向东要股东们逼迫自己答应许可重返公司的最重要原因。怎么办？去拉拢许可？他想，反正金灿要走，恢复两人关系不是没有可能。这想法刚冒头马上就被否定。韩永刚最看不起的就是叛徒，许可那副嘴脸已经被他贴上叛徒的标签，他宁可吃十只苍蝇也不想去讨好许可。再去说服股东,让他们收回成命? 他又想,这是唯一能够翻盘的机会,只要他们站在自己这边,严向东再牛也不敢胡来。但是,一想到要说服股东,他心里打起小鼓,这帮家伙现在是拿着人民币当眼镜——认钱不认人。严向东给出的迷魂药已经让他们找不到北,如果要想让他们改变,除非给每人一座金山。韩永刚盘算来盘算去,想要掐断链条实在找不到有效方法。

就在韩永刚感觉山穷水尽之际,许可的一句话让他仿佛看到了柳暗花明。难道许可良心发现,与韩永刚重归于好? 当然不是,现在的许可已经信心爆棚,梦中的大黑鱼完全取代仇恨,就算韩永刚对他封官许愿他也不会再吃回头草,唯一的愿望就是将韩永刚永远踢出局,自己取而代之。

许可做梦也想不到,与艾芸发生的骂战居然触发了韩永刚的神经,一句"女人啊女人,为什么为了男人连脸都可以不要",本意是嘲讽艾芸抱大腿,却把韩永刚拉进另一个时空,并回想起一个女人说过类似的话。更令许可无法想象的是,一贯不近女色的韩永刚竟短时间产生一个促狭想法:围绕这个女人上演一出《凤仪亭》中吕布戏貂蝉的大戏,利用私交拿到瑞祥集团的公司财务报表。

太阳打西边升起了,向来洁身自好的韩永刚怎么想得出利用女人来完成这种类似谍战的把戏? 难道为了天海公司他连艾芸的感情也不顾了? 当然不是,若非被逼到墙角,他宁愿一天不吃饭也不想联系那个让他头疼的女人。

韩永刚初次见到这个女人就有说不出的别扭,女人的媚眼如同钩子使他如芒刺在背,即使他刻意回避女人的目光,仍然察觉对方未因他的躲避而收敛,反而饶有兴致地把他当作米开朗琪罗的那个光腚大卫雕塑,滴溜乱转的眼睛放肆地打量着他。这个女人又是何许人,让堂堂七尺之躯畏之如虎? 莫不成女人是丑八怪,抑或达官贵妇? 都不是,说实在的,女人一点也不丑,不仅不丑还有相当的姿色,是一个和他年纪相仿且风韵犹存、资产颇丰的企业高管。或许有人会想,这样的女人理应是成熟男人心中的女神,怎么能让韩永刚把她看成发情的母牛? 别忘了,女人一旦成了潘金莲,爆发的情欲会撕掉端庄外表,从里媚到外。而韩永刚恰巧有过一段苦痛的经历,自觉自愿地戴上道德的紧箍咒,在两性关系上不喜欢那种轻佻的女性,若非如此,他恐怕也不能轻易抵挡这勾魂的目光。

这个女人不是别人,正是瑞祥集团的总会计师——戚总。戚总比韩永刚大

个两到三岁，说起来也算刚到中年，从外表看，绝对称得上肤如凝脂、玉骨冰肌。

不用说戚总与韩永刚是由严向东介绍相识。那时，韩永刚与严向东的关系还算不错，戚总又是个风姿绰约的女人，俩人在球场虽然是初次见面，韩永刚童心不灭，一时兴起，模仿起绅士，躬腰向戚总行礼，并轻轻抬起对方的手背亲吻了一下。戚总还没反应过来，韩永刚赶紧轻轻擦了擦她的手背。他的滑稽举动引得严向东和戚总哈哈大笑。韩永刚的玩笑让戚总在那一瞬间便对他产生好感，这可不是普通好感，而是那种久旱逢甘霖、他乡遇故知的欣喜。尤其当严向东赞赏有加地介绍他时，这个之前还高昂着头、气质优雅的女人登时两眼烁烁放光，呈现出风情万种。韩永刚有些诧异，隐约感觉不对，至于是什么不对，他也说不清，但有一点可以肯定，他为自己的玩笑感到后悔，因为此时的戚总如同被狐狸精附体，对他说话嗲声嗲气，目光也亦邪亦正，尤其趁严向东不在旁边时，看他的神态直如叫春的猫。韩永刚感到极不舒服，心想，这哪像是集团总会计师，分明是十字坡前开店卖人肉包子的孙二娘。

说来奇怪，自那次见面后，他越想回避她，对方越是频频出现，这个女人不知是迷上了高尔夫还是迷上他韩永刚，经常借讨教球技与韩永刚东拉西扯，话题总离不开生活以及男女关系。韩永刚虽是粗线条，但还是感觉这女人似乎对他有点那个方面的意思，因为对方看他的眼神总是有种挑逗，笑容里也总带着三分暧昧。他知道戚总是有家室的人，认为这个女人缺乏自爱。他开始有意减少去打球的次数，对方发出的邀请也找各种理由拒绝。一次，他约了几个朋友去打球，恰好碰上了戚总和严向东几人，大家自然打起比赛来，他打出了一杆进洞的成绩。请客是肯定的，也包括戚总和严向东。饭后，这个女人趁周边没人之际悄悄告诉他，她家里有一副高尔夫球杆，是她和严向东去迪拜出差一位酋长的王子送的，球杆固然是名牌，稀奇的是把手镶着钻石、杆把镀着黄金。不知是酒壮色胆还是寂寞难耐，这个女人让韩永刚去家里看看，最后还特地加上一句"老公出差了"。话已至此，再傻的人都能听出弦外之音，韩永刚当时就闹了个大红脸，连忙推辞，谁料戚总一语惊人道："我是女人，为了你连脸都可以不要，你还装什么正人君子？"韩永刚不敢看她，吭吭哧哧说还有事情，逃难似的匆忙溜走。女人一旦染上疯狂，逃避就成为男人唯一的奢望。

就是这样一个女人，许可的一句话让韩永刚在她身上打起如意算盘：这个女人作为瑞祥集团的总会计师主管集团财务，下属十几家企业的财务状况自然门儿清，其中包括严向东打算用股份与天海公司股东们交易的一家上市公司。如果向她伸出一支玫瑰，她必定把集团财务报表以及股权结构透露出来，届时，只要把这些材料往公司股东们面前一摆，他们都能看出这里面的陷阱，严向东的并购到头来只是南柯一梦。

为什么韩永刚认定严向东的并购案是一个陷阱？数月前，韩永刚和戚总在球场巧遇，聊天中韩永刚为了回避对方提出的两性之间的话题，假意求教上市公司的管理，戚总为了一显才能，事无巨细，将瑞祥集团多个上市公司案例告诉他。在谈到这家上市公司时，她不无得意地笑道："其实这家公司已被掏空，股权结构被严总七拼八凑，外人根本理不清线条，账面却非常好看。所谓业绩不过是修改报表，再通过与瑞祥集团签约的股评人在各种媒体一煽动，股民们便真假难辨。所以，玩资本必须靠掺沙子，没这种本事千万别上资本市场。"说者无心，听者也无意，这些话本来应该随风而去，但韩永刚被严向东逼到墙角后，又把它捡了回来，因为任何可提供反击的计策都将成为他最后的一根救命稻草。

难道韩永刚真不怕与戚总发生关系？怕，绝对怕。不过他自认能够控制局面，仅以低烈度的男女关系就能让对方乖乖拿出材料。

他错了，戚总与金灿不同，同是女人，金灿与他可说是君子之交，而戚总和他无异于猫和鱼的关系。这种关系不是简单的隔空示爱或是十指相扣，仅从戚总淫荡的目光就能看出对与他肌肤之亲的渴望，一旦有求，对方开出的条件不言自明。其实他理解这一点，只是自己安慰自己。

决心一旦定下，韩永刚便赶紧把主要精力放在了一卡通项目上，算计金灿来庆义后如何弥补单副市长的焦虑。节后第一天上班起，阳明市那边几乎每日都来电话询问金灿的消息，最后一次是单副市长本人亲自打来的，他以从未有过的口气说道："韩总，你们到底是怎么回事，还想不想接这个项目了？我们几次打电话要求你们派项目负责人来这儿开会，就是不来，金总到现在连个影子都不见，电话也不接。告诉你韩总，我们虽然是朋友，但你也需要为我考虑，不能这样做事情，如果不想干没关系，有的是人愿意。我丑话说前面，如果你们明天再没有准确答复,对不起,我们会推翻之前的合作,重新安排其他企业介入……"单副市长所说的明天就是金灿来上班的日子。

韩永刚着急啊,单副市长显然不是吓唬他,可是偏偏屋漏遭逢连夜雨,船迟又碰打头风,股东们捣乱且不说,最头疼的是金灿杳无音讯。他让总裁办、秘书小张包括艾芸不间断地给金灿拨电话、发短信,就是不见其回音。他开始担心金灿是不是出了什么事儿,若第二天她来不了公司麻烦就大了,遂决定让艾芸提前一日去北京找金灿,无论如何也得让金灿和单副市长通个电话。艾芸比韩永刚更着急,恨不能插上翅膀立刻飞到北京。订好机票,她忽然想起李忠国,要是有谁还能联系上金灿,非李忠国莫属。艾芸风风火火到处找李忠国的电话,结果越急越找不到,正撮火,巧了,应了那句老话:想娘家人,孩儿他舅舅来了。李忠国恰好这时给艾芸打来电话。

李忠国可谓春风得意,春节期间他与金灿父母的见面奠定了他乘龙快婿的地位,未婚妻与刘部长的外甥女艾芸是闺蜜,更像从地上竖起的天梯,使他暗忖自己升为厅长的可能。从北京回庆义后,他就开始考虑如何走关系,艾芸则是他公关的第一步。

艾芸这类事情见多了,只是现在没有心思去想,当李忠国在电话里拐弯抹角说出厅里要进行人事调整,想请艾芸引见刘部长时,她不客气地打断对方,直截了当问有什么办法可以马上联系到金灿。话未说完便被艾芸硬生生给堵回去,李忠国有些不快,自己这个厅级干部连起码的尊重都没得到,对方也太不拿豆包当干粮了。不过气归气,他没有失去风度,相反,像对待自己的领导那样,他笑容可掬地告诉艾芸,金灿之所以关机是因为陪美国朋友在北京考察,明天铁定来庆义上班,并自告奋勇与金灿联系,让她马上给公司回电话。艾芸终于舒了口气,投桃报李,她接受李忠国共进晚餐的请求。金灿的电话直接打给了韩永刚,韩永刚顿时有种火场盼来消防车的踏实心情,也不顾客套,命令般地指示金灿立刻与单副市长通话,务求将负面影响降到最低。他只字没有提到许可,更没有谈到公司这两天的变化,他留了一手想等到金灿上班后再告诉她。这倒不是他不诚实,而是害怕金灿知道真相改变来庆义的决定,真要那样他可真抓瞎了。

佛偈,诸法因缘生,诸法因缘灭。

天海公司三个男人与一个女人的恩怨情仇真是一个"缘"字那么简单？说笑归说笑，三个人对金灿各有肚肠的确为真，只是有善意与恶意之分。韩永刚尽管隐瞒了许可来公司的实情，但并无加害金灿之意，相反，为了弥补对金灿可能造成的伤害，他暗自决定等拿下一卡通项目后将给金灿一笔可观的奖金，作为她施以援手的回报。他甚至还担心金灿离开公司又得从头开始，想借助自己在北京的人脉帮金灿找一份好工作。

如果说被小人惦记是噩梦的开始,那么被朋友牵挂则是一生中莫大的幸事。

第二节　猎狮

　　"你不能走！不是说好等一卡通中标后再走吗？"韩永刚吃惊地望着金灿，眼睛瞪得跟铃铛一样溜圆。本来已经准备好一句玩笑话想等寒暄过后说出，趁大家哈哈一乐再把许可回公司的来龙去脉告诉她，谁想对方上来第一句话就提出要走，这可是韩永刚没有料到的事情。他一急，到嘴的玩笑咽了回去，结合之前刘洪涛在金灿屋内的古怪表情，心如明镜，知道那家伙在这儿准没好话。

　　金灿苦笑着摇摇头正要解释，韩永刚不容分说，皱眉抢先道："不要听刘洪涛胡说八道，这家伙是叛徒，早就和姓许的穿一条裤子，狗嘴吐不出象牙。金灿，请先别急着走，等我说出许可回来的经过你就明白了。"他怒火熊熊，基本肯定许可让刘洪涛过来乱说一气，目的就是挤走金灿，让他成为孤家寡人。

　　韩永刚是挂像的人，什么事情不用说，脸上先显现出来。金灿暗自点头，大致明白韩永刚目前的处境。其实，早在北京巧遇严向东和许可，她就隐约想到一种可能，那就是严向东找许可肯定与天海公司、韩永刚有关，结合之前严向东向韩永刚提出并购，而韩永刚不同意，这俩人北京见面的用意昭然若揭，加上许可短短几日又恢复原职，完全可以说明他们的阴谋正在实行。她有些好奇，不知道严向东通过什么办法来逼迫韩永刚同意许可的回归，只是这个问题已经不重要，许可能够官复原职说明韩永刚彻底输了。"显然他把我当成了智多星。"她默默望着焦虑的韩永刚，又想，"以严向东的实力、手腕，想与其对抗，他比我还清楚胜算极微。更何况这里面还有一个许可，天海公司已经没有任何秘密可言，若想翻盘除非奇迹发生。再说，留下的日子还要看许可和孟志远的脸色，这俩流氓对我的垃圾话还不把我淹死啊!"一想到孟志远,刚刚过去的一幕立刻闪现,金灿不禁皱起眉头。

对方的默不作声令韩永刚极度不快,他以为自己和金灿从芝加哥回来后,俩人虽谈不上什么男女朋友,但怎么也应该是哥们儿间的关系,既然是哥们儿,那理所当然应该在关键时刻拉兄弟一把,可眼下对方的表情分明是一种冷漠,说得不好听就是拒绝。韩永刚怒气渐生,不理解对方为何出尔反尔,若按过去脾气早就摔门而去,现在正是求人之际,他只好强压怒火晓之以理动之以情,把严向东怎么利诱股东同意并购,许可怎么在股东支持下重返公司架空自己等等一一道来。末了,他目光凝重地望着金灿,恳请她留下一段时间,至少也得帮他把许可这个卑鄙小人扳倒。谈到许可,他加重语气,同时话里话外流露出他与许可本来是很融洽的朋友关系,若非金灿来公司俩人合作得应该更好,不至于像现在反目成仇。

韩永刚的话让金灿感到气沮,甚至不快。这不是成熟男人应该说的话,倒像是玩过家家的小朋友们经常闹的把戏,虽幼稚但也很伤人。不过金灿没有跟他较真,她心里非常清楚这个男人是多么渴望自己能够留下帮他,故而采取近似耍赖的方法来提醒她:我已经把所有的宝都压在你身上了。金灿心里着实不落忍,毕竟这个大男人已经把他引以为豪的颜面都一一放下,就差跪求了。金灿有心帮他,可这的确是一个无果的结局,明知不可为而为之老天都不会同情。金灿又想,不然劝他答应并购,反正路在脚下,何必自乱阵脚。想法马上被自己否定,对别人还可以劝说放弃这俩字,对他却不行,让他放弃,无异于强迫他丢掉希望。

金灿为难了,她太了解韩永刚,只要自己一走,不仅永远背上临阵脱逃的骂名,俩人之间的友谊也将彻底终结。说实话,她非常珍惜与韩永刚的个人友情,这个男人散发的气质与质朴的思想只有在她五彩斑斓的童话世界里才能出现,那可是情窦初开的少女时代展开的超时空幻想。尽管岁月用现实替代了她的美梦,但自打这个男人一出现,她便游走在半梦半醒中,重温如水晶般无瑕的童话故事。她曾想,既然今生和他失之交臂,那还可以用对他诚挚的友情重新书写人生新的篇章,虽然内容不再浪漫、不再丰满,但起码也能聊以自慰。可惜,这一切看似简单的要求眼下如同被抛向空中的玻璃杯,接住它则意味着心想事成,接不住那就只有和梦想一同粉碎。金灿开始后悔当初不该鼓动韩永刚拒绝并购，搞得韩永刚现在连退路都没了。

"韩总，韩非子说过，'人臣之于其君，非有骨肉之亲也，缚于势而不得不事也。故为人臣者，窥觇其君心也，无须臾之休，而人主怠傲处上，此世所以有劫君杀主也'。"金灿不想留下，也不能劝韩永刚罢手，想来想去只能借古喻今以此改变他对许可的看法。她有种担心，韩永刚在言谈中还把许可当成是朋友，可实际上，许可是一个极端自私的小人，与其共事必须十分小心。"古人把犯上作乱精辟地归结为对权力的极度欲望，简单说就是野心。"韩永刚正想插话，被金灿制止，接着说道，"用现在话讲就是：在职场，上下级之间根本没有什么朋友可言，所谓唯命是从，忠心耿耿完全是形式所迫，一旦有机可乘，下属必当推翻上级取而代之。这是人性使然。许可不是问题的关键，他只是巧妙地利用合适的时间攀上严向东，就算没有许可……"

"不用说了。"韩永刚的脸色变得非常难看，他瞪着眼，呼哧带喘，直如被一群鬣狗逼得走投无路的落单雄狮，愤怒而又绝望。他听出了金灿言外之意，情绪立刻降到冰点，冷冷道，"你只需告诉我，帮还是不帮。"

面对韩永刚咄咄逼人的态度，金灿为难地垂下头，心里的苦水想倒却又不敢。事情明摆着：韩永刚性子暴烈如火，若知道孟志远的恶行指不定又要干出什么傻事来。芝加哥一行韩永刚就差点痛揍孟志远，现在国内又是他的地盘，孟志远这副身子骨恐怕连一拳都挨不起，若再闹出人命，自己真是万死莫赎。再有，虽然自己是受害者，但两次都是公司老总为自己动手打人，傻子都会看出这俩人的关系匪浅，更何况这里面还夹着艾芸。艾芸嘴上不会说什么，可心里绝对会有想法。从韩永刚教训许可以后，很明显艾芸对她的态度已大不如从前，这充分说明这小姑娘吃醋了。所以，保持与韩永刚的距离避免发生误会是她这次来庆义之前就想好的。

韩永刚等了片刻，一股傲气猛然冲上大脑，他一言不发，头也不回大步离去。金灿见状连忙喊住他，正色道："你不要这样，我之所以不能答应你，是有我的苦衷，希望你别因为这件事让你我今后形同陌路，无论发生什么我们都是朋友，答应我。"

韩永刚昂起头，一脸不屑，眸中不再是诚恳与恭谦，一股冷傲的霸气倏然而现，扔下一句："谢谢你的教诲，可惜我高攀不上。"之后他不再理会金灿，像一阵风刮走。

门被重重关上，留在屋里的不仅仅是金灿，还有她和韩永刚往昔的友谊以及无限的委屈。她害怕的事情终于发生，一段曾经被她精心呵护的友谊付诸东流。她茫然不知所措，只想掉泪，但内心一个声音狂叫着："不能哭，金灿，这不是你的错。"

她并不恨韩永刚，因为她理解一个溺水人的心境，换作她同样也会与见死不救者当场绝交，只是她不是施救者，她没有那个能力。严向东是这个社会造就的畸形巨人，权力与利益交织的关系网使他将自己的集团打造得如庞大的蜂窝，不仅内部结构严谨，外部更是笼罩着层层保护网，与他作对的人如果活下来无一不后悔当初的冒失，如果有机会重新选择，他们宁愿在原野遇上一只独狼也不愿面对严向东。就是这样一个黑白两道通吃的商业巨擘，金灿非常清楚自己一旦介入，韩永刚不仅不会获救，相反会更快卷入旋涡中，直至被吞没。

她呆呆望着门口，内心异常难过。越是怕失去这个朋友，越是留不住，人生真的像是一部肥皂剧，命运就是一个固执的编剧，你想往东，他偏要你往西，你想快乐，他却偏让你痛哭流涕。"他绝对是一个真男人。"金灿没有心情收拾东西，右肘支在办公桌上，托住腮帮，陷入沉思，"只有这种人才有勇气把自己变成巨浪冲向礁石，明知会被撞得粉碎也在所不惜。不能把他的举动视为不识时务、以卵击石的莽汉，他所做的表面上是为了维护自己的利益，往深说是在捍卫被践踏的尊严。只是现在我们还有尊严吗？且不说那些年末为讨要工钱四处求告的农民工，就我而言，不是同样慑于严向东的淫威而逃离瑞祥集团不敢声张吗？说保护尊严不过是自我安慰罢了，实际上在严向东眼里，我包括韩永刚没有任何尊严可言，他和我们就是狼和兔子的关系。"

她怅然站起，下意识摇摇头，接着开始收拾东西。

门被推开，艾芸一脸不高兴走进来，人未到，呛声已至："你这样算怎么回事，说好来上班却又不告而别？告诉你，现在还没到树倒猢狲散的时候，就算有那一天，你也不能背信弃义置别人的信任于不顾。"艾芸急了，她和韩永刚如盼星星盼月亮般盼来了金灿,指望先平稳拿下一卡通项目,谁想倍受信赖的金灿以为韩永刚大势已去,居然要不辞而别,她怒火中烧,加上看见韩永刚从金灿那儿回来气色很不好,于是不顾韩永刚阻拦硬要找金灿讨个说法。也难怪艾芸,长这么大她从来都是顺风又顺水,即使出现成长的烦恼也有父母替她摆平,然而,当她自认为找到一生的幸福时,不愉快的事情却接踵而至令她透不过气来。更让她郁闷是,目前还不能公开身份站出来与对手单挑,只能眼睁睁看韩永刚被人欺负却无从发力。金灿算是撞上了她的枪口。她恨金灿是墙头草,表面抢眼内里却没有脊梁,遇风就倒。最可气的是韩永刚提拔其为公司副总裁,自己又给她介绍男朋友,可关键时刻金灿别说是烈火真金,就是真银都算不上,所以,盛怒之下她也不管什么金灿银灿,也顾不上客套,上门兴师问罪。

金灿没有吱声,而是默默看着艾芸,听着对方的指责,一脸愧疚。她不想辩解,也不能辩解,除了偶尔说声对不起只能闭嘴。因为理亏时,越是强词夺理,越会导致对方想抽人的动机,结果是越描越黑并将事态扩大。时间一分一分过去,艾芸义愤填膺地说着,金灿一言不发听着。这期间,孟志远推门探过头,许可也推门探过头,见金灿一脸深沉便都知趣告退。又过去五分钟,连艾芸自己都觉得索然无味,便以外交辞令的口吻总结道:"鉴于你的为人,我和韩总自认不配做你的朋友,你直接去人力资源部办理退职手续,不用来辞行。顺便请你转告李忠国,他求我姨父的事情已经没有可能,有时间我会把钱退还他,至于原因你懂的,也告诉他不要再给我打电话。"

枪口抬起,放下,再抬起,又放下。一只纤细的手在微微颤抖,枪手似乎在犹豫,又似乎对猎物心存慈悲。距枪口不到五十米的地方有三四只大小不等的跳羚正低头吃草,它们时不常抬起头警惕地巡视四周,做出一副准备随时逃窜的姿势。不过,它们显然对人类的戒心要低于狮子、猎豹,因为它们的先辈没有说过人类强于狮虎,但凡个别明白这个道理的,头颅已经被做成标本放在博物馆或猎人的家里。对速度的盲目自信让它们变得愚蠢,不知道出膛的子弹连猎豹也只能望其项背,弹丸的硬度丝毫不亚于狮子的獠牙,能够轻而易举瞬间洞穿它们的脑壳。几只跳羚没有意识到枪口下的杀机,继续边吃边靠近两辆敞篷越野车。

"开枪啊,这不是在绣花!"严向东有些不耐烦地催促道。他站在车上,左脚踩在座位上,一手掐腰,一手拿枪,胸前挂着望远镜,一身米黄色猎装和太阳帽,十足一副将军派头。

"我不忍心。你没看这是一家子嘛,那两个小的肯定是子女。"一个四十开外的女子娇滴滴回道。她就是戚总。同样的打扮使她和严向东更像是一对情侣,不过戚总看上去可没有严向东那么威风,与其说是将军还不如说是一位女童子军。

他们所在的车上还有一个司机兼导猎员,一个翻译。另一辆车有两位手持猎枪的保镖和一个摄影师、一个摄像师,还有司机。

这里是非洲津巴布韦的国家公园,根据该国法律规定,只要交纳一定费用就可以猎杀允许数目的狮子、大象、猎豹、非洲水牛等大型动物,以此保护野生资源不被日益增长的动物们耗光以及增加财政收入。过去,这里是欧美和日本人的天下,直到近几年才出现不少中国人的身影。严向东每年都要来非洲狩猎,往年基本都选择南非,这次之所以到津巴布韦是为了考察其西部的一处矿产,顺便打猎取乐。他们一行是节后第一天从国内出发前往津巴布韦,由于考察一切顺利,严向东已基本决定投资该矿产。他把集团另一位副总留在当地继续谈判,自己则带着戚总前来逍遥一番。

严向东被戚总的话逗乐,摘下帽子一边扇动着轰赶苍蝇,一边嘲笑道:"没想到你还是菩萨心肠,可刚才你打那只野猪时怎么没发慈悲,难道仅仅因为它是单身汉?"

"是啊,打死它我不用对它家人负责。嘻嘻,再说这东西丑都丑死了,猪和它虽然是近亲,但和它比就是帅哥了。"

导猎员嘘了一声,用手指着远方,嘴里叽里咕噜说着什么。翻译连忙告诉严向东,一百码距离外好像隐藏着一头狮子。严向东一听立马来了精神,举起望远镜顺着导猎员所指的方向望去,果然发现草丛中趴着一头狮子,头上棕色与黑色夹杂的鬃毛和草丛混为一体,形成伪装,若非导猎员指点还真不易发现。从体型上看这是一只成年的雄狮,体重至少二百公斤以上。他大喜,吩咐戚总不要开枪,自己则调整好姿势稳稳将枪端在胸前,微闭左目,屏住呼吸,瞄准镜里的十字寻找着狮子的头部,扣住扳机的食指关节渐渐绷紧,正要开枪。突然,他愣了,狮子像预感到即将发生危险,或是发现越野车附近的跳羚,它瞪大眼迅速站起,压低身子慢步向严向东这边走来。

"它过来了,快打呀。"戚总兴奋地大叫着。

"闭嘴。"严向东呵斥着,眼睛没有离开瞄准镜,等待着最佳的机会。

狮子在五十米左右距离停住,凶狠地望着不速之客,嘴里发出低沉有节奏的吼声,警告车内的人侵占了它的地盘。跳羚已经不知去向,显然,狮子是针对人而来的。严向东透过瞄准镜挑选狮子头部部位,因为他答应送朋友一个狮子头部标本,所以他想尽量不破坏头部表面的完整性。狮子似乎意识到自己处于危险中,一声长吼后,庞大的身躯如同一台启动的越野车,猛然向严向东这台车冲来。几乎是在狮子进攻的同时,严向东扣动扳机,子弹击中了狮子。正在加速的狮子被打了一个趔趄,但没有倒地也没有逃窜,反而加速扑向严向东。难道这是一只传说中打不死的狮子王?当然不是,原因在于严向东开枪时间比狮子启动晚了百分之一秒,击中非要害部位,这种创伤对重达二百多公斤的狮子只能激发它的斗志,而不能使它退出战斗,说不定它当时在想:"小样的,敢打我,如果不把你当晚餐,我就不姓狮。"

四十米、三十米、二十米,距离被迅速拉近,戚总被吓得狂呼乱叫,脸色苍白。她在动物园见过狮子并不觉得有多可怕,甚至认为一只小老鼠都比狮子更能令她吓破胆,现在她才知道自己原来的想法多么荒谬。狮子不仅让她肝胆俱裂而且两腿像是被抽去筋再也无法站立,浑身如筛糠一般抖动着,想举枪射击,可是几公斤重的武器说什么也拿不起来,唯一能做的就是对另一辆车上的保镖狂喊:"快打死它,快打死它。"她后悔,早知原野的狮子这么彪悍,还不如建议严向东租辆坦克来打猎。

保镖们举枪瞄准狮子,枪口随着狮子的移动而移动,但都没有开枪,他们在等待。严向东曾经吩咐过他们,不到万不得已不许他们开枪,否则将被扔在原野上自己想办法回去。这可不是吓唬人,他们曾听说严向东带一下属去西伯利亚猎熊,就是因为严向东没有射杀一只熊,导致熊的反扑被下属击毙。当时熊与严向东的距离大约十五米左右,下属一来胆怯二来害怕伤着老板,不由自主扣动扳机。这下严向东不干了，拉下脸痛骂下属，下属由于委屈不免与其争辩，结果把严向东激怒了，命令他自己走回去，若非严向东朋友的劝解，那位下属说不定已命丧异国他乡。

枪声接连响起，当然都是严向东打的，也奇怪，距离越近越难命中，除一发子弹击中狮子前肢，其余几发都打在黄土里，激起若干股烟尘。严向东怒瞪双目，与狮子一样也发起狠来，一边继续瞄准狮子，一边让翻译告诉导猎员不许帮他，他要亲自结果这只敢和他玩命的家伙。

所有人除戚总和摄影师、摄像师外都站起，端枪瞄准狮子。导猎员更是掐算着安全距离，这个荷兰人可不管严向东是谁，只要狮子暴起伤人，他将立刻把它击毙。

狮子由于再次中弹，且伤及部位是前肢，奔跑速度立刻放缓，后来由跑变成一瘸一拐地走，距越野车十米左右，它终于停住，打量着同样瞪视自己的那个家伙。"来呀，王八蛋。"严向东大声骂道，"看是你厉害还是我厉害。"

狮子犹豫片刻，可能觉得这个人惹不起，狮子王的头衔不要也罢，掉头想跑。严向东哼了一声，举枪就打，咔嗒一声，撞针击空，没子弹了。他把枪一丢，顺手从瘫坐在座位上还在筛糠的戚总手里抢过猎枪，连放数枪，威风凛凛的雄狮总算倒下。

接下来的时间是与战利品合影，大家七手八脚把死狮子固定好，擦掉血污，梳理好鬃毛，严向东怀抱猎枪蹲在死狮子后面，一副胜利者踌躇满志的表情。正要换一姿势拍照，他的卫星电话响了，一接，是许可。

也许是刚刚经过一场惊险的较量，也许是许可的工作汇报令他高兴，向来在工作中喜怒不形于色的他异常亢奋。他脚踩狮子头，大声说道："你干得漂亮，没有辜负我对你的信任。至于下一步工作，你除了配合韩永刚搞好一卡通项目，还要提防他在并购方面作祟，这家伙属狮子的，不挨一枪永远不知道痛。"他一踩狮子头，仿佛脚下就是韩永刚，霸气十足道，"你不用害怕，就是真狮子也被我一枪干掉，何况一只纸老虎。你说他刚刚提拔孟志远接替金灿？哈，幸亏你先下手，不然韩永刚又得一强援。不过你也不能大意，这家伙显然是刘备摔阿斗，只要并购没有完成，任何事情都可能发生，你仍需要团结孟志远，明白？"

挂上电话,面对镜头,他笑吟吟举起手,摆出一个胜利的手势。

严向东的电话牵动了戚总,前一天她也接到从国内打来的越洋电话,令她颇感意外的是,打电话者居然是韩永刚,对方先是拜个晚年,接着提出想请她吃饭聊天。她心中大喜,但回答却非常淡定,说是最近很忙,等有时间再约。难道她不理解对方的潜台词,难道她故作矜持?当然不是,因为她枕边还睡着一个严向东。戚总知道严向东要收购天海公司,其中收购的资金流程也大致清楚,唯一不知道的是严向东与韩永刚已经由一般过节演变为决裂。眼下,她从严向东的电话中察觉他与韩永刚矛盾很深,联想到自己一直对韩永刚有那种想法,这万一与韩永刚成就好事却被严向东发现,自己的荣华富贵将彻底消失。一边是心仪的男人,一边是自己的前程,孰轻孰重答案显而易见,不过作为女人,尤其生理上处于某种饥渴的女人,有时与跳羚一样过于愚蠢,跳羚是因相信自己的速度而丧生,女人则是相信自己的容颜而堕落。

戚总尽管忌惮严向东的威严,但韩永刚的电话还是燃起她心中的欲火,她要当一次和事佬,不为别人,只为自己与那个男人有一次风花雪月的机会。她低估了严向东的决心,误判自己在严向东心中的地位。就在她替韩永刚说情时,原本兴高采烈招呼大家合影的严向东突然改变了面孔,眉头紧皱,眼睛也眯缝起来,像是不认识眼前这个女人,并仔细打量着她,似乎要看穿她的真实目的。戚总紧张起来,对方这副表情可不是什么好兆头,自己关于"韩永刚是好人"的话明显触犯了他的忌讳,说不定他还会把韩永刚和自己看成一伙,如果不能让对方释怀,那么今天对她而言将是富有与贫穷的分水岭。

她顾不上后悔,表面依旧灿烂,将韩永刚的事情一带而过,然后施展女性至柔至爱的一面夸奖严向东临危不惧,特像当年打虎的武松,并示弱地表示自己差点吓尿,连枪都拿不住,言谈中对严向东的崇拜与神无异。严向东是何等人,目光犀利得能穿透对方的五脏六腑,但这次戚总的表白让她轻易蒙混过关,因为她的确还没有从适才的惊恐中恢复,身子虽不再筛糠,但手仍然在"弹弦子",这种肢体语言巧妙地掩盖了她内心的紧张。

严向东恢复常态,鼻孔轻哼一声算是对戚总求情的回答。戚总尽管接受了狮子对她进行的一次恐惧洗礼,但是严向东的表情才真正让她从里寒到外。严向东没有獠牙,严向东也不会吃她,只是人怕人有时甚于怕狮子,因为人碰到狮子只有死路一条,而得罪严向东这类人有时连求死都是一种奢望。

严向东的轻哼如同下了大赦令,使戚总从害怕中解脱出来,同时她似乎明白一个道理:床笫上的鱼水之欢不过是为了满足肉体的欲望,切不可将其视为爱或被爱的象征。强势男人和雄狮永远都充满统治的欲望且疑心甚大,不要尝试利用特殊关系去影响他们。无论女人还是母狮若想改变这一规则,这些雄性动物会立刻六亲不认、翻脸成仇。

戚总清醒了,退却了。可怜的韩永刚却还在做着美梦,更让他无法想象的是,他酝酿的所谓"美男计"将演变成一场真正的杀机,最终把他拖入灾难中。

第三节 如意算盘

"星星还是那个星星,月亮还是那个月亮……"这是一首老歌的歌词,通过对景物的描写表达生活的一成不变。不过这只是文学的描述,若按严格的定义星星已经不是那个星星,月亮也改变了模样,为什么呢?古希腊哲学家赫拉克里特说"人不能两次踏进同一条河流"就是最形象的解释。天海公司的绝大多数员工都认为公司没变,总裁还是那个韩永刚,副总裁还是那个许可,虽然走了一个金灿换了一个孟志远,但与半年前金灿来时相比不过是历史又一次的轮回罢了,若非说有变,那就是许可吃了韩永刚一记耳光被赶出公司又杀了个回马枪。话说回来,生活本身就是如此,除吃喝拉撒外,挨领导骂、被老婆打、遭同事挤兑、与小商贩砍价、行车不是追别人尾就是被别人追尾、坐车不是踩到别人脚就是被别人踩、看着股市行情直喊娘,哪一样不是天天发生的事情?有些员工特佩服许可,人家就是想得开,挨一巴掌忍了,表面看吃亏实际到头来还是金灿走人。这年头脸肿的不一定是胖子,穿金戴银的不一定是有钱人,只有曲终人散还在笑的人才是真正赢家。何况许可也不要三十年才分出河东河西,只用一个春节就如从前一样,高人啊。

正可谓众人皆醉唯我独醒,有三个半人不仅没有认为天海公司涛声依旧,而且认定一场风暴将要来临,暂时的平静不过是各方在积蓄能量等待时机,一旦条件成熟,所有伪装都会撕下,某一方将被彻底踢出局。没有商量、没有同情,每个人都在为自己的利益而战,或一心想保住自己的公司不落他人之手,或为梦中的大黑鱼,或一雪耻辱誓将仇人送进牢狱,这注定是一个零和游戏。三个主角不用说是韩永刚、许可、孟志远,还有半个指的是艾芸。艾芸之所以只能算半个,是因为她无法正大光明站在"舞台"上与韩永刚共御外辱,唯有在幕后帮助韩永刚博弈。

韩永刚不是一个纠结的人,即使碰上严向东这类强势的人物,他也顶多骂几句便积极应战,而金灿的离开却让他懊恼了很长时间。原因不在于金灿的离开,在于金灿给他的一封邮件。邮件是金灿离开公司前发出的,韩永刚连续看了三遍,每看一遍骂自己一次,一共骂了三次。

　　韩总,我从未想过我的离开没有鲜花、没有祝福、没有掌声,那情景就像在超市逛了一圈,没有人留意你的存在。超市也就罢了,可这里是我为之工作的地方,令人情何以堪,也许这就是我的宿命。我不是抱怨,相反,我要向你道歉,是我个人原因让我违约,相信你会谅解我。感谢上帝让我认识你,就像食客遇见饕餮盛宴。可惜,上帝后来上错了两道菜,我一看就倒胃的两道菜,无奈,只好把这次生命的邂逅锁进我的记忆当了一次逃兵。不敢奢望我们今后还能见面,只是想告诉你不要轻易与严向东为敌,或许你自信自己的能力,但他的势力只能用黑洞来形容,无论你能攀上何种人在他那皆不值一晒。听我一劝吧,法律对他而言不过是蹩脚的门神,那些大人物也能被他呼来唤去。当今形势已然明了,我认为你现在唯一可行的就是和许可搞好关系。与小人为伍的确会玷污君子的操守,但是活在当下也只能'哺其糟而啜其醨',愤世嫉俗只能步屈原之履。让他去阳明继续一卡通项目,这样可以在你的利益天平上增加一块儿砝码。至于如何对单副市长解释许可去而复还,我想这个他比你我在行。单副市长那里我昨天已经打过招呼,他只是怪我们一上班没有和他们联系,误会已解除。问艾芸好,感谢她把李忠国介绍给我,如果她愿意,我们会邀请你们参加我们的婚礼,也祝你们幸福、美满。

　　　　　　　　　　　　　　　　　　　　　　　　　　　　金灿

"一生一代一双人,争教两处销魂。相思相望不相亲,天为谁春!"纳兰容若

一首《画堂春》道出了韩永刚内心深处对失去金灿的痛楚。金灿的邮件让韩永刚感到一丝清凉，虽然他并不赞成金灿对严向东的理解，但这份关怀足以让他感动。他不由得想起曾经与金灿一起工作的日子，这个清新睿智的女孩儿带给他的惊喜和欢乐，使他如沧海拾贝般得到许多收获。"她虽然没指责，可我的确小肚鸡肠。"他想，"大丈夫理应宁可让人负我，我不可负人。"他想给金灿回个短信道歉，犹豫再三，最终还是放下手机。

金灿邮件中只字不提孟志远并非遗漏了他，而是折射其心中的无奈。通过孟志远恶言相向，她大致明白许可对他施加不少影响，有心点醒韩永刚留意孟志远，又想到韩永刚是直肠子，万一让孟志远察觉反而会加速将其推向许可，这和韩永刚的初衷大相径庭。但韩永刚若是不防备，这俩人说不定会蛇鼠一窝，有可能对韩永刚的工作处处掣肘。权衡半天，她没了主意，干脆什么也不说。

尽管金灿没有提到孟志远，可韩永刚并没怠慢，从金灿办公室刚一出来他就有了一个决定：马上提拔孟志远为公司副总裁。这种做法并不高明，或者可以说很拙劣，明眼人都能看出韩永刚的司马昭之心，但他别无选择，因为手里的王牌也只剩这一张，何况还不知道能否挽救鸡飞蛋打的局面。

午饭后，他让秘书把孟志远叫来，小心翼翼告诉对方金灿辞职的事情，没想到结果出乎意料。孟志远没有大吵大闹也没有提出辞职，只是淡淡地说出人各有志的话，似乎一夜之间大彻大悟。韩永刚这叫一个高兴，心里的石头终于落地，也不问对方如何转变，马上宣布提升其为副总裁，主管网络事业部。

孟志远唯唯诺诺地答应了，目光不离韩永刚，他在观察，也在试探，直到确认这里面无诈才定下心来。其实，他的心情比韩永刚还要紧张，来之前，生怕看到荷枪实弹的警察来抓他，还好，警察没有出现，听到的是他将被提升。他终于确定金灿没有看见自己的杀机，顿时松口气。他又有些糊涂，如果金灿是韩永刚的相好，仅凭之前自己对她的辱骂挨韩永刚一顿老拳都是轻的，怎么可能被提拔？他可是领教过芝加哥会展上韩永刚的霸气。不过，他立刻意识到金灿没有说出刚发生的事，很明显，对方不想把事情闹大。"哼，臭婊子，即使你溜得再远，我也要把你送进监狱！"他不领这个人情，他们之间已经恩断义绝。

孟志远决定留下无异于给韩永刚打了一针吗啡，兴奋之余，韩永刚脑海中形成一幅完整的路线图：如果"吕布戏貂蝉"成功，股东们看到真相就不会坚持被并购，公司将一如既往走下去。如果不成功，自己可以在并购案中额外提出要求，或将股份变现全身而退，利用孟志远的技术与之合作，重新打造一家互联网公司。韩永刚对自己的计划非常满意。也是，别看表面上他对严向东不买账，实际他非常清楚自己与严向东的差距。论实力，严向东把他甩出几条街都有富余，除了剑走偏锋玩点"美男计"，堂堂正正的较量还真不行。现在好了，孟志远成了他商业竞争中的制高点，进可攻退可守，成固可喜，败亦有退路，无须未上阵先怯三分。

孟志远不知道韩永刚的想法，也没有兴趣去听，心里只是揣摩韩永刚提拔自己是否有牵制许可的意思。他想，天海公司矛盾重重，人事斗争复杂，虽然公司上市与副总职位是职场不可多得的机遇，但卷入其中将难有善终，自己又是一个外来户，一旦涉及利益，任何一方都会把自己抛弃，到时候别搞成韩永刚还没进监狱自己倒被炒鱿鱼。别看孟志远是搞技术的高手，对利益和人情世故他也看得门清，先前因为金灿，不免被许可蛊惑与其站在一起，危机一过，前途命运便成为他考量的重点。他现在所想的是，自己回国是希望和金灿重归于好，既然愿望与现实已经背道而驰，留下的唯一理由就是等着复仇，之后，即使许可给出一万个理由他也要回美国。那个许可不是善主，自己杀人未遂的把柄攥在他手里就像孙悟空被如来佛捏在手心里，想方就方想圆就圆，自己必须逃，逃得越远越好。

韩永刚同样不知道孟志远怎么想，他倒是希望听听孟志远对公司未来的看法，怎奈孟志远也说不出什么子丑寅卯，而且热情度与第一次来公司面试时反差巨大。韩永刚推测这小子肯定是因为金灿离开情绪受到影响，只好安慰他一切向前看。

金灿走后，天海公司开启了一个新时代。新与旧的差别不仅体现在孟志远取代了金灿，最大的亮点是艾芸被任命为网络事业部总经理。艾芸的专业是管理，网络技术对她就是蛤蟆跳井——扑通（不懂），可奇怪的是，提名她的人居然是许可，而韩永刚也不反对就同意了，这的确令人匪夷所思。不过作为当事人艾芸，却非常高兴这项任命，毕竟总裁助理这个头衔虽然听起来带劲儿，实际上干的却净是杂事，自己自从和韩永刚结下秦晋之好，她就不愿再任此职。

谁要是以为许可发了善心那就大错特错。许可为了实现自己梦中的大黑鱼,对韩永刚的拆台已经到了无所不用其极的地步,就拿鼓动艾芸调动这件事,实际上他也是包藏祸心。许可有一个奇怪的逻辑,认为爱情是人类旷古的谎言,世间并无爱只有性本能,而这项本能与所有哺乳动物一样,仅是为了人类能够延续香火、传宗接代,没有别的功能,更没有所谓精神层面上的非凡意义。那些打着爱情旗号写出催人泪下爱情故事的文人实际上是性饥渴的表现,孟子"食色性也"的论调恰如其分表达了两性间再平常不过的生理需要。

　　许可的理论不仅成为他放荡的依据,也形成其扭曲的价值观,因此当看到孟志远为了金灿寻死觅活,他不禁打心眼里耻笑对方,心想金灿固然好看,但是过于知性,反而没了女人味。后来,当韩永刚把任命孟志远的决定告诉他时,他马上反应出对方在拉拢孟志远,顿时着急起来。不过他的花花肠子的确多,尤其触及男女方面更是层出不穷。他想,孟志远升为副总,网络事业部总经理一职就空缺,如果借机给他配一女的,让他们热乎起来,就能抵消韩永刚的拉拢。他把公司里的女员工想了一遍,发现般配的人要么已经有了男朋友,要么就是没有男朋友、能力也忒差的。他甚是后悔,当初还不如招一两个退役空姐放在公司养着以备需要。咦,世上竟有如此巧事,正当他一筹莫展,艾芸到他办公室让他去韩永刚那儿开会。望着艾芸青春盎然的美貌,他忽然灵机一动:对啊,让艾芸去。

　　许可的如意算盘是,艾芸若是走马上任,与孟志远的接触就会增多,小姑娘的容貌、言谈举止不让金灿,对于刚刚经受创伤的孟志远无异一剂良药。以他的经验,此时的孟志远急需有人抚慰,而艾芸绝对是不二人选。两人一旦搅在一起,孟志远更加会感激自己,这时只要放出点风给韩永刚,这家伙肯定暴跳如雷,结果自不用说,可谓一石二鸟。至于孟、艾二人怎么就能一定在一起,不懂业务的艾芸又如何能当上网络部经理,许可胸有成竹。他知道每年都有不少部委信息中心邀请企业参加网络信息化建设,只要缴钱报名参加即可,孟、艾二人是公司负责此业务领导,他俩出席名正言顺。许可深信,孟、艾具有相互诱惑的绝佳条件,称得上郎才女貌,就算艾芸心里有一个韩永刚,只要让孟志远把勾引艾芸作为报复韩永刚的一种手段,他就会不择手段挣脱传统道德束缚,以一种快意恩仇的心态对艾芸进行色诱,如果一次不行就两次,两次不行就三次……另外,艾芸不懂业务也非常正常,她的任务就是协助孟志远管理好部门。

韩永刚接受了许可的建议,他不仅没有察觉有什么不对,反而认为这是一个很好的主意。他想:第一,艾芸可以作为自己的耳目监视许可是否会挖墙脚。第二,艾芸可以帮助孟志远很好调动公司资源。第三,她可以随时掌握孟志远的思想动态。

这个世界没有谁是傻的,也没有谁比他人更聪明,之所以能分出赢家,一种说法是凭毅力与坚持,另一种说法是流氓加无赖。

天海公司暂时进入相对平静的状态,员工们也从节日走出,进入工作状态。

许可将心思扑在一卡通上,每周数次往返于庆义和阳明之间。要说姜还是老的辣,从他第一次重返阳明和单副市长秘密会晤后,对方就不再提金灿,似乎世间就没有这个人,工作重心又回到他身上。孟志远在艾芸的配合下完成了人员招聘,开始安排人马进行项目研发,并准备资料打算3月份去杭州开一个全国规模的互联网研讨会。他好像完全走出了阴影,谈笑中充满着自信与幽默,装束上也显得风流倜傥,加上工作努力,短短时间里,网络事业部居然被他搞得风生水起,成绩斐然。如此才华横溢,让艾芸佩服得五体投地,连称呼都改了,私下叫孟志远“蜘蛛哥”,理由令人啼笑皆非:蜘蛛是织网高手,而孟志远同样是网络高人,所以“蜘蛛哥”仨字对他正合适。

只有一人冷眼旁观看着孟志远精彩的表演。表面上他不哼不哈,但暗地里却无时无刻不在窥视着孟志远与艾芸的一举一动。只要孟志远或艾芸热度稍有下降,他会立刻推波助澜,巧妙地把联系二人的工作纽带悄悄变换成感情丝线。比如,孟、艾二人出外公差,他会发条短信谈谈工作,顺便提醒孟志远别让艾芸渴了或饿了,再比如两人加班,他会告诉某餐馆老板给孟志远打电话。他这样很累,但是他却认为非常值,毕竟梦中的大黑鱼是他现实中的唯一支柱。

他的付出得到了回报,以他对女人专家级的认知,他发现孟、艾二人相互对视的目光悄然发生了变化。尽管这种变化极其微弱,但是他却精准捕捉到那绝不是同事间的对视,而是情侣,也只有情侣才会有那种缠绵、嗔怪、赞许、骄傲……他判断得基本没错,事实上,每当艾芸饿了或渴了,就会惊喜地发现准有一顿可口的饭菜或饮料在等着她。此时,孟志远就会像绅士一样彬彬有礼,帮她拉开椅子,伺候好她坐下。这真是一种前所未有的感受,不免令她受宠若惊。假如和韩永刚在一起她有小鸟依人的感觉,那么和孟志远在一起就真是童话故事里的公主,享受着无尽的关爱。在私人的时间里,艾芸有时会把韩永刚和孟志远二人做一番比较,虽然各有优缺点,但是从她内心还是更偏爱孟志远……

第四节　强暴

　　韩永刚对周边发生的一切没有任何察觉,认为天海公司依然如故,甚至比原来还要好。他不是爱记仇的人,自金灿走后,许可的工作表现基本获得他的认可,只是他瞧不起对方,因为许可并非光明正大回到公司,完全是作为严向东的走狗厚着脸皮回归。加上许可比原来更加恭谦、更加顺从,他有时怀疑是不是自己那一拳打掉了对方男人的骨气,在和艾芸私聊时他把许可比作狗,戏谑许可:狗就是狗,挨了主人打也忘不了摇尾巴,要换狼,什么主人不主人,谁打我,我就咬谁。他认为男人不应该像狗而要像狼,这样才对得起生命的尊严。不过联想到与严向东的明争暗斗,阻止公司并购一事,他有些黯然,因为拉拢戚总可不是狼干的事情,就连母狼也不齿于干出这种没羞的事情,好在狼还能披着羊皮,还能当回外婆骗骗人,这使他的心情略微好受一些。他认为,这些小儿睡前故事较之"美男计"应该属于同一档次,唯一差别就是自己的"美男计"纯属少儿不宜。

　　他已经约了戚总三次,让他郁闷的是这女人不像原来那样对他热情,拒绝的理由就是一个字"忙",似乎她一个人担当着拯救全人类的使命。若非形势逼人,韩永刚真想就此罢手,但是不行,严向东已经和股东们达成一致协议:由瑞祥集团负责从北京请会计师做天海公司的资产清算,并委托最负盛名的律师楼做法律顾问。对方脚步很急,韩永刚除了加紧邀约戚总,也尽量拖延时间。他拿一卡通项目来游说股东们,说是等正式签下一卡通后再进行资产评估,这样,大家的利益还可以增加许多。股东们同意韩永刚的建议,一致通过将并购前期的有关法律、财务方面工作程序延后到一卡通项目投标成功。

韩永刚虽然赢得了一些时间,但戚总老不见面也不是回事儿,眼见招标工作已经完成许久,投标将在 4 月初进行,时间的确不多,于是他拉下脸求自己的一位朋友同时也是戚总的朋友,请他做一饭局,务必把戚总请出来。那位朋友很好奇,提醒韩永刚戚总是有家室的人,而且她的傍家可是严向东,又说天下漂亮女人不比阳澄湖的大闸蟹少,只要他愿意,可以找几个二三流的影视演员,没有必要去捅马蜂窝。韩永刚懒得解释,只放下一句话,"这事你看着办"。对方了解韩永刚的脾气,知道多说无益,只好胡编乱造一个理由硬是把戚总给约出来吃饭。

　　戚总对应酬早就习以为常,尤其是朋友聚会更被她视为重要的社交活动,因为高层圈子的人,来宾认识不认识并不关键,主要是这些人非权即贵,把这些人串联起来就是一张寻宝图,关键时刻只要叫声他们的名字,奇迹就如同"芝麻开门"一样发生。

　　这次饭局令她颇感意外,韩永刚居然在场,更没想到座位还紧挨着她。好在她是一个天生的谎言家,撒谎比说真话还要流畅,没等韩永刚露出责怪之意,她先滔滔不绝说起自己如何如何忙,今天本没有时间,是被硬拉来云云。戚总自打非洲之行后,受严向东惊吓,再也没有胆量接受韩永刚的邀请。人就是这样,当受到极度恐惧威胁,多大欲望也要闷回心里,如果她事先知道饭局有韩永刚,铁定不会参加。

　　不过,有时人会像耗子一样,为偷嘴就忘了挨打。戚总就属于这类人,虽然她告诫自己远离韩永刚,但是,酒一上头,色胆就被撑大。散席后,未等韩永刚相邀,她便主动提出找个酒吧继续聊聊。

　　在一家酒吧里,俩人坐在火车包厢式的座位上天南地北聊起来,一边是毫无心机,另一边是有备而来。聊着聊着,韩永刚发现自己还没有演戏,对方倒先开始按捺不住,尤其酒到半酣之际,戚总脱下外套,半露酥胸,目光如同喷火般直勾勾地盯着他,看情景若是有张床,对方会率先进入角色。韩永刚有些慌,这不是他想要的节奏,他希望至少先得到对方拿出资料的承诺再说其他,可眼下他控制不住局面,因为戚总眼中的他已经不是韩永刚,而是唐僧,咬一口都算轻的。

　　"我靠,她喝多了。"他紧张地想,"我现在充其量就是一块儿鲜肉,看来就算和她上床也得不到资料。"

"想什么呢？来,坐过来。"她笑眯眯地看着韩永刚,就像看着自己的儿子,当然也不完全是看儿子,因为她的目光中还带着淫荡。

"你是不是喝多了？"

"过来。"她坚持道。

尽管不情愿,韩永刚还是不由自主地走到戚总旁边坐下,还未坐稳,一只手便悄然在他身上肆无忌惮摸了起来,同时一张嘴也向他的嘴唇凑过来。"我靠,这就开始玩真的!"正当他犹豫是否配合对方,戚总的舌头已经胆大地钻进他紧闭的嘴,游走于所能触及的地方。尽管对方不再绿鬓朱颜,但舌尖上的功夫远超艾芸百倍,柔似水、软如棉、轻如云,似有灵性,无论是轻啜还是撩拨,都让韩永刚有如触电般麻麻的感觉,加上其身上散发的芬芳气息一浪浪冲击他的嗅觉,他真有点把持不住。

也不知过了多长时间,戚总停了下来,整理了一下衣服,梳理了头发,端起酒杯笑眯眯看着韩永刚,赞许似的点点头。而韩永刚被对方的一番亲热搞得心猿意马,来时的底线被女人温柔的吻融化了。他举起酒杯由衷道:"戚总,我很想知道你到底是千年的蛇精还是百年的狐狸。"

戚总呵呵笑起来,她知道,韩永刚的比喻是对一个成熟女人的最高褒奖,她很受用也很骄傲。的确,她有这个资本,她徐娘半老却依旧袅袅娜娜,皱纹虽生却不失人面桃花,调情方式更是独树一帜。难怪严向东放着年轻漂亮的女人不要,却喜欢她这一个尤物,而心坚如铁的韩永刚,在对方舌尖下,也心旌动摇,不能自已。

还好,韩永刚没有忘记自己的任务,在第二轮亲热开始前,韩永刚提出看看他所关心的那家上市公司财务报表。戚总答应了,唯一的条件就是今晚她要重新当一回新嫁娘。

俩人喝完杯中酒,都有几分醉意,韩永刚正要埋单,电话响了。他以为是艾芸,冲着电话抢先说道:"今晚我有事,不回去了,有什么事情明天再说。"

电话里却传来一阵哭喊声:"韩总,我是金灿,快来我家救我!"

韩永刚一愣,皱着眉头,不满道:"别胡闹,艾芸,今天不是愚人节。"

"快来,韩总,求你了。"

这声音他太熟了,尽管嗓音嘶哑,不是金灿是谁,但她不是回北京了吗? 韩永刚从未听过金灿用如此绝望、如此痛苦、如此凄惨的声音呼唤他。那感觉如同被送进屠宰场的猪、羊临死前的哀鸣,他的心顿时如同被针扎一般,大脑立马清醒,弹簧似的蹦了起来,也不顾醉眼蒙眬的戚总,抓起自己的外套,边从钱包里掏钱边对电话喊道:"等着我,我马上到。"

戚总歪着身子,命令道:"你不许去,就是天塌下来也不许走。"

韩永刚看都没看戚总,关上电话,将一沓钱扔在桌上,叫过服务员,吩咐找个代驾把戚总送回家。

"站住。如果你不听话,就别指望我替你办事。"她发出最后通牒。

宽厚的背影猛然定住,似在犹豫,很快,她又踏着坚定的步伐冲出酒吧。

戚总面红耳赤,一拍桌子怒骂道:"滚吧,不识抬举的东西。"

金灿离开天海公司后没有马上离开庆义,李忠国固然是原因之一,还一个则是她心中隐藏的秘密,那就是这座城市曾经给她留下的无限遐想与浪漫。难道她是自作多情,不舍那段情缘? 不,还真不是,因为现实没有留给她回头路,更何况与李忠国的恋情也快到了收获的季节。抑或是她不忍韩永刚被人欺负,想见义勇为? 更不是,因为她深知与严向东对抗的后果,那封邮件就是劝韩永刚放弃抵抗的最好证明。那么她为的是什么呢? 其实,答案在她心里也是一个谜,如果非要求解,最靠谱的只有极普通的两个字"追梦"。不要以为她对韩永刚还藕断丝连,在她的"梦"中韩永刚不过是一个代表着浪漫的符号、一个不具血肉的布景、一个能够承上启下的时光链条,她所追的梦仅仅是能够使自己一想就脸红、一看就心跳加速的往事。正是散落在这座城市大街小巷的往事,构成了无数个令她陶醉的浪漫情感。所以,她并不急于回北京,她担心这一走,人生美好的一页就此揭过,浪漫被留下,带走的只有惆怅。

李忠国不知道金灿的内心世界,还以为她延缓行程是舍不得自己,这倒不是他粗心,而是近段时间他一心扑在厅里的人事安排上,整天火烧屁股般地拉关系、走后门,为了升职做最后一搏,从而忽略了她。厅里最近传出一个小道消息,说是老厅长退休后,接班人有两个选择,一个是从本厅选拔,候选人自然是他,另一个是把庆义市卫生局局长上调。传闻有鼻子有眼,还说现在决定权已经落在刘部长手中,选谁不选谁,就看刘部长。

李忠国急呀,他知道这种传闻不是空穴来风。按组织程序,现在的确是最关键的时刻,说不定这几天就会有结果,可是,到目前为止他连刘部长家的大门都没进去,这可如何是好。

自打金灿转告他艾芸的话,他真傻了,背着金灿连续好几天给艾芸打电话约她出来,谁想,艾芸倒是赴约了,但仅仅是还他钱,并拉着脸说,以后别再找她,至于原因,让他自己去问金灿。李忠国是聪明人,一听就知道小姐妹俩闹矛盾了,心里轻松许多,以为女孩儿间拌嘴就像小朋友过家家一样,哄哄就开心了。可终归他棋差一招,金灿不但没去求艾芸,反而嘬嘴奚落他用这种手段不光彩。他有些恼怒,语气生硬地告诉金灿这是在中国,不是美国。这句话捅了马蜂窝,因为金灿最讨厌别人用这种话挤对她,许可就说过好几次,只是她碍于同事关系没有反驳,但李忠国不同,她对他没有丝毫顾忌,于是,一半出于玩笑一半出于较真,李忠国成了她批判的靶标。若在平时,李忠国肯定是一笑而过,但这次他不再退让,毕竟这关系到他的前途命运,加上金灿瞧不起他这种走关系的做法,让他自尊心受到重创。他第一次面红耳赤冲着金灿大吼大叫,情绪完全失控。

两天过后,李忠国找上门,也不知他打哪儿找了一堆破扫把头,横七竖八绑在背后,表示负荆请罪。他的行为让还在生气的金灿忍俊不禁,俩人终于言归于好。尽管他们貌似从前,但是感情上的硬伤可不是靠插科打诨就可以抚平的。金灿嘴上不说不代表不存芥蒂,李忠国一声吼实际上吼掉了他在金灿心目中的形象。李忠国对金灿同样有看法,认为金灿过于幼稚、过于西化,张口民主闭口人权,把西方某些蛊惑人心的表象视为普世价值观。

尽管李忠国对金灿有看法,但并不影响他向金灿认错示好。对他而言,结识金灿真有"灯火阑珊处"的感觉,对方的人品、容貌、学识无一不傲视群芳,得妻如此,人生何憾。俩人关系修复了,李忠国依然不能轻松,金灿之前的态度表明求刘部长此路不通,他不敢旧话重提,虽然升职是他最大的梦想,但是被女人看扁,尤其是被金灿这样的女人看扁,他是无论如何不能接受。无奈,只能另辟蹊径去打通刘部长的关节。

　　其实,金灿虽然义正词严地拒绝了李忠国的请求,那也是因为俩人当时针尖对麦芒,谁也不服谁。金灿再疾恶如仇,也还懂得未婚夫的难处以及未来前途,她只是一个小女人,一个热恋中为了男朋友可以妥协其价值观的普通女人。遗憾的是,世间万物皆有机缘,一方面是李忠国害怕金灿瞧不起自己,因而绝口不再提及自己工作上的事,另一方面金灿以为升职没有那么急迫,想等艾芸消消气再去求她,毕竟两人分别时不愉快的那一幕还记忆犹新,所以,她也没有主动询问李忠国升职一事。如果双方任何一人认真对待,就算金灿求艾芸可能难为情,她也会义无反顾,只是机缘未到,李忠国与自己的梦想擦肩而过,而金灿也由此酿下一生中最苦的苦酒。

　　李忠国落选了。

　　他输得不服气,输得不甘心,也觉得输得太窝囊。论资历、学历、业务水平、年龄以及经验,他不仅不输于竞争对手,在年龄上还占有较大优势,其余就算旗鼓相当至少他也比对手更熟悉本单位情况,但是,他还是输了。他非常清楚自己落选的原因:不是对手如何了得,不是自己能力不济,而是供香选错了庙门,拜佛拜错了地方,误把土地当菩萨。

　　在庆义,有一种特殊的公关公司,他们的业务不是商贸、不是技术,而是针对省级领导的公关,只要你出得起钱,可以点名请领导为自己的企业签名、题词,如果出得起高价,还可以请领导来企业走马观花式的参观,并合影留念。公关公司有一套价目表,什么样的领导什么样的价位如同产品报价单赫然纸上,顾客根据需要选择。李忠国原来不知道有这种公司,在拉关系走后门的过程中有人告诉他可以尝试,他也是病急乱投医,经人介绍与这家公司老板接洽上。老板是个爽快人,听明情况,马上大包大揽,于是两人达成协议,前期先付五十万公关费,事成之后再付一百万。开始,好消息还不断传来,李忠国喜上眉梢,但是,后来踏息越来越少,他找上门要老板解释,对方颓丧道:"本来形势不错,秘书都打通了,谁想那个局长找到了刘部长的外甥女,她硬是从中作梗,把事情搅黄了。唉,官场这点事儿你也知道,谁的钱不烫手谁就有希望,我们也不想丢了你这笔买卖,没办法,只能怪那个女的太狠。"

　　尽管李忠国拿回了预付款最后剩余的十万,但他的心一直沉甸甸的。他恨艾芸,气金灿,认为自己的前途被这俩女人给毁了。他恨艾芸尚情有可原,气金灿却有些无厘头,金灿仅是不帮忙,并没有阻止他去做他自己的事,不过人在悲观的时候,任何沾边的事物都会被拉来当垫脚石,作为失败的注脚。

　　恶劣的情绪明显影响到他和金灿的关系,金灿为此痛心。她不怪李忠国,因为他的失败不是能力造成,而是挨了黑箭,箭手明显出于报复她金灿才生生将李忠国射下马。

　　金灿理解李忠国,不过事已至此多想无益,于是她决定搞一个家庭式的酒会来舒缓李忠国内心的压力与烦恼。也就是在韩永刚和他朋友做局邀请戚总的这天晚上,城市的另一处,金灿精心营造了自己浪漫的小屋:轻飘的烛光,柔和的音乐,葡萄酒与水晶杯,两道李忠国喜爱的凉菜。

　　李忠国来了,身上浓烈的酒味熏得金灿几乎喘不过气。之前,他的朋友们给他搞了一个压惊宴,算是替他借酒浇愁,岂知借酒浇愁愁更愁,酒过三巡,一个朋友说的话可能触到他的痛处,他不由得勃然大怒,一连砸了几个酒瓶,还要掀桌子,被大家七手八脚按住硬是送回家。到家后,他被朋友们劝上床,可头疼欲裂,胃也翻江倒海,等朋友们一走,他立刻跑到洗手间呕吐。不大工夫,吐得差不多,忽然想起和金灿还有约会,于是不顾难受,拿起车钥匙踉踉跄跄下楼。七扭八歪开了一段路程,他忽觉尿急,于是不管不顾一脚刹车停在路边,看十米远距离有一电线杆勉强可以遮挡,就过去方便。恰巧一辆出租路过,他想都没想,招手拦车,结果忘了自己的车还在路边发动着,他却打车去了金灿家。

　　在金灿家,他瞪着布满血丝的眼珠告诉金灿自己根本没醉,为了证明,他拿起小圆桌上的葡萄酒,拔掉塞子就往嘴里倒,被金灿连抢带夺拿下。争抢中,李忠国碰倒了蜡烛,扣翻凉菜,屋内顿时一片狼藉。显然,李忠国醉醺醺的表现与金灿布置的环境格格不入,俩人别说浪漫,就是面对面坐着,金灿都感到需要一副防毒面具,于是决定送他回家。面对金灿坚定的表情李忠国开始还想耍赖,见金灿毫不妥协,这家伙眼珠一转想出个鬼点子,提出要先去方便一下再走。等他出来,金灿不由得目瞪口呆,对方除了一条内裤,其他衣服脱得精光,佝偻着背,呼哧带喘爬上床,活像是一只被拔光毛的大猩猩。

金灿又好气又好笑，抱出他的衣裤扔向他，散开的衣服有的掉在床上，有的挂在他身上，而他毫无反应，赤裸身体不仅没有让他羞耻，反而激发了他身体的欲望，他死死盯着金灿，目光既像是受伤的野狗，又像是迷途的羔羊。

　　"穿上！"金灿命令道。尽管俩人关系已经到了谈婚论嫁的程度，但是金灿认为李忠国在没有征得自己同意前这样做是不尊重自己，就算他烂醉如泥，也不能成为戏弄自己的理由。所以，她的语气除了不容置疑外还带有不愉快。不过，她马上发现自己的命令没有起到丁点儿作用，对方的欲火似乎更加旺盛，目光既淫荡又兴奋，身体也在跃跃欲试。更令她愤怒的是，对方居然冲她叫道："过来！"

　　一个命令"穿上"，一个让"过来"，俩人自然谁也不会听对方的话。但是，已经被欲火焚身的李忠国眼中的金灿不再是自己的女朋友、未婚妻，而是泄欲的工具。他生理上的需要已经冲破了忍耐的极限，加上酒精的作用，他整个人似乎就要爆炸，就在一瞬间，人与兽的本能完全重叠，他凶猛地朝金灿扑去。

　　金灿顿感慌张，因为她发现扑过来的李忠国与其说是人还不如说是野兽，不仅臭气熏天，那邪恶的眼神也让她厌恶至极。容不得她反抗，李忠国如老鹰捉小鸡般抓住她，扔到床上，接着，她仿佛感到一堵墙压在身上，令人作呕的鼻息重重喷在她脸上。没有温存，没有爱意，更谈不上怜香惜玉，理性完全被兽性取代。金灿奋力挣扎、厮打，但是，每次换来却是对方更粗野的动作。她喊、她骂、她哀求、她哭号，都无济于事，唯有的感觉是身上的衣服一件件在减少，直到一双粗糙的大手蹂躏着乳峰……

　　户外，淅淅沥沥下起了小雨，雨滴连续不断敲打着窗户，像是要阻止这场人间悲剧。金灿无助地望着窗户，渐渐地，所有痛苦凝聚成一个想法，那就是死。这扇窗户是阴阳界的关卡，出去，便可以毁灭自己。

　　死，是一种无奈；死，是一种逃避；死，还是捍卫生命尊严的悲壮……

第五节　求婚

　　就在金灿决定结束自己生命之际，突然，窗台上一串翠绿的项链闯入眼帘。她一愣，恍惚中忽然感觉到项链幻化为一个身影站在窗外，不是韩永刚又是谁？金灿如同看到救星，浑身不知哪来那么大劲儿，她一把推开李忠国，哆哆嗦嗦向窗户爬去。

　　她的手刚刚触及窗户，李忠国已经恼羞成怒扑了过来，一巴掌扇在金灿后脑勺上，接着，他强行抱住金灿，扔回床上。这次，金灿停止抵抗，像是变了一个人，温顺地劝李忠国不要性急，并说反正已经是对方的人，容她冲洗后，布置一个浪漫的环境，再行夫妻之事。李忠国同意了，他虎视眈眈监视着金灿走进卫生间，然后，仰身躺在床上。

　　金灿被李忠国打醒了，加之项链让她想到韩永刚，便打消了轻生的念头。她坚信，只要一个电话，无论他在哪里，无论他在干什么，他都会不问缘由立刻赶来，因为他不是别人，他是韩永刚。

　　金灿借拿睡衣之际，悄悄把手机藏在衣内进入洗手间，反锁门，迅速拨通韩永刚电话，这才有了之前韩永刚离开戚总，赶往她家的场景。

　　金灿的电话惊动了李忠国，他来到洗手间门外用力拍打着门，继而又开始撞击。门发出沉闷的噗噗声，看样子随时都会倒下。如同《闪灵》的真实版，金灿的一颗心几乎都要跳出来，她恐惧到了极致，浑身剧烈颤抖，瘫软的身体倚靠在座便器旁，神经质地紧紧抓住放厕纸的金属杆，泣不成声。

　　没过多久，撞击声停止，洗手间外所有动静忽然消失。金灿侧耳仔细分辨，

的确听不到任何声响。她猜测对方可能知道自己的援兵要到,先溜了。她缓缓爬起,慢慢挪到门边,然后将耳朵贴在门上,又听起来。

蓦然,一声巨响从门上发出,震得金灿猛地哆嗦一下,极度惊吓使她身子再也无力支撑,顺门跌落在地上。原来,李忠国撞了一会儿感到臂膀生疼,身子骨也乏力,于是回到床上休息了一会儿。过了十来分钟,他下床在屋内转了几圈,发现折叠椅比较趁手,于是拿它做砸门的工具。不过这次他没有直接砸门,而是抡起来朝洗手间的门把手砸去。第一下砸偏,椅子腿和门相撞,他发狠举起椅子,第二次朝门把手砸去,巨大的力量一下子将金属把手砸飞,弹簧和一些螺母也从锁眼中掉出。李忠国把椅子一扔,强行将门挤开一道缝,进去后揪住金灿,嘴里一边嘟嘟囔囔,一边抱起金灿往床方向走去。

一阵猛烈的敲门声传来,接着便是韩永刚大声的呼喊。李忠国一愣,停下脚步,就在这一瞬间,本来已是瘫软如泥的金灿如有神助,腰一挺,双手死命推着李忠国,居然挣脱。她疯狂冲向大门,也不顾赤裸的上身,将门打开。

韩永刚被惊呆了,映入眼帘的哪是金灿,分明是一个从疯人院跑出的精神病患者:凌乱不堪的头发、惊悚的眼神、泪迹斑斑的脸,更夸张的是赤裸的身体。

韩永刚下一秒的反应不再是惊愕,而是暴怒,只见他迅速脱下外套裹住金灿,将其扶在门厅的椅子上坐好,喷火的目光射向李忠国。无须发问,屋内的一切都告诉他这里曾经发生过什么。

他向李忠国走去,人未到,一股骇人的杀气已经凌空将李忠国团团围住。虽然李忠国还未醒酒,但是,出于对危险本能的反应还是让他不断后退,并色厉内荏喊道:"你是谁?告诉你,我可是金灿的未婚夫。"

李忠国不说也就罢了,这一句话立刻招致他有生以来最沉重的打击。韩永刚一拳击在对方脸部中央,强大的冲击力瞬间将他的鼻梁骨击成粉碎。李忠国嗷的一声惨叫,血顺着鼻孔、嘴角迅速流出。他两手护住脸部,剧烈的疼痛让他的酒清醒一半,他透过指缝打量眼前这位身材高大、魁梧的汉子,自忖不是对手,无谓的抵抗只能招来更凶狠的打击。他连忙讨饶,并表明身份,说自己喝多了,做了什么并不知道,希望韩永刚能够原谅。

韩永刚被对方浓烈的酒气熏得直皱眉,其实刚见此人他便断定是李忠国,现在一听对方想做交易,气不打一处来,开口道:"你他妈的还是人吗? 简直就是畜生! 听着,我不管你是谁,你现在唯一可做的就是挨揍。"说完,又是一拳重重击在李忠国腹部,对方猝不及防,抱着肚子蹲下,又是吐又是干呕,加上满脸满身全是血,人不人鬼不鬼。韩永刚没有收手,金灿的惨状强烈刺激了他,为了避免血腥场面吓着金灿,他连哄带劝让金灿进了洗手间,将门关严。接下来的时间他上演了一出现代版的"快活林",曲目就叫"武松醉打蒋门神",不过他没醉,与戚总喝的那点红酒仅仅让他脸色微红。

坦白说,自打韩永刚无望娶金灿后,他潜意识里就把金灿当成自己的亲妹妹。他喜欢她的睿智,喜欢她的调皮,喜欢她的广博学识,喜欢她的全局观,若不是顾忌到艾芸,他肯定会把她带到自己的交际圈,让她也加入到男人们的对话中。不是所有女孩都能享受这种殊荣,在他心目中,这个女孩简直是一个完美标杆,男人若能以她为妻,下辈子做牛做马都值了。

韩永刚容不得别人对金灿的半点亵渎,许可仅是恶言相向就被打得鼻青脸肿,李忠国虽说是金灿的男朋友兼未婚夫,但蹂躏金灿就是蹂躏他韩永刚心目中的女神,惩罚是必须的,里面没有道理可讲,承受暴力是李忠国唯一的选择。在韩永刚连续不断地踢打下,李忠国已经体无完肤。他蜷缩在墙角,双手抱头,瑟瑟发抖,哀号声越来越小。若不是金灿冲出劝阻,暴怒的韩永刚真有可能闹出人命。他让金灿坐好,拽着李忠国来到金灿跟前命其跪下道歉。此时的李忠国已然没有人形,酒也醒了大半,感觉自己从头到脚无一处不疼,尤其是鼻子,他现在唯一想法就是尽快去医院止血,否则就算不被打死,也会流血过多而死。求生本能加上剧痛使他再也撑不起门面,连连磕头请求金灿的饶恕。

韩永刚拿出手机拍下这一画面,然后对李忠国说道:"听着,你可以滚蛋了,从现在起,不要再纠缠金灿,不然,我见你一次就打你一次。别以为你一个副厅就可以为非作歹,你算个屁。记住,我叫韩永刚,天海公司的老板,想报仇,我随时恭候。还有,以后离艾芸远点,否则别怪我把你贿赂刘部长的事情捅到纪委。滚!"话说得义正词严,也交代得清清楚楚。

李忠国逃离后,韩永刚立刻开始打扫卫生,他害怕屋内混乱的场面会勾起金灿的恐惧,从而带给她第二次精神创伤。他一面安慰金灿,一面迅速整理,很快,

屋子又恢复井井有条。

金灿经历一场炼狱式的惊吓，神经已经被摧残，一个响动，哪怕极其轻微的声响都会让她胆战心惊。她两手紧紧抓住被子挡在身上，眼神如受惊的小鹿，茫然中带着恐惧。韩永刚不知道应该如何劝慰，心想不如让她早点休息，睡一觉可能就好了。当他提出要走，金灿的眼珠顿时有了反应，她哀求道："韩总，请你别走，我害怕。"这不是他熟悉的金灿，更不是那个阳光灿烂的金灿，一场风暴将这个貌似坚强的女性变成了柔弱不堪的小女人。望着蜷缩在床上的她，韩永刚有些为难，考虑了一下，他提出让艾芸过来陪。孰料，金灿这次反应更加强烈，扭过脸不再搭理韩永刚，泪顺着眼角往下流淌。

韩永刚极为尴尬，其实他也不想走，其实他想留。他认为女人只有这个时候才最需要男人，而男性也只有在这个时候守护女人，才能无愧于男人的称号。只是他做不到，理智在不断告诫他必须走，否则艾芸会在无数个日夜里如检察官那样盘问他。再有，今晚的事情如果传出，孤男寡女这样的素材足以炒出一盘嚼头无限的"黄"菜，供他人茶余饭后消遣，假使有人把这一出"英雄救美"演绎为横刀夺爱或是争风吃醋，他就算跳进黄浦江也洗不清了，而金灿更会背负脚踏两条船的恶名。

他叹口气，为自己这个时候当了逃兵感到惭愧。但他也奇怪金灿为什么拒绝艾芸，他印象里两人是亲密无间的闺蜜，照理，这种事情让艾芸来陪是再合适不过。答案很快得到，韩永刚相信，城门失火殃及池鱼，金灿恨李忠国，自然也把介绍人一块儿恨上了。望着不断抽泣的金灿，他心情沉重，暗想，留下肯定不行，走也放心不下，劝人又不是他的擅长，这可如何是好？他不由得恨起李忠国，心里骂道："你个王八蛋，明明快要结婚，又不是赶着去当太监，多等几天不行？偏要弄出事情难为老子，不然的话……"他想起自己的"美男计"。

"你走吧。"金灿忽然弱弱地说了一句。

韩永刚正想入非非，金灿的话把他闹了个大红脸。不过他马上理解了金灿的意思，心里很不是滋味，显然，对方也考虑到他的难处，收回刚才的请求。他不敢看她，低下头，一言不发，惭愧地想："我靠，我算是什么鸟人，她都快疯了还为我考虑，而我居然有心思去想那疯婆子，看来学坏比学好容易多了……"

"你走吧,我不会有事的。"她又说了一遍并多加了几个字。

韩永刚听出她劫后的虚弱,但身体并无大碍,于是顺水推舟,安慰金灿几句,站起身向门口走去。他必须走,而且还得赶快,因为金灿的形象令他的心开始发沉,一旦这种心跳踏上金灿哭泣的节拍,想走也走不了了。

走到门口,他拉住门把手正要开门,忽然一声轻叹闯入耳鼓,似深闺幽怨、似寒蝉凄切。什么都不用说,韩永刚清楚这叹息的含义,那是一个女人绝望的泣诉和无奈的哀求。他重重垂下头,僵住。门,就在跟前,走出这扇门,他可以给戚总打电话另约时间,然后轻松开车回家,洗个澡,打个电游,或与艾芸电话聊天,最后平静地进入梦乡。回头,则意味着种种麻烦将由此开始。

是走?是回头?

二十年前,韩永刚曾经问过自己,什么是肝胆相照的朋友。那时还年少轻狂的他给了自己一个标准:能够有福同享、有难共担的就是。随着年龄增长,他的答案被推翻。在芝加哥,他对金灿又提出这个问题,对方给出的答案是,"两个不同躯体孕育出同一个灵魂的人是真正的朋友"。他细细一琢磨,觉得有道理,是啊,相同的灵魂当然有相同的价值取向,否则就算是孪生,也不尽相同。金灿笑言,她的答案是借用亚里士多德的一句名言。

他自认与金灿是披肝沥胆的朋友,直到此刻也没有改变,不过,他并不自信,因为他在想:"我这样做算得上是朋友吗?"时间在一秒一秒过去,韩永刚依然天人交战,人如雕塑般矗立。金灿没有开口,甚至都没有看他一眼,但是,对方的心理活动尽在她脑中,如果之前她还想他留下,现在却希望他赶紧走。她尽力屏住呼吸,生怕长吁短叹会影响他离去的决心。

门把手被攥紧,看得出韩永刚终于下定决心。猛地,他松开手,转回身,向屋内走去。

金灿没有再劝,韩永刚这个决定一下,就是天塌下来也不会更改。尽管她还在发抖,还在恐惧,但是,她踏实了,这个男人如同伟岸的堤坝挡住了她脑海中惊涛骇浪的拍打,使她有时间舔舐心灵的创伤,避免走向自我毁灭的深渊。她没有道谢,因为谢纯属多余,两人心灵间的距离通过这场闹剧几近于零,一个眼神、一个动作都能让另一方心领神会。无言的交流有时更无瑕、更纯真,因为眼睛是心灵的窗户,眼睛不会说谎。

连夜雨直到清晨才停,然而庆义城区并没有雨过天晴,相反,阴沉的乌云密布天空,预示着又一场风雨的到来。庆义市有一个人的心情和天气一样糟糕,也正在酝酿一场风暴。这个人正是艾芸。

她生气了。

一大早艾芸接到韩永刚打来的电话,先喜,后惊,继而是怒。喜是这一夜电话、短信给韩永刚均石沉大海,对方的出现让她心中大石落地,惊是李忠国居然敢强奸金灿,简直是和尚打伞——无法无天,怒是韩永刚在金灿家过了一夜,不接电话,而且两部手机居然都关了机。尽管韩永刚一再解释他们没有什么,但是艾芸根本不信。也是,金灿被强奸自有警察,你韩永刚是哪块地里的葱也敢往猪鼻子里插,况且,若心中无鬼,何必两部手机同时关掉?退一万步说,就算你俩清白,难道别人就没有知情权了?别忘了,你韩永刚的未婚妻是艾芸不是金灿。更可气的是,当她提出去看金灿时,韩永刚竟坚决不允许,且态度生硬,说是对方一夜几乎是在惊吓中度过,现在才刚刚入睡。

艾芸在电话里一通嚷嚷后,挂上电话,也不去上班,也不理韩永刚的吩咐,直奔金灿家。一路上她异常委屈,韩永刚的态度分明没有把她当未婚妻,处处维护金灿。本来她还对金灿有同情心,让韩永刚这一训斥,她反而憎恨起金灿来了,甚至认为这两人说不定在演戏骗她。她有充分理由可以证明这一点:第一,李忠国与金灿是什么关系,他会强奸金灿?第二,金灿为什么不打110,而是让韩永刚去她家?第三,韩永刚为什么要关机?尽管韩永刚解释说,是揍李忠国前避免打扰才关机,但事后为什么不开机?说忘了,鬼才相信……

在金灿家门口,韩永刚给艾芸开了门。望着韩永刚一脸倦容以及下巴上泛青的胡楂,艾芸心知对方一夜没合眼,顿时气不打一处来,不顾韩永刚阻拦,硬生生闯进金灿卧室,要找金灿理论。

艾芸震惊了。

床上睡的这个女人是金灿吗?怎么十数天不见,整个变了一人:散乱的长发铺满枕头,苍老的面颊没有一丝血色,眼泡浮肿,泪痕满面,若不是事先知道这是金灿,她还以为床上是别人。

艾芸不知所措,回望韩永刚,后者一努嘴让她出去。在客厅,艾芸缓过神,一出人间悲剧激起她的侠肝义胆,暂时忘了自己是来兴师问罪,掏出电话要打110,被韩永刚阻止。韩永刚不是不想让法律介入,而是担心金灿的身体经不起走法律程序。他了解金灿,虽然公正的审判能够将李忠国绳之以法,但是,此刻内心屡弱的金灿,正义之剑同样会划伤她的心灵。

艾芸渐渐冷静下来,并从韩永刚嘴里知道昨夜曾发生的可怕事情,结合金灿憔悴面庞,她对韩永刚的怨气有所减弱,但没有宽恕韩永刚。她心中依然存有疑虑:李忠国强奸会不会是金灿故意所为,以此靠近韩永刚? 金灿为什么不叫她,而是叫韩永刚? 英雄救美虽然可歌可泣,但,韩、金二人这一夜的真实过程又是怎样……

也难怪艾芸会这样想,是人都会这么想,因为爱情属于私人财产最昂贵的那部分,也是最容易变更的那部分,全球没有一家保险公司敢对爱情变更设立投保业务,由此可见一斑。另外,艾芸面对的是金灿,假如是别的女人,她会一笑置之,金灿却是她心中的痛,她的自信在金灿面前总如马尾拴豆腐提不起来。

可惜男人从来不屑去真正了解女人,如果说女人还愿意知道男人的想法,那么男人则对女人的胴体更具热情。韩永刚不了解艾芸,以为女人在两性关系上都是好斗的蛐蛐。

如果他没有顾虑也不故意关机,并且当时就告诉艾芸所发生的事情,那么,艾芸即使小心眼也不会往心里去。简单的事情一旦复杂化,处理的代价就会愈发高昂。

在金灿家的客厅,韩永刚和艾芸发生了冲突。俩人本来是商量如何照顾金灿,谁想韩永刚表现过于关心,惹得艾芸心里不快,言语中不免出现讽刺、挖苦。韩永刚一是疲劳没有耐心,二是讨厌女人吃醋时采用的刻薄语言,脾气登时爆发,指责艾芸不负责任,把李忠国这样的男人介绍给金灿。拌嘴就怕相互揭短,每揭一次等于抽掉一级台阶,到后来就算想休战,却已经没有台阶可下。

金灿不知道什么时候站在卧室门口,她的脸色依然苍白,眼窝明显凹陷,一夜之间整个人像是老了十多岁。她轻声细语,像是怕惊着别人,又像是怕吓着自己,先是感谢艾芸与韩永刚,接着对艾芸解释是自己要求韩永刚留下,并声明自己马上离开庆义。望着憔悴的金灿,艾芸连忙改口,说主要是因为韩永刚关机,担心其安全,并无他意,劝金灿休养一段时间再走。金灿一分钟也不想多留,开始整理行李,韩、艾二人见其去意已决,不再反对,商定由艾芸送她去机场。

金灿走了,确切说应该是逃了,逃得那样痛苦、那样落魄,甚至连头都不曾回一下看看她即将告别的城市,唯有双手用力紧揪胸前的外套,仿佛抵御一只无形巨手的撕扯。她垮了,她也累了,在心灵的战场上她输得一败涂地、体无完肤,只想找一个喘息的角落调整自己。

"湖上春来似画图,乱峰围绕水平铺。松排山面千重翠,月点波心一颗珠。碧毯线头抽早稻,青罗裙带展新蒲。未能抛得杭州去,一半勾留是此湖。"白居易一首《春题湖上》道出了春意浓浓的西湖风光,但三月里婀娜多姿的烟雨西湖又岂能被一首诗完美的赞颂,这不是诗人的才疏学浅,而是自然的绝景令诗人胸中囊括的词汇枯竭。

孟志远和艾芸正是在西湖烟波浩渺、春意盎然之际来到美丽的西子湖畔参加为期四天的"互联网技术与应用"研讨会。他们都曾来过杭州,但这个季节却是第一次,由于未到旅游旺季,游人不多,西湖如同婀娜多姿的少女,放下娇羞,舒裙展袖,舞出一湖的皱褶,跳出春光的明媚。有诗为证:"水光潋滟晴方好,山色空蒙雨亦奇。欲把西湖比西子,淡妆浓抹总相宜",苏东坡不知道该如何表达对西湖的夸赞,干脆拿它和西施媲美。

研讨会由某部委信息中心举办,头三天是代表们对网络技术、安全、产品应用、产业前瞻性发表自己的看法,孟志远的报告一枝独秀,博得满堂彩。会后,许多企业代表纷纷找上门,希望今后能和天海公司合作。艾芸尽管不懂技术,但从东道主以及那些渴望合作人们的表情上看出,这个"蜘蛛哥"并非浪得虚名,难怪韩永刚对其那么器重。自古英雄人人爱,孟志远虽不是英雄,却是网络专家,美国留学、工作背景加上学富五车的专业知识无不让人仰视他,更有一些年轻貌美的女代表故作漫不经心向艾芸打探孟志远的情况,这使得艾芸在暗笑之余也不禁对孟志远刮目相看。

面对掌声和恭维,孟志远没当回事儿,态度依然谦卑,说话仍旧和气,他对认识或不认识的人彬彬有礼,没有一点所谓专家的架子。那些上门向他请教的代表们深有体会,这个年轻人真的像绅士一样和蔼可亲。这种表现理所当然征服了所有与会代表,无论人前人后,代表们只要谈起他,都会伸出大拇指。

艾芸看在眼里喜在心上,"蜘蛛哥"的表现也让她沾了不少光。研讨会开了不到三天,人人都知道天海公司有个美女经理,人人都想和她说说话,那一刻,她找到了当明星的感觉。最让她满意的是,孟志远在公共场合给足自己面子,比如和代表们一起聊天,每当孟志远说到关键地方总会停下来看着她,问上一句:"艾总,我说得对吗?"这时所有目光都会望向她,而她要么假作深沉点点头,要么故作微笑给予赞许,这种风光的感觉让她十分过瘾,女孩子所有虚荣心都被孟志远满足。私下,孟志远表现得更像是一个护花使者,对她关怀备至,有一件事情更让她难以忘怀。他们刚到杭州那天傍晚,俩人吃完饭便兴冲冲换上休闲装去游西湖,谁料天公不作美下起了雨,回到饭店俩人已经成了落汤鸡,第二天,俩人刚用完晚餐,孟志远便提出去游西湖,艾芸自然同意,只是遗憾休闲服没有干透。孟志远微微一笑,什么也没说。等艾芸回到自己屋里,惊喜地看到一套崭新的白色名牌休闲服放在床上。她马上拿起电话问孟志远,对方一口否定,并说男代表们都是她的粉丝,指不定是哪位仁兄看上她,还劝她说一套衣服无伤大雅,却之不恭。艾芸没带多余衣服,只好换上,心想,不能拂人美意,到时候还钱就是。来到饭店大堂看到孟志远,她笑弯了腰。对方穿着同款、同品牌、同颜色的休闲服,直如情侣装。不用问,艾芸已经确定是谁送的了,不禁被孟志远的细心感动。夜深人静,她将所有事情串在一起,隐约觉得这个"蜘蛛哥"对自己有特殊的好感,不由得芳心大悦,毕竟这个万人迷是金灿的前男友,被他看上至少说明自己和金灿同属一个层次。艾芸可以瞧不起影视明星,也可以瞧不起电视主持人,却不能瞧不起金灿,因为金灿不是靠脸蛋吃青春饭的女人,骨子里洋溢的才华与气质使她完全可以独步任何企业,只要她愿意就可独领风骚,能和金灿并驾齐驱实属荣幸,若非韩永刚,艾芸会把金灿视为自己的良师益友。

高兴过后,艾芸又担心起来,孟志远的举动显然是在追求自己,这绝对不可能,婚姻讲究先来后到,就算你孟志远才高八斗、风流倜傥,只要错过这班车,也只有下辈子再等。

要不要告诉孟志远自己已经有了男朋友？艾芸犹豫起来,之所以犹豫是害怕这份美好会因为真相大白云消雾散,不说吧,又怕对方越陷越深,最后难以自拔。想来想去,艾芸决定要说,但不是现在,等回去后再相机告诉他。说实话,她实在不忍让美梦过早醒来。

　　然而是梦终将会醒,无论你愿意还是不愿意。艾芸的梦就在临走那天戛然而止,那感觉就像一曲雄壮的交响乐在尾声收住最后一个音符,给她留下强烈震撼,事后她甚至想,倘若真是一场梦,她宁可永远不醒。是什么让爱河中的女孩有如此想法,甚至连即将迈进的婚姻殿堂都抛之脑后?

　　那是研讨会的第四天,按议程,组委会安排代表们随旅行社游览西湖,之后,代表们将各自返回。出发前,孟志远换上新买的休闲服,而艾芸鬼使神差也穿上孟志远买的那套白色休闲服,当俩人出现在大家面前,顿时引起一阵调侃。由于熟识,大家的玩笑没轻没重,孟志远尚能沉着应对,可艾芸却是满脸绯红,后悔不迭,连呼撞衫纯属巧合。繁忙后的消遣总令人倍感愉悦,但是,当你置身在美轮美奂的西湖景区,感受的就不再是愉悦,而是一种意境了,那种人在画中、画随人动的奇妙景象,唯有天工开物般的西湖能够做到,无怪乎古人云:上有天堂下有苏杭。

　　当导游带领大家来到断桥,刚介绍完毕,不少人马上开始忙乎着照相,孟志远和艾芸成了主角,不是和这个合影就是和那个合照,后来,找俩人留影的人居然排起队,乐得艾芸合不拢嘴,边照相边维护秩序,一会儿呵斥这个插队,一会儿又指责那个加塞,逗得众人哈哈大笑。就在大家照完准备走时,孟志远突然拉着艾芸来到桥的最高处,他大声恳请众人留步,说是有重要的事情宣布。大家愕然望着他,连艾芸也是一脸迷茫,因为孟志远看上去极其严肃,不像是开玩笑。

　　"今天对我来讲是个难忘的日子,耽误大家几分钟为我做一个见证。"他有些紧张,又有些兴奋,目光从大家转向艾芸继续道,"艾芸,从小我就熟悉白娘子的故事,现在站在神话开篇的源头,真有一种恍如隔世的感觉。"他忽然提高声调,大声道,"今天,我来了! 冥冥中,我感觉到历史悄然地又一次轮回,因为,一位白娘子就在我身边,断桥从此将要见证新的神话。"

　　一袭白衣白裤的艾芸,长发披肩,亭亭玉立,貌美如花,如鹤立鸡群傲然高处,果然有种飘然若仙的感觉。孟志远拿她比作白娘子恰如其分,也没有玷污白娘子的美名。

两秒钟肃静后,掌声如同暴风骤雨般猛然响起。

不容艾芸反应,孟志远做出惊人之举,从外套内掏出一枝红花,单膝跪地,仰望艾芸大声道:"艾芸,你是我心中美丽的白娘子,我孟志远要在各位朋友们面前庄重起誓:我要娶你为妻,我要穷此一生呵护你、保护你。如果雷峰塔真要压在你身上,就拆下我的骨头为你支起一片天空。"

蒙了,艾芸彻底蒙了,小姑娘哪里见过传说中的求婚,别人是凤求凰,而她是凰求凤,个中滋味不仅没有浪漫,反而就像营房士兵喊着"一二一"排队去食堂吃饭那么刚硬简单。眼下"蜘蛛哥"采用乾坤大挪移,将断桥做舞台,以民间传说为剧本,把她变成白娘子,在众人面前上演真实版"白蛇传",多么浪漫、多么刺激啊!更何况,"蜘蛛哥"那一副玉树临风的派头较之港台巨星不遑多让,能被他追求真是三生有幸。这不会是梦吧?

她颤抖着,连同她的灵魂一起颤抖着。

人群中,一位东北大姐忍不住了,叫道:"艾芸,还犹豫什么,乖乖地答应孟老师,然后就可以夫妻双双把家还了。"

"是啊,像这样才貌双全的男人如果追我,回家我就辞职,天天烧高香。"

"可惜,我妹妹太小,否则倒是和艾总有一拼。"

"太浪漫了,看来孟总是处心积虑啊。"

"什么处心积虑,老兄的语文没有学好吧,这应该叫……叫什么我也说不清,反正你那个不对。"

……

众人不忍孟志远一直跪着,七嘴八舌劝艾芸答应。

艾芸终于清醒过来,她一边解释自己已经有男朋友,一边拉孟志远。谁想,艾芸拉了几下愣是没有把他拖起来。那位大姐又开腔道:"艾芸啊,你俩这是在玩拔河呢? 一个单位的同事,孟总能不知道你有没有对象,你们信不?"她这一问,众人又都附和起来,连过路的游客都驻足看起热闹。艾芸又羞又急,灵机一动,掏出钱包,从里面拿出她和韩永刚的合影递给大姐。大姐这才相信艾芸的

金灿的报复
JINCAN DE BAOFU

话,但她并没放弃说服艾芸,认准他俩是天生一对。这时,代表们分成两派,一派认为艾芸只要没结婚,孟志远就不是第三者,他可以作为预备队参与竞争。另一派则认为,女方都已经订婚,孟志远就不应该再执迷不悟,再说天下何处无芳草,凭孟志远的条件,别说是白娘子,什么颜色的娘子都能找到。

众说纷纭,大家都极力想说服对方,有人甚至争得面红耳赤。只有一人置身事外,这人就是孟志远。尽管他表面淡定如斯,心里却一直在笑,他只想着一件快意恩仇的事:如果带着成为自己妻子的艾芸去监狱探视韩永刚,对方会是什么表情……

第六节　浴火重生

　　秋天是丰收的季节,秋天也是人们放飞心情去追逐金色的季节。金灿经过一段时间酝酿,决定放下手中工作去西藏旅游,让自己接受一次大自然的洗礼,算是对自己的犒赏。

　　金灿回京已经一年有余,工作成绩斐然,她的销售业绩直线上升,职员由原来的八个人增加到现在的数十人,代理商基本涵盖全国。霍华德乐得嘴都合不拢,每次越洋电话都要先把她夸上几句,仿佛不这样做连他自己都对不起。在中国的巨大收益使霍华德更加认清了中国这个庞大的市场,一次董事会上,他提出把总部和工厂都迁到北京,以便更好地打开亚太市场,这一动议获得公司董事们的一致赞成。

　　金灿变了,回京不到两年的时间,黑发染上了银丝,眼角出现鱼尾纹,除了上班时间还能领略她往昔的风采,私下,笑容也成为她奢侈的享受……她还在逃避,还在舔舐无法愈合的伤口,她发狠似的工作,每天都把自己搞得筋疲力尽,就是不想让自己被那可怕的噩梦缠绕。但是,没有用,她经常会在半夜惊叫中醒来;经常会发现枕头湿了一大片;经常在梳子上看见成团成团的头发。父母着急了,这不是他们熟悉的女儿,不是那个体贴、孝顺、懂事的乖女儿,她时而如邪灵附体,脾气暴躁没有理性,时而如精神病患者,或发呆或莫名的恐惧。知女莫若母,金灿母亲虽然不知道事情的原委,但是,她相信发生在女儿身上的事与李忠国分不开,而导致金灿如此状态,里面的过程一定异常惨烈。她也曾想联系李忠国,不过先被女儿洞察,金灿的反应极为强烈,说是不管谁只要和李忠国联系,她就永远不回这个家。父母心如刀绞,除了暗中流泪,没有一点办法,他们不敢忤逆女儿的心思,更不敢强行要求女儿说出真相,因为,他们只有这一个宝贝女儿,从小到大从未让她受过委屈……

可怜的金灿,以你的睿智,难道不懂得了却心结除了抽刀断水,还能够在心中建起四季常青的花园?难道瞄向钟表的目光竟然漠视时针的移动,听凭生命之花枯萎、凋谢?难道父母慈爱的亲情依然感召不回你那麻木的心灵,任他们的心在流血,眼在流泪?

她出发了,沉重的心情羁绊着步履不再轻盈,目的地尽管是向往已久的西藏,但是她没有找到快乐的理由,冷漠的表情让旅游不像是旅游,更像是囚徒被流放边陲。

在拉萨,蓝天白云下的祥和没有改变她目光中的空寂,神圣的布达拉宫以及藏传佛教僧人庄严的法号没有修复其受损的羽翼。她直如一个梦游者,漫无边际随着人流,机械地走在八廓街上,面无表情看着质朴的朝圣者们对圣地膜拜。

哀莫大于心死。

金灿的心死了。大自然的五彩斑斓对其来讲,不过是珠峰那件永恒的白色外套,毫无生机可言。偶尔对外界有所反应,那也只是如同对待飘过的云,再也不会用脑去想,用心去悟,生命在其灰色的视野里,也不过是山、是云,如果现在让她去死,她可以毫不在乎走向黑暗……

然而,上天似乎在拯救这个女孩儿,当金灿到达拉萨的第三天,奇迹出现了。

那天下午,金灿从饭店步行去大昭寺,差不多快到时,突然,一个球形状的包裹滚到脚边,她捡起。一个人向她跑来,来者是一个朝圣者。与大多数三跪九叩,长途跋涉的朝圣者相同,他蓬头垢面,脸部除了牙和眼球还是白的,其余部分已被紫外线灼黑,手背更似被利刃划过,皲裂的皮肤黑一块、紫一块,和固定在手上的鞋底浑然一色。他腹部以下,是一不知何种材质的围裙,尽管已是土色,却仍能看见膝盖渗出的血渍。

金灿是第一次与朝圣者面对面。以往,她只是从电视上看到相关报道,也曾为之感动,不过现在,她已然麻木。

"大姐,能帮个忙吗?"

金灿把东西交给朝圣者,刚走出几步,后面传来那个人的声音。她犹豫一下,回身,点点头。

朝圣者的背囊裂了一道大口子,包裹是从裂口滚出。由于背囊的带子断过两处,主人将断处打上死结,因而带子变短,几乎紧紧箍在身上。他无法将背囊取下,所以请金灿帮忙将包裹塞进背囊。

"你从哪来?"她问道。

"雅安。"

金灿接过包裹,这次她感觉包裹很沉,像是一个陶罐,便顺嘴又问:"这是什么?"

"不知道,好像是心。"

她吓一跳,正在往背囊里塞的动作停止了。对方察觉,解释道:"我在路上遇到一个同伴,入藏前一天,他病了,没多久就死了。临死前,他托我一定要把这个带到大昭寺,我答应了。我也问过是什么,他说是心,叫我不要看。这一路我也病过,扔了一些东西,只有这个不敢扔,我答应那个人带到。"

金灿有些惊讶,这个貌不惊人的朝圣者仅为一句承诺,竟然背着连自己都不知道的东西,三步一叩来到这里,这是为什么?放进东西后,金灿便跟在这个朝圣者左右,看着他的动作:合掌,高举过头,跨一大步;合掌至前,又一大步;合掌胸部,再一大步;双手前探,全身伏地,叩首。接着,重复这一动作。金灿不禁暗暗咋舌。朝圣者这套礼仪看似简单,做起来却不容易,尤其要以这种方式行走数千公里,一般人根本办不到。"这得需要多大毅力?"她想,"是什么让他有如此信念?"带着疑问,她开始认真观察对方的表情。

朝圣者伏地时,面部表情有一丝痛苦,但是,当他站起,双手开始合十,目光竟然带有喜悦和快乐。金灿稍加思索,马上明白其中含义。因为,伏地时,膝盖与地面摩擦会疼,站起后,创口不再受到挤压,疼痛自然解除。"难道除了这个原因,前面的大昭寺不是令他快乐的更重要原因?"金灿的心猛烈跳动,一个浅显的道理令她激动起来,"倒下是痛苦,但站起后,岂不又是希望的重生?再倒下,再站起,希望就这样一步一步到来。"心里的一个声音在喊。她呆呆地望着朝圣者,往事如潮涌。一张面孔悄然溜进她的脑海,是李忠国,紧随其后还有孟志远、许可。她顿时脸色苍白,不由得闭住双眼并用力揪住衣领扭动着头。"别怕,金灿。"一道浑厚且熟悉的声音响起,她忙睁开眼四处寻觅,没有韩永刚,她不由得轻叹一声,一颗泪珠滑下。

蓦然,她做出惊人举动,模仿身旁那个朝圣者,三步一叩向前。当她的额头与大地接触,尽管冰凉,她内心的坚冰却被一点点消融。

朝圣者停止行进,用诧异的目光看着金灿。金灿笑了,这是她从庆义归来后,第一次真心的笑,她不再淡漠,而是如正常人那样和朝圣者攀谈起来。当了解到对方只有二十出头,为了父亲眼睛复明,在母亲与弟妹的期盼下,从家乡步行一百三十多天来大昭寺许愿,金灿被感动了。她毫不犹豫拿出钱包,将所有现金递给朝圣者。小伙子没有要,尽管他很需要钱,但他还是不要。他双手合十,用崇敬的目光仰望不远处的大昭寺,告诉金灿,佛会保佑他父亲,会保佑他一家。金灿默然了,对方的话让她想起自己的父母,想起他们无言的泪……

最终,金灿信口说自己是佛祖的使者,如果对方不要,就是忤逆佛祖的指示。小伙子接受了金灿的善意,并对着其离去的背影虔诚叩头。

此事一过,金灿像是变了一个人。突然间,她的生命仿佛被大自然重新注入了色彩,远处洁白的雪峰也照亮了她幽暗的灵台。站在一处山丘,她向着金色的太阳高声呼喊,并自由自在随风起舞。她第一次敞开心扉任意挥洒着完全被释放的野性,这一刻,她终于悟出了人生的真谛,她升华了,也解脱了,一身轻松地走出了自己的阴霾世界,用心和上苍对话,用灵魂去亲吻这片净土。

接下来的日子,她的心情不断好起来,一只神鹰、一片云朵、一首梵唱都能让她感悟,让她振奋。她重新学会了理性思考,重新在天地之间找到自我,在雪域高原的金色霞光中,如涅槃的凤凰浴火重生。

两周很快过去,就在金灿临走前的夜晚她做了一个奇怪的梦,梦中场景依稀是天海公司的会议室,许可坐在总裁的位置上主持会议,她的位置含糊不清,像是在许可旁边,又像是靠近会议室正门。屋内还有其他人,是谁她没有一点印象。接下来的梦开始变得诡异且不可思议,一个满脸疤痕的男人提着暖水瓶慢慢走进会议室,逐个给众人倒水,当到许可跟前时,男人突然扭过脸望向她,眼睛眨了几下,好像对她传递什么信号,她顿觉毛骨悚然,因为这个男人简直奇丑无比,动作像恐怖片中的僵尸。她挣扎起来,想跑,腿却如同灌了铅,想喊,胸口像压了杠铃。就在她惊恐万分之际,男人不再看她,而是慢慢走出会议室,就在他的背影暴露在她视线的一刻,刹那间,她犹如五雷轰顶,如果说男人那副嘴脸让她害怕,那么他的背影则是令她魂牵梦绕永远的痛——男人,那个男人居然是韩永刚。惊醒后,她久久不能入睡,不断回味梦中的情节。不知为什么,她明知这不过是一个梦,但心里仍充满焦虑,因为她坚信梦是在向她暗示着什么。

金灿上班第一天就遇见奇怪事情。前台接待告诉她,自她度假后一个星期,快递公司天天上午送来一束鲜花,从未间断。花被放在她的办公室,前台接待既像是表功又像是诉苦,说自己除了本职工作又额外多了一项任务——给花浇水。

金灿觉得诧异,因为为了工作,她已经有一年多没和朋友来往,而且回京后她也换了手机,没有人知道她的联系方式。推开办公室门,她大吃一惊,屋子里快赶上花房了,概念中的一束花不过是单手就能举起,可眼前这些所谓"一束花"必须张开双臂合抱才能勉强拿住。她更加好奇起来,送花人是谁?

她检查了每束花,没有卡片,没有留言,只有淡淡的花香和艳丽的色彩。金灿又检查了签收单上发货人的姓名、地址和单位,可惜,字迹龙飞凤舞,看不出所以然。会不会是老板霍华德?这个大鼻子倒是充满童趣,别说是送花,火箭都敢送。答案马上被否定,因为签收单写的是中文。会不会是父母?他们绞尽脑汁都望自己的女儿快乐起来,对,很有可能,字迹潦草就是为了隐瞒自己。唉,可怜天下父母心!

一上午金灿除了开会就是埋头工作,把对花的疑问暂放一边,直到快递又抱着一大捧花走进她的办公室她才停下来,打听送花人是谁。快递员茫然地看着她,他也不知道,他只是负责从花店取花送花。不过,小伙子非常热心,马上打电话给公司调度,调度查了记录,说客户特别交代保密,仅能说他在一家外企工作。

这种把戏岂能难倒金灿,她立刻告诉调度,如果这个人不从幕后走到前台,她将拒收此人的礼物。下午,金灿接到快递公司电话,说是送花人第二天中午十二点欲登门求见,她马上同意,其实她也非常想知道送花人是何方神圣。

第二天中午,当送花人准时把头从门外探进时,金灿顿时哈哈大笑起来,说实话,她已经很久没有这样笑了,笑声不仅带给她欢愉,同时也宣告了她本性彻

底的回归。她边笑边大声道:"傻弟弟,还愣着干什么,快进来。"

来人不是别人,正是单奇。

两年不见,小伙子唇上的绒毛已经变成了男人特有泛青的肤色,眸中也不再显露大男孩的稚气,而是多了几分男人的沉稳。西服领带如同名片,告诉别人他是一个白领,看来,时间已经把他由男孩蜕变为一个男人。金灿不禁感叹:是鹰终将单独翱翔天空,不管之前他的翅膀是多么稚嫩,多么需要妈妈的照顾。单奇也同样感慨万千:女人的艰辛为什么总要拿她的容貌做代价,才两年,她就有了白发,也有了皱纹。他暗暗发誓,一定要娶她,一定要让她过好。

单奇现在已经有资本去这么想、这么做。说起来,他够幸运的,研究生刚毕业,就被实习过的一家跨国公司录用,工作不到半年便于两个月前来到北京任项目经理,来前,老板明确告诉他,一年后如果他还在公司,那么东欧一家分公司的总经理非他莫属。他欣喜若狂,知道这意味着他的年薪将轻松突破六位数。年轻人最不缺的就是理想和干劲,老板的话更为他的理想插上了翅膀,他开始憧憬自己未来美好的人生。上个月十一长假,他回了趟阳明看望父亲单副市长,父子俩人闲聊一番后,他嗅到极有价值的一则消息:金灿早已离开天海公司回京工作。对金灿,他始终认为那是他人生中最宝贵的初恋,虽然失败,却留下了弥足珍贵的情感,眼下依照逻辑推理,金灿很有可能还是单身,自己的遗憾有可能成为新的希望。他的依据是:在芝加哥遇见的两个竞争对手(韩永刚、孟志远)都在庆义,这说明金灿是因为情变才回到北京。

兴奋之后,他又产生苦恼,尽管自己也在北京,但是北京那么大,怎么才能找到她呢? 他无意识地在电脑搜索引擎上键入"金灿"两字,没想到,居然出来几十条有关金灿的条目,其中一条还带有图片。他高兴得差点没晕过去,当时就拿大顶,一直坚持了三分钟。接下来的事情就容易了,他先是打电话给金灿公司,得知对方在休假,便开始策划送花,反正这招他最熟,上手也快,还能达到意想不到效果。只是他没有料到,本想圣诞节给金灿一个惊喜,但对方没容他把戏演完就逼迫他露面,最后的喜剧包袱就抖不出来了。

金灿听完单奇的介绍又是一阵大笑,不过,她心里非常感动,这个男孩的表白的确是真情流露,最重要的一点,自己的容貌与两年前相比大不如往昔,而他依然故我,说明这孩子已经超脱了沉湎于杨过、小龙女的年龄,不仅懂得了真实情感,而且还懂得了男人的责任。

"傻弟弟,老姐很佩服你的执着。"坐在餐厅,金灿开始劝解单奇,尽管她欣赏单奇,但是,对方的执拗也令她头疼。她说道,"你长大了,对感情的理解也非常成熟,可有一点你必须知道,只有两情相悦才是爱的开始,这个'悦'不仅是高兴,而且还表示不排斥、不拒绝。我承认喜欢你,这并不代表我就爱上你,友谊和爱情虽只有一步之遥,内涵却差了十万八千里。"

"话是这样,但是,追求你是我的权利,我没强迫你一定要嫁给我,你现在不是也一直在拒绝吗?没关系,我能等,如果上帝非要磨炼我的意志,我可以为你守候一百年。"

"胡说八道,你怎么这么固执,男人立足于社会除了肩负天下大事,还要担起家庭责任,都像你这样任性,你们家还怎么延续香火?你怎么对得起单家的列祖列宗?"

"呵呵,这你放心,我当然知道责任是男人的天职,任何情况我都会把它放在第一。再有,我家虽然是一脉单传,但单氏家族并不孤单,我的堂兄弟加起来有一个班,任谁多生一个就顶替我了。"

"那不一样。听老姐一句话,全世界并非只有一个金灿,但对你家人来讲,全世界却只有一个单奇。"

"就算全世界有无数个金灿,那和我也没有关系,我只认定你一个。"

金灿哭笑不得,她从对方稳健而又坚毅的目光中,知道自己纯属白费口舌,这小子说的的确有道理,只要她未成婚,他就有追求的权利,至于什么年龄、感情等统统没有说服力,看来唯一能让他知难而退的办法就是和他翻脸。她不忍心这样做,但别无他法,拖延时间意味着扼杀他的青春。

"够了。"她板起面孔,傲然望着单奇,嘲弄道,"既然你非要坚持,那么我也只好实话实说了。"她双手交叉胸前,不理对方惊讶的表情,继续道,"我曾经告诉过你,我是一个超现实主义者,所谓的理想、前程对我而言不过是装给人看的。想想吧,如果我有机会能够一夜致富,干吗还要费劲奋斗一辈子?前者的代价不过是被人潜规则,而后者……"她做出一副夸张的表情,张开双手,说道,"天呐,就算我的青春我做主，那又怎样，不过是一个上班族，而且随着时间人老珠黄，还有谁看得上我？所以，你根本配不上我，你的远景规划也满足不了我。"

"你能不能给我一个最低底线？"

金灿又气又急，实在不明白这小子到底怎么想，她都把自己描绘成垃圾了，他还是执迷不悟，真想给他一耳光，让他清醒清醒。她拉下脸，爱答不理道："如果非要底线也行，起码也要和韩永刚一样的身份、一样的财富。"她皱起眉，心想，这家伙肯定知道韩永刚和艾芸结婚的事，干脆把坏角色演绝，让他从反面来看我。"你可能知道韩永刚和别人结婚了，不错，我承认我输给了那个女人。别插话，听我说完。告诉你单奇，我不会就此认输，我一定要把失去的重新夺回来，哪怕背上第三者骂名，所以你就别再打我的主意。"她发狠似的说着，心里却有些忐忑，不知道这家伙能不能经受这个刺激。

果然，单奇瞪大眼睛，嘴巴微微张开，愣怔着，一副受惊的模样。

俩人对视足足十来秒，单奇终于开口了，他表情凝重，声调低缓，说道："金姐，看来你还不知道，韩总自经历一场车祸，已经失忆了，说难听点和弱智没有太大区别。他不仅没有结婚，而且因投资不当，失去了所有家产……"

金灿直勾勾地瞪着单奇，判断这是玩笑还是确有其事，顷刻，她便从对方眸中知道这不仅是真事，而且还非常严重。蓦然，她脑海中闪现一段画面，那是她西藏之旅的最后一个梦，一个有关韩永刚的梦，画面中一个丑男人在向她眨眼，似乎在向她表达什么。"我的神啊，原来你早就提示过我韩永刚遭遇了不幸。"她顿时焦虑起来，慢脑子都是那个丑男人的形象。

单奇有些酸溜溜地望着金灿魂不守舍的模样，心里极不是滋味，叫了几声金姐，对方没有丝毫反应。他终于明白自己与韩永刚在金灿心目中的差距，也知道金灿所谓财富的要求不过是拿他开涮，可以肯定，就算他是世界首富，金灿也不会嫁他。他不由得羡慕韩永刚，心想，如能得到金灿垂青，别说只是失忆，就是瘫在床上又有何妨。

饭菜被端上，俩人却都没有了胃口。金灿心中有一堆的疑团需要得到答案，尤其是韩永刚的车祸。凭直觉她感到这里面隐藏着一个极大的阴谋，韩永刚不过是阴谋的受害者，阴谋者的最终目的不是打倒韩永刚，而是为了商业上的巨大利益。她非常清楚这个人是谁,为此还特地警告过韩永刚,谁料灾难还是发生了。一想到梦中韩永刚那张脸,她心如刀绞,恨不得马上拿起电话问个究竟。"镇静,这仅仅是一个推测。"她不断提醒自己,"无论发生什么必须要面对事实,感情用事于事无补。"虽然她还心存侥幸,希望这不过是一场普通车祸,但她明白,若非阴谋,韩永刚发生车祸的概率比他中彩票概率还低。

让我们免去单奇的赘述,将时光拉回到一年前,看看朗朗乾坤下,围绕天海公司、围绕韩永刚到底发生了什么。

第七节　二桃杀三士

在有的人眼中，世间万物唯有时间最没有价值，因为二十四小时的周而复始仅仅意味着太阳的升起，落下，再升起，再落下。他们了解时间存在的唯一办法就是看见镜子中自己渐老的面容。而有的人眼中，时间是比黄金、钻石还珍贵的无价之宝，每天睁眼便开始与时间赛跑，分秒间都在赶往人生的下一个目标，这类人有一共同点，就是时间永远不够用。

韩永刚对时间的敏感更甚于他人，因为时间上的两个节点已经迫在眉睫，一个是他与艾芸的婚期，一个是一卡通项目开标的日子。

婚期，向来是新人们翘首盼望的日子，唯有这天是生命中最重要的里程碑，但是，韩永刚却没有这种期盼。自从痛打李忠国后，他与艾芸的关系每况愈下，双方不仅缺乏理解，而且观念格格不入，加上之前艾芸坦白怀孕乃玩笑，韩永刚开始对婚事颇为后悔，只是碍于面子，无法开口解除婚约。不过他借口一卡通项目开标与婚期撞日，和艾芸磋商后将日子延期到十一，如此这般，俩人的关系自然而然进入了冰封期。

爱情一旦沦为冰箱里的冷藏品，即使解冻也将失去原有的鲜味。

有道是情场失意，商场得意。自孟志远、艾芸杭州一行，韩永刚梦寐已久的商业蓝图初见成效。先是那些与会的各地企业纷纷来公司签订战略合作协议，接着便是部委相关领导来公司考察，除了听取韩永刚的汇报，也希望天海公司介入行业标准化制定。韩永刚高兴啊，这种花多少钱都未必能办到的好事居然被孟志远轻松做到，不仅做到而且还那么圆满，现在，公司可以说已经开始良性循环,上市只是时间问题。他信心爆棚,再次召开股东会,希望用眼前的成绩与未来的前景打动股东们,让他们收回公司并购的成命。

可惜,事与愿违,股东们根本不为所动,似乎能登上严向东的客船才是人生最大的荣幸。在他们看来,就算你韩永刚打造的船再豪华、再气派,在严向东那儿也不过一个普通舱,跟着你走,充其量在庆义公园的湖里划两圈,哪能像人家那样五湖四海遨游。韩永刚真没脾气了,但他还是不放弃,尽管时间已经把他逼到了墙角,父亲的一句话依然支撑着他:在最后一发子弹射出前,不要让放弃成为你逃脱的理由。

他还有一发子弹没有出膛,确切说是射向戚总的肉弹。

韩永刚已经几次打电话给戚总,都没接通,估计对方的故意不接电话。也是,像她这样一个有地位、有身份的女人,别说韩永刚,就算再高出几个档次的人在她面前也得毕恭毕敬,像那天不明不白被韩永刚甩下,还真是头一遭,若非心怀鬼胎,以她的性格是绝不会轻易放过韩永刚。别看她在严向东面前一副媚骨,对别人却谁也瞧不起,韩永刚之所以被她看上不是因为总裁头衔,而是男人的阳刚之气以及健硕的身材,当然,严向东的夸奖起了决定性作用,否则,她完全可以找一个健美先生解决生理需要。

终于,韩永刚的拧劲儿让戚总不得不接听电话,面对韩永刚的道歉,她冷若冰霜,像一个高傲的女王,但是,当听到对方再次发出的邀请,她的脾气顿时就像被点燃的火药捻子,腾地炸了。女人要是为情骂人,贵妇和农妇就没有差别,怎么恶心对方就怎么招呼,电话那边的韩永刚被她一顿臭骂,几次差点把电话给摔了。骂得差不多后,加上韩永刚在思想上深刻的检讨,戚总的气儿算是消了,答应出去吃饭,但拒绝带着财务报表。韩永刚一听不干了,软磨硬泡,非要对方答应带文件赴约。韩永刚的坚持引起了戚总的警惕,联想到集团要并购天海公司,她猜出韩永刚要材料的目的,并第一时间报告了严向东。

严向东和虢新庭听完戚总检举韩永刚后,短暂沉默,严向东眯缝着眼,对一旁的虢新庭问道:“你怎么看?”

虢新庭刚刚被提拔为瑞祥集团常务副总裁,心气儿正高,见严向东询问,立刻道:“韩永刚太卑鄙了,显然他是想通过戚总拿到我们的内部资料,然后游说

天海公司的股东们放弃被并购。我想给他最后一次警告，他若还是置若罔闻，那只好让他永远闭嘴。"

严向东呵呵笑了起来，频频点头，看得出他很欣慰，虢新庭显然继承了他的衣钵，连狠劲儿都有三分神似。多年来随着公司成长，他总结出一套企业的管理模式，其中对高层管理者的要求之一是：不能有菩萨心肠。在他的理念中，企业的发展高于一切，哪怕这种做法是要以牺牲员工为代价，哪怕这种做法是明火执仗的强盗行为，因此，企业不需要文化，企业只需要铁的纪律。他经常训诫手下，说得最多的是，不要把资本当作企业发展的瓶颈，企业缺的永远不是资本而是关系资源，只要有了关系就如同资本有了倍增器，想让它翻多少就能够翻多少。

等戚总退出后，严向东对面带得色的虢新庭道："你呀，别一上来就打打杀杀的，我们不是黑社会。除非迫不得已，否则不要采用极端措施，否则，瑞祥集团这么大一个摊子，岂不成了又一个基地组织了？记住，法院不是我开的，多动动脑。"

虢新庭面有愧色。他对严向东绝对是佩服得五体投地，要说谁能在片刻间想出高招，非严向东莫属。他索性闭上嘴，一副恭敬神态，等着严向东指点迷津。

"你听过二桃杀三士的故事吗？"

"听过，好像是墨子说的。"

"胡扯，是《晏子春秋》里的典故。"严向东轻晃着二郎腿，笑道，"对付韩永刚用不着脏了我们的手，'二桃杀三士'就是最牛的办法。你呀，有时间多看看古典书籍，我们老祖宗的智慧真是博大精深。"

虢新庭一脸茫然，不明白这个典故和韩永刚有什么关系。

"告诉我，天海公司有几个人和我们利益攸关？"严向东启发式地问道。

虢新庭想了想，答道："三个，韩永刚、许可、孟志远。"

"哪几人对我们有用？"

虢新庭毫不犹豫，接口道："只有孟志远。"说完，他看见严向东露出微笑，稍一转念，立刻明白了严向东"二桃杀三士"的意思，不禁大声喝彩。严向东所谓的计策其实就是给许可开张空头支票，让其为了自己的利益干掉韩永刚，同理，再让孟志远与许可来个鹬蚌相争，最后留下孟志远，牺牲许可，整个过程瑞祥集团不费一兵一卒就能得到最佳结果。

许可做梦也想不到自己会被虢新庭邀请参加瑞祥集团全球经理人经济一体化研讨会。接到电话时他还以为自己听错了,直到对方说出邀请理由,他这才心花怒放,要知道,能跻身这样级别的会议,别说是企业老板,就是省委领导也必须是数一数二的重要人物。

坐在瑞祥集团大厦一个可容纳千余人的大型会议厅,许可端详着四周,感觉这里的式样、装修格调完全是按照人民大会堂打造,活脱脱一个"人民小会堂"。他望着主席台上、台下西服革履的人们,许可心里清楚,台上除了省里来的领导,余下的每一位身家都在十位数以上,就连台下的也都远高自己,在这里,自己别说是大黑鱼,连小泥鳅都算不上,充其量不过是小虾米。他有些妒忌,又有些眼热,不过更多感受到的是来自外界的强烈刺激,望着主席台上端坐的虢新庭,他反复问自己:"这小子凭什么坐在上面,他还不如我。"直到此时,他真正意识到,只有权力到达顶峰才能享受镁光灯的聚焦,才能一览众山小,才能体会万众瞩目的荣耀。这一刻,拼搏的亢奋加上对财富的渴求如野火春风点燃了他的斗志,勃发了他从台下走向台上的雄心。大黑鱼活了,在他脑海中不断翻腾鼓浪,他笑了,思绪飞到几十年后,在自家别墅的花园中,看着一群小孩戏耍。许可不由得擦着嘴角,心中说道:"孩子们,这是爷爷打拼下的家业,好好享受吧。"

午餐后,一位女秘书轻盈地走到许可身边告诉他严董有请。许可如朝圣般随着对方来到严向东的办公室。

"许总,知道为什么请你来吗?"严向东开门见山问道。

"知道,虢总说天海公司马上就要并入瑞祥集团,让我先来见习。"

"嗯,有什么感想?"

"非常多,不过有一点印象非常深刻。我原来在外企开会,都是老外坐台上,中国人在台下,在咱们集团,老外们都在台下,而您在主席台正中央。"

严向东哈哈大笑起来,许可的回答八面玲珑,无形中狠狠地夸了他一把,却没有任何拍马屁的痕迹。会谈连一分钟还不到就结束了,许可还没揣摩到严向东的用意又被虢新庭叫走。尽管许可打心眼里看不起虢新庭,面上却毕恭毕敬。

虢新庭先听取许可的工作汇报,接着将话题导向韩永刚,言语之间对韩永刚阻挠并购表示气愤。许可笑了,他早有对付韩永刚的预案,原先他对孟志远说过,现在拿出来说给虢新庭无非是新锅炒剩菜。出乎意料,虢新庭听完,眼一瞪,否决了这个想法。虢新庭认为,如果把韩永刚贪污行贿的事情告上法庭,可能会引发连锁反应,要知道那些在一卡通项目中没有希望的企业一直耿耿于怀,若知道天海公司总裁有这么一档事还不炸窝?一卡通项目势必受到牵连,搞不好会翻盘重新招投标。许可顿时醒悟,他是聪明人,一点就透,这个问题他原先也想过,认为只要检举信不提单副市长,应该没事,当然这只是心存侥幸,没想到虢新庭眼里揉不得半点沙子,一听就听出毛病。

"许总,有一句老话你应该知道,叫富贵险中求。天海公司对我来讲多它不多,少它不少,对你却完全不一样。"

许可知道虢新庭这话的含义,心里骂道:"靠,你是什么鸟,跟我玩这个,天海公司若对你无关紧要,你也不会让我坐在这里。"但他却故意皱起眉头,装作一副百思不得其解的模样,请虢新庭说得再详细一点。虢新庭心中一边暗骂许可笨蛋,一边解释让韩永刚停止捣乱的唯一办法就是让他彻底消失。许可还是不懂,这下虢新庭急了,他冷冷道:"许总,我已经说到这份上,你要还是不懂那我也没办法,我会考虑让懂得我的话人来执行。"

许可这句话倒是听明白了,连忙又是摇头又是摆手,然后小心翼翼问道:"您刚才的意思是不是干掉韩永刚,搬掉障碍?"

虢新庭板着个脸反问道:"你说呢?"

许可恍然大悟,大声道:"那我就明白了,好吧,既然是您下命令,那我就坚决服从。"

送走许可,虢新庭连骂他数声笨蛋。

许可是笨蛋?天大的笑话,他根本不笨,甚至聪明过了头。在天海公司并购案上,他非常清楚自己的角色,自己既不是严向东的亲信也没有孟志远的技术,之所以得到重用,是严向东暂时需要一位代理人,而代理人的结局往往随着任务的结束而结束。他当然不想草草就结束代理人的身份,他要牢牢控制天海公司,让自己的代理人身份转正为严向东的亲信,唯有这样才有大黑鱼梦想的实现。

基于这种想法,他不能让韩永刚过早倒下,韩永刚只要在天海公司一天,他许可在严向东眼里的价值就存在一天,所以,他既要对严向东言听计从又要暗中保护韩永刚免受暗算,至于所谓将韩永刚告上法庭不过是作为双面人的权宜之计,至少他现在还没有这个打算。

也许有人会奇怪,许可为什么要跟虢新庭装傻充愣,这其实是他非常高明的一招。许可听过太多与严向东相关的奇闻逸事,深知这位商业大亨行为怪异,且心狠手辣。为了自保,许可特地买了一台高性能录音笔,只要和严向东会面,都会事先开启,录下俩人所有对话。当虢新庭暗示许可干掉韩永刚时,他稍加思考,意识到这里面可能隐藏着骗局,一种情况是他杀了韩永刚,天海公司顺利被并购,他如愿以偿当上公司总裁并进入董事会,另一种情况是他杀了韩永刚,但是兔死狗烹,严向东将他灭口,这可是最悲催的事,所以,他装疯卖傻,要虢新庭明确无误说出杀人指令,今后一旦严向东想栽赃,他至少还有证据自保。

许可果然是用心良苦,这得益于他新的座右铭:成功只留给那些有准备的人。

许可猜得没错,严向东的确心怀叵测,正如他担心严向东的狠辣,严向东也看透了许可的为人。前不久,严向东还告诉虢新庭,说许可是唯利是图的小人,无忠无义,有奶便是娘,还说许可脑后有反骨,是魏延式的人物,这种人只能利用不能重用,一旦失去价值要马上弃之。

姜到底是老的辣。严向东抓住许可人性上的弱点,所谓"二桃杀三士"就是想通过邀请许可参加瑞祥集团全球大会,让其产生视觉上的冲击,以功名加上言语上的暗示,令许可心甘情愿替他卖命。从效果上看,严向东的目的达到了,下一步一旦许可杀了韩永刚,他就可以挑起孟志远与许可的利益纷争,关键时刻,把许可杀人的线索提供给公安,等待许可的将是法律的严惩,而他自己却不会有任何违法乱纪的记录,就算许可为保命揭发他也于事无补,因为孟志远可以成为他的挡箭牌,他继续当他的董事长和政协委员。

严向东的计策固然阴险,不过许可也不是吃素的。他虽然斗不过严向东,但也不愿成为虎口下的羔羊,若真翻脸,录音就成了他最后一根救命稻草,就算死也能揪下老虎的一根胡子,让他疼几天。

第八节　杀人计划

　　许可已经成为十足的疯子,他精心设计出杀人时间表和杀人方式,并开始进行先期的准备。这家伙虽然利令智昏,但丝毫不影响他在行动上的周密安排,他也知道一旦杀人出现纰漏,就算有严向东等人的合谋证据,自己也难逃一死。证据只能威胁严向东让他不能卸磨杀驴,可阻止不了法律的严惩。所以,他把动手时间在虢新庭的要求期限上延长了一个月,这是因为并购完成后,他要看看事态发展是否按自己的期望进行,如果是,则计划照旧,若不是,他可不想当冤大头。当然,要做到延长时间必须征得虢新庭同意,否则对方另起炉灶,他的愿望就成了竹篮打水,好在他是谎言方面的专家,几句话就让虢新庭乖乖听他的安排。

　　杀人方式上,他有三个选项:一是投毒,二是买凶,三是制造交通事故。在他心目中,投毒是最好的选项,因为这种方式可以让行凶者进退自如,只要选好毒药,再安排一个自然事件,杀人就可以在无形中完成。加上命案看上去更像是自然死亡,公安刑侦也未必能查出蛛丝马迹。为此,他借出差云南的机会还专门跑了趟西双版纳,深入少数民族人家,看看有什么可用的东西。之所以去云南,是因为他所看的武侠小说描述的剧毒蜘蛛、蝎子都在云南少数民族居住的边远山区,假如能碰上金庸先生《碧血剑》里那个五毒教教主何铁手,他就可以高枕无忧了。

　　韩永刚没有想到自己已经沦为阴谋的牺牲品,更没想到对手仅仅因为商业上的利益就要剥夺他的生命,而他只限于用"美男计"这种雕虫小技与对方抗衡,不幸还被对手识破,可以说从起跑线上他就彻底输了,输得一干二净。这绝对是一场不对称的竞争,可以用人为刀俎我为鱼肉来形容,如果大家堂堂正正摆下阵仗,鹿死谁手还不一定呢。可惜,他的对手并不都如他一样,尤其抱着大黑鱼的这个家伙实实在在是一个小人。正所谓明枪易躲暗箭难防,又道是宁可开罪君子千遍,也不可与小人结怨。

韩永刚注意到许可已经有些日子心神不宁,凭他多年的了解,他知道这家伙遇到了重大问题,否则不会总呈现心事重重模样。他稍加思考,认为许可肯定是在严向东那儿嘬瘪子了,因为他太了解许可,除了利益,天塌下来都不会让许可皱眉头。这天,俩人谈完工作,韩永刚把许可留下,这是他们反目后的第一次闲聊。

"我记得你被开时说过,一定会让我付出代价,投靠严向东玩并购是不是你所谓的反戈一击?"

"嘿嘿,随你怎么说吧,你那拳头比驴蹄子还硬,换谁都扛不住。我不过是一时气话,事后我还想,凭咱俩的关系我挨那一下简直是太冤了。"

"哼,这下你算如愿了。"

"别这样,韩总,我许可是什么样的人你应该很清楚。大过节的严董把我叫到北京仅仅是为了了解公司状况,至于他收购天海公司的设想可不是我的主意。谁知这个世界太小,偏偏在烤鸭店碰见金灿,倒成了我偷偷摸摸搞阴谋的证据。你说我冤不冤?"

韩永刚相信并购不是许可的主意,但过节期间严向东把许可叫到北京仅仅为了解天海公司状况,鬼都不信。他懒得和对方理论这些,又嘲讽道:"你背后搞的这些把戏骗得了别人却骗不了我,坦白吧,看在共事多年的分上,说不定我会宽大处理你。"

许可脸色顿时煞白,眼珠一动不动死死盯着韩永刚,惊恐万状。

韩永刚觉得奇怪,自己这话并没有毛病,对方怎么突然间神色大变,像是被戳中了死穴。假如他能深入分析,假如他能穷追猛打,假如他多长一个心眼,或许厄运就不会降临。遗憾的是,所有正确选项都被忽略,他选择了对许可置之不理,这是唯一错误的选项,他却偏偏选中了它。

韩永刚的确背气,两天前约好戚总吃饭,谁想她不仅爽约,而且告诉他以后不要再纠缠自己,那态度仿佛他韩永刚是一个麻风病人。不用说,"美男计"已经彻底破产,最后一条路似乎也被堵死。不过,韩永刚就是韩永刚,但叫他还有一口气在,战斗就不会停止。他又想起了国税局的发小,希望东方不亮西方亮,对方能突击审查那家上市公司的报税情况,找到自己想要的结果。不巧的是,对方出差,说是等回来再说。韩永刚没有等,他在做最后的打算,一旦天海公司被并购成为定局,他将卖掉自己所有的股份另起炉灶,因为他还有一个希望,那就是孟志远的技术。他毫不怀疑自己与孟志远联手同样能够开创新的未来。为此,他和孟志远专门长谈几次,对方表示愿意合作,虽然他感觉孟志远的热情度不够,甚至有点阴阳怪气,但一想到孟志远刚刚失恋,情有可原,他也就不再深究。

有了孟志远这张牌,韩永刚还是隐约觉得不踏实,具体什么原因他也说不清,他感觉自己就像是当年的楚霸王仓皇逃到乌江边,那份孤独、那份失落,完全是英雄末路的凄凉与惆怅。虽然自己身旁也有一个艾芸,堪比虞姬,但是虞姬尚能为霸王莺歌燕舞一解忧愁,艾芸却动不动就噘起小嘴不高兴,叫他心烦意乱。他脾气逐渐暴躁,人也有些专横跋扈,一副"野夫忽见不平处,磨损胸中万古刀"的愤世嫉俗的态度让周边的人敬而远之。

阴谋者永远不会让阴谋停止脚步。许可在完成周密杀人策划后,开始实施杀人辅助计划。所谓辅助,一是要摆脱杀人嫌疑,二是要在韩永刚一命呜呼后不被严向东抛弃。前者关系重大,因为谁都知道他和韩永刚有仇,一旦发生命案,公安刑侦第一个就会怀疑到他,若是连这关都过不去,后面就别想了。再就是后者,他心里非常清楚,光有录音只能自保,却无法保住大黑鱼,严向东只要将他边缘化,他就算留在天海公司也还是个打工的。要想让严向东兑现承诺必须能够抓住其要害,逼他相信遵守诺言的代价远小于违背承诺的代价。

许可的机会来了。由于韩永刚性格乖张,同事都不愿再登门向其汇报工作,纷纷转向许可,而他似乎不怕韩永刚的冷嘲热讽甚至是怒骂,如同太监侍奉主子那样,对韩永刚恭恭敬敬,点头哈腰,笑脸迎送。闲暇时又如同铁哥们一般请韩永刚下饭店、打羽毛球、去健身房健身,赶上韩永刚头疼脑热他还会亲自跑药房买药。大庭广众之下,只要有韩永刚的身影必定有他,俩人关系空前升温,或者说比产生隔阂前都要亲密万分。他做得很成功,连韩永刚都不再记恨他,并在公司例行会议上表扬他,说是公司如果被并购,他当掌门人,自己可以放心回家洗洗睡了。

　　韩永刚是认真的,他认为如果许可真能和自己走到一起,公司即使被并购也无所谓,反正自己一边另起炉灶一边当公司的股东。许可也知道韩永刚是真心的,但是对他而言,开弓没有回头箭,对韩永刚他可以相信一时但不会相信一世,对别人他甚至连一时都不会相信,比如严向东、虢新庭。所以,韩永刚的话并没有让他止住膨胀的野心,他依然故我坚定地走下去。

　　许可相信自己的表演不仅感动了韩永刚也迷惑了公司内的其他人,现在就算韩永刚死了,也不会有人对他说三道四,换句话说,他已经没有杀人动机。他开始加紧辅助计划的第二项运作,也就是抓住严向东的软肋,使之不会轻易抛弃他。许可是不是疯了,连严向东都敢去惹,真应了老鼠给猫当三陪——要钱不要命?

　　许可没有那么傻,给他天大的胆儿也不敢与严向东争锋,所谓严向东的软肋并不是收集其违法乱纪的事例,而是人,确切说是人才。自打看了电影《天下无贼》,他非常欣赏黎叔那句经典的话,"二十一世纪什么最重要?人才"。连一个小偷都有如此深远的战略眼光,严向东自然不会疏忽,加上之前就把留住孟志远作为他在天海公司的前提条件,由此他看出严向东对孟志远的重视程度。所以,对他而言只要控制住孟志远,就等于把自己变成了一帖狗皮膏药,无论谁得到孟志远,自己就可以一起粘上去。就眼下形式而论,虽然韩永刚三番五次邀约孟志远,但孟志远经过洗脑根本不会坐其战车,唯一有可能的就是严向东。而以严向东的实力,只要他伸出橄榄枝,相信绝大部分人不会拒绝,这正是许可最担心的问题。

　　当然,若许可被这点问题难倒,那他就不是许可。

　　许可的一技之长,就是善于发现人性中的弱点,并加以利用。韩永刚可以说已经被他玩弄于股掌之中,现在轮到孟志远。按说,孟志远的智商、情商均不低,任何把戏在他面前很难蒙混过关。许可若是采用对付韩永刚的办法来对付孟志远,恐怕只能适得其反,那么许可会怎样做才能令其言听计从呢?很简单,就是一个"情"字。孟志远被情所伤、为情所困,许可一清二楚,一般人在哪摔跟头就会在哪儿爬起,而这个看似聪明的家伙在哪儿摔跟头就干脆在哪躺下,一点儿也伤不起,这就是孟志远人性中的弱点。许可正是利用孟志远的弱点在网络事业部成立伊始,用"情"在孟志远和艾芸之间埋下伏笔,现在,他要借题发挥了。

孟志远迷恋上艾芸了。

如果说在杭州西湖的断桥上孟志远只是在假戏真做,那么现在他完完全全把自己变成了热恋中的男人。这并不奇怪,感情这东西本身就无套路可言,既能翻手为云,亦能覆手为雨。孟志远尽管动机不纯,但架不住艾芸青春靓丽、活泼可爱,加上他的确需要新的感情来弥补伤痕,还有一个许可总在暗中推波助澜,追着追着,他便把自己稀里糊涂绕了进去,动了真情。

然而,事态的发展不尽如人意。面对孟志远的攻势,艾芸的态度始终不够明朗,说她同意又不同意,说不同意又像是同意,搞得孟志远痛苦万分、神魂颠倒。这时的孟志远已经欲罢不能,可以说,艾芸成了他情感的唯一支柱。

许可适时出现了。

这天孟志远加班,许可特地留下等孟志远忙完,两人一起找了个饭馆边吃边聊起来。几句话过后,许可将话题扯到孟志远的个人生活上。也是事该如此,孟志远一来正因情感烦闷,二来在庆义他也没有真正朋友,加上几杯酒下肚,他就把许可当成贴心人,竹筒倒豆子,一股脑把自己和艾芸的隐私说了出来,说到伤心处他居然眼泪汪汪,请许可帮忙说服艾芸。

"兄弟,不是我不帮,韩永刚现在对我这么好,我岂能拆他的庙来为你搭台呢?"他微笑着,倒像是一个道德高尚的人。

孟志远正举着杯子要喝,一听这话马上重重放下,瞪眼瞧着许可,那架势分明像是要干架。许可顿时紧张,全神贯注盯住孟志远,生怕对方失去理智将酒杯砸过来。

"骗子。难怪最近你和他走那么近,原来是在抱他大腿。"孟志远愤愤爆了句粗口,接着说道,"还报仇呢,我真是大傻瓜,没看出你是这种人!"

许可板起面孔,不高兴地说道:"不要逼我。我原先是与姓韩的不和,可事情总在变化,不是有这么一句话:识时务者为俊杰。我劝你也别陈芝麻烂谷子的,要学会放下。"

孟志远皱起眉头盯着许可,眼前这个家伙突然陌生起来,之前如果自己还把他当成朋友,那么现在绝对是敌人,尤其是那句"事情总在变化"的说法,和金灿如出一辙。孟志远怒火越积越盛,竟不管不顾大骂起来,而许可也不甘示弱,有来有往,两人吵得不可开交,最后,孟志远控制不住,挣脱两个服务员的拦阻,愣是把饭桌给掀了。

许可不是要控制孟志远令其成为自己的筹码吗?为什么还会故意激怒对方?不得不说,这家伙的确思维缜密。他认为,如果要孟志远真正俯首帖耳,小恩小惠办不到,说服艾芸嫁给孟志远,也办不到,唯一可能就是在同条贼船上,抓住对方的小辫,使其不敢反叛。而要做到这一点,只能合谋杀人。许可本来就要杀韩永刚,而韩永刚的死无疑会让艾芸转向孟志远,显然,韩永刚的死可以给他和孟志远带来利益。但是,他不能让孟志远白白得到这个利益,他要把这件事情伪装成为朋友两肋插刀,让孟志远一辈子感恩,一辈子受他控制。所以,与孟志远结盟之前,他必须证实对方态度,避免对方因变化反而抓住自己杀人的把柄。他又成功了,从孟志远暴怒的态度看,其复仇的想法一点也没减弱。

在一家昏暗的酒吧,许可望着被自己生拉硬拽来的孟志远,开心地笑起来。等孟志远冷静后,他开始分析艾芸:"别以为艾芸对韩永刚发几句牢骚就表示她有异心,现在年轻人的爱不过是穿着钞票摆弄出的金钱秀。年龄、前途哪有名车、豪宅来得实惠,你没听吗?'宁可坐宝马车哭,不在自行车后座上笑',就算你的理想明天能够实现,她也要担心今晚睡在哪儿。所以,只有当你的财富比你的爱还要深,且不用说月亮代表你的心,就是萤火虫代表你的心,她也会觉得光芒万丈。"

尽管孟志远认为艾芸不是那种唯利是图的女性,但一想到自己目前果然无车无房,更不用说和韩永刚去比,他不由得颓然低下头。

许可又笑了。他不是演员,但他演戏的天赋足以让科班毕业的演员汗颜,他瞬息万变的表情、那发自内心的煎熬无一不让孟志远感觉对方是为了自己豁出去的。当许可一副侠肝义胆地讲完杀人计划,孟志远已经激动得不能自己,抓住许可的手,颤抖道:"谢谢你,许总,谢谢!今后我一切都听你的。"

许可心里乐开了花,他杀人计划中的辅助计划至此已经全部完成。

都说严向东求贤若渴果然不假,当他听说孟志远来到瑞祥集团,连忙带着集团几个高管赶到电梯口迎接,匆忙间衣服领子还塞在脖子里,搞得陪同前来的许可异常羡慕。严向东如此迎接并非作秀,在他的新计划中,天海公司被并购后的格局应以网络技术为主,一卡通技术包括相关的产品逐步转移到希尼克公司,这样做的好处是让每个公司都有自己的拳头产品和技术,在各自领域做专、做大,最终达到行业垄断。因此,孟志远在严向东心目中的重要性不言而喻。

　　谈话是在轻松、融洽的氛围中进行的,但谈着谈着,许可就觉得不对劲了。严向东在规划天海公司时,里面全是孟志远,没有他许可一根毛的事,似乎他根本就不存在。连孟志远都察觉到,还迷惑地看了他几眼。他急了,显然严向东不是疏忽他,而是根本就没有考虑他。“我靠,我这还没卸磨呢,你就开始杀驴了。”他愤愤地想,“当着我的面就这样安排真不拿我当人了。”尽管他一腔怒气,但面上却不敢露出一丝一毫,不仅没露还一脸灿烂,只是他自己清楚,这笑一定比哭还难看。

　　许可正胡思乱想,突然,虢新庭开口道:“许总,经过考虑,对你的安排需要变动。按严董指示,天海公司主要由孟总负责,你去希尼克公司任总裁。你有什么看法?”

　　许可心里顿时雪亮,对方显然要收回对自己的承诺,因为希尼克的股权不存在重组,什么股份、什么董事统统见鬼去了,自己重新又沦为打工者,还得跑到外地上任。

　　“谢谢严董、虢总的关心,不过有件事请两位领导考虑一下。志远初来乍到,对天海公司还不熟悉,如果我能留在天海,所起的作用比在希尼克更大。”

　　“这点我们考虑过了,我会派另派人去天海公司协助志远。”虢新庭一口回绝许可,从其态度上明显看出,这事情行也是如此,不行也是如此,没有商量的余地。

　　许可差点哭出来,他忙乎半天到头来竟是这么一个结果,还不如韩永刚在时自己名义上尚能弄个副董事长干干。一想到韩永刚,他忽然醒悟,对方是不是已经另有铲除韩永刚的人选,故而放弃自己。想到这,他赔笑道:“那韩永刚怎么安排?”他这话一语双关,一方面是告诉对方你们的杀人计划我都知道,另一方面,如果不答应我的条件,休想动韩永刚一根汗毛。

严向东、虢新庭都是聪明人,如何听不出来,虢新庭立刻气变了脸,严向东倒不像是生气,但也没有了笑容。他眯缝着眼,摇摇头,对许可说道:"许总,人有时糊涂点不是坏事,聪明反被聪明误。韩永刚的去留你不用操心,他会继续留在天海公司。"

许可勉强挤出笑,连连说道:"您误会了,您误会了,我不是那个意思。"他的额头沁出许多小汗珠,脸也涨得通红。

许可猜测得不完全对,严向东并不是不用他去杀韩永刚,而是放弃了杀韩永刚的想法。起因是一次与省里某位领导吃饭闲聊时,那位领导聊到了韩永刚他母亲,说这位老太太思想陈旧,不好惹,尤其逢年过节赶上团拜会,老太太总要给领导难堪。说者无心听者有意,严向东一想还是拉倒吧,如果韩永刚的母亲因为儿子被杀闹起来,还真不好收场。他倒不是怕老太太,而是不愿在这个问题上浪费时间。所以,鸟尽弓藏,韩永刚既然留下许可就必须走,何况失去价值的许可无足轻重。许可失望了,不,确切说应该是绝望了,严向东的话就是最终判决,他不能辩解也不敢辩解,甚至连气愤的表情都不能显露,只有接受这个结果。其实,这是一个最好的结局,试想,如果韩永刚被许可谋杀,许可肯定要被严向东灭口,就算他有录音,可对严向东而言,别说是录音,就是实况转播也无济于事。许可本是聪明人,这种可能他完全应该想到,只是人一旦利欲熏心,安全的通道就会变窄。

严向东冷冷看着许可,哼了一声,那模样分明像是对待一个穷困潦倒的乞丐,谁能想象之前许可还是他的座上客。他不再搭理许可,转向孟志远,换了一副模样,笑眯眯道:"志远,今天先到这吧,改日我请你吃饭。"

孟志远还以微笑,平静说道:"严董,感谢您对我的器重,不过是这样,您刚才和许总的话如果已经决定,也就是说许总必须离开天海公司,那么很抱歉,我也不能留在天海公司,具体原因恕我不便说明。"

严向东呆了,虢新庭发愣了,就是许可也怀疑自己的耳朵是不是出了毛病。但看到孟志远一副毅然决然的表情,许可知道对方不是开玩笑,顿时心里涌出暖流,恨不能扑上去抱住孟志远狠狠亲一口。

328

第九节　杀人越货

严向东非常困惑。

这个文质彬彬的年轻人太令他匪夷所思，就算孟志远不了解自己的名头，坐在这座摩天大厦豪华的办公室里，他也应该感受到自己巨大的财富带来的刺激，怎么可能如此无动于衷呢？严向东脑子一转便有了答案，一定是孟志远有什么把柄捏在许可手里，所以有所顾忌。他望向许可，对方目光中果然带有些许狡黠和得意，似乎在说"要想抛弃我许可，没门"。

不过，许可马上就得意不起来了，因为严向东根本不再看他，而是话有所指地告诉孟志远，不要去顾忌闲杂问题，也不要害怕来自各方的威胁，只要踏踏实实在天海公司工作，天塌下来由他严向东一人顶。许可岂能听不出弦外之音，对方是在警告他别动孟志远这块蛋糕，同时也奚落他只是一只流浪狗，没有资格与他叫板。许可身上起了一层又一层的鸡皮疙瘩，越听越害怕，他心知肚明，真要是把对方惹急了，十个孟志远也保不了他的平安。许可开始见风使舵，帮着严向东说服孟志远，坦言自己其实早想离开天海公司。孟志远自然看出其中奥妙，他依然不卑不亢，但话已经有了回旋的余地，说是可以考虑。

等许可二人走后，虢新庭再也忍不住，他也看出孟志远是受许可的挟制，大骂许可是卑鄙小人。严向东没有虢新庭那样激动，只是淡淡说了句"唯女子与小人难养也"，便眯缝着眼陷入深思。虢新庭没有得到对方准许不敢随便离开，静静等着。他知道严向东的习惯，思考一过就有新的任务下达。

过了好一阵，严向东终于张大眼睛，笑问虢新庭，唐僧师徒谁是取经关键人物,虢新庭想都没想,马上回答是孙悟空,严向东摇摇头。虢新庭刚想争辩,一想,严向东问这个话肯定不是闲聊,必有深意,马上改口,说唐僧取经信念最坚定,是最关键人物。严向东呵呵笑起来,知道属下的答案是拍马屁,又摇了摇头。虢新庭糊涂了,孙悟空不是,唐僧也不是,那只能是卖傻力气的沙和尚了,当他把想法一说,没想到严向东的头就像拨浪鼓一样摇个不停。这下虢新庭更好奇了,心想,答案非白龙马莫属,猪八戒又懒又馋,肯定不是他。

"老猪招你惹你了,为什么那么不情愿说他。"严向东呵呵笑着,指点着虢新庭问道。

"是猪八戒?"虢新庭惊奇问道。这太不可思议了,他非常熟悉《西游记》,里面任何一个故事都是讲述孙悟空奋勇保护唐僧。猪八戒把他子孙后代的名声都给糟蹋了,怎么能说猪八戒是最关键的人物呢?

严向东像是看透虢新庭所想,解释道:"孙悟空遇山开道、遇水搭桥,降妖除魔无所不能,好像他最牛,是吧? 别忘了,这只是他的本职工作,当初和观音菩萨签订保唐僧取经合同就靠这条他才能提前释放,如同猪八戒牵马、沙和尚挑担各司其职,没有什么特别。但是……"他忽地提高嗓门,认真地说道,"由于他的任性,几次要将唐僧置于死地,要不是猪八戒,唐僧恐怕早就成了午餐肉。由此看出,孙悟空恃才傲物,目空一切,虽有手段却不堪委以重任。"

虢新庭老大不服气,人家孙悟空每次都是被唐僧冤枉才回花果山的,不像猪八戒动不动就要回高老庄看媳妇去,唐僧遇险纯属咎由自取。不过,这想法借他一万个胆也不敢说。

严向东看出虢新庭的异议,一定要对方如实说出。虢新庭自然不敢隐瞒,斟词酌句地把想法倒出。严向东听后并不为忤,说道:"过去我的看法与你相同,现在不同了,为什么? 因为我现在是站在唐僧的立场考虑问题。你想,领导也会犯错误,如果你是唐僧,稍出点差错,孙悟空就撂挑子,而且动不动就回花果山,你干不? 所以啊,能人固然重要,但能人都有脾气,不能指着他们关键时刻帮你,必须依仗赤胆忠心的人,哪怕这人是一个蠢材或者一个小人。猪八戒是一庸人,他却不会被骂跑。"说到这,他呵呵笑了起来,又道,"一个团队如果全是孙悟空,你就别去取经了,改动物园吧,否则他们一不高兴就全溜了,就剩你一个光杆司令。如果全是猪八戒,你更不能取经,靠他们走到死都到不了西天,可以开个屠宰场卖他们的肉。如果是一群沙和尚你就只能办个搬家公司,靠他们的傻力气挣点辛苦钱。但是,当你有一个孙悟空,一个猪八戒,一个沙和尚,你就可以去取经。明白了吗?不是优秀人员组成的团队就一定成功,良莠不齐的团队只要你能知人善用,一点不逊于前者,关键是看你如何管理。"

虢新庭连连点头,他觉得严向东的话很有道理。

"告诉我,唐僧师徒中谁是小人?"

"猪八戒。"

"哦,为什么?"

"这家伙缺乏团队精神,背后还老陷害同事,而且只要一遇麻烦就想跳槽。"

严向东点点头:"我同意。我再问你,既然猪八戒是小人,为什么领导不辞退他?"

"正如您说的,这种人并非一无是处,他关键时刻能够解决一些问题,也能背后打小报告,这正是我需要的。只要我搞好他和别人的平衡,团队就会相安无事,这点,我认为唐大师做得非常好。"

"很好。"严向东笑了起来,他很满意虢新庭能够理解他的意思并迅速转化为自己的思想,他认为,自己小看了许可。从其操控孟志远的程度上可以看出,这家伙不仅事先为自己留了退路,还能够让孟志远这样的人抛弃富贵,甘愿为之卖命,他的心眼非一般人可比,是一个真小人,这种人也正是他需要的,他不由得收起愤怒,起了爱才之心。

"所以……"严向东刚要继续说,被虢新庭打断。话已至此,他完全清楚严向东的意思,索性接过话头,抢先道:"所以,我认为,许可可以留在天海公司,一方面能够稳住孟志远,另一方面,给他一点蝇头小利以及总裁头衔,这种小人就会尽心尽力工作,我们反而可以降低人力成本。只要我们树立一个孙悟空或干脆把孟志远当孙悟空,就能让许可战战兢兢工作与孟志远争功,时间一长便可分化瓦解他们。到时候如果许可听话就留,不听话就让他回高老庄,至于韩永刚,由于背景特殊,只要他不捣乱,可以给他安排一个位置。退一万步,如果他们起了反心,我可以拿出两个桃子,让他们仨互相争去。"

严向东鼓起掌,这正是他想说的。

许可不知道是哪个环节出了问题,但有一点可以肯定,严向东改变了原计划,决定对韩永刚网开一面,因此自己失去了利用的价值,若非孟志远拔刀相助,自己就会像垃圾一样被扫地出门。他的情绪糟透了,被人玩弄的滋味比韩永刚的一拳更令他难以承受,人格受损倒是其次,大黑鱼化为泡影那才真是伤不起。他恨天恨地,更恨严向东,自己如此效忠、如此折腾,却换不来一根骨头的奖赏,相比之下,韩永刚较严向东好过不知多少倍。他后悔了,早知如此,当初应该踏踏实实辅佐韩永刚,最起码也有小黑鱼。晚了,一切都晚了,他实际上已经把韩永刚逼到了墙角,连同他自己也站到了悬崖边。这不赖别人,只赖他自己,如果他不去设计拉拢孟志远联合股东们打击韩永刚,不去处心积虑计较什么大黑鱼,就算严向东那里后来产生变数,他也不会无路可退。事实上,他对孟志远已经做出承诺,而且毫无顾忌和盘托出自己杀害韩永刚的计划,以此将孟志远牢牢和自己拴在一起。只是,这种联盟的基础是利益链,如果没有兑现承诺,他在任何一方都将失去立足之地。

孟志远在杀金灿时就有同时杀害韩永刚的想法,所以,许可的计划并没有让他吃惊。他非常感谢许可,显然,韩永刚若是不在,艾芸自然会投入他的怀抱。有了这层因果关系,就不难理解孟志远为许可"两肋插刀"。

许可彷徨了,他拿不定主意是停止杀人计划还是继续,如果继续,那么他所付出的代价实在太大,若终止,他与孟志远就不会再有紧密关系,有可能连天海公司都混不下去。就在犯难之际,虢新庭一个召见让他感到死孩子放屁——有缓。虢新庭告诉他,只要孟志远能够安心留在天海公司并继续开展工作,他可以留下并担任总裁一职,至于他的股份一年以后根据业绩再定。许可喜出望外,尽管股份被滞后一年再定,但他此时哪里还敢再争长竞短,痛痛快快答应,与此同时,他也不再彷徨,决定围绕孟志远,继续他的计划。

5月中旬,阳明一卡通项目没有丝毫悬念由天海公司折桂。尽管这是意料之中的事,但参与者仍然为之欢呼雀跃,毕竟演绎这里面故事的人有着太多的酸甜苦辣,一旦尘埃落定,唯有真情流露才能宣泄自己的情绪。

韩永刚是最快乐的人,如同十月怀胎一朝分娩的母亲,他忘掉了所有不愉快和所有的牵挂,和他的同事们尽情欢笑,这里也包括许可、刘洪涛,共同庆祝项目竞标成功。欢乐之余,韩永刚没有忘记艾芸,他在电话里告诉她,等公司答谢甲方晚宴结束,将连夜赶回与她一起庆祝。艾芸听了非常高兴,他们之间的确需要润滑剂来维护缺乏保养的爱情齿轮,何况一卡通项目也凝聚了她的心血,所以,她决定要热热闹闹地庆贺一回。预订好酒吧座位后,她开始打电话邀请几个闺蜜晚上一起来助兴。

答谢晚宴上,韩永刚代表乙方天海公司感谢单副市长以及项目组成员,表示一定会尽全力完成一卡通项目,不辜负甲方的信任和重托。单副市长代表甲方简短回顾了一卡通项目的发展历程,并对今天瓜熟蒂落的结果表示满意,勉励韩永刚更上一层楼,将一卡通项目打造成全国一流的工程样板。

有趣的是,两人发言谁都没有提到最值得一提的金灿,其实他们心里都非常清楚,没有金灿,天海公司在一卡通项目上走不到今天。韩永刚之所以不提是因为金灿太为敏感,牵扯方方面面,若应对不到恐怕带来麻烦。单副市长不提是听说天海公司内部矛盾重重,多一事不如少一事。金灿成了被人遗忘的人,许可当仁不让被众人奉为功臣,接受大家赞美。

9 点刚过,随着单副市长先行离去,韩永刚也向大家告辞,他还惦记着要和艾芸接着一起庆贺一卡通项目竞标成功。前一天,他接到刘部长电话,对方半玩笑、半认真地批评他对艾芸不关心,还说再这样继续下去两人的感情将亮红灯,要韩永刚寻找契机挽救他们的感情。韩永刚知道一定是艾芸背后投诉才有刘部长的这番话,不由得感到心烦。自从金灿离开,他和艾芸的关系的确走向低谷,俩人拌嘴的时候多,融洽的时候少,就像一瓶刚买回没有密封好的佳酿,第一口醇香无比,随着时间的推移开始发涩、变酸。他不想这样下去,希望通过推心置腹的交谈改变现状,可惜,几次话到嘴边因艾芸的态度不尽如人意又咽了回去,加上受股东、"美男计"、公司事务的困扰,他没有心情静下来和艾芸坐在一起。刘部长的话点醒了他,虽然想到这事就不舒服,但是,他认为是到了解决问题的时候,成就继续,不成就拉倒。正是有这个想法他才拒绝大家的挽留连夜赶回庆义,要借和艾芸庆贺之际把两人的感情开诚布公地交流。

带着喜悦,韩永刚驾车匆匆上了回庆义之路。

车窗把车里车外分隔成两个世界,唯有此时,韩永刚的身心才真正得到放松。他没有去想不久前股东们的来电祝贺,也没有想如何与艾芸搞好关系,而是考虑要不要把这一喜讯告诉金灿。他没有忘记金灿,这辈子也不会忘记,这个女孩儿以她独特的个性走进了他的灵魂深处,纵使他和另一个姑娘相爱也无法从根本上抵消金灿在他心中的位置。如同一首歌所唱"有多少爱可以重来,有多少人值得等待",金灿就是那唯一值得让爱重来,让他用一生去等待的女人。曾经几次,他都有想和她通话的冲动,可最后还是改变主意,他知道,一旦电话接通,他的意志将失去控制,和艾芸的关系也将彻底终结。但眼下,情况不一样,他非常想让金灿共同分享成功的喜悦,这也是对胜利者的褒奖,但是他又有另一层顾虑,他眼中老是晃悠金灿蜷缩在床上惊恐的表情,担心自己的电话会刺激到她。

就在韩永刚摇摆之际,一个来电暂时让他解脱。

电话是孟志远打来,他从许可处得知竞标成功,特意向韩永刚表示祝贺。俩人先是寒暄,当孟志远得知韩永刚在高速上,连忙要挂电话,被韩永刚阻止,他要借这个势头再给孟志远鼓鼓劲,让对方坚定信念跟他走。孟志远也许是受一卡通项目影响,情绪非常高涨,面对未来还做了一番展望。这让韩永刚喜上加喜,谈兴更健,两人差不多聊了一路,直到庆义市收费站,韩永刚才挂上电话。他看了一眼表,10 点 20 左右,估计再用半个小时多一点就可以和艾芸在约定好的酒吧见面。

缴完费,车平稳地驶出收费站并开始提速,收费站出口处不远的便道上一辆原本停着的车也开始启动加速,并与韩永刚的车保持二百米左右距离。由于是晚上,道路车辆比白天少了很多,韩永刚轻而易举就发现一辆车不疾不徐跟在他后面。他感到奇怪,从高速进入三环,再由三环进入国道,后面那辆车像是他的尾巴一样紧紧跟随。开始,韩永刚还没当回事,可开了七八分钟,他就觉得有些不大对劲,他快,后车也快。他慢,后车也慢。要知道夜间行车若是老被后车灯光照着可不是一件舒服的事情,他清楚后车司机不是那种"偷懒"驾驶员。所谓

"偷懒"是指夜间高速上有的司机喜欢跟着前车走,这样既安全又省体力,而这个后车司机从收费站开始就一直尾随他,看上去更像是在和他较劲。若在平时韩永刚会和对方理论,但现在不行,艾芸那边还有她的闺蜜都在等着,万一和对方纠缠起来,他上来先弄个理亏,毕竟他喝了几口酒,属于酒后驾驶。

　　韩永刚开始提速,想借自己车的性能将对方甩掉。无奈,国道上大货车太多,加上道路又窄,速度忽快忽慢,别说甩开对方了,就是超越大货车都费劲,气得他又是鸣笛又是晃大灯,此时他已经顾不上和后车较劲,只想尽快赶到酒吧。

　　终于,他等来一个机会,在超过一辆车后,他发现自己前方一百多米处的慢行道上只有两辆大货车一前一后行驶,超过它们正好可以赶上一个空当,再走五公里左右就可以下国道进入市区。他打开转向信号灯,同时一踩油门,车身微微颤抖了一下,刹那间,一股强大的推力将他紧紧按在椅背上,车如同捕食猎物的猎豹,迅猛地蹿了出去。也就是眨眼的工夫,他又赶紧踩刹车,因为前面那个大货车居然不理会他的超车示意,也不打信号灯,强行开上超车道,若非他处理及时,非追尾不可。他愤怒至极,不断用大灯晃着前方,以示抗议。忽然,一道雪亮的光柱从迎面驶来的大货车上发出,显然,对面驾驶员被韩永刚这种无礼的举动激怒,用远光灯予以惩戒。大货车的远光灯虽比不上探照灯亮,但在十几米距离足以让迎面来车的驾驶员暂时失明。韩永刚本能地用手遮住强光,同时正想踩刹车降低速度,猛地,一股大力撞在副驾驶一侧,他猝不及防,遮光的手赶紧想握住方向盘,晚了,整个车已经不受控制冲向逆行,几乎就在他踩住刹车的同时,他感觉自己被包裹在浓浓的白光中,失去意识前的一瞬间,他清楚地听到沉闷的碰撞声与安全气囊爆开发出的响声……

　　韩永刚出车祸的消息不胫而走,连《庆义晚报》第二天都报道了此事,他的亲朋好友包括同事得知噩耗后纷纷赶往人民医院,重症监护室门外一侧墙壁摆满了鲜花。尽管医生给韩永刚的母亲下了病危通知单,大家仍期盼韩永刚能够战胜死亡。

　　有一个人在听到这个消息后似乎没有任何反应,既不喜,也不悲,仿佛韩永刚的遭遇只是一条新闻,一条隔三岔五就能看到的普通得不能再普通的新闻。有关韩永刚的生死他没有兴趣,他只在乎这个事故本身可能带来的影响,以及下一步他的计划安排。生活中能够漠视他人生命的人要么是穷凶极恶的歹徒，要么就是心胸极度狭隘的利己主义者，除此之外还有一种人同样将他人生命视为草芥，为了一己自私，宁可一将成名万骨枯。他就是名副其实的这种人，堪称枭雄的严向东。

在听涛雅苑会所，严向东眯缝着眼听完许可介绍韩永刚的病况，脸上呈现出别人永远无法猜测的表情，思考后，他冷冰冰开口道："你杀他的动机是什么？"

许可倏然一惊，连忙道："不是我干的，上次您不是已经改变计划了嘛。"

"得了，许总，大家都不是小孩，我可没有时间和你猜谜。告诉我，你的动机。"

许可顿时惊慌失措，心剧烈跳动着。他从严向东不容置疑的语气以及冰冷的态度推测，自己将背上杀害韩永刚的黑锅，这是意料之中的事，可偏偏他来得匆忙，忘了带录音笔，这下连自我保护的机会都失去了。他哀求似的望着严向东，又看看虢新庭，结结巴巴地解释自己没有杀人动机，这点全公司员工都可以作证。何况韩永刚出事那天晚上，他在阳明陪客户喝酒，根本没有作案时间，许多人也都可以为他作证。再说，交警部门初步判定这是一起普通交通事故，因为韩永刚体内检测出了酒精含量。

严向东对许可的解释很不满意，他不客气地打断许可，让虢新庭说话。虢新庭冷笑数声，挖苦道："许总，你的戏演得不错，可惜啊，我派人去做了调查，事故没有你说的那么简单，相反，从监控录像看，你早已派人在高速收费站出口处等韩永刚，见他出了收费站便一直尾随他到国道 261 位置，然后将他撞到逆行，才有了这起事故。交警部门是怕惊动行凶者，这才施放烟幕，哼，你还当真了。"虢新庭摇晃着二郎腿，自信地说道，"韩永刚被害对谁有好处？是你。因为这样一来你可以一劳永逸解除韩永刚在天海公司对你的威胁，不是吗？"

许可张大嘴，瞪着眼，愣怔盯着虢新庭。他心里越发相信这是严向东所为，之前对方之所以说要放弃就是为了麻痹他，并为嫁祸于他做准备，现在，是让他当替罪羊的时候了。他脑子开始混乱，一会儿想到手铐，一会儿又想到监狱，平时的机灵劲也不知跑哪儿去了。

严向东有些不耐烦，皱眉说道："我既不是检察官也不是法官，你们的恩怨

跟我也没有关系,我只是想知道,后天是天海公司的股东们签署公司接受并购的日子,你明明知道,为什么还要在这个节骨眼上下手?"

这句话如同一道闪电让许可瞬间看到了真相。"不是他杀的韩永刚!"许可一下子清醒过来,显然,严向东说的不是假话,他最大利益是天海公司早日被顺利并购,如果此时杀了韩永刚,至少在股东签字上少了一位,岂不是自己和自己找别扭?想通这一节,他情绪放缓,再看严向东与虢新庭,果然不像检察官或法官,倒是像城隍庙里的判官和小鬼。

"哎哟,会不会是他啊?"许可忽然想到一个人,这个人无论从动机还有时间上都有可能杀害韩永刚。他就是孟志远。

"怎么回事?"

许可连忙把孟志远与韩永刚交恶的原因从头到尾详述一遍。由于里面不牵扯到他自己,所以他这次说话比适才畅快多了,而且没打任何磕巴,关键地方还加上了他的推则。

"什么乱七八糟的。"严向东紧锁眉头,自言自语。他这个气大了,本来一卡通项目完成,紧接着天海公司股东们就可以签署并购协议,律师楼和会计师事务所一介入,并购成功指日可待。然后将天海公司借壳上市,剥离其一卡通以及产品业务,只保留网络,再用天海公司兼并别的同行,由此将资本运作与技术同时推向高峰。这样,瑞祥集团不仅在制造、地产、金融等行业有所建树,在高科技领域同样将形成百花齐放的格局,多美的构想,谁料,韩永刚的车祸竟然倒腾出这么多事情,严向东怎么能不生气。

"严董,我认为这是孟志远干的。因为从监控画面上可以看出撞击韩永刚是一辆没有牌照的 SUV,按许总的说法,孟志远刚买了一辆 SUV 还没上牌照。显然,他为了那个叫艾芸的铤而走险,这是一起典型的情杀。"虢新庭稍一推理,基本肯定是孟志远干的。

"现在追究是谁干的没有意义。"严向东似乎从郁闷中走了出来,恢复了常态,指着许可发号施令道,"你马上去找孟志远,先看看是不是他干的,如果是,赶紧告诉虢总,然后让孟志远找一借口在家待着,看好他那辆车,哪都不要去,你再买一个车衣给那辆车罩上。"又指着虢新庭命令道,"接到许总电话,你让人赶紧买一辆与孟志远那辆相同的车,等晚上没人的时候带一集装箱车去孟志远家,新车留那儿,旧车装箱拉走。记住,旧车直接由集装箱车拉到外地销毁。另外,找一个跟交警部门有关系的人去那儿守着,有什么情况尽早处理,总之记住一点,千万别让孟志远引火上身。"

当孟志远听许可说他撞了韩永刚,立刻急红了脸,又是赌咒、又是发誓说自己没干那种缺德事,直到许可说出交警部门通过视频监控开始在全省范围内排查那辆 SUV,他才彻底傻了眼,豆大的汗珠沿鬓角、额头流下,他一改死硬态度,哀求许可救他。

孟志远胆大妄为,韩永刚的车祸就是由他一人精心策划并实施的。

难以置信,凡了解他的人宁可相信这起车祸是外星人所为也不会把他作为凶手,因为他一贯表现得心地善良,待人和气,从不跟人争长竞短,别说杀人,就是杀只鸡他都于心不忍。可是,他真干了,算上对金灿下毒手,韩永刚是他第二次动了杀机,可以说他把杀人当成了游戏,一个无比残忍、无比丧心病狂的真实版杀人游戏,他则是游戏里的刽子手。如果说他性格中的乖张、戾气源于和金灿的情感裂变,导致他挥刀刺向金灿,那么谋害韩永刚已经不是上述原因,而是极度的自私彻底扭曲了他的价值观。在疯狂追逐艾芸的同时,孟志远容忍不了自己还有情敌,无论是谁,只要这个人妨碍了自己,他就得死。

前天上午,他约艾芸一起吃晚饭,对方痛快地答应了,未曾料没多久艾芸又变卦了,说是晚上要和韩永刚一起庆祝一卡通项目竞标成功,她约了几个闺蜜先一起吃晚饭。他非常失落,因为他准备在这天再一次向艾芸求婚。与上次杭州不同,这次他事先预备下钻戒,真心实意要向对方表白。艾芸的拒绝让他十分愤怒,当然不是对艾芸,而是对韩永刚。他认为韩永刚是一个欺男霸女的恶棍,仗着身份的便利不仅夺走了金灿,而且现在又控制着艾芸。他坚信艾芸不喜欢韩永刚,之所以要嫁给韩永刚是屈服于这个男人的淫威。尽管艾芸不承认,可从她对韩永刚的态度上看,任何解释都过于苍白。他再也无法平静,一想到心上人将被韩永刚搂在怀里并共枕同眠,醋意如同催化剂一样发酵着仇恨,膨胀的仇恨充满他整个大脑,让他全是杀人的想法。许可曾答应要帮他除掉韩永刚,但他等不及了,他必须行动起来,铲除韩永刚,救艾芸于水火之中。

决心一定,孟志远立刻冷静下来,考虑再三,决定效法许可的计策制造一起交通事故。他认为自己新买的车除许可没有人知道,该车也没有上牌照,就算撞车有目击者,车管所也无档案可查。作案工具有了,埋伏地点的选择让他颇费周折,他曾想在阳明下手,这样可以布置许多不在现场的假象,但考虑到地形不熟只好作罢。他想在酒吧附近,又担心艾芸受到牵连,最后想到在高速收费站出口处等候。他非常满意这个选择,第一,这是从阳明到庆义的唯一高速,韩永刚回庆义别无选择;第二,从这跟踪不易跟丢;第三,逃跑方便。至于作案地点,他选定了国道城乡接合部的一处大桥,该桥部分地段正在施工,快行线全都封闭,他打算在桥的最高处将韩永刚的车挤下大桥。

他不愧是高智商,比普通犯罪分子更具反侦查能力,在逃跑路线的选择,以及如何躲避监控,如何化装,被韩永刚识破时如何应对他都做足功课。吃完晚饭,他来到收费站,将车停好后,便开始与许可联系。他没有向对方透露自己的行动,只是拐弯抹角地打探晚宴什么时候结束,韩永刚在干什么。此时,许可正被大家夸奖,一来没往那方面想,二来以为孟志远也为此高兴,乐呵呵如实回复。

又过了半个多小时,他估计韩永刚上路了,这次他直接打给韩永刚,两人基本聊了一路。就这样,孟志远实际上等于一直监视着韩永刚到了收费站,然后尾随其后等待作案时机的到来。

然而,出乎意料,韩永刚察觉了他的紧跟,不断提速想甩掉他,他车的性能不比韩永刚,若非国道上大货车成堆,早就被落下十万八千里,他不禁着急起来。显然,一旦前方车少,别说在桥上撞车,等他到了桥上,韩永刚已经坐在酒吧里和艾芸喝上了。他豁出去了,戴上口罩,将棒球帽的帽檐压低,在众车中死死咬住韩永刚,好几次,他都被大货车突如其来的并线吓得直冒冷汗,总算有惊无险。就在他一步不落跟着韩永刚时,一个机会来到,他看见韩永刚突然一个起速接着又是一个急刹车,自己已经来不及刹车了,连忙边抢方向盘朝右打轮,一边点刹车,由于速度过快,他的车直接向路肩冲去,慌乱中他又猛回方向盘,车又朝韩永刚撞去。就在这电光石火间,对面一片白茫茫的光照让他什么也看不见,他知道这是迎面驶来的大货车,于是他狠狠咬住牙,脚下不是踩刹车而是将油门踩到底,车头顶在韩永刚的副驾驶位置……

他没有看事故现场,而是超过前车逃之夭夭,最后将车停在三环一座立交桥下的收费停车场。收费员打着哈欠,收完费回去接着睡觉,而他则打了一辆出租回家了。

许可被孟志远的故事惊得目瞪口呆,心想这家伙真是太阴了,幸好自己不是他的敌人,否则连死都不知道是怎么死的。尽管许可震惊,但他也非常清楚孟志远谋害韩永刚最大的受益者其实是自己:第一,孟志远将永远被自己捏在手心;第二,只要孟志远安然无恙,严向东就不会和自己翻脸;第三,天海公司将开启一个属于他许可的时代。

果不出其然,虢新庭第二天就召集天海公司的股东们开了会,会议讨论三项内容:一是由许可担任天海公司总裁,二是将天海公司业务重新调整,三是尽快完成并购。前两项大家都没有异议,马上通过,但第三项却卡壳,因为韩永刚现在生死未卜,他不签字,法律上无法通过。虢新庭建议找人代签,并将文件签署日期提前到春节前,这样就可以绕过法律框架。个别股东觉得这样不妥,提出反对意见,结果虢新庭恩威并施,加上程姓股东帮腔,第三项决议也迅速通过。

真是几家欢乐几家愁。就在韩永刚命悬一线,亲朋好友悲戚之际,许可与刘洪涛正弹冠相庆。许可刚被股东们任命为天海公司的新总裁,就马上委任刘洪涛为副总裁接任自己的原职。他拍着刘洪涛的肩膀感慨道:"人的命啊,有如潮汐,有涨就有退,涨时要想到退,退时要想到涨。想当初韩永刚一拳把我打出天海公司,只有你一个人送我,当时你想到有今天吗?"

刘洪涛笑了笑没有回答。老实说当初他不仅没想到今天,连许可的死活都没考虑,若非说想了什么,他倒是想怎么去巴结金灿,改换门庭,以便自己能坐稳部门总经理的位子。当然,这些话他不能说,他非常清楚之所以有今天是自己押对了赌注,未来则取决于韩永刚的生死,在他内心深处有一个愿望,那就是韩永刚永远也别醒过来。

第五章　向着太阳出发

　　向着光明,我们可以知道世间的冷暖;向着光明,我们可以容纳世界。光明不会使我们迷惘;光明能带给我们全部的希望。流光中飘曳的凄凉不过是乌云乍现,我们终将拨开云雾迎接灿烂辉煌。

第一节　山花只为季节烂漫

连续十天,韩永刚一直处于重度昏迷中,他的头部受到致命碰撞,内部产生许多血块,肋骨也断了三根,其中一根刺穿肺叶造成大出血。在医生全力抢救下,他的生命体征依然徘徊在死亡线上,医院光病危通知就下了三次,唯一证明他还活着就是那台仪器屏幕上有气无力跳动的波形,从医生的表情上看,这波形随时会变成一条可怕的直线。

艾芸蒙了,她何时见过这种阵势,尽管电影中也有类似镜头,可那只是编剧为赚取观众眼球营造的紧张气氛,她完全可以一边吃着零食,一边心安理的得观看,若实在害怕就闭上眼睛等情节过去。而今她却无处可躲,现实把她变成了剧中的角色,绝望、悲伤、恐惧一股脑抛向她,让她体会到什么叫作撕心裂肺,什么叫作生离死别。她无法接受这一现实,一个生龙活虎的大男人前一天还好好的,如今就像霜打的茄子,说蔫儿就蔫儿了,更令她懊悔的是明知韩永刚喝了酒还要其赶回庆义,从而导致一起本不该发生的事故。伤心之余,她不得不重新考虑未来,按医生的说法,韩永刚活下来的可能微乎其微,就算抢救过来,不是植物人就是高位截瘫。一想到自己有可能要一辈子照顾有名无实的老公,她顿时不寒而栗,那不是她想要的生活,也不是她所能面对的现实,更不是她能够承受的压力。自打告别少女富于幻想的时代,创业就成为她的主旋律,水晶鞋的故事被自立自强取代,王子被现实中的韩永刚替换,唯一不变的就是她对幸福生活的定义,那是犹如万花筒一样斑驳陆离的美好景象、是蓝天白云下自家草坪上鲜花的芳香、是摩天大厦里为自己打工的芸芸众生。可惜,躺在床上的韩永刚不仅不可能和她一起去完成未竟事业,反而会将她拖入暗无天日的苦涩生活,并将她的青春白白耗费在毫无生气的病榻前。

她哭了,一半是为了韩永刚,一半是为了自己。显然,她无法为韩永刚的后半生埋单,也害怕自己被韩永刚拖累。小姐妹们的想法与她完全吻合,大家都觉得这是一个讲究自我、忠于自我的年代,个性的张力已经挣脱传统道德对女人的束缚成为主流价值观的一部分,别说她和韩永刚仅是订婚,就算是夫妻,只要对方影响到自己的幸福就可以分手,没必要担心千夫指、万人骂。真正让她下决心离开韩永刚的是她的姨父刘部长,刘部长是第六天才知道韩永刚出事的消息,探视后,他面色凝重地把她叫到一边询问她做何打算,她哽咽地告诉姨父打算放弃与韩永刚的关系,刘部长沉吟良久,说了句"只好这样了",便叮嘱她不能急于现在提出,必须等韩永刚伤情有了结果再说。姨父的话就是圣旨,当然,她也知道在这个节骨眼上提分手是不道德的。

就在艾芸的情绪受到重创之际,一个人适时出现在她身旁,忙里跑外,对她呵护有加,这让艾芸从内心感到温暖,疲惫不堪的心得到慰藉。加上她对这个男人早有好感,不知不觉中,情感的空白迅速被填补。就在韩永刚昏迷不醒的第十天,艾芸经受不住这个男人坚忍不拔的长跪和动听的山盟海誓,终于不顾韩永刚依然卧床的现实,接受了这个男人的求婚戒指。

他就是孟志远。

这家伙自从精心策划了一场谋杀后,开始还装作若无其事,照常上班。他原本想神不知鬼不觉地将韩永刚的事故设计成一起自然交通事故,不想经许可透露全市警察都在寻找监控里的那辆 SUV,他怕了。因为按许可说法,这种车即使没上牌照,公安也会在网上查出每个 4S 店的销售情况,也许不用二十四小时就会有警察找上门核实车的情况,那样,他的结果会很不妙。他想到了逃,但他并没有逃,因为他也无处可逃,许可给了他最后一线希望,尽管许可的计划听起来像是天方夜谭,他也只能听天由命。可以说那天他就像是热锅上的蚂蚁,惶惶不可终日。

不过,很快他就目睹了只有好莱坞大片中才有的惊险桥段:夜幕降临,许可开着车来他家接他,刚出小区,一辆停在道旁的警车便跟了上来,接着又是一辆

集装箱货车跟在警车后面。孟志远惊恐万状,嗓音都变了味,尽管许可说这是自己的人,孟志远还是不放心,频频回头,生怕警察冲上来抓他。一个多小时后,许可在孟志远的引导下,来到三环高架桥下的停车场。许可在路旁停下,吩咐孟志远留在车里,自己则拿着孟志远的车钥匙下车,走到后面的警车旁嘀咕了几句。不一会儿,警车上的警灯忽然闪烁起来,从车上下来几个警察,其中两个走向停车场,另两个则指挥集装箱货车司机打开后门,放下悬梯,里面一辆 SUV 慢慢驶下悬梯,停在路旁。许可竖起大拇指,接着挥手示意孟志远出来,等孟志远来到那辆车旁,他自己的那辆肇事车开始被人开上悬梯,随着后门被锁上,一出偷梁换柱的把戏仅用时不到五分钟就结束了。孟志远瞠目结舌,目送警车闪着警灯带着大货车向城外驶去。许可看出孟志远的迷惑,便告诉他警察和警车都是假的,之所以敢假冒是因为严向东在省市两级公安系统有很硬的关系,即使碰到真警察,也能够摆平。另外,许可还告诉孟志远,说新车的发动机号与车架号都已经改成他原来的车号,现在就算警察把这辆车拆了也无法断定这辆车不是他的,而他原来那辆肇事车再过几个小时就将被熔解成一个大铁砣子,再也没有证据能够证明他曾经蓄意谋杀韩永刚。

孟志远一颗心算是稳稳落地,同时权力对他的影响也达到空前的高度,如果说这之前他还以自身的高傲对以权谋私嗤之以鼻,那么现在当他耳闻目睹自己的杀人证据与杀人工具在权力的直接作用下化为无形,便再也不敢小觑权力的威力,也就是从这一刻起,他的内心发生了翻天覆地的变化,从此他心甘情愿地去当严向东的鹰犬,供其驱使。

生命的顽强有时不完全是靠求生的本能,运气也很重要。韩永刚事故后的十天里没有一个医生认为他能好转,有的医生甚至婉转地让艾芸为韩永刚准备后事。可偏偏在第十一天,不知是医学的胜利还是生命的奇迹,韩永刚如同傲雪迎春的梅花,开始展现勃勃生机,先是收缩压向 50mmHg 逼近,心率也达到每分钟 40 多下,接下来几天,机体对外界的刺激有所反应,各项指标也朝着良好的状态发展。终于,在韩永刚入院后的第十六天,他不负亲人的众望张开双眼,彻底摆脱了死神的纠缠。但是,后来的日子当医生们寄希望韩永刚再次创造奇迹时,幸运的脚步却戛然而止，他虽然获得了生命并如常人一般可以下地走路，但是他丧失了所有的记忆，连自己的母亲都不认识。更可悲的是这么一个大个子，智力只有五六岁儿童的程度，也就是说除了自己能够吃饭，不会尿裤子外，基本失去了生活自理能力。胆子还出奇地小，稍有动静他便吓得浑身哆嗦，时不时还不由自主地流口水。老母亲向来最疼爱这个小儿子，韩永刚的悲惨遭遇牵动了慈母的心，她不顾八十多岁的高龄，给自己在北京、上海的老战友、老部下打电话，请他们帮忙联系医院，然后让韩永刚的兄嫂带着韩永刚踏上求医之路。两个多月的奔波没有给韩永刚的兄嫂带来一线希望，各医院的专家们众口一词，认为韩永刚已经不适合开颅手术，只能保守治疗，多进行脑部训练，讲一些他所熟悉的往事并带他去他最熟悉的地方。

回到庆义，老母亲听完大儿子的描述，坚定地认为韩永刚能够好过来，于是按医生建议，不厌其烦地把韩永刚的好朋友同学请到家中，让他们对韩永刚聊起过去一起经历过的趣闻。当然，艾芸是被邀请的重中之重。可惜，韩永刚不仅对好友们的回忆无动于衷，甚至连这些人都感到害怕，有时好友们说到高兴处哈哈大笑，韩永刚居然被吓得哇哇大哭。唯有面对艾芸他还显得略微平静，但也认不出她了。老母亲背地落泪了，好端端一个儿子被飞来横祸夺去了一切。之前还沉浸在她有生之年能够抱上韩永刚孩子的憧憬中，可现在，别说是看到韩永刚的孩子，自己百年后韩永刚如何生存都成了问题。老太太生性坚强，不顾韩永刚兄嫂与姐姐们的反对，把艾芸找来并替韩永刚做主退了这门亲事，她心里清楚，艾芸不可能照顾韩永刚一辈子，与其韩永刚将来被人欺负不如现在就尽早让双方解脱，否则她会死不瞑目。

韩永刚的大哥不赞成母亲的做法，他认为弟弟已然这样，就要面对现实，医生虽然交代可以通过熟人唤起韩永刚的记忆，但是也不能把家里当旅馆，整天乌泱乌泱的人快把门槛踏破了。老母亲生气了，于是半年多时间在庆义的街头巷尾、公园、体育场馆出现了一幅幅感人的画面，一个白发苍苍的耄耋老妇人推着轮椅，轮椅上坐着一个魁梧的男人，老妇人慢慢踟蹰着，嘴里喃喃说着什么，时不时还指向某个地方，似乎在回忆着过去……老妇人就是韩永刚的妈妈，尽管她已经风烛残年，尽管她腿脚不便、力不从心，但是伟大的母爱支撑着她一步步走在唤醒儿子的道路上,就像她年轻时曾经推着幼儿时的韩永刚一样。

韩永刚的二姐看不下去了,她几次劝母亲不要劳累,可母亲执拗地坚持。无奈,二姐只好召集兄弟姐妹们开了一个家庭会议,大家集思广益终于想出一招:既然母亲坚信通过回忆能够刺激弟弟的神经好转,那就干脆带弟弟去他自己创办的天海公司转转。一来大家可以轮值,免去母亲的劳顿,二来说不定弟弟触景生情真可能恢复记忆。这次,老母亲听了建议没有反对,她也的确累了。

天海公司里,许可听了韩永刚大哥的来意,老大不乐意,因为他心里有鬼。

自韩永刚出事至今已经一年有余,这一年来公司已经被瑞祥集团并购,公司架构也已完成重组。公司业务除保留网络技术以及相关产品外,其余都并入希尼克公司。许可任公司董事总经理,孟志远任董事副总经理,刘洪涛、艾芸为副总经理,董事长严向东,虢新庭和原股东们都是董事。韩永刚原本被严向东定为副董事长,结果被许可玩了一个花活,不仅丢了副董事长头衔,连资产也被许可骗走。

要说许可不仅诡计多端,而且更是胆大妄为,当初在签订天海公司并购案前夕,程姓股东让许可仿冒韩永刚的笔迹先签一个股东意向协议,并将时间移到韩永刚出事前,造成韩永刚同意并购的事实。许可不傻,知道这帮人之所以要自己冒名顶替是害怕吃官司,便也找理由推脱。程姓股东说道:"韩总生死未卜,就算活下来也是植物人,你怕什么?你可要想清楚了,并购完成大家是要推举你当总经理,你要是这点事情都做不到,过河又怕湿鞋,我们何必让你上呢?"许可肚里骂着程姓股东,嘴头连忙服软,转念一想,自己与孟志远已经算是同案犯,假冒签名无非是罪上加罪,只要韩永刚不醒过来,这件事永远翻不了案,怕什么。突然,他如同猫嗅到鱼腥,眼睛一亮,心想,干脆一不做二不休,既然韩永刚再也醒不过来,何不伪造一份协议,将韩永刚的股权转让给自己,在这个节骨眼大家都为自己利益考虑,谁会在乎一个行将消失的韩永刚的得失呢,嘿,大黑鱼啊大黑鱼。

贪婪是泯灭良知的祸根。许可想起了韩永刚曾经的承诺,亦即完成一卡通项目,将奖励他五个点的股份,这件事股东们都知道,现在一卡通项目已经完成,何不索性来个狮子大张口,再伪造一份协议,以韩永刚的口气写下如完成一卡通项目,将其自身股份的百分之五十转让给自己。想到这,他开始和程姓股东讲价钱,东拉西扯一番后,他说出了打算。程姓股东脸色突变,觉得这小子简直是疯了。许可反过来劝他，说只要韩永刚不来对质，谁也说不出什么。末了，他又说出更狠的一招，把程姓股东听得瞠目结舌，瞪着许可，不停地自言自语地说道："你够狠，你真他妈够狠。"许可建议在并购协议书中增加一个条款，大意是不愿继续参加并购的股东可以进行股权转让，转让必须在现有股东之间完成，这样股东们就可以用很低的价格收购韩永刚的股份。按许可的做法，韩永刚几千万身家最后只剩下不到一百万，无怪乎连程姓股东这样贪得无厌的人都说许可够狠。

许可把事情已经做绝，所以韩永刚是否能够康复直接影响到他的未来以及身家性命，他又岂能答应韩永刚大哥提出的要求。但是，他没有直接拒绝韩永刚的大哥，那不是他的风格，他做事向来喜欢留有余地，这样可以左右逢源，八面玲珑。当然，在韩永刚的问题上他没有这样做，因为韩永刚在他眼中已经是落水狗，痛打落水狗不仅没有风险，而且可以一劳永逸解决可能存在的危机。听完韩永刚大哥的请求，他故作为难，想了想，对韩永刚大哥说道："大哥，我和韩总虽说是同事，但感情上就像是兄弟，所以你也是我的大哥。能让韩总康复是我最大的希望，按说这么大公司不缺一个地方供韩总进行康复训练，可你有所不知啊，韩总是我的老领导，公司客户十有八九都认识他，如果他在这里，客户有可能会把这里当医院，我们的正常业务就无法开展，请你能够理解我的苦衷。"

韩永刚大哥是刚从部队退休的军人，对商业一窍不通，当初许可把韩永刚剩下不到一百万的现金交给他时，他觉得许可这人不错，眼下根据许可的说法也觉得自己的要求有些过分，毕竟韩永刚和天海公司已经没有任何关系，让一个病人在这里难免影响别人工作，于是不再坚持，很有涵养地告退。

刚送走客人，刘洪涛马上来到许可办公室。这小子自从当上副总，唯许可马首是瞻，不过这次他在韩永刚的问题上与许可想法不同，若普通事情也就算了，但这关系到他个人利益，所以不能不说。他对许可说道："许总，我认为韩永刚在天海公司不是坏事。你想，如果真按他大哥说的他有可能恢复，那么在我们眼皮下就能随时知道，也能及时控制，否则他要在别处好了我们会措手不及。"许可自然知道刘洪涛的意思，一想也对，就算韩永刚在天海公司，只要不让他接触任何熟悉的东西不去刺激他就不用担心什么，公司几百人都养了，不缺一个弱智，何况这还相当于软禁，让他家人不再带他四处求医，自己便可高枕无忧。想到这,他马上给韩永刚的大哥打电话,说是又想了一下,觉得韩永刚是公司的功臣,没有他就没有现在的一切,所以,决定专门留出一件办公室给他,并派专人照顾他并帮助他回忆。

就这样,韩永刚又开始上班了,不,确切说应该是上幼儿园。只是这个幼儿园比较特殊,是开在公司内。房内比真正的幼儿园还热闹,又是积木、电动玩具,又是布绒熊猫、卡通人物玩具。公司还特地招聘了一个幼儿教师每天陪韩永刚玩耍。许可偶尔会到韩永刚的办公室看他,每当看到韩永刚流着口水仔细搭着积木或玩游戏,他还会拿着面巾纸帮韩永刚擦,然后笑笑,也不管对方能否听懂,总是说上一句:"小朋友,还是我对你好吧?"刘洪涛却不是这样,他常来看韩永刚,没人的时候,他会恶狠狠夺过韩永刚手里的玩具,丢在地下踩上几脚,不顾韩永刚哭闹,骂道:"傻子,想不到你也有今天。"孟志远和艾芸从未登门看过韩永刚,甚至都不愿往这个方向来,显然他们有忌讳,是良知,是忏悔,还是怕刺激韩永刚恢复?没人知道。

人之命运犹如海之潮汐,有涨有落,有兴有衰,强者自强,弱者怨天尤人,历史长河大浪淘沙,强者青史留名,弱者销声匿迹。唯韩永刚堪称另类,好不容易跻身强者队伍,却被小人踢出,连正常人资格也被剥夺,时也,命也? 故事似乎到此结束,只是世间充满未知变数,犹如一个登山者,有时山穷水尽却又柳暗花明,有时艰辛攀顶,却又见异峰突起,正是大自然的造化,才有了我们的大千世界,才有了人们迥异的命运。

一个阳光明媚的周六下午,韩永刚的母亲迎来了一个陌生的女客人,来人容貌秀丽端庄,气质优雅,谈吐举止无一不彰显其受过良好的教育,让人有一种未曾谋面便觉亲切的感受。尤其令韩永刚母亲欣慰的是,来客是专门从北京来看望韩永刚,除了解情况,还要提供力所能及的帮助。

来客就是金灿。

金灿自西藏一行后,心态基本恢复正常,过去发生的事情不再困扰她,噩梦也远离她,新的生活让她焕发出新的精神面貌。她,又回到了从前。然而,随着单奇的出现,尤其是韩永刚落魄的遭遇加上令她无法释怀的那段诡异的梦,她再也无法置身事外。她可以学会淡定,可以忘记过去的烦恼,但她无法遏制感情的勃发,因为那段往事不仅仅驻留在她内心,而且已经与她生命牢牢相连,割断这种联系就等于鱼儿离开了水、瓜儿断了秧。她没有任何犹豫,决定去趟庆义看望韩永刚。

坐在韩永刚母亲家客厅的沙发上,金灿终于看到了久违的韩永刚。"天啊!"她内心吃惊地大叫,这男人还是她心目中那个韩永刚吗?他流着口水,眼珠滴溜乱转,头发被剃光,腰间扎着皮带,皮带上还别着一把玩具枪,不是碰碰这就是动动那,行为举止一如小童,哪还是原先那个容貌俊朗、谈吐诙谐、英气逼人的韩永刚。可悲的是,这么魁梧的男人却做着与成年人相反的事情,滑稽背后令人感到心酸。

"韩总,你不认识我吗?我是金灿啊。"她也不嫌韩永刚脏了吧唧的衣服,坐在其身旁,拉住对方的手,目光热切地叫道。

韩永刚连看都不看金灿,手一挣,自顾自掏出玩具枪做射击动作。金灿也不管韩永刚母亲在场,一把夺过玩具枪,将韩永刚的脸强行掰住对着自己,再次大声喊道:"韩总,我是金灿!你不要这样,你是坚强的男子汉,我知道你发生了车祸,这点困难对你根本不算什么,你听见我在跟你说话了吗?"韩永刚似乎有点反应,两眼瞪着金灿一言不发。金灿一看有门儿,急切地说道:"听着,你是军人的后代,你不也经常这么夸耀吗?凭这点你就不能倒下。还有,你不是常说自己是硬汉,还说过你父亲在战争年代受过三次枪伤都挺过来了?虎父无犬子,如果你不振作就有愧于军人后代的称号,你也不是什么硬汉而是软骨头。"她把玩具枪朝韩永刚眼前一晃,圆瞪双目直逼韩永刚。

韩永刚咧着嘴,也瞪圆了眼,似乎金灿的话感染了他。老母亲也看出儿子表情的变化,抑制不住内心激动两手哆嗦起来,紧紧盯着他,盼望他紧闭的嘴能够张开,叫一声妈妈。

时空仿佛在瞬间凝固,三个人如泥像般一动不动。

终于,韩永刚张嘴了,但他既不是喊妈妈也不是叫金灿,而是咧着大嘴哇的一声哭起来,一边还指着玩具枪泪水混合着口水像小河一样流淌。尽管来前金灿已经做好充分思想准备,但是眼前这一幕远远超过了她所有最坏的设想,她皱

起眉头，拿面巾纸一边给韩永刚擦着，一边说道："你别跟我耍赖，告诉你，今天我就是专门为你来的。如果你以为装疯卖傻就可以把我打发走那就错了，只要你不好起来，我一辈子都不会让你好受。"

金灿调整了一下情绪，从应聘天海公司讲起，一直到韩永刚痛揍李忠国。期间，她哭了，哭得非常伤心。韩永刚母亲被金灿的真情感动，也克制不住自己的情绪，陪着金灿落下辛酸的眼泪。

幸福的回忆似锦上添花，而痛苦的回忆如同伤口撒盐。当金灿讲完往事，她已经成为泪人，她摘下项链，双手捧到韩永刚面前，哽咽道："韩总，还记得这串项链吗？这是你送我的。我金灿活这么大从未收过别人给的东西，尤其是男人给的。知道为什么我会接受你的礼物？现在可以告诉你，因为、因为我爱你啊……"她双肩剧烈耸动，再次泣不成声，怎么也说不下去，干脆号啕大哭起来。这是她回京以来情感的总爆发，也是她对韩永刚惨状的痛心疾首。

一只手轻轻拍打着金灿："小金，别难过，你要坚强。"韩永刚母亲另一手抹着眼泪劝慰道，"小刚向我提过你，说你很有本事。这孩子和他父亲、大哥一样都有点大男子主义，能让他佩服的女同志那绝对不一般，你能专程来看望也说明了这一点。小刚能有你这样的朋友，我真为他高兴，这也让我想起战争年代的革命友情，那真是用生命和鲜血凝结成的。谢谢你，谢谢你！"金灿的真情打动了她，这声谢不仅仅是替儿子，也是为自己以及家人。

在韩永刚母亲的安慰下，金灿逐渐冷静下来。看到韩永刚母亲充满泪痕的脸，她心里非常难过，心想，老太太年事已高，韩永刚的事情已经给她巨大打击，自己这一发泄会更让她受到煎熬，自己说什么也不能再感情用事了。想到这，她尽力抑制住伤感的情绪，和老人聊起她关心的事情。

韩永刚母亲不愧是领导干部出身，别看岁数不小但条理清晰，讲话平缓，有重点，没有车轱辘话。金灿认真听着，极少插嘴，大脑一直在紧张思考着，等韩永刚母亲把经过讲完，整个事故发生的脉络便已经在她脑海中凝聚成一个大大的问号。她问韩永刚母亲是否知道韩永刚有仇家或者事业上得罪过什么人。老太太想了想，说是记得韩永刚有个从小一个大院长大的朋友，现在在国税局上班，在听说韩永刚出事后来探望时谈到过韩永刚让他去查一家公司的税务情况，除此之外没听说韩永刚还得罪过谁。金灿立刻来了兴趣,马上追问是哪家公司,老太太记不住,就打电话给大儿子,让他帮助联系韩永刚的那个发小。没多大工夫,金灿便和韩永刚的发小通上电话,她问了两个问题。一个是韩永刚要调查的那家公司的名称,一个是他们通话的时间,对方的答复验证了她的猜疑。

她想,以韩永刚在天海公司的股份无论如何低估也不可能只有一百万不到,是谁动了他的股份?第二,他从未说过要离开天海公司,相反,她倒是多次听韩永刚说过天海公司就如同自己的孩子,试想,哪个父母愿意把自己孩子送人?第三,韩永刚一直反对并购,就算他成为植物人,监护人第一顺位应该是他母亲,可是老人家根本不知道还有这么一档事,那么股东决议书上又是谁签的字?现在事实上许可是总经理,天海公司已经易主,韩永刚却遭到一场横祸,连同艾芸也飞了。更令人生气是有人乘人之危,不仅把韩永刚的股份大幅度缩水,而且还将其踢出他一手创办的公司。

金灿愤怒了,她感觉韩永刚的车祸不是一起普通的交通事故,醉驾和超速固然会导致事故发生但绝不是充要条件,如果有人在他车上做手脚同样会发生事故。按照"寻找犯罪的得益者"推理,严向东、许可是韩永刚受害的最大得益者。根据自己两年前春节期间在北京巧遇他们二人,接着节后许可官复原职,种种迹象说明他们朋比为奸。再有,韩永刚私下调查严向东手下的那家公司肯定会触怒那个家伙,以他的秉性很有可能制造一起交通事故案,将韩永刚置于死地。

可是证据呢?金灿犯难了。尽管她内心相信这是一起人为制造的恶性事故,而且幕后指挥非严向东莫属,但是,一来交警部门已经结案,二来事情已经过去这么长时间,证据早就不可能存在了。"难道就这样算了,难道就让宵小之徒逍遥法外,难道韩永刚的财产就这样被人鲸吞?"她想,"不,绝不。现在唯一能够翻案的可能就是要韩永刚恢复正常,只有他才能说明那一瞬间发生的事情,至于他的康复我当然责无旁贷。至于韩永刚的财产,既然是姓许的把钱交给韩永刚的大哥,那我就去找姓许的讨个说法……"

韩永刚的母亲静静地看着金灿,她虽然无法知道对方在想什么,但她却知道儿子佩服这个姑娘的原因,就连她自己与金灿见面不到两个小时,也喜欢上对方了。她不由得暗暗叹气,如果儿子没有变傻,他和金灿倒是非常合适的一对儿。

第二节　雄关漫道真如铁

星期一早上,金灿来到天海公司,她发现公司员工她认识的少,不认识的多,就连前台接待也换了新人。前台接待听金灿提出找许可,便告诉金灿许总一般在十点左右到公司,还要等一个小时。金灿正犹豫是否去找艾芸,巧得很,艾芸恰好进门。两人一撞面都不由得一愣,艾芸更是惊讶万分,不过马上高兴地又叫又笑,一点也看不出她曾经与金灿的隔阂,紧紧挽着金灿去她的办公室。艾芸的办公室就是金灿原来的那间,不过办公家具已焕然一新,一看就是名贵的品牌,显然屋子的主人是一个讲究时尚、注重身份的人。

艾芸变了。短短两年时间她蜕去了稚嫩,消除了娇涩,如蛹化蝶般展现出生命的又一过程。她还是那样美丽,只是多了一份成熟,她依然健谈,却再没有昔日那种顽皮的特征,多出的是端庄、稳重还有自信。

尽管金灿内心对艾芸关键时刻离开韩永刚感到不满,但对方的变化还是让她感慨万千。她想:"士别三日当刮目相看,时间不仅能把万物化腐朽为神奇,对人也能化平庸为超凡,如果我没有西藏之行,就不可能逃脱感情的苦海,也就无法成就今天的事业,更别说为了韩永刚和艾芸坐在一起。女人啊,一旦失去自立与自强,下场只能沦为花瓶供人摆设。"

艾芸自打进门目光就不离金灿左右,热情中试图从穿着打扮上找出金灿是发迹还是落魄。因为自打那次金灿被李忠国凌辱,其惨状深深嵌入脑海,偶像资格被颠覆,取而代之是弱女子形象,尤其自己当上公司副总后,工作无往而不利,有时不免对当初奉金灿为神明感到好笑,觉得金灿不过如此,可惜她现在不在天海公司,否则自己可以与之一较高下。眼下,金灿就在跟前,一切似乎没有变化,金灿还是那个金灿,并非那个羔羊金灿,只是鬓发略被霜染,眼角出现皱纹,言谈举止与气质还是那样高贵,相比之下,艾芸并不认为自己能够超越金灿。她想,金灿不愧是一个强者,那一幕看来不过是场噩梦,打击没有给对方带来一丝萎靡,相反,她飞得更高更远了,就算星点白发与皱纹这些女人的弱点,金灿似乎也不在意,由此说明金灿充满自信。

"金姐,想必你已经知道天海公司发生的一些事情,尤其是韩永刚出事后我离开了他,你是不是把我当成了势利小人?"

金灿的确有这个想法,不过久别重逢,她不想在这个话题上去探求道德的高度,只是笑笑摇摇头作为答复。艾芸何尝不懂金灿的想法,倘若这是一个落魄的金灿,那么艾芸就不屑表白自己,可金灿目前拥有新的光环,她艾芸虽说贵为副总,那也不过是炒别人的剩饭而已,加上她的现任老公孟志远又是金灿的前男友,所以,艾芸不愿金灿拿她作为笑柄,背地讥笑她连老公都要捡别人的。

"既然你是韩永刚的朋友,这次又是专程来看他,我有必要告诉你来龙去脉,有机会请你转告他家里人,否则我背不起骂名。"艾芸又变回原来那个任性的女孩,也不管金灿,自顾自讲起离开韩永刚的原因。金灿开始并没认真,觉得艾芸所说感情出现裂痕无非是她和韩永刚日常生活中的小矛盾,但听着听着她觉得不对劲,这里面居然还有她的事情,不由得认真起来。

"……到后来,他动不动就拿你来教训我,一会儿说这件事情要是金灿会怎么处理,一会儿又说是金灿就不会干这种傻事。你听听,我一个大活人竟然生活在你的影子下,我的人格呢,我的尊严呢?"艾芸全然不顾金灿的面子,愤愤地说道。

金灿皱起眉,显然也对韩永刚这种说话方式感到欠妥,但心里却暖洋洋的,知道韩永刚在她离开公司时所说的狠话不过是气话。他若不是心里有她,也不会这样和艾芸说话。

"有几次我都想提出分手,又都忍住,想最后一次和他摊牌,如果他心里老装着别人就干脆分手。没想到,就在中标那天晚上,他出事了,那时我还没有离开他,我艾芸绝不会做这种缺德事,直到他生命脱离危险,加上他妈妈主动提出解除婚约,我才同意的。"

金灿默默点点头,其实她早知道韩永刚有大男子主义,艾芸的描述基本符合韩永刚的秉性,何况艾芸那次因韩永刚陪自己一夜未归,登门兴师问罪,两人交恶,这些都是她亲眼所见。

艾芸长叹一口气,继续道:"作为一个女人,我非常渴望得到别人的理解,毕竟女人的情感世界相当脆弱,一旦垮塌则不会像男人那般迅速弥合伤口,反而会以自虐的方式撕扯伤口,以至于长久不愈。幸亏那段时间我老公一直陪着我,照顾我,才让我走出痛苦。"

金灿一琢磨,又是一惊,问道:"你结婚了?"

艾芸呵呵笑起来,骄傲地点头说道:"是啊,你和我老公还相当熟悉,猜猜。"

金灿立刻在记忆中搜寻自己所熟悉,且有地位、有钱的男人。忽然,一个人闪入她的脑海,顿时觉得像是吃了苍蝇那样恶心,极不情愿地问道:"是李忠国?"

艾芸一撇嘴,轻蔑道:"金姐,你别拿他恶心我,这种人对你做出那种事我怎么还能和他好。对了,听我姨父说,他因为买官被人检举,早就被处分了。真是一报还一报,你的仇这么报倒也不错。算了,不提他了,继续猜。"说完,她笑吟吟地望着金灿,等待结果。

"不会是巴菲特或索罗斯吧?"金灿不想耗费时间,她还有更重要的事情问艾芸,一句玩笑既可以不拂艾芸的兴致,又可以让对方自己说出答案。果然,艾芸捧腹大笑后,说出了答案。

没有比这个答案更让金灿吃惊的了,艾芸若真找了巴菲特也就罢了,毕竟人家是全球知名人物,身价也在那里,但是,艾芸找的老公居然是孟志远,这就使得事情的发生不仅充满戏剧性,也让人匪夷所思。戏剧性是她金灿原来和孟志远是一对儿,艾芸和韩永刚是一对儿,现在变成了艾芸和孟志远是一对儿,自己虽然与韩永刚不是一对儿,却在为他奔波。更匪夷所思的是艾芸一贯心高气傲,择友方面绝对是高标准严要求,孟志远虽然有钱,但尚属小康,何况她明知孟志远是她金灿的前男友以及在情感方面存在过劣迹,怎么可能看上他?

艾芸早知金灿会有惊讶的表情,所以对金灿瞬间的错愕不仅不为忤,反而开心地笑起来,那模样像是捡了别人的东西据为已有,又当失主面玩了一个恶作剧的孩子。不等金灿说话,艾芸又道:"没想到吧？张爱玲说过这样一句话,'爱情没有早一步,也没有晚一步,刚巧赶上了,也不用说别的,唯有轻轻问一声,噢,你也在这里吗'。我和我老公就是这样走到一起。"最后这句话她说得认真、甜蜜,给人一种为人妻的幸福快乐。其实艾芸并不知道,她和孟志远的爱情可不是张爱玲所说的那种朴实浪漫,而是孟志远早有预谋,以剥夺他人生命的方式为自己披上的爱情外衣。

金灿心说张爱玲若知道孟志远是什么样的男人,就会说"如果世间男人都是这副德行,爱情不要也罢"。转念又一想,觉得孟志远也许真的就是艾芸的"那道菜",孟志远性格内向,艾芸外向,孟志远话少,艾芸话多,两人互为补充,说不定他俩在一起,孟志远就没有出轨这一说。想到这,她不禁替艾芸高兴起来,并由衷地祝福艾芸。

韩永刚出事后,公司员工都知道艾芸是韩永刚的未婚妻,大家开始还同情她,直到她和孟志远好上,众人的态度来了个一百八十度大转弯。艾芸也听到不少风言风语,有的甚至很难听,她总是一笑而过,就像一首歌中唱到那样"爱真的需要勇气,来面对流言蜚语"。不过她不是用勇气,而是用不屑,她始终认为那些攻击她的人还生活在战战兢兢中,过剩的精力唯有通过谩骂、诋毁别人才能得到平衡。但是,金灿不同,且不说素质与见地,单拿她和孟志远是曾经的恋人来讲,若中伤起来,她艾芸就算有勇气也可能晕厥过去,所以,别看她谈笑自如,心里却非常紧张,谁想,金灿不仅没有微词,半句不提韩永刚,还真心予以祝福。她如同大热天吃了冰激凌,从里爽到外。

高兴之下,艾芸还原本性,一把拉住金灿,小鸟一样叽叽咕咕聊起分别后的事情以及金灿此行的目的。金灿趁机向艾芸了解公司重组后的架构以及韩永刚股权为何被剥夺,股份为何被稀释成十几倍的差距。另外,韩永刚在天海公司是否真的得到帮助并康复。艾芸黯然无语,垂下眼帘,看得出她被金灿的问题难住了。也难怪,自从和孟志远好上后,韩永刚就彻底退出她的记忆,凡是和韩永刚有关的消息她都没有兴趣,甚至有意躲避。她更惧怕见到韩永刚,因为韩永刚的形象会像鞭子一样抽打她的良心,潜意识中,艾芸不知不觉背上了沉重的包袱,唯一能够解脱的办法就是逃避。

金灿看出艾芸的窘态,便不再发问,两人陷入短暂的沉默。一会儿工夫,艾芸先开口道:"你是不是觉得我这个人无情无义?"

"若在过去我的确会这么想,直到刚才,我想明白一件事。"金灿望着艾芸,坦诚道,"我们向来把感情与生活当作幸福的指数,很少有人注意到感情需要生活去滋润,而生活需要不断消耗感情来维系自身。缺乏生活的感情如无源之水,再晶莹也会蒸发,缺个感情的生活如无本之木,再殷实的日子,也无花无果。你既然与韩永刚已经有裂痕,只要问心无愧,当然可以另栖高枝。"

艾芸被金灿的一席话说得心花怒放,曾经对金灿的藐视又被尊重代替,见金灿看表,便主动打电话给许可,然后亲自带金灿去许可办公室。她本想把孟志远叫来见金灿,被金灿婉拒,金灿倒不是怕见孟志远,而是希望先办好正事。她预感与许可的会面将是一场唇枪舌剑的交锋,所以也想好了许可若是犯混,她所采取的对策。

许可的办公室就是韩永刚原来的地方,除办公家具是后换的,摆设与原先完全一样,这使金灿有种时空错位的感觉。

许可已经知道金灿来公司,所以见到金灿他并不诧异。他笑容可掬地迎向金灿,还特地向一旁的员工介绍说,金灿是公司原来的副总,才华横溢,云云,搞得那个员工对金灿诚惶诚恐,手足无措。

许可胖了,人白净不少,语速也不像原先那样急,给人一种稳重的感觉,尤其当金灿提出第一个问题,他不像过去一急就吹胡子瞪眼,而是笑眯眯回答道:"韩永刚的股份为什么被稀释以及公司后来的股权再分配,我当然知道,但是,这属于公司的商业机密,别说你已经不在公司,就是在职员工也无权打听,这是基本常识,你不应该不知道吧?"

"我离职前曾做过一个资产评估表,按当时股比,韩永刚的股份至少值四千万左右。可是你给他大哥的现金连一百万都不到,两者差距近四十倍,你认为这也符合基本常识吗?"

许可有些不自然,但他依然微笑着,像一个被学生问倒的老师,拉着长音儿说道:"这个嘛,你找错人了,我只是执行股东们的决议。你也不想想,我不过就是一个打工者,就算有天大的胆子我也不敢私吞这笔钱,那不成了寿星上吊——嫌命长吗?"

金灿冷哼一声,继续问道:"并购是在韩永刚出事后开始,请问是谁在股东协议书上替韩永刚签的字?"

"呵呵,你不是开玩笑吧,别人签字能作数?"许可笑得很开心,似乎金灿在讲笑话。

"哈,你是说韩永刚手术后念念不忘并购,直到签完字才踏实地去等着痴呆?"金灿嘲讽地说道。她来前就估计讨回公道的艰难,一来许可和自己不对付,二来事情过去这么长时间,如果仅仅好言好语,许可三言两语就可以把她打发走,唯有与他斗气,彻底把他激怒,才有可能使其方寸大乱,然后再挖个坑,引他跳进去。

也不知许可是素养提高还是识破金灿的伎俩,总之,金灿所采用的尖酸刻薄的话以及傲慢无礼的表情都没有生效。他宛如太极高手,无论金灿何种招式,都能以柔克刚,从容化解,比如,金灿说他"不安好心,把韩永刚的房间布置成幼儿园,根本没有诚意",他就会反问"哪家企业会这样照顾一个不相干的外人?我这样做一对得起朋友,二也符合慈善的标准"。若说他"存在欺诈",他就反唇相讥"想敲竹杠就直说",搞得金灿自己的火差点被拱起,几次想爆发。若干回合下来,许可若无其事,而她却已经肝火勃发,心想,这家伙怎么变了,要是过去他早就翻脸了,现在没事人一样,再持续下去她就变成泼妇骂街了。她尽力让自己冷静下来,语调平缓地说道:"人在做,天在看,阴谋者的诡计得逞一时却不会得逞一世。劝你不要把话说死,给自己留点余地。韩永刚从今往后不会再来了,你善人的外衣也可以脱掉了。"

"哦?那好啊,我倒是真省心了,希望再见到他时,已经是健康的人。"

"这话够虚伪,韩永刚疾恶如仇,一旦重新归来肯定不是一拳能了结,我相信那将是阴谋者的末日。"

"说话积点德吧。我们工作上是有过矛盾,你也不能念念不忘啊。要是我抱着你的孩子跳井也罢了,仅仅意见不合我还挨了一拳,不够吗?金灿,知道什么叫厚德载物吗?知道什么叫以德报怨吗?你走后我和韩永刚是同事加兄弟的

关系你知道吗？别再老拿过去那点破事嚼舌头，记住了，你是高级白领，不是家庭主妇。"

"哈，这两个美好的词怎么一从你嘴里出来就变味儿了呢？我也提请你记住了，犹大出卖耶稣千百年来被人们嚼了无数舌头，无论谁都知道他是地地道道的叛徒。"

许可似乎在笑，不过有些僵硬。他从这个女人的眸中看到一种"舍得一身剐，敢把皇帝拉下马"的坚定信念，还看到她绝不妥协的决心，他不禁有些紧张和后悔。紧张是他感觉金灿似乎抓住了某些把柄，之前的问话都是有的放矢，针针见血，虽然她找不到证据，但是，她同样明白韩永刚就是所有问题的答案。这太可怕了。他不相信金灿是因为友谊而为韩永刚讨公道，这个世道他只相信利益，就像为了大黑鱼他可以去害人、去欺骗。他后悔刚才还不如和她讲价钱，给她一笔费用让她彻底闭嘴。

他不再笑了，说实话他也笑不出来，想了想，冷冷说道："说了半天，我还没搞明白你是以什么身份跟我说话。还有，你凭什么就可以代表韩永刚的家人不让他来？"

眼睛不会说谎！金灿从许可的目光中看到了他的心虚，于是用更冰冷的话答道："如果你是真心关照韩永刚，那我是什么身份就不重要。至于第二个问题我可以回答你，我要把韩永刚带到美国去治疗，所以他不用来了，你要是愿意可以马上打电话问他母亲。"

许可这一惊非同小可。他咨询过医生，以韩永刚目前的状况，康复的可能性是零，但美国医学技术先进，说不定真能医好韩永刚也未可知。他一改冷面孔，讪笑道："金灿，请原谅我的态度，这世道人心叵测，有碰瓷的，有诈骗的，即使长得漂亮的人也有心术不正的。坦白说，一上来我就把你当成来讹钱的，呵呵。"他干笑两声，又关心问道，"你联系那边的医院了？他们治愈的成功率有多大？"

"从我进门到现在，唯有'人心叵测'这话我赞成。你把我归到漂亮女人的行列又损我，大可不必，直接说我是骗子不就行了？"望着许可皮笑肉不笑的模样，金灿灵机一动，信口开河道，"我在纽约的朋友帮我联了一位专治颅腔受损的顶级医生，治愈成功率百分之八十。"

"那太好了,既然这样,韩永刚的医药费以及你们的差旅费公司来报。另外,我再派一个人一起去,给你跑个腿。嘿,谁让我和韩永刚是铁哥们儿呢,也只好假公济私了。"

金灿点点头,秀目流露出一丝嘲讽,不无揶揄道:"许总,你还是不要提铁哥们儿这词了吧。你也不要费心了,想想韩永刚回来后你该怎么办吧。"

"什么话,韩永刚是天海公司的创始人,没有他也没有今天的新公司,如果他真的能好,我会向董事会建议,仍由他来担任总经理一职。还有,韩永刚的股份早已尘埃落定,天海公司现在姓严不姓韩,别老拿话噎人,有能耐去找严向东说事,对了,你有这胆吗?"

"我的灵魂又没有出卖给他,有什么敢不敢,可笑。最后给你一句忠告:阴谋者的日子是以天为倒计时,韩永刚回来那天就是终结的时候,你现在悬崖勒马还来得及。"

金灿走了。许可半天没有缓过劲儿来,他脸色铁青,腮帮子也咬得紧紧,看得出金灿的话刺激到了他……

金灿原本没有带韩永刚去美国看病的计划,说去美国云云都是为了吓唬许可,倒是带韩永刚去北京看病是真事。关于这点,她已经和韩永刚的母亲达成共同意见。但从天海公司出来,金灿又萌发新的想法,她认为韩永刚曾在芝加哥向自己求婚,如果场景再现,说不定韩永刚的脑神经受到刺激,会由此正常。何况现在时间点正好和两年前接近,恰好能赶上过圣诞,这些外部因素都能够营造出当年的热闹景象,帮助韩永刚康复。

她没有回饭店,而是径直来到韩永刚母亲家,把自己的想法告诉韩永刚母亲。老太太一听连连摇头,说儿子连妈妈都认不出,别人就更不用说了,何况去北京还有他大哥陪着,去美国光靠金灿一人根本无法照顾,这么个大男人若在美国出洋相,也给中国人丢脸。金灿说了半天,老太太就是不同意,金灿急了,问道:"阿姨,您是不是不信任我?"

"哪儿的话,孩子,你是我见过的最优秀姑娘,小刚交给你,我一百个放心,要是在国内,你带他上哪儿我都不反对。"

"谢谢您的信任,我也理解您的反对,儿行千里母担忧啊。阿姨,是您给了韩永刚生命,是您把他拉扯成人,作为母亲的酸甜苦辣您的确比我更清楚,但是,您知道吗?我的第二生命却是他给的,如果没有他的援手,我金灿今天就不一定在这个世上,另一个母亲就会整天以泪洗面,在伤怀中去寻找她的女儿。"说到激动处,她潸然泪下,"人生在世,百善孝为先,韩永刚虽然守在您身边,可是到现在他也无法叫您、无法孝敬您,甚至他的后半辈子都无从着落,难道您不想听一声儿子的呼唤?难道他就只能像低能儿那样活着?难道就因为那些微不足道的理由就将他的一线希望挡在幸福的门外?难道……"

"不要说了。"老太太再也听不下去,紧紧抓住金灿的手颤抖着,"孩子,你让我想想,让我想想。"

俩人又交流了一会儿,韩永刚的母亲终于同意金灿的建议,将韩永刚的证件交给金灿,说好等办完签证手续,由韩永刚大哥再送他进京。

下午,金灿接到艾芸电话,说是要和孟志远一起为她接风,共进晚餐,金灿欣然答应。对孟志远,金灿不再计较过去的隔阂,对她而言,那个令她憎恨的孟志远已经走进历史,取而代之的是艾芸的老公,命运既然给他安排了新的角色。那就让自己踏踏实实当一回观众,"演员"若表演得好就给他一个喝彩,反之就提前退场。

晚上 7 点左右,就在金灿准备赴约之际,一个神秘电话直接打到客房,打电话者是一个陌生男人,嗓音嘶哑且低沉,在确认身份后,说道:"我有一张天海公司股东会议的录音光盘,内容是商讨并购协议,事关韩永刚,你有没有兴趣?"

金灿一听是陌生口音,连忙道:"你是谁,怎么知道我住的酒店?"

"这我不能说,见面你自然知道,要是你没有兴趣那就算了。"对方口气有些不高兴。

金灿叫道:"我当然有兴趣,但起码你应该告诉我你怎么知道我的?"

"你这人真啰唆。"陌生人嘟囔了一下,继续道,"这件事关系到我的生命安全,我不会说,如果你再问,我就挂电话了。"

"别,我们在哪儿见面,几点?另外,我们怎么接头?"

对方惜字如金,说完时间、地址以及接头方式,最后强调只能她单独一人来,马上撂下电话。金灿看了看时间,离见面还有一个小时,赶紧接通饭店总机,要来刚才那人的来电号码,又拨了回去,电话传来占线的嘟嘟声。"这人是谁?"她想,能够拿到股东会议录音的人要么是与会的股东之一,要么是做记录的秘书。从陌生人的语气判断,他不是为了钱出卖情报,因为这类案例往往都是先完成交易才会选择接头时间、地点,所以,可以排除靠情报换钱的可能性。秘书也没有可能,公司行政人员大换血,没有人认识自己,更不可能知道自己住的饭店。她再次拨打电话,还是占线。她继续想,股东的可能性很大,他们中某些人也许在并购后发现里面的陷阱,但又慑于严向东的淫威,敢怒不敢言,恰巧我这时出现在天海公司,其耳目暗中通报,才以匿名方式拿公用电话联系。可是他怎么会知道我所住的饭店呢?到庆义,我只跟韩永刚母亲和艾芸说过,难道他是从她们中的一个知道我的住处?还有一种可能就是挨着饭店查。无论何种方式,这个人透露的情报肯定极有价值。

她又一次拨打电话,这次通了,电话传来一个中年妇女拖着腔的问话声,金灿忙说要找一个十分钟前打电话的男人。中年妇女极不情愿地回答,说是就这一会儿工夫有好几个男人打电话,现在人都走了。金灿恳请对方帮忙回忆一下有没有一个嗓音沙哑的男人,这次对方非常干脆,一下子挂掉电话。

陌生人选定的碰头地址是市中心广场旁的一家咖啡店,距金灿下榻的饭店距离也就两站多地,她只要走出饭店向左到红绿灯处,横穿马路,再步行一站地就到了咖啡店。由于这里地处繁华地段,从早到晚车水马龙,所以,她对安全并不担心。

她又打电话给艾芸,编了一个不能赴约的理由,然后利用十来分钟时间补妆,同时想着韩永刚去美国治疗的可能性。她曾听说芝加哥大学医学院在某些领域技术一流,若真能治好韩永刚,也算报答了他。不过,一想到昂贵的医疗费,她不禁有些泄气。韩永刚不是美国公民也不是永久居民,其医疗费用会是本地人的好几倍,以她的收入虽然勉强可以支付,但生活上就捉襟见肘了。她又想起那个即将会面的陌生人,如果一切属实,她相信通过证据能够找回韩永刚股份上的损失,这样给韩永刚治病就不愁没有经济来源支持。

化好妆,金灿看时间差不多,便向咖啡店进发。华灯初上,人行道还不是那

么亮堂,只有主干道被车灯照得明晃晃。车流比高峰期少一些,基本不用走走停停。快到红绿灯处,她忽然感到肚子咕咕叫,不由得站住,下意识回头张望刚路过的一家快餐店,犹豫是否先买个汉堡包垫垫底。快餐店里人很多,购餐的人排起长队,她只往回踏出一步又改变决定:宁可饿着也要提前赶到。

就在她再次转身走向路口,一个幽灵般的男子从后面悄悄跟上,她被跟踪了。

金灿万万没有想到,自己一出饭店便被人盯上了。盯梢者专拣阴暗的地方保持十几米的距离不紧不慢尾随着,就在她猛回头看那家快餐店时,这个人猝不及防,连忙一扭脸转向旁边的报刊亭,佯装浏览杂志的路人,余光却继续监视金灿,见金灿又往前走,连忙买了一份报纸,然后拉低棒球帽的帽檐,跟了上去。

来到路口,金灿正好赶上主干道红灯,便随着一干人众横穿马路,跟踪者不敢跟得太近。他选择等绿灯亮后到马路对面再横穿主干道,这样就可以在与金灿平行的人行道上盯着她,既不容易被发现,也不会跟丢人。

这人是谁,他为什么要跟踪金灿,难道命运对韩永刚的诅咒又要在她身上重演?

答案马上就要揭晓。

在又一处路口,金灿等来横向的绿灯,开始沿斑马线朝跟踪者的方向走来,同时她也看见远处那家咖啡厅硕大的霓虹灯闪耀着五颜六色的光芒,步伐不由自主加快。突然,一个不可思议的事情发生,跟踪者的脚步由缓变快,接着由快变跑,最后竟然如百米冲刺,发疯似的向金灿冲去,一场血腥毫无征兆地笼罩在金灿头上……

第三节　惊魂

　　金灿走过无数个路口,没有一个比这个路口凶险,没有一个令她如此心悸。对她而言,路口不再是路口,而是通往阴曹地府的鬼门关。

　　就在她越过整条马路,还差几步就可以跨上人行道时,一辆小轿车已经悄无声息地驶到她跟前。她蒙了,因为两秒钟前这辆车距她还在安全范围内,以其速度,她可以从从容容走上人行道,显然,这辆车是突然加速冲她来的,司机没有刹车,也根本不想刹车。电光石火之间,金灿失去反应呆立当场,不过,她看到更加不可思议的事情:从车头另侧突然蹿出一个人,勇猛扑向她,还未容她反应过来,来人在她快被汽车撞上的瞬间,硬是抢先汽车一丁点距离双掌推到她。金灿没有躲过汽车的碰撞,但由于来人施加在她身上的横向力在先,所以金灿仅仅是侧向跌倒,连皮肉都不曾伤到,来人则像皮球一样被撞起,一直滚了五六米才算停住,幸亏肇事车辆撞完两人直接右拐,否则来人必遭碾压。

　　金灿一骨碌爬起来,不顾狂跳的心,也不管颤抖的双腿,摇摇晃晃朝那个人跑去。到跟前,借着路灯的光亮,金灿愣住了,这个见义勇为者怎么这么面熟,不是单奇是谁? 她慌了,先试了下单奇的鼻息,他还活着,金灿也顾不上考虑他为什么会出现在这里,焦虑呼唤两声后就要给他做人工呼吸。

　　忽然,紧闭双目的单奇张开眼,挥手乱摆,连声说不用。金灿大喜,但依然揪着心,不容分说,要拦车送单奇去医院,被单奇阻止。为了让金灿放心,他一手撑地,慢慢爬起,在金灿和旁观者搀扶下回到人行道。

　　经过活动,单奇确认自己并无大碍,他解释自己从小练过拳击,到现在也没

中断，经常和沙袋相撞，刚才那个碰撞他已经做好准备，在推她一把后就迅速蜷身，着地时已护住头部，所以没有受伤。金灿这才放心，指着肇事车逃逸的方向愤愤说道："那辆车真是莫名其妙，我明明见它离我还远，谁想它竟然冲我撞过来，我看像是成心，幸亏你……对了，你怎么会在这里？"

单奇顿时严肃起来，一边活动着臂膀，一边拉着金灿离开看热闹的人群，在红绿灯下站定，说道："金姐，那辆车不仅成心，而且是要害你。走，换个地方，我把经过告诉你。"

金灿紧张地看着单奇，犹豫一下，决定还是先去咖啡店赴约。单奇急了，他目睹了整个事件的发生过程，坚信凶犯是冲金灿而来，适才若非自己干预，金灿可能命丧车下，现在必须赶紧离开此地去往安全的地方，否则凶手逃而复返，能否幸运逃脱就难说了。所以，他坚决反对金灿单独约会，要去也要带上他。可金灿不同意，说匿名者谨小慎微，万一发现有人陪同，一个秘密将石沉大海。俩人各说各的，谁也不妥协，单奇一时半会儿解释不清，情急之下，挡在金灿前面就是不让开。

僵持了一会儿，金灿逐渐冷静下来。她想，按单奇的说法，如果刚才是一起凶手精心策划的行动，那么匿名电话便是这个圈套的第一环，果真如此，凶手必然知道单奇是自己的外援，肯定不会再去咖啡店接头。想到这，她觉得马上赶到咖啡店是验证推理的唯一办法，于是，同意让单奇陪自己前往。

这是一起彻头彻尾的谋杀。如果没有单奇，金灿可能已经沦为一场交通事故的牺牲品，即使金灿躲过车祸，凶手也会赶在她之前到达咖啡店，接头后，将其诱到停车处，趁给光盘，将她击昏并拖上车勒死。如果停车场还是没有作案条件，凶手会驾车尾随金灿，到行人稀少处追上金灿，借口给错光盘诓其上车，趁机下手。总之，这是一个极其残忍、极其缜密的凶杀，主谋设置的三道连环必杀计显然是不容金灿活着离开庆义。

但，有道是百密必有一疏。就在第一环似乎就要成功之际，坐在停在后面辅路上车里的主谋认为金灿必死无疑之时，接下来的一幕意外让他目瞪口呆。一个局外人突然现身，金灿不仅没事，那个局外人也安然无恙。主谋顿时紧张起来，第一反应就是想跑，不过他马上镇静下来，紧盯着金灿和那个施救者走向红绿灯，俩人似乎在争论什么，不一会儿，他们同时朝咖啡店走去。他当机立断，将车驶出停车位，慢慢追了上去，借着光亮他终于看清那个施救者。"靠，他怎么会在这儿？"他差点喊出声。接着一踩油门，车立刻加速离开。他拨了一个电话，通知杀手取消计划。返回的路上，他来回念叨着"这家伙怎么会在这儿"。

不仅是主谋，就连坐在咖啡厅里的金灿也急于想知道单奇怎么在这儿，不过她现在还不能问，因为她与单奇没坐在一起。一个小时后，匿名者没有在咖啡店出现，金灿基本断定这是一个骗局，于是在单奇的护送下打车回到酒店。在房间里，金灿迫不及待提出心中的疑问，方才勇猛的单奇顿时变成了大姑娘，脸色通红，说话也结结巴巴，讲了半天，金灿才大致明白。

原来，单奇上周刚接到一项公司任命，让他去韩国接替一位刚退休的副经理的职位。这消息就像是天上掉馅饼，他第一时间告诉了自己的父母。高兴之余，单奇心想自己这一升迁可是实打实地走向美好前途，若让金灿知道，说不定能让她回心转意。周五，他再次来到金灿公司，不承想，前台告诉他金总请假去庆义了。他明白金灿是去看韩永刚，一想，正好自己也要回阳明看父亲并辞行，索性先去庆义找金灿。就这样，他从金灿秘书那儿要到地址，周一下午就飞到庆义，恰好金灿隔壁无人入住，于是，他指定房间号，住在金灿隔壁。办完入住手续，他没有去敲金灿的房门，而是塞给保洁员五十元钱，看其是否在屋。保洁员敲金灿房门时，金灿正在上网查北美各大医院网站，并没想到保洁员是单奇派来的密探。单奇听说金灿在屋里，喜上眉梢，又塞给保洁员五十，保洁员兴高采烈，连问还要不要看看其他屋有没有人在。

单奇来到大堂坐下，等候保洁员来电。他和保洁员约定好，只要金灿出门就打电话给他，当然，这又是五十元的代价。他之所以这样是不想让金灿认为他死皮赖脸跟踪她，想让这次见面看起来纯粹是邂逅，至于他住在隔壁也纯属巧合，影视、书刊结尾不是也经常说"如有雷同，纯属巧合"嘛。

就在他饿得前心贴后背时，电话终于响了，保洁员激动的嗓音不亚于他看"神六"发射成功的感觉。不一会儿，金灿从电梯间急匆匆走向大门，单奇顿时热血沸腾，站起身朝金灿迎去。他设计的台词是：只要金灿一开口"单奇，这么巧"，他便回应"是缘分，在哪儿都跑不掉"。

三步、两步，俩人就要擦肩而过，单奇故意将目光转向别处，他相信金灿肯定看见了他。奇怪，他没有等来设计好的台词，金灿对他视而不见，仿佛面对的只是一个陌生人。单奇真有些摸不着头脑，感觉金灿有点不对劲儿，这么近的距离就是脸上落一只苍蝇都能看得清清楚楚，何况那么大一个脸蛋子。仅仅经过短暂的懊丧，单奇决定跟踪金灿，他想知道到底发生了什么事情会使她这么魂不守舍。就这样，单奇一直跟到与金灿平行的马路上，才发现事情有些诡异。先是一个身材矮小的男人从他身边跑过，匆匆钻进辅路上停的一辆小轿车，接着，汽车发动并开始缓慢前行，其速度与单奇的步伐几乎一样，这就使单奇看金灿就成了三点一线，他、轿车、金灿。结合刚才那个小个子男人也是和自己一样跟在金灿后面，当时并没觉得什么，但现在看来，这辆车和他的目的完全一样，都是冲金灿去的。

他无法判别对方是好意还是歹意，但他还是多了个心眼，想看看车牌，谁料这是一辆无牌车。这些不正常现象让他纳闷，心想，对方要是打金灿的坏主意，那就算他们倒霉了，他阳明市中学业余拳击联赛第一名可不是吃素的。正好，能够在金灿眼前表演英雄救美，说不定能够成就一段姻缘。他越来越希望车里的人统统下来去调戏金灿，然后他出拳，像打沙袋一样将他们击飞。

事情超出他的想象，快到十字路口，那辆车忽然停住。单奇看见金灿正过马路，而车里的人似乎在等待。他开始还不明白，见车轮又转动起来，金灿也快到自行车道，他猛然意识到车里人的动机，他急忙追赶轿车，但是车速越来越快，他是真急了，捏在手里的报纸如同标枪砸向轿车。司机以为撞着了骑车人，回头查看，就在减速这一瞬间，单奇用尽全力抢过车头，纵身扑向金灿……

听完单奇的描述，金灿这才明白自己遭遇了一场真正的谋杀，自己这条命是单奇从鬼门关前抢回来的，若非他，自己现在恐怕已经是一具冰冷的尸体。她不禁打了个寒战，眸中流露出恐惧，十指交叉紧紧握在一起，像是随时准备保护自己。金灿害怕了，她知道谋杀意味着自己已经成为枪口下的兔子，躲过第一枪，接踵而来的会是第二枪、第三枪，只要她不躺下，猎杀者绝不罢手。

"金姐，别怕，有我呢。"

望着单奇坚毅果敢的表情，金灿略觉一丝宽慰，但马上意识到凶手只是冲自己而来,不能把他卷进去,否则真要出事,自己无法向他父母交代。她勉强笑了笑,说道:"知道吗?我现在无法用一个谢来表达我对你的感激,因为这个恩情实在是太重,我恐怕用一生都无法偿还。"她深情地望着单奇,眼睛有些湿润,继续道,"原来我总觉得你只是一个大男孩,对爱情仅限于青春期的理解,我错了,你不仅已经成长为一个男人,而且更是一个懂得用生命去捍卫爱的男子汉,且不说这样值不值,单就这份精神就足以让天下大多数男人汗颜,我为你骄傲。"

单奇本来还有些紧张,金灿的夸奖令他兴奋起来,他是第一次看到金灿这样认真、这样动情地对自己说话,而且那神态就像是面对刚刚拯救人类的英雄,他不由得陶醉了,他心想,这几个蟊贼也忒没用了,就你那个速度哪能撞死我,倒是下来干一架啊,要是她再亲眼看见我的神勇,这把握不就更大了?

"但是,爱情和感激是两回事。"金灿秀眉一扬,真挚地说道,"单奇,让我们成为一生的姐弟吧。我从小就希望能有个弟弟,可是我妈没有满足我的愿望,你要是我弟弟该多好。"她笑起来,又道,"要是那样,弟弟救姐姐天经地义,我也不会像现在这样觉得愧对你。"

单奇的心凉了半截,一生的姐弟说白了不就是不能成为夫妻嘛,即使没有血缘,这种关系也不会升级,也是,哪有弟弟娶姐姐的道理。不过这小子的确有股子狠劲儿,只要金灿没有结婚,他就要坚决等下去,所以,他当然不能当金灿的弟弟,何况还是一生的弟弟,那样的话,他这辈子就别想娶金灿了。

"你还没有祝贺我高升呢。"他知道现在谈爱为时尚早,所以转换话题。

金灿明白单奇内心的想法,暗自叹口气,不过,对方既然不愿谈,她也无法做工作,再说,危机是否解除还是个未知数,她必须审时度势,赶紧制定周全的自保计划。

说完祝福的话,俩人又谈起案情。金灿此时已基本冷静下来,通过单奇的再次描述,她把主谋锁定在严向东、许可、李忠国仨人身上。之所以是这三人,他们都存在杀人动机。因为严向东收购天海公司的疑点太多,如果韩永刚好转,其见不得人的勾当将大白于天下。许可与严向东蛇鼠一窝,他也是天海公司并购案的利益获得者,加上他们之间矛盾重重,为利益杀人灭口的可能性也是有的。最后一个李忠国与前面两人不同,他由于在仕途上受阻,极有可能将一腔怒气撒向她,这个人在没有理智时禽兽不如,因此不能将他排除。本来她也把孟志远列在凶手名单里,考虑到他和艾芸已经结婚,没有杀人动机,所以将其划掉。

单奇听完分析,才知道围绕韩永刚还有这么多的利害关系,而现实社会中人们这种尔虞我诈、相互倾轧乃至你死我活的明争暗斗,是他长这么大闻所未闻,见所未见的。顷刻间,他忽然感到,自己生活的世界并非歌舞升平,也不是自由自在,只要存在利益,就会有暗流涌动,就会有杀机四伏。他甚至推断,韩永刚的车祸不一定是他醉驾造成,说不定里面也存在利益既得者的影子。他攥紧拳头,在空中挥舞了一下,豪放地说道:“金姐,咱们这就去报案,我不信他们光天化日之下敢胡作非为。你别怕,从现在起我就是你的保镖,这帮家伙若敢再来害你,我非把他们的脸打成柿饼!”

到底是初生牛犊不畏虎,抑或是男儿与生俱来的胆量,关键时刻,性别差异凸显单奇的勇猛和无畏,让金灿犹如吃了定心丸,顿时踏实下来。坦白讲,在暴力犯罪面前,她和狼嘴下的兔子没有区别,关于这点,她从不惭愧,她认为男人来到这个世界就是为了保护女人,如果女人一个个都是李小龙,还要男人干吗?

两人出门还没到电梯口,金灿又决定不去报案。她认为自己没有任何证据能够指控那是一场针对自己的谋杀,就算有单奇做证也只能说明那辆车是肇事逃逸,加上没有牌照,人也没有受伤,立案的可能性太小,至于她所怀疑的严向东等人,那也仅仅是怀疑,警察是没有兴趣听她的推理的。单奇一听有理,只能作罢,恰巧他的肚子咕咕叫起来,便提议去楼下吃饭,金灿劫后余生,惊魂甫定,也是饥肠辘辘,于是两人又上电梯到一楼用餐。

吃完饭,单奇把金灿送回房间,正站在自己房间门口掏房卡,一个人鬼鬼祟祟靠近他:“先生,你回来了。”

单奇吓了一跳,扭头一看,是早先那个服务员,便笑着打了个招呼。服务员没有走的意思,而是小心翼翼地询问隔壁住的是什么人。单奇有些不快,心想都给你钱了,打听那么多干吗? 他沉吟了一下,随口说是朋友。服务员看出单奇不高兴,连忙解释道:“别误会,先生,我没别的意思。就在一刻钟前,也有一个人让我看看你的朋友在不在房间。我觉得这个人不像是好人,所以来告诉你。”

单奇一听就急了,马上意识到问题的严重性,他推测来人十有八九是那个杀手,因为金灿的亲朋好友不会以这种避人耳目的方式打听她在不在,当然,他是例外。他打开门把服务员让进屋,又把金灿叫来,俩人像是在听恐怖故事,大眼瞪小眼地看着服务员。说完后,单奇掏出一百块钱给服务员,同时也把自己的手机号给了她,叮嘱如果那个人再来找金灿,就马上给自己打电话。

事情基本明朗,可以断定杀手已经找上门。杀手这么快就到,说明他们害怕金灿活着离开庆义,非要置金灿于死地而后快,要不是单奇先前请那位服务员办事,并给其好处,服务员也不会上门报告。遗憾的是,服务员无法描述疑凶的长相,因为那个人戴了一副墨镜加一顶棒球帽,身高也不似单奇见到的那个疑凶。

金灿非常焦虑,现在凶手随时都可能破门而入,他们手里肯定也会拿着致命武器,仅凭单奇恐怕无法应对,弄不好还会殃及池鱼。打110报案?她马上否定,她担心凶手扮成警察登门,这无异于引狼入室。另换酒店?也不行,此刻大堂或大门外肯定已经有人监视,对方也许正在守株待兔……她双眉紧锁,紧张地思考着一种又一种可能。

单奇瞪着金灿,攥紧拳头,仿佛只要金灿一声令下,便会立刻冲出房门去和凶手拼个你死我活。他非常后悔,当时没有把握住机会,若能早点判断车上那俩小子是凶手,他一定要先暴揍他们一顿,省得现在操心。他刚刚走上社会,社会阅历还是一张白纸,现在一上来就遇到这么大的事件,早就没有了主张,但他又不愿光看着金灿发愁,心想自己好歹也是一个大男人,好不容易眼前有一个证明自己的机会,如果连这件事情他都搞不定,金灿更不可能和自己好。他绞尽脑汁,却依然没有任何办法,不由得暗暗骂自己是废物,要是父亲在就好了。一想到父亲,他忽然来了灵感:"对啊,让老爸派人护送我们先回阳明不就行了?"他兴奋地把想法告诉了金灿。

金灿刚一听也觉得不错,但仔细一想还是有问题。她的顾虑是,从庆义到阳明走高速差不多两个小时车程,凶手擅长制造交通事故,而这段高速正好给他们作案的空间,自己只要上高速就成了羊落虎口。

单奇的方案虽然没被金灿采纳,但是却启发了她,她认为饭店、旅馆都不安全,唯有住家还能栖身。普通小区靠保安当然也不行,必须有军警门岗执勤方能起威慑作用。韩永刚母亲的家正好符合这个条件,何况韩永刚母亲也曾说让她住在家里,现在情况紧急,想必对方不会拒绝。这是没有办法的办法,以她的性格是不愿去打搅别人。她马上把主意告诉单奇并让他和自己一起去,接着又给韩永刚母亲打电话,简明扼要地说明自己的处境,提出借宿一夜。韩永刚母亲听了,比金灿还急,她不同意金灿打车来家,要亲自带车去接,说万一歹徒装成出租司机怎么办。金灿被老人的细心感动,不再推辞。俩人如同谍战片里的谍报员,蹑手蹑脚收拾各自的东西,然后待在单奇的屋里等待。单奇忽然想起可以去趟饭店监控室,通过饭店内安装的监控看看疑凶是什么样子。金灿一半出于害怕独自留守,一半也想看看疑凶的长相,坚持要和单奇同去,单奇拗不过金灿,但又担心会碰上凶犯。倒是金灿想起严向东和自己吃饭艾芸假扮饭店服务员一事,决定照猫画虎,也扮成饭店服务员避开凶犯的视线。单奇稚气未脱,还没听完就兴高采烈地跑去服务员休息室借工作服。那个服务员也不管单奇借工作服干什么,连忙找来一个最大号的交给单奇,见单奇又要掏钱,说这次什么也不要,还一再表示,他是自己见过的最好的人。

金灿穿上工作服连自己都笑了,所谓最大号的工作服穿在金灿身上就像缩水后的衣服,短了一大截,估计这层楼的服务员个头都不高。金灿把帽子压得低低的,头发尽量都塞进帽内,不让人看出上半截轮廓,即使这样依然挡不住俊俏的脸庞,看得单奇直发呆。

监控室,值班的保安不同意他们看视频回放,还忍不住盯着金灿,大概是奇怪从未见过她。单奇立马编了个瞎话,说自己女朋友刚来上班,之所以要看视频回放是因为自己的情敌也找上门,但是女朋友原来的男朋友太多,女朋友又不说实话,不知是哪一个,想确定一下好教训他,说完,又拿出一百元给保安。保安半推半就收下钱,一边找前面的视频一边想,这女的的确漂亮,也难怪她男朋友有这么多情敌,以后倒是可以和她套套近乎,争取也当个情敌。

很快,监视器上出现了一个戴着棒球帽、墨镜的男人,这个人从饭店大门外进入没有东张西望,径直走向电梯间,视频又切换到电梯里,这时可以清楚地看见男人的全貌,他不是单奇见到的那个人,金灿也不认识,他到了金灿所在楼层四处张望了一下,便向金灿的房间走来。从画面上看,他表现很正常,不急不缓,像是一个房客,即使路过金灿房间也没有做任何停留或特别反应,而是一直向前,不大工夫便消失在走廊尽头。从方位看,估计进了服务员休息室。又过了一会儿,那个女服务员从走廊那端出现,一直到金灿的门口停住。金灿、单奇互看一眼,知道服务员没有撒谎,她的确按照那人的吩咐来看金灿是否在屋……

保安在一旁见金灿脸色泛白,神态木然,估计是吓得不轻,猜想金灿的谎话被揭穿,少不了要挨揍,于是故作好人对单奇说道:"你也别往心里去,猫还要偷腥呢,何况是人,把话说清楚就行了,君子动口不动手。"

单奇恨恨骂道:"他妈的,别让我抓到你,否则我宁愿当小人。"

两人回到单奇的房间,金灿检查了门是否锁好,又把钢链挂上,她是真害怕了。之前,没看到人时,她还不太紧张,但看到疑凶冷酷的举动,她才感到危险就在身边,她现在最大的愿望就是逃离庆义。

又过了一会儿,传来敲门声,金灿从门镜看到了韩永刚的母亲和大哥,连忙打开门,她像是见到救星,一把抱住老人。单奇出来一看,好家伙,门口除了老太太和一个五十多岁的男人,还有四个雄赳赳气昂昂的军人,大家七手八脚拿上行李,把金灿夹在中间出了饭店。大门外,金灿彻底放心了,至少还有一个班的军人分别站在四辆车旁守候,这阵仗别说是个把杀手,就是来一堆歹徒也占不了便宜。

当晚,金灿和单奇踏踏实实地睡了一觉,第二天,金灿在两位军人的陪同下返回北京。

回到北京后,金灿深居简出,开车时她特别注意前后左右,好在北京的交通就像一个大停车场,只要不在夜里 2 点到清晨之间出行,想把车开起来简直是就是做梦。很快,韩永刚的签证被批下来,金灿马上通知韩永刚的母亲,要韩永刚来京。金灿非常高兴,这个时间点恰好是两年前她和韩永刚去美国看展览的日子,她可以安排同样的饭店、同样的房间、同样的旅游路线,当然还有同样的圣诞节,让韩永刚重新感受一遍,若能恢复记忆最好,若不能,就带他去医院检查。至于杀手的阴影她暂时不再考虑,她要不遗余力地去帮助韩永刚康复,一旦韩永刚有起色,她将向恶势力宣战。尽管她胆怯,尽管她喜欢平淡的生活,但邪恶存在一天,她的生命便会受到威胁,何况一个健康的韩永刚将会给她无穷的力量和胆魄。

金灿就要出发了,就像一艘鼓起风帆的小船,带着希望、带着梦想,更带着炽热的心即将划向远方。亲人的劝阻没有让她却步,未知的困难没有让她动摇,此时她的信念就像她回答母亲这样做值不值的一段话:"人都有留恋的过去,也有憧憬的未来,我选择去做,那它就一定值。就像看日出,您不能说起大早若赶上雾霾看不上,就怀疑值不值。一样的道理,就算没结果,只要希望在,我做的一切就有意义。"

金灿的母亲并不知道,女儿其实爱上韩永刚了,尽管这是一个弱智的韩永刚,但她没有嫌弃。难道她不懂这样做是拿自己的人生开玩笑?难道她是在和命运赌博?

第五章　向着太阳出发

第四节　再回首

斗转星移,两年的光阴对大多数人而言没有太多变化,却在韩永刚和金灿身上留下浓浓的笔墨。曾经的辉煌被雨打风吹去,昔日的风采业已凋零,一个呆傻得可悲,一个痴心得可怜。不知大诗人李白从何人身上看出人生苦短,从而写下"今朝有酒今朝醉,莫使金樽空对月"这样的华章丽句。

金灿带着韩永刚一出芝加哥机场,内心顿生感慨:许多发生过的事情恍如昨日,再回首,已然物是人非。两年前,是韩永刚带她来美国,那时的他何等豪迈、何等意气风发。两年后,是她带韩永刚来美国,虽然他还是那个韩永刚,但仅剩一副躯壳而已。金灿终于知道韩永刚母亲为什么不放心她带韩永刚来美国,敢情韩永刚和真正意义上的弱智不同,韩永刚属于"半路出家"式的弱智,脑子不好使,这身子骨却依然硬朗,飞机上用餐,他愣是把餐巾纸也给吃了,金灿用尽全力也没夺下来。还有,金灿特地给韩永刚挑了一个头等舱靠窗的位置,未曾料当飞机飞到高空时,韩永刚从舷窗向外望,居然吓得哇哇大叫,又是鼻涕又是眼泪,非要下飞机,金灿费了九牛二虎之力也拦不住,还是乘客里的几个小伙子帮忙把他按住,让他和金灿换了座位,这才老实。

连续几天,金灿不顾时差,带着韩永刚在芝加哥的海军码头、壮丽一英里、博物馆、芝加哥大学等地转悠,重温曾经的经历。她还特地穿上和两年前同样的服装,借此营造时空不变的假象唤醒韩永刚。每到一地,她总是目不转睛盯着韩永刚,希望韩永刚的眼神突然充满灵性。但是,她的愿望随着时间——如同室外的温度——渐渐冷了下来。韩永刚没有丝毫变化,他的大脑神经像是被砌上了水泥,来自外界的刺激根本不起作用。

金灿身心疲惫。可以说她对这种治疗方式的信心开始动摇,现在她唯一的希望就是上医院求医。她不再继续未完成的旧地重游计划,只保留一个参观威利斯大厦的活动。她之所以想去那儿,是因为两年前韩永刚在那儿向她求婚并有一张合影,她最后的希望就在于此。

星期六上午,金灿带韩永刚来到威利斯大厦。由于是周末,买票参观的游人排起长队,从大堂一直排到大门外另一个街区的拐角处。金灿一边排队,一边不失时机地向韩永刚讲述两年前在这里的经过。尽管这是徒劳无功的讲解,前后游人投来异样的目光,金灿还是抱着一分希望坚持,再坚持。

两小时后,他们乘电梯来到大厦一百零三层的最高处。金灿拉着韩永刚随人群走向窗边,谁想,韩永刚低头望向窗外,顿时吓得连连后退,任凭金灿怎么拉扯就是不肯靠近窗边,被金灿扯急了他还哇哇哭起来,引得游客诧异不止,不知道这个衣冠楚楚的大个子怎么竟同小儿一样哭泣。无奈之下,金灿只好带韩永刚走到卖纪念品的商店区,避开众人的议论。忽然,金灿发现韩永刚紧紧盯住货架上一个威利斯高塔模型纪念品,饶有兴趣地观看着。

这可是少有的举动,金灿激动得心跳骤然加快,拿起一个模型哆嗦着伸到韩永刚面前,说话不仅带着颤音还有些结巴:"韩、韩总,这是威利斯高塔,好好看看,想起来没有? 我们曾经来过。"她目不转睛,紧张地望着韩永刚,生怕遗漏对方康复的迹象。

她又一次失望了,韩永刚没有任何反应地走向别处,适才的举动不过是三岁的幼儿盯着一个玩具的好奇而已,并非金灿所想那样有了记忆。她长叹一声,把东西放回,继续带着韩永刚向摄影区走去。她已经不记得这种叹息有多少次,尽管每次叹息都有一种心碎的感觉,但是,每次过后,她又燃起新的期盼。

又是一个长龙似的排队,到这里游览的游客有相当一部分选择由景区工作人员安排留影,大家秩序井然,安静且彬彬有礼,只有孩子们在人群中蹿来蹦去,大声喧哗。

金灿这次有了准备,为了避免韩永刚再看到楼下恐高,干脆让他转过身背对窗户排队。效果的确不错,这次韩永刚就像拉磨的驴,乖乖听从金灿的吩咐,一

第五章 向着太阳出发

步步倒着走。就这样,俩人以特别的方式来到悬空在外的玻璃间内,在工作人员的安排下调整姿势。脚下的厚玻璃据称能够放上一辆汽车而不裂,虽然如此,有恐高症的人若站在上面往下看,十有八九都有种眩晕的感觉。

就在金灿和韩永刚并肩而立,摆好姿势之际,韩永刚无意间低头,这下他犹如被马蜂叮了,嗷的一声就要往里跑。金灿一把攥住他的胳膊,也不知当时她哪来的这么大劲儿,硬是没让韩永刚动一步。意外发生了,由于韩永刚向里冲,金灿往外拉,韩永刚的下半身已经在楼里,上半身连同整个重心都在楼外,失去平衡的他重重朝后摔去,附近所有的人都听到一声较大的声响,那是韩永刚的后脑勺撞在玻璃墙上的声音。韩永刚一声没吭,晕厥过去。

金灿吓傻了,蹲在韩永刚旁边不知所措,游人也骚动起来,几个男人自发过来把韩永刚轻轻挪出玻璃间,工作人员则拨打911报警。不到十分钟,救护人员赶到,短暂急救后,抬上担架,送往医院。

韩永刚的伤势不算轻,医生根据金灿拿来的韩永刚病例的图片与刚扫描的结果对比,发现颅腔内有出血点,而且出血点在原来的病灶上,决定马上给其进行开颅手术。

先是住院部医生找金灿谈病情,这是一个与金灿年纪相仿的华裔医生,他告诉金灿,手术有两种方案。第一种是保守疗法,只清除出血点位置的瘀血部分,这种手术相对安全。第二种存在风险,不仅清除瘀血,还要进一步将病灶部分的有害组织去除,这需要病人的亲人来决定。金灿紧张起来,不知风险发生的概率,便向医生请教。医生说道:"如果病人是我的兄弟,那么我一定会强烈建议做彻底的手术,这就好比打扫房间卫生,既然打开了门,为什么还要留下遗憾呢?风险的确存在,但是,"接着,他非常自豪地笑道,"这次给病人手术的医生是贾斯汀博士,他可以说是北美脑外科殿堂级的人物,病人正好轮到他,真是非常幸运,当然,我这样说并不是贬低别的医生。"

金灿极不情愿地点头答应。于是,主刀医生贾斯汀博士来和金灿谈手术过程中可能出现的风险,以及术后可能发生的问题。也许是看出金灿的紧张,最后,他安慰金灿,他一定会尽力,而且相信上帝就站在他一边。尽管医生的话给了金灿些许安慰,但是,她还是沉不住气,毕竟在死神面前,再好的医生也会有闪失的时候,一旦灾难降临在韩永刚身上,她不知道自己还有没有勇气面对韩永刚的母亲。手术的当天,等韩永刚一被推进手术室,金灿马上来到医院旁边的一座教堂,虔诚地向神祷告,祈求韩永刚能够顺利过关康复。

手术比较成功,整个过程不到四个小时就结束了,至于贾斯汀博士所说的风险仅出现一个,但被其化险为夷,无怪乎住院部医生如此盛赞这位专家。当金灿看到住院部医生笑着向自己走来,她哭了,那是高兴的泪。这时她才发觉,自己的手脚冰凉且发麻,原来在来访者休息室,她一动不动地坐了两个多小时。

术后监护室,金灿被特例批准进入探视韩永刚,条件是不许超过三分钟。韩永刚躺在特制的病床上,头部缠绕着白色的绷带,他已经摆脱麻醉的药效,睁着眼,直勾勾望着天花板,没有任何表情。金灿俯身轻声唤道:"韩总,你认识我吗?"她急切地看着韩永刚的眼睛、嘴唇,一颗心提在嗓子眼里。韩永刚没有如她期望的那样回应她,连眼皮都不眨动一下,似乎比之前更糟糕。金灿慌了,这手术咋做的?韩永刚都成了植物人了,还专家呢,看来美国也有"伪劣产品"。她继续呼唤,韩永刚还是没有反应,不一会儿闭上眼像是睡着了。

金灿连忙请教值班护士,护士非常友好也非常耐心,说病人术后身体都非常虚弱,即使过了麻醉期也反应迟钝,这是正常现象。当然,眼下还是风险高发期,要不怎么需要在观察室待上半天特别监护呢?金灿对护士的上半段话略感安慰,但她的下半段又让她将心提了起来。金灿回到休息室又过了三个多小时,护士来通知她韩永刚将转到病房。

病房很大,要在国内恐怕会摆放八张床位,这里仅有四张。病房不算新,墙面油漆也已泛黄,但干净整洁。每张床对应的天花板都安有一圈比床还大的金属轨道,挂着如浴帘式的塑料布,若把它拉上,每张病床就是一个单独的空间。床头墙壁上有一排仪表,无外乎是氧气、血压计、心电图仪等一些医疗设备。病床中部天花板上方还垂下一金属支架,支架上有一台电视,患者若想看电视,可以通过遥控将其上下伸缩。病房内还有一个公用卫生间,其特点是墙壁上把手到处都是,患者扶着把手就可以安全出入。

韩永刚被安置在靠窗的位置,一位黑人年轻女护士给韩永刚做了登记,并告诉金灿注意事项。

又是一天过去了,韩永刚依然酣睡,偶尔睁开眼也只是看着天花板,对金灿的呼唤还是没有任何反应。吃饭也是机械式的,且饭量极小,一片面包只吃一半,小罐酸奶一半也吃不到,倒是能喝完芝士汤。

金灿累坏了。从韩永刚入院起她一直没有睡个安稳觉,医院晚上不能陪床,她只能在来访者休息室打盹。平常饿了,要么忍着,要么买个汉堡随便打发一下,医院成了她的临时住所。

第三天上午,医院财务部来人找她,要她支付韩永刚前期的医疗费用。尽管她心里做好了准备,但是一看到账单还是吓了一跳:明细表密密麻麻,连打针换个针头的费用也跃然纸上,总费用竟然将近五万美元。尤其离谱的是,每天的床位费为两千美元,占总费用的八分之一。金灿怀疑对方打错账单,女出纳员耸耸双肩,理所当然地说道:"小姐,账单没有错,因为患者不是美国人,也不是永久居民,美国的福利只针对本国人,那位先生是来访者,他应该会有旅游保险,当然,这是你们的事情。"金灿虽然在美国生活过多年,但几乎没有和医院打过交道,平常有个头疼脑热也仅仅是去看家庭医生,加上她持有绿卡和医疗保险,并不觉得看病有多贵。尽管她从别人那儿知道医疗费奇高,却没料到会这样离谱,她来时在自己的卡里存了五万美元,韩永刚母亲又给韩永刚办了一张十万美元的旅行支票,金灿现在还是感觉囊中羞涩。这才三天啊,天知道韩永刚后面要住多长时间,就算他不吃药、不治疗,这一天两千美元的房费也受不了。"幸好还有保险。"她想。

回到病房,护士正在给韩永刚换尿袋,和金灿打了个招呼,就去倒尿。金灿看了看韩永刚,他还是那副模样,眼珠子像是被胶水粘住了,一动不动看着天花板。金灿叹口气,站在窗边望着外面阴沉沉的天气,自言自语道:"韩永刚啊韩永刚,我到底欠你什么了,上帝要这么惩罚我?当初去应聘,你既然拒绝就该坚持,何必在展览馆苦苦等我?有人说,两个人的结合如同流星划出漫长轨迹后的相撞,那你撞我之后,为什么还要和艾芸交好?难道你不知道这样做对于一个女人是最无情的嘲弄吗?"她想起了韩永刚在烈日下等候,想起了上次芝加哥之旅,想起痛打李忠国以及那一夜的陪伴。"难道是我那次没有答应你的求婚,上帝就用这种方式惩罚我?"她又想起两年前在芝加哥的那一幕,韩永刚的确流露出爱意并明确表示求婚。如果那次她若是同意,现在种种结果就不会出现。她不禁委屈起来,摘下项链凝神看了一会儿后,慢慢抚摸着,忽然,鼻子一酸哭了起来:"这不公平,这也不是我的错,你那时和艾芸交往已深,难道我只能像船上的救生艇,需要的时候才被你想到吗?难道你的勇气必须在一个女人最为难的时候才能表现吗?难道你不知道女人矜持的背后有着不同缘由吗?"她啜泣着,种种辛酸涌上心头,一时难以自已。

"金灿,不要哭。"一个微弱且熟悉的声音突然从金灿背后传来。

金灿耸着双肩,任性叫道:"你别管,我就是要哭……"话音未落,她倏然回首,挂满泪痕的俏脸充满惊奇。那道声音似乎来自天际,又像就在耳畔,虽弱却又好似霹雳。她一个箭步迈到病床前,俯下身盯着韩永刚,音量骤然提高了八倍:"是你在说的话!我听见了,我真的听见了。"

韩永刚头不动,眼珠转向她,轻声道:"我这是在哪儿?"

金灿喜极而泣,目不转睛地看着韩永刚,生怕这美好一刻又是梦幻。她握住韩永刚的手,一时百感交集,数度哽咽,不知说什么好,喃喃自语道:"感谢上帝!感谢上帝!"此刻,她心如秋湖那一直被风吹皱、撕裂的表面,在金色的阳光下熠熠闪烁、荡漾,又像是天空中朵朵亮星……

先哲曾经说过:"祸兮福之所倚,福兮祸之所伏。"韩永刚在威利斯大厦那一跤跌出了医学上的奇迹,也跌出了因祸得福的最佳例证。按贾斯汀博士的说法,韩永刚第二次遭受的创伤影响到了原病灶,出血点被扩大,按说这种情况韩永刚的性命已经难保,但他没死,并顽强地活下来,这本身就是一个生命奇迹。手术过程中,韩永刚的颅压一度发生异常,死神再度光临,幸亏贾斯汀博士妙手回春,从死神手里夺回韩永刚。虽然博士讲述这段过程只是轻描淡写,说只是当时自己的运气比较好,但金灿知道,若无高超的医术,再好的运气也会付诸东流。

让我们做几个有趣的假设:假如金灿放弃去威利斯大厦参观,假如韩永刚没有恐高症,假如金灿在照相时不死拉硬拽,假如住院部医生不说什么兄弟云云,假如主刀医生不是殿堂级人物,可以肯定,韩永刚都不会有此结果。我们不难看出,成就一个好的结果需要若干个条件支持,而坏结果不要那么多,只要一个足矣。

大喜之后,接踵而来的便是犯愁。金灿知道将面临韩永刚无数个问题,然而,许多问题不仅不能说,连人名都不能提。医生特地交代,住院期间,不要和患者谈那些容易让他激动的话题。可是韩永刚的记忆已经止步一年多,他现在还以为是两天前出的事情,一旦他看见窗外飘着雪,不问才怪,难啊。韩永刚弱智时,金灿是伤心,现在韩永刚好了,金灿又开始伤脑。很快,她拿定主意,为了韩永刚的健康,她决定还是隐瞒,能瞒多久就多久。

金灿多虑了,韩永刚还是个病人,还要靠每天吃止痛药缓解伤口疼痛的患者。他清醒时只交代金灿两件事:第一,不要把车祸消息告诉他妈妈;第二,给许可打电话,让他转告股东并购之事先放一放。他似乎还有第三件事,因为他的目光流露出迟疑。金灿很想知道他想交代什么,又怕无法回答,只好忍住。接下来的几天,韩永刚很少说话,但每次睁开眼似乎都在寻找着什么。金灿隐约明白韩永刚的意思,内心为其难过,她知道韩永刚还想着艾芸……

金灿当然不会遵守韩永刚交代的第一件事,相反,她把韩永刚的恢复作为特大喜讯告诉韩永刚的妈妈。电话里,两个女人哭了个稀里哗啦,老人把金灿视为韩永刚的大恩人,一再叮嘱金灿不要因为韩永刚把自己累垮。金灿被老人的体恤感动,所有的苦与累瞬间化为乌有。俩人一直聊到金灿的手机没电。

金灿对韩永刚的母亲又有了进一步认识,不仅感叹伟大的母爱,也被老人那无私的胸怀感动。她发现韩永刚的秉性源于其母亲高尚的品德与情操,若嫁入这样家门,的确是她的福分。

又过了一个星期,韩永刚终于可以下地,他先是对窗外银装素裹的冰雪世界产生时空错位的疑惑,接着又被卫生间镜子里一个胡子拉碴、形体消瘦、双目无神且满头绷带的男人形象震惊,幸亏他还知道镜子里的人是自己,否则,他可能会以为这是被公安部通缉的嫌疑犯。

"金灿,这是怎么回事?"他指着窗外,又指了指病房内另几个头裹绷带的大鼻子老外,不解地问道,"我记得我是在中国啊,也没到冬天,怎么和床上那几位哥们像是中了塔利班埋伏的伤兵?"那模样就像不爱上幼儿园的小孩一觉醒来发现自己又在幼儿园。

金灿笑了,这是久违的欢颜,她喜欢韩永刚有时表现出的大男孩的天真,不做作,言语与表情都充满童趣。她清楚,韩永刚俏皮话一出,说明他的身体已经朝着健康的一面发展,顿时,她浑身轻松了,也玩笑道:"误伤,纯属误伤,塔利班哪有你的能耐大?"

韩永刚想笑,但没有笑出来,也许是抻着神经的缘故,他皱了皱眉道:"什么误伤,那家伙分明在跟踪我,然后存心把我撞到逆行道上。"俩人的玩笑触动了韩永刚,他突然想起了出事那一瞬间的感受,仍心有余悸。

没头没脑的话让金灿一愣,马上明白其所指。但有关韩永刚的事故报告她非常了解,里面并没有韩永刚所说的这一出,如果情况属实,那么事故发生的原因另有隐情。她把交警部门出具的事故报告简要告诉韩永刚,对方一听就急了,说那天晚上他和许可秘密商量好,由许可负责往他酒杯里兑饮料,他总共喝的酒不过半两,怎么可能醉驾?由于激动,韩永刚的头剧烈疼痛起来,金灿连忙将话题岔开。尽管没有从韩永刚嘴里得到更多信息,但金灿就韩永刚的解释,大致判断这不是一起普通的交通事故,而是谋杀。她又把自己险遭不测的亲历与韩永刚的车祸联系一起,对早先的判断更加肯定,心里顿生寒意。

她怕了?她不是曾发誓只要韩永刚好转就要向恶势力宣战吗?现在韩永刚的复苏完全可以提供强有力证据,她为什么反而信心不足了呢?正可谓此一时彼一时。当时的她不甘韩永刚被人落井下石,一心要替韩永刚讨回公道,而现在随着韩永刚的康复,她有心与韩永刚携手未来,加上两天前单奇从韩国打来电话,告诫她不要与恶势力斗争,以免招致灾祸,她深以为然。回想那次历险,她总觉自己就像《盲女惊魂》中的盲女,一切的惊悚都隐藏在黑幕中,看不到凶手,看不到陷阱,一旦不慎就会被黑暗绞杀。她固然不愿成为猎物,也不愿刚刚有起色的韩永刚再遭横祸,她要重新开启一个属于他们的新未来。所以,当韩永刚给出车祸的事实真相,她没有兴奋,反而开始冒出留在美国的念头。

韩永刚下地一周后,几乎每天都在向好的方向转化,医生将此归功于韩永刚过去健壮的身体。鉴于其情况良好,韩永刚在入院十七天后,医生建议他可以出院。

出院前一天,金灿故作漫不经心,问韩永刚怎么只字不提艾芸。对方苦笑了一下,说道:"得了吧,你比我更清楚原因。"此时,他已经从金灿那儿陆陆续续知道了一年多的变化,包括天海公司已经姓严而不姓韩。金灿从未提过艾芸,他却完全清楚艾芸不在身边意味着什么。他是那种典型的大男人,在女人面前,尤其在金灿面前,不愿在感情方面示弱,加上一副倒霉样,更不想去触及有关艾芸的任何事情。金灿看出他若无其事的外表下内心的伤感,并不以为忤,相反,她喜欢男人这种儿女情长的表现。

"你后悔吗?"金灿又问道。

"什么?"韩永刚不解地望着金灿。

"如果你们要是能够早点解决矛盾,现在就是她,而不是我在这儿。"金灿目光含羞,一波秋水。她的话已经近似直白,如同将绣球抛向韩永刚。

是种子就要发芽、开花、结果。早在她去庆义看望韩永刚,感情的种子已被悄然种下,几天来,随着韩永刚几近正常,她认为丰收的时候到了,怎奈每次话到嘴边又不好意思先张口,只好等待时机,让韩永刚主动提出。此刻,她把话交代得极为透彻,对方非常容易就可以接过话茬,只要说出"她哪有你好"或是"不后悔"等,便可以顺藤摸瓜,摘下爱情的果实。

韩永刚没有去接这个绣球,甚至有意无意回避着金灿含情脉脉的目光,像是回答又像是自言自语,说道:"过去的事情还提它干吗?"

难道是男人的心思不似女儿家那般缜密,听不出她的弦外之音,还是几天前母亲电话中对金灿的赞不绝口让他自惭形秽,抑或与艾芸的分手让他看破红尘,打算终生梅妻鹤子? 总之,在他身上找不到当年的勇气与豪放。

金灿颇感惊讶,她原本以为韩永刚即使不会有强烈反应,起码也应该像一个得到生日礼物的孩子那样高兴,孰料一场车祸仿佛把他变成一尊石佛,连情感也被凝固,扔出去的绣球原封不动返回,害得她那悸动的心如腾空而起的烟花,闪亮过后便是黑夜的寂寞。她暗自叹气,以为脑部手术伤及记忆部分,导致韩永刚忘记了他们之间曾有的一段罗曼蒂克。

韩永刚真的是部分记忆缺失? 当然不,恰恰相反,他连幼儿时尿床挨揍的经过都能记起,金灿的暗示他自然是了然于胸。他刚刚经历了一次人生的劫难,曾经爱他的人已然离去,曾经他爱过的人不离不弃,这份爱足见烈火真金。与麻木的外表不同,金灿的暗示在他的心里燃起了熊熊大火,若不是他内心深处隐藏着可怕的复仇计划,他说不定会把病房当新房,热烈拥抱金灿。但此刻,面对失落的金灿,他无法道出自己的隐情,因为他的复仇是男人式的复仇,同样充满了暴力和血腥,金灿是绝不会容许他那样做的。所以,他唯有用灵魂呼唤着她,千百遍乞求对方的谅解。

韩永刚认定自己是遭人暗算,而且主谋非严向东莫属。

自打他清醒后,韩永刚便把所有与他结下梁子的人都排了个队,里面有刘洪涛、严向东、虢新庭,包括股东们,之所以没有许可,是因为许可后期与他亲如兄弟,他不认为好兄弟会从背后捅刀子。梳理完所有可能的人,焦点便聚集在严向东一人身上,理由是:第一,此人对人向来是顺我者昌、逆我者亡,两次忤逆对方,严向东对自己定然恨之入骨。第二,严向东在黑白两道游刃有余,将杀人视为儿戏,据说直接和间接命案就有五起,可以说前科累累。第三,此人身份特殊,拥有企业家、慈善家、政协委员等多种光环,加之与上层关系密切,即使惹火烧身,也极易找人顶罪,所以,这家伙比别人更容易藐视法律。

锁定目标,下一步便是验证与复仇。

然而,金灿不知道韩永刚内心的想法,还美滋滋地盘算着俩人未来的生活。韩永刚的沉默并没有使她懊丧,说实话,她一点也不怀疑韩永刚在感情方面与她"涛声依旧",她所担心的是对方不愿移民美国。也是,别看韩永刚是现代派,却是一个大孝子,若平白无故让他移民,肯定没有可能。其实,金灿自己也面临同样的问题,不过她已有对策,就是把父母接来同住。她的确考虑得很周到,只是核心问题解决不了皆枉然。出院那天,她带着韩永刚特地在离饭店两站多地距离下车,地点恰好是他们两年前吃过饭的那家餐厅,金灿兴奋地指着饭店的招牌又是跳、又是笑,喊道:"快看哪,这家餐厅是中华民族崛起的缩影,美国人民肯定还认得你。"浓浓的哈气随着她一张一闭的嘴喷出,白皙的脸庞虽冻得泛红却笑意盎然。此情此景让韩永刚的心滚烫,两年前,在这家餐厅吃饭,他甩给服务员的小费让那个美国人乐得屁颠屁颠的,结果被金灿批评为装大爷,俩人为此还争执了半天。"看看那儿,你还记得发生过什么吗?"金灿指向背后一个路标。韩永刚回首望去,两年前的场景又映入脑海:那夜很冷,俩人吃完饭从餐厅出来,金灿冻得直哆嗦(对,当时她就穿着这件大衣),他脱下自己的羽绒服给她披上

（咦，怎么现在还穿在身上？），然后不理会她，大步流星走在前面。

蓦然，他怔住了。直到此时他才真正明白了金灿的良苦用心，才理解爱情的真谛，才懂得爱情不是金钱或钻石，才感叹被金子包装的爱情不过是浮华的云朵。

再回首，他凝目望着金灿，心中荡起无限涟漪，绵绵然、泊泊然。他想，多好的女孩，没有这个女孩就没有日月星辰，也没有这个世界。他虽然活着，却已经死去，生命如附着在腐木上的菌类，没有色彩，没有芳香，又像乌鸦那样遭人嫌弃。那样的活法是对生命的亵渎，是对他的嘲弄……现在，她显然付出巨大的牺牲，仅仅为了一个如行尸走肉的人，看看她的装束，再看看她的白发和皱纹，还用再说什么吗？

金灿终于看到了她想看到的东西，韩永刚，这个大男人，眼眶居然闪起晶莹的泪光，不用说那是喜悦打造的钻石，是感恩漾起的波纹，是人类至真至诚的谢意，是心灵与心灵碰撞后产生的火花。金灿喜极而泣，她知道，她的爱人回来了。"我的主啊，如果我和他的结合是个错误，我也希望是一个美丽的错误。"她暗暗祈祷。

"别哭，金灿，难道我们非要用眼泪来庆祝我的新生和我们的重逢？"他使劲揉了揉眼睛，然后脱下外套，就如当年那样轻轻给她披上。衣服还是原来的衣服，不同之处是，现在的他已经不是原来的他，金灿也不是原来的金灿，人生的几度秋凉已经净化了他们的灵魂，沉淀了杂质，并唤醒了一场大梦。尽管往事不堪回首，但是，世间万物唯有人有情有义，而情义却可以化腐朽为神奇，再回首，却见"人面桃花相映红"，再回首，"桃花依旧笑春风"。

金灿不忍心推诿，她知道对方送上的不仅是一件衣服，还有他的心。她轻声说了句"谢谢"，便默默望着韩永刚，目光中传递着被爱的渴望。相爱的人自然是心有灵犀，韩永刚再也无法抑制自己的情绪，将金灿紧紧搂在怀里，给出深情的一吻。这一吻预示着韩永刚的回归，这一吻也开启了俩人的新时代，如果把男欢女爱看作是人类繁衍的前奏曲，那么对金灿和韩永刚而言则多了一道敲响命运大门的强音。

韩永刚眺向远方，柔情似水的目光渐渐变得坚毅，他在想什么，是刀光剑影的沙场？还是小桥流水人家的恬静？

第五节　智斗

"怒发冲冠,凭栏处,潇潇雨歇。抬眼望,仰天长啸,壮怀激烈。三十功名尘与土,八千里路云和月……"岳飞一首《满江红》虽然年代久远,却是韩永刚的最爱,每一个字、每一句话都能令他嗅到浓浓的杀伐之气,看到拳拳报国之心。每当读它,韩永刚的心情总是不能平静,追思当年岳武穆挺枪立马,指挥千军万马横扫番邦的壮举。

金灿对这首词也很熟悉,但男女有别,她不像韩永刚那样把它当作励志的警句或视为英雄的绝唱,认为这不过就是一个文采不错的词而已。

此刻,当她在韩永刚的枕下发现这首字迹潦草的《满江红》,就不再这么认为。因为在字里行间,她不仅看到了韩永刚的愤怒,也看到了他复仇的决心,她终于明白韩永刚为什么有时会一个人发呆,对于移民的话题闪烁其词,原来他始终没有忘记"赐予"他灾难的那个人。平静的外表下掩盖着复仇之火,他在等待,等待火山喷发的那一刻。金灿知道后果,因为以韩永刚的暴烈脾气,燎出的大火不仅可以烧死对手,自己可能也无法幸免。

她不想再失去这个男人,也不能失去这个男人,韩永刚出院后几天的共同生活,她仿佛感觉自己进入了人生的又一个驿站:不再有古道西风的沧桑,不再有人在旅途的凄凉,屋檐下的风铃"丁零零"作响,门口的牌匾上彩旗飘扬,远处的牛羊散漫的吃草,牧童悠扬的笛声在耳边回荡。

"难道幸福只能昙花一现?"金灿的手在微微颤抖,目光再次怔怔看向那首词。她不能忍受刚饮完甘醇,等待她的下一杯却是苦酒,更何况这杯苦酒别人是用一生来品尝,而她却要马上一饮而尽。渐渐,她眼睛一片蒙眬……

蓦然,纸上龙飞凤舞的狂草变成一把飞起的剑,在她眼前舞字成花,接着便是点点血光。愣怔片刻,她恨不得立刻冲进卫生间,把正在洗澡的韩永刚拉出来,告诉他,自己是多么在乎他,要他放弃一切用武力解决问题的想法。

韩永刚惬意地走出卫生间,正要和金灿打招呼,发现对方神态异常。不由得纳闷,不明白仅十分钟的时间里,金灿因何故判若两人,便小心翼翼问她,是不是自己做错了什么。金灿没有说话,只是将手里的纸扬了扬。韩永刚先是一愣,待看清那张纸,顿时心中雪亮。自从出院后,他们对严向东以及天海公司的话题讳莫如深,此刻,从金灿忧郁的目光中说明,她已经洞穿他的心思。他佯装轻松,告诉金灿那不过是他最喜爱的一首词而已,不用大惊小怪。他心里忐忑不安,知道金灿不会相信这个解释。出乎意料的是,金灿没有纠缠这首词的用意,而是告诉他两个多月前她在庆义险遭暗杀的经过,最后以近乎哀求的口吻让韩永刚同意移民,以便躲离威胁。

韩永刚震惊了,面色由白变红,再变黑,最后又恢复到红。脸色的每次转变都让他的愤怒加深一层,毫不夸张地说,如果此刻严向东在旁边,他会毫不犹豫地掐死对方。

"你必须克制。"金灿抓住韩永刚的手一起坐下,说道,"主谋到底是不是严向东还不好说,但可以肯定一点,我们在明处,凶手在暗处,如果贸然挑战,吃亏的是我们。"

"我不怕! 再说,是谁冒充我的笔迹一查就知道。毫无疑问,凶手自然是他。"

"可我怕。"金灿摇摇头,心有余悸地说道,"若不是单奇,你我就没有今天。听我的吧,单奇也特地打来电话交代,说凶手胆大包天,背后一定有背景,我们惹不起。"

这句话触到韩永刚的痛处,他脖子一梗,怒目圆睁,低沉声音说道:"他们早就不把法律放在眼里,所以,这是一场战争,凡是卷入这起阴谋的人都是我的敌人,既然是敌人,我也就不会采用法律手段来解决,要么他死,要么我亡,没有妥协,更没有怜悯。"既然话已谈开,韩永刚就不再隐瞒自己的观点。

"你难道就不考虑我吗?"金灿伤心了。她本来是希望通过自己的遭遇让韩永刚答应移民,没想到适得其反,韩永刚被激怒了,如同一头雄狮,发出了愤怒的咆哮。

韩永刚极度矛盾,他非常清楚一旦采取报复,最后就是鱼死网破的结局。走法律程序固然好,可他非常清楚,法律在严向东面前就是一张纸,与其为无望的结果奔走,还不如亲自充当法律的执行者,让对方罪恶的血染红他的刀锋。

"金灿,对不起。这件事情你不要再说了,我已做出决定,如果我幸免于难,我发誓永远听你的,如果我被对方干掉,那、那我只能来生再报。"他艰难地说着,目光望向别处。

"杀了他,你是得到了平衡,但别忘了,这是玉石俱焚的结果,而我……"她难过地低下头说道,"我得到的是永恒的黑暗。"

"不,你不要那么想,进入黑暗的应该是我。"

金灿望着韩永刚再也说不出什么,这个男人的态度已经说明一切,再劝也没用。她默默祈祷:"神啊,我深爱这个男人,可是我已经无力挽回他执迷不悟的决定,请您赐给我力量,要么让他迷途知返,要么让我们共同坠入地狱。"

第二天上午,韩永刚一觉醒来发现金灿不在,见床头柜放着一张纸条,上面写着:"亲爱的,我去大堂打电话,很快回来。"他不禁有些纳闷,打电话为什么要下楼,难道有什么秘密要瞒着他? 他正要把纸条扔到床头柜上,发现纸条背面还有许多字,便又看了起来。

　　自打我们有了脾气就喜欢抱怨,喜欢抱怨就不再懂得谦让;自打我们有了虚荣就学会伪装,学会伪装就总在黑暗中彷徨。黑暗隐藏着我们的怯懦,黑暗也让我们迷失方向。向着光明,我们可以知道世间的冷暖;向着光明,我们可以走向神的殿堂。光明不会使我们迷惘,光明能带给我们全部的希望。流光中飘曳的凄凉不过是乌云乍现,我们终将拨开云雾迎接灿烂辉煌。

韩永刚苦笑了一下,将纸扔回床头柜,刚走到卫生间门口,门突然被打开,紧接着,金灿一个大步迈进屋里,迅即把门关上,然后靠在门上大口喘着气。韩永刚直纳闷,正想调侃她是不是被狗撵着了,金灿竖起手指放在唇边,又将耳朵贴在门上,聚精会神听着门外的动静。韩永刚这才发现,金灿不是在开玩笑,她脸色苍白,显然是受了惊吓。他料定有事,卫生间也不上了,三下五除二穿好外套,悄悄走到金灿身边,低声询问。金灿紧张地耳语道:"有人在大堂问讯处打听我们……"

地球的另一面,两个男人正在听另一个岁数稍大的男人训话。

"别老说韩永刚治不好,你这些都是屁话,我用得着你安慰?还有你,当初要不是你让金灿活着离开庆义,也不至于现在他妈的提心吊胆,我真不知道你是干什么吃的。"

被训的男人唯唯诺诺,赔着笑脸说道:"那事本来挺顺利,谁想半路杀出个程咬金。我亲眼看见单副市长的儿子冲上去把金灿推在一边。后来这小子居然当起保镖,寸步不离金灿,俩人一起到我设局的那家咖啡馆又一起回饭店。我让那哥俩夜里动手,谁想到十多个当兵的分乘几辆车没到夜里就把金灿接走,这期间的确不好下手。"

岁数肖大的男人哼了声,又皱眉问道:"你怎么会认得副市长的儿子?"

"他去公司看过韩永刚,我和他聊过。"

岁数稍大的男人渐渐眯缝起眼睛,像是提问又像是自言自语:"这家伙的出现绝非巧合,他一直在暗中保护金灿,可他的动机是什么?难道是受人指使?当兵的出现很正常,韩永刚他爸原来是省军区的领导,他母亲提这点要求不算什么。"他将头枕在沙发背上,跷起二郎腿,陷入沉思。另外两个男人不敢大声说话,窃窃私语起来。

不大工夫,一个男子的手机铃声响起,他通了几句话后,兴奋地叫道:"找到他们了。"

岁数稍大的男人倏然睁眼,一道精光射向对方。

"他们还在芝加哥。刚才的电话是芝加哥的黑帮老大打来的。巧了,他的人还是在原来那家酒店找到他们的,据前台说,他们住进去已经有五天了,前段时间退房是因为韩永刚住院。前台开始不说,他的人撒了个谎才得到消息。您看,是不是让对方马上动手?"

"急什么,你现在什么都没搞明白动哪门子手。"岁数稍大的人有些不悦,指着对方训斥道,"新庭,你不是小孩子了,我把这么大的集团让你打理可不是心血来潮,你可别让我失望。"

不用说岁数稍大的男人就是严向东,被训的是虢新庭,先前向严向东汇报的是许可。

严向东口气严厉地说道:"你要搞明白我不是屠夫,对杀人这种事情没有兴趣,除非我的利益受到威胁。你到现在都没明白我为什么之前想除掉韩永刚,后来又不想,再后来又下决心干掉他。"他把目光投向许可,微抬下颌,问道,"你知道吗?"

许可看了眼虢新庭,讪笑道:"其实我还真不懂,不过根据您刚才的话,我猜是这样:早先韩永刚反对并购,这是他找死。后来他被孟志远撞成弱智,死活已不相干。最后金灿出来搅局,如果帮韩永刚恢复,那势必给我们造成很多麻烦,自然是该死。"

"是啊,一个弱智的韩永刚生与死有什么区别,你明白了吗?我可不愿看到为了一个弱智,我去美国还要提心吊胆。"严向东瞪着虢新庭说道。

虢新庭将沙发里的身子挺直,毕恭毕敬应道:"我明白了,您说得非常对,我马上让他们先查明韩永刚是否已被治好,如果还是老样子就放他一马,如果治好就除掉他。"他拿起电话走向一边。

许可望着严向东,诚心实意地说道:"严董,不是我恭维您,像您这样的智商真是少有,也难怪您能够创建一个商业帝国。"

"你少拍马屁,我非常清楚我自己能吃几碗干饭。告诉你,我不比你们聪明,我之所以能打败很多人是因为我善于抓住他们人性中的弱点,最后把他们制造成傻子。"

韩永刚从金灿的表情上知道事情的严重性,不用问,对手找上门来了,而且显然要上演一部《魔鬼终结者》。事到临头,韩永刚没有像金灿那样慌张、恐惧,只是略微有些紧张,他迅速判断敌我形势,认为情况不妙。第一,这是美国,百姓佩枪就像婴幼儿叼着奶嘴一样稀松平常，他纵然武功盖世也难逃暗中射来的子弹。第二，凶手极有可能是本地黑社会，他们熟悉地形，了解法律，隐蔽性极高，若和他们开战，只有挨打的份儿。第三，他没有任何外援，就算枪下逃生，也没有任何去处。他心情非常沉重，认为这是一场没有胜算的战争，毕竟，这里不同于国内，无法像金灿上次那样被军人保护。不过，他已经做好准备，宁可自己死也不能让金灿受到威胁，关键时刻，他要用身体挡住射向金灿的子弹，如果可能，杀一个够本，杀两个赚一个。

战争还未开始，韩永刚就想到死，着实犯了兵家大忌。

韩永刚不怕死，却怕金灿受伤害，若以他一死换来金灿的生存，他就更无所畏惧，因为现在的金灿已经不是过去的金灿，现在的金灿不仅是他的救命恩人，也是他心目中最最亲爱的妻子，是他生命的全部。

为了缓解金灿的恐慌，他抱着她来到床上躺下，调侃是不是欠了医院的治疗费用，医院派人来要账。

躺在韩永刚厚实的胸脯上，金灿踏实多了，思路也清晰多了。她否定要账一说，认为那个亚裔面孔的人像是本地人，就在她打电话时，注意到那人还有一个同伙坐在另一边等候。

"你打电话为什么要跑到大堂？"韩永刚奇怪地问道。

金灿手指划着韩永刚的脸，嗔道："谁让你拿岳飞的词来吓唬我，我是给你大哥打电话，想让他劝劝你，又怕你阻拦，就悄悄溜下去，没想到就碰上这件事。"

韩永刚苦笑道："你现在明白了吧，那个混蛋看来是不想放过我，现在最安全，最保险的地方不是美国，是中国。"

电话铃声响起，金灿赶忙接通，是韩永刚的大哥，她把电话交给韩永刚，又跑到门口去望风。

韩永刚刚叫声大哥，电话那头打断他，"士兵，你先给我立正。"尽管是在电话里，但韩永刚一点不含糊，从床上蹦到地上，挺胸答道："是，首长。"这是韩永刚幼儿时与大哥的游戏，随着岁数的增长，这个游戏逐渐被韩永刚赋予了更多的军人内涵，少了嬉戏，多了严肃，无论何时何地，只要韩永刚听到这声口令，便如真正的军人般一丝不苟地完成动作。

"士兵，军人的天职是什么？"

"服从命令，守卫国家的疆土，维护国家利益。"

"很好，现在我命令你，马上从你的阵地上撤出。"

韩永刚一急，大声道："敌人已经兵临城下……"

"听着，你的对手不过是几个混蛋，还没资格被称为敌人，法律就可以将他们统统消灭。"

"不行啊，大……首长。"韩永刚一急，差点叫大哥，"他们现在向我发动了第二波次进攻，此刻，他们人就在楼下。"他将金灿发现的一切告诉了大哥。电话那边顿时沉默了，过了一小会儿，对方问道："你打算怎么办？"

韩永刚看了眼还扒在门上的金灿，低声道："我想主动出击，给他来个鱼死网破。我不能让金灿被任何人伤害，如果我有不幸，不要告诉咱妈，就说我移民了，金灿也请你帮忙照顾。"

韩永刚大哥没有吱声，弟弟这话他非常熟悉，当年对越自卫还击，他手下的兄弟出征前也是如此交代后事。他没有动情，历练过战火纷飞的战场，看惯了亲如兄弟般战友的离去，他的神经在残肢断臂与血水中变成了钢铁一般坚硬，唯有深夜于战友坟前，"钢铁"才会被熔化，男人那粗犷的哭号才会如受伤的野兽，将情感淋漓尽致发泄出来，这就是军人的本色。

"不要轻举妄动，一个小时内我会再打过来。"韩永刚大哥硬邦邦撂下这句话马上挂掉电话。

不到四十分钟，手机再次响起，韩永刚听了两句便把电话递给金灿。

"小金，和你说话是因为你比那个混球更聪明。"他打断金灿的客套，问了几个问题后，如同对自己部下般命令道，"你的话证实了我的判断。从现在起，你要装作什么事情都没有发生，带着韩永刚进出各个公共场所，尽量招摇一些。韩永刚还要扮成傻子，记住，一定要像，这关系到你俩的生命安全。"

金灿一急，连忙解释所见那两个人就是来杀韩永刚的，现在唯一的办法就是报警，毕竟严向东无法操控美国法律。

"不行。"对方硬生生蹦出两字。也许感到自己语气生硬，韩永刚大哥解释道，"那帮混蛋对傻子是不会动杀心的，否则，韩永刚早在天海公司就完蛋了。"

毋庸再说，韩永刚大哥的话一语惊醒梦中人，金灿立刻从逻辑关系上清楚这里面的问题所在。她本来就是聪明人，只是一时被吓糊涂了，所以在危险面前，第一反应就是跑，不像将军那样沉着冷静。这不能怪她，她虽然以强者自居，但人家将军乃是枪林弹雨中拼杀出来的人，这种跟踪谋杀在他眼中不值一哂。

金灿不由得对这位退役将军佩服得五体投地，而将军对这个女孩儿也暗自赞赏，因为他只说前半句，金灿就心领神会把下半句接了过来。他惊讶地对金灿说道："小金，你应该去当兵，部队需要你这样的人才。"金灿调皮地说道："报告首长，好男儿志在四方，好女儿志在八方，但以目前情况看，韩永刚更需要我这个人才，如果什么时候部队说离不开我金灿，为了国家利益，我会把我老公踢到一边，然后弃笔从戎。"说完哈哈大笑起来，话筒里也传来爽朗的笑声，两个岁数悬殊的人虽然远隔万里，却不禁惺惺相惜。

韩永刚一直提心吊胆，后来看金灿露出笑容，心知大哥给出了良方，这才略微踏实。他从小就怕这个大哥，一犯错就没少挨揍，所以，在大哥面前，他更像是一个部下，看到金灿和大哥谈得这么开心，他觉得很诧异，因为大哥是那种瞧不起女人的男人。还是在对越自卫还击的战场上，他们连的男卫生兵被打光了，上级临时派女卫生兵到他们连，气得他抄起电话朝上级一阵狂吼，上级没有办法，只好再次调配。现在他能和金灿聊成这样，真有点太阳从西边升起的意思。他正在胡思乱想，金灿递过电话，他连忙接住。

"士兵，从现在起，你一切听从金灿指挥，她的命令就是我的命令，你若胆敢抗令，我会打烂你的屁股。"

"是，坚决服从命令。"他以立正的姿态，双目平视前方，大声答道。

金灿深情地把头伏在韩永刚胸前，紧紧搂着他，身子随着对方起伏的胸部微微摆动，享受着逃避恐惧后的安详。一只粗壮的大手轻轻抚摸她的头发，一股股呼吸在头顶如微风拂过，灌进脖领，触碰肌肤……

韩永刚对大哥的计策非常认同，但对于如何扮演傻子却颇为头疼，毕竟他真傻的时候完全是一种病态。现在别说是让他重新表现，就是讲出他原来的傻样都令他羞愤难当，恨不得立刻报仇雪恨，如此心态又怎能扮演好这个难度极大的角色。金灿急了，还有四天就要回国，按韩永刚大哥意思，如果这几天他们没有在对手眼皮下出现，并让对方相信韩永刚还是弱智，否则他们很难活着离开美国。

韩永刚也非常清楚演不好的后果，因为对手了解他之前的傻样，只要露出破绽，等待他的就是死亡。他从网上下载了不少有关弱智的影视文学资料，甚至连《水浒》描写宋江被发配江州府，题反诗装疯卖傻的过程也认真读了一遍。这下可好，由于乱七八糟东西看得太多，他装得又过头了，让人觉得又像傻子又像疯子，或者都不像，倒像是一个醉汉。还是金灿找到一部几十年前的日本电影《追捕》，里面个杜秋在精神病医院装傻的样子倒是和韩永刚之前的病症类似，于是让韩永刚着重学习杜秋。

有了样板，韩永刚学得就快多了，于是，金灿决定第二天进入实战。

这是一个令人恐惧的日子，两个业余演员将上演一出"瞒天过海"的大戏，观众只有为数不多的个把人。与肥皂剧不同，这堪称是一部真实的死亡大戏，影视演员演不好，顶多招来观众骂，而他们演不好可能招来的是灼热的子弹。

金灿尽管心里有准备，但是刚一跨出房门，她的心就开始被一只无形的手揪住，稍微有点响动，她都会像放哨的土拨鼠，立马扭头查看，若响动突然，她的脸会立刻变得煞白。韩永刚幸亏有一颗大心脏，加上看了杜秋麻木不仁的神态，知道该怎么演，一出门就不再对任何事物、响动做快速反应，眼珠子也像被涂上胶水，基本上是头转向哪儿才看到哪儿。尽管他在装，但是他的大脑非常清醒，对每一个人都在紧张判断，他无法保证对方是否按套路出牌，他必须料敌机先，保护金灿。

刚一出饭店大门，金灿立刻察觉到来自不远处的可疑情况。

人的感官往往在危险的时候会发挥超常的能力，金灿也不例外。马路对面一家商店的橱窗前站着一个正在抽烟的男人，他背对金灿，似乎在观赏橱窗里的商品，马路边还停着一辆出租，浓浓的白色尾气证明汽车正发动着。金灿不知道橱窗前这个男人是出租司机还是路人，因为车上没人，但是，不管对方是谁，有一点金灿能够确定，一大早的，一个男人不应该对橱窗内展示的女人内衣感兴趣，即使是变态狂也不会选择这个大冷天。

"亲爱的，你看你又流鼻涕了。"金灿尽力稳住情绪，好像韩永刚真流出鼻涕一样,掏出面巾纸在他鼻子下擦抹着。这是他们约定的信号,如果发现危险,就以擦鼻涕为信号,并站住借机观察形势。金灿相信,对面那人正通过橱窗观察这边的一举一动。她非常紧张,不知道第一幕演出能否通过。

突然,韩永刚一把拨开金灿的手,大踏步向前走去,金灿的魂都快吓飞了,这可不是编排的情节,韩永刚极可能发现了可怕的危险,正要去阻止。匆忙间,金灿发疯一般急转身追上去,她不能让韩永刚独自面临危险。就在她转身的一刹那,余光分明看见橱窗前那个男人也转过身。

韩永刚走出五六步便停住,俯身捡起地上一个被咬了几口的苹果,顺手塞进嘴里。金灿一把夺过,扔在地上,大声呵斥道:"你傻不傻啊,想吃苹果跟我说呀,干吗非捡地上的?"一巴掌打在韩永刚屁股上。韩永刚一边揉着屁股,一边指着不远处一辆车,嘴里哼哼唧唧,意思苹果是那辆车扔的。

杰出的演出,精彩的临场创意,韩永刚诠释得淋漓尽致。凡是看到这一幕的人都不会怀疑这个大个子男人脑子有问题,路人纷纷投来同情的目光。只是,金灿没有丝毫准备,在那一瞬间几乎瘫软在地。容不得金灿抱怨或夸奖,她拽住韩永刚的胳膊向主干道人多的方向走去,那里相对安全。

一天很快过去,但金灿觉得自己仿佛过了一年。她至少有六次近距离看到跟踪者,两次基本是面对面,擦肩而过是一次,吃饭桌对桌一次。跟踪者还是两人,但不是第一次见到的那两个。他们根本不避讳,操着中国南方口音高谈阔论,虽然他们没有和金灿搭讪,但目光基本都落在韩永刚身上。金灿初步估计,仅吃饭期间,对方就假借互拍,将韩永刚照了四次。每拍一次,韩永刚暗暗骂一下,说实在的,他脸部肌肉都快僵硬了,不过令他欣慰的是,在户外闲逛时,他被寒风吹着,还真流起清鼻涕,这下好了,鼻涕流到哪算哪,他绝不用手碰一下,包括吃饭时更不敢碰,以至于金灿稍有照顾不到,饭菜就要混合着鼻涕一起入嘴,气得他暗自抱怨。唯一让他高兴的是,这些表演没有浪费,都被对面那两个家伙照进去了。同时他也多了一个知识:鼻涕是咸的。

接下来的一天,他们没有发现"尾巴",估计对方认为任务已经完成,没有必要继续侦查。他们并没有因此而大意,继续他们的演出,因为他们不仅仅是在演戏,也在赌博,赌资就是俩人的生命,所以,他们输不起。

回国的日子终于到了,俩人表现得就像过六一节的儿童,他们从未像现在这样盼望回到祖国。连金灿都不得不承认,面对真正的危险,还是国内安全,因为美国的枪械管控全凭个人自觉,哪个人真要发疯,谁也保不齐自己不是疯子的枪下鬼,那些学校里无辜孩子的冤魂便是铁证。

飞机稳稳降落在北京首都国际机场,乘客们开始热闹起来,唯有韩永刚似睡非睡,呆呆地望着前方,没有任何反应。他心里憎恨自己扮演的角色,也讨厌这个旅行,别人飞机上还能够看看视频,玩玩电脑,他必须像植物人那样十多个小时不能乱动。而金灿也不管他有没有流鼻涕或者流口水,习惯性地动不动就拿面巾纸在他嘴上还有鼻子下蹭来蹭去,若非他皮糙肉厚,非得脱几层皮。他知道这样做的目的是给可能存在的跟踪者看,只是这种折磨实在无法忍受,如果有选项,他宁可选择中美情报合作所的刑讯室或鬼子宪兵司令部的老虎凳。

取完行李,他慢腾腾跟在金灿后面,内心无比激动,出了那扇大门,就可以看到久违的母亲和亲人们,他非常想紧紧拥抱母亲,喊一声妈妈。但是,他不能这样做,大哥已经在电话里多次强调,不,是命令,要他不能将目光停留在亲人身上超过半秒钟,既然是演戏,就要演到曲终人散,演到那些混蛋回家放心睡大觉。

激动人心的时刻终于出现了,当一个老人熟悉的轮廓出现在他的视线里时,韩永刚的胸口顿时如同被十八斤重的大铁锤砸中一般,心都要飞出。尽管他在不断告诫自己要镇静,但亲情的召唤宛如发疯的海啸冲过堤坝,瞬间就淹没了他的理智,他只感到鼻子发酸,嗓子眼发堵,脚步不知不觉加快。

韩永刚大哥看出苗头不对,瞪了一眼韩永刚,然后高声道:"小金,辛苦了。"手肘悄悄碰了碰一旁的母亲,母亲心领神会,也说道:"孩子,你受委屈了。"

金灿来到韩母近旁,难过地说道:"阿姨,大哥,我真的很惭愧,这次去美国非但没有治好他的病,反而出了意外,造成他更大的痛苦,我对不起你们。"这话她练过多次。为了表现特别难过,她曾设计要掉几滴眼泪,但是业余演员和专业演员的区别这时就显露出来了,专业演员能够做到说风就是雨,而她连吃奶的劲儿都使出来还是没有掉下半滴眼泪。

韩永刚被大哥凌厉的目光警醒,迅速克制住感情,目光望向别处。还真让他看出一些名堂,有人举着手机似乎正在打电话,但稍加留神就可以分辨出实际是对着他拍照。此时他的演技虽谈不上炉火纯青,却也入木三分,他毫不担心自己的表演会被对方识破。他惊讶对手有如此的韧性和谨慎,从万里之遥的美国到国内,监视无所不在,这说明对手的老辣与狡猾,也从另一个角度证明了他的康复严重威胁到对方见不得人的阴谋。他不禁暗暗替大哥担心,因为自打大哥知道内情,便俨然成为己方总指挥,如果大哥遭杀身之祸,他就是韩家的罪人。这种情况并非不可能发生,在严向东眼里别说是一个退役将军,就是现役将军,只要阻挡他的财路也绝不留情面。

　　一边是退役将军领衔,另一边是商业巨擘挂帅,一个手无兵权,另一个有着深厚政法背景,胜负似乎已定。韩永刚不想让大哥受到牵连,在美国时就苦劝大哥退出。但是,他大哥的话铿锵有力:老子还不信了,军人用生命保卫的国家会让这帮王八蛋来祸害。

第六节 剑出鞘

当人类进入互联网时代,生活节奏就像被绑在了快速转动的车轮上。不管你愿不愿意,都会身不由己跟着转悠,一旦掌握了它,想不跟着都不行了,这就是它的魅力。然而,互联网也是一个不让人省心的高科技,任谁都可以在其上高谈阔论,甚至骂大街,如同公厕墙壁上写着"×××不是人"等污言秽语,互联网也一样藏污纳垢,与公厕唯一区别就是闻不见臭味,而且只见马甲不见人。几年前,"某某某,你妈喊你回家吃饭"这句黄口小儿之言居然在网上受到众多网民热捧,姑且不论这句话是否经典之作、是否可以与名家名句媲美,单以它传播速度之快、受众面积之大,就让所有传统媒介望尘莫及,这也是互联网的霸道之处。

严向东的烦心事来了,互联网最近一则"严向东,你妈喊你回家吃饭"的信息让他颇感惊讶,显然,这是师法那句"经典"的网络语言。本来他对这种人身攻击不当回事,公众人物挨骂是常有的事,不回应就是最好的驳斥,但没想到的是,它在网上传播的速度堪比"非典",没两天,他已经无法置身事外。

中国人本来就不缺乏好奇心,加之严向东自身就是个公众人物,信息又是采用网上的"经典"语言,几个要素相加,这下不得了,短时间内立刻引来数十万网民的围观。当然,大家对他妈妈没有兴趣,对他回家吃饭也没有兴趣,真正感兴趣的是那个副标题,"拿着绿卡的政协委员"。短文言简意赅,像是战书,又像是檄文,把严向东作为别国的永久居民却参议省里大事的荒谬之举戳得体无完肤。网民们更是得理不饶人,搬砖的搬砖,拍砖的拍砖,吐口水的吐口水,忙得不亦乐乎。

严向东开始尚能沉着应对,后来不行了。大家似乎抱定决心看他笑话,卷入的网民不再局限于省内,全国各地每时每刻都有新加入的网民,数量仅三天阅读量就突破百万,更有人把他在美国的公共安全号码曝光,搞得省领导火冒三丈,连夜把他叫去,让他立刻辞去政协委员的职务。

此时的严向东就像黑夜被猎人围住的孤狼,凶性大发却看不到一个人影,一腔怒气只有撒在那些采访他的记者们头上。他又错了,因为他忘记互联网时代资讯的传播速度与时效性,他这边骂着记者,那边网上已经开始现场直播。这下可好,许多人都看到严向东气急败坏的丑态,更多人兴高采烈地加入到口诛笔伐的行列,若非虢新庭赶来劝阻,严向东势必成为网络"大红人"。

网络的威力让严向东真正体会到什么叫传媒的力量,那真是有种汪洋大海的感觉。他命令集团宣传部门组织人马在网上反击,驳斥网民对他的指责,写手们刚刚上传,连一秒钟不到,立刻被呛声淹没。更有甚者,网民中有少数黑客开始攻击瑞祥集团的网站,将瑞祥集团的标识用星条旗取代。严向东被气晕了,只好求助公安网监部门。

严向东百思不得其解,不知是谁对他发动的网络战,又是谁点中他的命门。肯定不是商业竞争对手,他想,凡是和他作对的人要不消失了,要不成为傻子,就算有心怀不满的人,借他们几副胆子也不敢如此。想来想去,最后猜测是那些喜欢捕风捉影的记者为制造噱头挑起的单纯事件。他不愧是大风大浪里闯荡出来的人,网民的谩骂嘲讽,领导的震怒,政协的约谈都没有让他害怕,冷静后,他开始对这件事发酵的结果进行修补。

事发后的第六天,瑞祥集团与省民政部门、教委合作,对省内几个贫困县进行希望工程捐助。严向东高调出席这些仪式,还特地率领集团所有高管浩浩荡荡下乡参加希望工程学校奠基典礼,面对省电视台新闻记者的镜头,他满怀深情说道:"孩子是祖国的未来,是国家的希望,每一个中国人都有义务、有责任帮助我们的下一代茁壮成长,瑞祥集团更是责无旁贷。作为集团领导,我的着眼点不仅落在企业的发展上,也落在贫困地区的教育水平、基础设施建设上,我希望通过我们今天的举动帮助到孩子们未来的发展,更希望通过我们的行动让更多的人献出爱心,共同投入到这样一个伟大的工程中来。"突然,他话锋一转,又说道,"社会上总有一些人对希望工程抱有偏见,认为这是国家的事,对忧国忧民、乐善好施的人不是讽刺挖苦就是造谣中伤,在此奉劝一句,我们是一个和谐社会,你看不惯的事也别妨碍别人去做。"

他干得很漂亮,许多网民从电视、网络视频上看到这位老总的讲话以及实打实的捐助,马上扭转对他的不良印象,纷纷在网上点赞,还有些网民认为,就算严向东移民,但他的举动利国利民,比那些光说大话不干事的政协委员强多了,对他不应该太苛求。也有些网民不这么看,认为这不过是一场政治秀,目的是为了掩盖其移民的真相。支持者与反对者自发形成两个阵营,相互开骂。

就在网民们为了谁是谁非激辩时,始作俑者却悄悄溜号了,似乎他只负责拉开舞台大幕,戏怎么往下演由网民说了算。这种人倒是少见,与当今那些借网络炒作想出名者相比,始作俑者真像是只网络鸵鸟。难道他是吃饱撑的搞恶作剧?恰恰相反,这是他精心策划的对严向东发起的第一次"战役"。他的目的达到了,不仅达到还收获颇丰,电视新闻上严向东的讲话,显然是将矛头对准他,尽管义正词严,但他听出对方的色厉内荏,说白点,就是严向东无奈了。

他没有兴奋,而是开始布置"第二战役",如同一个将军那样运筹帷幄。实际上他就是一个将军,虽然退役,但他仍然是一个将军。不错,他就是韩永刚的大哥。

早在韩永刚回国前,当金灿向其求援劝韩永刚移民时,便把韩永刚开罪严向东的来龙去脉告诉了他。他被事情真相震惊,第二天便去派出所报案。接待的警官一听是将军报案,立马慎重起来,再一听,这里面还有严向东的事情,不敢做主,直接把所长请出,所长问了几个问题,他一个也回答不出,于是,所长好言相劝,说是把事情搞清楚才能立案。他快快而回,并将此事在电话中告诉了金灿,金灿连忙叮嘱千万别再报案,因为这样会把韩永刚暴露在媒体面前。将军是聪明人,也是眼里揉不得半点沙子的人,他可不怕什么严向东或是严向西,军人的秉性就是战斗,即使退休,也要为匡扶正义而战。不过他听从金灿建议,为了弟弟的安全不再报案,但他并没有就此止步,而是决定隐蔽侦查,收集证据,最后诉之法律,把阴谋者绳之以法。

恰巧,一位老部下前来看他,俩人聊着聊着,将军就把话题转向弟弟,那位现任某集团军副参谋长的老部下一听就震怒了,拍案而起,当时打电话让其在庆义的侄子赶来商谈。军人的风格是相似的,信念是一致的,尽管他们的身份特殊,但这并不妨碍他们履行作为公民应尽的义务与责任,何况将军已经退休,只要在法律的框架下正确行使公民权利,谁也无可厚非。

老部下的侄子是庆义南城公安分局刑侦科的一位警官,人称小谢,也是复转军人。所以,当他从将军嘴里听到一些诸如"战役""火力侦察"等军事术语时并不惊讶,也没有感到好笑,相反,他对将军严谨的战术思想颇感钦佩。

按将军的战术,他把"第一战役"定义为"敲山震虎",目的是让严向东受到某种来自外界的巨大压力,无暇顾及韩永刚,这样可以方便己方取证而不引起对方的怀疑。而"敲山震虎"的素材,便是严向东身为政协委员,却移民他国。按照将军的意思,他本想直接将材料递交政协,老部下的侄子却认为不妥,因为严向东在政商两道都有背景,只怕材料半道就石沉大海,倒不如上传互联网,这样,对方即使想掩盖也无能为力。

"第二战役"被命名为"虎穴追踪",目的是将并购前股东协议书复制一份,查出是谁仿冒韩永刚的笔迹。关于仿冒者,将军和金灿有着相同的看法,即仿冒者是许可。因为,许可是亲手将钱交到将军手里的人,又是现任天海公司老总,对原天海公司的股权结构他了如指掌,但是,他却不说实话,显然心里有鬼。韩永刚开始不同意,认为许可是自己的好朋友,不会害自己,可大哥的话又不能不听,只好闷不作声。之所以不去工商局调查笔迹,是因为该局负责人和瑞祥集团有着千丝万缕的关系。

"第三战役",被命名为"打虎上山",目的是将韩永刚事故现场的视频以及暗算金灿的现场视频找到,然后便可以成为证据向严向东发起总攻。当然,这项任务责无旁贷地落到了年轻的警官小谢身上。

一个周一的上午,韩永刚大哥带着韩永刚来到天海公司,许可特地放下正在主持的周一例行会议,热情地迎接这哥俩。他目不转睛地盯着韩永刚半天,嘴里喷喷感叹韩永刚去美国这两个多月,鼻涕、口水少多了,而且变得又白又胖,戏谑还是美国的面包黄油养人。寒暄之余,他没有忘了金灿,问其怎么没有同来。韩永刚大哥解释她因为工作忙,在庆义待了一两天就回去了,并特别夸奖这个女孩儿心眼好,对韩永刚也是情真意切,走时还哭了一场。许可非常高兴,仿佛韩永刚的到来像是送来的财富,他还特地领着韩永刚大哥去看了韩永刚原来的玩具室,夸耀道:"大哥,我和韩总的关系真的和兄弟一般,你看,这些我都保存着,现在又派上用场了。"

韩永刚这是事故后第一次清醒着见到许可,内心的激动可想而知,只是,他无法拥抱这位兄弟,因为来前,他大哥已经明确警告,一旦演砸,不仅是他自己的生命,包括金灿的生命都将断送。

这是"第二战役"的开始。当韩永刚和金灿听了将军的"战役"目的,都坚决反对他亲自深入"虎穴"。金灿甚至想重返天海来完成这一任务,当然,两个男人是绝不会让她涉足危险。韩永刚觉得自己去倒是最合适,毕竟,他之前就在那里,现在从美国回来再去,一来可以解除严向东的疑心,二来比别人更容易顺藤摸瓜。他的建议立刻得到他大哥的支持,面对金灿的反对,他笑称自己已经是合格的演员,甚至比那些科班出来的人更加专业,还说等这件事情一结束,就改行去当演员演戏。金灿拗不过韩永刚,加上北京那边霍华德一直催促她去上班,便只好千叮咛万嘱咐,洒泪而别。

许可将韩永刚重返天海的消息告诉严向东,严向东此时正焦头烂额,忙着怎么铲除"绿卡政协委员"的影响,对韩永刚一事根本就没过脑,仅吩咐许可效仿座山雕考验杨子荣,辨别韩永刚是否是装傻。

两天过后的中午,韩永刚正和许可摆弄玩具,刘洪涛急急忙忙闯进来,叫道:"许总,韩永刚大哥打电话来要咱们赶紧送他回去。"

"怎么了?"

"他妈刚刚被车撞了,现在在医院抢救呢。"

许可腾地站起身,扔掉玩具,大步向门口走去,边走边扭头对韩永刚说道:"快点,伯母岁数大,别有什么危险。"突然,他站住,惊恐地发现韩永刚居然也跟上来了,他的汗顿时流出,语无伦次地说道:"永……韩总,你……我,你一直在和我开玩笑呢?"

韩永刚没有理他,径直走到门口,弯腰把许可扔掉的玩具捡起,又回到座位上津津有味地玩起来。许可心惊胆战地和刘洪涛互望一眼,嘟囔道:"我靠,吓死我了。"

刘洪涛蹑手蹑脚走到韩永刚身后,突然大喊道:"傻子,你妈被车撞了,听到没有?"

韩永刚像一块木头,没有任何反应。

"看到没有,许总?我早就说严董多此一举,一个傻子哪有那么容易就被治好。孟志远也是,要杀人就再撞得狠一些,如果是我,就算这人要跳楼,我也会在地上铺满玻璃碴。现在倒好,搞得大家都神经兮兮……"

刘洪涛的话犹如往韩永刚头里塞进一个被点燃的花炮,令他的脑袋炸裂一般疼痛起来,这太令人震惊、也太令人愤怒了。许可的伪装刚刚被他自己脱下,刘洪涛又把孟志远的画皮血淋淋撕扯下来。孟志远?韩永刚万万想不到将自己险些送进地狱的人竟然会是这个彬彬有礼的君子!紧接着,他又迷惑起来,自己并没有得罪对方,甚至还有恩于对方,对方凭什么要下此毒手?还有,这个许可到底玩的是什么花招,自己可是把他当成兄弟啊,难道他还在为那一拳耿耿于怀……人心啊,你到底是用什么材料做的,是毒蛇的毒液还是豺狼的獠牙,为什么平常看到的只是友善与笑脸,扮成傻子才能发现这具画皮后面的邪恶与丑陋,难道人和人之间必须先抽去利益才能灌注信任与友谊吗?他的愤怒渐渐被迷惑取代,并陷入苦苦的思索中。也幸亏如此,他思考时的表情与平常装傻的外表别无二致,没有任何感情色彩,许可和刘洪涛自然看不出一点蛛丝马迹,如若不然,他的愤怒会透过眼睛把秘密公开,让危机再起。

可以说许可的试探完全是对症下药,几乎戳穿韩永刚的伪装。他利用人伦亲情诱使韩永刚上当,干得的确漂亮,若非幸运之神再次降临韩永刚身上,让他在出错的刹那间及时得到纠正,局势可能就此发生逆转。韩永刚与其说是上当,不如说是对母亲的爱产生的条件反射,但是,当他看到许可对自己跟上产生的恐惧,以及刘洪涛那张煞白的脸,立刻意识到这是一出骗局,不禁暗暗叫苦,情势已经容不得多想,他只能机械地继续往前。路过许可身边,他忽然发现门口有个积木,那是刘洪涛谎报他母亲出事时,许可顺手扔的,不偏不倚,直接在门框边停住。他大喜,径直走到门口边捡起积木,在那俩人惊恐的目光中又回到座位,坦然地搭起积木,整个动作一气呵成,没有半点拖泥带水,让人感觉他就是为了捡积木而起身。如果许可不是将积木扔向门口,如果不是他灵机一动,那么他就不可能亲耳听到孟志远是真正的凶手。更可怕的是,他会把自己暴露在对手的眼皮下再次成为靶子。什么是幸运?这就是幸运。

回到家,韩永刚把真相告诉了大哥,大哥没有怠慢,马上告诉小谢,让其查证孟志远买车的时间,以及出事那天晚上孟志远与韩永刚通话的时间,还有韩永刚从高速出来后的监控录像。

晚上,韩永刚接到金灿每天必来的电话,他把孟志远的事情告诉了金灿。金灿果然被惊住了,半天没有吱声。她想起孟志远在她辞职那天的反常举动,想起自己被撞晕前对方眼里露出的仇恨和杀机,想起苏醒后刘洪涛那副嘴脸,想起艾芸谈起嫁给孟志远的经过,她得出一个结论,孟志远是报复杀人,对象不仅是韩永刚,还有她金灿。而许可、刘洪涛,还有严向东等人,因利益朋比为奸,尤其是严向东为孟志远撑起了保护伞,不仅令其逃避了法律的严惩,还堂而皇之地让他当上天海公司的高管。严向东还把她和韩永刚视为威胁,三番五次要除掉他们。想通这些,金灿震惊了,严向东不过是一个商人,不过就是一个成功的企业家,虽然他富甲一方,但是他仍然只是一个企业家仅此而已。但是他所干的杀人越货、欺行霸市的恶行已然超越了企业家的性质,超越了法律的界限。

过了两天,金灿和韩永刚大哥沟通了"战役"进展情况,并说出自己的顾虑。将军沉默了一会儿,用鼻音重重哼了一声,说道:"善有善报,恶有恶报,不是不报,时候未到。"

韩永刚向来对大哥言听计从,但这次他反对大哥对金灿所说的"时候未到",认为可以先把许可、刘洪涛抓起来。说实在的,他在天海公司一分钟都忍不下去了。他腻歪每天摆弄那些玩具,也不爱听那个脸上有雀斑的幼儿老师叫他小朋友,更不愿看见孟志远镜片后那道如同幽潭般深邃的目光。他至少有两次在电梯里巧遇孟志远和艾芸。艾芸从不看他,似乎他就是一团空气,孟志远则不,他冰冷的目光像是在看解剖室里的人体标本。每到这个时候都有掐死对方的冲动,他担心时日一长,自己万一失控,将前功尽弃。

大哥严厉斥责了他荒唐的想法,说扳倒许可容易,只要检查股东协议书上的笔迹就可以定罪,但仅凭刘洪涛一句话却无法说明孟志远是蓄意杀人。还有,小谢去市交管部门调视频时才知道,一般道路监控录像只保留三个月,手机通话的时间数据也是有实效性的,换句话说,证据早就没了。如果现在起诉许可,势必打草惊蛇,让严向东与孟志远逃之夭夭。

韩永刚一听泄了气,他当然不能让严向东和孟志远逍遥法外,但是,取证之路开始变得异常艰难。他想从保险柜里偷股东协议书的想法也泡汤了,因为公司大部分老员工都换了人,总裁办一个都不认识。难道他必须当他的小朋友,玩着做梦都会摆弄的积木?

就在车到山前疑无路,大家绞尽脑汁想办法之际,一个意外消息让停滞不前的取证变得柳暗花明。

一个神秘的电话打给小谢,对方称有重要事情要和他谈。对方说话吞吞吐吐、神神秘秘,并一再叮嘱不许告诉任何人,接头地点在北城的一个洗浴中心,时间是晚上九点。小谢立刻查出对方电话的位置,是市中心的一个公共电话亭。根据位置,他又马上进入公安内部网,调取公共电话亭周围的监控。果然,在那个时间段,他发现一个行踪可疑的人,之所以可疑,是打电话的人全身裹得严严实实,帽子、口罩、墨镜,一应俱全。看来对方反侦查能力很强,打完电话,对方不是迎着摄像头走,而是专拣背对着摄像头的方向快步离去。

小谢想起将军说过金灿被跟踪、暗算的事,怀疑这又是一起阴谋,说不定自己去交管部门取证,被严向东的人发觉,也想来个杀人灭口。小谢轻蔑地笑了,他不是金灿,他可是特种兵出身,侦查、反侦查、擒拿格斗、飞檐走壁都是他的强项,和他对阵只能说对方点太背了。

事情的发展不像小谢想象那样,接头者是交管部门监控中心的数据管理员,他也是一个具有正义感的警官。俩人简单自我介绍后,对方道出自己为何如此神秘的原委。

一年多前,领导带着两个人来到交管局机房,那天恰好是他值班,来客给出一个时间段,让他把阳明到庆义高速出口的视频录像调出来。按规定,外人是无权审查监控录像的,但领导在一旁,规定自然作废。很快,来客看到一辆黑色轿车从收费站出来后，马上让他将正常播放改为慢放。他发现，在收费站出口处，一辆停在路肩的汽车开始尾随黑色轿车。来客让他调出那辆尾随车辆的所有视频，直到那辆车撞向黑色轿车。他大吃一惊，因为，从监控上看，那辆车完全是故意撞上去的。接着，该车加速驶离现场，最后停在三环一处立交桥下的停车场。看到这，他猜测，来客说不定是缉毒或经侦的便衣，为某件案子来做专门调查。没想到，接下来的事情让他感到不可思议，来客又给出一个时间段，地点还是那个三环立交桥，画面里出现一辆警车、一辆轿车，稍后又是一辆集装箱车进入画面。这次视频让他无法相信自己所看到的一切，那辆肇事车在几个人的指挥下被调包，参与者竟然有警察。

　　来客复制完两段视频后满意而归。送走那两人，领导居然让他当面删除这两段视频录像，他立刻觉得里面不对劲，便问原因，领导不耐烦地告诉他，来客是安全部门的人，有特殊任务，并叮嘱他要绝对保密。他心里顿时打起小鼓，心知领导在胡扯，他亲耳听到那两人在耳语时说到"严向东"三个字，如果说别的名字，他肯定不知道，但是严向东在庆义是妇孺皆知的人物，显然，严向东和这件事情有关。恰巧，一个电话把领导叫走，他立刻将那两段录像下载，等领导回来后，当着领导的面把视频删除。后来，他找机会把两段视频复制并藏在家中，等待有人来查。这期间他还给事故科的朋友打电话，假意了解那天晚上所发生的事故的结果，对方轻描淡写，说仅是一起普通的醉驾。他明白，他目睹了一场阴谋，而这个阴谋和那个叫严向东的人有关。于是，他开始等待，没想到这一等就是一年多，他几乎把这件事情忘记，直到前天小谢借口有一个一年前的案件请交警部门配合，他这才意识到这件案子终于曝光了。尽管原领导已经调走，但是他不贸然将视频交出，悄悄约小谢在僻静的地方见面，如果这不是圈套，他将带小谢回家取光盘。小谢非常感动，说这个朋友他交定了。俩人索性找了个饭馆喝了起来。

　　尽管光盘资料是一年前的视频，但是，韩永刚和他大哥依然看得惊心动魄，尤其是韩永刚，里面的场景令他目眦欲裂。看完，他实在忍不住，一拳砸在茶几上，怒吼起来。

　　他大哥紧锁眉头，一言不发，显然也被激怒。俄顷，他突然瞪大眼睛，炯炯有神望地向韩永刚,威严地说道:"士兵,轮到我们全线出击了,这帮王八蛋一个也不能放过!"说罢手一挥,军人的本色、气质与豪迈跃然而出。

　　谁说他已老迈,谁说军人不懂法律,将军决胜岂止仅在战场。

第七节　以法律的名义

　　韩永刚五一要结婚了。消息传出,所有熟人都感到惊讶,倒不是惊讶他要结婚,而是惊讶他娶的媳妇不仅漂亮,还是一个来自北京的高级白领。

　　许可、刘洪涛分别接到请柬,当然,这里面也包括孟志远与艾芸。孟志远很想参加,被艾芸阻止。他倒不是良心发现,而是想看看得罪他的那两个人究竟是怎么一个下场。尤其是金灿,这个口口声声把他说成是人渣的女人,会以怎样的心情来面对和一个傻子的婚礼。他甚至都想好了向金灿祝贺时所用的话:"恭喜你,韩夫人,你终于找到自己的归宿,并拥有了一位自己喜爱的男人。"还有一句本来是想等韩永刚和金灿进监狱时,他去探监说的话:"恭喜你,金灿,你终于有了一个美好的归宿。"韩永刚成为傻瓜,自然也就不会进监狱,不过这个结果他同样满意,甚至比看到对方进监狱更理想。艾芸不想去的原因并非怕面对金灿,而是不想看到韩永刚的母亲,其实也不是不想,而是不敢,自打与韩永刚退婚后,老人的目光便成为她心中的痛,所以,她后来再也没有登门看韩永刚就是源于此。接到请柬当天,她做通孟志远的思想工作,不去参加婚礼,改成五一去杭州,让姨父替她给韩家打招呼,说是已经订好出远门。之所以选定杭州,是因为那里曾经留下她和孟志远浪漫的足迹,当然,还有一个更深层面的意义,那就是她和孟志远已经有了爱的结晶。

　　五一到了。孔雀大世界酒店门前彩旗招展,气球飘扬,加上门前川流不息的人与车,引得路人不时伸头张望。也难怪,这家五星级饭店仅今天就要迎来三对新人,每家的亲朋好友都得在百人以上,自然热闹非凡。

韩永刚和金灿的婚礼租用了饭店西侧的一片能够容纳二百多人的草坪,婚庆公司临时搭了一个台子,并用鲜花和彩球装扮起来,草坪摆放着几十把椅子,形成小型露天会场。草坪一侧还有一个流动货架车,上面摆放着各种饮料供人们饮用。

十一点整,几十把椅子已经坐满人,周边草地也站立不少来宾,司仪登台,用极具煽动性的话开始了婚礼的第一步骤:介绍新人。今天绝对属于金灿,舞台也是金灿的舞台。骄阳下,当她以一袭洁白的婚纱,挽着韩永刚在柔曼的音乐声中出现在大众视线中,那种感觉真的像是从蔚蓝天空飘来的白云。美在这一刻被金灿重新诠释:多一分美则为艳,少一分美叫傲,多一分羞态为妖,少一分羞态称媚。这么说吧,她的出现令所有在场的人无论男女都情不自禁举起手机,拍起照来。就连远处草坪上站着的许可、刘洪涛,两人也一手拿着红酒,另一只手举着手机。

"许总,我和金灿一起工作这么长时间,还从没像现在这种感觉,她长得太漂亮了!"

许可使劲咽了一下口水,没有回答,眼睛直勾勾望着舞台上的金灿,心想,靠,过去光顾跟她较劲了,也知道她长得与众不同,却没有发现她如此让人销魂,早知道,还不如……靠,玩过那么多女人,加起来还不如她的一根毛。他的雄性激素迅速飙升起来,心里这叫一个后悔。看着、看着,他忽然笑了起来,旁边刘洪涛不解问他为何发笑,他答道:"我现在终于明白单奇为什么会突然冒出来救金灿,这小子原来看上她了。"

一对看似夫妻的年轻男女走到许可旁边站住,男子弯腰捡起草地上一个钱包,问许可是不是他掉的。许可一看,果然是自己掉的,心想肯定是刚才忙着掏手机照相,不留神把钱包带出。他一边接过钱包一边连忙道谢。

"唉,一朵鲜花插在牛粪上了。"男子像是自言自语,又像是对许可说道。

许可正懊得慌,男子的话仿佛让他碰到知音,不过他没有附和,只探询对方是男方还是女方的亲朋好友。男子笑了笑,调侃自己是不男不女,见许可疑惑,便解释自己是另外一家的来宾,听人说这家新娘赛过仙女,特意来看看,一见果然不同凡响,正赶上司仪说新郎官脑子有问题,新娘如何如何,故作感叹。女人连忙制止他,不好意思地望着许可与刘洪涛,问他们是哪方来宾。许可笑言亦男亦女,对方听成一男一女,不由得一头雾水。许可呵呵解释,说他们是新人的同事,两边哈哈一笑,就此告别。

　　婚礼仪式在司仪的操控下有条不紊地进行,当轮到新郎、新娘发言时,司仪先是细声细语,让男傧相领新郎官先下去休息,接着用最大分贝音量号召大家鼓掌,请新娘讲话。掌声顿时暴起,大家本来就对新娘充满好感,此时能够聆听她的发言更是迫不及待,又纷纷举起手机,连拍带摄。金灿的声音如莺歌似燕啼,极具女性的柔美与甜蜜,男人们如醉如痴,全场时而掌声四起,时而鸦雀无声,显然,新娘不仅用气质吸引了来宾,她的故事也令来宾渐入佳境。

　　许可和刘洪涛对金灿的故事没有兴趣,实际上对这场婚礼也没有兴趣,之所以来,完全碍于韩永刚大哥的盛情。韩永刚大哥对许可说,别人可以不来,但他许总必须来。因为韩永刚能够安稳走到今天,全靠许总的鼎力支持,在韩永刚大喜的日子里,朋友哪能不露面。刘洪涛是被许可强行拽来的,本来他是计划带老婆孩子去公园,许可的话他不能不听,所以,两人虽然来了,但是都没有打算久留。

　　许可、刘洪涛小声商量了几句,决定撤退,刚把酒杯放在餐架车上,突然,他们身后传来一个熟悉的声音:"二位,我的婚礼还没结束,这样走不太合适吧。"

　　许可猛地站住,仿佛听到来自地狱的声音,脸色顿时煞白。他转过头,只见韩永刚双手抱胸,笑吟吟地看着他,适才那个戏称"不男不女"的年轻夫妇和韩永刚大哥站在旁边。这一瞬间,许可全明白了,这他娘的哪是什么婚礼,分明是鸿门宴。同时,他心里顿时一片雪亮,从金灿活着离开庆义,他就输了,而且输得非常窝囊,韩永刚不是傻子,他许可才是傻子,是头号大傻子。

　　韩永刚依然笑着,说道:"今天是本人大喜的日子,感谢你们能来,一会儿,希望你们能安静地和这两位警官走,我们还会见面,不过是在法庭。"

　　许可眼睛滴溜乱转,知道今天不能善终,但他不愿束手就擒,低声吼道:"你们这是搞的什么鬼,凭什么抓我?"

　　韩永刚大哥插话道:"小谢,马上把他们带走。今天是个好日子,别让个把苍蝇坏了大家的兴致,辛苦你了。"

小谢掏出逮捕令伸到许可和刘洪涛面前,威严说道:"许可、刘洪涛,你们被捕了。"说完强行将许可的西服脱下,将其拷上,并将西服搭在手铐上。

刘洪涛吓傻了,浑身颤抖,见小谢又掏出手铐来拷他,这时才清醒过来,一下子跪在韩永刚面前,抱着韩永刚的大腿哭道:"韩总,饶了我吧,我还有刚一岁的孩子,他不能没有爸爸。我错了,我全坦白。"

许可、刘洪涛被带走了,望着他们离去的背影,韩永刚大哥一拳捣在韩永刚的胳膊上,笑道:"傻愣着干吗? 还不赶紧当你的新郎官去。"

婚礼仍在进行。适才的抓捕行动没有惊动来宾,不过,有一个人,也就是座席最后排右侧,一位戴着墨镜的男嘉宾,目睹了整个抓捕过程。他没有惊奇,没有害怕,好像抓人也是婚礼中的一部分。当看到金灿给韩永刚深情一吻,他站起,在众嘉宾热烈的掌声中默默离去。他是谁? 为什么要在这种场合戴上墨镜? 没人知道,唯有负责来宾签到簿的人知道,这个嘉宾是一个怪人,因为他的签名是杨过。更奇怪是,在礼金的红包背面写着一首诗:

少年轻狂似疯癫,龙女杨过皆笑言。拨开云雾望牛斗,唯有吴刚与月仙。

收官之战已经没有悬念,将军的计策秉承了军事战术思想,即分进合围,攻其不备,速战速决。本来用不着分进合围,谁想,孟志远跑到杭州度假去了,只能对他们分头抓捕。之所以速战速决,是考虑到严向东是一块硬骨头,与许可、孟志远不同。许、孟二人有充足证据可以指控他们犯有刑事罪,而严向东是主谋,没有直接证据,只能通过撬开许、孟二人的嘴拿到证据。若上班时间抓捕许、孟二人,势必打草惊蛇,这家伙说不定会逃之夭夭,所以,利用五一假期打一个时间差,通过对几个人的审讯拿到证据,等一上班,攻严向东一个措手不及。南城公安分局不是严向东的势力范围,这也是小谢参加抓捕行动的原因之一。

在抓捕许可的同时,孟志远正在审讯中。怎么回事,他不是和艾芸去杭州了吗? 事实上,孟志远一步都没有离开庆义,也不是没离开,而是在庆义机场被公安人员秘密带走,这里唯一的小插曲就是艾芸暴力抗法。在警官给孟志远戴上手铐时,她如疯了一般扑上去护住孟志远,被拖开后,她对抓捕人员又打又踢,严重影响抓捕行动。无奈之下,办案人员将其做妨碍公务处理,并刑事拘留,和孟志远一并带走。

　　由于证据确凿,孟志远没有几个回合便彻底招供,不但对自己蓄意谋杀供认不讳,而且把许可如何按照严向东的安排毁灭证据、偷梁换柱一一做了交代。在公司并购问题上,由于他不是参与者,没有提供有价值的线索。末了,他还把自己图谋杀害金灿,后来被许可拦下的这些事情也主动坦白。他虽然不是学法律出身,但也知道杀人未遂罪不至死,只要留有一条命,相信严向东或艾芸绝不会袖手旁观。这时的他已经不是高傲的专家,而是一心想得到宽大处理的小可怜虫。

　　刘洪涛几乎是被架着走进审讯室的,他从未经历过这种阵势,两个警官往桌后一坐,还未问话,他人都快瘫在地上,别人是问一答一,他是问一答十,恨不能抢答加分。他后悔了,他的儿子才刚满一周岁,小日子过得红红火火,如果被判刑,这辈子就完了,每每想到这,他便止不住眼泪往外流。

　　相比孟、刘二人,许可算是镇静多了,对于预审员的讯问只有一句话,"我要找律师"。他心里清楚,如果顽抗到底,自己还有翻盘的机会,因为他所掌握的有关严向东的材料太多了,严向东非常了解这一点,毕竟,保护他就是保护严向东自己。现在,他唯一可以做的就是等待,因为预审员告诉他,找律师要等上班以后,他也只有等到律师,才有机会把自己被捕的消息传出去。

　　预审员非常老道,看透了许可的心思。别说像许可这样的人,就是比他顽固十倍的人,预审员也能令其张嘴,所采取办法就是打破嫌疑人心中存在的幻想。

　　攻心先从孟志远撞击韩永刚的汽车开始,一直到许可帮助孟志远换车结束。当投影仪放出视频,许可目瞪口呆,自己和孟志远在镜头下清晰可辨,若说监控中那人不是自己,鬼都不信,同时他想到,孟志远肯定也完蛋了。预审员一句话也没问许可,倒是像请他看案情介绍,自顾自说道:"我们对集装箱车的号牌进行查证,发现是瑞祥集团下属物流公司的运输车,根据日期,追查到它在邻省一个汽车解体厂出现,并将你看到的那辆车报废,车辆大架号、发动机号与孟志远所购车辆完全一致。"不容许可喘息,他又从电脑中调出一段视频和图片,说道,"你应该很熟悉视频中这台电脑吧? 不错,就是你办公室里的那台。你应该非

第五章　向着太阳出发

常熟悉这几页的文件内容吧?"许可定睛一看,差点没背过气去,电脑的确是他的,对方不知用什么方法,找到了他加密过的文档,里面全是他和严向东之间的交易,最可怕的是,还有他伪造股东协议书的文本。他不仅开始冒汗,而且手也抖动起来,端起的水杯洒了一小半。预审员依然不理他,画面一转,又打开了一个文档,许可连心都揪了起来。上面是严向东给他的两个杀手的人名和电话,最要命的是他还加了旁注:严董交代,干掉那个女人。预审员戏谑道:"我真佩服你,到底是高科技公司的老总,所有计划有条有理。"许可陷入挣扎中,他不知道后面还有多少,但是,仅凭眼前看到的这些,别说他跑不掉,连严向东都将成为泥菩萨。他战战兢兢地说道:"麻烦你别放了,等找到律师我一定交代。"预审员哈哈笑道:"别呀,这大过节的也不能休息,看看这些也可以解解闷,多好。"这是谋杀金灿的一段视频,以及凶手潜入饭店的镜头,不幸的是,他的车也被监控拍下。许可真想把自己的眼珠挖出来,后面的镜头让他再也坐不下去,觉得椅子下像长出无数铁钉扎得他屁股快开了花。他声嘶力竭地喊道:"不要放了,我坦白,我全坦白。"

机场,是开启希望的起点;机场,也是洒落离别泪的地方。

机场大厅一隅,韩永刚紧紧拥抱着金灿,双目微闭,鼻尖、下颚不时轻轻地摩挲着金灿的发梢与脸颊,说不尽的情绵绵、意深深。这是他第一次体验与妻子分别的怅然与留恋,也是第一次感觉到自己的生命将迎来短暂的寂寞与干涸。尽管有小别胜新婚之说,尽管北京与庆义的飞机可以当天往返,但是,金灿与他已经互为一体,若是他的视线在下一秒没有落在金灿身上,他都会心神不宁。

他很想和妻子一起走,一刻也不分离,可是不行,他眼前有许多工作需要去做。自打许可等人被收监,法院判决瑞祥集团并购天海公司一案乃违规操作,法律不予承认。严向东由于并购案一事暴露诸多违法乱纪事实,检察院已对其立案侦查。万机待理,他没有时间陪金灿回京。

金灿不再是女强人,她如小鹿一般伏在韩永刚怀中,长长的睫毛忽闪着波光粼粼的大眼,默默感受着。她在想什么?是第一次从异国他乡返回祖国时的游子梦,还是命运将她推向天海公司的辛酸泪?是感叹与孟志远的六年之痒,还是庆幸美术馆与韩永刚生命里程碑的那一撞?是惊悚的险恶,还是享受劫后余生

的快乐？是感谢上帝的赐福与帮助,还是祈祷未来的美好……其实她不想走,其实她也想留,只是善始必须善终,她还要回去帮助霍华德把公司发展起来,这样她才能心安理得离开,更何况她最失意时是霍华德间接挽救了她,这次带韩永刚去美国,又得到霍华德的鼎力相助,像韩永刚的签证能在这么短时间内拿下全靠霍华德。君子受人点滴之恩当涌泉相报,这是为人之理。金灿答应霍华德留下工作一年的请求。

韩永刚一家人也来送行了。

老太太坐在轮椅上直抹眼泪,子女们打趣问她,老儿子又不走,只是儿媳暂时离开,有什么可难过的。她嘟囔道,正是舍不得金灿,还说能够看到小儿子与金灿完婚,她现在即使离世也可以安心瞑目了,众人一片唏嘘。时光荏苒,兄弟姐妹们最疼爱的弟弟如今也已成家,而且还娶了这么一个聪慧善良的女孩子,大家打心眼里为他高兴。

韩永刚大哥皱起眉头,说道:"这又不是上战场,有什么话不能以后再说?让大家在这站着看他们搂搂抱抱,不像话……"话未说完,大家开始对大哥开始打趣,这个说大哥没有人情味,那个说部队把人变成了一块铁……

将军就是军人,军人就是钢铁,但并非是弟妹们说的没有人情味的钢铁。早在得知弟弟遭人陷害,他内心万分煎熬,只是并没有流露在表面,这不是说他多么能忍,而是战火中的生死离别已经将他锤炼成坚强的人。将军是从对越自卫还击战中走出的钢铁军人,身退役,心却没退,对国家的忧患意识从国防建设转向法制。韩永刚的遭遇激起其军人本色,手中虽然没有武器,但是他用法律作为武器向邪恶势力宣战。由于他工作细致,谋略得当,宵小们纷纷锒铛入狱,彰显了将军运筹帷幄的韬略。最后一仗,他主动请缨,五一刚过,便和检察官来到瑞祥集团,他让检察官暂时等在一边,自己单枪匹马"杀入"严向东的办公室。严向东自然没有把他放在眼里,在得知对方的来意后,还讥讽他如若闲着没事,可以考虑安排他去保卫部当个副总。面对羞辱,他没有动怒,镇静地将对方陷害韩永刚,非法兼并天海公司等一件件丑事抖出。严向东尽管脸上挂不住,但也没有失态,两位同龄人唇枪舌剑,为了不同价值观摆下了战场。双方的输赢似乎在比谁更有耐性,谁不先动怒。严向东开始尚能自持,当听说网络上对他的讨伐是源于眼前这位来客,他的底线终于被突破,破口大骂起来。将军轻蔑一笑,站起身说了句告辞,便将恼羞成怒的严向东丢在身后。还没等严向东琢磨出怎么回事,两个检察官就出现在他的办公室,严向东气昏了头,居然让检察官"滚出去"。检察官没有滚出去,而是指了指帽徽说道:"请注意你的言辞,你现在是在对国家公务人员说话。"严向东瞪圆眼珠,质问对方以谁的名义来找他,在他的认知中,检察院的头头脑脑他都认识,随便搬出一个人都比眼前这俩人官大,吓唬他们根本不用费力。谁想,检察官根本没理他,而是庄严地说道:"我们是以法律的名义。"

法律是庄严的,法律也是神圣的。天海公司并购一案已经过去,孟志远、许可一审被法院各判三年、十年有期徒刑,刘洪涛有期徒刑两年缓期两年执行。许可如同被抛弃的丧家之犬,面对法官,他终于低头认罪。此时的他脑子里再也没有大黑鱼,唯有在铁窗下忏悔自己利欲熏心,害人害己。

艾芸自从被刑拘释放后便大病一场,一直入院治疗,韩永刚派人代表天海公司去看望过艾芸,金灿也以朋友的身份单独看过她,俩人见面再也没有了往昔那份友谊。从艾芸的泪光中,金灿不知道她对自己是恨还是怨,想想自己曾经的遭遇,她没有怪艾芸,只是想,为什么一个悲剧的最后,总有一个女人要撕心裂肺……

人类历史不断上演着大浪淘沙,有人被卷上浪尖名噪一时,有人一生都在海底默默无闻,有人随波逐流苟且一世,有人中流砥柱名垂青史。无论何人,在亘古的宇宙前皆为沧海一粟,无论生前是伟大是渺小,百年后均化为浪花一朵,无影无踪。李忠国、单副市长为官多年,所追求的无非就是官位的显赫,或是权力的万能,殊不知这些并非私有财产,一旦贪欲过旺,则物极必反,水能载舟亦能覆舟,古训岂能视为儿戏。李忠国用力不当摔了下来,单副市长虽然暂时安然无恙,但谁又能保证他以后不折戟沉沙?所以,做人还是要本分,做事还是要有良心,毕竟心术不正得到的东西不过是一朵血红的罂粟花。

韩永刚和金灿的拥抱终于结束,俩人手拉手来到大家面前。将军毫不客气地叫道:"韩永刚,如果你是我手下,就凭刚才的举动,我可以关你一天禁闭。"

金灿昂起头迎道:"大哥,如果你要关他,别忘了给我留一个铺位。"